Arthur Phillips
PRAG

Roman

Aus dem Amerikanischen
von Sigrid Ruschmeier

Schöffling & Co.

Für Jan, natürlich

Sechstes bis zehntes Tausend 2003
© der deutschen Ausgabe
Schöffling & Co. Verlagsbuchhandlung GmbH,
Frankfurt am Main 2003
Originaltitel: *Prague,*
erschienen bei Random House Inc., New York 2002
© 2002 by Arthur Phillips
Alle Rechte vorbehalten
Satz: Reinhard Amann, Aichstetten
Druck & Bindung: Pustet, Regensburg
ISBN 3-89561-148-4

www.schoeffling.de

... es ist die Zeit der Kriege und Epopöen nicht mehr... jetzt kommt ein nützliches Aevum herauf, ihr sollt sehen, daß es mit Geld und Verkehr, Geist, Handel und Wohlstand zu tun hat... damit Frieden und Wohlhaben für immer gesichert wären. Ganz erquickliche Idee, habe gar nichts dagegen.

Thomas Mann, *Lotte in Weimar*

Inhalt

Teil eins

Erste Eindrücke

I.

Die trügerisch einfachen Regeln des Wahrheitsspiels, wie es an einem späten Freitag nachmittag im Mai 1990 auf der Terrasse des Café Gerbeaud in Budapest gespielt wurde:

1. Die Spieler (in diesem Falle fünf) setzen sich an ein Kaffeehaustischchen und warten ungeduldig auf ihre Bestellung, die eine mürrische, zerstreute Kellnerin mit komischen Stiefeln fahrig notiert hat: Espresso in Puppentassen, viereckige, mit glänzenden Jugendstil-Karamel-Kringeln verzierte, schwere Kuchenstücke, winzige, mit dem Nationalgewürz rotorange bestäubte Sandwiches, fingerhutgroße Gläser mit süßem, bitterem oder kratzigem Likör, hohe Gläser mit sprudelndem, angeblich in unberührten Quellen hoch in den Gipfeln der Karpaten gefundenem und geschöpftem Wasser.

2. Nacheinander im Kreis herum machen die Spieler scheinbar wahre Aussagen, immer nur eine, dann kommt der nächste dran. Sofort zu verifizierende Tatsachenbehauptungen sind unzulässig. Das Spiel geht über vier Runden. In diesem Fall werden also zwanzig scheinbar ehrliche Aussagen gemacht. Den Wettstreit mit abschweifenden oder provokativen Einlassungen oder Hilfslügen zu unterbrechen ist nicht nur gestattet, sondern sogar verdienstvoll.

3. Von den vier Aussagen, die ein Spieler im Verlauf eines Spiels macht, darf nur eine »wahr« oder »ehrlich« sein. Die anderen drei sind »Lügen«. Die Spieler achten streng darauf, daß man nicht erkennen kann, welche ihrer Aussagen wahr ist. Wer am überzeugendsten Talent, Verlegenheit, Verwirrung, Wut, Erschrecken oder Traurigkeit simuliert, schneidet am besten ab.

4. Die Spieler versuchen festzustellen, welche Aussage ihrer Konkurrenten wahr ist. Spieler A rät, welche Aussagen der Spieler B, C, D und E wahr sind. Dito Spieler B mit den Spielern

A, C, D und E, und so weiter. Der Punktestand wird mit einem monogrammverzierten (CMG) Füllhalter auf einer krümelübersäten, kleinen Papierserviette festgehalten.

5. Die Spieler verraten, welche ihrer Aussagen ehrlich war. Ein Spieler erhält für jede seiner von einem Gegenspieler als wahr akzeptierte Aussage einen Punkt sowie jeweils einen Punkt für das Herausfinden der wahren Aussage eines Gegenspielers. Beim heutigen Spiel mit fünf Leuten betrüge der höchste Punktgewinn acht: vier dafür, daß man vier dämliche Trottel an der Nase herumgeführt, und vier dafür, daß man ihre lahmen, vordergründigen Täuschungsmanöver entlarvt hat.

II.

Das Wahrheitsspiel – Hauptbeschäftigung in gewissen Kreisen junger Ausländer, die gleich nach dem zischenden Verpuffen des Kommunismus in den Jahren 1989/90 nach Budapest zogen – ist übrigens die vielbewunderte Erfindung eines der fünf Kombattanten an diesem Mainachmittag. Charles Gábor, der in Gesellschaft von Gleichaltrigen immer wie der Gastgeber wirkt, herrscht selbstbewußt und gelassen an dem kleinen Kaffeehaustisch auf der sonnigen Terrasse. Er sieht aus wie ein Dandy auf einem Art-déco-Bild aus den zwanziger Jahren: lange Finger, gemessene Bewegungen, glattes, glänzend pomadisiertes schwarzes Haar, kühne College-Krawatte, Hosen aus einem beliebten, festen Baumwollstoff mit scharfen Bügelfalten, lustige, spitze Nase, feines schlaues Lächeln, eine überaus bewegliche, ausdrucksstarke Augenbraue. Unter den grünen Bäumen rund um die Terrasse, den ineinander verschlungenen Ästen, die über den Köpfen von Touristen, hier ansässigen Ausländern und gelegentlich einem Ungarn hin und her wogen, sitzt Charles Gábor mit vier anderen Westlern. Eine seltsame Gruppe, die in den vergangenen Wochen durch Parties, Familienbeziehungen, zufällig durch Freunde von Freunden von Freunden oder (wie in dem

Fall, von dem gleich mehr erzählt wird) durch schiere, kaum erträgliche Aufdringlichkeit zusammengekommen ist: fünf Menschen, die im normalen Leben zu Hause auf eine Bekanntschaft keinerlei Wert gelegt hätten.

Fünf junge Exilanten hocken um einen zu kleinen Kaffeehaustisch: ein Augenblick vollkommener Bedeutungslosigkeit, der dennoch etwas Klischeehaftes hat.

Es sei denn, man war eine der beteiligten Personen. Dann mochte nämlich der bedeutungslose, klischeehafte Augenblick (damals oder später) vielleicht doch zum Inbegriff sowohl einer Ära als auch der eigenen Jugend werden, der unbestreitbar alles entscheidende Nachmittag. (Was man aber kaum laut sagen kann, ohne daß es lächerlich klingt.) Aus irgendeinem Grund wird das Spiel im Gerbeaud zu einer Erinnerung, die eine lange Folge von Ereignissen in sich verdichtet. Beharrlich steigt er an die Oberfläche des Gedächtnisses – der Nachmittag, an dem man sich in eine bestimmte Person oder einen Ort oder eine Stimmung verliebte, als man die Macht, alle zum Narren zu halten, auskostete, als man eine großartige Wahrheit über die Welt entdeckte, als einem (wie einem Entenküken, das zum erstenmal das vor ihm herwatschelnde Hinterteil seiner quakenden Mutter erblickt) ein unauslöschliches Zeichen ins Herz gebrannt wurde, das natürlich ein endlicher Raum ist, in den man nur begrenzt etwas einbrennen kann.

Trotz seiner Bedeutungslosigkeit also gab es diesen Augenblick, diese ein, zwei Stunden, diesen Frühlingsnachmittag, der auf einer Kaffeehausterrasse in einer mitteleuropäischen Hauptstadt in den ersten Wochen ihrer postkommunistischen Ära unmerklich in den Abend überging. Es gab die Gläser mit Likör. Die diamantenen Lichtflecken zwischen ovalen, blattförmigen Schatten, optischen Täuschungen gleich. Die Bögen des gußeisernen Gitterzauns, der die Terrasse von dem öffentlichen Platz darum herum trennt. Den unbequemen Stuhl. Eines Tages wird auch das die immer weiter zurückliegende, grausam unerreichbare beste Zeit eines Menschen verkörpern.

Rechts von Charles Gábor sitzt Mark Payton, der später einmal an diesen Augenblick als einen der glänzenden, unvergleichlichen Triumphe seines Lebens denken wird. Im Rückblick werden alle rauhen Kanten von diesem uneindeutigen, komplizierten Nachmittag abgeschliffen, bis Mark fast bis in die kristallklare Mitte schauen kann, in eine deutlich erkennbare Keimzelle künftiger Ereignisse, und sich selbst (äußerst unwahrscheinlich), als junger, glücklicher Mann gespiegelt sieht, der Liebe und Willkommen in der Frühlingsluft wittert.

Da sitzt er, im Frieden mit sich; in letzter Zeit findet er es immer schwerer, diesen Zustand zu erreichen. Beim Treffen der fünf jungen Leute an diesem Nachmittag im Gerbeaud, noch bevor Charles Emily Oliver einen Stuhl zurechtrückte, hat Mark sich diskret – wie stets an dem halben Dutzend Orten, die ihm in den zwei Monaten, die er in Budapest ist, ans Herz gewachsen sind – den Platz gesichert, den er haben möchte. Er weiß, daß seine Sicht und damit sein Nachmittag oder vielleicht sogar mehrere Tage beeinträchtigt werden, wenn er entgegen seinen geheimen Wünschen falsch sitzt – und sei es nur um einen Winkel von fünfundvierzig Grad.

Nun, da er den richtigen Platz hat, kann er den Kopf nach links drehen und ins Café Gerbeaud schauen, in das altmodische Innere, in die Vergangenheit selbst: Kuchenvitrinen, Spiegelwände und dunkle Holzpaneele, rote Samtpolster, goldlackierte Stühle. Im Tageslicht sind die Polster fadenscheinig und der Lack blättert ab, doch das stört Mark Payton nicht. Wenn ein Aufpolsterer sich hier ans Werk machte, würde er dem Ganzen das gewisse Etwas nehmen. Eine Atmosphäre des Verfalls und verblichener Pracht gibt Mark Sicherheit, beweist etwas. Budapest, während fünfundvierzig Jahren kommunistischer Herrschaft direkt nach einem brutalen Krieg nicht neu gestrichen, nicht saubergemacht und nicht instand gesetzt, bietet viele derartige Genüsse. Noch.

Wenn Marks Neue-Welt-Augen geradeaus und an seinen Freunden vorbeischauen, können sie sich an vornehmer, absichtlich überwältigender europäischer Baukunst des neunzehnten Jahrhunderts weiden. (Den ortsansässigen Betrachtern imponiert sie schon lange nicht mehr.) Seit Jahren hat Mark sich danach gesehnt, solche Architektur zu sehen, sie einzuatmen, sie sich einzuverleiben. Leider kann er nicht vergessen, daß weiter links in der Harmincad utca ein Kempinski-Hotel gebaut werden soll und seine für Hotelketten übliche Modernität aus Glas und Stahl dem eigentümlich asymmetrischen, vernachlässigten Deák-Platz daneben aufzwingen wird, aber wenigstens sieht er von dort, wo er jetzt sitzt, nicht die unsäglichen Risse und Aufschürfungen des Baugeländes.

Gleich rechts neben der winzigen (und kaum auf dem Stadtplan unterzubringenden) Harmincad utca befindet sich ein Bürogebäude in Marks geliebtem Haussmann-Stil, typisch für das neunzehnte Jahrhundert, eines dieser riesigen Prachtexemplare mit Mansardendach, wie sie überall in Pest und Paris, Madrid und Mailand stehen. Daß die Schaufensterräume im Erdgeschoß von dem verstaubten und nur sporadisch geöffneten Büro einer zweitrangigen Fluggesellschaft belegt sind, beleidigt Marks Sinn für Ästhetik nicht, denn die Einrichtung der von seinem Platz aus deutlich sichtbaren Räumlichkeiten ist so absurd Sechziger-Jahre-Ostblock, so unfreiwillig und doch bittersüß komisch, daß sie ein ganz eigenes goldenes Zeitalter heraufbeschwört: eine von der Sonne ausgebleichte Epoche der Apparatschiks in kastenförmigen Anzügen und der schwarzweißen Ivy-League-Diplomaten mit runden Stahlbrillen, der Stewardessen mit Pillboxhüten, der bulgarischen Attentäter und Oxbridgeverräter, in der diese amüsant ausländische, unbedeutende Fluggesellschaft ein solches Filetgrundstück erwerben konnte, weil sie ideologisch kompatibel war, und nicht etwa, weil sie das nötige Kleingeld besaß, wie es in der freien Marktwirtschaft nötig gewesen wäre.

Das Bürogebäude prägt den größten Teil der Ostseite und das Gerbeaud die gesamte Nordseite des Vörösmarty-Platzes, des touristischen (wenn auch nicht geographischen) Zentrums von Budapest. Um den hohen marmorschimmernden Thron Vörösmartys wimmelt es von Malern und Staffeleien; mit dem Dichter möchte Mark sich irgendwann beschäftigen, wenn er denn

Übersetzungen findet. Im Süden des Platzes sieht man zwischen Gebäuden aus dem neunzehnten Jahrhundert die Váci utca, eine zur Fußgängerzone erhobene Einkaufsstraße, die einen Bogen beschreibt und aus dem Blickfeld verschwindet. Von ihrem Anfang hallen – eigenartig fehl am Platze – die Klänge einer Andenmusikercombo; sie flöten und klampfen Liebeslieder aus dem bolivianischen Hochland. Die wummernden Romantiker in ihren bunten Ponchos tun Mark im Grunde einen Gefallen, denn sie verdecken den unschönen Anblick einer sich bis zur nächsten Nebenstraße hinziehenden Schlange von Ungarn, viele zur Feier des Tages im Sonntagsstaat, die es nicht abwarten können, den ersten McDonald's des Landes auszuprobieren.

Dem Rest der Gruppe am Tisch bleibt die Westseite des Platzes, vor deren Anblick Mark sich schützt, natürlich nicht erspart. Doch selbst mit dem Rücken zu dem Gebäude spürt er, wie es ihn verhöhnt; die Betonplatten und häßlichen Konturen seiner Siebziger-Jahre-Fassade (zu alt, um neu zu sein, zu jung, um die ästhetische Immunität einer Antiquität für sich beanspruchen zu können) sind vom Gerbeaud aus schmerzlich sichtbar, wenn man nicht so vorausblickend ist, sich den westlichsten Platz zu ergattern, unter den freundlichen grünen Zweigen, neben dem eleganten gußeisernen Zaun und mit dem Blick ins dunkle Innere des Cafés und dessen schillernde Vergangenheit.

Mark Payton, der im Eiltempo sein rotes Haar verliert und an Gewicht zunimmt, dessen aufgedunsenes, schlaffes Gesicht auch dann, wenn er engagiert über historische und kulturelle Themen debattiert, immer ein wenig erschöpft aussieht, kommt aus Kanada, wo es (außer in einigen quasi-französischen Enklaven) nicht so aussieht wie hier. Er ist soeben knapp zweiundzwanzig Jahren Erziehung und Ausbildung entronnen. Vor ein paar Monaten hat er seinen Doktor in Kulturwissenschaften gemacht und nun schon drei Wochen von geplanten elf Monaten einer Europareise hinter sich. Er arbeitet an einem Buch, das die popularisierte Erweiterung seiner Doktorarbeit werden soll: eine Geschichte der Nostalgie.

Neben ihm sitzt Emily Oliver aus Nebraska, die ihre ersten,

großteils vergessenen Lebensjahre in Washington, D.C., verbracht hat. Auch sie ist erst seit kurzem hier, im März eingeflogen, um für den Botschafter der Vereinigten Staaten als neue Persönliche Assistentin zu arbeiten. Den Posten hat sie sowohl auf Grund eigener Verdienste als auch mit Hilfe besonderer familiärer Beziehungen bekommen. Auf die spürbar neugierigen Nachfragen des letzten Ankömmlings am Tisch hin hat sie ihn soeben als »toll«, wenn auch »ein wenig, na ja, untergeordnet« beschrieben, »nicht, daß ich meckern will«, denn Meckern ist ein Vergehen, das ihr verwitweter Vater mit Kitzeln bestrafte (bis Emily sieben war), mit markigen Sprüchen (von sieben bis zwölf) und danach mit deftigen Beschreibungen *wirklichen* Leidens, dessen er Zeuge geworden war – in Vietnam, bei einem Dreschmaschinenunfall im Dorf oder in den letzten Lebenswochen ihrer Mutter. Da war Schluß mit Meckern.

Emily sieht sehr amerikanisch aus; das sagen selbst Amerikaner. (»Sie riecht wie gegrillter Maiskolben«, wird Charles Gábor später am Abend mit Schaudern sagen, als er diskret gefragt wird, ob sie noch zu haben ist.) Sie hat das hellbraune Haar zu einem Pferdeschwanz gebunden und entblößt damit vollständig, was die gute Gesellschaft in Nebraska höflich als kräftiges Kinn bezeichnet, das aber in Wirklichkeit viel eher aussieht wie ein breites, gleichschenkliges Dreieck, das mit der Spitze nach unten an den Ohren hängt. Trotz seiner Auffälligkeit hat sie sich doch stets lachend wohlmeinenden Zimmergenossinnen und Haarstylisten widersetzt, die Methoden ersannen, um ihre Züge »weicher zu machen« oder »ihre Augen zu betonen«.

Sie ist ein Paradebeispiel für Offenheit und Freimut und rühmt diese Tugenden auch öffentlich, was ihre von der Geschichte gebeutelten ungarischen Bekannten gleichzeitig charmant und ein wenig unerklärlich finden, wie aus einer anderen Welt. Ältere Botschaftsangehörige und deren Gattinnen loben, daß Emily gut zuhören kann, Sicherheit und Zuverlässigkeit ausstrahlt, und ihnen (als sie jünger waren) überaus ähnlich ist, und das will Emily auch gar nicht bestreiten, obwohl es ihr recht wäre, wenn sie diesen Vergleich ein wenig seltener zu hören bekäme. Wohngenossinnen erklären durch die Bank, daß sie die liebste, vertrauenswürdigste Frau der Welt ist und nicht das langweilige Mädchen, das man erwartet, wenn man sie zum erstenmal sieht.

Hier im Gerbeaud, an diesem Nachmittag, trägt sie wie an den meisten Tagen khakifarbene Hosen, weißes Oxford-Hemd, blauen Blazer, die Standarduniform für junge Zivilangestellte der US-amerikanischen Botschaft, und auch die unverkennbare Stammeskleidung von frischgebackenen Praktikantinnen und Assistentinnen auf der ganzen Welt. Emily sieht trotz ihrer stets guten Laune aus, als sei sie eine von denen, die sich die Enttäuschung eines drögen Jobs mit hochtrabendem Namen bald eingestehen und die erstbeste Gelegenheit nutzen wird, um einen weiteren, besser zu vermarktenden akademischen Abschluß zu machen und ein bißchen mehr Zeit zum Nachdenken zu haben.

Zu ihrer Rechten sitzt ein junger Mann, der soeben nicht halb sondern nur ein Viertel ernst behauptet hat, er werde nur dann weiterstudieren, »wenn sie einen Masters-Abschluß im ›Leben-im-Hier-und-Jetzt‹ einrichten«. Scott Price' Erklärung verrät fleißige Lektüre von Selbsthilfebüchern, kurze, leidenschaftliche Liebesaffären mit fernöstlichen Philosophien und zyklische Inanspruchnahme (und Abbruch) verschiedenster, anerkannter und nichtanerkannter Psychotherapien. Seine wiederholten Bitten, eine barscher als die andere, Charles möge die schwer zu erwischende Kellnerin fragen, ob das Mineralwasser aus den Karpaten Natrium enthalte, und seine augenscheinliche Frustration darüber, daß Charles nicht willens ist, ihm den Gefallen zu tun, ja die Frage nicht einmal ernst nimmt, strafen seine soeben erfolgte öffentliche Behauptung, »er habe eine neue, bessere Beziehung zur Wut gefunden«, allerdings Lügen.

Vor sieben Monaten taumelte Scott in einem Nachtclub in Seattle sehr dicht an einen stark vibrierenden Verstärker am vorderen Bühnenrand heran und schwelgte in einer lange überfälligen, honigsüßen Offenbarung. »Look at Me, I'm Above It All« – ein früher Hit, aus der Zeit, als Seattle die amerikanische Popmusik beherrschte – dröhnte über ihm und durch ihn, und obwohl er wußte, daß der Titel des Liedes ironisch gemeint war, nahm er ihn beim Wort. Von nun an würde auch er über jeden Streit erhaben sein und sich nicht nur der letzten, wieder einmal vermasselten Beziehung, nicht nur der x-ten unglücklichen Arbeitssituation, sondern auch und vor allem der Enge, Kälte und Grausamkeit seiner weit entfernt wohnenden Familie entziehen. Und ganz bestimmt würde er am nächsten Tag nicht zu der sportlichen, zarten Frau zurückkehren, die sechs Wochen lang seine vergeblichen Versuche angeleitet hatte, seine verdrängten Erinnerungen an das, was seine Eltern noch Übleres getan hatten, als er ohnehin wußte, hervorzuzerren und einzuäschern. Er stand zwischen Verstärker und Publikum, ließ den Sound jahrelangen Groll von ihm abschwemmen und wußte, er würde diesen Groll nie wieder brauchen.

Eine Woche später verließ er die USA, ohne seine Familie in Los Angeles zu informieren, ein Bruch nach fast zwei Jahren, während deren er mit seinen Eltern und seinem Bruder schon selten genug Kontakt gehabt hatte. Als er in Budapest landete, atmete er leichter. Mit seinem Universitätsabschluß bekam er eine Stelle als Assistent des Programmdirektors am Institut zum Studium von Fremdsprachen, einer Kette von Privatschulen – mit existierenden Filialen in Prag, Budapest, Warschau und Sofia und geplanten in Bukarest, Moskau und Tirana –, die diese überaus kostbare Ware feilboten: Englisch.

Nicht nur in der Schule oder an diesem Tisch fallen Scotts aschblondes Haar, seine beinahe nordischen Züge, seine muskulöse Geschmeidigkeit (Tank-Top) und offenkundige kalifornische Gesundheit auf. Überall in Budapest sieht er absolut exotisch aus, eindeutig ein Fremder, noch bevor er selbstbewußt eines seiner wenigen ungarischen Wörter falsch ausspricht oder in langsamem, pädagogisch wertvollem Englisch unterbezahlte Kellner in staatseigenen Restaurants nervt, sie sollten ihm etwas Vegetarisches machen, obwohl sich ihre schweinefleischdominierten Angebote auf der Speisekarte seit Stalins Geburt nicht mehr geändert haben. Aber so sehr, scherzt Scott, unterscheidet sich das gar nicht von seiner Kindheit, die er in L.A. mit drei

Fremden verbracht hat, die behaupteten, seine Eltern und sein jüngerer Bruder zu sein. (Allerdings verzichtet er zu erwähnen, daß er damals der grauenhaft fettleibige, blonde Jude, die reinste Karikatur, in einer Familie traditionellerer Exemplare war: klein, schlank, Lockenkopf, olivfarbene Haut.)

Nach vier Monaten Ungarn erlitt Scott einen vorhersehbaren, aber eigentlich immer wieder überraschenden Anfall von sentimentaler Schwäche. Eines späten Abends, besorgt, daß seine Mutter sogar unter mehr Reuegefühlen litt, als er es ihr wünschte, schickte er eine Ansichtskarte mit dem Burgberg in Buda und dem Text *Bin für eine Weile hier und arbeite als Lehrer. Hoffe, es geht Euch allen gut* nach Kalifornien. Er bereute es, sobald die Karte in den kleinen roten Briefkasten gerutscht war, tröstete sich aber damit, daß er keine Adresse angegeben hatte und selbst sie gewiß fähig waren, zwischen den Zeilen zu lesen. Seine sorgfältig konstruierte Welt war noch sicher.

Bis zwei Monate später rechts neben Scott der fünfte Mitspieler von heute sitzt, sein frisch eingetroffener und ihm über Gebühr verhaßter jüngerer Bruder John.

III.

Erste Runde

»Na, dann wolln wir doch mal sehen, was hier Sache ist«, sagte der Erfinder und unangefochtene Meister des Wahrheitsspiels. John Price beobachtete, wie Charles die Arme um seinen Stuhlrücken streckte, die Finger verschränkte und sich ein wenig zurücklehnte, damit ihm die untergehende Sonne ins Gesicht scheinen konnte. Eine symbolträchtige Eröffnung des Spiels, fiel John auf, als böte sich Gábor dem Licht dar, ein Sinnbild von Offenheit. Dennoch war es eine *absichtlich* symbolische Handlung. Ja, John meinte sogar, er sähe, daß Charles die Vorstellung gefiel, daß seine Mitspieler beziehungsweise Freunde einerseits die

Symbolhaftigkeit bemerkten, andererseits aber so schlau waren, es nicht nur als bloße Symbolhandlung zu verwerfen, sondern als *inakkurate* Symbolhandlung. Ein stummer Trick, denn er glaubte ja wohl selbst nicht, daß er Offenheit signalisierte, nur weil er sein Gesicht der Sonne darbot. Und es war auch ein kleines Kompliment, dachte John weiter, denn Charles vertraute darauf, daß man klug genug war, die Geste nicht für bare Münze zu nehmen, sondern zu erkennen, daß der absichtliche Akt des Sich-symbolisch-Preisgebens gerade bedeuten sollte, daß man sich nicht preisgab. Aber vielleicht hatte Charles sich auch wirklich bloß gereckt.

Nun änderte er seine Haltung, beugte sich über den vollgestellten Tisch und stützte sich mit einem Ellenbogen auf die Marmorplatte. Er schaute Mark von der Seite an, sein Blick verschleierte sich, seine braunen Augen wurden weich und warm. »Um absolut ehrlich zu sein, Mark«, sagte er, »beneide ich dich manchmal darum, wie leidenschaftlich du deine Forschungen betreibst.« Sein Blick ruhte noch ein paar Sekunden auf Payton, der Wunsch, mehr zu sagen, kämpfte mit dem Bedauern, schon sehr viel gesagt zu haben. Bei dem wehmütigen, feinen Lächeln zog sich eine Seite seines schön geschnittenen Mundes nach oben. Seine Augenbrauen kletterten auf einen sorgsam geeichten Strich in Richtung des kalkweißen Scheitels in seinem pechschwarzen Haar. »Du bist dran, Mark.«

John war erst seit zwei Tagen in Budapest; er schlief bei seinem Bruder auf dem Fußboden, spazierte allein mit einem neuen und schon veralteten Plan kreuz und quer durch die Stadt und wurde bisweilen halbherzig Scotts Freunden vorgestellt. Die Gruppe heute hatte John eben erst kennengelernt, doch selbst er bezweifelte, daß Charles Mark um seine Forschung beneidete. Eigentlich hatte Gábor dem Kanadier gerade erzählt, daß er null Interesse an seinem Lebenswerk hatte. Er hatte sich den Luxus erlaubt, das Offensichtliche auszusprechen: Für einen Mann, der im Risikokapitalgeschäft arbeitete, war Marks sabbernde, gelehrte Vergangenheitsbesessenheit lächerlich. Mark fing auch schon an zu lachen.

Er wurde von einer Kellnerin abgelenkt, die dicht an ihrem Tisch vorbeiging. »Du bist dran«, ermahnte Scott ihn. »Es geht entgegen dem Uhrzeigersinn.« Und Mark machte eine kleine Geste, als konzentriere er seine Aufmerksamkeit wider Willen erneut auf das Spiel, ein Offenheitsgeplänkel, das John, verglichen mit dem Eröffnungszug des Maestro, laienhaft fand.

»Wißt ihr«, intonierte Mark mit seinem kanadischen Akzent und offenbar ganz schön überrascht, daß er es selbst zugab, »langsam kann ich mich für diese Stiefel richtig erwärmen.« Er meinte natürlich die kniehohen, weißen Go-go-Kunststoff-Schnürstiefel mit offenen Zehen, die die Füße aller Gerbeaud-Kellnerinnen zierten, Frauen von achtzehn bis fünfundsechzig, die außerdem zum Tragen gelber Miniröcke und weißer Spitzenschürzen verdammt waren. Allen fünf Westlern war es ein Rätsel, daß die Leute nach ein paar Monaten Postkommunismus sich ihrer vorgeschriebenen Go-go-Stiefel nicht mit dem gleichen befreienden Elan entledigten, mit dem sie ihre tyrannische Regierung gestürzt hatten. Jedenfalls hätte selbst der tumbste Anfänger in dem Spiel gemerkt, daß sich ein Mann, der eine populäre Geschichte der Nostalgie schrieb, der sein ganzes Leben lang Cheerleader und in Stilfragen unbekümmerte Kanadierinnen ebensolche Stiefel hatte tragen sehen, in dieser Umgebung wahrscheinlich nicht für ihren Anblick »erwärmen« konnte.

Und trotzdem bewegte Emily Oliver den Kopf bedächtig hin und her und versuchte, sich zu entscheiden, ob sie ihm glauben sollte oder nicht. Sie klemmte ihre Unterlippe zwischen die Zähne, beäugte Mark mit sichtbarer geistiger Kraftanstrengung und sagte sogar »Hmmm«. Schließlich merkte sie (sehr durchschaubar), daß sie sich sehr durchschaubar verhielt, und bemühte sich nun lebhaft, ihre Gesichtszüge unter Kontrolle zu bekommen. Alle beobachteten diese Verwandlung und lächelten mit ihr bei dem gemeinsamen Kampf, nicht zu lachen.

»Du bist eine Meisterin der Täuschung, meine Liebe.«

»Halt den Mund! Du hast dieses schräge Spiel erfunden, da mußt du mir schon ein bißchen Zeit zum Üben lassen. Im übrigen sind normale Leute so erzogen, daß sie die Wahrheit sagen.«

Sie reckte ihr Kinn, atmete tief ein und bereitete sich darauf vor zu lügen.

Und John Price verliebte sich, um fünf Uhr fünfzehn an einem Freitagabend im Mai 1990.

Unabsichtlich einen verschwörerischen Ton parodierend, hob Emily eine Braue und gestand: »Ich kämpfe permanent mit schlimmen Depressionen. Ich meine, wirklich dunklen Phasen, in denen ich alle Hoffnung verliere.«

Nach einem Moment Stille brachen Mark und Scott lauthals in Gelächter aus. Sogar Charles lächelte breit, wenn er sich auch bemühte, dem Spiel mehr Achtung zu erweisen. Emily schaute krampfhaft in ihren Schoß. »Ich lern's schon noch«, sagte sie. »Wartet's nur ab.«

John hingegen lachte nicht. Endlich sah er, wie sich sein Leben vor ihm entfaltete. Er sah eine Frau, die unfähig war zu lügen, und sagte sich, das sei eine der seltenen Kostbarkeiten des Lebens. Er sah, daß Emily – wie ihre Lüge offenbarte – neurotische Depressionen überhaupt nicht kannte. Sie lebte dicht an der Oberfläche des Lebens, die klebrigen, ewig zunehmenden Schichten von Selbstzweifeln und Identitätsproblemen waren ihr eine Last, die man leicht abstreifen konnte. John spürte, wie sich die Muskeln um seine Augen merkwürdig zusammenzogen, und schabte mit der unteren Zahnreihe an seiner Oberlippe.

Lange genoß er den Moment noch nicht, da war Scott dran und sagte mit gewinnendem Lächeln: »Ich bin wirklich froh, daß John mich hier in Budapest aufgespürt hat.« Angesichts dieser warmen, brüderlichen Gefühlsbezeugung nickte Emily glücklich. Mark und Charles schauten unter sich. »Wirklich. Als wenn ein Traum wahr geworden wäre.«

Eine trübsinnige Kellnerin ging aufreizend nahe an ihrem Tisch vorbei. John winkte hoffnungsfroh, schaffte es auch, einen Moment lang ihre Aufmerksamkeit zu erringen, aber er konnte kein Wort Ungarisch. Auch Scott, obwohl er schon fünfeinhalb Monate hier war und Englisch unterrichtete, konnte kaum mehr; Mark hatte sogar sogar einen Monat lang – vergeblich – Privatstunden genommen, und Emily konnte, dank ihres täglichen

Unterrichts in der Botschaft, zwar geschriebene Wörter erkennen, ansonsten aber nur extrem einfache Gespräche führen. Deshalb wandte sich John hilfesuchend an Charles Gábor, den zweisprachigen Sohn ungarischer Eltern, die 1956 in die USA geflohen waren.

»*Ő kér egy rumkólát*«, sagte Gábor zu der Kellnerin mit der steinernen Miene. Ohne eine äußerlich sichtbare Reaktion zu zeigen, ging sie davon.

»Lieber Himmel! Was hast du zu ihr gesagt?«

»Nichts.« Gábor zuckte mit den Achseln. »Ich habe gesagt, du wolltest noch eine Rum-Cola.«

»Na, die sieht aber genervt aus. Vielleicht hat sie sofort gemerkt, daß ich Jude bin«, stöhnte John.

Physisch betrachtet, traf seine Selbsteinschätzung unleugbar zu, aber seine harsche Einschätzung des Antisemitismus ungarischer Kellnerinnen zerstörte prompt die Stimmung am Tisch. Sein blonder, blauäugiger, stupsnasiger Bruder tröstete ihn widerwillig. »Nein, die Kellner und Kellnerinnen hier sind alle so. Sie behandeln mich nicht anders.«

»Na, wie dem auch sei, das war meine Aussage«, erwiderte John, und angesichts dieser für einen Anfänger exzellenten Leistung stieß Gábor einen kurzen, herablassend anerkennenden Pfiff aus.

Das Wahrheitsspiel schien Charles Gábors Kopf voll ausgereift entsprungen zu sein, und bei den jungen Amerikanern, Kanadiern und Briten, die 1989/90 zuerst tröpfchenweise und dann in Strömen nach Budapest kamen, war es sehr beliebt und eine der wenigen gemeinsamen Interessen einer ansonsten sehr gemischten Gesellschaft. Charles hatte die Regeln im Oktober 89 erklärt, gleich am Abend seiner Ankunft in der Stadt, von der ihm seine Eltern immer erzählt hatten, sie sei seine eigentliche Heimatstadt. Spät an diesem Abend, noch voll im Jetlag, spielte er es mit einer Gruppe Amerikaner in einer Bar in der Nähe der Budapester Universität, und das Spiel wurde in der englischsprachigen Gemeinde, in Scotts Worten, »zur Volkskrankheit, leicht, aber unheilbar«. Der Virus wanderte von dem klebrigen Tisch in die Lehrerkollegien der »Englisch als Zweite Fremdsprache«-Schulen, in Folk- und Jazz-Kreise, zu den Juniorpartnern in Anwaltskanzleien. Auch unter Botschaftspraktikanten und Rucksacktouristen, Malern und Dichtern, Drehbuchautoren und anderen neuen (und oft gutbetuchten) Bohemiens sowie jungen Ungarn, die sich mit diesen Invasoren, Voyeuren, Naivlingen, sozialen Flüchtlingen anfreundeten, breitete sich das Spiel immer weiter aus. Jeden Tag wurde es lachend erklärt und gespielt von den vielen neuen Leuten, von denen Budapest überquoll. Sie wollten Geschichte unbedingt live erleben oder auf einem völlig chaotischen Markt abzocken; sie wollten sich künstlerische Inspiration an den ungenutzten Quellen einer vom Kalten Krieg gepeinigten Stadt holen oder lediglich das seltene und sicher kurzfristige Zusammenfallen von Ort und Zeit genießen, bei dem man als Amerikaner, Brite oder Kanadier Exot sein konnte. Es lag ja in der Luft, daß es mit diesen Möglichkeiten allzubald wieder vorbei sein würde.

Zweite Runde

Charles schaute John streng an, als wolle er ihm das Gefühl vermitteln: Es wird dir nicht gefallen, aber ich muß die Wahrheit sagen. Dann verkündete er: »Wenn diese erste postkommunistische Lebensfreude erst einmal verflogen ist, kommt der Zeitpunkt, an dem die Ungarn begreifen, daß man auch zuviel Demokratie haben kann. Sie werden begreifen, daß sie einen stärkeren Mann am Ruder brauchen, und sie werden sich für das Richtige entscheiden: ein starkes Ungarn mit echtem National- und Gemeinschaftsgefühl.« Er hielt inne, musterte John und Scott eindringlich und schloß mit den Worten: »Wie sie es Anfang der Vierziger hatten.«

»Wie mein Vater immer sagt, sollte man seinen Kummer stets relativ sehen. Es gibt immer noch jemanden, dem es schlechter geht als einem selbst. Dieser Trost bleibt einem«, sagte Mark.

Emily: »Es gibt mehr nette als fiese Menschen auf der Welt.

Davon bin ich wirklich überzeugt.« John sah deutlich, daß sie es glaubte, und ahnte, daß ihm diese seltene, außergewöhnliche Grundüberzeugung zu einem erfüllten, bedeutsamen Leben fehlte. Er fand auch schön, daß Emily der Zwang, gleich zweimal zu lügen, zuviel gewesen war. Nun mußte sie sich für die Schlußrunde auch noch zwei Lügen hintereinander ausdenken.

Scott, der dem Spiel auf höchstem Niveau noch nicht gewachsen war, nahm Zuflucht zu bloßen Möglichkeiten: »Ich mag Pest lieber als Buda.« Er lebte und arbeitete in den Hügeln von Buda, auf der anderen Seite der Donau, gegenüber den städtischen Ringstraßen und dem Netz von Gassen in dem flach gelegenen Pest.

»Langweilig«, grummelte Gábor. »Unter der Würde des Spiels. Du spielst Scheiße.«

»Leck mich, du Arsch«, konterte der Englischlehrer.

John (dessen Rum-Cola mittlerweile angekommen, doch aus keinem ersichtlichen Grund von einer ähnlich genervten, ansonsten aber ganz anderen Kellnerin Mark vorgesetzt worden war) sagte: »Heute in fünfzehn Jahren werden die Leute über all die tollen amerikanischen Künstler und Denker reden, die in den neunziger Jahren in Prag lebten. Da geht im Moment das wahre Leben ab, nicht hier.« Er langte über den Tisch, um sein Glas zu nehmen, kippte Scott aber Gábors Likör über den Schoß. Scott sprang auf, nahm Emilys prompt angebotene Serviette und schüttete sprudelndes Karpatenwasser mit hohem Natriumgehalt über die braunen Kräuterschlieren, die sich über den Schritt seiner Joggingshorts ausbreiteten.

»Abtupfen, nicht reiben«, riet Emily mit ehrlicher Anteilnahme.

Dritte Runde

»Ich muß gestehen«, sagte Gábor langsam, als Scott wieder saß, »daß ich einen Moment lang eifersüchtig war, als Emily ein solches Interesse an dir genommen hat, Scott.« Er schaute sie an, dann weg, blies mit flatternden Lippen den Atem aus und fügte hinzu: »Und wie angelegentlich sie dir die Shorts abgetupft hat«, als wolle er mit seiner schlüpfrigen Nachbemerkung die peinliche Wahrheit kaschieren.

John verschlug es den Atem und die Sprache, als sich für den Lebensplan, den er in der letzten halben Stunde entwickelt hatte, plötzlich derartige Hürden auftaten. Zu der Erkenntnis gezwungen, daß es am Tisch um persönliche Geschichten ging, von denen er nichts wußte, tröstete er sich schließlich mit der (75prozentigen) Wahrscheinlichkeit, daß Charles gelogen hatte. Andererseits, erinnerte er sich, hatte Charles beim Erklären der Regeln als »einen der schönsten Aspekte des Spiels« angeführt, daß »die Teilnehmer manchmal selbst nicht genau wissen, wieviel Wahres sie erzählen«.

»Du bist ja ein ganz Schlimmer, Charlie!« Emily drohte ihm mit dem Finger.

Der schaute in der Hoffnung, daß er verbergen konnte, was er verraten hatte, oder etwas verraten, das nur so aussehen sollte, als verberge er es, woandershin und brachte so eine weitere Kellnerin dazu, an ihren Tisch zu kommen, und bevor sie noch merkte, daß sie in der Falle saß, mußte sie schon Bestellungen für neue Speisen und Getränke aufnehmen. »Arme Frau«, sagte Charles, als sie sich mit saurer Miene zurück ins Café bequemte. »Sie überlebt die New Economy nie. Das ganze Land braucht einen gehörigen Tritt in den Arsch.«

»Du kannst nicht zwei Dinge sagen, Charles.«

»Ja, weiß ich. Das war nur meine Meinung.«

Mark nickte. »Jede Wette, als dieses Café aufgemacht wurde, war die Bedienung nie mürrisch. Du bist dran, Em.«

»Herrgott, müssen wir weitermachen? Das ist doch keine Art, wie normale Leute ihre Zeit verbringen sollten. Gut, gut, einen Moment bitte ... Ich glaube, ich könnte für immer in Ungarn leben. Ich will niemals in die Staaten zurück.«

John lächelte bei der Vorstellung, wie diese durch und durch typische Amerikanerin mitteleuropäische Bodenständigkeit entwickeln und ihre ungarischen Kinder zu den ersten optimistischen, fröhlichen Nichtrauchern in der Geschichte der Nation erziehen würde.

Scotts Beitrag in der dritten Runde lautete: »Englisch ist schwerer als Ungarisch.«

Und Johns: »Scott ist der Liebling unserer Eltern.«

Wenn es auf die vierte Runde zuging, spürte man beim Wahrheitsspiel immer eine gewisse Abgespanntheit, ein eigentümliches Unbehagen, rational nicht recht faßbar; Schläfrigkeit senkte sich herab oder auch Entrücktheit. Nur das Gespräch, das nichts mit dem Spiel zu tun hatte, wurde lebhafter, aber auch gereizt, da die Spieler gemeinhin eine Menge Energie auf den Versuch verwandten, sich zu erinnern, was sie schon gesagt hatten und was davon angeblich stimmte. An diesem Spätnachmittag im Mai hatten anscheinend nur Charles Gábor und eventuell noch Emily nichts von ihrem Schwung eingebüßt. Es ging allmählich auf sechs Uhr zu, und alle außer Scott, der sehr ernährungsbewußt war, hatten zuviel Zucker, Koffein oder Alkohol intus. Scott lehnte sich auf seinem schmiedeeisernen Stuhl zurück und blickte durch die über ihnen hängenden Äste in den matt schimmernden Himmel. John empfand dumpfe Enttäuschung und eine Schwere in den Beinen, als liefe er eine stehengebliebene Rolltreppe hoch. Mark hatte sich mit Unicum betrunken, diesem bei der ungarischen Nation so beliebten herben Kräuterlikör, und da er bei Trunkenheit meist rührselig wurde, spielte er mit einer rote Haarsträhne, während er mit wehmütig gespitzten Lippen und besorgt zusammengezogenen Brauen das staubige Büro der Fluggesellschaft betrachtete.

Vierte Runde

Charles hielt seine Espressotasse mit Daumen und Mittelfinger, ließ sie kreisen und suchte in den auf der Innenseite der weißen Tasse entstehenden braunen Bögen nach Inspiration. »Ich glaube, Kinder großziehen ist die derzeit einzige Investition mit Höchstrenditen, wenn man einen Gewinn an Selbsterkenntnis und Selbstdarstellung realisieren will. Es wäre die Quintessenz des Lebens.«

»Vermutlich ist es nicht mal kategorisch ausgeschlossen, daß es Volkswirtschaftsstudenten gibt, die das glauben«, sagte Mark. Er verschwendete eine Aussage, fand es aber höchst unterhaltsam und fügte hinzu: »Jobs in der Finanzbranche sind hochgradig kreativ und existentiell wichtig für eine blühende Kultur und das Glück der Menschheit. Besonders im Risikokapitalgeschäft.«

Emily sagte: »Mir fällt es so leicht, unehrlich zu sein, daß es mich manchmal beunruhigt.«

Scott Price: »Ich bin adoptiert. Oder John.«

»Das ist schon besser, Scottie«, sagte Charles. »Genaugenommen zwar eine Tatsachenbehauptung, die man überprüfen kann, aber wir lassen sie aus Gründen der allgemeinen Belustigung gelten.«

John: »Jetzt verstehe ich, warum hier alle so gut Freund sind.«

»Gute Freunde sind«, korrigierte ihn der Englischlehrer und lehnte sich mit geschlossenen Augen zurück. Die beiden kippelnden Stuhlbeine waren ein verführerisches Ziel.

Bei einer Runde Unicum verrieten die Spieler ihre wahren Aussagen und rechneten die Punkte zusammen. Charles Gábor erzielte ordentliche sieben von acht und war trotzdem sichtbar empört über seine schwache Vorstellung. Seine drei ersten Aussagen wurden jeweils von einem Mitspieler als wahr eingestuft. Emily glaubte, er beneide Mark um seine Forschungstätigkeit, Mark glaubte, er beneide Scott um Emilys Gunstbeweise, und John glaubte (nicht ohne scharfen Unterton), daß er ein wieder auflebendes faschistisches Ungarn befürworte. Charles indes erklärte seine vierte Aussage – die Freuden der Kinderaufzucht, ausgedrückt in Kategorien der Finanzmärkte – für wahr. Scott, der Charles im Verdacht gehabt hatte, zumindest zu behaupten, er meine es aufrichtig, gewann einen Punkt.

Die restlichen vier Punkte bekam Charles, weil er bei allen anderen die wahren Aussagen korrekt herausgefunden hatte. Mark war nämlich wirklich überzeugt, daß mißmutiger Service eine Erfindung des späten zwanzigsten Jahrhunderts war; Emily glaubte tatsächlich, daß es mehr nette Menschen auf der Welt gab als fiese; Scott hatte zwar noch kein Ungarisch gelernt, war aber der Meinung, es sei nicht so schwierig wie seine Muttersprache, und John hatte Budapest schon nach zwei Tagen als nicht so epochemachend und kulturell verheißungsvoll abgestempelt wie Prag, wo er auf der Herreise sechzehn prägende Stunden verbracht hatte.

Scott strich sechs Punkte ein. Einen dafür, daß Emily meinte, er sei gewiß glücklich, John in Budapest zu haben, eine Auffassung, die John so erheiterte, daß er nicht lange darüber nachgrübelte, was die Tatsache, daß es eine Lüge war, denn eigentlich bedeutete. Zwei Punkte bekam Scott für seine Provokation mit der Adoption. Ja, zwei: Selbst John fand, sie stimmte mit vielen deutlich sichtbaren Faktoren überein, die gar nicht unwahr sein konnten, und erklärte vielleicht auch seine Unfähigkeit, endlich eine dauerhafte erwachsene Beziehung zu seinem älteren Bruder herzustellen. Im übrigen begriff Scott ohne weiteres, daß John lieber in Prag gewesen wäre und Emily eine optimistische Weltanschauung hatte. Nur bei Mark geriet er ins Stocken, denn eigentlich glaubte er Marks Gefasel, man solle seinen Kummer stets relativ sehen.

Mark wurde mit sehr respektablen vier Punkten Dritter. Er erkannte Emilys wahre Aussage und kassierte drei Punkte für seine Reiß-dich-zusammen-Theorie über Kummer. »Mein Vater ist genauso«, tröstete Emily ihn. »Meiner eigentlich nicht«, gestand Mark. »Meiner hat ungefähr 1973 angefangen, über sein Leben zu jammern, und seitdem nicht wieder aufgehört.« Johns Aussage zu der antisemitischen Kellnerinnentaktik und Scotts zu seiner Adoption hielt Mark aber für wahr.

Deshalb kam John auf drei. Emily sagte ihm, er solle sich nicht grämen, Lieblingskind zu sein sei ja auch schwer, manchmal sogar besonders schwer. (»Ehrlich gesagt«, erwiderte John, »ist unsere Familie wissenschaftlich einzigartig, weil kein Kind der Liebling ist.«) Er erfaßte Emilys Glaube an die Menschheit als wahr, nicht ohne einmal tief durchzuatmen und glücklich zu erkennen, daß sich die Schicksalsräder drehten.

Persönliche Assistentin Emily Oliver, die eine angeborene Unfähigkeit an den Tag legte, zu lügen oder eine Unwahrheit zu bemerken, kam auf null Punkte. Sie trank ihren zweiten Unicum und verzog nach jedem Schluck unbewußt das Gesicht. In der kühlen Abendluft und von dem wärmenden Kratzen des Kräuterlikörs bekam sie ein ganz rotes Gesicht. »Das Spiel ist geschmacklos, Charlie.«

Natürlich hat es fundamentale Schwachstellen. Man erfährt nämlich nie, ob ein Spieler zum Schluß wirklich die Wahrheit sagt, ja, nicht einmal, daß er sie kennt (»einer der schönsten Aspekte«).

IV.

John Price brauchte zu seiner Entscheidung, von Los Angeles nach Ungarn zu emigrieren, acht Minuten. Als er die Karte seines Bruders zum zweitenmal las, spürte er, daß ihre Zeit endlich gekommen war. Ein Zeitungsartikel fiel ihm ein, in dem Ungarns wachsendes »Potential« gelobt wurde, und auf seinen baldigen Austritt aus dem Komitee, das die Olympischen Spiele 2008 nach Los Angeles bringen sollte, für das er fehlerhafte Pressemitteilungen getippt und Fotokopien von seinem Hintern gemacht hatte, freute er sich schon im voraus.

Eingestehen mußte er sich allerdings, daß Scott ihrer Wiedervereinigung gegenüber bestenfalls zwiespältige Gefühle hegen werde. Er, John, hatte ihn auch früher schon aufgespürt, um ein elementares brüderliches Band zu knüpfen. Hoffnungsfroh und gespannt war er zweimal in Scotts Studentenwohnheim aufgetaucht. Dann in dessen winzigem Apartment in San Francisco. Dann auf dem Fischerboot, auf dem Scott gerade nach Alaska schippern wollte. Dann in Portland. Und in Seattle. Und jedesmal hatte Scott ihn sarkastisch, ja amüsiert, abblitzen lassen und zusammengestaucht (auch als er selbst schon an Umfang deutlich abnahm).

Zu Johns stets neuem Erstaunen glaubte Scott immer noch, daß ihre banal unerfreuliche Kindheit eine Rolle gespielt hatte und aus irgendeinem Grunde immer noch eine spielte und daß vor allem – nie ausgesprochen, aber sonnenklar – Scott Opfer ihrer Familie war, während John zu der herrschenden Unterdrücker-Junta selbst gehörte, und diese Ansicht konnte John weder zerstreuen noch begreifen. Jedesmal, wenn er wütend und geschlagen nach L.A. zurückkam, brauchte er ein paar Monate, bis er sich wieder davon überzeugt hatte, daß es diesmal anders sein werde, daß nun genug verheilt sei, daß die Brüder nun eine Zukunft haben würden.

Und jetzt Budapest. Nach den vielen Fehlstarts würden sie alles Alte und Häßliche abschütteln und sich in ihrem gegenseitigen Glanz sonnen. In dieser sagenhaften Stadt, weit von allen familiären Dingen entfernt, würden sie sich an der Vergangenheit vorbeigraben und zu dem elementaren Etwas durchbrechen, das John ganz und stark machen würde, unverletzlich und weise. Alte Mauern würden fallen und gepflegte Gärten dahinter zum Vorschein kommen.

Weil John seine Ankunft nicht zu deutlich, aber zart ankündigen wollte, gedachte er eine Woche nach einem ausführlichen Brief mit differenzierten Erklärungen in Budapest aufzutauchen. Aber er hatte das nachkommunistische Engagement der Post überschätzt. Eines Mittwochabends klopfte er an Scotts Tür in Buda, den fragilen Optimismus des allzuoft Enttäuschten auf dem Gesicht, und stand nur Überraschung und Wut gegenüber, die alarmierend um die Vorherrschaft kämpften. »Hm«, brachte Scott heraus und betrachtete das vom Maimondlicht umflossene Koffer- und Umhängetaschenset. »Und wo wohnst du?« Das Gespräch an dem Abend zerbröselte und versickerte. Beide waren nicht zu den Scherzen aufgelegt, die es am Laufen gehalten hätten. Scott ließ John zweimal die Geschichte erzählen, wie er seine Adresse herausgefunden hatte.

Und nun, acht Tage später, stand John, einen weiteren Nachmittag sich selbst überlassen, oben auf dem Hügel, wo sein Bruder wohnte, beobachtete, wie Pest in einem Dunstschleier verschwamm, und ging zurück ins Haus, um sich wieder einmal in einer öden, karg möblierten Wohnung von Scott auf dem Boden auszustrecken. Er überlegte, ob er nach Hause zurückkehren und um seinen alten Job bitten sollte; bis zu den Olympischen Spielen waren es immerhin noch achtzehn Jahre. Er dachte aber auch an Emily Olivers Lachen, und obwohl er sie kaum kannte, bewunderte er, daß sie (im Gegensatz zu seinem trostlosen Bruder) nichts verbarg, sich allem stellte und, wie er selbst, der Welt entgegentrat als Ort, der vor Möglichkeiten strotzte. Emily war Grund genug, hierzubleiben. Und dann rutschte die Post für Scott durch die Tür und klatschte auf den Boden. John öffnete seinen eigenen Brief aus l.a., las seine guten Absichten und peinlich vorsichtig formulierten Hoffnungen und stopfte ihn in seinen Koffer.

Das Telefon klingelte, eine Stimme fragte nach John und stellte sich dann als Zsolt »von Scott Klasse« vor.

»Das ist eine Aussage von zweifelhaftem Charakter.«

»Entschuldigung bitte, was?«

Zsolt gelang es, begleitet vom sporadischen Seitenrascheln eines Wörterbuchs, seine Nachricht mitzuteilen: Der Freund des Freundes seiner Mutter kannte einen alten Mann, der unten in Pest, in der Andrássy út, ein Zimmer hatte. John zog eilig seinen plastikbeschichteten Stadtplan zu Rate und fuhr mit dem Finger den breiten Prachtboulevard im Stadtzentrum entlang. »Scott hat uns von seiner Klasse gebittet, ein Ohr für dich aufzuhalten, denn er will, daß du eine Wohnung allein sehr schnell wie möglich hast, sagt er viele Male. ›Sucht meinem Bruder eine Wohnung! In Pest!‹ sagt er. So bin ich froh, daß ich dieser Wohnung für dir gefindet habe. Der Mann ist ein alter und will auf das Land bei Sohn und Schwiegertochter.« Er gab John eine Telefonnummer und buchstabierte stockend zweimal den Namen Szabó Dezső, wobei er John, der ja neu in Ungarn war, erklärte, daß hier der Familienname zuerst genannt werde – eine Lappalie im Verhältnis zu dem Gulasch dissonanter Konsonanten, mit denen Johns Notizbuch nun vollgeschrieben war. »Aber du darfst nicht sagen der Stadt, daß er das tut, sonst nehmen sie ihm die Wohnung heraus.«

»Er vermietet unter, obwohl es eine Sozialwohnung ist oder was?«

»Entschuldigung bitte, was?«

John rief Charles Gábor im Büro an und bat ihn um Hilfe, und nachdem er es mit dem Stadtplan zur Andrássy, davor Népköztársaság, davor Sztálin, davor Andrássy geschafft hatte, saßen die beiden am frühen Abend auf der Schlafcouch im Zimmer eines sehr alten Mannes und tranken Birnengeist aus Pappbechern. John mäkelte, Charles' Anzug werde den Preis, den der alte Mann verlange, in die Höhe treiben. Charles, dessen Risikokapitalgesellschaft ihm einen luxuriösen Bungalow in den Hügeln von Buda gekauft hatte, sagte, er sollte aufhören zu meckern.

Dezső Szabó trug ein Unterhemd, ausgebeulte karierte Hosen und Plastikbadelatschen, die großzügig mit dem Logo eines deutschen Sportartikelherstellers bedruckt waren. Er war extrem dünn; seine Körperteile fielen zusammen beziehungsweise auseinander wie die letzten Strohhalme in einem Glas an einem Hotdog-Stand. Sein graues Haar stand erst hoch und teilte sich dann zu beiden Seiten wie Weizen auf einem Feld beim Durchgehen. Er konnte zwei Wörter Englisch (*New* und *York*) und ein paar Brocken Deutsch.

Während draußen der Regen knisterte und rauschte, saßen die drei Männer schweigend da. Durch die offene Balkontür sah John, wie dunkle Äste über die weißen Lichtkegel der Straßenlampen in der Andrássy út wogten. Der gelbe Sessel unter Szabó, ein Holzschrank, die Küche in der Nische, ein Nachttisch mit einer kleinen grünen Lampe und ein billiger Rolltisch, der sich unter einem riesigen, neuen Fernseher mit veritablem Kabelsalat bog, vervollständigten die Einrichtung.

Szabó leckte sich den Schnaps von den pergamentenen Lippen und gab in der typisch tiefen, sonoren Stimmlage des ungarischen Mannes ein paar Worte von sich. Dann folgten eifrige Lippenbewegungen bei geschlossenem Mund, ein Zurechtrücken des Gebisses (oder genoß er den Schnaps?), was John nicht minder unangenehm anzusehen als anzuhören fand. Charles antwortete knapp und präzise in der gleichen tiefen Tonlage. Der

Ungar redete weiter, einem kurzen Wortschwall auf der einen folgte einer auf der anderen Seite. John erwartete eine Übersetzung, es kam aber keine. Seine Augen liefen den Worten hinterher, vor und zurück zwischen den beiden nicht zu verstehenden Männern. Gábor war auch jetzt noch picobello gefältelt und gebügelt und gegelt, Szabó ein schlaffer, spindeldürrer Sack mit runzligem Fleisch; steife Finger quetschten und kratzten an einer trockenen, haarigen Nase herum.

»*Igen ... igen ... igen ... jó.*« Während Szabó das Gespräch an sich riß und vor sich hin monologisierte, nickte Charles und sagte immer wieder wie im Takt »Ja« und »Gut«. »*Igen. Igen. Jó. Jó. Igen.*« Dann aber beugte er sich, ohne Szabó aus dem Blick zu lassen, zu John vor, als wolle er das Gesagte nun jeden Moment übersetzen. Er versuchte Szabó mit erhobenem Finger Einhalt zu gebieten, nickte rasch, bat um einen Moment Pause, doch der alte Mann wollte oder konnte nicht aufhören und redete einfach weiter. »*Igen.*« Charles gab nicht auf. »Er sagt, er wohnt seit achtunddreißig Jahren hier... *igen... jó.* Er sagt... *igen... nem ... igen.*« Schließlich aber richtete er sich doch wieder auf, und Szabó ratterte weiter wie gehabt.

Nach einer Weile kam John zu dem Schluß, daß, einerlei, was hier erörtert wurde, mit ihm nichts zu tun hatte, und er öffnete die Balkontür, drei Stockwerke über der Andrássy út, während das einseitige Gespräch, nun vom Regen übertönt, hinter ihm monoton weiterging.

Der Balkon, ein steinernes Quadrat, auf dem zwei, drei Leute stehen konnten, bot selbst im Regen eine wundervolle Aussicht. Die Andrássy út verlief vom Deák-Platz zur Linken bis zum Heldenplatz, viel weiter weg zur Rechten und von hier nicht zu sehen. Der Balkonboden sah aus wie eine Landkarte mit sich windenden Flußläufen, Grenzsplittern und Betonplatten, die so locker waren, daß man sie aufheben konnte. Höchstwahrscheinlich würde er irgendwann unter seinem eigenen Gewicht oder dem eines anderen abbrechen. Die Außenwände des Hauses trugen jahrzehntealte Narben und Einschußlöcher. An dem Gebäude auf der gegenüberliegenden Straßenseite glänzte ein neues

Schild mit der Aufschrift ANDRÁSSY ÚT über dem verblichenen, staub- und regenverschmierten alten, auf dem man aber trotz des hellroten x, mit dem es von Ecke zu Ecke übermalt war, noch NÉPKÖZTÁRSASÁG ÚT lesen konnte.

John stellte sich vor, wie er gemütlich auf einem Stuhl auf diesem Balkon saß, die Beine auf den rostigen Bögen des Eisengeländers übereinandergeschlagen, während die untergehende Sonne den kosmopolitischsten Boulevard der Stadt vergoldete. Auf diesem Balkon würde ein grandioses Leben beginnen. Er sah sich, wie er genüßlich die kratzigen ungarischen Zigaretten rauchte – eine erste vage Ahnung, daß er anfangen würde zu rauchen – und eine berufliche Großtat ausheckte, deren Charakter unklar war, die ihm aber überreichen Ruhm und Ansehen verschaffen würde. In seinem neuen Heim, dem gesellschaftlichen Mittelpunkt lebensprühender Kreise, würde er, geistreich und faszinierend, Maler, Menschen der feinen Gesellschaft, Spione, Bühnenschauspieler, Staatsmänner, die lasterhaften Sprößlinge uralter oder angeblicher Adelsfamilien und – Emily Oliver begrüßen. Sie würde dableiben, wenn die anderen Gäste gingen. »Komm auf den Balkon«, würde er sagen. »Komm rein vom Balkon«, würde sie sagen.

»Er will wissen, ob du in Dollar oder Pengő bezahlst.« Charles lehnte an der Wand direkt hinter der Balkontür.

»Pengő?« John ging hinein. »Sind …?«

»Ist die ungarische Währung vor dem Forint, bis ungefähr 1945, glaube ich.« Charles lächelte, als sei das eine normale Frage und selbstverständliches Thema bei Mietverhandlungen.

»Und warum sollte ich im Besitz von Pengő sein?«

»Sehr guter Punkt. Offenbar bist du geschäftlich doch nicht so unbeleckt.« Charles hob seinen geblümten Pappbecher in Richtung des alten Mannes und goß alle drei Trinkgefäße noch einmal randvoll. Dann wandte er sich wieder an John. »Okay, zuerst die schlechte Nachricht. Herr Szabó freut sich, daß er mit mir aufs Land zurückkehren kann. Er hat mich vermißt. Hat nicht mehr viele Leute zum Reden. Außerdem ist er sehr froh, daß ihr, du und die Armee, endlich hier seid. Er hat immer gewußt, daß die Amerikaner kommen und die Russen schlagen, und er dankt dir sehr. Das versetzt uns, sagen wir, ins Jahr 1956, als die Amerikaner definitiv nicht gekommen sind. Mal sehen, was noch …« Charles zog seine Ärmelaufschläge glatt. »Ach ja, er *war* Mitglied der Kommunistischen Partei, aber ihm liegt daran, daß du weißt, daß das alle waren, und jetzt, da die Kämpfe beendet sind, freut er sich, daß die Amerikaner eine demokratische Regierung einsetzen werden. Und er will, so gut er kann, kooperieren. Da du ja ein Wort mitzusprechen hast.«

»Aus diesem *appartement*.«

»Richtig. Die gute Nachricht ist, daß es hier Kabelfernsehen gibt, wenn auch hauptsächlich deutsche Sender und zwei Ausgaben von CNN. Außerdem sagt er, daß die sanitären Anlagen in der Wohnung sehr gut sind und die Schlafcouch ziemlich neu.«

Szabó unterbrach sie noch einmal mit einem krächzenden Monolog. »Und noch ein paar gute Nachrichten. Er hat keinerlei Problem damit, daß hier Juden wohnen«, übersetzte Charles.

»Da fällt mir aber ein Stein vom Herzen«, sagte John. »Kannst du ihn jetzt noch dazu überreden, die Miete mal in einer gebräuchlichen Währung zu überdenken?«

Nach nur einer weiteren Minute fremdsprachigem Hin und Her stand Szabó auf, schüttelte John die Hand, umarmte Charles liebevoll und küßte ihn mehrmals auf beide Wangen. »Sehr gute Nachrichten, John. Dein Vermieter bietet dir hervorragende Bedingungen, und du hast gerade nach nur sehr kurzem Feilschen angenommen.« Er nannte einen Betrag in Forint.

»Die Woche?«

»Natürlich nicht. Im Monat.«

»Das ist absurd. Das ist nichts. Biete ihm mehr an.«

Szabó goß die Pappbecher wieder voll, um den Vertrag zu besiegeln, doch Charles verzog das Gesicht. »Ihm mehr anbieten?« sagte er empört. »Herrgott! Sei nicht dumm. Das ist das Doppelte von dem, was er der Stadt zahlt. Er ist offensichtlich zufrieden mit dem Deal. Sei nicht gönnerha–«

»Zufrieden mit dem Deal? Er hält mich für Eisenhowers Adjutanten.«

»Das ist dein Wettbewerbsvorteil«, erklärte Charles, angestrengt um Geduld bemüht. »Den wirft man nicht so einfach weg.«

»Ich glaube nicht, daß es gönner–«

Nun redete der alte Mann, offenbar besorgt. Er schaute Charles an, zeigte aber auf John.

»*Nem, nem. Nagyon jól van. Nagyon*«, versuchte Charles ihn zu beschwichtigen. »Mach ein fröhliches Gesicht, John. Er hat Angst, er hat dich beleidigt.«

John lächelte gehorsam, er wollte nicht unhöflich sein. Sie stießen mit den Bechern an und tranken.

Szabó nahm die leeren Pappbecher, stellte sie ins Spülbecken, wusch sie für seinen neuen Mieter kurz ab und deponierte den Schnaps wieder unten auf dem Fernsehwagen. Dann rieb er sich die Hände und schlug einen geschäftsmäßigen Ton an. Charles' Simultanübersetzung wurde entschieden besser: John konnte, wenn er wollte, am nächsten Tag einziehen, so funktionierte die Heizung, so bezahlte man die Gasrechnung, und erschoß die US-Armee Leute vor Hauswänden? Sie einigten sich auf einen Zweijahresvertrag, die Miete zahlbar alle drei Monate an einen Freund von Szabó, der zwei Wohnungen entfernt wohnte, so bediente man den Fernseher, so stellte man das heiße Wasser zum Baden oder Duschen an, und wenn es Informationen über russische oder ungarische Gefangene gab, die Szabó beibringen sollte, war er gern behilflich. Er habe sich nie für die Kommunistische Partei interessiert, aber als Arbeiter partout keine andere Wahl gehabt. Die Wohnung sei gut, und er habe Glück gehabt, daß er sie bekommen habe. Dank der Partei seien er und seine Frau vom Land in die Stadt gekommen, hätten Arbeit in der Fabrik und diese Wohnung bekommen, ihren Sohn hier großziehen können. Der lebe jetzt mit Frau und Tochter in der Nähe von Pécs. Das Leben in Pest sei gut gewesen. Die Andrássy út sei eine gute Straße, das hier ein gutes Viertel. So zünde man den Herd an. Die Partei scheine ihre Arbeit gut zu machen. Man müsse doch einfach glauben, daß jetzt, wo sie das Sagen habe, alles besser laufen werde. Er und seine Frau seien letztes Jahr eingezogen und hofften, daß sie bald ein Kind bekämen. Er wolle ein Mädchen, Magda einen Jungen. Die Partei habe ihnen gerade am Anfang viel geholfen. Das sei der Schlüssel für die Haustür, das der Schlüssel für die Wohnungstür, so kriege man eine Amtsleitung, das sei ein Bild von Magda, seine Frau sei 1988 gestorben. Hier sei die Telefonnummer des Sohnes auf dem Land. Viel Glück bei allem. Danke, daß Sie gekommen sind. Bis morgen um drei.

»*Viszontlátásra*«, sagte der alte Mann.

»*Viszontlátásra*«, sagte Charles.

John nickte, wünschte stumm lächelnd alles Gute, dann gingen die Amerikaner und suchten sich ein Restaurant, um zu Abend zu essen.

V.

Da Charles am nächsten Tag arbeiten mußte, ging der Einzug um drei Uhr im wesentlichen mittels Zeichensprache vonstatten. Angst, mit dem alten Mann, der stolz Juden willkommen hieß, allein zu sein, hatte John nicht, denn Gábor hatte am Vorabend noch zugegeben, daß er die Bemerkung erfunden habe, weil die Verhandlungen so langweilig geworden seien. In Wirklichkeit hatte Szabó übrigens seine Verwunderung darüber ausgedrückt, was man in Amerika für Möglichkeiten hatte, wenn schon ein Bursche in Johns Alter zu solcher Macht aufsteigen konnte.

Als John ankam, half der ungefähr fünfzig Jahre alte Sohn dem alten Vater beim Packen für den Umzug aufs Land. Er konnte ein paar Worte Englisch und war zu Johns Erleichterung offenbar mit der Übereinkunft, die sein geistig gehandicapter Vater getroffen hatte, zufrieden. »Gutes Geschäft okay«, lautete seine wiederholte Zustimmung zu dem Handel, und er fügte hinzu: »Dezsö der Name mein.«

»John. Juan. Jan. Johann. Jean.« John sagte seinen Namen immer schneller in so vielen Sprachen her, wie er konnte.

»János.« Dezsö der Jüngere steuerte ihn in Ungarisch bei. »János der Name dein«, sagte er und stieß John zweimal vors Brustbein.

»Genau. Danke. János der Name mein.«

John hatte seine Sachen rasch verstaut. (Sein Collegeabschluß lag ja noch nicht so lange zurück.) Er stellte das Angebot, später wiederzukommen, wenn sie die verstreuten, immer mehr werdenden Habseligkeiten des alten Mannes zusammengesucht hatten, mimisch dar, doch der Sohn lehnte ab. »Haus deins«, sagte er, faßte John am Arm und führte ihn zu dem gelben Sessel. »Haus deins. Ruhe.« Fünfundzwanzig Minuten lang hockte John auf den vorstehenden Sprungfedern des Sessels und sah zu, wie der Sohn Koffer und Pappkartons packte, sie in ein unten stehendes Auto schleppte und jedesmal Johns wortloses Hilfsangebot ablehnte.

Endlich war die Wohnung bis auf die Möbel frei, gegenstands- und leblos. Als der Sohn den letzten Trip nach unten machte, stellte sich der Vater vor seinen gähnend leeren Kleiderschrank und starrte ihn an. Er ließ den Kopf langsam auf die Schulter sinken, glitt langsam zu Boden und saß schließlich im Schneidersitz da. Auch John spürte die unleugbare Kraft des aufklaffenden, ausgeleerten Schranks, dessen Türen geradezu melodramatisch flehend offenstanden. Die Leere veränderte das Licht im Zimmer, ja sogar den Geruch. Mit dem Rücken zu John starrte Szabó hoch in den offenen Schrank, durch das Holz in der Rückwand lief ein Zickzackriß, und die Kleiderstange bog sich bei der bloßen Erinnerung an Hemden, Jacken, Kleider.

Dann stand der alte Mann auf und drehte sich um. Aus seinen Ohren wuchsen Haare, und er hatte sich an dem Tag noch nicht rasiert. Aus tiefen, kreuz und quer laufenden Furchen sprossen Bartstoppeln. Er nickte und bewegte die Lippen wie am Abend zuvor, was John so abstoßend gefunden hatte, heute aber wirkte es aus irgendeinem Grunde anders. Als ob er etwas ausdrücken wollte; um das Gebiß, das man zurechtrücken mußte, oder den Birnengeist, den man genießen wollte, ging es nicht mehr. John stellte sich vor, daß Worte hinter den Lippen gefangen waren;

Szabó wollte bestimmt etwas sagen oder hoffte, etwas zu sagen. Sein Gesichtsausdruck wirkte sehnsüchtig, doch nach einem Augenblick ging er zur Schlafcouch, legte sich auf den Bauch und versteckte den Kopf, vom Zimmer abgewandt, unter den Armen.

Als der Sohn zurückkam, lehnte der neue Untermieter am Balkongeländer und beobachtete den offenbar schlafenden alten Mann. »Okay, János! Gut«, verkündete der junge Dezsö. Er gab John die Hand, ging in die Wohnung zurück und stieß seinem Vater in die Rippen. Der alte Mann murmelte etwas in Ungarisch und setzte sich schwerfällig hin, stand aber nicht auf. Der Sohn sprach energisch auf ihn ein, gestikulierte in Richtung Johns und der Tür: Zeit zu gehen. Der Vater wurde wütend, starrte zu Boden und schrie, wenn er antwortete. Der gesamte Ton änderte sich rasch, es begann ein Streit, der in einem Tempo zu einem Gewittersturm anschwoll, das John überraschte. Rückwärts über dem Verkehr lehnend, hielt er sich so weit wie möglich von dem Donnerwetter fern, ohne daß er die Wohnung verlassen mußte. Er überlegte zwar, ob er gehen sollte, aber auf dem Weg zur Tür hätte er direkt an den tobenden Magyaren vorbeigehen müssen, und solange sie sich stritten, hätte sein Abgang etwas Demonstratives bekommen, was sie wiederum als Versuch hätten betrachten können, sie zu beschämen, weil sie dem »wohlhabenden« Amerikaner die Zeit stahlen. Also blieb er, wo er war, lehnte sich ans Geländer und starrte die beiden Männer verlegen und verständnislos an.

Der Sohn hob verzweifelt die Arme und stieß einen Laut aus, als wenn Luft aus einem Reifen gelassen würde. Er drehte sich halb zum Balkon um, schrie: »Okay, bye-bye, János. Ruf an, wenn du notwendig« und warf John die Schlüssel zu, einen kleinen Wohnungsschlüssel und einen Zweieinhalbpfünder für das umgebaute Kutschentor des Hauses. Dann ging er. Der alte Mann rührte sich nicht. John hörte, wie sich unten die gewaltige Haustür öffnete, beugte sich über das Geländer und sah, wie der Sohn zu seinem grünen Trabant ging, sich an die Motorhaube lehnte und eine Zigarette anzündete.

Hinter John war der alte Mann auf einmal von der Schlafcouch aufgestanden und holte etwas vom obersten Regal des Schranks. *»Amerikai, für Sie!«* schrie er und dann etwas Ungarisches. John blieb an der Schwelle der Balkontür stehen und zuckte entschuldigend mit den Achseln, was er mittlerweile meisterhaft beherrschte, wann immer jemand darauf beharrte, Ungarisch mit ihm zu sprechen. Der alte Mann hielt zwei gerahmte Fotografien in der Hand. Nach einigem Überlegen stellte er eine auf den Sicherungskasten und die andere auf den Nachttisch neben der Lampe. Dann streckte er die Arme aus, deutete mit gespreizten Fingern, Handflächen nach oben, auf die beiden Fotografien und wollte eindeutig sagen: Lassen Sie sie so stehen. *»Igen? Igen? Ja? Ja?«*

»Ja. Igen.«

Er schüttelte John die Hand, ohne ihn anzuschauen, und ging. John zog sich von der zufallenden Tür ans Geländer zurück, denn in der leeren Wohnung fühlte er sich jetzt noch unwohler als während des Packens oder des Streits. Erneut klang das Echo der zufallenden Haustür von der Straße hoch. Der alte Mann schlurfte über den Bürgersteig und zwängte sich unbeholfen auf den Beifahrersitz ins Auto seines Sohnes. Stotternd und würgend reihte sich der Trabant langsam in den Verkehr auf dem Boulevard ein. Schwarze Qualmwolken bezeichneten wie in einem Comic seinen Weg vom Bordstein bis zu seinem Verschwinden.

John nahm den Zimmerschmuck, den er sich hatte aufnötigen lassen, genauer in Augenschein. Die Schwarzweißfotografie auf dem Sicherungskasten in einem Format, das er noch nie gesehen hatte, zeigte einen schreienden, nicht mehr als zwei, drei Wochen alten Säugling, in Decken gewickelt, von oben aufgenommen, die Augen fest geschlossen, mit den winzigen Fäusten wild in der Luft herumfuchtelnd. Neben der Schlafcouch, wieder in merkwürdigem Format und Schwarzweiß, umgab ein goldbemalter Holzrahmen eine junge Frau in einem weißen Kleid. Keine große Schönheit, sie hatte nichts Zaubrisches oder Romantisches. Einfach eine Frau, die, die Hände auf dem Rücken, vor einem Baum stand und deren Kleid vermutlich zu keiner Zeit und in keinem Land modern gewesen war.

VI.

Die Party hatte im Gerbeaud begonnen und sich dann in ein Restaurant verlagert, dessen ungarischer Name John nun, als er auf der noch zusammengeklappten Schlafcouch lag, entschlüpfte und sich geschickt in seinem Gedächtnis vergrub.

Emily hatte am anderen Ende des langen, abgesplitterten Holztischs gesessen, zwischen zwei von Scotts Schülern. John konnte sie kaum hören, weil ständig ungarische Volksmusiker herbeischwänzelten. Aber ein imaginärer Regisseur hatte Emily, mitten zwischen die ungarischen Gäste und herumlaufenden Kellner, Plakate von Reitern mit flatternden Capes und Rauchgirlanden, in dieses laute, fremde Gerede und die fremde Musik gesetzt, und jedesmal, wenn John den Blick hob, hatte sie gerade eine nie zuvor gesehene, herzzerreißend bezaubernde Geste oder einen ebensolchen Gesichtsausdruck entdeckt. Sie lehnte sich lachend zurück, merkte, daß er sie beobachtete, und winkte, nicht nur einmal, sondern viele Male.

»Also, wie war denn unser Scott als Junge?« fragte ein Schüler John.

»Ich habe fast sechshundert Pfund gewogen«, erwiderte Scott, bevor diese Antwort ernsthaft kam und alle gelacht hätten, weil es unmöglich war. John hätte ihn nicht bloßgestellt, er ärgerte sich über dieses unnötige Spielchen.

»Für mich war er wie ein Gott«, sagte er, mit Blick auf Emily. »Leider wie ein Kriegsgott.«

»Direkt nach meiner Geburt habe ich meine Mutter gedrängt, sich die Eierstöcke abbinden zu lassen, aber vergeblich.«

Charles erklärte Scotts Studenten, warum ihr Land zu ewiger Armut, Fremdherrschaft und Verrat verdammt war, und sie nickten, drückten ihre Zigaretten aus, drehten sich neue und stimmten ihm uneingeschränkt zu. Sie mochten Charles, weil er, obwohl er Amerikaner war, sah, wie die Dinge wirklich standen. »O nein, bitte nicht, *nein*«, sagte Emily immer wieder, und John hüpfte das Herz im Leibe. »Hört nicht auf so ein Gerede.« Ungarn habe eine nie dagewesene Chance, es sei ein vollkommen neuer und einzigartiger Moment in der Geschichte der Menschheit. John pflichtete ihr eifrig bei und freute sich, daß Charles und die Ungarn ihn ebenso herablassend wie sie betrachteten.

Es hatte einen eigenartigen Salat gegeben, gemischten Kopfsalat, mit ungewöhnlichen oder undefinierbaren Beigaben, dann die unweigerlichen Paprikagerichte, und der ungarische Wein war in Strömen geflossen. Gábor bestellte einfach immer nach. Er war auch nicht schlecht und kostete nur 118 Forint die Flasche, etwas unter zwei Dollar, ein Preis, den John im Verlaufe des Abends immer lachhafter fand. Er dozierte über die unglaubliche Symbolik, wie die Amerikaner hier die postkommunistischen Wechselkurse ausnutzten und sich an ungarischem Wein betranken. Doch die signifikanten Einzelheiten dieser Symbolik, die die alkoholseligen Zuhörer scharfsinnig beobachtet und witzig fanden, machten sich irgendwann selbständig, flogen davon und konnten nicht wieder eingefangen werden. Später, im Nachtclub A Házam, nannte Mark John ein Genie, warum, war nicht klar.

Nun, als John in seiner neuen Wohnung zum ersten Mal auf der Schlafcouch des alten Mannes lag und das Hupen und Motorengeräusch von drei Stockwerken weiter unten die Luft erzittern ließen, hatte er keinerlei Erinnerung mehr an den Tanzclub. Er wußte nur noch, daß Emily eine Weile lang mit ihnen zusammengewesen war und dann nicht mehr. Er hatte das vage Gefühl, daß Mark ihn nach Hause gebracht und dafür gesorgt hatte, daß er zwei Aspirin nahm und dazu ein volles Glas Wasser in einem Zug leerte. Er hatte unruhig geschlafen, nicht wenige Umwälzungen vollbracht und war immer wieder wach geworden. Nun schlief er erneut ein.

Und träumte von der Frau auf seinem Nachttisch. Sie stand vor ihrem Baum; etwas entfernt von ihr, auf einem offenen Feld, sah man ungarische Volksmusiker. Die Frau wiegte ein Deckenbündel in den Armen und lächelte John mit unendlicher Zärtlichkeit und Liebe an. Er wußte, daß in seinem Leben nun alles gut war, er wußte, daß es nun, da es endlich anfing, auf immer glücklich und zufrieden sein würde, und als er zu ihr ging, drückte jeder Schritt unwiderruflich Beginn und Bindung aus. Sie beugte sich über die Decken. »*Amerikai. Für Sie*«, sagte sie. »*Igen*«, sagte John. »Ja.« Sie reichte ihm das Bündel. Er nahm es sanft und behutsam in die Arme, schlug die Decken am Kopf auseinander, sah aber, daß er nur das Foto des weinenden Babys hielt. Er war überrascht, daß er nicht total überrascht war. Er kitzelte das Kind auf dem Foto am Kinn und wiegte es zärtlich, fragte sich aber auch, ob die Frau ihn nun mehr oder weniger lieben würde. Er hatte Angst, sie anzuschauen und zu entdecken, daß nicht alles in seinem Leben gut war, doch schließlich konnte er den Moment nicht länger aufschieben. Er schaute hoch, wollte sie küssen, doch sie war verschwunden.

VII.

Welche Sicherheitsmaßnahmen Mark Payton in den Abschlußsemestern der Hochschule auch ergriffen hatte, als er seine klinischen Forschungen zu den Toxinen der Nostalgie betrieb – sie reichten nicht aus.

»Außerordentliche Kreativität in der Forschungsmethodologie«, hatte ein Professor seiner Doktorarbeit bescheinigt. Der enthusiasmierte Mann meinte die wissenschaftlich fundierten Besuche Marks in Museumsläden, Programm- und Retrospektivenkinos, Reisebüros, bei Ansichtskarten- und Posterherstellern, bei den dumpfen, deprimierenden Zusammenkünften von Sammlern wertvoller und wertloser Kuriosa aller Art, Antiquitätenhändlern und sonstigen Großvertreibern von Nostalgie. Es gab keinen Antiquitätenladen in Toronto oder Montreal, der nicht den merkwürdigen Brief bekommen hatte, in dem um sehr spezifische Informationen gebeten wurde: »... nach Gruppen geordnete Unterlagen über alte Bestellungen und Verkäufe, nach Jahren abgelegt ... Veränderungen in der Beliebtheit bestimmter Gegenstände/Perioden, wie unten aufgelistet ... plötzlich gesteigerte Nachfrage nach bestimmten Stilen ... Gemälde, nach

Themen geordnet und nicht nach Malern... die beigefügte Checkliste, in der der Absatz der aufgeführten Gegenstände im Zehnjahresabständen verglichen wird...« Den Briefen folgten Besuche eines bleichen, übergewichtigen, nervend emsigen Studenten mit rotem Haar und leichtem Zucken im linken Augenlid.

Bei seinen Feldforschungen lernte Mark alle wichtigen Typen von kanadischen Antiquaren kennen: ungehobelte, kaum des Schreibens und Lesens mächtige Pfandleiher, die ihre Kunden, Käufer und Verkäufer, sowie ihre Branche zu hassen schienen, aber altmodische Augenschirme und Westen trugen, die selbst schon Zeichen von Nostalgie waren; genau abwägende, automatisch unehrliche Juweliere mit Falten nur um ein Auge, eine Berufskrankheit, die sie sich beim stunden- und wochen- und jahrelangen Schauen durch Lupen zuzogen; Möbelaufmöbler, die plump-vertraulich wie Gebrauchtwagenverkäufer waren und mit breitem Akzent über Ompier und Louie Köngs sprachen; korpulente Damen mittleren Alters, die zweihundert Jahre komplizierte königliche Porzellanmuster im Gedächtnis archiviert, aber die Namen ihrer eigenen Männer, Kinder und Enkel daraus verbannt hatten; angejahrte, vollbusige Scheidungswitwen, die ihre Ersparnisse und Unterhaltszahlungen in einen lange gehegten Traum, aber eine schlechte Idee investiert hatten und am Ende ungemütlich saubere, bizarr bestückte Läden besaßen, die »Antiquitätenecke«, »Geheimnisse des alten China«, »Bienenkorb« oder »Mutters Dachboden« hießen; verstaubte Buchhändler, Haut wie Pergamentpapier, deren Augen die Trockenheit der Läden durch übermäßige Nässe ausglichen; Statuenspezialisten, kleine runde Männer, die man von den Gipscupidos in ihrem Lager nur durch ihre Westen und die Fähigkeit zu gehen und zu sprechen unterscheiden konnte.

Die Fragen, die Mark diesem harten Kern von Vergangenheitshändlern stellte, brachten ihm einen Überfluß an Daten, in Hohlmaßen, Trockenmaßen und Handelsgewichten, die Notizbücher und Disketten füllten.

Nostalgie zu quantifizieren, sie bis zurück in die nebulöse, süß duftende Vergangenheit graphisch darzustellen, ihre Ursachen, Ausdrucksformen und Kosten aufzulisten, das Wesen der Gesellschaften und Individuen zu ermitteln, die von dem Leiden daran am meisten betroffen waren – das war Marks ganze Leidenschaft. Aus den Ergebnissen wand er sich akademische Lorbeerkränze. Er wollte unbedingt Gesetze herausfinden, die ebenso überprüfbar und unwiderlegbar waren wie die Gesetze der Physik oder der Meteorologie. Er versuchte zum Beispiel festzustellen, ob es in einer gegebenen Population eine Korrelation gab zwischen Individuen mit einer »starken« oder »sehr starken« Neigung zu Privater Nostalgie (d. h. Sehnsucht nach Ereignissen der eigenen Vergangenheit) und solchen mit einer ebenso starken Neigung zu Kollektiver Nostalgie (d. h. Sehnsucht nach Perioden oder Stilen oder Orten, die außerhalb der eigenen privaten Erfahrung liegen): P/K. In anderen Worten: Wenn man sich oft und gern an die in einer Herend-Porzellanschüssel mit Marienkäfer im Boden servierte Sauerkirschsuppe der ungarischen Großmutter erinnerte, wie wahrscheinlich war es dann, daß man auch eine Vorliebe für Filme entwickelte, die mit liebevoller, beinahe erotischer Zärtlichkeit das Leben englischer Aristokraten auf ihren Landsitzen vor dem Ersten Weltkrieg zeichneten? Payton war überzeugt, er könne zu einer vorhersagbaren Korrelation kommen, einer Beziehung zwischen der starken Neigung zu Privater Nostalgie und dem Besitz eines Guten Gedächtnisses für Fakten: P/G. Sowohl die Hypothese, daß die Beziehung direkt, wie auch die, daß sie umgekehrt proportional war, erschien ihm plausibel. Zum Schluß war auch die Korrelation K/H, die Beziehung der Tendenz eines Individuums zu Kollektiver Nostalgie und seine tatsächliche Historische Kenntnis des Ortes und der Zeit, nach der es diese Sehnsucht verspürte, theoretisch bestimmbar, und hier vermutete der Forscher heftig ein umgekehrt proportionales Verhältnis. Je weniger man über das Leben auf den Landsitzen wußte, desto mehr wünschte man sich, man hätte dort gewohnt.

Marks Forschungen ergaben mehr Fragen als Antworten, aber die kniepigen akademischen Gepflogenheiten zwangen ihn, im Interesse eines Abschlusses seine lärmige, zudringliche Neugierde zu zügeln; seine Dissertation *Schwankungen in den kollektiven populären retrospektiven Bedürfnissen im englischsprachigen urbanen Kanada 1980–1988* war zwangsläufig auf Probleme der Methodologie und quantifizierbarer Messungen beschränkt. Jetzt aber konnte er auf alle Fragen Antworten suchen. Die Arbeit, die ihn nach Europa verschlagen hatte, würde das brennende *Warum* beantworten, das hinter seinen handfesten, realen Entdeckungen lauerte.

Warum brachten – einer von Marks Umfragen zufolge – ganze 48 Prozent der weiblichen Studienanfänger an der McGill University von zu Hause das gerahmte Foto von Robert Doisneau, *Der Kuß vorm Hôtel de Ville* mit, *das* Bild des Paris der Zwischenkriegszeit (katalogisiert als Ort/Zeit nostalgopathisch #163)? Und warum kauften weitere 29 Prozent der Mädchen den Abzug innerhalb von sechs Monaten nach der Immatrikulation?

Warum fanden den allgemein zugänglichen Verkaufsdaten der Verleger zufolge die Plakate mit dem beliebten Motiv so viel mehr Anklang als Alfred Eisenstadts thematisch gleiches *Times Square, Kuß am Tag des Sieges über Japan*, selbst in Paris, wo ein gewisses Maß an kulturübergreifendem Neid den Amerikaner an dem Doisneau hätte vorbeiziehen lassen müssen? Oder umgekehrt: Wenn man das nicht gelten ließ, warum trieben dann Nähe und Lokalstolz Eisenstadts Verkaufszahlen in New York nicht über die des Franzosen?

Warum erhielten die Spezialmöbelhersteller in Ontario zwischen 1984 und 1986 plötzlich derartig viel mehr Bestellungen für viktorianische Liegesofas? Deren Beliebtheit war bei weitem zu groß, als daß man sie einzig und allein den Kostümfilmen zuschreiben konnte, die von 1982 bis 1985 in der Hochzeit der kräuseligen Krinolinenfilme gedreht wurden.

Warum zeigte sich in Toronto in den Jahren unmittelbar nach dem Ersten Weltkrieg ein Rückgang im Verkauf von Antiquitäten aller Art, nur nicht in dem von Militärausrüstungen und -bildern?

Warum wurde die Videokassette von *Casablanca* in den Läden Quebecs dreimal so häufig ausgeliehen wie in denen von

Ontario, selbst nach Bereinigung der Statistik hinsichtlich video-besitzender Bevölkerung und Zahl der verfügbaren synchronisierten Kopien?

Warum tat die Vergangenheit (und in Kanada vorzugsweise die Vergangenheit von jemand anderem) uns das an?

Wie ein Sterbender, der einen ungerechten Gott flucht, fragte Mark immer wieder »*Warum?*«. Und jede wissenschaftliche Frage war lediglich die Neuformulierung einer drückenderen persönlichen Frage, die er fast so lange stellte, wie er seiner Erinnerung nach denken konnte, einer Frage, die ihm peinlich war, obwohl er sie wider Willen immer wieder stellte und einem Freund nur verriet, wenn er betrunken war oder dabei lachte: Warum bin ich in der Zeit und an dem Ort, die mir zugeteilt worden sind, unglücklich?

Charles jedenfalls stempelte Mark schon nach kurzer Bekanntschaft als »so traurig« ab, »daß ihm nicht mehr zu helfen ist, sogar unfähig für Warentermingeschäfte«. Scott wiederum fand den Kanadier »frühvergreist«.

VIII.

In gewisser Weise erwartete Mark die ungarische Version eines der ihm vertrauten kanadischen Antiquare, als er morgens zwischen dem Kanonenpaar durchging, das den Eingang zu dem Laden auf dem Gellértberg bewachte. Nachdem er seine Zeit in Europa bisher mit Recherchen in Bibliotheken verbracht hatte, kehrte er nun zur Feldforschung zurück und war darauf gefaßt, in dieser Stadt umbenannter und um-umbenannter Straßen wieder mal einen schrulligen alten Kauz zu treffen, der sich seinen eher dürftigen Lebensunterhalt mit dem Verhökern der Geschichten anderer Menschen verdiente.

Die Tür schloß sich hinter ihm, und unweigerlich bimmelte eine Glocke, deren Aussehen und Anbringung er ohne hinzuschauen kannte. Nach der hellen Sonne blieb er einen Moment lang wie geblendet stehen, wartete, daß seine Augen sich an das absichtlich dämmrige Licht in dem Laden gewöhnten, und erlaubte gleichzeitig, das wußte er, dem noch unsichtbaren Inhaber, ihn zu mustern und abzuschätzen, ob er etwas kaufen werde oder nicht.

»*American?* Deutsch? *Français?*«

Das übliche sonore Gebrumm des männlichen Ungarn; Mark antwortete, bevor er noch den Sprecher ausmachen konnte. »*Kanadai. Beszél angolu?*« Etwas voreilig benutzte er alle seine drei ungarischen Worte auf einmal.

»Ja, ja, natürlich. Sie sprechen aber sehr gut Ungarisch. So sollten wir weiterreden.« Die Stimme hinter einem Schreibtisch und einer goldenen Bodenlampe bekam ein Aussehen: dichtes schwarzes Haar, dichter, hängender schwarzer Schnurrbart, blaß, Ringe unter den Augen, der Kopf leicht zurückgelegt, Polohemd, goldenes Kettenarmband.

»O nein, nein, nein«, sagte Mark höflich. Er stand immer noch an der Tür; die Glocke verklang. »*Nem*, meine ich«, sagte er, sein magyarisches Vokabular nun endgültig erschöpfend. »Ich weiß nur, wie man *beszél angolu?* fragt.«

»Kanada, sagen Sie? Aber Ihre Mama und Ihr Papa sind natürlich Ungarn.«

»Nein, keineswegs. Iren. Und Engländer. Manche Franzosen und Deutsche. Cherokee, behauptet eine Großmutter. Ich bin eine Promenadenmischung.«

»Und wieso reden Sie dann Ungarisch so hübsch? Wahrscheinlich, weil Sie haben eine ungarische Freundin.«

»Eigentlich, äh, nicht. Ich bin erst letzten Monat gekommen.«

»Zeit genug.«

»Ja, aber eigentlich nicht.«

»Aber Sie finden sie hübsch, ja? Unsere ungarischen Mädchen? Die hübschesten überhaupt? Wie Französinnen?«

»Ja, sicher. Sehr hübsch.«

»Na, Sie werden's schon wissen. Am besten lernt man eine Sprache im Bett.«

»Ja, das habe ich auch schon mal gehört.« Der Ungar schaute

auf ein paar Papiere auf seinem Schreibtisch, Mark schaute weg und wappnete sich für den unvermeidlichen Anblick von Rasierschalen, unvollständigen Silberbestecken, dem Müll von den Kaminsimsen toter Menschen.

Doch sein Blick blieb an einer Fotografie auf dem Schreibtisch des Mannes hängen, einem kleinen gerahmten Bild einer Soldatengruppe aus der Zeit des Zweiten Weltkriegs. Die Uniformen konnte er nicht identifizieren, doch beinahe sofort erkannte er den blassen Soldaten, der in der vordersten Reihe, zweiter von rechts, kniete und mit müden Augen und hängendem schwarzem Schnurrbart in die Kamera sah. »Sie waren Soldat?« Kaum hatte er das gefragt, wußte er, daß es töricht war, denn dieser Mann war damals bestenfalls ein Kind gewesen.

»Ja, wieso wissen Sie das von mir? Ach so! Nein, das ist mein Vater. Viele sagen, wir sehen uns gleich. Es war mit Freunden, die sich zusammentun, dieses Bild. Ganz bei dem Anfang. Kurz danach mußte er sich das Schnurrbart abrasieren. Es war ein Abschiedsfoto für die Schnurrbärte.« Mark nahm es und betrachtete das (wenn man von der Arbeitsmontur absah) vollkommene Ebenbild des Antiquars. Der Soldat reckte den Kopf und schaute mit ironisch martialischer Bravour von oben herab. »Kommen Sie hierher zu schauen.« Der Ladenbesitzer führte Payton in eine Ecke, in der goldgerahmte Ölgemälde an den Wänden hingen und auf dem Boden gestapelt waren. »Mein Großvater.«

Hoch oben an einer gelben Wand hing das Gesicht des Mannes noch einmal. Nur war der Schnurrbart ein wenig länger und das Haar zurückgekämmt. Er trug eine blaue Kavallerieuniform mit goldenen Litzen auf den Schultern und schaute im Dreiviertelprofil aus den dunklen Hintergrundtönen. Auch er hatte den Kopf hochmütig gereckt, und seine Augen folgten Mark, der vor dem Gemälde hin- und herlief, mit militärischer Strenge.

»Er trägt die Uniform der kaiserlichen Garde. Wir haben sie immer noch, dort.« Der Mann zeigte quer durch den Raum auf eine kopflose Schneiderpuppe in blauem Uniformrock mit Litzen, dazu passenden engen Hosen und schwarzen Lederstiefeln mit Sporen. »Die verkaufe ich natürlich nicht. Nicht jetzt.« Der

Antiquar ging zurück zum Schreibtisch und sah noch ein paar Gemälde durch, die an der Wand dahinter lehnten. »Hier, wir finden es«, rief er, drehte sich um und zeigte Mark ein weiteres – diesmal kleineres – goldgerahmtes Bild. Zwei ungarische Jagdhunde, Vizslas, lagen wachsam auf einem schachbrettgemusterten schwarz-weißen Kachelboden. Neben ihnen kniete ein Knabe, der jedem Tier eine Hand auf den Kopf legte. Er trug kurze Hosen und eine Samtbluse mit Spitzenkragen. Die Frau mit dem offenen dunklen Haar, das über ihre Schultern und ihr blutrotes Kleid fiel, war wahrscheinlich seine Mutter. Sie lächelte unbestimmt aus den Tiefen eines großen, prunkvollen Sessels. Das Kind in ihrem Arm trug ein fließendes Taufgewand. Und neben ihr, die Hand auf ihrer Schulter, stand, vor einer halboffenen Verandatür, die den Blick auf einen grünen Park freigab, ein Mann – zu Marks Entzücken ebenfalls mit dem Gesicht des Ladeninhabers. Diesmal drückte die Miene gelassenen, väterlichen Stolz aus, wieder war der Kopf leicht zurückgelegt. Seine Uniform bestand aus einem Rock mit langen Schößen und engen weißen Hosen. Eine Augenbraue hatte er leicht hochgezogen. Er trug keinen Schnurrbart, und sein langes schwarzes Haar war zu einem kurzen Pferdeschwanz gebunden, ansonsten aber die Ähnlichkeit vollkommen.

»Das«, sagte der Ungar, während er weiter mit dem Finger auf das Baby im Taufkleid zeigte, »ist mein Urgroßvater, der Vater von ihm.« Er zeigte auf die kopflose Schneiderpuppe. »Dieser Junger«, er deutete auf das ältere Kind mit den Hunden, »ist gestorben, bald nach dem. Das war Glück, finde ich. Für meine Linie. Das Bild ist 1822 gemalt. Der Junge mit den Hunden, was tot ist, ist hier fünf. Sein Vater, mein Ururgroßvater, ist, glaube ich, 1794 geboren. Er war ein Adelsherr, das sehen Sie.«

»Waren alle Männer in Ihrer Familie beim Militär?« Der Antiquitätenhändler schlug die Absätze seiner Mokassins zusammen, und Mark fragte ihn, ob er auch ein Bild von sich selbst in Uniform besitze.

»Natürlich, natürlich«, erwiderte er, und sein Englisch wurde merkwürdig schlechter. »Aber ist nicht von Stolz. Nur, Sie müs-

sen wissen, auf einer Seite Tradition und auf anderer Wunsch.«
Mark nickte ihm aufmunternd zu. »Ich habe Bild, aber ich finde
sehr klein.« Er zog ein kleines Plastikfotoalbum hervor, blätterte ein paar Seiten um und zeigte auf ein Schwarzweißfoto
unter Zellophanpapier. »Das ist, als ich zwanzig bin. Ich bin in
einer Garnison bei Győr, und wir machen Ausbildung gegen
österreichisches Invasion. Also, wirklich, eine lächerlicher Gedanke. Die Vorstellung, daß wir 1970 gegen die Österreicher
kämpfen.«

Man sah einen jungen, kurzgeschorenen Soldaten in grüner
Arbeitsmontur, der in die Kamera starrte und das Schiffchen in
der Hand hielt. Er hielt den Kopf ein wenig schräg, und dadurch
wirkte sein breites Lächeln beinahe schüchtern. Die Augen
hatte er fest zusammengekniffen, als schaue er in helles Sonnenlicht. Sein Gesicht war braun und sauber rasiert. »Der hier sind
Sie?«

»Ja, ja, natürlich. Aber es ist nicht wie mein Vater oder Großvater, was sagen Sie?« Der Mann meinte nicht mangelnde körperliche Ähnlichkeiten. »Hier bin ich kein freier Mann, der für
sein Volk kämpft, nicht wahr? Nein, hier bin ich ein Junger, der
keine Wahl hat. In der ungarischer Armee zu kämpfen war wie
ein Sklave für Rußland sein. Es war wie das Ungarisches Batail-
lon der Kaiserlich Russisch Sowjetischen Armee. Mein Großvater kämpfte für seinen Kaiser. Mein Urgroßvater und sein
Vater – stolze Männer waren sie. Und sie tragen die Waffen für
ihr Volk und ihre Familien und ihr Land, für Magyarország, für
Ungarn. Und ich?« Er blickte Mark eindringlich an; die Ähnlichkeit mit seinen gemalten Vorfahren wuchs. »1970 muß ich in
die Armee eines Eroberers eintreten. Ich sollte Offizier sein, Ka-
vallerieoffizier, und Befehle geben, statt dessen bin ich Sklave
oder eine Trophäe, so wie das Land meiner Familie landwirt-
schaftlicher Produktionsgenossenschaft wurde. Und hoher Offizier kann ich nicht werden, weil ich Klassenfeind bin wegen
Geschichte meiner Familie. Verstehen Sie. Was soll ich tun? He?
Was?«

»Ich weiß es nicht.«

»Ein Soldat kämpft. Aber ein Ungar kann diese Lüge einer Großmacht nicht akzeptieren, diese russische Scheiße. Was mache ich? Kämpfe ich wie ein mutiger Mann, oder sage ich nein wie ein mutiger Mann?«

»Ich weiß es nicht.«

»Ich tue, was mein Großvater getan hätte. Ich mache Ausbildung, und ich arbeite mit Gewehr und renne und grabe. Wenn ein Feind Ungarn angreift, hätte ich kämpfen. Aber sie greifen nicht an. Wissen Sie, warum?«

»Nein, weiß ich nicht.«

»Weil der Feind schon da. Nach dem Zweiten Weltkrieg gehen sie nie weg. Also bin ich schlechter Soldat. Ich mache Fehler. Ich verliere Ausrüstung. Ich führe meine Truppe in den Wald, und wir trinken Wein und essen und reden den ganzen Tag und tun nicht, was uns die kommunistischen Idioten befehlen. Ich habe Ehre, Feind zu bekämpfen, indem ich nicht kämpfe. Aber ich habe nicht Ehre, wie sie hatten.« Er deutete auf seine Ahnen an den Wänden, die kopflose Schneiderpuppe. »Keine Ehre als treuer, tapferer Beschützer des Vaterlandes.«

Angewidert ob dieser Zerstörung der Tradition durch eine korrupte Ideologie, suchte Mark nach Worten, um stöhnend sein Mitgefühl (und leichten Neid) auszudrücken. Dabei merkte er gar nicht, daß er Verkaufssprüchen aufsaß, die er in Kanada nie gehört hatte, und nun so naiv dastand wie jeder x-beliebige amerikanische Tourist, der eine Rasierschale zum Gedenken an das Thronjubiläum Elisabeths II. ersteht. »Und was wollen Sie heute einkaufen? Vielleicht kann ich Ihnen ein hübsches Schmuckstück für Ihre Freundin zeigen?«

IX.

Bis zu dem Tag, an dem Scott Price heiratete und gleich weiter nach Osten zog, sah er nie aus, als sei er in Budapest zu Hause, und das war ihm auch recht. Zunächst einmal war er von Natur aus braungebrannt und strahlend blond. Er lächelte schnell und oft und nach Ansicht durchschnittlicher Ungarn übertrieben viel. Er redete gern über Ernährung und Verdauung und die politökonomischen Implikationen von beidem. Täglich den giftigen Abgasen von Trabants, Dacias, Škodas, Wartburgs und ab und zu eines wie wahnsinnig daherpreschenden Mercedes trotzend, joggte er über die Reiseführerbrücken, die Pfade und Mauern der blauen Donau entlang, die heute morgen wie üblich das tiefe Matissehimmelblau von Karamel- oder Mahagonifarben hatte.

In Collegeshorts, Laufschuhen, Tank-Top und einem Stirnband, das seine hellgoldene Haarmähne bändigte, war er den ungarischen Fußgängern ein wahres Ärgernis. Zigarette zwischen den Lippen, starrten sie ihm nach, wenn er schäumend an ihnen vorbeiraste. Mit Sportkameraden, alle im gleichen Trainingsanzug, oder auf dem Land bei einer Militärübung zu rennen war ja gut und schön, aber halbnackt den Corsó auf und ab zu schwitzen, outete einen doch als aggressiv fremd. So manche alte Frau, auch sie mit festen Ansichten, beschimpfte Scott, wenn er vorbeilief. »Renn nicht so, wenn Leute in der Nähe sind!« ereiferte sie sich und fand gar keine Worte, um ihrem Schrecken Ausdruck zu verleihen. Es wäre aber ohnehin vergebliche Liebesmüh gewesen, denn Scott konnte nur soviel Ungarisch, daß er lächelnd »*Kezét csókolom*« zurückkeuchte, den Satz, mit dem höfliche Männer Frauen grüßten. »Sie bringen noch jemanden um!« zischten die Frauen. »Küß die Hand!« sagte er, rückwärts rennend. »So dürfen Sie nicht laufen!« schrien sie. »Küß die Hand«, sagte er. »Laufen verboten! Laufen verboten!« »Küß die Hand!« Seinen Studenten erzählte Scott, er sei entzückt, wie charmant und wortreich ihre älteren Mitbürgerinnen junge Männer unterstützten, die alles täten, an Herz und Kreislauf gesund zu bleiben.

Scott Price, der am glücklichsten war, wenn er (in Städten, Gruppen, Beziehungen) ankam oder (ebendiese) wieder verließ, entdeckte zu seiner großen Überraschung, daß er sich immer aufs neue freute, als vollkommen Fremder an einem Ort zu leben, ohne Sprache und außerhalb der Sprache. Für den Englischlehrer in der ungarischen Welt war jeder Tag eine Ankunft, und belebende Abschiede konnten leicht vollzogen werden. Zu erklären war es folgendermaßen: Scott wußte, daß Feindseligkeit ein von der Sprache übertragener Virus ist. Wenn nur wenige Menschen die eigene Sprache sprachen, dann war dem größten Teil der Viren der Zugang zum eigenen Körper versperrt. Und wenn man hier lebte und nur Englisch, ein paar Brocken Spanisch und einige Sätze wohlklingendes Bibel-Hebräisch konnte, besaß man einen beinahe ausreichenden Impfschutz. Wenn man dann noch ein paar englischsprachige Freunde und einen netten Job hatte sowie einen nie versiegenden Strom hübscher Mädchen, die unbedingt ein paar Worte des kostbaren englischen Idioms erlernen wollten (und, wie er häufig gehört hatte, lernte man eine neue Sprache am besten im Bett), na, da war man doch unweigerlich heute glücklich und morgen wahrscheinlich auch immer noch, und alles Unangenehme war weit weg jenseits eines Kontinents und eines Ozeans und wieder eines Kontinents. Vegetarische Küche war natürlich schwer zu finden, und die Luftqualität ließ viel zu wünschen übrig, aber die Stadt war hübsch, und man konnte frei atmen, wenn man sich in Form hielt, Feindseligkeiten und Fett vermied, jeden Morgen drei Knoblauchzehen aß, die freien Radikalen bekämpfte, drei Stunden vor einer geplanten Ausscheidung auf Hefebrot verzichtete, oben in den Bergen von Buda wohnte und nicht allzu dogmatische Einstellungen hatte.

Auf der anderen Seite des Flusses leuchtete der Burgberg im Morgendunst, Kuppel und Turm schwebten hoch über ihren welligen Gegenstücken auf dem Wasser der Donau, genau über der Stelle, wo Charles, John und Mark einen sehr fremd aussehenden Ball hin und her kickten, dabei lachend den wortmächtigen Nationalismus und die unfreiwilligen Scherze des Antiquitätenhändlers diskutierten und die politische und wirtschaftliche Zukunft Europas endgültig festlegten. Scott bog vom Ufer ab in die engen Straßen zwischen und hinter den drei Hotels, die nebeneinander an der Donau standen, joggte am Hyatt und Forum vorbei, am John Bull, dem englischen Pub, und dem Intercontinental, an dem kleinen Lebensmittelladen, wo das Obst doppelt so teuer war wie woanders, wo man aber statt einheimischer Zahnpastamarken (oder der westdeutschen mit dem furchterregenden Etikett, auf dem Teufel und gelbbezahnte Monster um eine an einen Baum gefesselte Maid mit ultraweißen Zähnen tanzten und tollten) amerikanische kaufen konnte. Als Scott merkte, daß er zum Footballspielen zu spät kam, wenn er nicht in die Richtung zurücklief, aus der er gekommen war, bog er in die Váci utca ein, umrundete die Samtkordeln, die die auf Einlaß wartende Menschenschlange vor McDonald's in Schach hielten, rannte an einer ähnlichen Schlange vor dem Laden vorbei, der den Sportschuh einer Westfirma verkaufte, und dem mysteriös leeren Laden ohne Schlange, der den Sportschuh einer anderen Westfirma verkaufte. Der Schweiß tropfte ihm von Gesicht und Haar, als er an den Konditoreien vorbeikam, die jeden Tag sein einst fettleibiges Ich in Versuchung führten, an alten Bäuerinnen vorbei, die auf dem Bürgersteig saßen oder standen und den Touristen Tücher und Decken feilboten, an jungen Syrern vorbei, die Forint in einer (über der Bank-Umtauschrate liegenden) magischen Zahl gegen harte Währung tauschten, an »Volkskunst«-Läden vorbei, vor deren Eingängen sich keine Schlangen bildeten, da man dort ungarische Bauerntrachten, traditionelle Puppen, Porzellan, Kristall und Paprika erstehen konnte. Deutsche Geschäftsleute, deren modische weiße Socken unter den Aufschlägen ihrer glänzenden Anzüge hervorblitzten, betraten Harte-Währungs-Banken und Harte-Währungs-Läden, die für die Einheimischen mit der weichen Währung verbotenes Terrain waren. Scott überholte einen jungen Amerikaner in teurem Anzug, der seinem jüngeren, kahlköpfigen Kollegen gerade erzählte: »– Büros mit allem Drum und Dran, alles vom Feinsten. Ich kenne Leute im Rathaus, die derart betrügerisch –« Ungarische Teenager in Lederjacken standen da wie James Dean und rauchten selbstgedrehte Zigaretten. Die Andenmusiker sangen vom paraguayischen Hochland und von verlorener Liebe unter sternenübersätem Himmel und den Flügeln des Kondors über der Hütte, wo ... und so weiter, genau wie die Andenmusikergruppen, die er in Palo Alto, Portland und Prag, Halifax, Den Haag und auf dem Harvard Square gehört hatte. Doch diesmal wurde alles anders, beschloß Scott. Er war in Budapest, um hierzubleiben. Ein wenig Geduld war vonnöten, bis John aufgeben und zurückgehen würde, aber lange würde es nicht mehr dauern, und wenn er dann endlich abzischte, nahm er seine ansteckende Rastlosigkeit, seine Unzufriedenheit und Schuldgefühle, seine kleinen Gesten und Sätze und Meinungen mit, die nach ihren Eltern und der Vergangenheit rochen, und er, Scott, konnte aufatmen und sich beweisen, daß er das alles verarbeitet und weit hinter sich gelassen hatte.

Er langte am Spielfeld auf der Margareteninsel an, die wie ein riesiger grüner Spaten mit der Vorderseite nach oben in dem wolkenbeschmierten Fluß lag. Sein Bruder und seine Freunde waren schon dort, und während er Johns völlig ernst gemeintes Staunen über seine hervorragende körperliche Verfassung als ironisch abtat, schloß er sich der gegnerischen Mannschaft an und wünschte nur, sie spielten richtigen Football und nicht den lauen Touch Football.

X.

Gerahmte Stadtpläne von Budapest und Karten vom Land; Fotos, auf denen der Chefredakteur angeblich berühmten Leuten (alle mit dem Nimbus des Promis, doch John völlig unbekannt) die Hand gab; ein altes Werbeplakat für einen ungarischen Likör, auf dem sich ein Mann auf einem Schafott, Strick um den Hals, lächelnd und voller Vorfreude auf den Henkersschnaps die Lippen leckte; eine Fotomontage, auf der Känguruhs und Koalabären auf der Sydneyer Opernbühne ihre Possen trieben; die erste Ausgabe (18. Februar 1989) von *BudapesToday* unter Glas; auf dem Schreibtisch, auf Stühlen, Schränken, dem Boden, überall erodierende Dünen und Klippen von Papier, die zitterten, als würden sie beim geringsten Geräusch umkippen, und schon veralteten und vergilbten, während John bänglich darauf wartete, daß der Mann ihm seine Aufmerksamkeit schenkte.

»Diese Worte stehen nicht zufällig da, Herrgott.« Endlich ließ der Chefredakteur sein australisch-rustikales Gemähre ertönen, doch von den Seiten, die er wütend auszeichnete, schaute er nicht auf. »Nein, Sir, ein Verstand, ein beinahe menschlicher Verstand hat diese Worte dorthin gesetzt, damit ein gewisser Sinn entsteht.« Prüfender Blick auf John. »Wenn ich auch sagen muß, daß mir verborgen bleibt, was für einer, verdammt noch mal.«

»Nicht gut?« fragte John, doch der Chefredakteur wühlte in einer seiner Schreibtischschubladen.

»Scheiße, wo habe ich das Scheißding hingesteckt, Mistah Proyce?« fragte er, tauchte hinter den aufgetürmten Papieren ab und war nicht mehr zu sehen.

»Welches Scheißding, Sir?«

»Nenn mich nicht Sir, Proyce. Ich bin erst dreißig. Nenn mich Chef. Ha! Da ist das Scheißding!« Nun tauchte er aus den hoch aufwogenden Wellen auf, einen mindestens acht Zentimeter breiten Gummistempel in der Hand, den er auf ein einladend offenes, feuchtes Stempelkissen knallte und dann zweimal auf das, was er gelesen hatte. »Das ist das Scheißding, das ich gesucht habe, John, mein Junge!« Er hob das Blatt hoch; es war zweimal mit den Worten VERSCHWENDUNG MEINER TINTE & MEINER ZEIT bestempelt. »Und, olé, das war's, das Scheißding, stimmt's, Proyce?«

»Ja, Chef, das Scheißding. Offenbar war's das.«

Nun öffnete der Chefredakteur eine weitere Schublade so gewaltsam, daß er sie fast aus dem Schreibtisch gerissen hätte. »Da, sieh an. Gerade angekommen. Neuerdings faxen mir die Leute ständig diesen dämlichen Mist, John. Schau dir also das mal an.« Wieder Stempel drauf. Der Herausgeber drückte auf einen Knopf an seinem Faxgerät, eine breite, blanke weiße Zunge schob sich aus der Öffnung. »Okay, okay, sagen wir, das ist ein unverlangt eingesandtes Stück Scheiße, das mir so ein Vollidiot gefaxt hat. Alles klar? Gut, da kommt es: ein Stück Scheiße,

Scheiße, Scheiße.« Er riß das Blatt aus dem Schlund des schwarzen Geräts und versetzte dem Deckel einen dankbaren kleinen Klaps. »Also gut, ich lese es, und es ist, sagen wir, ein Jungmanager aus der hiesigen Filiale einer Investmentbank, der aber lieber Journalist wäre. Und wie versucht er das anzuleiern? Indem er in meinem Blatt veröffentlicht, klar? Alles klar, Proyce?«

»Klar, Chef.«

»Falsch, du kleines Arschloch. Das wird er unter Garantie nicht. Ich lese es, was Besseres kriegt der Wichser nicht hin«, er tat so, als lese er das leere Blatt, »und er ›blablablablabla‹ und *wunderbar*, absolut *herrlich*, es stellt sich heraus, daß er seine gesammelten Weisheiten über – da haut's dich um! – amerikanische Investmentbanker und ungarische Mädchen gefaxt hat, und er erzählt uns sogar, am besten lernt man Ungarisch im Bett, ist er nicht ein kluger Kopf? Und natürlich ist das Teil unter aller Sau, Kumpel. Unter aller Sau, Proyce, alles klar? Alles klar?«

»Unter aller Sau, Chef.«

»Also, was mach ich, John? Ich nehme den hier«, den neuen Stempel, »und ruuums!«, nieder auf das Tintenkissen, »und buuums!« auf den holprigen ersten Schreibversuch des bedauerlichen Investmentbankers, »und *voilà*, John, mein Junge, *voilà*.« Er hielt das Faxpapier hoch, rot leuchteten darauf die Worte SIE VERSCHWENDEN MEINEN TONER, BITTE UM ERSTATTUNG.

Dann schaute er John in die Augen und atmete drei-, viermal tief durch. »Alles klar dann, Mistah Proyce. Du wirst meine Zeit und meine Tinte und meinen Toner nicht verschwenden, was, Kumpel?«

»Nein, Chef.«

»Mist, wo habe ich deinen Lebenslauf hingelegt, John, mein Sohn?« Wieder wühlte er in den sich verschiebenden tektonischen Schichten auf seinem Schreibtisch. »*Voilà*, mein Kind. Hier haben wir dein Leben.« Während John wartete, las der Chefredakteur, wobei er die Lippen heftig, wenn auch in keinem erkennbaren Zusammenhang mit dem Text, bewegte. Er ließ das Blatt auf den Schreibtisch fallen, von wo es zu Boden glitt. »Mal heraus mit der Sprache, John. Was willst du eigentlich wirklich?«

»Was ich will? Diesen Job? Ich bin bereits eingestellt. Deshalb bin ich hier.« Pause für eine verständnisvolle Antwort. »In diesem Land.«

»Ja, Proyce, ich weiß. Jetzt antworte. Was willst du letztendlich wirklich?«

»Eigentlich alles, was anfällt.«

»Nein, fick das Schaf, John. Ich meine, worum geht's? Bist du Dichter? Schreiben wir wohl ein Drehbuch über einen Journalisten bei einer englischsprachigen Tageszeitung in einer ungenannten mitteleuropäischen Hauptstadt? Planen wir ein cooles Dokumentarvideo über die verrückten amerikanischen Kids, die sich durch Ungarns Betten vögeln? Geheime Geschäftspläne? Was steht an, Junge?«

John überlegte, ob die richtige Antwort war, alle anderen Interessen außerhalb der Zeitung zu leugnen, oder ob er ein wichtiges, aber unerreichbares Ziel zugeben sollte. Letzteres. »Ja, ich feile an –«

»Prima. Dann haben wir das geklärt, alles klar? Ist ja kein Verbrechen. Ich wünsche dir alles Gute. Hemingway läßt sich, müde und zynisch, aber ehrgeizig im Ausland nieder, schreibt Kriegsberichte und haut in seiner Freizeit mal eben *Fiesta* raus. Sehr schön. Exzellenter Karriereschub. Hoffe, daß sich für dich und den Rest deiner verlorenen Generation die Dinge hier in Paris an der Donau genausogut entwickeln. Das hast du doch schon gehört, John, oder? BP ist Paris an der Donau? Leben wie in Paris in den Zwanzigern, diese Nummer?«

»Nein, Chef.«

»Gut. Ohr am Puls der Zeit. Das gefällt mir an einem Jungreporterspund. Hör mal, Ungarisch sprichst du nicht, oder, Kumpel?«

»Nein, das habe ich in meinem Brief auch nicht behauptet –«

»John, bitte. Klappe. Ich halte nur noch mal fest, was ist. Für den Job, den ich für dich im Kopf habe, brauchst du kein Ungarisch. Er wird dir überaus gefallen. Keine Bange, Kumpel. Bald purzeln dir die Drehbücher aus dem Arsch.«

»Toll. Klingt gut.«

»*BudapesToday* ist mein Kind, und wenn ich auch zugebe, es ist nicht die *Prague Post*, darfst du mit ihr spielen. Du schreibst mir zweimal die Woche eine Kolumne über was, zum Teufel, du willst, es muß nur über Budapest sein. Lern Ungarisch – schaden kann es nicht, auch wenn in fünf Jahren außerhalb der hintersten ungarischen Pampa keine Menschenseele mehr nur Ungarisch sprechen wird. Wie es auf lateinisch heißt, wird Englisch die französische Sprache hier, und wir werden das französischsprachige Tageblatt, capito?« Der Chefredakteur war hinter seinem Schreibtisch vorgekommen und umkreiste John; seine wohleinstudierte Rede untermalte er mit bellenden Klars und Capitos und knetete John gelegentlich stürmisch die Schultern. »Also, Kumpel, wenn du deine Gedichte, mit denen du kein Geld verdienst, fertig hast, wünschst du dir garantiert, du hättest härter für mich rangeklotzt und könntest mit mir abkassieren und auf einer griechischen Insel leben, anstatt hier in dem gottverlassenen, paprikaklebrigen österreichischen Testmarkt. Capito? Schreib mir was über die Auslandskolonie hier, aber mit Lokalkolorit. Nach dem Motto: fetzig, fies, modern. Mach das lang genug und gut genug, und dann finden wir andere Aufgaben, in denen du glänzen kannst, und du wirst mit mir zusammen reich, in Ordnung?«

John, in der Annahme, er sei als Reporter angeheuert worden, fragte nach Reportage-Aufträgen.

»Mistah Proyce, ich habe zweisprachige Ungarn. Ich habe eine Nachrichtenagentur. Lungere nicht vor dem Amtssitz des Premierministers rum, um dort auf den Knüller zu warten. Gib meiner Zeitung ein bißchen Stil, und ich bin zufrieden.« Er setzte sich wieder hin und spielte liebevoll mit seinen Gummistempeln, während die rote Tinte in seine rissigen Finger drang. »Noch eins. Keine Drehbücher in diesem Haus oder in meiner Zeit oder auf meinem Computer. Piss nicht unseren Anzeigenkunden ans Bein. Lüg auch nicht schwarz auf weiß – nicht, daß uns irgend jemand belangen würde. Nach dem, was mein Anwalt herausgefunden hat, hat dieses Land im Moment nicht mal einen Verleumdungsparagraphen. Vergiß nicht, daß du kein Ungarisch sprichst und vermutlich keinen Job kriegst, in dem du auch nur den Hungerlohn verdienst, den ich dir zahle. Vergiß nicht, daß du, wenn du ernsthaft in den Journalismus willst, eine so gute Gelegenheit in dreißig Jahren nicht kriegst. Vergiß nie, daß Möchtegern-Hemingways und -Fitzgeralds mit C-141-Transportflugzeugen in dieses Land transportiert werden und als verlorene Generation in Massen nächtlich mit dem Fallschirm in alle guten Kaffeehäuser einschweben.« Da saß der Chefredakteur und reichte John seine rotbekleckste Hand. »Vermassel es nicht, Kumpel. Du bist höchst ersetzbar. Die erste Kolumne für Donnerstag bitte. Tach auch.«

Und schon war John wieder in der »Nachrichtenredaktion«, einem winzigen Arbeitsbereich voller Schreib- und Layoutgeräte aus der Produktion der letzten sechzig Jahre und mit zehn Angestellten aus drei verschiedenen Nationen. Jeder hatte einen Schreibtisch, und in jeder zweiten untersten Schreibtischschublade steckte ein unvollendetes Drehbuch über das Leben bei einer englischsprachigen Tageszeitung in einer ungenannten mitteleuropäischen Hauptstadt unter der Herrschaft eines schillernden australischen Chefredakteurs, der auch Inhaber war.

XI.

Als die Montagssonne ihren ersten eigelben Bogen über einen Hügel im Osten von Buda spannte, erwartete Emily Oliver sie schon auf dem breiten Balkon des neuen Bungalows, in dem sie mit zwei anderen Botschaftsbabies (wie einer der Wachsoldaten von den Marines sie, Julie und Julie, getauft hatte) zusammen wohnte. Sie war beim dritten Teil einer fünfteiligen, hocheffizienten Aerobiceinheit, die sie seit ihrem ersten Tag an der University of Nebraska jeden Morgen absolvierte. Einerlei, wie spät es in der vorhergehenden Nacht geworden war, unerachtet des Breiten- oder Längengrades, der Jahreszeit oder Zeitumstellung, sie begann mit der Übung vor Sonnenaufgang und sagte beim ersten kurzen Anblick der Sonne »Buh!«, genau wie ihr Vater jeden Morgen in Nebraska, wenn er mit der kleinen Emily auf dem Schoß auf der Verandaschaukel oder am Küchentisch gesessen hatte. »Sei still, Emmy. Diesmal überraschen wir sie und jagen ihr einen Schrecken ein, und dann geht sie wieder unter, und wir können alle zurück ins Bett und noch eine Runde schlafen, bis morgen, wenn sie versucht, sich vom Westen her anzuschleichen.«

»Buh!« sagte Emily also jeden Morgen als Hommage an ihren Vater. »Buh!« sagte sie an diesem Montag morgen, während die Julies noch schlummerten. Sie hatte nur etwa fünf Stunden geschlafen, ermahnte sich aber, daß sie keine Ausreden gelten lassen dürfe, auch wenn sie in ihrem neuen Job hart arbeitete, sich immer noch an neues Essen, neue Luft, neue Worte, neue Menschen gewöhnen mußte. Das alles, hoffte sie, erklärte das übermäßige Bedürfnis nach Ruhe und andere untypische Ausrutscher. Ganz gewiß war es nur vorübergehend.

Am Tag der Abschlußfeier ihrer Highschool warnte eine Freundin Emily streng vor den »Erstsemesterfünfzehn«, den Pfunden, die alle jungen Frauen in ihrem ersten Jahr am College unweigerlich zunahmen. Emily hatte diesen Ausdruck noch nie gehört und merkte, daß sie ohne diese unvermittelte Warnung ihrer Freundin nicht vorbereitet gewesen wäre. Sie war wütend auf sich selbst, weil sie von einer derart bekannten vermeidbaren Gefahr nichts gewußt hatte.

Sie nahm in ihrem ersten Jahr an der University of Nebraska sechs Pfund zu, aber es waren sechs Pfund Muskelmasse, die sie sich bis zu diesem Zeitpunkt bewahrte, dem Montag morgen, an dem sie einen weiteren vergeblichen Versuch machte, die Sonne zurück unter die Erde zu scheuchen, nicht weil sie wieder ins Bett wollte, sondern weil sie ziemlich sicher war, daß ihr Vater, den sie gerade schrecklich vermißte, die Ruhe gebrauchen konnte und sie – sieben Zeitzonen östlich von ihm – seine erste Verteidigungslinie war.

»*Kezét csókolom, kisasszony.*« Der alte ungarische Sicherheitsbeamte an der Tür der Botschaft begrüßte Emily immer mit den gleichen Worten. »Küß die Hand, Fräulein.« Dann lächelte er so offen, wie er konnte, ohne seine Zähne zu zeigen, von denen er bis zum Beginn seiner Arbeit für die Amerikaner gar nicht gewußt hatte, daß sie schlecht waren.

»Dann wasche ich sie nie wieder, Péter«, sagte Emily immer, und ohne sie jemals richtig zu verstehen, machte er stets keuchend einen Diener, wenn sie durch das Sicherheitstor ins Foyer lief, das mit zwei US-Marines in einem schußsicheren Kabuff bemannt war. »Guten Morgen, Marines.«

»Miss Oliver, guten Morgen«, erwiderten die Herren mit dem Bürstenschnitt unisono.

»Todd«, sagte sie an diesem Montag und zeigte auf die Ärmelabzeichen des schwarzen Soldaten, »wann haben Sie den zweiten Winkel bekommen?«

»Am Freitag bestätigt, am Samstag aufgenäht. Danke, daß Sie es gemerkt haben, Miss Oliver.«

»Herzlichen Glückwunsch, Marine. Und werden Sie Danny jetzt herumkommandieren?« Sie meinte natürlich den weißen Unteroffizier in dem Kabuff.

»Disziplin braucht er ja, Miss Oliver.« Er lächelte sie an, wozu die Leute überall neigten.

Sie ermahnte den frisch Beförderten, hart, aber gerecht zu sein, nannte ihn ausdrücklich Gunnery Sergeant und ging durch den Metalldetektor. Auf der anderen Seite nahm sie von den Soldaten ihr Kleingeld und ihre Schlüssel wieder in Empfang. Auch hier löste ihr Lächeln noch mehr Grinsen aus. Durch hinter ihr zugleitende Glastüren ging sie dann in Bereiche der Botschaft, die mit bleiverkleideten Wänden, Abhördetektoren und Verschlüsselungsmaschinen ausgestattet waren. In derart abgesicherter Umgebung kochte sie dem Botschafter Kaffee, lächelte den ungarischen Finanzminister an, kümmerte sich um die Hemden des Botschafters und speiste an einem Tisch mit den Gattinnen (plus einem schüchternen, zerstreuten Gatten) von französischen Diplomaten, während der verwitwete Botschafter in einem separaten Zimmer mit den Diplomaten selbst zusammensaß.

Sie arbeitete hart. Sie wußte die Möglichkeiten und die Bedeutung ihrer Arbeit zu schätzen. Sie bewunderte ihren Boss und ihre Kollegen und Kolleginnen. Sie waren ungefähr so, wie sie erwartet hatte. Sie war für diese Tätigkeit außergewöhnlich gut vorbereitet, sagte sie sich immer wieder. Alles war gut. Ihr Vater hatte ihr gesagt, wie gut sie sich für das hier eignete. Er war wahnsinnig stolz auf sie. Sie erinnerte ihn an ihre Mutter, hatte er ihr am Flughafen gesagt, und an einen südvietnamesischen Kollegen, der kurz vor Weihnachten 1971 im Laotischen Hochland umgekommen war. Das waren seine beiden schönsten Komplimente. Alles lief gut und genauso, wie sie es erwartet hatte.

Und dennoch: Wie konnte sie sich gewisse Anomalien erklären?

Gestern, am Sonntag, hatte sie unter einem Baum auf der Margareteninsel gelesen. Es läutete elf Uhr, sie las und beobachtete, wie eine Gruppe amerikanischer und kanadischer Jungs eine luschige Variante von Touch Football spielte. Keiner dieser Jungs hätte den Anforderungen in Nebraska genügt, nicht einmal den laschesten, außer natürlich Todd und Danny. Als sie die Augen wieder aufschlug, stand die Sonne hinter ihr, sie guckte in die Baumkrone, und die Spieler waren bis auf einen alle weg. Der eine saß neben ihr an den Baum gelehnt und las in ihrem Buch.

»Guten Morgen, Schlafmütze.«

»Wie spät ist es?«

»Halb fünf.« Sie bat ihn, es zu wiederholen, sie dachte, er mache Spaß. Sie war immer noch im Halbschlaf, ja, schlief sogar noch mal ein paar Minuten. Ein fünfeinhalbstündiges Nickerchen in aller Öffentlichkeit.

Und doch blieb sie unter dem Baum liegen, empfand weder das Bedürfnis noch den Wunsch aufzustehen. Sie hatte die Hände hinter dem Kopf verschränkt, der Rucksack diente ihr als Kissen, und sie redete mit John und kam gar nicht auf die Idee, etwas anderes zu tun oder woanders hinzugehen, ein eigentümliches Gefühl. Sie redete über ihre Familie, einfach und allein, weil er fragte. Sie redete mehr über ihre Familie als jemals zuvor, beinahe ohne Vorbehalte oder Bedachtsamkeit und Verschwiegenheit, denn das schien in dieser Situation nicht angebracht zu sein. Sie fühlte sich zwar nicht vorbereitet, aber der Adrenalinstoß und das sorgfältige Abwägen, die normalerweise mit Unvorbereitetsein einhergingen, fehlten.

»Erzähl mir von deinem Vater«, hatte er gesagt, das zentrale Thema irgendwie sofort gewittert.

Wo sollte sie anfangen? Farmer, Witwer... Nein, sie fing mit den Kreisen an. Ken Oliver hatte seinen Kindern den Wert der Kreise beigebracht. Wir leben im Zentrum von fünf konzentrischen Kreisen – jeder einzelne von uns –, und die Kreise legen unseren Platz in der Welt fest, sichern uns gegen Gefahr und erhöhen unsere Kraft, als gingen Wellen von uns aus. Im Zentrum steht das Individuum mit den ihm eigenen gottgegebenen Gaben; dann kommt der Kreis der Erziehung, das heißt, der Fähigkeit, diese Talente auch zu entwickeln; dann der Kreis der Familie; dann der Kreis der Gemeinde; dann der des Landes; dann der Gottes. Pflichteifer fließt aus dem Zentrum nach außen; Kraft fließt zum Zentrum nach innen.

»Wow. Glaubst du das?«

Natürlich. Wenngleich sie in diesem Ton noch nie jemand gefragt hatte. Normalerweise sprach sie auch mit niemandem darüber, der keine Ahnung davon hatte. Ihre ältere Schwester Beth, die auf einer anderen Farm etwa vierzig Meilen näher an Lincoln verheiratet war und zwei Kinder hatte, sagte einmal, daß die Kreise vielleicht doch nicht so hilfreich waren, nicht einmal für Vater. (Beth erinnerte sich am klarsten an ihre Mutter und meinte, ihr Tod habe Vater insofern beeinflußt, als er »mehr wie er selbst wurde«.) Emily hatte Beths ketzerische Bemerkung Robert gegenüber erwähnt, ihrem jüngeren Bruder, der jetzt Marinesoldat in Twentynine Palms war. Robert war anderer Ansicht und sagte, Beth habe nicht genügend nachgedacht. Ihren älteren Bruder Ken jr. konnte Emily nicht mehr fragen, denn eines Tages verschwand er und wurde nie wieder gesehen. »Drogen«, hatte ihr Vater erklärt, ihn nie wieder erwähnt, aber eine Zeitlang ehrenamtlich bei einer Kirchengruppe am Ort mitgearbeitet, die Süchtigen half, clean zu werden.

»Da kommst du also im Grunde aus dem Land der arrangierten Ehen«, sagte John.

»Natürlich. Ich bin einem Farmer sieben Bezirke entfernt versprochen und werde mit drei hübschen Kühen geliefert, aber wenn ich aus Ungarn zurückkomme, muß ich einen Keuschheitstest machen.«

Sie erzählte John nicht die ganze Geschichte, doch immerhin so viel, daß sie sich hinterher fragte, was in diesem Land mit ihr geschah.

Von 1961 bis 1967 waren Ken Olivers Reisen durch Vietnam und die angrenzenden Länder einigermaßen selten und einigermaßen kurz. Nach der Tet-Offensive aber mußte er Frau und vier Kinder in Georgetown lassen, mehr als drei Jahre ohne jeden Urlaub in Saigon bleiben und häufig Trips in den Norden und nach Laos machen. Auf der letzten dieser Erkundungsfahrten kurz nach Weihnachten 1971 wurde er Zeuge, wie »der anständigste Mann, den ich jemals gekannt habe, Emmy«, starb. »Durch die Gnade Gottes« schaffte er es zurück nach Saigon, wo er prompt erfuhr, daß seine Frau Martha ganz plötzlich erkrankt und er sofort beurlaubt war, um zu ihr nach Georgetown zu fahren. Nach Vietnam kehrte er nie mehr zurück, denn nach Marthas raschem Tod quittierte er den Dienst und ging mit seinen Kindern nach Nebraska, wo seine Eltern in einem großen ländlichen Gebiet lebten. Dort konnte man Kinder besser aufziehen als auf den Diplomatenparties und Krebsstationen in Georgetown.

John hatte offensichtlich einige Stunden und auch noch nachdem seine Freunde und sein Bruder die Insel verlassen hatten, dagesessen und sie beim Schlafen beobachtet, begriff sie nun. Männer, die wie kleinere Versionen ihres Vaters dachten und sprachen, gab es in der Botschaft zuhauf, aber nicht Leute wie John. Er war so ziellos. Und schien dieses ziellose Gerede auch noch zu genießen und nicht das Bedürfnis zu haben, etwas zu tun. Er war aber auch nicht wie die Julies, Partymädchen, die nicht ernst zu nehmen waren und nur den Zeitpunkt abwarteten, bis sie einen Mann fanden. Und er war nicht wie Charles, der bestimmten geldgrapschenden (und Emily betatschenden) Landwirtschaftsstudenten an der Nebraska so wahnsinnig ähnlich war. Scott war aggressiv wie ein besserwisserischer Teenager. Aber John ... Mark war auch ein neuer Typ. Und als sie nun die Vögel auf den unteren Zweigen beobachtete und John, wenn auch lachend, über eine eher elend klingende Kindheit redete, kam ihr ein überaus seltsamer Gedanke: Vielleicht gab es ein ganzes Spektrum an Menschen auf dieser Welt, die sie noch nicht kennengelernt hatte und auf die sie nicht vorbereitet war.

Er fragte sie nach ihrer Mutter, und sie erzählte ihm: »Ich war erst fünf. Ich weiß noch, daß mein Vater bei der Beerdigung geweint hat. Danach nie wieder, sagt Beth. Für ihn war es, glaube ich, schwer. Ich habe sie schrecklich lange vermißt, aber über so etwas konnte man eigentlich nie reden. Es war ihm gegenüber nicht fair, sie zu erwähnen oder ihm das Gefühl zu vermitteln, er sei nicht genug für uns. Nicht, daß ich jammern will.«

»Herrgott. Frau Assistentin. Es sei dir gestattet zu jammern. Du hattest ein wundervolles Elternpaar und die eine Hälfte verloren. Worüber soll man denn sonst jammern?«

Schweigen. Sie lag auf dem Rücken und betrachtete die Zweige und den zartblauen Himmel. Ja, worüber? Eine Antwort gab es darauf. Sie sprudelte gerade in ihrer Erinnerung hoch, es hatte zu tun mit – da erkannte sie den Blick in Johns Augen. Sie hatte erlebt, wie er die Gesichter von Jungs in dem Moment trübte, bevor sie sich über sie beugten und sie küßten. »›Jammern‹«, zitierte sie lächelnd, schob ihr Buch in den Rucksack, stand auf und schlug sich die Erde von den Beinen, »›tun Leute, die nicht wissen, wie man es besser macht.‹«

Montags in der Botschaft las sie ihre Aufgabenlisten und überflog die Mitteilungen des Tages. Abends sollte sie den Botschafter zu einem Empfang in der saudiarabischen Vertretung begleiten. Außerdem lag ein Zettel von ihrem Abteilungsleiter für sie da, der sie um einen Moment von ihrer Zeit bat, den er benutzte, um sie für einen geringfügigen Lapsus in ihrem Urteilsvermögen zu tadeln, dessen er in der Vorwoche Zeuge geworden war – keine großartige Sache, doch wenn sie lernen wolle, müsse man sie darauf aufmerksam machen. »Danke schön«, sagte sie. »Es kommt nicht wieder vor.«

»Wie geht's Ihrem berühmten Vater?« fragte er.

Jammern sollte man nicht, wenn man zu Recht bei der Arbeit getadelt wurde, ermahnte sie sich, als sie nach unten ging, um den Zeitplan mit dem Chauffeur des Botschafters abzustimmen. Doch sie haßte schulmeisterlich kleinliches Tadeln wegen buchstäblich nichts, und dann schämte sie sich, nicht nur, weil sie Kritik schlecht vertrug (wofür man sich schämen sollte), sondern wegen ihres ursprünglichen ehrlichen Fehlers, für den man sich niemals schämen mußte. Und das – sich zu schämen, weil man einen ehrlichen Fehler gemacht hatte – verriet nichts Anständigeres als gemeinen Hochmut, der allerdings Grund zum Schämen war.

XII.

Nur vier Straßen entfernt von der imposanten Fassade der amerikanischen Botschaft stand eine noch imposantere Villa, die von Charles Gábors Arbeitgebern, einer Risikokapitalfirma, für den Zeitraum von neunundneunzig Jahren gemietet worden war. Der einhundertunddreißig Jahre alte Name dieser Firma sollte einige Monate nach den hier beschriebenen Ereignissen buchstäblich von seinem Spitzenplatz in der Wall Street stürzen und auf den Bürgersteig knallen, zu Marmorstaub und Sand zerfallen, und ein paar Tage später der Vorstand – unter Toben und Leugnen – sich wegen ähnlicher struktureller Fehlentwicklungen in Strafgefangene, auf Bewährung Verurteilte, Zeugen der Anklage, Memoirenschreiber und Berater verwandeln.

Doch 1990 arbeitete Charles Gábor, ein Risikokapitalmanager, der vor einem Jahr die Business-School abgeschlossen hatte, an diesem geographisch hochsymbolischen Ort, der sogar in einer von John Price' Kolumnen vorkommen sollte, in einem Büro am

Flußufer, das größer und luxuriöser war und einen schöneren Ausblick hatte als das des US-Botschafters.

Charles Gábor war ein Enkel von 1956, er gehörte zu den Amerikanern und Kanadiern, deren ungarische Eltern ihr Land nach dem gescheiterten antikommunistischen Aufstand verlassen hatten. In Toronto, Cleveland und New York versuchte diese jüngere Generation lange, ihren Grundschulkameraden beizubringen, daß das S in Sándor wie Sch gesprochen wird, aber schließlich mußte sie sich doch der Mehrheit beugen und forthin auf Sandy, Alexander oder Alex hören. Nach der Grundschule erklärten sie ihren Freunden geduldig, daß die Kommunisten unerachtet dessen, was Präsident Carter sagte, schlecht waren – sie haben mein Land gestohlen –, bis sie in der zehnten Klasse schließlich widerstrebend die Vorstellung akzeptierten, daß die Sowjets bedroht oder mißverstanden wurden, der Kalte Krieg eine unerklärliche gegenseitige Aggression war und letztlich alle schuld hatten. Danach erklärten sie ihren Highschool-Geschichtslehrern, daß der Versailler Vertrag richtigerweise Vertrag von Trianon heiße und ein von Rachsucht strotzendes, schlecht durchdachtes Machwerk sei, dem gemäß man besiegten, um den Wiederaufbau ringenden Regierungen erbarmungslos und unklug Land stahl, unschuldige Familien vertrieb, neue Kriege provozierte und darauffolgende generationenlange Diktaturen in Kauf nahm ... bis sie schließlich aufhörten, mit dem Kopf gegen den Lehrplan zu rennen und zugaben, ja die Sieger hätten getan, was sie hätten tun müssen. In Versailles.

Diejenigen von ihnen, die zur Universität gingen, belegten Ostasienstudien, Kommunikationswissenschaften, Finanzwesen.

Doch wenn sie in den Sommerferien zu Hause waren, hörten sie vielleicht mit Erstaunen, wie der Vater, zum erstenmal seit Menschengedenken ein wenig betrunken, ausplauderte, daß er 1956 nicht einfach nur geflüchtet war, sondern gekämpft hatte, hinten auf einen Panzer gesprungen war, einen Molotowcocktail in die Luke geworfen, mit einem vorsintflutlichen Revolver dem daraus auftauchenden, blonden, kurzgeschorenen russischen

Jungen ins Auge geschossen, ihn genau unter dem Muttermal getroffen hatte, aus dem zwei lange Haare sprossen, und weggerannt war, als der Körper zurück in den Panzer sackte und den einzigen Ausweg für die erstickenden, verbrennenden Kameraden blockierte.

Charles Gábors Eltern lernten sich in Cleveland kennen, obwohl sie gleichzeitig aus Ungarn entkommen waren. Um die erstaunlichen Zufälle ihrer Liebe rankten sich immer mehr Familienlegenden. Sie hatten an denselben Protestmärschen und gleichzeitig an so manchem Straßenkampf während des Aufstands teilgenommen, das Land einen Tag getrennt voneinander verlassen, nur einen Kilometer voneinander entfernt in österreichischen Flüchtlingssammelstellen die Zeit totgeschlagen, waren im Abstand von nur einem Monat nach Cleveland gekommen, hatten sich aber trotzdem erst zwei Jahre später kennengelernt, bei einer Party am Neujahrsabend 1959/60. Da küßte Charles' Vater gerade ein Mädchen (»Ein Wunder, wenn ich mich an ihren Namen erinnere – Jane, Judy, Jennifer, Julie, etwas sehr Amerikanisches«), hatte die Augen geschlossen, eine Hand umfaßte eine angorapulloverbedeckte Brust und die andere streichelte einen von einem Schottenrock verhüllten Hintern, und plötzlich hörte er, wie seine zukünftige Frau jemanden anschrie: »Ein glückliches Neues Jahr, wenn die mit ihren fetten, dummen Russengesichtern immer noch in meinem Gerbeaud sitzen? Wenn diese russischen Tiere in meine Straßen kacken? Das ist nicht glücklich. Absolut nicht glücklich.« Charles' Vater erzählte seinem Sohn immer wieder, daß er sich, noch als seine Zunge im Mund des anderen Mädchens gewesen sei, in ihre Stimme und ihre Ansichten und ihr widerspenstiges Englisch verliebt habe.

Charles, geborener Károly, war nicht das Kind eines Paares, das erpicht war, die Wunder der amerikanischen Assimilation zu erleben. Károlys erste Sprache war Ungarisch.

»In deiner Heimatstadt gibt es eine Insel im Fluß, da kannst du Fußball spielen und dann Eis essen und baden und dich massieren lassen.«

»Ich bin zu klein dazu.«

»Unsinn! Als Torwart wärst du sehr gut. Eines Tages bist du groß genug. Ich sollte anfangen, dir beizubringen, wie man spielt, worauf du achten mußt, wenn ihre Stürmer durch deine Verteidiger brechen, wie du die Knie beugen mußt, damit du in beide Richtungen springen kannst.«

»Vater, beim Football gibt es keinen Torwart.«

»Was sagst du da? Ildikó, was sagt er da? Was machen sie mit ihm in der Schule?«

»Dein Vater hat recht, Károly. Du wärst ein hervorragender Torwart. Ach, das Eis.« Sie drückte die Hand seines Vaters. »Mein Gott. Sauerkirsch.«

»Aber dieses Eis schmeckt doch auch, oder nicht?«

»Ja, es geht, aber so ein Eis wie auf der Insel können sie in Cleveland nicht.«

»Ich glaube, mit dem Football habe ich recht.«

Charles' Eltern versuchten oft, füreinander das Leben zu rekonstruieren, das sie bis zu ihrem Kennenlernen parallel gelebt hatten. Häufig wurden ihre Erinnerungen durch Charles' jeweiliges Alter ausgelöst. Dann sagte seine Mutter zum Beispiel: »Als kleines Mädchen, habe ich versucht, über den Plattensee zu laufen, nicht viel älter als er«, und deutete auf ihren Sohn. »Ich dachte, ich sei groß genug.«

»Da war ich in dem Alter, als ich zum erstenmal ein Mädchen geküßt habe. Dohány utca. Ich habe sie auf die Wange geküßt.« Mit dem Handrücken streichelte er seiner Frau die Wange. »Sie war jüdisch, und obwohl ich nicht wußte, was dieses Wort bedeutete, wußte ich, daß etwas daran gefährlich war, und ich fand mich richtig mutig, weil es meinen Vater sehr beunruhigt hätte.«

»Ich wurde direkt neben der Vajdahunyad zum erstenmal geküßt. Wie ich die dämliche Burg vermisse.«

»Immer wenn ich an das Corvin denke, kann ich es nicht fassen, daß du dort warst und dir was hätte passieren können, und dann hätten wir uns nie kennengelernt. An dem Kino war eine große Schlacht, Károly. Kein Film über eine Schlacht, sondern eine Schlacht im Kino! Hast du so was schon mal gehört?«

Seine Eltern sprachen oft von Immobilien in mysteriösen Händen und bemühten sich immer, füreinander (und für ihren Erben) die Häuser wiederauf leben zu lassen, in denen sie groß geworden waren.

»Károly, im fünften Bezirk deiner Heimatstadt hast du eine Wohnung, die kleiner, aber viel schöner als dieses Haus ist. Sie gehört dir, und eines Tages kannst du sie zurückfordern und dort wohnen.«

»Du hast auch eine Wohnung im ersten Bezirk, mein Junge. Auch sehr schön!«

»Ich habe zwei Wohnungen und dieses Haus? Wie kriege ich dann heraus, wo ich wohnen soll?«

»Dieses Haus ist nichts Besonderes. Die Wohnungen, die werden dir gefallen.«

»Mir gefällt dieses Haus. Nebenan wohnt Clark. Und an der Ecke Chad. Ich will nirgendwo anders wohnen.«

»Sei nicht albern. Keiner zwingt dich, aus diesem Haus auszuziehen, aber eines Tages willst du es, denn sie werden dir deine Wohnungen zurückgeben, und dann bist du sehr stolz, daß du so hübsche Wohnungen in deiner Heimatstadt hast.«

Während der kleine Junge mit seinen Spielzeugsoldaten auf dem Boden saß und Angst hatte, daß man ihn aus diesem Haus vertreiben würde, schwelgten seine Eltern in der Schilderung seiner beiden Wohnungen, und dann gingen sie immer von dort, wo sie gerade standen (am Kamin, neben dem Teewagen), durch das Zimmer aufeinander zu und legten sich auf die Couch, und sein Vater legte den Arm um die Schultern seiner Mutter. Sie schauten an die Decke und flüsterten sich mit immer leiserer Stimme Einzelheiten aus ihren Wohnungen zu, bis Charles sie gar nicht mehr hören konnte, und dann war er froh, daß sie ihn in Ruhe ließen und er auf dem Boden seines Zuhauses spielen konnte, in Gesellschaft seines Freundes, des Katers Imre Nagy. (Seinen Freunden sagte er, er heiße Big Jim.) Der Kater lebte schon länger als Charles in dem Haus und fiel nachts regelmäßig über einen von Charles' Soldaten her, einen silbern glänzenden Ritter mit Schwert, den er zwischen seinen Pfoten hin- und herwarf. Den Kater reizte das Glitzern, und obwohl er den Rest des winzigen Heeres ignorierte, war der Ritter immer fällig.

»Vier Stockwerke hoch, vierundsechzig Stufen von unten bis oben, und im Hof steht eine Ulme. Der Junge würde jetzt schon darauf klettern. Hörst du, Károly? Ein Baum in deinem – ach, ist auch egal, er ist ganz versunken in seine Soldaten ...«

»Die Kacheln sollten wie ein byzantinisches Mosaik aussehen ... Bestimmt hat ein roter Schweinehund sie kaputtgemacht ...«

Je größer aber Charles wurde, desto weniger konnten ihn die Gebote und Gewohnheiten seiner Eltern vor der Flut englischer Worte und amerikanischer Sitten bewahren. Freunde, Filme, die Schule, Bücher, Fernsehen: Cleveland und Hollywood belegten viel mehr Raum in der bekannten Welt als die unbekannte, weit entfernte Stadt, die Schwarzweißgeschichten über das lang Vergangene, die verwirrende, hektische, beschränkte Politisiererei und die Sprache, die keiner seiner Freunde sprach, die aber etliche von ihnen mit dem Gurgeln eines schleimigen Außerirdischen in *Star Wars* verglichen.

Der Junge verhängte den Bann drei Jahre, bevor er ihn in die Tat umsetzte. Im Alter von neun verkündete er seinen Eltern, er habe es satt, daß die Leute ihn Ka-ro-ly nannten und nicht Ka-roy, und er heiße von nun an Charles, eine Anordnung, die alle, die er kannte, gern befolgten, nur nicht seine Eltern; aber er war zwölf, als ihm die ungarischen Worte endlich weniger vertraut wurden als die englischen. Unnötig, unbemerkt, unerwünscht schlummerte von da an während der gesamten Highschool-, College- und Business-School-Zeit der zwölfjährige Ungar Károly in Charles, dem Jungen aus Ohio.

Sein Ungarisch entwickelte sich von seinem zwölften Lebensjahr an nicht mehr weiter, sondern blieb an ihm haften wie ein verkümmertes Anhängsel. Er sprach es auch nur gelegentlich mit seinen Eltern, in vertraulichen Gesprächen vor Dritten. Und mit dieser sprachlichen Kluft kam unweigerlich die kulturelle. Besonders sein Vater betrachtete Charles allmählich als Fremden, der viel lernen mußte, wenn er sein Erbe antreten wollte.

»Admiral Horthy wurde mißverstanden«, belehrte er ihn und warf empört das Geschichtsbuch aus der elften Klasse beiseite, das Ungarns Beteiligung am Zweiten Weltkrieg einzig und allein in einem Seitenbalken unter anderen faschistischen Ländern vermerkte. »Die Amerikaner mögen alles immer nur schwarz oder weiß. Es gab mehr als nur Gute und Böse. Verstehst du, es war kein Cowboyfilm mit John Wayne. Erzähl das deinem dämlichen Lehrer. Horthy hat die Nazis so lange es ging ferngehalten *und* gegen die Russen gekämpft. Wer sonst, glaubt deine kleine Schule, hätte das gekonnt? Churchill? Und im übrigen kannst du deinem Lehrer für das Fach, das in diesem Land als Geschichte gilt, mitteilen, daß der richtige Name für den Akt der Vergewaltigung auf Seite 465 Trianon lautet.«

Doch Károly der Ungar wartete seine Zeit ab und erwachte eines Tages. Die mitteleuropäischen Revolutionen von 1989 und Charles' nie erlahmende Überzeugung, daß er zu Besserem erkoren war als seine Klassenkameraden, veranlaßten ihn, in seinem Bewerbungsgespräch zu sagen: »Ja, ich spreche fließend Ungarisch, und es wäre eine willkommene Herausforderung für mich, bei der Eröffnung der Geschäftsstelle in Budapest mitzuarbeiten.« Plötzlich war Károly wieder ein geschätztes, gerngesehenes Mitglied in Charles' psychischem Team. Leider war Károly aber immer noch zwölf, so daß der Anlageberater, der nach drei Monaten eigenartig verschulter Ausbildung in New York im Oktober 1989 in Budapest ankam, ein blasierter, rechthaberischer Risikokapitalmanager mit Stil, Intelligenz und Intuition, mit den Managern potentieller Investitionen Ungarisch sprach wie ein zwölfjähriger Junge im Körper eines gutgekleideten Mannes – was seine Chefs natürlich nicht mitkriegten.

Eines Morgens saß John auf Charles' Bürocouch und fotografierte ihn an seinem Schreibtisch. Er sah wichtig aus, das Panoramafenster hinter ihm zeigte ein Drittel Donau, ein Drittel Burgberg und ein Drittel mit Federwolken überzogenen Himmel. Auf dem Foto, das Charles später seinen Eltern schickte, hatte er fünf Stapel Akten vor sich. Die Stapel waren verschieden hoch, und Charles erklärte dem leidlich interessierten John, was er den ganzen Tag, an den meisten Tagen, machte.

Jeden Morgen schob Zsuzsa, die ungarische Büroleiterin der Firma, sorgsam neue Akten in Ledermappen mit dem geprägten Logo der Firma (ein Ritter, der mit hocherhobenem Schwert nach vorn in die Hoffnungslosigkeit schaute und eine zerzauste, fast nackte Jungfrau hinter sich beschützte). Der Stapel zur Linken – Charles klopfte auf den Turm aus Broschüren – enthielt die EAS, die Einkommenden Anfragen: Briefe und Unterlagen, in denen vergeblich für alte staatseigene, kommunistische Betriebe plädiert wurde, die private Investoren suchten, in denen Erfinder um Anschubfinanzierung baten und Gruppen von Jungunternehmern Spielkasinos einrichten wollten und so weiter und so fort.

Jeden Nachmittag nahm Zsuzsa den beinahe ebenso schwankende Höhen erreichenden Stapel ganz rechts weg: die SVAS – im Schnellverfahren Abgelehnten. Dazu gehörten die Staatsbetriebe von gestern, zu ineffizient, als daß sie eine Wiederbelebung verdient hätten und selbst als Schrott kaum zu verwerten; derartig unglaubwürdige Erfinder, daß sie nicht einmal zu einem Gespräch eingeladen wurden, und junge Manager, ob deren Unerfahrenheit Charles baß erstaunt den Kopf schüttelte. Er war rasch zu dem Schluß gekommen, daß buchstäblich die gesamte Managerschicht des Landes entweder keine Erfahrung hatte oder dank der Inkompetenz, Unproduktivität und Korruptheit des Kommunismus von jahrelanger falscher Erfahrung belastet war.

Zwischen der Säule der ungarischen Hoffnungen und ihrem ähnlich großen Pendant der Verzweiflung lagen drei erheblich kleinere Stapel. Der erste – Bitten um genauere Prüfung – bestand aus Angeboten, die so interessant waren, daß sich weitere Gespräche, Besuche vor Ort, Nachfragen nach Finanzdaten und so weiter lohnten. Diese Akten gab Charles mit einer strikt einzuhaltenden vierzeiligen Zusammenfassung seines Befunds dem Geschäftsführenden Gesellschafter in dieser Zweigstelle, einem vierundvierzig Jahre alten Vice President aus New York, der von keinerlei Kenntnis der ungarischen Sprache getrübt war, aber neunzehn Jahre Wall Street auf dem Buckel hatte. Dieser Spitzenmann verließ sich über Gebühr auf Zsuzsa und die zweisprachigen jüngeren Mitglieder des Teams. Aus Wut über seine plötzliche Abhängigkeit von anderen belehrte er sie aber häufig und mit himmelschreiendem männlichem Chauvinismus darüber, »wie es drüben gemacht wird«.

Zunächst beschäftigte sich Charles einigermaßen enthusiastisch mit den wenigen Fällen, die der GG genauerer Überprüfung für würdig hielt – denjenigen Unter Beobachtung. Doch das mit Spannung erwartete Verfahren fiel meist enttäuschend aus. Bei Gesprächen mit talentierten Jungunternehmern, die für die erwünschten amerikanischen Dollars leider zuwenig Mitsprache oder hypothetische Profite versprachen, oder bei nervenaufreibenden Vorführungen von Erfindungen, Prototypen, die ihre vorgesehenen Aufgaben nicht erfüllten und deren Erfinder zuerst geschwätzig und dann weinerlich wurden, konnte Charles ebenso nur noch lachen wie bei Besichtigungstouren durch staatseigene Fabriken, von hinten bis vorn so lächerlich, wie ihre von amerikanischen PR-Agenturen verfaßten Beschreibungen interessant gewesen waren.

»Meistens«, sagte Charles seufzend.

Aber von fünf Prozent Bitten um Überprüfung, die der GG genehmigte und zu denen Unter Beobachtung beförderte, hielten vielleicht fünf Prozent einer genaueren Untersuchung stand. Die nun sammelten sich auf dem Ministapel der HKs, der Heißen Kandidaten, und gingen, mit Charles' zweitem, diesmal zu fünf Zeilen aufgeblähten Befund (eine Zeile war für die Analystenempfehlung erlaubt), wieder zum GG. Doch nach fast sieben Monaten im Job hatte Charles exakt noch keinen seiner HKs wiedergetroffen. Manche wurden vom GG stante pede abgelehnt, weil er gekonnt winzige Schwachstellen in den Unterlagen entdeckte, die Gábor in aller Unschuld zusammengetragen hatte. Andere wurden zwar vom GG befürwortet, aber vom Büro in New York verworfen, weil sie nicht glamourös und potentiell lukrativ genug waren, um das erste ungarische Projekt der Firma zu werden.

»Das erste?« grinste John.

»Unser erstes«, erwiderte Charles entrüstet, »und Prag schmeißen sie die ganze Zeit mit Geld zu.« Acht Monate nach Charles' Ankunft, neun bis elf Monate nachdem in Lobesartikeln im *Wall Street Journal*, dem *Economist* und der ungarischen Presse die schöne neue Welt ausgerufen worden war, acht Monate nach historischen Treffen beim Finanzminister und Empfängen beim Premier, acht Monate nachdem das frühere Hauptquartier einer sehr geheimen und besonders fiesen Abteilung der Geheimpolizei geräumt und der Mietvertrag über neunundneunzig Jahre unterzeichnet worden war, sieben Monate nachdem Charles die erste bänglich und schlecht formulierte Bitte um Geld gelesen hatte, hatte sich noch nichts getan. »Und kein Schwein interessiert sich dafür«, sagte Charles und sank in seinen Stuhl zurück. Die Betriebskosten für die Geschäftsstelle waren so gering, daß sich die Firma leisten konnte, sich Zeit zu nehmen und in aller Ruhe ihre PR-Strategie zu entwickeln.

Aber Gábor hatte nicht die Absicht, auf ewig ein untergeordneter Mitarbeiter des Teams zu bleiben, ja, nicht einmal für lange. Irgendwann würde der Groß-Geldgeber, der Geschäftsführende Gesellschafter, die Rolle des Lesens und Schreibens Unkundigen leid sein; seine Sehnsucht nach den guten alten Lunches im Box Tree und der Quilted Giraffe würde ihn übermannen, und er würde mit Stories über die ulkigen Ungarn (von denen er, behauptete Charles, vielleicht zwei kannte, und eine davon war seine Büroleiterin) zurück nach New York jetten. Dann würde die Firma erkennen, wie wertvoll Charles für sie war, und ihn selbstverständlich zum Leiter der Geschäftsstelle oder zumindest auf einen Posten befördern, auf dem Entscheidungen getroffen wurden.

Er könne aber auch, erzählte er John, so wie Budapest im Moment sei, mühelos, sogar noch am selben Tag, eigenhändig Investoren finden. In Ungarn Geld zusammenzukriegen sei wunderbar einfach, erklärte er. Die Hotellobbies quollen über davon. Man brauchte nur einen Anzug und einen Eimer. Gelangweilte reiche Männer und die hungrigen, scharfäugigen Repräsentanten gelangweilter reicher Männer belegten beinahe jedes Zimmer in den großen Hotels, führten kühne »Erkundungsmissionen« durch, erinnerten einander stolz daran, »daß die Demokratie freie Märkte erfordert und eine Investition mit hohem Profit deshalb nichts weniger als ein Einsatz für die Freiheit ist«. »Du fändest diese Typen toll, John. Im Foyer des Forum braucht man sich nur umzudrehen, und schon schubst man einen um. Und dann kann man zusehen, wie ihm das Geld aus den Taschen fällt.« Charles hatte so manchen von diesen Pilgern des Kapitalismus in seinem Büro, bei Botschaftsparties oder in den Hotels kennengelernt. Selbst bei vorsichtiger Schätzung war er sicher, daß er in sechs Monaten oder weniger soviel Geld auftreiben konnte, wie er brauchte, um mit dem Heißen Kandidaten seiner Wahl ein Vermögen zu machen.

XIII.

Wer hat den Kalten Krieg gewonnen? Unsere Generation. Mit unseren Opfern haben wir das kommunistische Ungeheuer besiegt. Ja, zugegeben, okay: Unsere Eltern haben die Zeiten der Kubakrise und Vietnam auf flimmernden Schwarzweißfilmen erlebt. Aber wir, die wir unter Johnson, Nixon und Ford geboren wurden – wir sind die Siegergeneration. Wir haben von Geburt an der entscheidenden letzten Schlacht entgegengesehen, wir kannten es nie anders, als daß man sich gegenseitig vernichten konnte, und zuckten mit keiner Wimper. Wir wurden mündig, indem wir Breschnew, Andropow, Tschernenko und Ustinow in Grund und Boden starrten. Wir waren gegen ihr steinernes Schweigen, ihre faltigen Gesichter und ihre kurzen Regierungszeiten immun. Als Gorbatschow aus seinem Bunker im Kreml spähte, was sah er? Er sah, wie wir mit der Universität anfingen und im Grunde bereit waren, auch mit geringeren Stipendien auszukommen, weil der Sternenkrieg finanziert werden mußte, und daß wir das als unsere Pflicht ansahen und Reagan wählten.

Wir belegten im Hauptfach Sowjetstudien; unsere Bücher über den Kommunismus überflogen wir nur, denn wir zweifelten die Wertlosigkeit dieser tristen Doktrin nie auch nur im geringsten an. Spionageringe wie in Cambridge, rot angehauchte Mitläufer suchte man in unseren Reihen vergebens. Über diejenigen, die loszogen und für die Sandinisten als Bauern ackerten, lachten wir, und sie kamen ernüchtert nach Hause. Wir lasen die CIA-Technothriller – und zwar alle. Wir meldeten uns lachend zum Wehrdienst, den es gar nicht gab, und zwar in solchen Massen, daß der Kreml erzitterte. Und man sollte nie vergessen, daß wir die MTV- und CNN-Generation sind; MTV und CNN konnte keine Berliner Mauer stoppen, und selbst der rotblütigste Ostdeutsche mußte angesichts der Wahl zwischen Madonna oder Erich Honnecker, Miami Vice oder der Stasi zu dem Schluß kommen, daß es Zeit war, daß sich was änderte.

Mein Gott, war das eine Zeit, war das eine Stimmung. Man wußte, wo man stand. Man stand Arm in Arm mit seinen Freunden bei Ferienpraktika in Washington, D.C., oder beim Trampen in Frankreich, wo man sich mit rotznasigen Dänen streiten mußte, die überzeugt waren, daß der Kalte Krieg nur andauerte, weil die Amerikaner sture Imperialisten waren.

»Wo warst du, als sie die Satellitenstaaten freigelassen haben, Grampa? Wo warst du am Tag des Sieges im Kalten Krieg?« Das werden uns unsere Enkel fragen, und ich für mein Teil werde verdammt stolz antworten: »Ich und meine Kumpel waren da, Timmy – die ganze Zeit. Wir waren in unserem Studentenwohnheim und haben das Ganze beobachtet, auf einem riesengroßen Bildschirm und mit einer so starken Surroundsoundanlage, daß man meinte, man spürte selbst, wie die Hämmer auf den Stein schlugen. Das war Freiheit, Timmy. Das haben wir für dich getan.«

Wer hat die Berliner Mauer zum Einsturz gebracht? Du und ich, Jack, du und ich.

Und dennoch, dennoch, um welchen Preis? Wer von uns kann sagen, wir haben es unbeschadet überstanden? Wer von uns blickt nicht auf eine Jugend zurück, die ihm größtenteils gestoh-

len wurde? Heitere Tage, doch nicht für uns an der Front. Ja, wir haben Freundschaften geschmiedet, die ihre Feuerproben bestanden. Und wir wurden Männer, wenn auch vielleicht zu früh. Unsere Seelen haben in die Hölle geblickt. Ein Segen? Ein Fluch? Eine Tatsache, mehr nicht, meine Freunde.

Und nun sind wir die Besatzungsarmee und bieten unseren besiegten einstigen Feinden großmütig die ausgestreckte Hand und einen Neubeginn: geschickte Anlagemöglichkeiten, Sprachunterricht der Spitzenklasse, eine ganze Generation von Neo-Retro-Hippies, schlechte Künstler und Partykids. Wie MacArthur in Japan.

Ein Neubeginn für sie, aber was ist mit uns? Vor der Antwort auf diese Frage ist mir bange. Wir müssen unsere Wunden verbinden und hoffen, daß unsere Kinder und Kindeskinder und die Kinder und Kindeskinder unserer ehemaligen Feinde in diesem neuen Arkadien, für das wir mit unseren Opfern bezahlt haben, blühen und gedeihen. Wir müssen unser Haus bestellen.

Bis Freitag abend im A Házam!

Scott legte die Zeitung auf das Pult, gestand sich insgeheim, daß John – wenn schon für sonst nichts – wenigstens für einen Lacher gut war, und schaute seine Schüler an. »Okay, zuerst Vokabelfragen. Ja, Zsolt?«

»*Arkadien*?« fragte der junge Ingenieur.

»Arkadien. Das Paradies. Eden. In der Mythologie ein grüner, sorgenfreier Ort. Kati?«

Die Frau aus dem Reisebüro bewegte die Lippen zu einem stummen Satz, bis sie sich auf den Ton besann. »*Rotznase*?«

»*Rotznasig*. Ein umgangssprachliches Wort. Wörtlich bedeutet es, daß Ihre Nase voll ist und läuft. Rotz ist ein sehr umgangssprachliches Wort für Nasenflüssigkeit. Im übertragenen Sinne bedeutet das Wort unreif und gleichzeitig arrogant, kindisch. Es hat einen negativen Sinn.«

»Und das Wort, dieses *Rotznase* –«

»*Rotznasig*«, betonte Scott. »Es wird hier adjektivisch gebraucht.« Während der vergangenen fünfundvierzig Minuten hatte er schon verschiedene Beispiele in verschiedenen Farben auf das weiße Brett geschrieben. *Deine Haarfarbe ändert sich so oft wie meine Frau/deine Haarfarbe ändert sich so oft wie die meiner Frau.* Und viele Wörter, die gleich geschrieben, aber alle verschieden ausgesprochen wurden. (Viel Glück, Magyaren!) Nun fügte er rotznasig hinzu.

»Ja, okay, dieses rotznasigen, gilt es nur für Dänen?«

»Ob nur die Dänen rotznasig sind? Nein, aber eine gute Frage. Der Autor meint hier zwar die Dänen, aber vielleicht nicht wortwörtlich. Vielleicht meint er einen allgemeinen Typ westeuropäischer Jugendlicher Mitte der achtziger Jahre, die automatisch immer links waren. Ich glaube, er hätte genausogut Norweger sagen können. Meiner Ansicht nach ist das ein gutes Beispiel für das Pars pro toto, wie wir es gestern besprochen haben.«

»Wer ist der Autor?« fragte Ferenc, ein Anwalt, der in einer der großen neuen Westkanzleien arbeitete.

Scott erwiderte, es sei ein Artikel aus der gestrigen *BudapesToday* und der erste einer neuen Kolumne mit dem Titel »Nachrichten aus der Neuen Weltordnung«.

»Ist das eine Ansicht, die – ich weiß das Wort nicht«, sagte Ferenc. »Glauben die Amerikaner so? Was er da schreibt?«

»Ob die Amerikaner das glauben? Ich weiß es nicht. Manche vielleicht.«

»Glauben Sie es?« fragte Zsófi, die Medizin studierte, in derart scharfem Ton, daß Scott sich ärgerte und widerwillig bemerkte, daß sie Mehrdeutigkeit wie üblich mit zwiespältigen Gefühlen gegenüberstand.

»Ob ich es glaube?« Er spazierte nach vorn zu seinem Pult, setzte sich darauf und schlug ein paarmal mit den Hacken gegen das eingedellte Schutzblech. »Hm, mal andersherum: Glauben Sie, der Schreiber glaubt es?«

Scott Price' Kurs »Konversation, Lese- und Hörverständnis für Fortgeschrittene«, in dem Studenten zwischen achtundzwanzig und sechsundvierzig saßen, antwortete nicht sofort. Das Unbehagen wuchs geradezu mit Händen greifbar und war etwas mehr als die Schüchternheit von Anfängern oder das angestrengte Suchen nach Vokabeln. Scott nahm diese Stimmung als gutes Zeichen für genaues Nachdenken.

»Warum schreibt er es auf die Zeitung –«

»*In* die Zeitung, Ildikó.«

»Ja. Warum schreibt er es in die Zeitung, falls er nicht davon überzeugt hat –«

»Ist, Ildi, Partizip perfekt als Adjektiv, vergessen Sie das nicht.«

»Okay. Ja. Warum schreibt er es in die Zeitung, wenn er nicht davon überzeugt ist?« Nachdem Ildikó ihre Grammatik in Ordnung gebracht hatte, schaute sie Scott an, als verdiene sie nun wirklich eine Antwort.

»Warum er es in die Zeitung schreibt, wenn er es selbst nicht glaubt? Ich behaupte nicht, daß er es nicht glaubt, Ildi. Ich weiß nicht, ob er es glaubt oder ob nicht. Welche Hinweise stehen im Text selbst? Was steckt hinter den Worten? Nur darauf kommt es an. Nehmen Sie ihn auseinander. Was finden Sie? Ich gebe die Frage an Sie zurück, meine Damen und Herren.«

»Mir gefällt es zu denken, daß die Frage vielleicht nicht gut ist, Scott«, sagte Zsófi, die Medizinwissenschaftlerin.

»Umständlich. *Ich meine* oder *ich finde*«, erwiderte Scott. »In der Welt der Naturwissenschaften haben Sie vielleicht recht, Zsófi. Aber was sage ich immer über das Englische? Tibor?«

Tibor sprach sehr langsam und mit dem leichten britischen Akzent, den ihm sein erster Englischlehrer beigebracht hatte. Er strich sich beim Reden über seinen widerspenstigen schwarzen Bart. »Das Englische ist ebensosehr eine Frage der Haltung wie des Vokabulars, sagen Sie, Scott. Ich weiß, daß Sie das sagen. Aber es hat ganz den Anschein, als träfe das mehr zu als auf das Ungarische oder Deutsche. Ihr Slang ändert schneller, und ihr Kulturstil hat mehr, hmmmmm, mehr aufgebrochen? Die Sprache ist in Sprechergruppen zerfallen.«

Um die sprachlichen Schaltpläne in Tibors Gedanken aufzudröseln, bedurfte es mehrerer Anläufe, doch endlich schafften er und Scott es gemeinsam, und Tibor redete weiter, während Scott die neuen Vokabeln auf der weißen Tafel festhielt. »Ja, in Subkulturen aufsplittern, jede mit ihrem eigenen Jargon. Ja. Genau.«

Tibor hatte einen Doktortitel in ungarischer Literatur, sprach fließend Deutsch, las Latein und Griechisch, hatte Arbeiten zum Werk der ungarischen Revolutionsdichter des neunzehnten Jahrhunderts, Sándor Petöfi und Boldizsár Kis, veröffentlicht und erwartete für das kommende Semester eine Stelle an einer Universität. Scott spreche, wie er den Studenten am ersten Tag sagte, »makelloses idiomatisches Englisch, das Produkt von etwa siebenundzwanzig Jahren rigorosen linguistischen Unterworfenseins unter eine englischsprachige Kultur«.

»Ich bin der Ansicht«, fuhr er nun fort, »daß Ironie das kulturelle Mittel zwischen Perioden hoher Kreativität ist. Sie ist der nötiger Dünger für die Kultur, wenn sie, wie sagt man das – *mi az angolul, hogy parlagon hever?*«

Zsófi, die zwar keinen Schimmer hatte, worauf Tibor hinauswollte, aber die Schnellste im *Magyar-Angol*-Wörterbuchumblättern war, verkündete stolz: »Brachliegen.«

Schon war Scott wieder an der weißen Tafel und schrieb mit rotem abwischbarem Filzstift *Brachliegen. Brach (adj Agr).* Tibor massierte die zottigen schwarzen Haarmassen, die ihm vom Kinn hingen. »Ja, brach«, fing er noch einmal an. »Die amerikanische Kultur liegt jetzt brach. Dort lebt nichts, nur sind Dinge, die warten. Und die Erde strömt nur einen Geruch aus. Dieser Geruch ist nicht angenehm, ist Ironie. Wie jener Zeitungsschreiber. Sehr selbstbekannt.« *Selbstbewußt (adj psych).* »Ja, dies ist der Platz des selbstbewußten Zeitungsmanns in der Welt, glaube ich. Jetzt ist es die Rolle Ihrer Schreiber und Denker in Ihrer Kultur, aufzunehmen, was zuvor gekommen war, die letzte gute Ernte zu filtern und abzuwerfen den – den schlechten Weizen.« *Spreu (f Agr).* »Die Spreu abzuwerfen. Das Land zu roden. Dünger hineinzutun. Das gute Korn in die hohe Scheune tun.« Ins *Silo (nt Agr).* »Schilo. Die Spreu wegwerfen, die guten Körner in Schilo tun, die schlechtriechende Ironie überall hintun und auf neue Jahreszeiten warten.« Tibor strich sich den Bart, und der Rest der Klasse schaute Scott an, als nun der Lehrstoff für diesen Tag unerwartet tief in Argrarfragen eingetaucht war.

»Also, wer ist auch der Meinung, daß –«

»Ach, übrigens, Scott, Sie entschuldigen.«

»Ja, Tibor?«

»Arkadien ist kein mythologisches Paradies wie Eden. Es ist realer Teil von dem Griechland.« *Griechenland (nt).* »Ein realer Teil von dem Griechenland. Zuerst hat es, wie Sie sagen, ein ideales grünes Leben auf dem Lande symbolisiert, doch dann erfahren wir, daß die Arkadianer sehr ungebildet und gewalttätig und grausam sind. Danach war Arkadien für kluge Leute eine Symbol für den falschen Versuch der Intellektuellen, die Wilden als glücklich zu bezeichnen.«

Schweigen.

»Okay, super. Danke, Tibor.«

»Das ist nicht gut.« Zsófi ließ nicht locker. »Es ist eine simple Frage, oder nicht? Glaubt er, es ist wahr, er hat uns von den Russen erlöst, weil er gern MTV geguckt hat?«

István, ein junger Politiker von einer der neuen Parteien, der sechs Jahre später Innenminister werden sollte, erwiderte: »Das ist Marx auf den Kopf gestellt, und ich glaube, ja, vielleicht hat er recht. Der Kapitalismus hat die Menschen besser versorgt als der Kommunismus, und durch die starken Fernsehempfang wißten es auch alle.«

»*Wußten.* Einfache Vergangenheit: Wissen, wußte, gewußt.«

»Wir alle wußten es.«

XIV.

»Du willst nach Hause mit mir kommen?«

Mark, der den jungen Mann vom fast leeren Tresen aus beobachtet hatte, gab sich einen Ruck und antwortete mit Ja. »Nein«, korrigierte er sich dann. »Du kommst mit zu mir.«

Und so geschah es, daß Mark Payton mit seinem ersten Ungarn schlief, und als später die Notwendigkeit entstand, sich zu unterhalten, merkte er, daß er die Klischeerolle des ausgelaugten

Abenteurers spielte, der sich mit dem Fremden in seinem Bett wieder menschlich fühlen will.

Frühsommermondlicht ergoß sich über das Fensterbrett neben dem Bett und auf Mark und László, die nackt und ausgestreckt dalagen. László rauchte eine selbstgedrehte postkoitale Zigarette, eine affektierte nostalgische Geste, die Mark bezaubernd und stimmungsvoll fand. Er nahm sie als Zeichen, daß dieser Ungar die Welt genauso betrachtete wie er, der Kanadier. Der in der alten Wohnung aufsteigende Zigarettenduft machte das ganze Gebäude lebendig, Mark wurde sein Budaer Zuhause wirklicher. Solche Zigaretten waren hier immer gedreht und geraucht worden, während Kriegen und Revolutionen, unter Tyrannen, in Momenten der Hoffnung, während friedlicher Zeitspannen einfachen häuslichen Lebens. Mark dachte an die Wohnungen, in denen er als Kind gelebt hatte, an die Studentenwohnheime und die ersten Apartments, alle modern, bar jeder Geschichte und jeden Friedens. Hier aber gab es eine Brücke zu einer besseren Vergangenheit, sie roch nach Tabak aus einem Plastikbeutelchen.

»Angeblich lernt man eine Sprache am besten im Bett.« Mark zitierte diesen albernen Spruch in einem Ton, daß man es leicht hätte abstreiten können, er hoffte aber trotzdem auf ein Angebot für eine lauschige Privatstunde. Der Ungar schnaubte leise, geringschätzig.

Mark versuchte es noch einmal; er drehte sich um, legte die Fäuste übereinander und stützte das Kinn darauf. »*Elnézést, uram, megtudná mondani mennyi az idő?*«

Laszló lachte verhalten. »Du lernst in einer Klasse?«

»Ja. *Igen.* Und allein auch. Warum lachst du? Habe ich es falsch gesagt?«

Der Mann drehte den Kopf so, daß er ein wenig entfernt von Marks Gesicht einen Rauchschwall ausstoßen konnte. »Sprichst du noch was außer Englisch, oder bist du wie alle Amerikaner?«

»Okay, erstens: *Kanadai* ist was anderes als *amerikai.* Und zweitens, ja, ich habe klassisches Latein und Kirchenlatein sowie Altgriechisch studiert. Ich spreche ganz gut Québecois. Ich kann mich auf kornisch verständigen und spreche die Sprache der Insel Man.«

»Ärger dich nicht von mir«, sagte László und schnipste Asche in ein Glas Wasser neben dem Bett. »Ich will nur sagen, daß in den Sprachen –«

»Ich bin nicht ärgerlich.«

»Gut, okay, du nicht ärgerlich. Aber schau. In Englisch sagst du: ›Hey, Mann, wie spät es ist?‹ Stimmt's? Wo hast du dann *Megtudná mondani mennyi az idő?* gelernen?«

Mark war überrascht, welche Verachtung ihm entgegenschlug. Er hatte es aus einem ungarischen Lehrbuch gelernt. Hieß es nicht *Wie spät ist es*?

»Nein, es bedeutet: ›Entschuldigen, daß ich Sie belästige, sehr hoher oben Herr, ich bin nichts, Sie sind große wichtige Person, wir sind aus verschiedenen Klassen, ich bin wie ein Tier. Ich habe mich schuldig gemacht, Sie belästigen, und Sie sind beschämt, mit mir zu reden, denn ich bin so arm, daß ich keine Uhr besitze, und ich habe zu viele Angst, in einen Laden gehen und auf eine Uhr schauen, ich bin Dreck, aber können Sie bitte, bitte gut sein und mir sagen, wie spät ist es, und dann vielleicht auf mich spucken, wenn Sie wollen, weil ich nur eine kleine Schwuchtel für Sie bin.‹« László nahm einen letzten Zug und warf dann die Kippe in das Glas Wasser, wo sie mit dem Geräusch schwindender Erwartungen verzischte.

»Wie, das habe ich alles gesagt? Ungarisch ist schrecklich effizient.«

»Mann, wie spät es ist? *Mennyi az idő?* Das ist alles. Einfach.«

Mark stieg aus dem Bett und ging zum Bücherregal, um Lehrbuch und Zettel zu holen. »Aber was ist, wenn man höflich sein will?«

Der nackte Ungar lag auf dem Rücken und sah die Decke an. »Was ich sage, war höflich. Aber deins, deins war wie britischer Scheiß. Wir sind nicht britisch, Mann. Wir haben Chance, jetzt neu zu sein, wo es mit kommunistische Scheiß vorbei ist. Was wird wir nun sein? Wir fangen bei nichts an, also warum sollen wir Briten sein? Das sind Chance jetzt, was nicht oft kommen, verstehst du?«

Die gedankliche Vorstellung, daß man auf Grundlage freier Wahlen eine neue Kultur entwickeln könne, fand Mark lächerlich ahistorisch, doch er freute sich, daß der nackte Mann sich zumindest für solcherlei Themen interessierte, und nutzte die Gelegenheit, wieder so etwas wie eine Verbindung herzustellen. »Du kannst keine neuen Menschen machen, László. Ihr sprecht immer noch dieselbe Sprache. Außerdem war es nur die Regierung. Ihr habt immer noch eure Kultur und das Land und die Gebäude und die Sitten und Gebräuche des Volkes.« Mark verschwand in der Küche, entzündete ein Streichholz und machte den Herd an, eine Notwendigkeit in der Alten Welt, die er wunderschön und tröstlich fand. Er stellte einen Kessel mit Wasser auf und offerierte zum Nachbarzimmer hin laut Tee.

László saß im Schneidersitz auf dem Bett, drehte sich noch eine Zigarette, zog seine Unterhose an, stand auf und begutachtete Marks Regale. Um die Rücken lesen zu können, mußte er den Kopf zur Seite legen. Die Namen fast aller Autoren endeten mit Dr. phil. und M.Phil. Die Umschläge waren neutral und die Titel in der Mitte durch Doppelpunkte geteilt: *Der Teufel an der Wand: Staat, Gesellschaft und Angst in Berlin, 1899–1901; Ohne Karte, ohne Flügel, ohne Fortüne: Frühe populäre Imaginationen der Fliegerei; Falsch gedacht: Wissenschaftliche Ergebnisse in Mißkredit. Ein Kompendium; Dabeisein ist alles: Annäherungen an Humor, 1415–1914; Pikiert in Connecticut: Ausdrücke von Emotionen in der weißen angelsächsischen protestantischen Kultur, 1973–1979,* von Lisa R. Pruth, M.Phil.

Mark kam mit zwei Tassen Tee ins Schlafzimmer zurück. Er fand László in Unterhosen. Nun brannten zwei Lampen, und der Fremde brachte Marks Bücher in Unordnung. Die Gardinen waren noch offen, und der Kanadier wußte nicht, was er zuerst tun sollte. Auch seine Unterhose anziehen? Die Gardinen zuziehen? Seine Besitztümer beschützen? Er merkte, wie er plötzlich schwitzte und ihm Brust und Magen schmerzten. Er knallte den Tee auf den Fernsehtisch, schnappte sich seine Unterwäsche und Jeans, zog sie hastig an und setzte sich auf den einzigen Sessel in der Wohnung.

»He, ruhig, Mann«, sagte László, ohne von der Titelseite von *Dabeisein ist alles* aufzuschauen. »Du liest alle diese Bücher?« fragte er im Präsens. Mark glaubte aus der Stimme des Fremden Verachtung oder Zweifel herauszuhören. Erst später überlegte er, ob das nur an der unübersetzbaren Sprachmelodie des Ungarischen und an den unvermeidlichen kulturellen Mißverständnissen lag, die in Tonfall, Blicken und Interpretationen lauerten.

»Von den meisten alle, die meisten von dem Rest.« Marks Standardantwort kam in einem einzigen verdrossenen tonlosen Wort aus seinem Mund – *vondenmeistenallediemeistenvondem-Rest* –, und er beobachtete, wie es in die sprachlichen Klüfte zwischen ihm und László fiel. Ein, zwei Silben brachen ab und gerieten ins Ohr des Ungarn. Mark sah ihn mit den Worten ringen und freute sich, daß er diesen arroganten Fremden verwirrt hatte, ihn gezwungen hatte, das Nichtvorhandensein dessen zuzugeben, worauf er vermutlich den größten Wert legte: gute Englischkenntnisse.

»Alle oder die meisten von dem Rest?«

»Ja, richtig«, erwiderte Mark. »Meistens alle vom Rest oder nicht darin.«

Der Ungar nickte und betrachtete wieder das Buch, das er aufgeschlagen hielt. Dann trank er von seinem Tee. »Was noch lernst du von deinem Buch des Ungarischen?«

Und so schnell es gekommen war, so schnell war es auch wieder verflogen. Mark beruhigte sich und antwortete mit stolzem Lächeln: »*Legyen szíves, uram, kérek szépen egy kávét.*«

»Mann, da machst du es echt schon wieder, Scheiße, Herrgott. Wenn du einen Kaffee willst, bitte ihn einfach. Du sagst bitte fünfzehnmal, erst der Kellner einschläft. *Kávét kérek.* Und damit fertig, Mann.« Er studierte die biographischen Angaben zur Autorin auf dem hinteren Klappentext von *Pikiert in Connecticut.*

»Ja, aber warum sollte ich dir glauben, László? Was, wenn alle in Ungarn dich für den ungehobelsten Typ im Land halten, und ich lerne von dir Ungarisch, und dann bin ich der zweitungehobelste Typ im Land, obwohl ich zu Hause, sogar für einen Kanadier, richtig höflich war? Plötzlich wird der höfliche Mark der ungehobelte Mark und merkt es nicht einmal.«

»Ach, am Arsch. Es langst.«

»Ich habe keine Angst. Ich meine nur –«

»Langst!«

»Okay, manche Leute haben Angst, aber was soll's?«

»Na schön, es langst vielleicht nicht, aber sei doch einfach anders und neu. Sei ungehobelt, Mann, wenn das Leben und Ungarn dich dazu machen.«

»Du bist nicht Ungarn, László. Du bist nur du. Du bist nur –«

»Ja, gut gemacht. Du ertappt mich. Ich trickse dich. Die Geheimpolizei bezahlt mich, damit ich sorge, daß fremde Männer sich ungehobelt benehmen. Du bist ein Genie von deinem ganzen Bücherlesen.« Er warf das Buch aufs Bett, trat seine Jeans vom Boden hoch und fing sie auf.

Das Auffangen der Jeans betrachtete Mark als ersten deutlichen Schritt zur Tür. Er dachte nicht lange nach, stand auf, stellte seinen Tee auf den Tisch, zog seine Jeans aus und legte sich wieder auf die Schlafcouch. »He, geh nicht. Erzähl mir von dem Neuen, davon, wie die neuen Ungarn sein werden. Erzähl mir davon.« Die Wort sprudelten ihm aus dem Mund, doch László zog sich weiter an.

Zuerst das Rolling-Stones-on-Tour-T-Shirt, dann ließ er sich auf den Sessel fallen, um Socken und Nikes anzuziehen. »Was soll das, Mann? Was ist das – eine Frage für ein Lernenbuch? Ich sage nur, wir sind keine Briten und keine Deutschen und keine alten Kommunisten. Jetzt sind wir einfach nur Menschen. Du verstehs nicht, was ich meine, aber«, er stand auf und zog seine Jacke an, die wie eine Collegejacke aussah und bedruckt war, während Mark die Hüften hob und seine Boxershorts abstreifte, »aber das ist dein Problem, glaube ich. Ciao.«

»Ciao«, sagte Mark leise, nackt. László drehte sich um und ging. 1972 FREE MY VALUE TIGERS war in dem typischen geschwungenen Schriftzug amerikanischer Highschool-Sportmannschaften auf dem Rücken der Jacke aufgenäht. Die Tür fiel zu, und Mark horchte, wie László am Fenster vorbei-, um den Hof herum- und die Treppe hinunterging.

Nun lag er auf dem Rücken, und obwohl er weinte, bis sich zu beiden Seiten seines Kopfes zwei nasse Flecken auf dem Kissen ausbreiteten, mußte er auch zugeben, daß das Ganze sehr, sehr komisch war. Er versuchte angestrengt, sich an den genauen Wortlaut dieser absurden Jacke zu erinnern; das war zum Weitererzählen unerläßlich.

XV.

Ende Juni, als John Price sein wichtigster Grund für den Umzug nach Budapest immer mehr abhanden kam und er ihn außerdem immer absurder fand, hatte er sich angewöhnt, vor dem Schlafengehen Frau und Kind gute Nacht zu sagen. Nüchtern oder betrunken, er hielt vor ihrem angestammten Platz auf dem Sicherungskasten beziehungsweise Nachttisch inne und plauderte mit ihnen. Er küßte seine Finger und berührte damit ihre Lippen oder Stirn. Wenn er nüchtern war, gestaltete sich das gesamte Ritual natürlich als Komödie. »Schlaf gut und träum von mir, Püppchen«, sagte er zu der Frau im weißen Kleid. »Morgen ist auch noch ein Tag, Tiger«, sagte er zu dem heillos unglücklichen Baby.

War er betrunken, war das Ritual komplizierter. Einem Beobachter (den es aber nicht gab) wäre nicht unbedingt klar gewesen, daß John wußte, daß diese Fotos in Wirklichkeit nicht seine Familie zeigten. Er schilderte dem Schwarzweißfoto der Frau vor dem Baum seinen Tag völlig unironisch. Er saß zum Beispiel in dem Sessel ihr gegenüber, beugte sich bei dem Versuch, wach zu bleiben, weit vor und streckte die Beine von sich. Manchmal döste er, öffnete aber meist nach einer Minute, eine Entschuldigung murmelnd, halb die Augen. Dann sagte er wohl, er habe mit seinem Umzug in diese fremde Stadt einen Fehler gemacht.

In Kalifornien habe er die Idee noch so gut gefunden, aber wo könne er nun hingehen? In allen grausigen Einzelheiten erzählte er, daß Scott fast während seiner gesamten Jugend unerträglich und rechthaberisch gewesen sei, daß er ihn, John, auch jetzt noch jeden Tag enttäusche und es allem Anschein nach genieße, aber dann lachte er schnell und äffte seinen Chefredakteur oder andere Leute aus der Zeitung nach, versuchte, auch sie zum Lachen zu bringen, obwohl er wußte, daß es nur eine Fotografie war und er mit ihr sprach, als bestehe eine Beziehung. Vielleicht übte er ja auch nur für Emily. Manchmal schlief er stundenlang in dem Sessel. Doch wenn er dann, ein paar Grade nüchterner, aufwachte und langsam und unter Schmerzen die Augen öffnete, sah er ihr Bild unter der Nachttischlampe wie unter einem Scheinwerferlicht, nur wenige Meter von sich entfernt in der Dunkelheit, wie wenn das Ende einer langen Reise nun in Sicht käme, nur noch ein ganz kleines Stückchen, und dann lächelte er. »Bist du immer noch wach?« fragte er, innig flüsternd wie Liebende um drei Uhr nachts, die schlaftrunken und warm und glücklich feststellen, daß sie während all dieser verlorenen Stunden des Schlafs in Gesellschaft von jemandem waren. Und dann stolperte er zu der noch zusammengeklappten Schlafcouch.

Am nächsten Morgen war von alledem nichts mehr da, keine Erinnerung, kein Bild, keine Wut auf Scott und auch keine Wärme, weil man in Gesellschaft von jemandem geschlafen hat, nur die schmerzende Müdigkeit und der übersäuerte Magen, der trockene Mund und die trockenen Augen, die zusammengeknüllten Papiertaschentücher, das warme, angebliche Quellwasser in den Plastikflaschen, das zersprungene uralte Porzellanwaschbecken, die erfolglose Suche nach einem interessanten Kabelsender, die erste Zigarette auf dem Balkon und der damit einhergehende erste Gedanke an Emily.

John war weder in irgendeiner Weise religiös noch ein peinlich auf Tarnung bedachter heimlicher Homosexueller, noch litt er an körperlichen Mißbildungen. Doch obwohl er intelligent, an der Welt um sich herum interessiert, nicht nach betont sexualfeindlichen Prinzipien erzogen und nicht heiratswütig war und sich zu Frauen im allgemeinen und einigen im besonderen durchaus hingezogen fühlte, war John Price noch Jungfrau.

Ein gesunder männlicher Amerikaner, 1966 geboren, Pubertät und gemischtes College erfolgreich absolviert, war am 1. Juli 1990 im Alter von vierundzwanzig noch unberührt?

Schon lange vor der Pubertät, lange bevor er zum erstenmal die unverwechselbare Form und den Duft eines Mädchens wahrnahm, lange vor seiner ersten schrecklichen Spielplatzfehlinformation über deren Konstruktion und Funktionsweise, lange vor seiner ersten pochenden gnadenlosen Erektion, die das Blut aus seinem Hirn zu ziehen drohte, bis er ohnmächtig wurde, hatte John Price gern (und viel) gelesen.

Als leidenschaftlicher, frühreifer Leser, wie vor ihm schon sein Bruder, holte er sich aus Büchern markige Lehren fürs Leben, die er in einem kleinen Notizbuch festhielt, auf dessen Umschlag ein Bild von Willie Stargell prangte, dem charismatischen Kapitän und ersten Baseman der Pittsburgh Pirates. Zunächst in der schlampigen Druckschrift eines Achtjährigen, sich vorarbeitend zur bedachtsamen Schreibschrift eines Zehnjährigen, sich entwickelnd zu den kühnen Schwüngen eines Zwölfjährigen, der die Schrift seines Vaters nachzuahmen versucht, und schließlich in der schlampigen Druckschrift eines College-Erstsemesters, notierte er sich zum Beispiel folgende Lektionen:

8 Jahre: Vermeide Seereisen (*Die Schatzinsel*)

9 Jahre: Je älter man wird, desto weniger Spaß macht das Leben (*Der König von Narnia*)

9 Jahre: Fordere den Ärger nicht heraus (*Der kleine Hobbit*)

10 Jahre: Um aus Schwierigkeiten herauszukommen, braucht man eine Menge Geld (*Der Graf von Monte Cristo*)

11 Jahre: Manchmal ist es besser, keine schlafenden Hunde zu wecken (*Dr. Jekyll und Mr. Hyde*)

12 Jahre: Wenn man nicht höllisch aufpaßt, wird man als Erwachsener bitter (*Moby Dick*)

13 Jahre: Vergiß nie, wo deine Fluchtwege sind und was du

als Waffe benutzen kannst, wenn es kritisch wird (*Herz der Finsternis*)

13 Jahre: Lies nicht zuviel (*Don Quijote*)

15 Jahre: Sterben, auch langsam sterben, ist besser als heiraten (*Krieg und Frieden*)

15 Jahre: Vielen Menschen geht es genauso wie mir, aber sie haben gelernt, es zu verstecken (*Der Fremde*), weil sie verlogen sind (*Der Fänger im Roggen*)

16 Jahre: Ich möchte umgeben von glühender Liebe und Romantik leben (*Titel nie hingeschrieben; Eintrag kurz nach Niederschrift mit schwarzer Tinte heftig durchgestrichen*)

17 Jahre: Was vorbei ist, ist vorbei, darüber nachzudenken nützt nichts (*Der große Gatsby*)

19 Jahre: letzter Eintrag, erstes Jahr am College: Alle sind gleichgültig. Und warum auch nicht? (*Geschlossene Gesellschaft, Der Ekel*)

Manche dieser Lektionen hatte John vergessen, bewußt verworfen, stillschweigend hinter sich gelassen oder für späteren Gebrauch modifiziert. Andere aber nicht. Einer von mehr als zweihundert Einträgen in seinem abgewetzten Notizbuch hatte viele Jahre lang für sein Verhalten drastische Folgen.

Er hatte ihn im Alter von elf notiert, etwa zu der Zeit, als er mit Scott in einem Bett schlafen mußte, weil ihr Vater aus dem Eheschlafzimmer verbannt worden war und zum ersten von vielen Malen in Johns Bett Zuflucht suchen mußte. »Männer verhalten sich, wie der Sex es will, nicht, wie sie wollen. Sex verwandelt Männer in Geisteskranke und sollte vermieden werden, auch wenn das schwierig zu sein scheint.« (Über mehrere Jahre verstreut trug er in all den verschiedenen Handschriften bis zu seinem ersten Jahr im College Lektürebeispiele ein, die das bestätigten: *Mike Steele und der blitzsaubere Killer, Die drei Musketiere, Sherlock Holmes, Ein Skandal in Böhmen, Ivanhoe*, Erstes Buch Mose, *Lolita, Exodus, Tess von D'Urbervilles*, Fünftes Buch Mose, *In Swanns Welt* und so weiter.)

Etwas war an dem gruseligen Mike-Steele-Thriller, etwas an

dem Verrat, den Fummeleien und der Taktiererei von d'Artagnan und Athos ein Jahr später, etwas war an Sherlock (dem getreuen, verläßlichen Sherlock), der dieser dämlichen Irene Adler hinterherschmachtete, und Mr. Price sollte man besser gar nicht erst erwähnen. Irgendwie hatte John im Alter von elf und mit nicht geringem Stolz ganz allein etwas entdeckt, das er für das erste Gesetz der menschlichen Natur hielt. In Buch um Buch, Geschichte um Geschichte korrumpierte Sex Prinzipien, brachte Karrieren zum Scheitern, störte den Frieden, verleitete Helden zu Müßiggang und Narreteien. Eine Zeitlang wurde John buchstäblich schlecht, wenn er las, wie sich ein Held nach dem anderen zum Hanswurst machte, denn fast jedes Buch bewegte sich auf dem gleichen tragischen Terrain. Der elfjährige Junge lernte, daß man all seine Willenskraft brauchte und Opfer bringen mußte, doch er war bereit: Er würde die Finger vom Sex lassen.

Mit vierzehn entwarf er einen umfassenden Plan für sich. Trotz unzähliger Bemühungen, sich mit kleinen »moralischen Grundsätzen« und »Richtlinien« zu schützen, machten sich die Leute (nicht zuletzt seine Eltern und neuerdings der berserkerhafte Scott) immer nur zum Narren. Deshalb war das einzig gefahrlose, würdige Sexualverhalten, das moralisch einzig richtige – wenn man an dem Begriff festhalten wollte – vollkommener, kompromißloser, lebenslanger Verzicht auf Sex.

Diesen Standpunkt machte sich John als Ausdruck seines wahren Ichs zu eigen. Er gestaltete ihn zu einem schlüssigen Verhaltensprogramm, das er auch öffentlich vertrat und selbst bis in die Highschool seinen Freunden empfahl oder es gegen sie verteidigte. Mit dieser extremen, unpopulären Einstellung machte er sie zuerst sprachlos, dann wütend, und zum Schluß waren sie nur noch beeindruckt und erschreckt. Als er anfing zu studieren, war er es – nicht überraschend – leid, der einzige Bewahrer der Menschenwürde zu sein. Der Wechsel von einer südkalifornischen Highschool zu einer nordkalifornischen Universität schien bestens geeignet für eine Überholung seiner Persönlichkeit, und John beschloß, nie wieder über seine Haltung zu reden. Doch wenn auch sein missionarischer Eifer gebremst war, sein stummes, kopfschüttelndes Staunen über das Verhalten der anderen war es nicht. Immer noch verblüffte ihn das Aufgebot an törichten Halbmoralvorstellungen in dieser Neuen Welt, in der Etagenbetten und dünne Wände Sex zu einer geräuschvollen, allgegenwärtigen Realität machten. Trotzdem sprachen seine Mitstudenten immer noch laut und häufig von ihren Idealen, ihren Einstellungen und ihren (bis später am Abend) unerschütterlichen Trennlinien zwischen richtig und falsch. Sie lehnten zwar den Sexualkodex ihrer Eltern als Ergebnis der naiven Fünfziger ab, obwohl sie diese aus eigener Anschauung ja gar nicht kannten, proklamierten aber unbeirrt ihren eigenen. Doch John wußte, er allein war ruhig und glücklich, während alle anderen um ihn herum vor Lust, Liebe oder Einsamkeit verrückt wurden.

Abgesehen von dieser einen Marotte lebte er an der Uni ganz normal. Er trank ein wenig heftiger als seine Freunde, aber das mißbilligte eigentlich niemand. Sexuelle Erleichterung verschaffte er sich nach dem altehrwürdigen Brauch, den seine Moral nolens volens zuließ, im Privaten, wobei er das Unternehmen häufig mit einem halb ausgesprochenen und halb ernst gemeinten »So, das sollte den alten Schweinehund eine Weile lang ruhigstellen« beendete. Er ging zu Parties, tanzte und traf sich sogar hin und wieder mit Mädchen. Und natürlich dachte er nicht mehr so oft an seine Theorien. Anders als in der Highschool dachte er ganze Wochen lang nicht daran, Sex zu meiden, und wenn er auf einer Party ein wenig angetrunken war, küßte er sogar manchmal das Mädchen, mit dem er gerade getanzt hatte. Aber die Jahre des Theoretisierens hatten ihn hart gemacht: Ohne den Gedanken an Menschenwürde oder heroische Gestalten beschwören zu müssen und obwohl er sich zu dem Mädchen hingezogen fühlte, blinzelte er, als komme er aus einer Trance, und murmelte die Worte, die die Frauen immer so gern hören: »Ich sollte wohl besser gehen.« Seine Prinzipien waren unverrückbar, er mußte nicht einmal mehr an sie denken. Mit Alkohol lief es noch glatter. Ihm wurde heiß, er kriegte einen roten Kopf, schwankte (eine normale Nebenwirkung, wenn man Alkohol zusammen mit jemand anderes Speichel schluckt) und mußte sofort an die frische Luft und allein sein. Ein kühler, nüchterner Kuß draußen wäre tödlich gewesen, aber aus irgendeinem Grunde wurde John mit dieser Variante nie konfrontiert.

XVI.

Wände und Decke des Blue Jazz Club waren von einem Wandgemälde bedeckt. Von zwei Studenten der Ungarischen Akademie der Schönen Künste gemalt, plauderten, rauchten, tranken und spielten längst verblichene Jazzlegenden im Himmel. Sie trugen Kleider wie zu ihren Lebzeiten und dazu Engelsflügel in verschiedensten Stilrichtungen. Billie Holiday – im silbernen Abendkleid, die übliche Hibiskusblüte im Haar, in der frischen Schönheit ihrer Jugend – sang in ein Kristallmikrophon auf den Kämmen und Hügeln einer goldweißen Wolkenlandschaft. Neben ihr, einen Blick von unter seinem flachen, weichen Filzhut riskierend, spielte Lester Young; sein Tenorsaxophon ragte wie die Querflöte eines Riesen hoch zu einer Seite. Duke Ellington saß über einen durchsichtigen Konzertflügel gebeugt, während Billy Strayhorn mit dem Stift Änderungen in der vor ihm liegenden Partitur anbrachte. Links, weiter weg, schwenkten Ben Webster und Coleman Hawkins ihre bernsteinfarbenen Whiskygläser und lachten, weil zwei Cherubim mit Grübchen im Po – die Gesichter nach Raffaels Sixtinischer Madonna – versuchten, den Saxophonen der Männer einen Ton zu entlocken, obwohl diese so groß waren, daß die beiden taumelnden Putten sie gar nicht halten konnten. Gleich neben der Bühne lag Chet Baker rücklings auf einer Wolke; seine dezenten Flügel waren unauffällig an einer leichten blauen Segeltuchjacke befestigt, deren Reißverschluß halb offenstand. Auch ihm war das Nachleben gut bekommen und seine Jugend bereitwillig zurückgekehrt. Die Spuren von Raubbau und Leiden waren wie weggewischt; er sah aus wie in den fünfziger Jahren, als sei er auf diesen Wolken geboren. In Khakihosen, weißen Schuhen ohne Strümpfe, spielte er seine Trompete und schaute gerade nach oben, als sei es im Himmel zwar ganz schön, gebe aber vielleicht ein bißchen weiter höher einen noch besseren Platz. Hinter und unter ihm standen oder saßen in einer Gruppe auf einer Wolkenbank, wahren Kumulusthronen, die Jungfrau Maria und ein halbes Dutzend weiblicher Heiliger (an ihren traditionellen Symbolen zu erkennen), verzückt vom Anblick Chets und dem Klang seiner Trompete: die Heilige Elisabeth von Ungarn, den Korb mit Rosen im Schoß, die Heiligen Gisela und Petronilla, halb ohnmächtig mit ihren Besen, und die matronenhafte Heilige Anastasia, das Doppelkinn auf die pummelige Hand gestützt, die feuchten, geschwollenen Augen auf Chet geheftet, ihre mächtigen Beine sogar hier im Einsatz (jetzt drückten sie aber die Wolkenottomane zusammen, auf der sie ruhten). Sie hielt an ihrem Webstuhl inne und ließ einen Wandteppich unvollendet, der (fast) genau diesen Moment darstellte: Chet lag rücklings auf einer Wolke, seine bescheidenen Flügel waren unauffällig an einer leichten blauen Segeltuchjacke befestigt ... Seine Trompete allerdings, die schwebte unbenutzt neben ihm, weil er leidenschaftlich die gar nicht matronenhafte Heilige Anastasia küßte.

Weiter hinten im Raum plauderten Mingus, Monk und Parker genau über dem runden Tisch, an dem Seite an Seite John Price und Emily Oliver saßen und zuhörten, wie eine seltsame Band »I Cover the Waterfront« zu Ende spielte. Aus dem anderen Raum des Clubs, direkt rechts neben John, kamen das Geklacker von Poolbällen und vom Tresen zu seiner Linken die Lockrufe von Gläsern und Flaschen und vollen Zapfschläuchen. John trug seinen einzigen Blazer und trank Unicum aus einem Glas, auf dem der Name eines amerikanischen Rums stand. Die Asche von seiner Mockba Rot schnipste er in einen Plastikaschenbecher, der für die Westglimmstengel Werbung machte, die fanatisch Liebende und unsentimentale Individualisten favorisierten.

Vor ein paar Tagen (nachdem sie wieder einmal Wahrheit gespielt hatten und Emily hoffnungslos oder, je nach Standpunkt des Betrachters, bezaubernd gewesen war) hatte John all seinen

Mut zusammengekratzt und dieses Rendezvous vorgeschlagen. Es begann im Tabáner Hahn mit Paprikahähnchen, Reis, billigem Rotwein. John benutzte seine wenigen neuen ungarischen Worte, um das Essen zu bestellen, und ein nicht mehr junger Hilfskellner steuerte zum Ausgleich seine Handvoll Englisch bei. Emily entschuldigte sich, daß sie keine große Hilfe war, und erklärte, daß sie im Unterricht immer so wenig aufpasse und sich bei Ausübung der Pflichten, bei denen sie eigentlich fließend Ungarisch können müßte, weitgehend auf die Hilfe des Fahrers und des Kochs des Botschafters verließ.

Sie lachte viel und war in gewisser Weise anders als die Frau, die unter dem Baum erwacht war; John kam das Wort *glänzender* in den Sinn. Das Gespräch ging mühelos von der Zeitung zur Botschaft, vom Leben als Amerikaner im Ausland zu den Freuden und dem Irrsinn eines Lebens in Budapest. Sie hielt ihr Weinglas mit beiden Händen und lachte, als der Zigeunergeiger mit der schwarzen Paillettenweste Johns Forints nahm und dann, wie gebeten, weiter weg von ihrem Tisch spielte. John übertrieb die Komplikationen der Abmachung (und behauptete, der exakte Preis betrage einen Forint pro dreißig Zentimeter Entfernung vom Tisch), damit sie bloß weiterlachte. Sie machte ihm zu seinen ersten Kolumnen Komplimente, und er dankte ihr – insgeheim erfreut –, daß sie alle gelesen hatte. Sie schilderte den Ablauf ihrer Tage – Erledigungen und Termine, die Gastgeberin spielen und sich ständig entschuldigen – derart ruhig und ernst, daß John es für Vertrautheit hielt. Der verwitwete Botschafter sei ein netter Mann, sagte sie, doch einsam und brauche bei bestimmten Dingen den Rat einer Frau. Überraschenderweise stelle er ihr immer wieder Fragen zu gesellschaftlichen Verhaltensregeln und zum Protokoll und beginne ihr seit neuestem die Zusammenstellung seiner Garderobe anzuvertrauen, insbesondere hinsichtlich der »verzwickten Mysterien der Krawattenauswahl«, berichtete sie. Er war Berufsdiplomat, nicht politisch ernannt. Seinen Namen – der von altem Geld strotzte – fand sie keinen sehr akkuraten Anhaltspunkt für seine Persönlichkeit oder seine Art, denn sein Selbstvertrauen brach in den ulkigsten Momenten ein, und wenn er auf ein Gespräch nicht vorbereitet war, stotterte er sogar. Sie hatte mit einem kalten Chef gerechnet, aber sie mochte ihn und fand es schön, daß er sich immer mehr auf sie verließ. »Da hat der Botschafter aber Glück«, gestattete John sich zu bemerken, und sie verdrehte die Augen und sagte: »Also bitte.«

Und so sah John sich und Emily nach dem Essen: Sie gehen über die Kettenbrücke – auf den Ansichtskarten der Stadt der absolute Star –, überqueren die Donau in Richtung des neuen Jazzclubs, den er vor kurzem entdeckt und sofort für ihr erstes Rendezvous auserkoren hat. Er geht, ein wenig zu ihr vorgebeugt, rückwärts ein, zwei Meter vor ihr her, gestikuliert mit den Händen, um einer lustigen Geschichte Nachdruck zu verleihen. Sie hat die Hände in den Jackentaschen vergraben. Wenn sie lacht, wirft sie den Kopf nach hinten, und so erinnert sich John an sie (sogar schon, als es geschieht): wie sie für immer und ewig auf ihn zugeht, immer lachend. Die Lampen der Kettenbrücke tauchen die genarbten Steine in zartes Gelb und Emilys Haar in dunkles Gold, und der Fluß hört auf zu fließen, damit John ihn sich einprägen und die blauen und weißen Lichter zählen kann, die die Wellentäler und -hügel sprenkeln. Die vorbeifahrenden Autos verstummen und stoßen keine Abgase aus, und das einzige Geräusch ist Emilys Lachen und der einzige Geruch ihr Parfüm.

Sie spielten Pool, setzten sich dann unter Mingus, Monk und Parker, tranken Unicum und hörten der Musik zu. Eine etwa fünfundzwanzigjährige weiße Amerikanerin mit Hibiskusblüte im Haar wurde als Billie Fitzgerald angekündigt und saß mit einem Mikrophon in der einen und einem Glas Scotch in der anderen Hand im Scheinwerferlicht. Ihre Band bestand aus einem neunzehn Jahre alten ungarischen Pianisten in T-Shirt und alter Smokingjacke, abgeschnittenen Cordhosen und Plastikbadelatschen mit dem Logo einer deutschen Sportartikelfirma, außerdem fünfzehnjährigen russischen Zwillingsbrüdern. Der eine bearbeitete einen uralten akustischen Baß mit weißen Flecken, wo der Lack blind geworden war; der andere strich mit den Besen über ein minimalistisches Schlagzeug, das aus geschenkten

Schlagzeugteilen zusammengestückelt war: eine rote Snaredrum, Becken von verschiedenen Firmen und eine glitzernde blaue Bassdrum, auf der in kyrillischen Buchstaben der Name einer Rock-'n'-Roll-Band stand.

»I Cover the Waterfront« endete ruhig mit Baß und Piano. Die Sängerin räusperte sich, es krachte verstärkt durch die Boxen, und sie nahm einen Schluck aus ihrem Glas. Emily sah auf die Uhr, entschuldigte sich und sagte, sie müsse ihre Wohnungsgenossinnen anrufen. »Sie werden wissen wollen, wann ich nach Hause komme. Bin in einer Sekunde wieder zurück! Die Band ist gut, findest du nicht?« Sie ging zu dem Telefon auf der anderen Seite des Tresens.

»Das ist das letzte Mal, daß wir das Lied bringen, obwohl es schön ist«, sagte die Sängerin in Englisch und mit vom Rauch geschmirgeltem Alt zum Publikum. »Aber es ist eins von den vielen Stücken, in denen die Frauen jammern und nur darauf warten, daß ihr Mann sie auch mal wahrnimmt. Tin Pan Alley! Furchtbar, wie oft die Typen aus der Schlagerindustrie Frauen dargestellt haben, die auf die Liebe warten und darauf, daß ihr Mann sie anständig behandelt. Deshalb machen wir die Stücke nicht mehr.« Sie nahm noch einen Schluck Scotch, biß knirschend auf ein Stück Eis und spuckte die Hälfte zurück ins Glas. Das Publikum, zum Großteil Ungarn, schien höflich zuzuhören, und John versuchte einzuschätzen, ob sie es ernst meinte oder nicht. Aber dann beobachtete er lieber, wie Emily den Hörer nahm, Münzen anschaute und einwarf, wählte und redete. Sie stand mit dem Rücken zu ihm. Ihr Hals bog sich, als sie das Telefon zwischen die Schulter klemmte. Sie nahm etwas aus ihrer Tasche. John stellte sich vor, wie er sich hinter sie schlich und mit den Lippen das freie Ohr oder die sich dehnenden, pochenden Sehnen in ihrem Hals berührte. »Die Leute müssen an ihrem Arbeitsplatz Stellung beziehen. Das hier ist mein Arbeitsplatz. Hier beziehe ich Stellung, und meine Mitmusiker sind der gleichen Meinung wie ich, sonst würde ich sie auch gar nicht anheuern. Stimmt's, Jungs?« Ihre osteuropäischen Musiker nickten, und Billie zählte das nächste Stück an.

Während ein Pianosolo den gesungenen Refrain zu »Love for Sale« ablöste, beobachtete John Emily, die knapp zehn Meter entfernt immer noch telefonierte und, den Rücken ihm und das Gesicht der antiquierten Wandvorrichtung aus grauem Metall zugewandt, durch die Musik und den Lärm in der Bar nicht zu hören war. Er ging auf ihren Rücken zu und hörte allmählich Lautfetzen, noch keine Worte, nur ganz leises melodisches Gemurmel unter der Musik, in einem Tonfall, der ihm ein ganz kleines bißchen fremd war. Das Schlagzeugsolo begann mit einem krachenden Beckenschlag; Emily schaute über ihre Schulter nach hinten und sah John auf sich zukommen. »Mach ich«, sagte sie. »Die Band ist echt Klasse. Altes Zeug, Jazz und so, aber die Bar ist toll. Wir sollten hier mal hingehen. Ja, okay, mach ich. Bis nachher, ihr Verrückten!« Sie legte auf. »Die Julies lassen grüßen. Okay, Kumpel, morgen früh ist Schule«, fuhr sie fort. »Laß uns noch einen trinken, aber dann muß ich gehen.«

Als sie zum Tresen kamen, wandte sich der Barkeeper – der von seinem Platz neben dem Telefon aus der Band zugeschaut hatte – zuerst an Emily und sagte rasch etwas in unverständlichem Ungarisch. Sie reagierte mit verständnisloser Miene und zuckte wie üblich mit den Schultern. *»Nem beszélek magyarul«,* brachte sie lachend, lachhaft, mit ihrem starken Midwestern-Akzent heraus. Der Barkeeper lachte auch und erklärte wieder etwas in schnellem Ungarisch. Emily zuckte erneut mit den Schultern, sagte lächelnd »Tut mir leid« und ging zum Tisch zurück.

»Sie ist doch Ungarin, oder?« fragte der Barkeeper John in Englisch, sein Gesicht eine Mischung aus Verwirrung und Gekränktheit.

John ging mit den Getränken zum Tisch zurück, als die Sängerin den Applaus entgegennahm und die Band vorstellte. »Der Barkeeper meint, er kennt dich oder –«

»Wir sollten der Band einen ausgeben, meinst du nicht? Das macht man doch, und es wäre nett, findest du nicht?«

Da Männer beim ersten Rendezvous normalerweise tun, was man ihnen sagt, akzeptierte Billie ein paar Minuten später liebenswürdig einen Drink, wieder einen Scotch, Kálmán, der Pianist, wollte mit John und Emily einen Unicum trinken, und Boris und Juri, die russische Rhythmusgruppe, entschieden sich für Cola. »Echte Cola! Nicht Pepsi, ja? Echte Cola. Bitte«, bat Boris nachdrücklich, während Juri Pepsi orderte.

Die vielen Gläser für seine seltsamen Trinkgefährten aneinandergedrückt in den Händen balancierend, kam John vom Tresen zurück. Sein Rendezvous spielte sich nun im Kreise zweier colasüchtiger russischer Kinder, eines irre angezogenen Klavierspielers und einer demonstrativ politisch korrekten Jazzsängerin ab, und es kostete ihn einige Willensanstrengung, die Gläser nicht auf den Boden zu werfen und zu fragen, was in drei Teufels Namen sich Emily wohl dabei dachte, diese schräge Kapelle zu bewirten, wenn sie beide sich draußen in der Nachtluft unter den Sternen hätten küssen, am Ufer tanzen und ein Leben und eine Zukunft planen können, in der sie... Aber da saß sie und hörte zu, wie diese Wahnsinnige über frauenfeindlichen Jazz laberte. So hat sie mir beim Essen auch zugehört, und jetzt hat sie sich mir entzogen. Sie hat die Fähigkeit, sich einem zu- und wieder abzuwenden wie nichts. Mit der Band jetzt ist es genauso. Wie überwindet man das – was immer es ist – und kommt auf der anderen Seite an, zielstrebig, sitzt neben ihr, einfach nur da? Es ist meine Schuld. Irgend etwas fehlt mir, sonst wäre ich, wie sie, ohne groß nachzudenken, auf der anderen Seite dessen, was immer es ist.

Und dann ist alles vorbei, Schluß, aus, ja, gleichfalls, nett, euch kennenzulernen, eure Musik hat uns wirklich gut gefallen, Spitze, ja, toll. Solln wir? Der Gang zur Tür, ein Mundvoll Sommernacht, und kaum zeigt Emily sich, schießt ein Taxi aus dem Boden, geht auf und verschluckt sie. Ja, ich fand es auch schön, gut. Dann seh ich dich also bei der Party am vierten Juli, gut, du mußt arbeiten, aber wir haben sicher Gelegenheit, miteinander zu reden, toll, kein Problem, nein, bitte, mir hat es auch gefallen, also bedank dich nicht bei mir, das Zögern und dann die Wange. Und fertig. Immer noch auf der falschen Seite von was auch immer.

Er lehnte an dem Laternenpfahl vor dem lauten Club und zündete sich eine Zigarette an, als sich das Taxi in die Flut von Licht und Abgasen in Richtung Buda einreihte.

Ein Moment, erstarrt im Klischee: Ein junger Mann lehnt an einem Laternenpfahl und pustet Zigarettenrauch in die Nacht. Aus der offenen Tür eines Jazzclubs strömt zusammen mit einem Lichtkegel Musik heraus, sie dringt bis in den gelben Kreis unter der Lampe, in dem er steht, und er sieht zu, wie das Taxi mit der Frau wegfährt, die es ihm wirklich angetan hat, die Frau, deren Herz ihm ein Rätsel ist.

Die Selbsterkenntnis kommt in raschen, erbarmungslosen Schüben. Zuerst nimmt er diese klischeehafte Position unter dem Licht ein, ohne sich etwas dabei zu denken; sein Kummer und Verlangen und die vergeblichen Bemühungen drücken sich physisch unwillkürlich so aus. Doch kaum hat er das Streichholz angezündet, merkt er, was er da tut und wie er aussieht. Als der erste Rauchkringel sich um den Laternenpfahl zum Licht hochrankt, erinnert allein schon seine Haltung – das angewinkelte Bein – an einen desillusionierten Privatdetektiv oder todunglücklichen Schnulzensänger auf einem Plattencover (*Musik für einsame Nächte*), als wenn ein unübertroffen, schon berufsmäßig zynischer Werbemensch fünfzig Jahre Bilder von Liebe und Verlust, Einsamkeit und Selbstekel zu einem Bild verdichtet hätte. Selbst als John, von dieser Entdeckung angewidert, aufstöhnt, klang es – und er wußte es, bevor es verklungen war – wie der Ekel eines Schnüfflers über die stets und ständige Untreue der Weiber oder Bogeys schwer erkämpfte Erkenntnis, daß dieser Krieg uns alle zu Narren macht, oder wie das Staunen des Schmalzsängers, daß er wieder mal belogen, oh, oh, oh, wieder mal betrogen worden ist. Und dann sieht John es endlich im begütigenden Licht der Ironie. Als selbst seine unwillkürlichen Seufzer mechanisch und unglaublich falsch klingen, kann er nur noch lachen. Wie vor dem dreigeteilten Klappspiegel eines Schneiders sieht er, wie dämlich es ist, die Dämlichkeit des Ganzen zu erkennen, wie das angenehm nüchterne Amüsement, das er nun über sich selbst empfinden kann, unendlich viel weitergeht und schwächer wird. Und erst jetzt verliert er ihr Taxi, das sich in den Verkehr einreiht, aus den Augen. (Im Grunde ist er fassungslos, daß es unsichtbar werden kann und nicht mit einer phosphoreszierenden Substanz gekennzeichnet ist.)

Und während sie entschwand, senkte sich eine kleine Wippe, die John, ohne es zu wissen, in den letzten Wochen in seinem Herzen aufgestellt hatte, zur anderen Seite. Ehe er sich versah, saß er in einem Taxi und gab als Fahrziel die Adresse seines Bruders an. Er fuhr über die Brücke, betrachtete die Lichter der benachbarten Brücke flußaufwärts, atmete den warmen Wind tief ein und begriff, daß er Scott nun das geben konnte, was sie beide brauchten: etwas von großer persönlicher Bedeutung, losgelöst von der Vergangenheit, von ihren gegenseitigen Vorwürfen, ihrem Kummer, ihrem Haß. Er würde seinen Bruder in der Gegenwart treffen, nach vorn schauen, demütig um Hilfe und Offenheit bitten. Er würde das, was er in ihrer Freundin Emily gefunden hatte, beschreiben, ja sogar Strategie und Taktik einer Romanze mit seinem Bruder planen, denn Scott schien ja immer Freundinnen zu haben, selbst damals, als er monströs und peinlich war und die Mädchen auch.

Einen margarineglänzenden Pfannenheber in der Hand, öffnete Scott barfuß und in Jeans und T-Shirt die Tür.

»Hey, gut. Hör zu, ich möchte unbedingt mit dir reden. Über –«

»Bro, hereinspaziert!« brüllte Scott. »Ich bin überwältigt von meinen Gefühlen. Was verschafft mir das Vergnügen deines Anblicks?«

John folgte ihm in die Küche, und der Geruch nach etwas Fremdem verscheuchte alle Gründe für sein Kommen aus dem Kopf. Eine wunderschöne junge Brünette saß, auch barfuß, auf einem Barhocker. Sie trug ein übergroßes weißes T-Shirt, das weit über grauen Trainingshosen hing, auf denen der Name von Scotts und Johns Highschool prangte. (Man konnte aber nur die letzte Silbe sehen.) Sie hatte die Ärmel ein paarmal umgekrempelt, ihre kleinen Hände guckten heraus, und die Trainingshose war an ihren nackten Knöcheln zusammengebunden.

»Johnny, Mária. Mária ist heute mit ihrem Anfänger-zwei-Kurs an unserer Schule fertig geworden, und zur Feier des Tages essen wir was zusammen.« Scott stand am Ofen und kratzte in irgend etwas herum. »Mária, das müßte John sein, mein leiblicher Bruder.«

»Es freut mich sehr, dich zu kennenlernen.«

»Und da es doch eher eine Privatfeier ist«, sagte Scott mit breitem Lächeln und absichtlich so schnell, daß die Dame es nicht verstand, »würde ich mich wirklich freuen, wenn ich bald mal wieder richtig mit dir plaudern könnte. Das wäre phantastisch. Darauf freue ich mich wirklich. Ruf aber vorher an, das solltest du dir ohnehin zur Regel machen.« Die Tür schloß sich hinter John, der überlegte, ob er Charles Gábor anrufen und mit ihm noch einen trinken gehen sollte, sich aber dann eines anderen besann und den dunklen taxilosen, nächtlich ruhigen Hügel zum Fluß hinunterwanderte.

XVII.

In den letzten fünfzig, sechzig Jahren hatte man die Pester Stadthäuser aus dem neunzehnten Jahrhundert – anders als im Stil ähnliche Häuser, die die Reichen des neunzehnten Jahrhunderts in Paris, Boston oder Brooklyn gebaut hatten – aus Geldmangel dem Strom der Zeiten überlassen. Der wilden, erbarmungslos tosenden Witterung ausgesetzt, erodierten sie immer mehr, und wie in einem Naturgeschichtsmuseum hätte man bei einem Spaziergang durch eine x-beliebige dunkle, enge Seitengasse am späten Abend des vierten Juli 1990 die Ausstellungsstücke mit ihren Furchen und Ablagerungen betrachten können.

Das reichornamentierte gußeiserne Fenstergitter der schweren Bogentür in Nummer 4 war aber zum Beispiel nur leicht betroffen. Die schwarze Farbe war zwar komplett abgewaschen – kein Krümel mehr zu sehen –, und an manchen Stellen sprossen die Rankenfußkrebschen aus Rost, doch die rundlichen Eisenblätter, das grazile Metallefeu, selbst die zierlichen Metallzweige waren noch intakt. Die Milchglasscheiben hinter den schmiedeeisernen Ornamenten waren wegen der stetig anbrandenden Wellen allerdings längst durch Holzlatten ersetzt.

Rechts daneben, in Nummer 6, konnte man durch die offene Haustür noch die alten quadratischen Fliesen des Flurs sehen. Die Zeit hatte sie neu gestrichen und das Perlweiß und Ebenholzschwarz, das ein lange vergessener Mensch einmal ausgesucht hatte, beharrlich durch zwei von grauen Streifen durchzogene stumpfe Brauntöne ersetzt und dann fast allen Fliesen Sprünge verpaßt und einige sogar ganz verschluckt, wodurch hier und dort kleine Quadrate aus weichem grauem Staub entstanden waren, die, unter Bodenniveau, wie schlau getarnte Fallen hohe Absätze und Stockspitzen anlockten und verschlangen.

Vor Nummer 16, an der Ecke, wo die Straße auf einen kleinen Platz mündete, drängte sich eine laute Menschenmenge. Die Fassade des Gebäudes war so abgewaschen, daß die Steingirlanden unter den Fenstern paradoxerweise sowohl glatt als auch brüchig wirkten. Die Balkone waren wie der von John in der Andrássy út die reinsten Aufforderungen zum Risikospielen. Die Schußlöcher, die dem Haus in zwei Dosen verpaßt worden waren, bohrten sich, als seien sie das Werk riesiger lithophiler Termiten, immer noch in seine Vorderseite. Ein Loch befand sich – sehr zum Amüsement von Generationen von Nachbarskindern – in dem drallen Steinpo eines schwebenden Cherubs, der das Ende einer zerbröselnden Girlande hielt. Bei den Gefechten hatte er über seine rechte Schulter geblickt; nun versuchte er seine Wunde zu inspizieren. Man konnte sich richtig vorstellen, wie ein russischer oder deutscher Angreifer unter Verschweigen wesentlicher Einzelheiten diese Kampfhandlung als bestätigten Abschuß meldete oder 1956 ein Heckenschütze der ungarischen Aufständischen, der sich in einer Kampfpause langweilte, von seinem Schlafzimmerfenster auf der anderen Straßenseite aus schoß, um sein Geschick an einem erfolgversprechenden Ziel auszuprobieren, das er seit neunzehn Jahren Tag und Nacht vor Augen gehabt hatte.

Nummer 16, 1874 fertiggestellt, war ein Geschenk gewesen. Sein Geburtsdatum war neben den latinisierten Namen des ungarischen Architekten in dem reichverzierten Mauerwerk über der Haustür eingemeißelt, doch 1990 waren die 7 ganz und die rechte Hälfte der 8 zu Staub zerfallen, ein träges Steinkörnchen nach dem anderen, als demonstriere ein feinsinniger Priester, was Ewigkeit sei, und nur eine mysteriöse Hieroglyphe blieb, ein Datum ohne Jahrzehnt und fast ohne Jahrhundert. 1ε 4.

Doch 1874 wird das Gebäude im allerneuesten (französischen) Stil errichtet. Es ist das Geschenk eines ärmer werdenden reichen Mannes an seinen zweiten Sohn zu dessen Verehelichung. Der Sohn und seine junge Frau nehmen das Haus im Juni des Jahres in Besitz, einen Monat nachdem das Datum über der Tür erscheint. Direkt von der Hochzeitsreise, die sie nach Wien, Italien und Griechenland geführt hat, fahren die frisch Angetrauten vom Budapester Westbahnhof in ihrer Kutsche vor. Der Mann hilft seiner Frau heraus, nimmt sie am Arm, geleitet sie die neun Meter von der Straße zur Haustürtreppe, an Hecken und Blumen vorbei, am Personal, das zur Begrüßung angetreten ist. (Zum neuen Domizil gehören eine Köchin und zwei Hausmädchen.) An der Schwelle lächelt der Gatte die Gattin an, flüstert ihr etwas ins Ohr, was sie erröten läßt, und küßt ihr die Hand. »Willkommen in deinem Zuhause, mein Liebes«, sagt er, und ein Hausmädchen öffnet die Tür.

1990 sind die Hecken und Blumen nicht mehr da. Die Straße ist verbreitert worden, und ein nur wenige Schritt breiter Bürgersteig trennt die sechs Zementstufen vor der Haustür vom täglichen Defilee qualmender Auspuffrohre und abgefahrener Reifen. Eine Seitentür für Mieter führt in den Hof und von dort zu den vollbelegten Wohnungen in den höheren Stockwerken. Doch neben der Haustür hängt ein handgemaltes Holzschild mit roten und schwarzen Buchstaben: ISTEN HOZOTT A HÁZAMBAN (Willkommen in meinem Haus).

Nachdem das Haus eingerichtet ist, die Möbel an ihrem Platz stehen und das Paar sein gesellschaftliches Leben in Angriff genommen hat, gibt der Vater dem jungen Mann eines Spätnachmittags zu verstehen, daß er nicht mehr genug Geld hat, um drei nichtberufstätige Söhne zu ernähren. Der Hauptteil des väterlichen Vermögens geht natürlich an den Ältesten; eine kleine jährliche Summe – die für das Nötige reicht, wie zum Beispiel das Haus, aber bei weitem nicht für alles andere – fällt an die beiden jüngeren Brüder. In einem kleinen Arbeitszimmer, das vom Eingangsflur abgeht, teilt der Vater dem jungen Mann diese Nachricht mit, sein Tonfall ist jovial: unvermeidlich und eigentlich ja auch nicht überraschend, die ganze Sache – etwas anderes war weder zu erwarten noch vorauszusetzen. Das Haus, erläutert der Vater, habe der Familie einen ordentlichen Start ermöglichen sollen und solle ebendiesem Zweck auch noch über weitere Generationen dienen. Der Vater, der den Ausdruck auf dem Gesicht seines Sohnes geflissentlich übersieht, zählt mehrere Möglichkeiten auf, die man für ihn arrangieren könne, nichts sonderlich Anstrengendes oder auch nur Ehrverletzendes, gute Gelegenheiten, über die man nachdenken solle, natürlich sei keine Eile geboten, aber »sag mir, was du möchtest«: einen Posten an der Börse, Teilhaberschaft in einem Handelsunternehmen, ein Amt in der Regierung. Der Sohn schweigt, sein Zorn siegt über sein anfängliches Staunen über diesen Verrat. Der Vater meidet weiter den Blick auf den Sohn, schließt seine wohlgesetzten Bemerkungen mit den Worten, er verstehe, daß der Junge ein wenig Zeit zum Nachdenken brauche, und sagt, er finde den Weg allein hinaus. Der Besitzer des Hauses wartet, bis die Geräusche vom Weggang des Vaters verklungen sind, dann schleudert er seine Kaffeetasse an die Wand, wo sie mit einem Knall zerbirst, der nur von seinen wütenden Flüchen übertönt wird.

Das Schild – ISTEN HOZOTT A HÁZAMBAN – wurde 1989 von Tamás Fehér aufgehängt; da war der rechtliche Status seines neuen Projekts noch nicht geklärt. Das Schild war ein Witz, eine minimale Tarnung, die ernsthaft natürlich niemanden hinters

Licht führte. Doch selbst als der Club legal abgesichert war, kam nichts Offizielleres oder Benutzerfreundlicheres an die Stelle des altes Schildes. Im Gegenteil, das Etablissement gewann an Beliebtheit, ohne überhaupt einen Namen zu haben, und war nun weithin als A Házam (Mein Haus) bekannt. Die Raumaufteilung hatte sich in den letzten 116 Jahren erheblich geändert; 1990 entsprach das »Hinterzimmer 2«, in dem neben Tamás' Schreibtisch mehrere Kisten Schnaps aufgestapelt waren, nur noch ungefähr dem kleinen, vom Haupteingang abgehenden Arbeitszimmer (in dem das erste Stück des Hochzeitsservice in die Brüche gegangen war). Das war größer als Hinterzimmer 2 gewesen, und die Porzellantasse, die heute genau über dem gerahmten Foto eines ungarischen Models auf Tamás' Schreibtisch zerknallt wäre, war damals von einer Stelle aus geworfen worden, die sich nun am Ende eines Vorhangs befand, der Hinterzimmer 2 von der Bar selbst trennte.

Der Krach wird bestimmt gleich seine neugierige Frau herbeirufen. Der Gedanke, daß sie ihn so sieht, gedemütigt von seinem Vater und seinem älteren Bruder, ist ihm unerträglich. Er geht mit großen Schritten aus dem Zimmer, an einem verschreckten Hausmädchen, das herbeieilt, um die Überreste der Tasse wegzuschaffen, vorbei und von der Haupttreppe weg. Er tut so, als höre er nicht, daß seine Frau ihn ruft. Mit Teilen seines neuen Zuhauses noch immer nicht vertraut, findet er sich in der Küche wieder. Schnell läuft er an der verblüfften (und territorial beleidigten) Köchin vorbei, die sich mit einem gesichtslosen zweiten Hausmädchen unterhält. Beide springen auf und verbeugen sich, als ihr wutschnaubender Herr vorbeiläuft. Er öffnet zuerst eine Tür, hinter der sich Töpfe und Pfannen stapeln, dann eine zweite und geht die Ziegelsteinstufen hinunter. Weil aber der Treppenaufgang unglaublich dunkel ist, rennt er, rasend vor Zorn, wieder nach oben. »*Gyertyát!*« befiehlt er, und das Hausmädchen gehorcht schleunigst. Mit der verlangten Kerze bewaffnet, schließt er die Tür hinter sich und geht erneut nach unten. Auf dem neuen Ziegelsteinfußboden eines Kellers, von dessen Existenz er gar nichts wußte, bleibt er stehen; der Keller ist sauber und gekalkt und so groß, daß eine Kerze allein ihn gar nicht erhellen kann.

1990 wurde der Keller von Metallampen erhellt, einfachen runden Hauben aus rostfreiem Stahl, in denen eine extrem starke Glühbirne steckte und die an Plastikkrallen befestigt waren, die wiederum an Heizungs- und Wasserrohren klemmten. Sie waren auf die Ecken gerichtet, wo die schmutzigweißen Wände an die fleckige, bröckelnde Decke stießen. Das reflektierte Licht war ausreichend, sogar stimmungsvoll. Tamás hatte sich gefreut, als seine Modelfreundin ihm fünfzehn Lampen als Geschenk mitgebracht hatte, und war richtig stolz gewesen, als sie schilderte, wie sie sie, immer eine oder zwei auf einmal, aus dem Studio eines westdeutschen Modefotografen in Pest gestohlen hatte. Am Abend des vierten Juli 1990 waren etwa 250 Leute in dem fensterlosen Keller ohne Ventilation.

Er läuft an den Kellerwänden entlang und denkt darüber nach, was er seiner Frau sagen soll. Er fährt mit der linken Hand leicht über den weißen Gips. Auf in die Wand geschlagenen Simsen stehen Säcke mit Kartoffeln, Mehl und anderen Grundnahrungsmitteln. Als er merkt, wie groß der Raum ist, geht er quer hindurch. In der Mitte des kühlen Rechtecks lagern Flaschen mit französischem Wein und Tokajer in hohen Holzgestellen. Der Keller muß sich unter dem ganzen Hof erstrecken. Er versucht, sich den Schnitt der Stockwerke über sich zu vergegenwärtigen, und geht, seinen kleinen gelben Lichtkreis in der Hand, ziellos hin und her und rät, welche Möbelstücke über seinem Kopf schweben. Direkt über ihm, glaubt er, steht die Chaiselongue neben dem Kamin und darüber das Bett und darüber die Waschschüssel des Hausmädchens, und dann kommt das Dach mit dem Vogelnest, dann der offene Himmel. Zwischen all diesen Möbeln hindurch, schwerelos über seinem Kopf auf unsichtbaren Stockwerken, laufen Bedienstete und Gattin, in Schichten übereinander, zwischen schwebenden, sorgfältig arrangierten

Einrichtungsgegenständen. Dann kommt ihm plötzlich ein Gedanke, beruhigt ihn, löst alle Probleme. Wenn er den Tod seines älteren Bruders herbeiführen könnte, wäre alles wieder gut. Er stellt sich kerzengerade hin, dreht sich mit dem Gesicht zur Wand, schaut wieder hoch und überlegt, wie man es arrangieren könnte. Er weiß, daß er es nie tun wird; da kann er noch so hoffen, er könnte es. Er sagt laut, daß er es nie tun wird, und erlaubt sich auf diese Weise, es zu planen.

An einer kurzen Wand hatte Tamás, etwas über einen Meter dreißig über dem Boden, eine kleine Holzbühne errichtet. Am vierten Juli 1990 standen auf dieser Bühne Cash Ass, eine Band mit drei Männern und einer Frau. Sie trug ein schwarzes Cocktailkleid und hochhackige schwarze Pumps. Ihr platinblondes Haar war im Hollywoodstil der späten Fünfziger frisiert, glatt mit Außenrolle. Sie wartete, während nur die Instrumente spielten, im Hintergrund; ihr Gesicht drückte ein flüchtiges Interesse an ihren Bandkollegen und ruhige Gleichgültigkeit gegenüber der Tatsache aus, daß Hunderte von Augen sie anstarrten. Die drei Männer spielten das Instrumentalintro des sechsten (und letzten) Stücks des dritten der für heute abend vertraglich vereinbarten drei Sets. Auch die Männer trugen schwarze Cocktailkleider und genau wie die Sängerin hochhackige Pumps, und ihr platinblondes Haar war ihrem so täuschend ähnlich, daß der Gedanke nahelag, daß auch sie eine Perücke trug. Ein Musiker spielte eine Auswahl an Kinderinstrumenten – Ukuleles, Banjos, Cowboygitarren –, alle heftig verstärkt und durch mehrere große Lautsprecherboxen gejagt, die überall im Untergeschoß hingen. Der zweite Mann spielte mit unglaublicher Leichtigkeit den Baß und zupfte einen funkigen Groove mit eingestreuten Zweiunddreißigstel- und Vierundsechzigstel-Trillern, Maschinengewehrsalven, als trüge er Patronengürtel als modische Accessoires. Er knallte und wummerte die Töne heraus, daß die Tänzer in der feuchtheißen Wärme zuckten und sprangen. Der dritte Musiker saß vor einer Reihe Kassettenrecorder, die alle an ein Mischpult angeschlossen waren. Er strich sich den platinblonden Pony aus den Augen und stellte die verschiedenen Kassetten abwechselnd laut oder leise. Während dieses Stücks ließ er erklingen:

- ein schreiendes Baby und eine ältere männliche Stimme, die in ungarisch beruhigend auf es einsprach;
- eine Rede in Russisch aus der Sowjetzeit (alle Ungarn in dem Raum hatten irgendwann in ihrer Schulzeit Russisch lernen müssen, aber der Stolz gebot es, so zu tun, als habe man es vergessen; kein einziges russisches Wort mehr zu kennen war hoch anerkannt und ein allgemein verbreitetes Spiel, bei dem aber nun all die Tänzer Lügen gestraft wurden, die lachten und Grimassen zogen);
- die Titelmelodie einer amerikanischen Kinderfernsehsendung, von einem Mann, einer Frau und etlichen talentierten Kindern in fröhlichem Dur gesungen;
- ein sich heftig verausgabendes ungarisches Paar, Stöhnen und Bettquietschen inbegriffen;
- geschnittene und wieder zusammengefügte britische Cricketkommentare: »Die Südafrikaner müssen nen ganz schön steilen Berg erklimmen steilen Berg erklimmen müssen ganz schön steilensteilensteilen Berg steilensteilen Berg erklimmen heute nachmittag müssen die Südafrikaner nen ganz schön steilen Berg erklimmen. Trevor, Trevor, Trevor, Trevor«;
- die ungarische Nationalhymne, atonal von drei Freunden der Band dargeboten, die wie unaufmerksame Schüler sangen und nach etwa zehn Sekunden an drei vollkommen verschiedenen Stellen angekommen waren. Als die Hymne der Nation so verquirlt war, daß man gar nichts mehr verstehen konnte, klatschte und schrie das Publikum ohrenbetäubend.

Er geht langsam durch die Mitte des Raums zum Weinständer, seine Gedanken überschlagen sich. Diesen Weinständer zu lockern, damit er auf jemanden fällt, der nach einer Flasche ganz oben greift, wäre zum Beispiel eine leichtere Übung. Blut würde fließen und Knochen würden brechen, und wenn es spät am

Abend wäre und das Opfer schon eine Menge getrunken hätte, würde die Erklärung für den Unfall im sehr roten Gesicht des Hingeschiedenen glühen. Ich werde meinem Vater sagen, wie gern ich seinen Vorschlag aufgreife, was für eine feine Sache ein Posten an der Börse ist, und dann lade ich meinen werten Bruder hierher zu einem brüderlichen Diner ein. Wir könnten sehr spät essen, bester Laune würde ich meine Frau zu Bett schicken, freundlich auch den Dienern sagen, sie könnten schlafen gehen, liebend gern lange aufbleiben, mit meinem geliebten Bruder plaudern und trinken. Und dann würde ich mit ihm nach unten gehen und ihm den Keller zeigen. Wie entsetzt ich sein werde! Wie untröstlich! Als wäre die Sonne verloren – nein, das geht zu weit.

Ein Stück entfernt, genau im Zentrum der Massen, stand ein Podium so hoch, daß die Leute darunter tanzen konnten. Ein Armeekumpel von Tamás hockte dort, sein Kopf stieß fast an die Decke, und er bediente das Soundboard. Direkt hinter seinem hohen Sitz, neben der abgesplitterten, vollgekritzelten Leiter, küßte Charles Gábor in Khakis und schwarzem Polohemd, hin- und hergeschubst von der Menge, ein sehr kleines Mädchen, das er noch nie gesehen hatte, das aber erst vor einigen Momenten gegen ihn gestoßen worden und mit den Händen in seine Hose gefahren war.

Wie schwer ist es wohl, eine Kartoffel zu vergiften, überlegt er, als er vor den Simsen in der rückwärtigen Wand steht. Nein, das Risiko, daß der oder die Falsche sie ißt, oder… natürlich. Es ist ein neues Haus. Bestimmt sind die Balkone schlecht gebaut, ein Geländer ist vielleicht locker, wie leicht kann ein Mensch hinunterfallen. Die Idee mit dem Weinständer scheint aber am besten zu sein.

Hinten im Raum, auf einem in die Wand geschlagenen Sims, hielten Scott und Mária sich an den Händen und schrien aufeinander ein, aber da sie direkt unter einer Box saßen, gaben sie – heiser – bald auf, küßten sich lieber und schauten der Band zu.

Plötzlich wurden die Gitarre und der Baß ganz leise, der Kassettenjockey brachte eine verkratzte Aufnahme von wahnwitzigen Trommelschlägen zum Einsatz, und die blonde Frau ging zum Mikro. Sie schloß die Augen, kreuzte die Arme, legte die Hände über die Brüste und sang in Englisch mit ungarischem Akzent und gut ausgebildeter Opernstimme:

Wir alle leben unterm Hammer
Geschwung'n von Vogue, Mademoiselle *und* Glamour.

Das Publikum, des Englischen unterschiedlich gut mächtig, sang das sich ständig wiederholende Verspaar mit, während die Frau langsam, aber entschieden von der Opernstimme in eine Hardrock-Stimme überging und dann in pures Schreien. Sie fauchte immer wütender, der Lärm des weinenden Säuglings wurde lauter, die Ukulele schriller, die Baßlinie komplizierter und die ungarische Nationalhymne immer chaotischer. Die Leute sprangen auf und ab und schrien den Text, Paare tanzten, junge Kerle rempelten ihnen völlig unbekannte, andere junge Kerle an. Ungarische und ausländische Männer versuchten, vorn an der Bühne rauchend, mäßig interessiert auszusehen, zermarterten sich aber fast ausnahmslos das Hirn, was sie tun oder sagen konnten, um auch nur die geringste Chance zu haben, mit der Sängerin zu schlafen.

Seine Wut ist verflogen, und damit haben sich auch seine extravaganteren Pläne aufgelöst. Er wandert noch einmal rund um seinen Keller, fährt mit der Hand an den kühlen Wänden entlang. Sie ist weiß bestäubt. Er kommt zurück zur Treppe, hofft noch immer, daß sein Bruder stirbt, nun aber nur, weil er vergeblich versucht, das Nachdenken über das hinauszuschieben, was er seiner Frau erzählen und wozu er sich bereit erklären muß. Er wird seinen Bruder niemals umbringen. Viel entsetzlichere Lösungen werden nötig sein.

Auf der linken Seite des Raums befand sich die einzige Tür, die von der Tanzfläche abging, eine Ziegelsteintreppe führte von dort aus dem Gießbetonboden hoch und wurde ebenfalls von den Klemmlampen erhellt. Diese einzige Verkehrsader war nun verstopft von herunterkommenden potentiellen Tänzern und nach oben strebenden Trinkern, die auf frische Luft hofften. Alle rauchten.

Der Juni ist in den März übergegangen, und er sitzt wieder auf der Kellertreppe, zerbröselt Mörtelstückchen zwischen den Fingern und versucht die Schreie nicht zu hören, sondern über ein Detail in seiner Tätigkeit für die Regierung nachzudenken. Er findet die Arbeit nicht schlecht. Was hat er für einen Unfug angestellt, die Tasse zerschmissen ... Es war die einfachste Sache der Welt. Sogar ganz angenehm. Er hat seiner Frau von der Mitteilung seines Vaters natürlich noch am selben Abend erzählt und behauptet, er habe es erwartet, habe seit Monaten davon gewußt, sie nur nicht während der Flitterwochen mit den Einzelheiten behelligen wollen, und werde sie nicht stolz sein, wenn sie ihren Freundinnen sagen könne, ihr Mann habe eine Stelle an der Börse und ... Aber da kamen ihm schon wieder die verdammten Tränen, und obwohl er Anstalten machte, aufzustehen und ins andere Zimmer zu gehen, bevor sie sie sah, ließ er sich, als sie ihn an der Hand zog, doch in ihre Arme fallen und weinte los, voller Scham, während sie ihm über den Kopf und den weißen Staub aus dem Haar strich und ihn zu küssen begann.
Die Schreie hören auf, er weiß nicht, wann sie aufgehört haben, weiß nicht, wie lange er in Stille und Dunkelheit dagesessen hat. Er geht wieder hoch in die Küche. Er hört nicht mehr hin. Die Schreie sind eindeutig verstummt. Jetzt ist sie bestimmt außer Gefahr, doch er rührt sich nicht von seinem Platz neben dem kalten Küchenherd. Dann erklingen wieder Schreie, aber nun sind es die ersten Protestbekundungen eines Neugeborenen. Er rührt sich immer noch nicht.

Die Treppe führte von dem Tanzkeller des A Házam zu Bar und Lounge im Erdgeschoß. Hinter dem Tresen kümmerten sich Tamás und zwei weitere Männer um die Wünsche der Gäste. An den Wänden hinter ihnen hingen gerahmte Fotos von verschiedenen sowjetischen und Ostblockführern, alle mit Autogrammen »für Tamás«, wenn auch in Ungarisch und mit dem gleichen dicken schwarzen Stift und in derselben Handschrift. »Großer Tamás«, lautete die ungarische Widmung auf Stalins Foto. »Nie vergesse ich die Zeit mit den drei Polinnen! Du bist der Beste! Joe.« »Tamás, bei dir, bei mir, Party ist überall, Rákosi.« »Tamás, Fehler wurden gemacht, einiges übertrieben, doch nie von dir, cool baby [die letzten beiden Worte in englisch]. Nikita Ch.« »Komm zu mir nach Hause, T. Ich zeige dir, was den Mädels gefällt! WN Lenin.« »Für unseren lieben jungen Tamás alles Gute von Herrn und Frau Ceauşescu.«

Gelegentlich erinnert er sich immer noch daran, wie er vor vielen Jahren den Tod seines Bruders geplant hat und in derselben Nacht das Kind empfangen wurde, dessen brutale Ankunft seine Frau das Leben gekostet hat, und es schmerzt ihn immer wieder zutiefst, wenn er sich eingestehen muß, daß die beiden Ereignisse miteinander in Verbindung stehen; dieser Stachel der weihrauchgeschwängerten Religion, mit der er sonst jeden Kontakt meidet, steckt in ihm. Das Kind wurde im Schatten seiner Sünde empfangen, und im Grunde hat er seine Frau in der Nacht neun Monate vor ihrem Tod ermordet, als er sie nahm, während der Gedanke an Mord noch in seinem Kopf spukte. In solchen Momenten spürt er die Schuld seines Verbrechens physisch derart schmerzhaft, daß er die Augen schließt, um sich dagegen zu stemmen. Und wenn er sich auch nach zehn Jahren nicht mehr so häufig krümmt, folgt doch direkt danach immer noch keine Erleichterung, sondern die gleichermaßen schmerzhafte Erkenntnis, daß er ein Narr ist. Heute abend aber, vor einem Feuer, das das Zimmer nicht richtig zu erwärmen vermag, achtet der Junge zum erstenmal auf das Gesicht seines Vaters und bringt zum erstenmal den Mut auf zu fragen, welche Schmerzen der Vater leidet, wenn er so aussieht. »Du bist schon fast zu groß, um auf meinem Schoß zu sitzen«, erwidert der Vater und zieht den Jungen von seinen Spielzeugsoldaten hoch, neben sich auf die Chaiselongue. Er schaut den Sohn an und beschwört einen Lieblingsgedanken, mit dem er sich in der Vergangenheit oft getröstet hat: Die meisten Männer würden den Jungen als Mörder seiner Mutter betrachten, ich aber nicht; in meinen Augen ist er unschuldig. Ich werde ihn für das, was er mir angetan hat, nie bezahlen lassen.

Die Einrichtung der Lounge bestand aus Holzwürfeln, ein paar Barhockern, etlichen nicht zusammenpassenden Sitzecken vom Sperrmüll und mehreren willkürlich im Raum verteilten klapprigen Couchen. Auf jeder verfügbaren Fläche rauchte jemand, trank, küßte, lachte, schaute in die Gegend. Die Decke war wie von einer riesigen Qualmplazenta verdunkelt, an der einhundert qualmende Nabelschnüre mit hundert rauchenden Föten hingen.

Er lebt nur bis zum Frühjahr seines zweiundvierzigsten Jahres, er stirbt an einem ungewöhnlich warmen Abend. Sein Sohn, jetzt ein neunzehnjähriger Soldat in der Armee des Kaisers, findet die Leiche aber erst am nächsten Morgen, denn er hat die Nacht außer Haus verbracht, zuerst auf Patrouille, dann mit zwei Kameraden im Bordell. Was mit dem Haus geschieht, obliegt seinen Onkeln und den Anwälten und interessiert ihn zunächst nicht sonderlich. Es ist ihm egal, es war sowieso nie besonders hell oder fröhlich darin, wenn man ihn fragt. Und mit diesen zündenden Worten bleibt er der Beerdigung seines Vaters fern und marschiert Arm in Arm mit seinen Kameraden in die Kaserne. Sie alle wollen unbedingt »das Leben an den Knöcheln schütteln und sehen, was ihm aus den Taschen fällt«.

Schon im Juli 1990 tanzte A Házam am Abgrund zu großer Beliebtheit; alle merkten, daß der Geheimtip keiner mehr war. Die allerhippsten Ungarn fanden, es seien zu viele Ausländer da. Die allerhippsten Ausländer, es seien zu viele uncoole Ausländer da.

Der Rest Ausländer, nicht ahnend, daß sie uncool waren, bemerkten zu viele offensichtliche Touristen. Im September würde es ein In-Club der Vergangenheit sein, in den man eigentlich nicht mehr gehen konnte, ohne sich nach den guten alten Zeiten zu sehnen, als er einem noch ganz allein gehörte. Aber ein paar Wochen im Juli des Jahres und bevor es – als Stammkneipe der Einheimischen ja so authentisch – in einem College-Reiseführer für preiswertes Reisen gepriesen wurde, war das A Házam jedermanns erste Wahl.

Trotz der bisweilen strengen Ratschläge des Anwalts und seiner Onkel bleibt er einige Monate später hart und ordnet an, daß das Haus und sein gesamtes Inventar gegen Höchstgebot verkauft werden und das Geld auf sein Konto geht. Das und das Erbe seines Vaters werden ihm ein dickes Polster verschaffen, mit dem er seine Karriere im Militär vorantreiben kann. Seine überstimmten Onkel haben den Jungen während seines gesamten Lebens nicht mehr als ein-, zweimal im Jahr gesehen, der Bruder hatte sich mit der Zeit immer mehr zurückgezogen. Die Onkel erinnern sich an einen stillen Jungen, der seinem Vater immer brav gehorchte, und sind von seiner plötzlichen Entschlossenheit eher überrascht. Und beleidigt, weil er ihre Ratschläge derart leichtfertig und brüsk ablehnt. Doch der Jüngere geht mit dem Soldaten zum Lunch ins Kasino und findet ihn eigentlich ganz amüsant, wenn er letztlich auch nichts Ernsteres im Kopf hat als Frauen, das neue Operettentheater und seinen Aufstieg in der Armee. Binnen fünf Wochen wird das Haus zu einem hervorragenden Preis verkauft, und die Onkel hören nie wieder von ihm.

Zwanzig Jahre später, im Oktober 1915, sieht der, der ihn zum Lunch eingeladen hat, seinen Namen in der Liste der gefallenen Helden in der *Erwachenden Nation*.

Von der Haustür, durch die die Julihitze hineinströmte, führten sechs Zementstufen zu dem schmalen Bürgersteig und zur Straße hinunter. Auf der vierten Stufe von unten saßen Mark

Payton und John Price. Auf der gegenüberliegenden Seite des kleinen Platzes lehnten ein paar alte Frauen aus den Fenstern ihrer Wohnungen in den oberen Stockwerken und beobachteten böse oder neugierig die vielen jungen Menschen, die unter ihnen herumwuselten.

Von Zeit zu Zeit setzte sich Emily Oliver zu den beiden Männern, und wenn sie links oder rechts von Mark auftauchte, schlängelte sich der Widerschein der Straßenlaternen über ihre dunklen Augen. Wenn sie über Johns Witze lachte, wenn er sie beobachtete, wie sie Marks Berichten über seine neueste Forschung lauschte (und als sie und John in dem stickig-heißen Souterrain getanzt und an dem verrauchten Tresen etwas getrunken hatten), schärften sich seine Sinne, und er konnte nun nicht nur die zahlreichen Düfte unterscheiden, sondern auch die Bedeutungen darunter wahrnehmen. Als sie das letztemal auf der Treppe saß, vermischte sich ihr Parfüm mit dem Duft der Bäume in der Straße, und die Dieselabgase aus den kleinen Autos drehten sich in der Sommerluft mit dem Rauch der konkurrierenden Zigarettenmarken, bis alles nach Bedeutung und Neuanfang, dem wirklichen Leben und auf ewig unvergeßlichen Momenten roch.

»Weil es halt nichts wirklich wertvolles Neues gibt«, antwortete Mark Emily trübsinnig. »In der Naturwissenschaft gibt es das, glaube ich, aber selbst das hat eigentlich nie Auswirkungen auf dich oder mich. Von wissenschaftlichen Entdeckungen profitieren wir halt erst Jahre später. Eigentlich sollte man nostalgische Gefühle für wirklich alte medizinische Forscher entwickeln.« John schnipste seine Zigarettenkippe auf die Straße und bückte sich zur Seite, damit eine Gruppe Amerikaner zwischen ihm und Emily durchgehen konnte. Als er sich wieder aufrichtete, um weiter mitreden zu können, verschwand sie gerade mit einer Herde ausgelassener Julies im Haus.

Und als die Julies sie später die Treppe herunter und die Straße entlang mitzogen und dabei ihm und Mark (unterschiedslos) zuwinkten, fluchte John in rascher Folge über sein Unvermögen, das Dazwischenfunken der Julies und die Unnahbarkeit Emilys.

Die Mischung von Düften gerann, denn nun trat ein schwacher Geruch nach vermutlich ewiger Verzweiflung dazu. Emily war durch eine Barriere von ihm getrennt, und er konnte nicht erkennen, ob sie wollte, daß er sie durchbrach, oder nicht, und wenn sie es wollte, warum sie ihm dann nicht dabei half oder helfen konnte. Immer neue, widersprüchliche Theorien stellte er auf. Er war nicht spontan und offenherzig genug für sie, da konnte sie ihn ja nur ablehnen; sie hatte ein Wissen, das man wie das Atmen nicht weitergeben konnte, erwartete aber unbewußt einen Beweis dafür, daß er sie verstand. Vielleicht sollte er forscher sein. Oder weniger forsch.

»Das ist ... also wirklich, sind Sie es?« fragte ihn jemand. Zwei junge Ungarinnen, siebzehn, achtzehn, blieben am Fuß der Treppe stehen, drehten sich um und schauten John neugierig staunend und glücklich zweifelnd an. Die eine flüsterte etwas, beide kicherten, dann schob die Dünnere die Dickere auf ihn zu. »Sind Sie es wirklich?«

»Ich glaube, ja«, sagte John. Wenn er diese Situation mühelos meisterte, hätte Emily ihren Spaß daran, dachte er, bevor ihm wieder einfiel, daß sie gar nicht mehr da war.

»Wir sind sehr große Fans von Sie«, sagte das dickere Mädchen.

»Alle Filme!« Die Dünnere, die offenbar bedauerte, daß sie ihrer Freundin so einfach den Vortritt gelassen hatte, meldete sich nun doch zu Wort. »Wir haben alle Ihren Filmen gesehen!«

»Wirklich?« sagte John. »Welches ist euer Lieblingsfilm?«

Die Mädchen lachten schallend. »Ich kenne den Namen nicht in englisch«, sagte eine, ein wenig außer Atem. »Er lief letzten Monat im Corvin. Wo Sie sich mit dem blonden Mädchen und den beiden lustigen Hündchen im Weltraum verlorengehen.«

»Aber ja doch«, sagte John. »Das ist auch mein Lieblingsfilm.«

»Die ist doch in dem echten Leben nicht mit Ihnen zusammen, oder, dieses Blondhaar im Kino?« fragte die Dünnere und achtete gar nicht auf Marks Gelächter.

»Sie ist nicht die Richtige für Sie«, sagte die Dickere ganz ernst, und ihre Freundin schimpfte in Ungarisch auf sie ein.

»Okay, wir lassen Sie jetzt in Ruhe, aber vielen Dank. Wir lieben aller Ihrer Filme. Aber warten Sie, wir wollen auch das sagen«, meinte die Dünnere. Sie sah zu Boden, dann Unterstützung heischend ihre Freundin an, dann stirnrunzelnd John und ermahnte ihn dann hastig: »Wir lesen das in Zeitung. Bitte, weil wir Ihre Filme lieben, sagen wir das. Bitte lassen Sie Finger von Drogen. Sie sind so ein guter Filmschauspieler und ein sehr schöner Junge, selbst im wirklichen Leben. Bitte keine mehr, die Drogen. Wir wissen, daß sie Sie umbringen, wenn Sie damit nicht aufhören. Wir wissen, es ist schwer.«

»Wir wissen, es ist schwer«, stimmte die Freundin zu. »Aber Sie kommen wieder in Gefängnisse, wenn Sie nicht aufhören. Bitte.«

John war ob ihrer Fürsorglichkeit ganz gerührt, er hatte noch nie erlebt, daß junge Frauen wegen seines Wohlbefindens beinahe Tränen vergossen. Er wußte, er konnte keine Versprechen machen, das war angesichts eines derart komplexen Problems unrealistisch. Aber er dankte ihnen noch einmal und sagte, er werde sein Bestes tun. Schüchtern blieben sie noch einen Moment stehen, dann fragte eine, ob sie ihn auf die Wange küssen dürfe, und die andere bat prompt um die gleiche Gunst. John hoffte, Mark werde, ohne daß er es ihm sagen mußte, Emily berichten. Jedesmal, wenn die Mädchen über ihre Schultern zurückschauten, als sie Arm in Arm durch die dunkle Straße weggingen, winkte er ihnen.

Mark und John lachten, errieten aber beide nicht, welcher Schauspieler er gewesen war. Ein, zwei alkoholselige Sekunden lang war John jedoch von der Freundlichkeit seiner Fans immer noch warm. Dann schob sich die nächste Welle umherziehender Partygänger an ihnen vorbei auf die Straße und entschwand, nicht ohne den Blick auf Charles Gábor freizugeben, der die winzige Frau, die ihn im Souterrain angegrapscht hatte, küßte. Um ihr nach oben sich reckendes Gesicht zu erreichen, mußte er Kopf und Hals tief beugen, während sie auf Zehenspitzen stand und die Balance hielt, indem sie sich mit beiden Händen in seinen Hinterbacken verkrallte. Er ging ein wenig in die Knie, preßte ihr, damit sie nicht umkippte, eine Hand auf den Rücken und bearbeitete mit der anderen ihre Brust. John und Mark sahen schweigend zu, wie ihr Freund das kleingewachsene Mädchen im Nacken leckte und ungarisch mit ihr sprach. Von der Lust wie von einer Sprungfeder in die Höhe katapultiert, hüpfte das Mädchen auf einmal hoch und schlang Charles die Beine um den Bauch und die Arme um den Hals. Als sie sich dann wieder küßten, mußte Charles den Kopf recken, um ihren zu treffen. Blind schwankte er die Straße entlang zu einem Boulevard und einem Taxi.

»Was für ein widerlicher Anblick«, sagte Mark, stand auf und lief über den Platz. »Komm, ich will dir was zeigen.«

Sie ließen den Club hinter sich, und die Straße wurde rasch still, als sei eine Tür geschlossen worden. John folgte Mark in eine schmale Seitengasse, wo aus offenen Erdgeschoßfenstern Ungarisch zu hören war. Unter den Auspuffrohren von Trabants und Škodas zitterten Pfützen, die mit regenbogenfarbenen Spiralen aus Benzin wie von winzigen wirbelnden Galaxien übersät waren.

»Du weißt, daß mir deine Kolumnen sehr gut gefallen«, sagte Mark. »Sie lesen sich wie der Entwurf zu einer zukünftigen Legende über eine untergegangene glorreiche Zeit. ›Erinnert ihr euch an die Kolumnen Anfang der Neunziger?‹«

»Danke«, sagte John zerstreut und überhaupt nicht in Stimmung. »Was wolltest du mir denn zeigen?«

»Ganz vieles. Ich will dir viele Dinge zeigen. Ich bin neugierig, ob du – fangen wir mit dieser Straße an.« Mark fuhr sich mit den Fingern durch das rote Haar an seinen Schläfen und zog daran, bis es wie Federbüschel bei einem kranken Vogel waagerecht zu beiden Seiten abstand. »Die hat mich zu meiner derzeitigen Forschung angeregt, da du ja gefragt hast. Äh, nein, ich glaube, Emily hat gefragt, aber ich bin so betrunken, daß ich es nicht mehr weiß. In dieser kleinen Straße liebe ich halt alles. Das Leben derjenigen, die hier gelebt haben. Wie es den Leuten hier ergangen ist. Wie es war, hier zu stehen und verliebt zu sein. Kannst du dir vorstellen, wie es war, genau hier zu stehen und verliebt zu sein und die Welt zu sehen, wie sie aussah, bevor es Filme gab, bevor das Kino einen dazu gebracht hat, alles in einer bestimmten Weise zu sehen?«

Mark ging rückwärts auf der Mitte der Straße, den Kopf in den Nacken gelegt, um die Gebäude, an denen er vorbeikam, betrachten zu können. Er wies seine unwillige Reisegruppe auf architektonische Details hin und beschrieb in gleichermaßen begeisterten Tönen die geplanten und *un*geplanten, denn für ihn waren beide gleich wichtig: feine Gesimse und Einschußlöcher, eingemeißelte Daten und bröckelndes Mauerwerk, einst elegante Steinbalustraden in den oberen Stockwerken, denen nun ein, zwei urnenförmige Pfeiler fehlten und die das Maul aufzureißen schienen wie alte Hexen mit Zahnlücken, deren Charme nur Mark bemerkte. »Bitte, bitte, sag mir, daß du verstehst, was ich meine.«

»Ja, ja, ja, Gebäude.«

»Mir gefällt, daß diese kleine Straße zwar völlig heruntergekommen ist, man aber immer noch sehen kann, wie sie aussah, als sie neu angelegt wurde, wahrscheinlich in den neunziger Jahren des neunzehnten Jahrhunderts. Schau, wie die Straße so verläuft, daß man das Opernhaus aus der Perspektive mit dem überraschendsten und dramatischsten Effekt sieht.« Er blieb genau an der Stelle stehen, die den Blick auf die Andrássy út und die Oper freigab. »Oder du gehst nach einem romantischen Abend in der Oper hierher und findest nur ein paar Meter von den Lichtern und Kutschen entfernt die trauliche Umgebung für einen Spaziergang zweier Liebender. Du würdest durch diese Straße gehen und vollkommen glücklich sein, dich vollkommen lebendig fühlen und dich nicht einmal fragen, warum. Aber die Stadtplaner haben es geplant. Weißt du, es gibt halt nur wenige Orte auf der Welt, an denen ich mich zu Hause fühle. Ist das nicht erbärmlich? Und es werden mit jedem Tag weniger. Sie schrumpfen. Passiert dir das auch? Eines Tages kommt der Zeitpunkt, an dem es nur noch einen kleinen Ort gibt. Das ist dann alles, was ich noch habe. Dann muß ich sehr still halten und nur in eine Richtung gucken, aber dann geht's mir gut, bestimmt.« Er lachte. »Weißt du, was ich meine, John?«

John tat Mark den Gefallen und lachte.

Sie bogen in die Andrássy ein, liefen nicht in die Richtung von Johns Wohnung, sondern in Richtung Heldenplatz am anderen Ende des langen Boulevards. Marks Gesicht schimmerte unter einem Neonschild auf, das in einem Erdgeschoßschaufenster hing: 24 ÓRA NON-STOP verkündete ein Lebensmittelladen beziehungsweise eine Imbißbude, und John folgte Mark in den Neonglanz auf einen hohen Hocker am Tresen.

»Egy meleg szendvicset, kérek szépen«, sagte der Kanadier zu der etwa fünfzigjährigen Frau, die plötzlich hinter dem Tresen auftauchte. John bestellte das gleiche und einen Unicum. Sein Hemd stank nach anderer Leute Zigaretten, und seine Augen schmerzten. Wie spät es wohl war? Die Frau drehte sich zu einem kleinen Toaster auf dem Regal um und begann zwei Scheiben Roggenbrot mit Käse und rosafarbenem, gekochtem Schinken zu belegen. Sie schenkte John seinen schwarzen Verdauungsschnaps aus. Er und Mark sahen ihr stumm zu und betrachteten ihre halben Spiegelbilder im Fenster. John bestellte einen zweiten Unicum.

»Fragst du dich schon mal, warum Künstler in Cafés rumhängen?« sagte Mark leise und starrte die Schürze der Frau an, während sie ein bißchen geschmolzenen Käse von ihrem Daumen ableckte. »Das habe ich mich heute den ganzen Tag gefragt, und aus irgendeinem Grunde habe ich immer wieder an dich gedacht, daß ganz besonders dir das hier gefallen würde. Wirklich. Also warum haben arme Künstler ursprünglich in Cafés rumgehangen?« Er wartete auf die Antwort, und als keine kam, sagte er, er meine es ernst, die Antwort sei wichtig.

»Ich weiß nicht. Weil sie die Atmosphäre inspirierend fanden.«

»Ha! Jetzt bist du reingefallen, wie wir alle. Zuerst war die Atmosphäre in Cafés nicht inspirierend. Das kam erst später, als man wußte, daß Künstler da drin rumhingen. Zuerst waren es nur Räume mit Kaffee. Und sie hatten nicht mehr Atmosphäre als diese Bude hier.«

»*Amerikai?*« fragte die Frau am Tresen. Ihr Haar besaß die

Farbe eines abgegriffenen Messingtürknaufs, und ihre Brüste hingen in unechtem Angora-Gewahrsam wie übergewichtige Faultiere.

»*Nem, kanadai*«, erwiderte Mark. Zufrieden mit dem Gesagten nickte sie und begann, Dinge auf den Regalen zurechtzurücken: Schnäpse, abgepackte Kuchen aus Norwegen, deutsche Frühstücksflocken mit deutschen Comicfiguren, französische Verhütungsmittel mit verkaufsfördernden, klaren fotografischen Benutzungsanleitungen.

»Ich kann sie bis ganz weit zurückverfolgen«, sagte Mark. Mit der Mühelosigkeit des Experten rasselte er Daten, Namen und Ereignisse herunter, erst langsam, dann bewußt immer aufgeregter. 1945 möchte Lenoir, daß das Leben in den Cafés wieder wie vor dem Krieg wird, und organisiert sogar eine Gruppe, die dafür sorgen soll, daß die besten Cafés die gleichen Öffnungszeiten, Speisekarten und Tische haben. 1936, also vor dem Krieg, konstatiert Fleury traurig, wie sehr sich die Cafés seit dem letzten Krieg verändert haben. Er ist zu jung und weiß nicht, daß das ein Allgemeinplatz ist, er schreibt es trotzdem in sein Tagebuch. Mit kindlichem Vergnügen notiert er auch, daß er einmal sogar Valmorin in seinem Café *gesehen* hat. Er ist erstaunt, als er sein Idol leibhaftig dastehen sieht. »Er dachte, Valmorin würde wegen seines angeblich immer schlechter werdenden Gesundheitszustands nicht mehr in Cafés gehen«, sagte Mark. »Nach dem Tag beschwert er sich auch mit keinem Wort mehr. Bis Valmorin stirbt. Dann erklärt er die Cafés natürlich für endgültig tot, geht aber trotzdem immer wieder hin. Das war 1939.«

1920 schreibt Valmorin höchstpersönlich in einem Brief an Picasso, daß Cafés für die Kunstwelt vielleicht nicht mehr so wichtig sind wie zu Cézannes Zeiten. 1889 schreibt Cézanne in sein Tagebuch, daß er sich im Café nicht willkommen fühlt, weil er mit jemandem gebrochen hat, auf dessen Name Mark gerade nicht kommt, obwohl er sich ein ums andere Mal vor die Stirn schlägt, um sich zu erinnern. Cézanne muß sich aber trotzdem im Café zeigen. Er schreibt, daß die Cafészene ein berufliches Muß ist, aber peinlich, eine Farce, die von Affen gespielt wird.

»Das hat er geschrieben«, sagte Mark voller Bewunderung. »Affen. Und weiter geht's zurück«, fuhr er fort. »In einer ununterbrochenen Kette. Jeder zitiert irgendeinen Toten, warum er ins Café gehen muß. Alle behaupten, daß die Cafés bis zu einem bestimmten Zeitpunkt, kurz bevor sie geboren wurden, ihre Funktion erfüllt haben. Geht man aber zurück zu dem Datum, sagt jemand, die Glanzzeit war ein paar Jahre zuvor. Und dann habe ich es wirklich gefunden. Meine Entdeckung. Meine. Du wirst staunen. Ich habe es auswendig gelernt. Ich habe es echt immer und immer wieder gelesen, ja, oft ein bis zwei Stunden. Ich konnte es kaum glauben, als ich es gefunden habe. Es war so . . .« Nun konnte er nur noch den Kopf schütteln. Er erzählte von einem Brief an Jan van den Huygens aus dem Jahre 1607.

Van den Huygens war Gastwirt und Maler, seine Spezialität, Betrunkene und Prostituierte zu malen. Die gab es in seinem Gasthof zuhauf und billig; oft zwang er sie Modell zu stehen, weil sie ihre Trinkschulden nicht bezahlen konnten. Er kleidete sie in Phantasiekostüme aus dem alten Rom, damit sie wie Bacchus und Venus aussahen, solche Gemälde waren damals Verkaufsschlager. Doch seinen Kunstwerken fehlte das klassische Etwas. »Sie sahen nur wie traurige, kaputte Leute in Bettüchern aus«, gluckste Mark. »Mit versoffenem Grinsen und roten Bakken oder ein, zwei entblößten Titten. Van den Huygens verkaufte zu seinen Lebzeiten nur sehr wenige von den Dingern, aber er malte halt jede Menge. Heute findet man sie in den weniger wählerischen holländischen Provinzmuseen und in US-amerikanischen und kanadischen Universitätssammlungen, die nach allem gieren, was als alter Meister durchgehen kann.«

John bestellte einen dritten Unicum; Mark wartete geduldig.

»1607 kriegt van den Huygens einen Brief, der normalerweise sofort weggeworfen worden wäre. Aber Gott sei Dank hat er vier Jahrhunderte überlebt. Van den Huygens stirbt nämlich eine Woche später. Er stirbt, und seine Witwe hat eine schlaue Idee. Sie will seine Bilder und Papiere verkaufen und zu Bargeld machen. Sie hatte wohl ein Talent für PR im siebzehnten Jahrhundert, glaube ich, denn in nicht mal einem Monat schafft sie es, alle

Bilder eines Mannes zu verhökern, dem das während seiner Lebenszeit nur mit einigen wenigen gelungen ist. Als Sahnehäubchen bietet sie dann noch die ›Papiere‹ des Verstorbenen feil. Seine Tagebücher und Briefe – einschließlich desjenigen aus dem Jahre 1607, der ja noch warm auf den Tisch lag, als der Mann abkratzte – werden verkauft und der Käufer (ein Kunsthändler, der immer, immer wieder auf das falsche Pferd setzt) katalogisiert jeden Papierfetzen, den ihm die Witwe des Malers vertickt. Anschließend wird alles in feines Leder gebunden. Und damit hat's sich.«

Mark merkte überhaupt nicht, daß sein Zuhörer ihm abhanden gekommen war: John genoß das Klingeln in seinen Ohren, das angenehme Kratzen in der Kehle, die blitzenden Farben und Schemen hinter seinen Augäpfeln – all die willkommenen Effekte eines dritten Unicum in kurzer Folge. Eigentlich hörte er Marks nicht enden wollender Geschichte zu, doch in seinem Kopf nahmen Nebenfiguren die Gestalt von Menschen an, die er kannte. Insbesondere schaute ihn Emily Oliver an, eine holländische Freudendame aus dem siebzehnten Jahrhundert. Sie stand hinter einem rohen, niedrigen Holztisch vor einem riesigen, helllodernden Feuer; ein Schwein am Spieß tropfte in die züngelnden, prasselnden Flammen. Emily trug nur eine Toga und einen Lorbeerkranz. Vor ihr auf dem Tisch war ein Stilleben ausgebreitet: grüne Glaskelche mit goldenem Wein, bucklige halbe Brotlaibe, Zitronenscheiben mit Grübchen im Fleisch, Makrelen, glänzend wie Platin, spiegelblank polierte Violinen, silberne Muschelschalen mit vom Feuer beschienenen Weintrauben und geriffelten Nüssen, flackernde Kerzen auf ein, zwei Schädeln. Emily nahm sich eine rote Weintraube und streckte einen nackten Arm gen Himmel. Sie legte den Kopf nach hinten, krümmte den Arm und legte sich die Traube zwischen die Zähne. Die Augen weit aufreißend, biß sie behutsam darauf und drückte die Zähne kaum merkbar in die Schale der Traube, gerade so fest, daß die Frucht sich verformte, aber nicht so fest, daß die zarte Schale platzte. John stellte seine trockene Palette neben die leere Leinwand, warf seinen Schlapphut beiseite, ging auf sein Modell zu.

Sie trat langsam zwei Schritte zurück, behielt lachend die Traube zwischen die Zähne geklemmt und ließ ihre Toga fallen.

»Bis der Brief in einer Biographie Aufnahme findet, nicht etwa in der von van Huygens, die wird, verlaß dich drauf, niemals geschrieben, sondern in der von dem Schreiber des Briefs, Hendrik Müller, einem wirklich bedeutenden Maler. Da habe ich ihn gelesen, obwohl der Biograph seine Bedeutung gar nicht erkannt hat.«

Mark lächelte, sprach nun sehr langsam und ruhig und gewann für kurze Zeit auch Johns Aufmerksamkeit zurück. »Müller schreibt: ›Jan – Die Wintermonate sind grausam kalt. Tagsüber im Atelier zu arbeiten ist noch erträglich, doch abends dort Gespräche zu führen unmöglich. Kannst du für mich und ein paar Freunde einen Tisch am Feuer bei dir einrichten? Wir werden essen und trinken, und vielleicht kannst du den Preis heruntersetzen, wenn wir versprechen, bis April oder Mai jeden Abend zu kommen.‹«

Dieses unübertroffen schöne, sprachgewandte und starke Emotionen hervorrufende Stück Prosa zitierte Mark aus dem Gedächtnis. Für ihn kam es in dem Moment einzig und allein darauf an, daß John Price den Brief verstand, und damit auch ihn, Mark Payton. Er redete sehr leise und schlang die Finger hinter dem Hals fest ineinander. »Versteh, John. Müller – ein anerkannter großer Geist – spricht zu uns. Zu dir und mir. Er ist jetzt im Raum mit uns. Er … er berührt dich so an der Schulter. Müller. Er ist unser Freund. Wir lieben natürlich sein Werk, aber das tun ja alle, für uns ist das nicht das Wichtige. Nein, ich liebe ihn, weil, ach … wie gut er den Schnaps verträgt. Oder weil er solch ein offenes Buch für uns ist. Er tanzt ziemlich schlecht, es sei denn, er ist betrunken. Oder wie er zu seinem beschissenen Bruder aufschaut oder, oder –«, Mark nahm die Hand von Johns Schulter und schaute wieder zur Theke, »egal, er sagt uns: ›Jungs – John, Mark –, meine Wohnung ist kalt, wißt ihr.‹ Und wir wissen es, stimmt's? Wir sind die ganze Zeit da.«

Emily legte ihre Toga ab, sie stand in dem verstohlen nach ihr greifenden Schein eines Feuers aus dem siebzehnten Jahrhundert und biß die Schale der Traube durch. Aufstöhnend riß John sich das weite weiße Hemd vom Körper, schaffte es aber noch zu fragen: »Seine Wohnung ist kalt?«

»Ja, eis-kalt.« Mark dehnte das Wort »eiskalt« zu zwei elastischen Silben. »»Es ist tatsächlich so kalt in meiner Wohnung, daß ich finde, ich sollte mich mit meinen Freunden und Schülern zu unseren täglichen Gesprächen über das Malen an einem behaglicheren Ort treffen. Warum nicht im Gasthaus meines Freundes Jan, wo es einen großen Kamin gibt und Essen und Wein?‹« Mark sprach mit vermutlich holländischem Akzent und wartete darauf, daß seinem Zuhörer die Bedeutung dessen, was er sagte, dämmerte.

»Ja, wärmer wäre es wahrscheinlich«, bemerkte John.

»Genau! Er ging in van den Huygens' Gasthaus – *in ein Café –*, weil es dort wahrscheinlich *wärmer* war! Nur deshalb. *Wahrscheinlich, weil es wärmer war.* Siehst du? John, verstehst du? In ganz Europa haben Maler zu der Zeit wahrscheinlich begriffen, daß es in einem Gasthof – das heißt, in einem *Café* – wahrscheinlich wärmer war. Eine ganze Gesellschaftsgruppe geht in Cafés, weil es dort wärmer ist. Vielleicht machen ihre Schüler mit dieser Praxis weiter – nicht aus Tradition, nein, nur aus Gewohnheit –, weil auch ihnen dort wärmer ist... Aber *ihre* Schüler oder die Schüler ihrer Schüler...« Mark wurde leiser, langsamer. Blies die Wangen auf, stieß die Luft aus. »*Sie*, sie gehen in Cafés, weil Maler das *tun*. Verstehst du es jetzt?« Mark stellte John die Frage nun ganz direkt; in seinem tiefsten Inneren wagte er nicht zu hoffen, daß John oder sonst jemand – Freund, Geliebter oder Fremder – Hendrik Müller jemals als Helden ansehen würde, einen Mann, der ohne einen Blick auf die bedrückende Vergangenheit, ein ersehntes Goldenes Zeitalter lebte. Mark konnte ja kaum die Worte finden, um sich selbst Hendrik Müllers gewaltige Bedeutung zu erklären. Sich zu Hause zu fühlen. Ruhe zu finden. Zu wissen, daß die eigenen Sehnsüchte wirklich die eigenen sind und nicht irrtümlich, unvermeidlich nur die eines lange verstorbenen Vorfahren oder, schlimmer – am allerschlimmsten – die Manipulationen anonymer Gewohnheit, Mode, Tradition, Historie. Irgendwo hingehen, weil es dort wärmer war, leben und einfach sein. Mit dem richtigen Menschen aus dem richtigen Grund, wie in genau diesem Moment, so daß selbst dieser Ort, dieser geschichtslose kleine Lebensmittelladen, voller vergangener Bedeutung glänzt, genau jetzt, heute nacht. Ein letzter Versuch: »Von allen, die ich kenne, solltest du, John, verstehen, wie großartig diese Entdeckung ist.«

»Ich verstehe, daß du total irre bist, wenn dich das tröstet.«

XVIII.

Als John am nächsten Tag in die Nachrichtenredaktion kam, grüßte er ausgiebig nach rechts und links und setzte sich dann vor seinen Computer, um seine Notizen über die Vierte-Juli-Party der Botschaft niederzuschreiben. *Vierzig Jahre lang haben sie sich nach Freiheit gesehnt*, schrieb er und betrachtete diesen unglaublich präzisen, scharfsinnigen Satz sowie den blinkenden Cursor auf dem Bildschirm. Die Häufigkeit, mit der Emily ihm durch den Kopf schoß, etwas Relevanteres verdrängte und ihn hänselte, genoß und beklagte er abwechselnd. Seine Gesichtszüge erschlafften, und er starrte auf diese nicht ausformulierte, unglaubliche Platitüde auf dem Computerbildschirm. Der Cursor blinkte immer langsamer, träge und arhythmisch, atmete durch. Blinkte. John ließ die Hände reglos auf der Tastatur liegen, bis er sich an Emily in ihrer Toga erinnerte, die Nachtgerüche auf der Straße, Emilys geschlossene Augen, als sie mit ihm tanzte, ihren rapiden Abgang mit den Julies, und da tippten seine Hände wie von selbst *asdfjkl*, und der Cursor hechelte wie eine blutrünstige Hyäne.

»Wir sollten gleich zusammen essen gehen, finde ich.«

Die hektische Stimme gehörte Karen Whitley (Kultur, Restaurants, Veranstaltungskalender, Nachtleben, Anzeigenaquisition). Sie saß nebenan am Computer und legte gerade ihr Telefon auf. Ihre Stimme erschreckte ihn so, daß er zu tippen begann.

Vierzig Jahre lang haben sie sich nach Freiheit gesehnt, asdfjkl;

und gestern sahen ausgewählte Vertreter der bis vor kurzem noch Unterdrückten zu, wie wir, flotte alte Profis, die wir sind, unsere zweihundert Jahre Freiheit und freie Marktwirtschaft feierten. Rot-weiß-blauer Kuchen und Small talk, das sind natürlich die Früchte der Freiheit. Trotzdem konnte man diese Woche bei der alljährlichen Party der amerikanischen Botschaft zum Vierten Juli manch gegenseitigen Zweifel spüren. Die Gedanken der ungarischen VIPs waren leicht zu lesen. »Und das soll alles sein, nach den Opfern, die wir gebracht haben? Das hat man uns zu fürchten beigebracht, während wir es instinktiv geliebt haben? Mehr nicht? Das ist alles?« Und von der anderen Seite der Trennlinie: »Was haben wir in letzter Zeit verbrochen, daß wir diesen Kuchen verdient haben? Wenn gegen Tyrannen eine Rebellion nötig wäre, wären wir dabei?« Welche Seite war müde? Welche war bereit für die Zukunft? Wer hatte gewonnen? Und was kam als nächstes? Sind das schon eintausend Worte? Was ist mit jetzt? asdfjkl;lkjfdsasddfffjjkll;lkjfdsasdfjkl; gleich hab ich einen Geistesblitz, gleich hab ich einen Geistesblitz, da kommt er –

»Laß uns zusammen mittagessen, wenn du damit fertig bist«, sagte Karen noch einmal, aber diesmal nicht ins Telefon.

Karen Whitley hatte sich John an seinem ersten Arbeitstag vorgestellt, nur Augenblicke nachdem er von seinem hochnotpeinlichen Interview mit dem Chefredakteur gekommen war. Sie führte ihn einmal durchs Büro und verriet ihm ihre insgeheime Entdeckung (Quelle vertraulich), daß der Chef (der von Eingeweihten so genannt werden wollte) im Nebenfach Journalismus studiert hatte, trotz seines australischen Akzents aus Minneapolis und der zweite Sohn eines der reichsten Büroartikelfabrikanten der Welt war. »Elektrische Tackermaschinchen finanzieren dieses kleine Unternehmen«, enthüllte sie im Hochgeschwindigkeitsgeplapper der ehemaligen Highschool-Meisterdebattiererin. Dann hakte sie sich bei John unter und stellte ihn, wie die Gastgeberin einer phantastischen Party, der übrigen Belegschaft vor. Der Rest der Unterhaltung folgte einem Muster, das John an dem Tag zwar noch relativ neu war, während Budapests Frühling in den Sommer überging, aber komisch vertraut wurde: wie es einen an diesen merkwürdigen Ort in diesem merkwürdigen Moment in der Geschichte verschlagen hatte, was man sich von dem doch offensichtlich temporären Job erhoffte, was man mit seinem Leben angesichts der immer erträumten, doch nun jäh sich auftuenden Möglichkeiten anfangen wollte. Über diese ausgesprochen persönlichen Dinge sollte John in der Folgezeit ständig mit hier lebenden Ausländern reden, oft unmittelbar bevor er sie nie wieder sah. Und wahrhaftig, nach diesem ersten Tag aufgeregter beiderseitiger Offenheit betrachtete er Karen als wenig mehr denn ein sprechendes Möbelstück.

Nachdem er eine ausformulierbare, wenn auch grell-bombastische erste Fassung hergestellt hatte, fand er sich mit Karen in einem Restaurant in der Nähe der Redaktion wieder, in einem der Dutzenden alter staatseigener Lokale, die verschlafen überall gleiche, mit Mühe noch eßbare Kost servierten und in denen die Kollegen vor Planwirtschaftssalaten und Fünfjahresplan-Paprikagerichten saßen. John klinkte sich in Karens munteren Monolog ein und wieder aus. Sie brauchte wenig Gesprächsstoff, um ihren Turbo am Laufen zu halten. Er hörte zu, machte hm, hm. Sie beschrieb eine Kindheit in New York, das College in Pennsylvania, schilderte in kurzen Zügen einen ungarischen Freund. Nein, eigentlich keinen Freund, sondern »eine kurze Begegnung«, seufzte sie weltverdrossen und wartete endlos, bis sie sich den Happen orangerotes Hähnchen in den Mund schob, »was, wie ich übrigens allmählich glaube, das einzige ist, wozu die Ungarn taugen. Das weißt du doch bestimmt auch. Das sehe ich. Du weißt es. O ja, Sir, du weißt es. Hör dir dieses Musterbeispiel aufgeklärter ungarischer Männlichkeit an. Ist wahr, die Story, einer Freundin von mir passiert. Original. Also, sie trifft sich mit einem Typ, sie ziehen sich gegenseitig aus, da sagt er plötzlich: ›Was riecht hier so?‹ Und meine Freundin denkt: O gut, sehr schön, er mag den Duft. Sie hat so ein Vanille-Ganzkörperspray drauf, verstehst du? Ein bißchen süß, finde ich, aber sehr schön. Also sagt sie: ›Es ist Vanille‹ oder was auch immer, und da sagt er, kein Schmu, dieser Typ also meint – und vergiß nicht, okay, das ist kraß, ey, sie treffen sich zum zweitenmal, und es ist das erste Mal – also weißt du, es ist wie, ey, sei ein bißchen verständnisvoll, Mann, klar? Sagt er: ›Vanille?‹« Karen redete nun richtig mit ungarischem Akzent. »›Vanille? Hör zu, ich wollte eine Frau bumsen, kein Bonbon. Dusch dich.‹ ›Dusch dich‹, sagt er. Ist denn das zu fassen?«

»Ein Bonbon bumsen?«

»Genau. Also schmeißt meine Freundin ihn raus, aber auf dem Weg zur Tür hält er ihr, also, ey, Vorträge über die Furcht der Amerikaner vor dem Körper und dessen natürlichen Gerüchen blablabla, die alte Leier, du weißt schon. Also ruft mich meine Freundin sofort an, im Eiltempo, ratzfatz, und erzählt mir die Story, und wir lachen uns kaputt, also, das war's dann ja wohl. Aber ich habe sie gefragt, ob ich den Spruch in meinem Film benutzen kann, und sie sagt, ich soll seinen vollen Namen benutzen.«

Ein glatter Übergang zum angrenzenden Gesprächsthema, dem Drehbuch, das wie von selbst aus ihren ungarischen Erfahrungen entstand, dem handfesten, richtig guten Zeugs, das sie Tag für Tag erlebte, ihren Notizbüchern, wie sie aufpaßte, daß der Chef nicht merkte, woran sie da arbeitete, daß sie in einem Café schrieb und daß sie einen Salon aufmachen wollte und –

Und dann stand Emily wieder da, die Traube zwischen den Zähnen. Sie biß so fest darauf, daß sie ganz kurz vorm Platzen war. Schatten vom Kamin streichelten ihre Arme und tanzten an ihrem Hals entlang. Sie lockerte den Knoten auf der Schulter ihrer Toga –

»Denn einer muß unserer Generation erzählen, was das Ganze soll, findest du nicht? Stehen wir für etwas? Oder gegen etwas? Also, ich sag dir, ich bin dabei. Ich beginne mit dieser Diskussion jetzt sofort, in diesem Film. Denn es geht nur um – uns – unsere Generation, das ist jetzt unsere Zeit, wir können nicht mehr warten, wir müssen uns neu definieren, bevor es jemand anderes für uns tut – jemand, der älter und schon korrumpiert ist. Wir müssen endlich aufstehen und sagen: ›He, wir glauben nicht *das*, sondern wir glauben *dies* –‹«

Emily fuhr sich mit der Hand über die Brust, spielte mit den letzten verhedderten Enden des sich auflösenden Knotens in dem rutschenden Laken. Die Geräusche des Feuers wurden immer deutlicher, jedes Knistern und Knacken breitete sich im Raum aus –

»Frag mich. Los, frag mich nur. Ich sage dir: Das letzte Mal, daß eine Generation in unserer Situation war, das war 1919. Das ist Fakt, ein sozialgeschichtlicher Fakt. Das kann man beweisen. Mit Zahlen. So verloren wie wir war im Grunde noch keine Generation vor uns, und ich – also, mir gefällt es, mein Herr. Schau dir unsere kulturellen Signifikatoren an, wie jede Interaktion gestaltet wird von –«

Und die Toga – der Knoten über ihrer Schulter, das Laken eng über ihren Brüsten – löste sich, fiel herab, glitt schimmernd von ihrem Bauch, als enthülle ein Zauberer sie mit einem unglaublich langsamen Schwung eines sich auflösenden Capes. Sie hatte den Kopf zurückgeworfen, ein starker Wind, dessen Ursprung man nicht ausmachen konnte, blies ihr durchs Haar –

»Und außerdem: Diese Zeitung wird während unserer Lebenszeit keine schwarzen Zahlen schreiben. Mein Gratistip für heute. Übergeschnappt, der Chef, wenn er meint, er macht mit dem Käseblatt ein Vermögen.« Sie bezahlte das Essen beim Kellner. »Das geht auf meine Rechnung, auf jeden Fall. Du bezahlst beim nächstenmal.« Sie klopfte sich mit der Kaffeetasse an die Zähne. »Außerdem kann doch eigentlich keiner von einem erwarten, daß man für immer und ewig für eine Amizeitung im Ausland arbeitet, oder? Wenn auch diese Vorstellung was komisch Fin-de-siècle-haftes hat, findest du nicht? Wobei mir einfällt: Ich kenne einen Typ von zu Hause, der lebt jetzt in Prag, der Glückspilz, und er versucht einen Laden aufzuziehen, mit Gefrierdesserts in Form von Proust und Freud oder alten Hochrädern, und er nennt sie ›Ende einer Epoche‹ –«

Hinter dem langen niedrigen Tisch, nun ganz nackt, biß Emily in die Traube und schluckte sie, wobei sie einen Mundwinkel nur ein ganz kleines bißchen hochzog. Sie winkte ihn herbei –

Sie standen vom Tisch auf. »Danke für das Essen«, sagte er.

Karen lächelte, unterdrückte ein Lachen. Dann deutete sie mit dem Kopf nach unten und hob gleichzeitig die Brauen. »Ich hoffe, das ist für mich.« Sie machte die Augen weit auf. John trug Boxershorts unter weiten Khakihosen.

XIX.

Ein Mikroskopierkasten für ein Kind. Zwei Glasplättchen. Das Glasplättchen für unten, der Objektträger: rechteckig, so groß wie ein Heftpflaster und so dick wie eine Vierteldollarmünze. Das Glasplättchen für oben: quadratisch, Form und Dicke einer Briefmarke. Beim Mikroskopieren läßt das Kind mit der Pipette einen Tropfen Flüssigkeit auf den Objektträger fallen und drückt dann das andere Glasplättchen darauf. Es gleitet, von der festen Unterlage durch die Flüssigkeit getrennt, über den Objektträger, verrutscht ständig, wenn das Kind versucht, die beiden Glasplättchen so fest aufeinanderzupressen, daß sie haften. Die beiden Plättchen bewegen sich so nah aufeinander zu wie möglich, berühren sich aber nie, durch den zellengroßen Tropfen bleiben sie getrennt.

Diese Gedanken kriegte John während seines ersten kurzen Geschlechtsverkehrs gleich nach dem Mittagessen am 5. Juli 1990 nicht aus dem Kopf. Er war völlig außer sich – vor Lust, ja, aber auch beinahe zu Tränen frustriert. Das ist alles? dachte er, selbst als er krampfhaft ganze Hände voll Karen umklammerte. Näher kommen sich zwei Körper nicht?

Gleichzeitig war er erstaunt, wieviel sie beide wogen, daß Karen überhaupt etwas wog. In seiner Vorstellung waren Frauen schwerelos und unendlich geschmeidig. Man konnte sie hochheben, umdrehen, von einer dramatischen Stellung zur anderen schieben, die Hüften kreisen lassen und reiben. Statt dessen traf er auf dieses Übermaß an Erdenschwere – einen anderen kompakteren Planeten, exakt von der Größe eines Betts. Körperteile wurden festgenagelt, Haar gezogen, Zugänge blockiert, Wände bildeten mutwillig Barrieren, Bettzeug verschwor sich zu intervenieren, Federn knarzten, um ihn abzulenken und zu verspotten. »Ich liebe es, wenn du fluchst«, sagte sie und fluchte gleich herzhaft zurück.

Nun lag er auf dem Rücken, und sie stand nackt über ihm, zwei kleine Füße drückten die Matratzen zu seinen beiden Seiten herunter. »Du hattest Hunger, John Price. Du hast schon seit einiger Zeit nichts gegessen, stimmt's? Wir müssen ein bißchen an dir arbeiten. Also, ey, den Enthusiasmus ein bißchen bündeln.«

Sie sprang auf und ab, nur sehr wenige Zentimeter von seinen Hüften entfernt hüpften ihre Füße hoch. »Was für eine Freude, daß ich mit dem ganzen Enthusiasmus spielen darf, John Price! Ich kann dir so viele wunderbare Dinge beibringen! Wunderbar!« Hüpf. »Wunderbar!« Hüpf. »Wunder-, wunder-, wunderbar!« Hüpfhüpfhüpfhüpfhüpf.

Emily stand am Kamin, vollkommen nackt (und er sah sie nun mit ganz neuen Augen), doch sie hatte die Arme vor ihren Brüsten verschränkt. Sie grinste den unartigen, untreuen John süffisant an. In gespielter Enttäuschung zog sie einen Schmollmund, schniefte eine nicht existierende Träne weg, ließ die Arme fallen und winkte ihm wieder zu –

»Weiter geht's?« Hüpf. »Ja, wahrhaftig, alles klar!«

Karen liegt, mit dem Rücken zu ihm, auf der Seite und schläft. Die Bettdecke klebt an vier Beinen, die sich abzeichnen. Die Arbeit ist sehr weit weg und Emily auch. Er stützt sich auf einen Ellenbogen. Er erforscht die erstaunlichste Entdeckung des Tages: die Landschaft ihrer gerundeten Seite vom Ende des Brustkorbs bis zum Beginn der Hüfte. Das Nachmittagslicht ist weich geworden. Über das Zimmer legt sich gleichmäßig ein hellgrauer Schatten, den er noch nie gesehen hat, als sei kürzlich ein vollkommen neues Licht entdeckt worden. Durch das offene Fenster, über ihr zerzaustes Haar und die leisen Atemzüge hinweg kann er bis auf die andere Straßenseite schauen. In einem frisch gestrichenen Mietshaus aus dem neunzehnten Jahrhundert, hell von der irgendwo über ihrem Haus stehenden Sonne beschienen, eine Straßenbreite und ein halbes Schlafzimmer entfernt, pflanzt die massige obere Hälfte einer früh gealterten Ungarin ihre Ellenbogen auf das Fenstersims, beugt sich in das grelle Licht, in ein vollkommen anderes Licht (und eine vollkommen andere Welt) und beobachtet das Straßenleben fünf Stockwerke unter sich. Sie schiebt eine lose graue Haarsträhne zurück und trinkt etwas aus einem hohen Glas. Vielleicht hat sie eine Bedeutung. Neue Düfte schweben durch die Luft und vermischen sich mit den vertrauten – Shampoo, Deodorants, Vanille. Eine Fliege hat sich in die Wohnung verirrt, findet den Weg nach draußen nicht mehr, tanzt mit sich selbst im Spiegel, läuft dann, Lippenstiftfußabdrücke hinterlassend, im Inneren des Glases hinunter, um in warmer Limonade zu waten. Erinnert man sich ewig an dieses Gefühl? überlegt John und hofft es. Er hat bald eine Verabredung mit Scott. Er weiß nicht mehr, wo er seine Armbanduhr hingelegt hat.

XX.

Die Brüder Price gingen langsam durch die platanengesäumte Budaer Straße. »Ich brauche Sauerstoffzufuhr«, sagte Scott, und sie machten sich schweigend zur Margareteninsel auf. John ließ eine Zigarette durch seine Finger tanzen, den Trick hatte er in der achten Klasse mit einem Kugelschreiber gelernt. Sie liefen am Moskauer Platz und den Marktständen vorbei, über die Straßenbahnschienen und durch den Verkehr in der Mártírok utja. Wenigstens hatten ihre Augen mit dem Busbahnhof und der U-Bahn, an den Straßenbahnhaltestellen und auf dem Gemüsemarkt Beschäftigung.

»Wie geht's Mária?«

»Gut.«

»Hast du Feuer?«

»Machst du Scherze?«

Der Nachmittagsmog ziepte ihn an den Nasenhaaren, manchmal hob Scott die Hand und hielt sie sich vor den Mund. John klopfte sich auf die Taschen, um vielleicht ein abgängiges Streichholzbriefchen zu finden. »Also, was ist Sache mit euch beiden?«

»Euch beiden?«

»Dir und Mária, den turtelndsten verliebtesten Turteltäubchen im ganzen Turteltaubenland.«

»Sache? Ich weiß nicht. Schwer zu – schwer zu sagen.«

»Ist sie jüdisch?«

Scott lachte hämisch auf. »Keine Ahnung. Aber Spitzenfrage, Bro. Ich erzähle es dir, sobald ich es selbst weiß, und dann kannst du deinen Bericht über Scottys neuestes Verbrechen nach Hause zu Mami schicken, du mieses kleines Arschloch.«

»Das glaubst du wirklich?«

»Nein, natürlich nicht, warum sollte ich? Es interessiert mich einen Scheißdreck, Kleiner.«

Johns Zunge wurde dicker, wie gelähmt. Er war von Karen weggegangen und über den Fluß gelaufen, um seinen Bruder zu einem ihrer von ihm ins Leben gerufenen sehr formalen, sinnlosen, schrulligen, überflüssigen wöchentlichen Abendessen abzuholen, und hatte die ganze Zeit ein kleines Statement, mit dem er Scott beglücken wollte, gedreht und gewendet und in Form geknetet – ein klammes, klebriges Eingeständnis von Verwirrung, Einsamkeit, Begeisterung, Furcht und Stolz. Und dennoch konnte er nun den feuchten Tontopf, den er so liebevoll getöpfert hatte, nicht finden. Es wollte sich kein Satz bilden. Für keines seiner Gefühle lohnte sich die Kraftanstrengung, die für eine einzige Silbe nötig war, und Scott strahlte ohnehin nur Ablehnung aus. Er, John, hatte zwar die tollsten Gefühle gehabt, als er blinzelnd aus Karens Haus getreten war und sich die Sonnenbrille aufgesetzt hatte; er hatte selbstzufrieden gedacht, daß sich die Autos auf dem Boulevard alle verständnisinnig räusperten, und die Gebäude als beinahe so bedeutungsvoll empfunden, wie Mark sie immer so fanatisch schilderte; er hatte ein komisches Bedauern über seine dahingegangenen, lächerlichen Prinzipien empfunden; er hatte eine Straße weiter überlegt, was das Ganze für ihn und Emily hieß (setzte es sie rückwirkend herab oder bewies es ihre relative Wichtigkeit, machte es sie bedeutsamer oder bedeutungsloser, war er oberflächlich oder männlich, hatte er an Kraft gewonnen oder etwas unersetzlich Wertvolles weggeworfen, und woher hatte er diese antiquierten Vorstellungen?); er hatte nicht weit vom Burger King am Oktogonplatz tatsächlich jäh das Bedürfnis zu weinen heruntergeschluckt, und es hatte sich schließlich, als er über die Kettenbrücke ging, in ein eher krampfhaftes, unbändiges Gelächter verwandelt; er hatte zweimal zwischen der Brücke und Scotts Schule angehalten und dumme Witze auf Emilys Anrufbeantworter hinterlassen; er hatte die Schultür aufgestoßen und gebetet, daß Scott ihm alles erklären würde, obwohl er genau wußte, daß Scott genau das nicht tun würde; doch jetzt, da sie von der Margaretenbrücke zur Margareteninsel gingen, über den Fußweg zu einer freien grünen Stelle, wo eine Gruppe Jungs Fußball spielte, empfand er nur noch den wachsenden Druck, etwas, egal, was, aber etwas Definitives von seinem Bruder zu hören, selbst wenn der ihn nur wütend angeschrien hätte. »Dann bist du also in Mária verliebt?«

»Das klingt wie das Stichwort zu einem Song aus der *West Side Story*.«

Die Kinder bemühten sich stolpernd, den Fußball unter Kontrolle zu halten. »Kennst du ihre Familie?«

»John, machst du Witze? Im Grunde sind wir gerade erst zusammengekommen, alles klar? Jetzt halt die Klappe.«

Schuß, daneben, hinfallen, sich ans Knie fassen und zucken, aufstehen, Richtung Tor laufen, für ein potentielles Heldentor an Ort und Stelle sein. Warten, in der Nase bohren. »Wie ist es denn? Wie ist es?«

»Wie es ist?« Scott kratzte sich am Ohr. Sah dem Spiel zu. »Es ist wie ein Regenschauer im Frühling. Es ist wie Rom unterm Sternenhimmel. Wie Logenplätze für die Premiere. Wie wenn dein Name quer durch einen Raum voller Menschen gerufen wird.«

»Klingt ernst.«

»Natürlich, todernst. Psychologisch komplex. Stoff für einen französischen Problemfilm. Kämpfe bis zum Umfallen. K.-o.-Schläge. Wilde Drohungen. Es wird alles in Tränen enden, und trotzdem können wir nicht voneinander lassen.«

»Klingt lustig.«

»Das auch. Lebenslustig. Ausgeflippt. Irre. Küsse im Regen. Den Tauben Brotkrumen vorwerfen. Die Welt liegt uns zu Füßen, bitte schön.«

»Dann bist du also richtig glücklich?«

»Wahnsinnig. Wußte bisher ja nicht mal, was das Wort bedeutet. Hab es nie zu Gesicht gekriegt, nie gerochen, hatte keinen blassen Schimmer, aber jetzt werde ich innen ganz hell, weißt du, als hätte ich ein kleines Nachtlicht im Bauch und es leuchtete bis oben in meinen glücklichen kleinen Kopf.«

»Das muß ja eine Superfrau sein.«

»Die Allerbeste. Sie sprüht vor Charme. Man muß das Mädchen einfach lieben. Power und Energie. Glamour und Teflon. So ist sie.«

»Dann ist der Sex wahrscheinlich erste Sahne.«

»O ja. Abgefahren. Liebevoll. Zwiesprache der Seelen. Tiefe Bande. Sprache ohne Worte. Rückkehr ins Paradies.« Scott rieb sich die Augen. »Einheit von Körper und Geist. Verletzlich, unvergänglich, was du willst. Pfff... Geheimnisse des Orients. Techniken von lange verschollenen Schriftrollen. Was willst du eigentlich von mir?«

»Nichts. Vergiß es.«

»Betrachte es als getan.«

Der Ball machte sich selbständig und rollte zu den Brüdern auf der Bank. John trat ihn ins Spiel zurück. Als er nach ein, zwei Minuten schließlich zwischen zwei zusammengeknüllten Windjacken am anderen Ende der Wiese durchrollte, rannte der kleine Junge, dessen Fuß ihn aus Versehen zuletzt berührt hatte, auf seinen kleinen Beinen einmal weit im Kreis herum. Während er die unhörbaren, aber berauschenden Schreie und Jubelrufe der Weltmeisterschaftszuschauer genoß, schlug er mit den Fäusten in die Luft und reckte seinen winzigen Zeigefinger. »*Magyarország! Magyarország!*« schrie er, als er das Stadion einmal umrundet hatte. Seine Mannschaftskameraden umarmten ihn, setzten ihn sich gefährlich kippelnd auf die schmalen Schultern und drehten noch eine Runde mit ihm. Die Brüder Price klatschten laut mit.

»Genauso fühle ich mich die ganze Zeit«, sagte John.

»Ja, das steckt in den Genen.«

Sie gingen nach Pest hinüber, dann am Ufer entlang zum Blue Jazz. In der letzten Woche hatte sich der Club einen Türsteher zugelegt, der die Brüder nun etwas auf ungarisch fragte. *»Nem beszélek magyarul«*, sagten sie ihren schlecht ausgesprochenen rituellen Begrüßungssatz im Chor.

»Alles klar. Amerikaner?« fragte der Rausschmeißer in englisch. »Essen und Musik?« grummelte er und nahm ihr Eintrittsgeld entgegen.

Während sich die Räume langsam füllten, spielte die neue Hauspianistin. Auf der mit Kreide beschriebenen Tafel draußen war sie nur NÁDJA. Sie war um die Siebzig, dünn und zerbrechlich und trug ein fließendes rotes Abendkleid, das ihr gut, aber sicher auch schon viele Jahre gut stand. Wenn sie sich leicht zu ihrer Musik bewegte, sah sie aus wie eine leuchtendbunte, zerlumpte Stoffbahn, ein exotisches Lebewesen in einem Aquarium, das in seiner eigenen Strömung treibt und sich wiegt. Auf dem rissigen, mit Ringen besudelten Deckel des altersschwachen Klaviers stand ein Aschenbecher, daneben eine Schachtel Mockba Rot und ein silbernes Feuerzeug. Die Frau jagte in einem merkwürdigen, nicht enden wollenden Medley durch die Jahrzehnte und Stile. Mal kam eine Jazzmelodie, die alle erkannten, »All of Me«, sehr traditionell gespielt mit feinen Improvisationen im Stil der Zeit, dann ein Scott-Joplin-Ragtime, auswendig originalgetreu wiedergegeben; plötzlich eine Bebop-Melodie, Charlie Parkers »Yardbird Suite«, mit ein, zwei guten, virtuosen Soloeinlagen; »Watermelon Man«, eine funkige Jazznummer aus den Sechzigern, mit dem Standard-Pianogroove des Originalalbums und dem für ihre rechte Hand transponierten Saxophonsolo von Dexter Gordon; »Angel Eyes«, »Everything Happens to Me« und »The Night We Called It a Day« in schneller Folge und zu Ehren eines vergessenen Komponisten; ein Chopin-Präludium, nur etwa zwei Minuten lang, aber mit unbekümmerter Leichtigkeit gespielt; dann ein Broadway-Hit, und da es »Maria« aus der *West Side Story* war, legten Scott und John ihre Poolstöcke beiseite und gingen zu einem Tisch, um zuzusehen, wie die nicht mehr jungen Hände auf die nicht mehr jungen Tasten schlugen und hämmerten.

Als das Medley zu Ende war, applaudierten die Brüder begeistert wie bei dem Fußballspiel. Für die Pianistin war es die erste Reaktion, seit sie vor eineinhalb Stunden angefangen hatte zu spielen. Sie drehte sich zu ihren Fans um und neigte den Kopf. John fand diese Geste seltsam anrührend, sie traf ihn mit unerklärlicher Macht und Bedeutung; er hatte das Gefühl, als passe sie genau zu seiner Stimmung, als sei es die Antwort auf die Fragen, die er nicht in Worte hatte fassen und seinem Bruder stellen können. Eine verblühte alte Frau verneigt sich ironisch zu scherzhaft gemeintem Beifall, dachte er und wurde ganz ruhig. Emily und Karen betrachtete er auf einmal von einem weit entfernten Standpunkt aus, als seien sie auf einem sonnenbeschienenen Berghang, und da saßen sie auch gut. Die Pianistin wollte er unbedingt kennenlernen.

Während der Barkeeper auf einen Knopf drückte und das rauchige Gekratze einer frühen Louis-Armstrong-Aufnahme durch den Club tönte, erhob Nádja sich, nahm ihre Zigaretten und das Feuerzeug und schlenderte auf sie zu. John wurde über Gebühr aufgeregt und hörte gleichzeitig, wie Scott »Herr im Himmel« grummelte.

»Ich nehme an, Sie sind Amerikaner, meine Herren«, sagte sie mit der rauhen Stimme eines Leinwandstars aus dem Goldenen Zeitalter des Films. John stand auf und gab ihr Feuer. Dann blies er die Flamme aus, bot ihr einen Stuhl an und stellte sich und seinen Bruder vor.

Sie stieß langsam eine dünne Rauchfahne aus, die Brüder warteten, daß sie das Gespräch begann. »Ein faszinierendes Paar«, murmelte sie. »Ein Bruder Jude, der andere Däne. Wie bitte, konnte das passieren, John Price?«

Normalerweise wurde John schon nervös, wenn eine Stimme mit europäischem Akzent nur »Jude« sagte, aber nun war er ganz bezaubert und leugnete die Ungleichheit nicht, die seit mehr als zwanzig Jahren bei Familientreffen und Gesprächen stets prompt und verläßlich für gähnende Langeweile sorgte.

»Ich habe es mir zur Angewohnheit gemacht, einer Frau, die ich zum erstenmal sehe, erst recht, wenn ich ihren Namen nicht kenne, keine genetischen Vorgeschichten zu erzählen«, erwiderte John, nachdem er sich in aller Ruhe seine Zigarette angezündet hatte.

Sie vermittelte ihm nicht nur ein Wohlgefühl, sondern hob ihn mit ihren dünnen, nicht mehr jungen Armen aus irgendeinem Grunde auch hoch in die Luft. Angesichts ihrer verblaßten Eleganz, ihres abgetragenen Kleides, ihrer Tätigkeit hier im Club, ihrer vornehmen Art und sofortigen Beherrschung der Situation sowie ihrer souveränen Direktheit war John plötzlich regelrecht bange, daß sie den Tisch gleich wieder verlassen würde, und er bemühte sich, sie dazuhalten. Scott beobachtete die Wandlung, die mit seinem Bruder vor sich ging, und sagte nichts.

»Sehr weis, John Price. Aber was ist mit dem melancholischen Dänen? Erklärt er mir die Ungleichheit?«

»Ich glaube, er kann es nicht«, erwiderte John. »Unsere Eltern schwören, daß sie sich ihr Leben lang treu waren. Möchten Sie etwas trinken?«

»Ein Rob Roy wäre ganz entzückend.« Sie lächelte ihn an. »Sie sind sehr liebenswürdig.«

Scott, der die Gelegenheit nutzen wollte, sich schnellstmöglich ihrer Gesellschaft zu entziehen, erhob sich. Ihr komisches altmodisches Upperclass-Englisch mit dem leichten Anflug eines mitteleuropäischen Akzents ärgerte ihn. Daß John den Deppen gab, ärgerte ihn auch. Ihr Kleid ärgerte ihn, was sie zu trinken bestellt hatte, ärgerte ihn. Daß John sie mochte, ärgerte ihn. Alles, was John noch eine Minute länger in Budapest halten würde, ärgerte ihn. Er wollte den Club so rasch wie möglich verlassen; auf diese wöchentlichen brüderlichen Foltersitzungen konnte er ohnehin verzichten; vielleicht brachte ja der heutige Abend das

Ende dieser Zwangsveranstaltung. Als er mit seinem Mineralwasser, Johns Unicum und einem Rob Roy – dessentwegen der Barkeeper ärgerlich eine kleine Broschüre zu Rate gezogen hatte, die an einer Kette hinter dem Tresen hing – zurückkam, ließ er sich auf seinen Stuhl fallen und zu einem »Was für ein hübscher Ring« herab.

An der uralten Hand, die das hellorangefarbene hohe Glas umschloß, trug sie ein großes, schweres, grünsilbernes Krustentier. »Sehr lieb von Ihnen, Scott, sehr aufmerksam. Es ist ein Geschenk aus einer unsäglich lange vergangenen Zeit. Gestohlen, wiedergefunden, als Bestechungsgeschenk benutzt und wieder in meinen Besitz gelangt. Was noch? Mal sehen ... Der Ring stand vor vielen langen Jahren im Zentrum einer Erpressungssituation. Und er taucht an der Hand einer französischen Komtesse in einem schrecklich mittelmäßigen, über zweieinhalb Jahrhunderte alten Gemälde auf, das man immer noch in einem sehr vollgestopften Raum im Louvre sehen kann. Das, ich weiß, klingt wie eine unendliche Geschichte mit einer schwachen Pointe, aber aus einer sehr zuverlässigen Quelle habe ich mir sagen lassen, es stimmt.« Sie streckte die Hand aus und bedachte den Ring mit einem abschätzigen Blick. »Er zeugt von grauenhafter Geschmacklosigkeit, finden Sie nicht?«

Eine seltsame Pause entstand. Sie lächelte die beiden jungen Männer weniger herablassend denn aufmunternd an und beobachtete, wie sie etwas dermaßen Unglaubwürdiges verdauten. Sie lachten – es klang sehr verschieden –, und an den dissonanten Tönen erkannte sie rasch und noch ehe John sagte: »Warum habe ich Sie im Verdacht, daß Sie diejenige waren, die erpresst hat?«, mit welchem von beiden sie sich an diesem Abend vergnügter unterhalten würde.

»John Price, Sie sind ein unartiger junger Mann, und ich glaube, ich mag Sie schon bald sehr. Vielleicht beantworte ich Ihre Frage, wenn wir zusammen gespeist haben.«

»Es freut mich sehr, daß Sie uns die Ehre geben.«

»Ein Mann von der Presse«, sagte sie bei Paprika und Sekt. »Sind Sie ein tapferer Auslandskorrespondent, der ganz wild darauf ist, hier bei der unvermeidlichen nächsten sowjetischen Invasion von der vordersten Front zu berichten?«

»Eher Gesellschaftskolumnist, um ehrlich zu sein. Ein Historiker des Augenblicks.«

»Reizend. Und Prinz Hamlet?«

»Ich bringe den einheimischen Barbaren Englisch bei.«

»Und wir *sind* Barbaren, finden Sie nicht?« Nádja wickelte eine graue Haarsträhne um einen langen, faltigen Finger, und die Hälfte der Männer am Tisch fand diese Geste grotesk, die andere Hälfte unerklärlich bezaubernd.

Sie sagte, sie sei halb Ungarin, in Budapest geboren, ja, sogar im Königspalast auf dem Burgberg, aber weitere Einzelheiten ließ sie sich nicht entlocken. »Ich habe allerdings lange Zeitabschnitte woanders gelebt. Wir Ungarn haben die höchst unselige Angewohnheit, uns in den Weltkriegen immer auf die eher falsche Seite zu schlagen, finden Sie nicht? Woraufhin uns dann stets unsere russischen Freunde besetzen und für unsere Sünden bezahlen lassen. Immer wieder war ich gezwungen, mich der Gemeinschaft der Flüchtlinge anzuschließen. Und trotzdem ich komme zurück. Und nun haben wir die Invasion der hübschen jungen Männer aus dem Westen, die sogar in der Zeitung über uns schreiben, die uns ihre gutturale, viel zu komplexe Sprache lehren und uns bessere Sportausrüstungen verkaufen. Auf unsere Besatzer.« Sie hob das Glas mit dem Sekt, den sie John vorgeschlagen hatte.

»Auf Ihre Besatzer.« Ein Angehöriger der Besatzerhorden stieß mit ihr an.

Scott war überzeugt, daß Nádja die Hosteß in einem Herrenclub gab und für die überteuerten Getränke und das Essen, zu deren Verzehr sie die Gäste animierte, eine Provision kassierte. Aber als Köder war sie ein derart besonderer Happen, daß er überlegte, wie sie überhaupt etwas verdienen konnte. Er beobachtete das Gesicht seines Bruders, während sie sprach, und umgekehrt.

»Ich habe mein Land mit verschiedenen Mitgliedern verschiedener Familien im Jahre 1919 verlassen und bin 1923 zurückgekommen; wieder gegangen... 1944; zurückgekommen 1946; wieder gegangen – ja, wieder, kann richtig zur Sucht werden, was? – 1956, und erst im letzten Jahr bin ich noch einmal zurückgekehrt. Und ich finde, das ist mehr als genug über den Globus zigeunert für ein Leben.«

»Haben Sie jedesmal alles verloren?« fragte John mit unverhohlener Ehrfurcht.

»Geld konnte man verschieben oder verstecken, selbst in den dunklen Zeiten, John Price... Aber einmal«, sie lachte leise und spießte behutsam einen Würfel Paprikahähnchen auf, »einmal habe ich gehofft, daß ich – ach, das ist eine lange alberne Geschichte. Ich muß ein wenig ausholen. 1956 lebte ich seit zehn Jahren in Budapest. Ich war mit einem Herrn von vornehmer Herkunft und Kultur verheiratet, aber er hatte sich in dem Jahr in die antisowjetische Gewalt verstrickt. Als die Sowjets beschlossen, uns ein für allemal den Garaus zu machen, entschieden mein Mann und ich uns zu einem eiligen Abgang. Unverbesserliche Optimisten, die wir waren, hatten wir es bis reichlich spät aufgeschoben.« Sie nippte an ihrem Sekt. »Wir mußten einigermaßen flott zur österreichischen Grenze kommen, wie flott, war uns gar nicht ganz klar. Ein etwaiger Geldverlust kümmerte uns nicht, ich konnte ja immer Klavier spielen. *Quand même*, so viel hatten wir sowieso nicht zu verlieren. Und ich bin keine sentimentale Frau, John Price, und fange nicht gleich an zu heulen, wenn mir der Verlust alter Fotos oder von Kaminsimsnippes droht. Nein, mein Mann und ich haben nur eines bedauert. In den Jahren unseres Zusammenlebens hatten wir eine ziemlich große Bibliothek und eine umfangreiche Plattensammlung zusammengebracht, und weder die Bücher noch die Platten waren einfach zu kriegen gewesen. Gäste, die unseren Geschmack kannten, hatten uns diskret Geschenke mitgebracht. Wir hatten Freunde, die in Buchhandlungen arbeiteten, einen, der das Symphonieorchester managte und mit ihm reiste, andere machten uns Mitschnitte aus dem amerikanischen Radiosender. Wir waren sehr stolz auf unser Haus: Bücher in Ungarisch, Englisch, Deutsch, Französisch, Aufnahmen mit klassischer Musik und

Jazz.« Sie klopfte gegen ihr Glas, eine Perlenschnur aus Blasen torkelte und tanzte darin. »Wir konnten nicht hoffen, und schon gar nicht zu diesem späten Zeitpunkt, unsere Schätze mit aus dem Land nehmen zu können. In schrecklichem Tempo schloß Ungarn seine Grenzen, lückenlos, jeden Spalt in seiner Haut. Das Schicksal mußten wir akzeptieren, unsere Kostbarkeiten würden uns gestohlen werden, und wir bedauerten es zutiefst. Aber mein wunderschöner Mann handelte klug bis zum bitteren Ende. Er hatte nämlich eine Idee, weil... Also, ich fürchte, ich habe gelogen, als ich meinte, ich sei nicht sentimental. Ich bin ohnehin eine unverbesserliche Lügnerin, John Price. Es ist ein schrecklicher Charakterfehler, und ich muß ihn abstellen. Das werde ich auch bald. Sie werden mir helfen. Aber bis dahin dürfen Sie kein Wort von dem glauben, was ich sage. Also, ja, er sah mich weinen – und das klingt heute lächerlich – bei *Alice im Wunderland*. Nicht bei der Bibel, nicht bei Petöfi oder Arany oder Kiš, nicht einmal bei Tolstoi. Ich konnte es nicht ertragen, meine *Alice* zu verlieren. Er sah mich auf dem Boden sitzen, ich hielt sie im Arm wie ein Kind – und deshalb war ich angefangen zu weinen –, ich hielt sie und eine Platte von Charlie Parker mit dem Titel ›Blues for Alice‹. Zuerst mußte ich lachen – beide so nebeneinander waren sie mir ja noch nie aufgefallen. Ich sagte mir im Spaß, das Stück sei über das Buch, und dann weinte ich, und mein Mann, der Kleidung für unsere Flucht zusammensuchte, fand mich, wie ich mich wie ein albernes kleines Mädchen benahm. Er schimpfte mich nicht, weil ich Zeit vertat. Er verstand sofort, warum ich weinte, und er sagte mir, was wir tun würden, und das taten wir dann auch. Wir machten die ganze Nacht lang eine Liste von unseren Büchern und unseren Platten. Von unserem Leben und unseren Freuden. Wir wechselten uns beim Schreiben ab. Einer las, der andere schrieb. Sie müssen sich diese wunderschöne Szene denken, John Price, denn sie war sehr schön. Durch die Straßen Ihrer Heimat rollen die Panzer. Wo Sie aufgewachsen sind. Wo Sie und unser Scott Jungen waren. Wo Sie sich verliebt und Ihre ersten kleinen Freundinnen geküßt haben. Jetzt ist die Straße aufgerissen, in Stücke zerbrochen, denn

Panzer sind sehr schwer, viel schwerer als normale Autos. Diese Panzer sind in Ihrer Straße, und Jungen, die nicht viel älter als Kinder sind, viel jünger, als Sie jetzt sind, schleudern Benzinflaschen auf die Panzer! Durch die Straßen, in denen Sie einst gespielt haben, hallen Explosionen – was haben Sie wohl gespielt? Baseball? Und hinter einem schwarz verhangenen Fenster schreiben und flüstern mein Mann und ich bei Kerzenlicht. Hören Sie uns zu: Ich sage alles so schnell, wie er schreiben kann, manchmal kürzt er ab, und ich küsse ihn und schwöre, daß ich ihn umbringe, falls er seine kleinen Kürzel nicht mehr lesen kann, wenn wir in unserem neuen Zuhause sind. Ich nenne die Namen und häufe die Bücher und Platten zu Stapeln, während er sie aufschreibt. Ich erinnere mich sogar noch an manche der Worte, die ich gesagt habe, an Titel, die ich nie vergessen werde. Aus unerfindlichen Gründen fallen sie mir immer noch ein: Bach, die Brandenburgischen Konzerte, sechs Platten, 1939, Berliner Philharmoniker, Leitung: von Karajan. Louis Armstrong Hot Sevens, 1927: ›Willie the Weeper‹, ›Wild Man Blues‹, ›Alligator Crawl‹, ›Potato Head Blues‹, ›Melancholy‹, ›Weary Blues‹, ›Twelfth Street Rag‹. Beethovens *Sämtliche Werke für Cello und Klavier*, Rudolf Serkin und Pablo Casals in Prades in Frankreich 1953, drei Platten. Wie finden Sie das, John Price? Einhundertundeinunddreißig Langspielplatten, alle Stücke aufgeschrieben, Dirigenten, Daten, Mitwirkende, Orte. Vierzehn Magnetbänder mit zwei Rollen von Radiomitschnitten: *Die Fledermaus*, Metropolitan Opera, 1950, Ormandy – Ungar, wie Sie sicher wissen – dirigiert. Adele wird von Lily Pons gesungen, Alfred von Richard Tucker. *Madame Butterfly*, 1952 in der Scala, Tullio Serafin dirigiert, Renata Tebaldi singt Cho-Cho-San. Art Tatum beim Esquire Concert im Metropolitan Opera House in New York City, 1944 mit Oscar Pettiford und Sid Catlett: ›Sweet Lorraine‹, ›Cocktails for Two‹, ›Indiana‹, ›Poor Butterfly‹. Dvořáks Cellokonzert in h-moll, Pierre Fournier mit den Wiener Philharmonikern unter Leitung von Rafael Kubelik, 1952. Mein Gott, das weiß ich alles immer noch! Und dann dreihundertundvier Bücher. Jeden Autor aufgeschrieben, bei Anthologien den Titel jeder Erzählung oder jeden Gedichts, Goethes *Faust* in zwei Bänden und *Die Leiden des jungen Werther* auf deutsch, Tschechow, Erzählungen auf ungarisch. Titel, Verlag, Ausgabe, Beschreibung des Umschlags, jeden –«

»Das ist ja absurd. Das ist vollkommen lächerlich«, sagte Scott und stand abrupt auf. »Es ist unmöglich. Das wäre der reinste Selbstmord gewesen. Ich fürchte, Sie miß–« Doch er schüttelte den Kopf und verließ den Tisch, bevor er zu Ende gesprochen hatte; klug und vernünftig, wie er war, wollte er sich nicht streiten.

Nádja lächelte den ihr gebliebenen Zuhörer an und ließ sich Feuer für die Zigarette geben. »Also, wissen Sie, ich muß Ihrem Bruder beipflichten. Besonders, wenn ich mir zuhöre, wie ich die Platten aufliste. Es *ist* unmöglich. Die Geschichte ist ziemlich absurd. Ich darf nicht solche Märchen erzählen.«

»Ach was, nein. Achten Sie gar nicht weiter auf ihn. Wir sind nicht einmal richtige Brüder.«

»Papperlapapp! Seien Sie nie wieder nur deshalb höflich zu mir, weil ich so alt wie eine antike Vase bin, John Price. Natürlich ist meine Geschichte lächerlich. Scott ist viel schlauer als Sie, finde ich. Kein Wunder, daß Sie ihn sowenig mögen. Ja, das tun Sie. Aber er hat recht. Welcher halbwegs vernünftige Mensch würde glauben, daß ein anderer halbwegs vernünftiger Mensch«, sie schloß die Augen, »›Die Ilias, Popes Übertragung ins Englische, Leineneinband mit goldenem Blumenmuster, 1933‹ aufschreiben würde, während Bomben explodieren und jede Stunde zählt, wie selten einmal.« Sie öffnete die Augen wieder und tätschelte John den Handrücken. »Ihr Bruder hat vollkommen recht. Glauben Sie keiner alten Frau, die solche abstrusen Geschichten erzählt. Sie ist eine Bedrohung für Ihr Glück, John Price.« Sie stieß Rauch aus, und John wünschte sich inständig, sie wäre vierundzwanzig. »Aber so war's, wir haben es gemacht. Wir wußten natürlich, daß es ein Risiko war, so dumm waren wir nicht, wir waren nur aufgeregt und sicher, daß es sich lohnte und daß wir überleben und dann diese Geschichte weitererzählen konnten, woanders, tief beeindruckten Bewunderern wie Ihnen, und daß wir das Vergnügen haben würden, die Sammlung wiederaufzubauen. Unten auf der Straße explodieren Bomben, und wir legen unseren systematischen Katalog an. Wie die Situation auf dem Lande ist, wissen wir nicht. Wir wissen nicht, ob wir eine Stunde oder eine Woche Zeit haben, um nach Österreich zu gelangen. Aber wir machen es. Nur bei Kerzenlicht. Mein Mann – mein wunderschöner Mann«, John war einen Moment lang ernsthaft eifersüchtig, »steht am Bücherschrank und nimmt die Bücher, liest Titel, so schnell, wie ich sie niederschreiben kann. Ich kann nicht in Kürzeln schreiben wie er. Er küßt sogar seine Lieblingsbücher, bevor er sie ein letztes Mal auf den Boden legt. Manchmal lachen wir über unser Tun. Wir haben auch gelacht, als wir mit dem Aufschreiben fertig sind. Er hat mich geküßt. Wir haben gelacht, John Price! Wir haben gewonnen. Wir haben unser Leben gerettet – nicht nur unsere dummen Körper wie die anderen Flüchtlinge, sondern unser gemeinsames Leben. Wir haben über die Zeit gesprochen, in der wir uns in London oder Paris oder Amsterdam oder sogar in Ihrem New York City wieder ein Zuhause einrichten würden. Und dann jeden Tag das tun würden: gemeinsam an unseren neuen freien Tagen mit unserer Liste in Musik- und Buchläden stöbern und unsere Platten und unsere Bücher kaufen, bis die Liste lebendig wird. Wir lachten, weil wir mit den Blauplänen entkamen, dem Konzept für unser Glück. Sollten sie doch unser Haus in die Luft sprengen, sollten sie unsere Bücher verbrennen, unsere Platten mit ihren Flammenwerfern einschmelzen, mein Klavier besudeln – uns konnten sie nichts anhaben. Schließlich verließen wir unsere Wohnung mit den Kleidern, die wir am Leibe trugen, und unseren kostbaren Listen. Das Gedächtnis ist eigenartig; ich kann mich an die Beschreibung der Bücher und Platten in allen Einzelheiten erinnern, wie viele Seiten wir aber eigentlich mitgenommen haben, weiß ich nicht. An ein Bündel Papiere kann ich mich erinnern, vielleicht zwanzig Seiten. Manchmal jedoch spüre ich das Gewicht von Hunderten von Seiten. Viele Jahre lang habe ich geträumt, daß wir beide zusammen nur mit einer einzigen Seite geflüchtet sind, aber wir müssen sie beide mit beiden Händen halten, weil sie so schwer ist. Ich sehe das ganz klar wie eine Erinnerung, aber ich weiß, es stimmt nicht.«

Der Barkeeper, der auch als Ansager fungierte, stellte die Hauptband des Abends vor. Scott kam mit Getränken und erholtem Lächeln zurück und sah zu, wie die fünf Musiker auf die Bühne gingen. Drei von ihnen hatten auch mit Billie Fitzgerald gespielt, und John und Emily hatten ihnen was zu trinken spendiert – den russischen Zwillingen und dem ungarischen Pianisten. Statt Fitzgerald waren jetzt zwei junge Amerikaner in dunklem Straßenanzug und mit rasierten Schädeln dabei – ein schwarzer Sänger und ein weißer Saxophonist. Während die Band unter dem blauen Himmel mit den weißen Wolken und den lange verstorbenen Helden ihre Instrumente stimmte, sagte der Saxophonist das erste Stück an: »›Beatrice‹, ein wunderschönes Stück, das der Saxman Sam Rivers für seine Frau geschrieben hat.«

Nádja hörte mehrere Minuten lang schweigend zu. »Eine hübsche Melodie, was? Und eine altehrwürdige Tradition, finde ich. Schreib was Hübsches, nenn es nach deiner Frau oder Geliebten und schwöre, es wird *sie* unsterblich machen. Eine altbekannte Lüge, stimmt's? Das macht ihr Männer doch alle, John Price.«

»Kommen Sie zum Ende Ihrer Geschichte«, forderte Scott sie auf. »Gleich passiert eine klassische Tragödie, ich kann sie schon riechen.«

»Ach, wirklich?« überlegte sie. John staunte, wie geschickt sie Scott – zu Recht – ignorierte, glaubte aber, daß die Geschichte sie langweilte und sie deshalb überlegte, ob sie sie so rasch wie möglich zu Ende bringen oder einfach nur mit einem Lachen abtun sollte. »Ja, eine Weile lang hatten wir ein Auto, dann ist das Benzin alle, wir laufen in Gruppen, dann nur noch wir beide. Und dann sind wir angehalten worden. Nicht sehr weit von der Grenze, das weiß ich. Auf einem offenen Feld, direkt als wir aus einem Wald kamen. Ein blutjunger russischer Soldat entdeckte uns und unsere Liste und befahl uns stehenzubleiben, während er die Seiten hin- und herblätterte und darauf wartete, so kam es uns jedenfalls vor, auf einmal blitzartig Ungarisch zu können.

Aber gemeine russische Soldaten haben selten Geistesblitze, deshalb ruft er schließlich nach einer Weile seinen Offizier. Der Offizier kam aus dem offenen Militärfahrzeug zu uns, aus dem, wie heißt er noch, aus dem Jeep, und er konnte nur soviel Ungarisch, daß er redete wie ein Höhlenmensch. ›Was?‹ schrie er, den Kopf weit vor die Schultern gestreckt, so, und er wedelte mit den Blättern und schüttelte sie vor unserer Nase hin und her. Mein wunderschöner Mann lächelte ihn an, der perfekte Gentleman, bereit, dem armen Kerl zu helfen, die Situation zu verstehen. ›Freunde, Musik. Bücher‹, sagte er. Behutsam nahm er dem Gorilla die Blätter aus den Händen und zeigte auf die russischen Namen, obwohl sie nicht in kyrillischer Schrift dort standen. ›Schauen Sie‹, sagte er. ›Tschechow. Turgenjew. Tolstoi. Tschaikowski. Prokofjew.‹ Er pfiff Themen aus den Musikstücken. Er sang ihnen welche vor. Er sang unter den Sternen. Er sang sehr gut. Und ich dachte, es wird keine Probleme geben, denn seine Stimme zittert nicht. Sie hören, daß er nicht nervös ist und daß wir harmlos sind, und deshalb wird es kein Problem geben, und sie lassen uns mit unserer Liste gehen, und wenn wir die Geschichte unseren neuen Freunden in Österreich zu besten geben, erzählen wir sie, als sei es ein Vorsingen für die Wiener Oper gewesen. Mein Mann zeigte auf das Blatt und sagte mit einem ulkigen russischen Akzent ›Prokofjew!‹ und pfiff das Thema aus *Peter und der Wolf*, und er tat so, als sei er der Jäger, tat, als lege er die große Donnerbüchse an. Und der Junge – der Gefreite, der erste Soldat – fängt an zu lächeln. Und pfeift die Melodie weiter! Und wir wissen, jetzt wird alles gut. ›Da! Da! Kamarad!‹ sagt mein Mann, denn wenn dieser Junge diese Musik kennt, ist er wirklich ein Kamerad. Mein Mann war geradezu außer sich vor Freude; er lachte, und sie pfiffen die Musik aus *Peter und der Wolf* zusammen! Da standen wir, wir alle vier, auf einem Feldweg auf dem Land in Ungarn, nur wenige Kilometer von der österreichischen Grenze entfernt. Nur wenige Kilometer vom Broadway, von der Seine entfernt. Es herrschte Halbmond. Von dem Auto der Russen kam Licht. Und ich, ich versuchte für die hungrigen russischen Soldaten nicht verführerisch auszusehen. 1956 kann ich immer noch verführerisch sein, meine Herren.«

»Das bezweifle ich keinen Moment lang.«

Der Sänger ging ans Mikrophon, knöpfte seine Anzugjacke auf und sang durch die sanften Akkorde und den swingenden Baß:

And now I'm lost without you,
Star-crossed without you,
Tempest-tossed, mildewed and mossed,
And not infrequently sauced without you.

»Noch Sekt?«

»*Köszi*, John Price. Das wäre reizend.«

John hob die leere Flasche und seine Augenbrauen in Richtung einer Kellnerin.

»Also – Mondschein und Jeeplicht und liebeshungrige Soldaten und große, böse Wölfe und weiter hinten die Kanonen, und wo soll das alles enden?«

»Sie schmücken es ein wenig aus, mein dänischer Kritiker, natürlich wie ein Professor, aber warten wir ab. Ja. Gut, mein Mann und der Soldat spielen *Peter und der Wolf*. Während der ganzen Zeit inspiziert der Offizier die Seiten, und nun unterbricht er ihr Spiel. ›*Nyet, nyet.*‹ Sie pfeifen und spielen weiter. ›*Nyet!*‹ Nun halten sie inne. ›Nein. Warum?‹ fragt er. Soviel Ungarisch kann er. ›*Nem. Miért?*‹ Mein Mann verstummt. Er war traurig und verhehlte es nicht. ›*Miért?* Freund, Leben. Musik. Bücher.‹ Er konnte auch ganz einfaches Ungarisch reden. Nur in den elementaren Begriffen. Dann sagte er das gleiche in deutsch. Dann französisch. Englisch. Wir konnten beide kein Russisch, er hoffte nur, eine gemeinsame Sprache mit dem Offizier zu finden. ›*Zene. Musik. Musique. Music. Könyvek. Bücher. Livres. Books.*‹ Ich habe sein Gesicht, seine Stimme nie vergessen. Er war ein Engel auf Erden. Beredt in acht Worten. Er war«, sie schwieg einen Moment, »ein Botschafter des Lebens und der Schönheit und der Kunst. Er bat diese dumpfen Scheißbauern, sich aus ihrem russischen Schmutz aufzuerheben und der Zivilisation zu öffnen. Und wenn sie ihn anschauten, warum sollten sie es nicht wollen? Er hatte keine Angst, er war ein Mann. Er zeigte auf mich. ›*A feleségem. Meine Frau. Mon épouse. My wife.*‹ Was konnte klarer sein? Was weniger bedrohlich?«

Sie plauderte mit der Kellnerin, die die Teller abräumte, in Ungarisch und nahm noch ein Glas Sekt von John entgegen. Sie blies ihren Rauch von Scott weg, und als sie sah, daß er Nichtraucher war, berührte sie seine Hand und gelobte, in seiner Gegenwart nie wieder eine anzuzünden. »Melancholischer Däne, Sie müssen einer alten Frau vergeben, die Ihre zarten rosa Lungen in Gefahr gebracht hat.« Der Baß knallte die letzten Töne einer Improvisation heraus.

»Juri am Baß, meine Damen und Herren«, sagte der Sänger zu höflichem Applaus. »Juri am Baß.«

»Juri sieht wie fünfzehn aus, stimmt's? Er ähnelt dem Gefreiten sehr, der mit meinem Mann gepfiffen hat. Nun muß ich diese langen, öden Erinnerungen zu Ende bringen, damit Sie, meine Herren, ein wenig Zeit mit Damen, die mehr nach Ihrem Geschmack sind, verbringen können ...«

»Was konnte klarer und weniger bedrohlich sein?« sagte John. Er hielt den Stiel des Sektglases mit Daumen und Zeigefinger und drehte es hin und her.

»Ja. Nur nicht für diesen Offizier. Aber man muß sich wahrscheinlich *sein* Herz vorstellen, so scheußlich der Gedanke natürlich auch ist. Er ist weit weg von zu Hause. Er hoffte, beim Zurückschubsen dieser unruhigen Ecke des Imperiums seinen Beitrag zu leisten, eine Ecke, die schließlich nicht einmal slawisch war, die immer so vornehm tut, sich für besser als die Polen und Tschechen und Bulgaren und Russen hält, und – nicht zu vergessen – noch vor zwölf Jahren an der Seite der Nazis gekämpft hat, ebender Nazis, die, stellen wir es uns vor, vielleicht den Vater des Offiziers umgebracht haben. Mitten in diesem kleinen Aufstand muß er seine Pflicht tun. Auf einem verlassenen Weg ganz, ganz nah an der gefährlichen Grenze zum Westen, zu dem alten Nazivolk, denkt er vielleicht, denn, nun ja, schließlich sind es *Österreicher.* Und da laufen über diesen Weg ein junger

Mann und eine Frau, die alles sprechen, nur kein Russisch. Und sie haben einen Stapel Blätter dabei, die merkwürdig eingeteilt und überschrieben sind, beschriebene Blätter, Listen mit unglaublichen, willkürlichen Namen und Wörtern, auch russischen Namen. Und natürlich stehen nach manchen Plattentiteln Seriennummern. Und nach jedem Buch Wörter, die in seinem bißchen Ungarisch einen seltsamen Sinn ergeben; rotes Leinen, Saffianleder, Goldprägung. Was konnte klarer sein? Was konnte bedrohlicher sein? Ich habe natürlich oft an diesen Offizier gedacht. Glaubte er wirklich, unsere Papiere enthielten geheime Codes? Oder haßte er uns einfach nur? Uns Ungarn, die sich nicht die Mühe machten, Russisch zu lernen, sondern Französisch oder Deutsch oder Englisch sprachen. Ungarn, die im Gegenteil Ärger machen und derentwegen er seine Familie und seine Heimat in Rußland verlassen muß. Jetzt muß er uns erst mal Manieren beibringen. Kannte er Menschen wie uns und haßte uns einfach nur, Leute wie uns, die über Tschaikowski und Turgenjew und Chopin redeten? Vielleicht war ihm aber auch keiner dieser Namen nur entfernt vertraut, und ich mache ihn zum Intellektuellenfeind, obwohl er viel einfacher gestrickt war. Vielleicht paßten in sein Herz nur seine Befehle wie: Jedermann ist anzuhalten, jeder ist verdächtig, jeder ist zu erschießen. Ich weiß es nicht.«

Das Tempo der Musik änderte sich, und sie wollte sich eine neue Zigarette aus der Schachtel holen, hielt aber inne und schob die weiße Spitze wieder aus dem Blickfeld. »Tut mir überaus leid, Scott. Manche Dinge merke ich mir nicht so leicht. Die Hoffnung schlug mit den Flügeln und flog weg, denn im nächsten Moment sah ich, wie er die Blätter zusammenfaltete und in seine Jackentasche steckte. Er schrie dem Gefreiten etwas in Russisch zu, schaute uns an und zeigte auf das Auto. ›Budapest‹, sagte er völlig gleichmütig. Mein Mann nickte sofort und lachte: ›Da! Gut. Ja. Igen, nagyon jó. Da!‹, als hätten wir uns auf diese Straße verirrt und wollten nichts sehnlicher, als wieder nach Hause gefahren zu werden in die brennende Hauptstadt. Mein Mann lachte laut und lächelte mich an und sagte in englisch: ›Liebling, renn, wenn ich es sage!‹, als sagte er: ›Was für ein glücklicher Zufall! Diese netten, liebenswürdigen Herren bringen uns zurück nach Budapest!‹«

Der Sänger sagte den nächsten Song an: »Ein altes Lied für die, die die Liebe verwirrend finden, wenn sie kommt, und noch verwirrender, wenn sie geht.«

Nádja verzog das Gesicht, als röche sie etwas Schlechtes. »Also wirklich, man kann ja kaum über etwas reden, wenn Jazzsänger in der Nähe sind. Alles wird prompt lächerlich. Den Rest erzähle ich Ihnen ein anderes Mal.« Über schleppenden Akkorden, einschmeichelnden Baßtönen und säuselnden Besen begann der Sänger leise loszugurren. »Oder jedenfalls, wenn dieser sentimentale Quatsch zu Ende ist.« Scott stand auf und ging kopfschüttelnd zum Münztelefon.

Während der Saxophonist ein klagendes, schlingerndes Solo blies, fragte Nádja John nach seinem Bruder und machte dem abwesenden Scott ohne jede ersichtliche Ironie Komplimente. Sie fragte, warum ein Mann, der Filmstar oder Politiker sein könnte, hierherkäme und »uns armen Magyaren seine unaussprechliche Mischsprache« beibrächte. Das konnte John ihr auch nicht sagen, begriff jedoch in dem Moment – paradox, wenn man bedachte, was er seit Jahren alles von Scott wollte –, daß er seinen Bruder und die Motive seines Bruders kaum kannte. Aber es war ihm zuwider, ihr gegenüber seine Unkenntnis einzugestehen, einerlei, bei welchem Thema. Er sagte, daß Leute, die Englisch studiert hätten, nach dem Examen in den Vereinigten Staaten so gut wie keine Arbeitsmöglichkeiten hätten und regelrecht gezwungen seien, selbst Flüchtlinge zu werden, an allen vier Ecken der Welt eingesetzt, um das einzige Können zu vermitteln, über das sie verfügten, das um so wertvoller werde, je weiter sie von zu Hause weggingen. John freute sich, als sie lachte, es gefiel ihm über die Maßen, wie sie Rauch ausstieß und Heiterkeit verströmte.

»Erstaunlich. Hier ist er ein Schwede im Kongo«, sagte sie. »Aber es gibt doch immer wieder interessante Dinge auf dieser Welt.« Wie Herzschläge, die plötzlich über den Verstärker geschickt wurden, kam Beifall von den Tischen, und die Band sagte das Ende des Sets an. »Leider Sie müssen mich entschuldigen«, sie erhob sich, »ich werde am Klavier erwartet, solange das Orchester Pause macht.« Sie und ihr Sektkelch schwebten zur Bühne, dem skurrilen, geschnitzten Bug eines unsichtbaren Schiffs.

Scott kam sofort zurück, setzte sich aber nicht hin. Während Nádja ein schwungvolles »As Time Goes By« intonierte, zerknüllte Scott ungarische Geldscheine und warf sie, einen nach dem anderen, auf den Tisch. »Das sollte meinen Anteil an der Show des heutigen Abends abdecken. Sie hat es nicht zu Ende erzählt, oder? Gut. Zwanzig Dollar, daß du das Ende nie hören wirst. Ich seh zu, daß ich noch rechtzeitig hier rauskomme, Jungchen. Und, weißt du, mit dieser wöchentlichen Farce laß uns mal eine Weile aussetzen, alles klar?«

»Mir recht, Chef.«

»Gut.«

»Gut.«

»Gute Nacht.«

»Alles klar.«

XXI.

Some girls need their glass of claret,
Or to be draped head to toe in ferret.
And I know ladies who like lunch time
And there are those inspired by tea
And there are those who want to tussle
Only in chalets après-ski.

And some pretty things like the bal musette
Or to hear bandoleons and a catanet,
But my girl need not leave the kitchenette,
As long as she has plenty flaming crêpes suzette.

Sure, I could make her drink before dinner,
But that would never win 'er.
For an ante-prandial brandy'll
Never make this girl a sinner.

Cocaine makes her nose bleed
And reefers make her sleepy.
For cash and jewels she has no greed
'Tis pastry makes her weepy.

Because she's most spectacular
When she's post-jentacular,
She's my after-breakfast girl!
She's my after-breakfast girl!

Wütende Gesichter und laute Musik begrüßten John, als er eines Morgens etwa eine Woche später das Mietshaus betrat, in dem Mark wohnte. Und hinter offenen Vorhängen und trotz der Julihitze fest geschlossenen Fenstern zeigten sich ebenfalls haßerfüllte Mienen mit böse zusammengekniffenen Augen. Auf der dunklen Treppe stürmten zwei alte Frauen auf ihn zu, hielten ihn an, versperrten ihm den Weg nach oben und begannen wahrhaftig, ihn auszuschimpfen, obwohl ihm sein Verbrechen in der ungarischen Fassung notwendigerweise im Dunkeln bleiben mußte, sein Flehen um Verzeihung hingegen als ausländisches Gebrabbel daherkam, das seine Anklägerinnen erst recht in Rage brachte. Endlich aber gingen sie die Treppe hinunter, warfen die Arme nach vorn und wütende Blicke zurück. Ein öffentliches Ärgernis.

Der Hof des Hauses und die in den beiden oberen Stockwerken umlaufenden Gänge hallten auch tatsächlich von seltsamer, knacksender alter Musik wider, einer nach Charleston klingenden Tanzmelodie aus den zwanziger Jahren, in der es ums Frühstücken ging. Knistern und Rauschen umschwebten die Tenorstimme des Sängers wie Schneeflocken eine Straßenlaterne. John mußte seine Phantasie nicht groß anstrengen, um zu wissen, woher die Musik kam und warum die Anwohner ihm die Schuld für diese Belästigung gaben. Der Lärm wurde prompt lauter, als er sich Marks Tür näherte, und er mußte heftig klopfen. Dann ließ ihn sein eigenartiger Freund in Unterwäsche (Boxershorts, Achselhemd) und mit rotem aufgedunsenem Gesicht hinein. Offenbar hatte er geweint, dachte John, doch nun lächelte er breit und wackelte und tanzte schon bald zu dem fensterklirrenden Krach durch seine Wohnung.

John, jüngst ernannter Sprecher für die vergrätzten Hausbewohner, schloß Marks Hoffenster und ging auf die Suche nach dem Stein des Anstoßes. Im Schlafzimmer traf er auf ein großes Grammophon, mit Metallkurbel und Messingtrichter. Der sich drehenden schwarzen Scheibe mit den Augen folgend, las er auf dem verblaßten, abblätternden Etikett: *Afr-Bekft Grl*. Da sein verschwollener, zerzauster Gastgeber in der Küche war, um etwas zu trinken zu holen, er aber an der alten Kiste keinen Lautstärkeregler finden konnte, hob er vorsichtig den riesigen Tonarm. In Erwartung des grauslichen Kratzgeräusches kriegte er schon eine Gänsehaut, doch die Strophe brach mittendrin ab, und sanfte Stille erfüllte das Haus. In der plötzlichen Ruhe fuhr er mit der Hand über die welligen, muschelähnlichen Rillen und Ränder des matten Messingtrichters. Er dachte über die früheren Eigentümer nach und bemerkte den tiefen Kratzer in dem Metall, den man nur mit viel Kraft hineinbekam. Wer war das gewesen? Ein gelangweiltes Kind mit einem Taschenmesser? Jemand, der nicht auf den Türknauf geachtet hatte, oder ein rachsüchtiger verschmähter Liebhaber?

»Mein neuester Schatz!« erklärte Mark. Er hielt zwei tropfende Gläser mit Eistee in seinen fetten, feuchten Händen. »Ich wußte, daß es dir gefallen würde, besonders dir. Beim Kauf habe ich übrigens an dich gedacht. ›Das wird John gefallen.‹« Am Tag zuvor hatte er in einem kleinen Elektrogeschäft in der Nachbarschaft diese noch voll funktionsfähige Antiquität zum Aufziehen erstanden. Dazu acht dicke schwarze Platten, seltsame Klänge aus einer Jahrzehnte vor seiner Geburt liegenden Zeit: kokette, altmodisch schlüpfrige Texte, die ebenso altmodische Arten von

Flirten und Erotik priesen, Bubikopffrauen, die Tänze tanzten, die so uralt und fremd wie etruskische Begräbnisriten oder aztekische Jungfrauenopferungen waren. Angesichts Marks unerklärtem verschwollenem Gesicht überlegte John, ob er eine Szene mit einem Fremden gestört hatte, der sich nun in der Badewanne versteckte oder durch die Hintertür entfleucht war, oder ob ein tränenbeschmierter Brief, halb geschrieben oder halb gelesen in eine Schublade gestopft, auf Mark wartete.

Doch der lächelte und schwitzte, beschwerte sich nicht über die Störung, gab John seinen Tee und redete begeistert über die Platten. »Die ist richtig toll.« Er zeigte auf *After-Breakfast-Girl*. »Seit gestern, seit ich sie bekommen habe, spiele ich sie immer wieder. Aber hör dir die an.« Trotz Johns Protesten nahm Mark ehrfürchtig eine neue Platte mit dem dicken Rand zwischen seine Handflächen und legte sie auf. Er lachte, und sein Augenlid fing wieder an zu zucken, als er das Gerät aufdrehte und behutsam den Tonarm auflegte. Kaum verwandelte sich das Kratzen in eine deutliche Stimme und ein klimperndes Klavier, legte er einen poltrigen Charleston aufs Parkett.

That's the kinda dance that a fella can do
That a fella can do
That a fella can do
That's the sorta dance that a fella can do
With a gal who knows the rules!

Das dämliche Spielzeug schien nur eine einzige Lautstärkeeinstellung zu besitzen, »aber weißt du, die Vergangenheit muß schreien, wenn sie bemerkt werden will«, belehrte Mark ihn schulmeisterlich. John spähte durch die Gardinen, um zu sehen, ob die Nachbarn sich gegen die ausländischen Irren zu einem lynchbereiten Mob formierten. Als er sich umdrehte, schlug Mark mit seinen fleischigen Armen immer noch wie ein elephantöser Teilnehmer in den späten Stunden eines Tanzmarathons um sich. Außerdem weinte er.

Vielleicht aber auch nicht. Vielleicht sahen seine Augen deshalb aus, als ob sie tränten und schmerzten, weil ihm der Schweiß in Strömen von Stirn und Brauen troff. Und die rote Nase und die Sabberei konnten auch sehr wohl von seinem Keuchen und Lachen kommen. Oder er weinte doch.

»Herrgott, tut mir leid, daß ich gekommen bin. Bitte hör auf, in Gottes Namen. Geh unter die Dusche. Wir waren doch zum Mittagessen verabredet. Das ist ja grauenhaft.«

»Ich liebe den Song! Hör doch zu! Das ist Musik! Warum *konnte* ich nicht?«

John weigerte sich, die unsinnige Frage zu beantworten, auch als Mark sie gleich ein-, zweimal wiederholte. Denn er begriff (erleichtert), daß Mark, der Historiograph, auf eine obskure Art Scherze machte. »Warum konnte ich nicht« waren höchstwahrscheinlich die letzten Worte eines Parlamentariers oder Zirkusartisten aus dem neunzehnten Jahrhundert. Mark hörte auf zu tanzen, das monotone Krächzen und Kratzen des Grammophons verschmolz nun klanglich mit seinem keuchenden Atmen. »Halt dich zurück mit dem Ding. Deine Nachbarn wollen dich lynchen.«

Mark ließ sich auf die Couch plumpsen und kaute Eiswürfel. Er nickte und sagte dann sehr rasch (und erinnerte John an Karens Geratter): »Das würden sie auch tun, ich weiß, denn, weißt du, ich habe heute in meiner Arbeit einen ziemlich entscheidenden Durchbruch erreicht. Ich werde nämlich einen Anhang machen, eine Gänseblümchenkette der Nostalgie. Das Prinzip besteht darin, daß man mit diesem oder einem beliebigen anderen Jahr beginnt und das, was in der kollektiven Nostalgie kulturell gerade Mode ist, das, was jetzt in ist, aufspürt, wie zum Beispiel, sagen wir, eine Vorliebe für die Fünfziger, die ganz offensichtlich gerade anfängt. Das mache ich genau fest und untermauere es mit den üblichen Beweisen – Bürstenhaarschnitt, Verkauf von Chet-Baker-Platten, Caprihosen. Doch dann gehe ich zurück in die betreffende Zeit und werde feststellen – ich weiß, daß es so ist –, daß es damals eine Nostalgiewelle für eine noch frühere Zeit gab, verstehst du, und dann bestimme ich die und gehe zurück zu deren Ursprüngen, und natürlich gibt es noch eine und noch eine und so weiter, bis zurück zu Karl dem Großen. Du weißt schon, die guten alten Zeiten.«

»Duschst du noch, bevor wir essen gehen?«

»Ja, natürlich. Aber das Problem ist, es ist zu breit angelegt. Warum so einen Brocken von vierzig Jahren? Hm? Was ist mit einem Jahrzehnt am Stück? Jemand sehnt sich in den Achtzigern nach den Siebzigern, und zwar egal, ob denen im zwanzigsten oder fünfzehnten Jahrhundert, also könnte ich die Gänseblümchenkette in Dekaden flechten. Jetzt aber habe ich gemerkt, daß ich es sogar noch knapper dokumentieren könnte. Was hältst du von jährlich?«

»Wir könnten Paprika und Gulasch essen. Ich glaube, ich habe schon ein Lokal gesehen, wo es das gibt.«

»Genau. Das ist mein Durchbruch. Ja, natürlich macht die Musik sie wütend, das ist halt so. Warum nicht monatlich? Das könnte ich schaffen. Ich könnte es monatlich beweisen. Garantiert. Es ist kinderleicht, wenn man weiß, wie man forschen muß, wenn man weiß, wonach man sucht. Ich könnte dich Monat für Monat bis zu Wilhelm dem Eroberer mit zurücknehmen. Aber das ist vielleicht immer noch nicht dicht genug, findest du nicht auch? Damit die Leute es wirklich ernst nehmen. Um sie zu kurieren, meine ich.«

»Ich habe vorige Woche eine Frau kennengelernt, die du mögen würdest, eine alte Klavierspielerin.«

»Ich werde mir einen Namen machen, John. Du wirst sehr stolz auf mich sein, und nur darum geht's. Und darum sind die Nachbarn auch ein bißchen sauer. Tag für Tag. Ich kann es Tag für Tag beweisen. Heute sehnt sich jemand nach gestern, und er hinterläßt lebhafte Beweise seiner Traurigkeit, und ich kann es beweisen, aber gestern war einer überzeugt, daß es mit dem Glück am Tag zuvor ein für allemal vorbei war. Ich kann den ganzen Weg bis zu Jesus Christus zurückverfolgen und dann immer noch weitermachen. Ich gebe zu, man muß viel forschen, aber es ist da. Und ich werde den Leuten helfen, selbst wenn sie es nicht wollen. Deshalb sollten sich meine Nachbarn auch besser daran gewöhnen und aufhören, mich wegen der Musik oder sonstwas anzumachen.«

Nun mußte John doch lachen. »Bitte, ich flehe dich an, geh duschen.«

Während Mark sich abtrocknete, las John in der Küche an dem kleinen Tisch unter dem Plakat für Sarah Bernhardts bevorstehende Tournee durch Amerika im *Herald Tribune.* »Ich bin froh, daß du genau in diesem Moment gekommen bist«, gab Mark in einem Tonfall zu, der unter der Dusche weicher und ruhiger geworden war. »Ich glaube, die Musik hat mich langsam ein bißchen kirre gemacht.« Er rubbelte sich die Haare und verschwand im Schlafzimmer. »Ich habe dir was gekauft.« Das Handtuch nun um die Hüften, kam er in die Küche zurück und setzte John einen Filzhut mit einer laminierten Pressekarte im Band aufs Haupt. Dann ließ er ihn allein, und John experimentierte amüsiert damit herum, den Hut möglichst keck aufzusetzen.

Im *Herald Tribune* las John einen Artikel von einem bekannten Auslandskorrespondenten über »Das neue Ungarn«. Es wurde eine Nation beschrieben, die, von jahrelanger Tyrannei psychisch beschädigt, auf Wandel hoffte, doch von wirtschaftlicher Not und unternehmerischer Unerfahrenheit gehemmt wurde. Der Autor schilderte einen klaren ungarischen Nationalcharakter in allen seinen Nuancen, gemeinsame Eigenschaften, die sich unweigerlich auf das Hineinwachsen der Nation in Demokratie und Marktwirtschaft auswirken würden, und verglich ihre Aussichten mit den verheißungsvolleren der Tschechen. Sein Artikel war gespickt mit Anekdoten von einfachen Bürgern, ihren Mühen, Hoffnungen, Ängsten. John las Teile des Artikels Mark durch den Flur laut vor, verfremdete aber die Nation, um die es ging, folgendermaßen: »Pünktchen, Pünktchen, Pünktchen ist ein Land, das ein gerüttelt Maß an Not und Entbehrungen erlitten hat, und wenn die Pünktchen, Pünktchen, Pünktchen Fremden gegenüber mißtrauisch sind, dann mit gutem Grund; wenn sie den Ruf haben, bezaubernd unverbindlich und liebenswürdig pessimistisch zu sein, dann kann man ihnen das schwerlich vorwerfen. Das Pünktchen-Pünktchen-Pünktchen-Volk blickt mit verständlicher Sorge in die Zukunft.« Als Mark angezogen war, bat John ihn, die Pünktchen, Pünktchen, Pünktchen zu nennen, die er in diesem Kontext bewunderte und beneidete.

Nachdem Mark dreimal falsch geraten hatte (Afghanistan, Angola, Argentinien), verlor er das Interesse und gestand, er lese keine aktuellen Zeitungen. (»Außerdem blickt jeder mit verständlicher Sorge in die Zukunft.«) Diese Ausgabe habe er auch nur gekauft, weil irgend etwas daran komisch gewesen sei, direkt vorn auf der Titelseite. Bedeutungsvoll lächelnd tippte er auf das Datum in der Kopfzeile und wartete, daß es seinem Freund dämmerte, aber Fehlanzeige. Das Datum sei von gestern, erwiderte John. »Natürlich, was sonst«, lautete die sarkastische Antwort. Dann erklärte ihm Mark geduldig wie einem Kind: »Also, hör mal! Schau es an! Du weißt doch auch, wie in den ersten Tagen oder Wochen im Januar das Datum auf den Zeitungen komisch aussieht. Als wäre es aus einem Science-fiction, wo jemand in die Zukunft reist und fassungslos ist, wenn er eine Zeitung sieht, weil das Jahr am Kopf der Zeitung so irre aussieht und weit in der Zukunft liegt. Und genau das passiert auch in den ersten Tagen jeden neuen Jahres, stimmt's? Wie, 1990? Nicht mehr 1989? Oder du weißt doch auch, daß du bei den ersten Schecks, die du nach Neujahr ausstellst, immer überlegen mußt, welches Jahr du hinsetzt, und vielleicht sogar aus Versehen das alte hinschreibst? Gut, dann schau dir das Datum auf der Zeitung noch einmal an!« Mark tippte laut darauf und pfiff. »So spät im Jahr ist mir das noch nie passiert. Ich meine, es ist Juli, aber das Datum fühlt sich noch total Science-fiction-mäßig an. Als ich die Zeitung gesehen habe, war ich erstaunt, denn die Daten sind zum Großteil seit, hm, der zweiten oder dritten Januarwoche ganz normal gewesen, aber gestern – kurz nachdem das Grammophon mich aus dem Schaufenster gerufen hat – habe ich die Zeitung gesehen und gedacht, also, so was, 14. Juli 1990? Das sieht doch abartig aus. Da habe ich sie als Andenken gekauft. Das ist ein Rekord. Immerhin ist Juli. Du solltest auch eine kaufen. Die kannst du deinen Enkeln zeigen.«

Beim Mittagessen auf dem Burgberg redete der Historiker wieder in einer Weise über Epochen und die Bedeutung von Daten, daß John hätte schwören mögen, er mache Witze. Er selbst fand es absolut nicht komisch, aber er fühlte sich sozusagen gesellschaftlich verpflichtet, über Marks Worte zu lachen, es war, als tue Mark so, als verliere er den Verstand und verlange aggressiv, daß sein Zuhörer wenigstens höflich lachte und seine Mühen anerkannte.

»Nimm nur mal das Jahr 2000. Das ist erst in zehn Jahren, aber die Zahl ist lächerlich. Es ist kein reales Jahr wie 1943 oder 1862 oder, oder 1900, wenn du schon Nullen drin haben willst. Zweitausend ist Unsinn, ist aus Filmen. Ehrlich, ich –« Mark drehte und wendete die Salatblätter auf seinem Teller. Sie saßen auf der Terrasse hinter dem Hilton-Hotel, der um die Ruinen eines mittelalterlichen Klosters errichteten Nobelherberge. John hörte Mark zu und überlegte, was einen Mann wie ihn veranlaßte, sich über die Dinge Sorgen zu machen, über die er sich offensichtlich Sorgen machte. War vielleicht alles nur gespielt? Aber zu welchem Zweck? Es gab doch ganz gewiß eine echte erste Ursache, einen ernsthaften Grund, der ihn zu diesem Handeln drängte. Vielleicht hatte Mark sich das seltsame Image zu Paarungszwecken zusammengeschustert, vielleicht war es logisch, daß ein dicklicher, unscheinbarer Kanadier, von Natur aus Junggeselle, eine Möglichkeit suchte, sich von der fitteren, eleganteren Konkurrenz abzuheben. Ein Mann, dessen Leidenschaft die Vergangenheit war, mußte sich den Reiz des Spektakulären, Unkonventionellen zulegen, einerlei, in welchen dunklen Jagdgründen jemand wie er im postkommunistischen Mitteleuropa pirschen mußte. Oder vielleicht war Mark auch vollkommen frei von jedweder Verstellung. Vielleicht beherrschten ihn seine Forschungstätigkeit und natürlichen Neigungen so sehr, daß er wirklich nicht mehr zur Tür hinausgehen konnte, ohne zu meinen, das Datum fühle sich eigentlich nicht richtig an oder es sei eine Schande, wie die Architektur ihm Gewalt antue. Vielleicht hatte er die Fähigkeit (falls er sie je besessen hatte) verloren, sich über irgend etwas anderes als die verlorene Zeit zu unterhalten: vielleicht ernährte er sich einzig und allein von einer Diät aus Lindenblütentee und Madeleines.

»Ehrlich, mir macht es angst. Die Zahl ist zu futuristisch – das ist nichts für Männer wie mich. Oder dich. Es ist was für Astronauten oder Multis.« Mark umklammerte sein Besteck, bis seine Finger weiß wurden, doch John beobachtete zwei junge Touristen – einen Mann und eine Frau –, die sich vor einer der Märchenbastionen auf dem Gehweg stritten. Hören konnte man sie nicht. Der Mann stieß der Frau mit dem Zeigefinger fest auf die Nasenspitze, eine eigenartig eindeutige Warnung. Sie drehte sich um und stürmte davon.

Mark merkte nun endlich, daß er zu sich selbst sprach. »Ich öde dich langsam an, was? Ich und meine ›Problemchen‹.« Er malte die Anführungszeichen in die Luft, wartete auf das freundliche Lachen, das nicht kam, und widmete sich wieder seinem Essen. »Du hast eine Klavierspielerin kennengelernt, sagst du, eine Klavierspielerin?« Nun erinnerte er sich an einen Fetzen des Gesprächs von vor einer Stunde. »Was ist mit dir und Emily?«

»Ganz andere Beziehung.« John fragte sich, seit wann und wie seine Nichtromanze Allgemeinwissen geworden war.

»Kein großes Geheimnis«, sagte Mark und beantwortete die nicht ausgesprochene Frage. »Wenn man Augen im Kopf hat. Und bevor du mich verhörst, nein, ich kann dir nichts über sie erzählen. Ach, übrigens, was ist eigentlich zwischen dir und Scott? Was hast du dem Burschen getan?«

John zog es vor, nicht zu antworten, und erzählte statt dessen von seinen nächtlichen Besuchen bei Nádja im Blue Jazz. Als er die Abenteuer der alten Frau schilderte – ihre Flucht aus Budapest, ihr Bohemeleben in den Vereinigten Staaten, ihre Affäre mit einem weltberühmten Konzertpianisten und, wahrhaftig, ihren Umgang mit niedrigeren Mitgliedern europäischer Königshäuser –, behielt er seinen skeptischen, amüsierten Ton bei, weil er automatisch vermutete, der wissenschaftlich arbeitende Mark werde sie unglaubwürdig finden. Trotzdem hoffte er, der nostalgische Mark werde sie für einfach unwiderlegbar halten. Wenn er die Geschichten in diesem Ton zum besten gab, phantasierte er sich auch oft selbst mit hinein. Manchmal spielte er eine

Nebenrolle – den kultivierten, heroischen Mann der jungen Nádja oder den Konzertpianisten, der mit einer vage Emily-ähnlichen Frau sanft zu Chopinklängen schlief. In anderen Geschichten war *er* der Hauptdarsteller: *Er* rannte – voller Angst und buchstäblich ohne Listen – über die Grenze nach Österreich, *er* speiste mit dem zwielichtigen Viscount in dem dunklen eiskalten Speisesaal, der wegen Geldmangels nicht geheizt wurde; *er* segelte auf einer Milliardärsjacht um die Welt und langweilte sich zu Tode.

»Eine Menge von den Stories könnte man überprüfen. Du mußt dir aber im klaren darüber sein, daß das meiste so unwahrscheinlich ist, daß es fast –« Ruhig und professionell begann Mark, John Forschungsmethoden zu erläutern, mit denen er Nádjas Geschichten überprüfen konnte. Bei dem Thema wurde er ruhiger. »Jede Geschichte hat Aspekte, die man überprüfen kann.« Er rasselte eine Reihe von Expertentricks herunter: Adressenverzeichnisse für die angegebenen Jahre, Schiffsregistrierungen, Flüchtlingslisten, die Tourneepläne weltberühmter Musiker.

»Überprüfen? Warum? Meinst du, sie lügt?« John fand zu einem Ton milden Desinteresses zurück. »So ernst habe ich sie doch gar nicht genommen. Ich habe nur gedacht, daß du sie vielleicht unterhaltsam findest.«

»Aber ja doch, das wäre schon prima. Nimm mich mit, daß ich sie kennenlernen kann, ja? Wie wär's mit heute abend, nur wir beide?«

Sie gingen von der Terrasse ins Foyer des Hilton, dann durch die Drehtür nach draußen auf den Szentháromság-Platz. »Ich muß noch ein Interview machen. Ich seh dich später im Gerbeaud.« John wandte sich nach rechts.

»Ruf mich an, ja? Wir besuchen die Klavierspielerin.« Mark ging nach links in Richtung Burgpalast und Nationalgalerie und überlegte, wann sie sich wieder treffen würden. Er konnte auch jetzt schon ins Gerbeaud gehen und dort arbeiten, damit er da war, wenn John kam. Er drängte sich durch eine träge Masse jämmerlich unentschlossener Touristen und ärgerte sich plötzlich darüber, wie sie auf dem Burgberg die Atmosphäre verdarben. Als er auf der anderen Seite der Herde wieder herauskam, verwandelte sich sein Ärger rasch in Angst. Das Gefühl, daß ihm sein schwer erkämpfter Frieden trotz seiner intensiven Bemühungen, ihn festzuhalten, während des Mittagessens von miteinander verschworenen, bösartigen Mächten gestohlen worden war, machte ihm zu schaffen. John war kein offizieller Abgesandter der bösen Mächte, aber immer mehr ihr ahnungsloses Instrument, ebenso wie alle diese widerwärtigen Touristen oder die junge Kellnerin mit dem eintätowierten Lamm mit Drachenkopf auf dem sehnigen, völlig haarlosen Unterarm. Mark empfand große Erleichterung, jetzt ohne Begleitung zu sein. Es war so anstrengend, allen alles erklären zu müssen, selbst John, dessen Beschränktheit oft unglaublich charmant, dann aber auch wieder unerquicklich und vielleicht sogar mutwillig war. Wenn man den richtigen Ort fand, war es soviel leichter, allein zu sein. Der Hof des Königspalastes leuchtete in Marks Erinnerung mit einer beinahe spürbaren, beinahe eßbaren Verheißung auf, einer Verheißung mit ganz eigener Färbung: zart rotgolden. Er war jetzt genau das richtige. Mark nahm den fünfminütigen Gang durch die Hitze und die Touristen in dem Wissen auf sich, daß dieser Tag noch zart rotgoldenen Trost für ihn bereithielt.

Er ließ sich neben dem Brunnen auf dem Burghof nieder und wartete mit Spannung auf den Frieden, der von dem stetig spritzenden Wasser kommen sollte wie auch von dem beruhigenden historischen Bauwerk, das ihn auf allen vier Seiten umgab, dem permanent giepernden Jagdhunden, den Steinfliesen und Torbögen, den hohen Fenstern und dem viereckigen Stück blauen Himmel wie aus dem achtzehnten Jahrhundert.

Vergebens.

Seine Augen bewegten sich langsam, dann schnell von einem dieser tröstlichen Anblicke zum anderen, dann vor lauter Frustration noch schneller, doch gleichzeitig wurde ihm immer unwohler, weil er sich von dem Ort, den Steinplatten und Torbögen, auf die er vertraut hatte, immer mehr verraten fühlte. Selbst in der kurzen Zeit seit seiner Ankunft hatte die Zahl der brauchbaren Orte abgenommen. Er schloß die Augen und versuchte, nur zu hören, wie das Wasser aus der Öffnung des Springbrunnens floß, mit dem ewig gleichen Geräusch ewig fließenden Wassers.

Von dem kulturlosen Verkäufer direkt vor dem Königspalast, gerade erst ihres schokoladigen Inhalts beraubt, flatterten hellgelbblaue Bonbonpapiere wie ein gespenstischer Akrobatentrupp herum, schlugen Rad, flogen hoch und schwebten über die braunen Steinfliesen des Hofs. Mark versuchte woanders hinzuschauen, aber fette deutsche Touristen in zwei Nummern zu kleinen Shorts, Amerikaner mit Videokameras, die einander filmten, wie sie sich filmten, ein Geschwader japanischer Fotografen und ein nicht mehr junges britisches Paar, das im Partnerlook Plastikgürteltaschen und Sonnenhüte trug, auf denen Bilder der Queen Mum in Plastikhüllen prangten, schoben sich immer wieder in sein Blickfeld. Er lehnte sich zurück, um die oberen Stockwerke des Palastes und die Tupfenwolken an dem blauen Himmel hinter dem verrosteten Adlerkopf zu betrachten. Doch es war zu spät. Auf einmal kam ihm das Schloß vor wie ein dröger Erlebnispark, nicht etwa so angelegt, wie er in der Vergangenheit ausgesehen hätte, sondern so, wie die Vergangenheit nach Meinung auch der dümmsten Angehörigen der Gegenwart aussah, ein Fantasyland mit armseligen Karussellfahrten und Arbeitern, die überzeugend als mürrische ungarische Reiseführer verkleidet waren.

Weit weg auf seinem Küchentisch erwartete Mark Lektüre für einen ganzen Tag. Die Musik hatte ihn gestern abend und heute morgen vom Arbeiten abgehalten und das Mittagessen sich eine herzzerreißende Ewigkeit hingezogen. Die beiden Büchertürme unter dem Plakat von Sarah Bernhardt kamen ihm einsam und bedürftig vor, als sie dort wuchsen und schwankten und ihn riefen, die Burg zu verlassen. Das eine war ein hoch aufragender Stapel mit Büchern zu Jahrtausendwenderitualen für das dräuende Jahr 2000. Daneben, in seinem Schatten, schmorte ein trauriger kleiner Haufen schmaler Texte zu Vorstellungen zur Jahrtausendwende aus der Zeit um 1000. Aber die Aussicht auf Arbeit half Mark nicht. Seit einigen Monaten ackerte er sieben Tage die Woche. Pause hatte er nur gemacht, um Freunde zu treffen und ins Gerbeaud zu gehen. Oder wenn er allein hier im Burghof (der nun abgehakt und für immer von seiner Liste gestrichen war) gesessen hatte, auf den Bänken auf dem Kossuth-Platz in der Nähe des Parlaments, am Ufer auf der Pester Seite, neben der Oper oder am Gellértberg oder wenn er im Rácz Fürdő geschwommen, langsam durch Pest spazierengegangen war und dabei die Baustellen gemieden und sich lieber frühere Baustellen vorgestellt hatte. Er stand langsam auf und war guten, aber angeschlagenen Mutes, daß es ihm bessergehen werde, wenn er erst einmal zu Hause war, falls er es denn schaffte, wohlbehalten dort anzulangen. Er fragte sich, wie wohl Johns Interview lief, hoffte, John verstand, was es mit dem Filzhut auf sich hatte, und würde ihn richtig tragen. Es war erst halb drei. Mark verließ die Burg, und da es ihm zu heiß war, über den gewundenen Weg den Burgberg hinab zum Fluß zu gehen, kaufte er sich eine Fahrkarte für die eine Minute lange Fahrt mit der Standseilbahn, die fotoverrückte Touristen den Hang hinauf- und hinabtransportierte. Als er an der kleinen Haltestelle oben auf dem Hügel stand, beobachtete er die beiden sich gegenseitig ausbalancierenden Kabinen mit jeweils etwa acht Fahrgästen. Sie glitten auf beziehungsweise ab, begegneten sich in der Mitte der Strecke und schauten sich zwischen den Fahrten von den entgegengesetzten Enden her traurig an.

Draußen vor der Drehtür des Hilton umfing John sofort die nach dem vollklimatisierten Foyer besonders schwere Julihitze. War es heißer geworden, seit sie vor nur wenigen Minuten auf der Terrasse zu Mittag gegessen hatten? überlegte er. Konnten Wetterfronten lokal so spezifisch auftreten, daß sie von zwei einander gegenüberliegenden Seiten eines Hotels ihren Ausgang nahmen? Er versuchte sich auf das Interview zu konzentrieren, zu dem er eh schon eine halbe Stunde zu spät kam, und nahm, als er das Ende der kleinen Táncsics Mihály utca erreichte, seine Umgebung nur insoweit wahr, als er fühlte, wie sich die dünnen

Sohlen seiner Schuhe auf den Pflastersteinen konkav bogen. *Warum Ungarn welche Investitionschancen sehen Sie vermissen Sie die rauhen Sitten von Washington wie, meinen Sie, beurteilen die Ungarn Ihre Arbeit in welche Bars und Restaurants gehen Sie am liebsten entspricht das Leben hier Ihren Erwartungen und wird all das hier zukünftig einmal als etwas Besonderes wahrgenommen warum ist das, was Sie tun, wichtig sind Sie stolz auf sich ist das überhaupt ein richtiger Gradmesser die Fragen sind lächerlich.*

Er kam an einem grünen Laternenpfahl vorbei, der mit Plakatfetzen für die letztjährigen Wahlen und für etwas beklebt war, das als DIE NEUEN AMERIKANER bezeichnet wurde. Ein kleiner hellbraunweißer Jagdhund mit langen plüschigen, wie Samtgardinen gefalteten Ohren, hopste auf drei Beinen, versuchte ständig, sein viertes noch höher zu schieben und dabei die Balance zu halten, bog und verdrehte seinen Körper wie einen Spüllappen in dem eitlen Bemühen, immer noch höher an den Laternenpfahl zu pinkeln und späteren Schnüfflern den Eindruck zu vermitteln, hier sei ein großer Hund zugange gewesen.

John ging durch das massive alte Stattor, das Wiener Tor, beschleunigte seine Schritte und überraschte ein an einen Baum gelehntes, sich küssendes Paar. Ihm stockte der Atem, als er die mit dem Rücken zu ihm stehende Frau erkannte: Emily. Er blieb stehen und starrte. Unglaublich, wie schnell es in die Brüche gegangen war. Das eine sichtbare Auge ihres Partners öffnete sich, sah den stocksteif verharrenden John, und das halbverdeckte, geneigte Gesicht änderte seinen Ausdruck, signalisierte sofort Kampfbereitschaft. »*Mi a faszt akarsz?*« fauchte der Mann den Fremden an.

John kramte nach ein paar ungarischen Wörtern, sagte dann aber doch lieber ihren Namen und fragte vielleicht auch noch, warum?, doch sie drehte schon den Kopf, um zu sehen, wer ihr da Lippen und Aufmerksamkeit ihres Lovers entzog, und John erblickte ein rundgesichtiges ungarisches Mädchen mit Zahnspange und weit auseinanderstehenden Augen. »*Oh, elnézést kérek*«, brachte er mit beschwichtigender Geste – alles nur ein

Mißverständnis! – heraus und fiel dann ins Englische. »Ich dachte, boah, tut mir echt leid, ich dachte, ich kennte sie, aber das stimmt nicht, ich meine ...«

Der Mann kam hinter dem Mädchen hervor, trat einen Schritt auf John zu – merkwürdiger Haarschnitt – und demonstrierte seine hervorragenden Englischkenntnisse. »Du kenn sie? Du Arschloch, wer bis du?«

»Nein, nein, ich habe mich geirrt. Ich kenne sie *nicht*. Ich dachte nur –«

»Ey, dann guck sie dir mal richtig an, jetzt, los, mach schon, schau ganz genau hin, okay? Kennst du sie?«

»Nein, mit Sicherheit nicht.« Bloß gleich lächeln, frei nach dem Motto: Haha, kann passieren.

Der Ungar schien Johns Dementis nicht zu verstehen. Er blieb neben seinem bedrohten Besitz stehen. »Du kenn sie nicht, du darfs mal hingucken. Jetzt verpiß du, Mann.«

John verzichtete darauf, die beleidigenden Sprachfehler zu korrigieren, lachte und machte sich davon, die steile Várfok utca hinunter. Hinter sich hörte er, wie das schlechte Englisch in ungarisches Grollen überging und gelegentlich von den Klagelauten des ungeküßten Weibes unterbrochen wurde. Ein, zwei, drei Sekunden lang hörte er nur ihre Stimme, und dann spürte er, wie ihm eine warme Übelkeit in den Kopf stieg, der ein stechender Schmerz folgte, als er mit dem Knie und der linken Hand auf dem Boden aufschlug. Als er die rechte zum Kopf hob, kam sie naß und rot zurück. Noch auf dem Boden – geduckt und schwindelig –, drehte er sich um und sah, wie der Mann schnell rückwärts auf das Wiener Tor zuging, ihn immer noch herausfordernd anschaute und sein Mädchen hügelaufwärts vor sich herschob, als könnte John jederzeit noch zur Gegenattacke schreiten. Die Siegerwaffe, ein Stein, war so rund, daß er immer weiter den Berg hinunterrollte, viel weiter als die Stelle, wo sein jüngstes Opfer kniete. John betrachtete ihn mit einem Interesse, das ziemlich fehl am Platze war.

Marks Gefühl, daß ihm der Frieden gestohlen worden war, verflog mit dem ersten Ruck der abwärts fahrenden Seilbahnkabine. Er steckte sich die Ecke seines Fahrscheines in den Mund und biß so darauf, daß zwei seiner Eckzähne in dem geknipsten Loch des blauen Papierschnipsels aufeinanderstießen. Der Osten erschien im Vorderfenster der Kabine und entrollte sich von unten: Das Pest des neunzehnten Jahrhunderts, die prächtige alte Kettenbrücke und die träge fließende braune Donau breiteten sich vor ihm aus. Die Sonne malte für ihn weiße und gelbe Streifen auf den Fluß. Er spürte, wie sein Herz langsamer schlug und sich die Geräusche von selbst für ihn ordneten, das Summen der Seilbahnkabel und der Gesang des unsichtbaren Vogels, der nicht leiser wurde, während die Kabine hinunterglitt. Er saß, wie Mark freudig begriff, also tatsächlich auf dem Dach und genoß die gleiche Freude am Fliegen wie Mark auch. Liebend gern wäre Mark hier für immer ewig und ewig geblieben, hätte am Himmel gehangen und geschwebt wie in einem Kindertraum vom Fliegen. Im nachhinein luden sich sein Morgen und sein Mittagessen nun mit einer Bedeutung auf, die er verstand; er mochte John wieder, vertraute ihm und bewunderte ihn, freute sich, bald auch die anderen wieder im Gerbeaud zu sehen, und freute sich auf das warme Bad der Arbeit, das ihn erwartete.

Aber als sich die beiden Kabinen auf der Hälfte des Weges begegneten, spürte er eine feine, stechende Traurigkeit im Hals. Er ermahnte sich rasch, das massige, hohe Parlamentsgebäude anzuschauen, seine Firste und Bögen und die Kuppel mit der Helmspitze, den Ring, der das Straßennetz der Pester Altstadt umschloß, die Wolken, die ihre Schatten durch die Straßen schickten und lautlos über Gebäude zogen, ohne daß sie an den Schornsteinen oder altmodischen Antennen hängenblieben... Wehe Augenblicke später aber wurde ihm all das entrissen. In immer kürzeren Sekunden erhoben sich die Pester Ufergebäude und versperrten alles, was dahinter lag; auf der Donau kräuselte sich eine letzte schimmernde Welle, dann verschwand der Fluß wie die Luftspiegelung eines Highway im Sommer hinter dem Budaer Verkehr an der Talstation – die vor ein paar Sekunden noch stummen, flachen Spielzeugautos waren nun auf einmal rasend, laut und aufgeblasen.

Unten angekommen, schaffte er es, die Haltestelle zu verlassen, stolz, daß er sich zusammengerissen hatte, bereit zum Arbeiten. Aber dann mußte er wegen der vielen Autos am Kreisverkehr vor der Kettenbrücke stehenbleiben und schaute zurück zu der Seilbahnkabine, die oben auf dem Berg Pause machte. Und dann mußte er wirklich keine Entscheidung mehr treffen, nun galt es nur noch, einem zwingenden Bedürfnis zu gehorchen. Er drehte sich um und ging zum Fahrkartenhäuschen.

John preßte seine kalte Hand auf seinen heißen, blutverklebten Kopf und schaffte es mit nur ein-, zweimal Straucheln bis zur letzten Querstraße bergab. Die nicht mehr junge Portiersfrau des heruntergekommenen Bürogebäudes brachte ihn zu der Holztür, auf der mit drei Streifen Tesafilm ein maschinegeschriebenes Papier befestigt war: UNGARISCH-AMERIKANISCHE KAPITAL-ENTWICKLUNGSGRUPPE INC. Dem jungen Amerikaner mit dem stoppelig rasierten Kopf, den schlechtsitzenden Khakihosen und dem abgetragenen blauen Blazer, der die Tür öffnete, bot sich der schreckenerregende Anblick von John Price, der seine leuchtendrot verschmierte Hand hob, um seinem Gegenüber stumm zu bedeuten, warum er sie ihm noch nicht schütteln konnte. »Kann ich mal Ihre Toilette benutzen?«

Das kalte Wasser in der Toilette im Souterrain brannte John ein Loch in den Kopf und schwemmte kirschrote Strudel über die karamelfarbenen und hellgelben Muster des antiken Waschbeckens. Als er sich den Kopf vorsichtig mit einem Papiertuch abtupfte, sah er im Spiegel eine bekannte Gestalt über seinen Schultern schweben. »Du bist der Saxophonist aus dem Club, stimmt's?« brachte er heraus, bevor er sich wieder vornüberbeugte und derart zu erbrechen begann, daß sein Hirn in seinem erschütterten Schädel hin- und herschlackerte. Die Stimme hinter ihm gab ihm widerstrebend recht und bat ihn, es »oben« nicht zu erwähnen. John spülte sich das Gesicht ab und den Mund aus. »Beim Spielen trägst du ja irre Klamotten. Aber warum hier ein Outfit wie zur Highschool-Abschlußfeier?« Er beugte sich vor und würgte wieder. Und wieder bat ihn die Stimme geradezu kläglich flehend, sein geheimes Musikerleben »oben nicht zu erwähnen«.

»Oben« war ein einzelnes Zimmer mit zwei Tischen, zwei Stühlen, zwei Telefonen, mehreren Schachteln mit Geschäftskarten verschiedener Gesellschaften und sonst kaum etwas. Nur noch die zu laute Stimme. Harvey (wie war noch mal der Nachname?), in dem steifen Haar ein Scheitel wie mit dem Lineal gezogen, schüttelte John so kräftig die Hand, daß ihm schwummerig wurde und sein Kopf anschwoll. Man setzte ihm ein Glas lauwarmes salziges Sodawasser vor; der Saxman wurde losgeschickt, Kaffee zu holen. Harveys (Nachname im Notizbuch nachschauen) Geschichte strotzte von Post-Kalten-Kriegs-Anekdoten. Der sowjetische Botschafter kam vor, Wink mit dem Zaunpfahl, daß er einen Job bei Harvey annehmen würde, Löwe, der arbeitslos geworden war, das Reich zerfällt, Ratten, sinkende Schiffe, urkomisch, in den Amtsräumen des sowjetischen Botschafters zu sitzen und Kognak zu trinken, das war mal die Kommandozentrale im Außenposten eines Riesenreichs, der Raum, von dem aus dieses Land regiert wurde, Herrgott noch mal, und dann bettelt er praktisch um einen Job oder zumindest einen Tip! Wunderbarer Moment. Worum wird es in Ihrer Story gehen? Es sind schon Porträts von mir erschienen, Sie haben sie wahrscheinlich gelesen, in der *FT* und im *Journal*, beide voll auf unserer Linie, Qualitätsjournalismus unterstützt die gute Sache. Spannend, was wir hier machen, schöne neue Welt, eine Chance für uns alle, zusammen Geld zu verdienen, und das genau erzähle ich den Ungarn. Ich will, daß auch sie reich werden, denn ich weiß, ich kann fröhlicher und schneller reich werden, wenn wir es alle zusammen werden. Alle im selben Boot. Bürohäuser im West-Stil, bei Genehmigungen hab ich die Nase vorn, Option zum Bau eines Kongreßzentrums, Minister ein enger Freund von mir, Spitzenmann, ich bewundere seine Lyrik, ein Dichter, der auch veröffentlicht, wissen Sie, diese neuen Künstlerregierungen, witzig, sie werden sich natürlich nicht halten, weder hier noch in Prag, nett nach den Roten, aber letztendlich wird man sich doch besinnen und wieder Geschäftsleute und Anwälte beauftragen, und so soll es ja auch sein, man kann kein Kabinett nur aus Bildhauern bilden, das ist eher eine Touristenattraktion für jetzt. John, ich sage Ihnen, unter uns, nur unter uns und nur hier, ich bin überzeugt, jetzt ist die beste Zeit für einen Mann von Ehre und festen Grundsätzen, vorzutreten, so eine Gelegenheit wird es nie wieder geben, nicht für die Geldleute und nicht für das Land, ob sie wohl ihre Ketten abwerfen, ich will sehen, wie das Geld die Menschen frei macht, John. Ich bin der glücklichste Mann auf Erden, daß ich jetzt hier bin, wir planen mit Anfangskapital von 37 Millionen. Ich will, daß sie mit mir zusammen reich werden. Ja, genau, und es zeigt auch einen Respekt, über den die kleinen Ungarn sich freuen. Wir können nicht einfach hier reinstürmen und ihr Land aufkaufen, à la Notverkauf wegen Brandschaden, nur weil sie am Boden liegen, stimmt's? Na ja, können tun wir's schon, John. Nein, kleiner Scherz am Rande. Ich glaube, daß die Gewiefteren Geld verdienen werden, eigentlich können sie es gar nicht vermeiden, wenn sie nicht so stockdoof sind, wie ich manchmal vermute. Es geht nur um die Entscheidung, was für ein Leben man leben will, das sehn Sie ja, John. Ein Mann schnappt sich das Leben am Knöchel, schüttelt es und schaut, was aus seinen Taschen fliegt. Mir gefällt Ihre Art, John. Sie sind wie ich. Wie alt sind Sie? Wenn Sie jemals mit der Zeitungsschreiberei aufhören wollen, kommen Sie zu mir und reden mit mir. John, Männer wie Sie und ich verdienen gewisse Dinge, wir müssen das Leben in den Nacken beißen und mal sehen, ob es schreit, wir müssen ihm die Titten kitzeln, stimmt's? Du willst das Leben? Na, das Leben will, daß du ihm zeigst, was du draufhast, daß du weißt, wie du es scharf kriegst. Es will beherrscht werden. Früher wußten die Ungarn das, aber sie haben es vergessen, traurig, daß man das feststellen muß, und traurig, daß man es sieht: ein Land mit Männern, die unter den Russen so lange und immer nur den Dummen markiert haben, daß sie eines Tages aufwachen und es nicht mehr anders geht, sie tun nicht mehr nur so, sie sind dumm. Ehrlich, John, ich würde ihnen liebend gern beibringen, wie es geht, aber dazu reicht die Zeit nicht. Jetzt ist die Gelegenheit da. Vorwärts muß es gehen, darauf kommt's an, Sie sind wie ich, warum, zum Teufel, legen Sie nicht den Stift weg und nehmen Ihren Schwanz in die Hand und arbeiten hier für mich? Neulich habe ich einen Senator getroffen und ihm gesagt: »Senator, wenn Sie soweit sind, aus der Politik auszusteigen, und ins wirkliche Leben zurückkehren wollen, in Budapest gibt es ein kleines Büro mit Ihrem Namen an der Tür, einem Namensschild aus glänzendem Messing.«

Die erste Fahrt den Berg wieder hoch war beinahe von Anfang bis Ende erfreulich. Der Blick fast noch besser, mit jeder Sekunde weiter und umfassender, jeder Moment stellte den vorherigen in den Schatten, bis die Kabine hinterhältig jäh mit einem Ruck zum Halten kam, das Blechdach der oberen Haltestelle halb ins Vorderfenster ragte und die Tür scheppernd aufging. Das Ganze fühlte sich an wie die lächerliche, pochende, ein wenig Übelkeit erzeugende Enttäuschung unten an einer Achterbahn. Er wollte nur noch ein paar Minuten oben am Gang stehenbleiben, ans Geländer gelehnt, den stillen Blick genießen und dann nach Hause gehen und weiterarbeiten.

Aber natürlich konnte er die nächste Fahrt nach unten niemals so unschuldig genießen wie die erste. Sie war von dem Wissen beeinträchtigt, wie sich das Ende nur eine Minute später anfühlen würde, die Freude also kürzer und kostbarer. Als die Kabine an der lauten, verrauchten, vollen Talstation zitternd zum Halten kam, hatte Mark – ebenfalls zitternd – das Gefühl, daß sich die vierzig Sekunden Frieden auf der ersten Abfahrt in dreißig Sekunden auf der zweiten verwandelt hatten, aber sie waren viel intensiver. Er verließ die Haltestelle, wollte nach Hause, wollte die unnötige Hin- und Herfahrerei mit einem Lachen abtun, doch dann kam ihm die Frage, ob sich das Schema bei der nächsten Fahrt wiederholen würde, ob er dann zwanzig Sekunden neugefundener Intensität erleben würde und ob ein solches Schema eigentlich auch für seine Forschung von Belang sein könne.

Als John sich endlich auf dem Rücksitz eines Taxis niederließ, konnte er kaum glauben, wie schwach er war. Er streifte mit dem Kopf den Kunststoffbezug und stöhnte. Trotz seines Schmerzes und seiner vielfältigen Wut (auf den Typ mit dem Stein; Harvey, den schon ästhetisch unzumutbaren Investor, oder Scott, den unnahbaren Mistkerl, dem er nie was recht machen konnte), war er doch beflügelt: *Pack das Leben an den Knöcheln.* Er gab dem Fahrer Emilys Adresse. Bei jeder Kurve, in der sich die abgefahrenen Reifen des Taxis in den Hügel gruben, schwankte er hin und her. Er wollte, daß sie ihn so sah, er wollte, daß sie ihn rettete und pflegte. Ein Bild des Opfers und der Liebe: der Verwundete verbraucht seine allerletzte Kraft für einen Kuß. *So hat es begonnen. Ich hätte zum Arzt gehen sollen, aber ich bin zu deiner Mutter gefahren. Die ganze Zeit habe ich gehofft, daß die Julies nicht da waren. Waren sie auch nicht. Erinnerst du dich noch, was du als erstes gesagt hast, Em, als ich aus dem Taxi fiel? Erzähl ihnen, was du gesagt hast. Du hast gesagt:*

»John Price? Du bist nicht gesundig? Scott ist abwesend.« Ein ungarischer Akzent. Er schaute sich um, hoffte, Emily werde doch noch erscheinen. Aber er befand sich vor dem Haus seines Bruders, und Emily war viele Hügel weit weg. Mária trug das College-T-Shirt seines Bruders.

Aber die Fahrten bergauf wurden immer großartiger. Und als die Sonne am frühen Abend allmählich hinter der Seilbahn verschwand und das Panorama von einem blasser werdenden, vom Westen kommenden, indirekten Licht beleuchtet wurde, das den Gebäuden deutlicher eine dritte Dimension verlieh und sie sich wie ein schimmerndes Basrelief von dem silbern-blau-grünen Himmel abhoben, wurden sie fast unerträglich schön, und Mark spürte mehrfach, wie sich seine Augen vor Dankbarkeit mit Tränen füllten. Der Zauber kam aus der *Bewegung*, daher, wie sich das Panorama während der einmütigen Auffahrt wandelte und man sehen konnte, wie sich das Bild selbst malte, flacher wurde, zweidimensional. Gewiß, es war auch schön, von dem überdachten Gang oben das fertige Ergebnis zu betrachten, aber eine so mächtige Wirkung wie beim Langsam-nach-oben-zu-diesem-Gang Fahren entfaltete es nicht.

Und als Wissenschafter stellte er mit Interesse fest, daß sich die Aussicht auf reinen Frieden bei jeder Fahrt nach unten verringerte, die Momente des Sinkens und Schwindens aber in einem geometrischen Verhältnis immer süßer bebten, während die Lust der Auffahrt nur proportional zunahm. Bei Sonnenuntergang (das Paar neben ihm in der Kabine küßte sich laut; zwischendurch spiegelte die Zahnspange des Mädchens silbern blitzend das Licht) dauerte der Moment insgesamt nur etwa fünf Sekunden – drei Sekunden vor der Begegnung mit der hochfahrenden Kabine und zwei Sekunden danach –, doch die fünf Sekunden waren eine Offenbarung. Mark empfand gleichzeitig vollkommenen Trost und Verlust, als flöge er in die Unvergänglichkeit einer alten Postkarte. (Er selbst war im Verlauf seiner viele Meilen langen Auf- und Abfahrten an dem Nachmittag auf gewiß hundert Fotos von Touristen geraten oder knapp davor gewesen.) Vergänglichkeit und Unvergänglichkeit verschmolzen, wurden für einen Moment identisch – die Unvergänglichkeit des ihm gebührenden Platzes, der vergängliche Blick, vergängliche Gebäude, das blasser werdende Licht, die schwindenden Jahre, die sich schnell verändernden Stile, eigentlich der unleugbare, aber schwer zu fassende Sinn des Lebens. Mehr als fünf Sekunden sind es nicht, aber immerhin mehr, als die meisten Leute in einem ganzen Leben kriegen, dachte er, richtig selbstgefällig in der letzten der fünf Sekunden. Doch in der sechsten, gut, da wurden die Kabinen wieder laut und groß und stanken, der Fluß bekam funkelnde Streifen, wurde schwarz und verschwand doch wieder und nahm seine Verheißungen und seine Geschichte und seine Unvergänglichkeit mit.

Während der nächsten Wochen würden die hundert Fotos, auf denen er zu sehen war, in Fotoläden auf dem ganzen Erdenrund zur Welt kommen, überlegte er nun. Sein Hinterkopf im Schatten, eine Ecke seines Gesichts von einem flachen Funkeln der Sonne oder ein rotes Auge vom Blitz oder sein ganzes Gesicht in einem Moment vollkommenen Friedens erwischt: Er – sie – würden in hundert prallgefüllten Papiertüten, auf hundert durchsichtigen Negativstreifen, auf hundert Dias mit dicken weißen Plastik-Pappe-Rahmen auf der ganzen Welt auftauchen. Wo? Wer würde *das* Bild entwickeln, das Bild vom vollkommenem Frieden und Glück, auf dem er, völlig eins mit sich, am richtigen Ort auf Erden ist, in dem Moment der Vollkommenheit, in dem die Schönheit der Vergangenheit und die Möglichkeiten seines eigenen Lebens einmal nicht in entsetzlichem, erbarmungslosem Widerspruch stehen? In Schweden, in Stockholm? Ein Paar, das aus den Flitterwochen zurückkommt, den – wie es Jahre später übereinstimmend sagen wird – glücklichsten sechs Tagen seines Lebens? Nun, noch jung, noch mit dem kindlichen Vertrauen, daß das Leben immer nur reicher und glücklicher wird, gehen sie die Fotos, die den Höhepunkt ihrer Liebe darstellen, durch, und da, in der Ecke eines Bildes vom sechsten Tag ist das Gesicht eines Fremden, ein Gesicht genau in dem Augenblick seiner tiefsten Zufriedenheit mit seinem Leben. In Dubuque in Iowa? Eine Gruppe Highschoolschüler soll, von der sommerlichen Bildungsreise zurück, Berichte über das Erlebte verfassen. Eine Schülerin findet keine Worte, um die Bedeutung des Gesichts in der Ecke auf ihrem Foto von Pest auszudrücken, das sie aus der fahrenden Seilbahn aufgenommen hat. Sie kann es nur mit ihrem wenigen eigenen Geld (das sie beim Babysitten, Zeitungaustragen und gelegentlichem Verticken von weichen Drogen verdient) zu Posterformat vergrößern lassen und dann schweigend auf eine Staffelei stellen. Ihre Mitschüler sollen es so lange anschauen (laßt euch soviel Zeit wie nötig, ignoriert das Klingeln), bis sie spüren, was Mark ihnen in ihrer noch jugendlichen Formbarkeit bedeutet. In Tyson's Corner, Virginia? Ein nicht mehr junger Amerikaner, kürzlich verwitwet, ein Spion, schon lange im Ruhestand, kehrt von einer nostalgischen Reise zu all den Krisenherden des Kalten Krieges zurück, wo der Sinn seines Lebens in unsichtbarer Tinte geschrieben steht. Er wollte eigentlich ein Foto von der Holzbank in der Seilbahn machen, in der er einst saß und von der einzigen Frau, die er je geliebt hat, einen Mikrofilm entgegennahm, der Frau, die für den Verrat an ihrem Land erschossen wurde, seinetwegen erschossen wurde, und er hat gehofft, daß die Bank leer war, doch wer ist der rothaarige junge Mann auf dem Foto, und warum sieht er so – so … Wie könnte man die Bedeutung seines molligen Gesichts wohl in Worte fassen?

Drei Fahrten danach, als die fast untergegangene Sonne wie ein Pfau, der über den Kamm eines Berges wandert, ein paar letzte Silberstreifen hinter sich her in den Westen zog und der Osten sich von tief grünlichblau über marineblau zu pflaumenblau verdunkelte, nachdem Mark mit dem schon älteren Fotografen auf der Holzbank gesessen hatte, der kein pensionierter Spion war, sondern ein wallisischer Kardiologe, der kurz danach seine Frau zum Essen treffen wollte, stand er am Fuß der Seilbahn und versuchte, das Gefühl der Selbstzufriedenheit wiederzuerlangen, das er heute bei seinen Abfahrten häufig empfunden hatte. Manche Menschen kriegen nicht einmal fünf Sekunden, in denen sie die Schönheit des Lebens erblicken, dachte er noch einmal. »Fünf Sekunden«, wiederholte er, diesmal laut.

Einige Stunden später stand er wenige Meter links von ebendieser Stelle. Er fand, daß er diesen Tag nicht mit einer Fahrt nach unten beenden konnte; das Gefühl nach den Abfahrten, wenn er hier an dem Kreisverkehr auf dem Àdám-Clark-Platz stand, war zu mächtig: Diese Seilbahn konnte ihn niemals nach Hause bringen. Als er bei dem Mädchen, dessen Schicht drei Stunden zuvor begonnen hatte, eine Fahrkarte löste, bemerkte er weder ihre unfreundliche Miene noch den Tonfall, in dem sie ihn *»Eine Fahrkarte für Sie, mein Herr, heute?«* fragte, noch, wie sie ihrer Freundin am Drehkreuz etwas zurief. Er bemerkte auch nicht, mit welchem Sarkasmus ihre Freundin ihn in die Kabine bat. Er dachte an die Wonnen der Auffahrt mit einer Vorfreude, die er, das wußte er, bei späteren Erfahrungen als Maßstab des guten echten Lebens benutzen würde, er dachte an das erste unbeschreiblich köstliche Zittern, wenn die Kabel sich zu bewegen begannen. Vielleicht würde in späteren Jahren schon bei dem Gedanken an die Budavári Sikló (das Holzschild mit dem ungarischen Namen der Seilbahn bemerkte er erst auf der letzten

Fahrt) vor Glück alles surren und flirren. Dann konnte er vielleicht kein Bild von der Seilbahn anschauen oder in einem Reiseführer in dem Reisebuchladen neben seiner Wohnung in Toronto etwas über sie lesen, ohne zu spüren, wie ihm ein elektrisierender Schauder über den Rücken lief. Er würde sich an Sonnenuntergänge erinnern, die den ganzen Tag dauerten, und an die fünf Sekunden, angesichts deren die übrigen siebzig Jahre fast die Mühe wert waren.

John lag auf dem Bauch, das Kinn auf Hände und Sofapolster gestützt. Vorsichtig schob sie ihm mit dem warmen Waschlappen das Haar auseinander und hob – sanft, schmerzhaft brennend – die roten und braunen Schichten weg. Sie roch wie eine Blume. Ihre Hände bewegten sich sehr langsam. Sie entschuldigte sich dreimal für Scotts Abwesenheit, fragte zweimal, ob sie ihm weh tue, rang den Lappen aus, sagte, es sei wunderbar, daß John hierherkomme, wenn er verletzt und in Not sei, wunderbar, daß er zuallererst auf seinen Bruder vertraue. Er fragte sich, ob sie es ernst meinte, überlegte, was sie wußte und was Scott über ihn erzählte. Sie ließ eine Hand ruhig, beschwichtigend auf seinem Hinterkopf liegen und knetete ihm mit der anderen sanft den Nacken. Bald interessierte es ihn nicht mehr, ob sie es scherzhaft meinte oder nicht.

Scott, sagte sie, habe ihr viel über das Leben der Brüder in dem wunderschönen Kalifornien erzählt, und eines Tages würde sie auch gern einmal dorthin fahren, nun hätten sich die Zeiten ja geändert, nicht wahr? John kam zu Scott, am Kopf verletzt? Sie erzählte die Geschichte, die sie nur aus zweiter Hand kannte, einer ihrer Hauptfiguren: Ein paar Kinder hatten John gehänselt, weil er so dick war, und als er sich wehrte, kriegte er einen Schlag auf den Kopf, wie diesmal. Und genau wie diesmal suchte er auch damals Hilfe bei Scott, und Scott verprügelte zwei der Kinder, während John blutend und weinend zusah. John hörte sich diese Episode aus seiner Kindheit an – zutreffend, nur daß die Rollen der Brüder vertauscht waren –, korrigierte sie aber nicht. Ja, er überlegte angesichts ihres Tons sogar, ob sie vielleicht doch wußte, daß man ihr eine spiegelverkehrte Version erzählt hatte, und sie ihn nun provozieren wollte, damit er ihr sagte, wie es wirklich gewesen war.

Wie Scott gewesen war, wußte John natürlich noch. Dick war er gewesen, lächerlich dick und fett, erinnerte sich John mit lebhaftem Vergnügen, aber im Grunde war er, ganz unabhängig von seiner mageren, muskulösen körperlichen Erscheinung, immer noch fett. John schloß die Augen und horchte, wie der Waschlappen beim Auswringen über der Schüssel tröpfelte. Während sie ihm in der Küche etwas Kaltes zu trinken einschenkte, redete sie über Scotts Leben, zählte liebevoll Scotts Heldentaten auf und dachte gar nicht daran, daß sein Bruder das wahrscheinlich alles schon kannte; John fand ihre Naivität reizend. Sie redete über sportliche Erfolge, die Scott nie gehabt hatte, verwöhnte John mit Akten pubertärer Rebellion, die er als Bravourstücke ihrer Kindheitsfreunde erkannte, doch nun spielte Scott in allen die Hauptrolle – wie er einmal die Feuerwerkskörper falsch aufgestellt hatte, wie er sich einmal skandalös nackt gezeigt hatte, wo er mit der Farbdose gesprüht hatte, wie er Gitarre spielte. Nun war sie ganz nahe bei ihm, gab ihm das Eiswasser und gesundes Essen, drängte ihn, etwas zu sich zu nehmen, fragte ihn, was ihm an Kalifornien am besten gefiel, und dann (und aus irgendeinem Grunde wußte er, daß das als nächstes kommen würde, er hätte den nächsten Satz für sie formulieren können) erzählte sie, wie das kleine Mädchen aus dem Swimmingpool gerettet wurde. Doch in ihrer Version verwandelte sich der voll angekleidete, nasse John, der nach Luft schnappte, als er das Mädchen auf die Terrasse zog, in den nassen, angezogenen, nach Luft schnappenden, ziehenden Scott. »Es war viele Tapferkeit, stimmt das nicht?«

»Ein tapferer Mann, unser Scott«, pflichtete er ihr bei und berührte ihre Wange. Dann setzte er sich aufrecht hin, als sei eine Last von ihm genommen, und alte Wunden vernarbten glatt und rasch wie im Zeitraffer: Scott hatte nichts zu bieten, auch in der Zukunft nicht. Seit Jahren verfolgte John einen schwindenden Rücken. Jetzt hatte er ihn eingeholt, ihn umgedreht und sein Gesicht gesehen, und stellte fest, daß er die ganze Zeit den Falschen verfolgt hatte. Scott wollte Johns Vergangenheit? Mein Gott, die konnte er haben; John brauchte sie ganz sicher nicht. John tauschte sie mit Freuden für die Gegenwart. Es war nur schade, daß Scott die zupackende Mária nicht ernst nahm, denn dann wäre das Ganze noch lustiger geworden: der Blumenduft und ihre Nähe. Das einladende Lächeln. Ihre Lippen wichen nicht sofort aus. Sie reagierte zögernd. Dann eine weiche Wange, damit wollte sie ihn vielleicht sanft zurückweisen. Doch dann wieder die Lippen. Seine Hände an dem übergroßen T-Shirt der Alma mater seines Bruders, das Bild des Unimaskottchens, vom achtlosen Waschen bröckelig, von ihren Rundungen verzerrt, kratzig in seiner Hand. Ihre lächelnde Bemerkung zur Uhr und der Zeit, die bis zu Scotts Rückkehr noch blieb: »Ein tapferer Mann, unser John.«

Teil zwei

Der Horváth Kiadó

I.

Fragen Sie, beschwipst und in jugendlichem Überschwang, Imre Horváth nach etwas so Hochgestochenem wie dem Sinn des Lebens oder wozu er auf dieser Erde weilt. Oder stellen Sie ihm, wenn Sie sich unbekümmert die Zeit damit vertreiben, die Blonde am anderen Ende des vollen Zimmers zu beäugen, die banale Frage, warum er bei fast jeder Gelegenheit, selbst auf dieser Cocktailparty, Milch trinkt. Besorgt um die Pflege Ihres Diplomatenanzugs, fragen Sie ihn, wieso seine italienischen Anzüge, in Anbetracht des gegenwärtigen Zustands der ungarischen Bekleidungsindustrie, so wunderbar geschnitten und picobello chemisch gereinigt sind. Wenn Sie über ein eventuelles Buch oder einen eventuellen Artikel nachdenken (die wahrscheinlich über ein paar hingeworfene Stichworte auf einer feuchten Serviette nie hinauskommen), fragen Sie ihn, ob der Kommunismus je wieder nach Ungarn zurückkehren oder die Demokratie sich halten wird. Suchen Sie nach Gemeinsamkeiten und fragen Sie ihn, warum die ungarische Fußballnationalmannschaft in diesem Jahr schwächelt. Versuchen Sie, dieses kleine Land zu verstehen, in dem Sie ein paar jetlagträge Tage verbringen, bevor Sie die Wunder Wiens und die Parties in Prag genießen, und fragen Sie Imre Horváth, wer seinem Volk mehr Leid zugefügt hat, die Nazis oder die Russen. Doch einerlei, was Sie ihn fragen, o Westler, seine Antwort wird stets mehr oder weniger gleich ausfallen.

Zuerst wird er eigenartig liebenswürdig lächeln. Wenn man nichts über den Mann weiß, erscheint einem dieses Lächeln entwaffend tiefgründig, ein wenig amüsiert, sogar ein wenig albern, genau benennen kann man es nicht. Er scheint etwas zu wissen, sich aber einfach nicht dazu durchringen zu können, es einem zu erzählen, was er und Sie wiederum beide witzig finden, wenn auch nicht in gleicher Weise.

Wenn Sie aber mehr von seinem Leben erfahren, wenn Ihr Gastgeber Andeutungen auf das eine oder andere Ereignis hat fallenlassen, ist das Vorgeplänkel auf einmal gar nicht mehr lachhaft. Imre Horváth wird einer der seltenen, eindrucksvollen Menschen, über die man sich niemals auch nur im geringsten mokieren würde. Vielleicht haben Sie von seiner Haft gehört. Er verlor alles, floh aus Ungarn, baute das Familienvermögen wieder auf, ging trotz drohender Gefahren (und wahr gemachter Drohungen) mehrfach zurück. Sie haben auch gehört, daß er in Gefängniszellen und vielleicht sogar Folterkellern saß, mit Männern, die nun 1989/90 in einem märchenhaften Akt der Gerechtigkeit durch freie Wahlen in Ungarn an die Macht gekommen sind.

Jetzt vermuten Sie eher, daß sein Lächeln Ausdruck eines Kampfes ist. Scherze macht er nicht. Er muß unter den Kommunisten schrecklich gelitten haben, und Sie können sich vorstellen, daß das Lächeln dicke Schichten grauenhafter Erinnerungen überwinden und sehr stark sein muß, um sichtbar zu werden. Es muß sich als stärker erweisen als die allgegenwärtige Erinnerung an die Tyrannei (die, weiß man es denn, wahrscheinlich genauso weh tut wie die Tyrannei selbst).

Imre Horváth ist ein großer, breitschultriger Mann, der mit seiner Haltung, seinem Tonfall, seinen Gesten, seinen großen Händen vermittelt, wie stark er ist. Sein silbergraues Haar fällt in einem dichten Schwall gerade nach hinten bis fast auf die Schultern. Für einen Mann seines Alters trägt er es lang, doch jünger will er sich offenbar nicht damit machen. Seine Augen sind durchscheinend blau, haben die Farbe von flachem Wasser in einem Swimmingpool. Trotz seiner achtundsechzig Jahre sind sie klar, und in dem Weiß sieht man keine Adern. An seinem Blick merken Sie, daß er viele Prüfungen bestehen mußte. Hinter seinen melancholischen, amüsierten Augen liegen unauslotbare Tiefen, doch er möchte Ihre Fragen nach bestem Wissen und Gewissen beantworten und Ihnen helfen, eine Zeit zu verstehen, die Ihnen (besagt sein Lächeln) wie Urgeschichte vorkommen muß. Denn Sie sind ein Kind und kommen aus einem Volk von Kindern.

Vielleicht werden Sie zu empfindlich. Wenn er (trotz perfekten Sehvermögens) die Augen zusammenkneift und Sie anschaut, meinen Sie, daß sich in Haut und Muskeln etwas Bedeutungsvolles mitteilt, ebenso wie in den Augenbrauen, die sich aufeinander zuschieben und, wenn sie sich treffen, in ach so mildem Amüsement heben und auseinanderstreben. Dabei ist dieses Amüsement selbst schon heroisch, denn Gott weiß, was für Mächte, haben Gott weiß, was für Anstrengungen unternommen, es ihm auszutreiben.

Wenn Sie ihm Ihre kleine Frage stellen – sei sie profund oder prosaisch, zu Tee oder Tyrannei –, wirkt er, als staune er über den unwahrscheinlichen, süßen Triumph des Lebens und der Gerechtigkeit, daß es nun eine Welt gibt, in der Sie, junger Mensch (auch wenn Sie fast so alt sind wie Imre selbst), sich ohne Diktatoren beweisen und entwickeln können und die Zeit und die Freiheit haben, sich mit solcherlei Fragen herumzuschlagen. Ihm gefällt diese neue Welt, die Sie und Ihre Neugierde so bezaubernd repräsentieren.

Nur ein, zwei Sekunden sind vergangen, und er spricht. »Oooh, mein Freund ...« Das »Oooh« klingt satt wie ein langer Strich auf einer leeren Cellosaite, ist voller Gefühl, Geschichte und wieder diesem milden Amüsement. »Oooh, mein Freund, Sie müssen verstehen, wie es war, hier zu sein«, sagt er mit einem Akzent im Englischen, den er nie verloren hat. »Ich hätte nie ... oder vielleicht sollte ich zuerst sagen ... nein. Das heißt auf dem Meeresboden fischen. Und dort ist nichts anderes als eines alten Mannes ... Statt dessen nur das: Vor gar nicht allzu langer Zeit, bevor Sie zu Besuch in unser wunderschönes Land kamen und hier in unserem bescheidenen Budapest lebten, war es eine andere Stadt. Auf den Oberflächen, ja, da sah es aus wie heute. Aber von dem Ort, der Ihnen jetzt gefällt, war es wahrlich sehr verschieden. Mir gefallen die neuen Nacht- und Tanzclubs sehr, die die jungen Leute ins Leben gerufen haben. Da verdanken wir Ihnen viel ... Oooh, wissen Sie, damals gab es in dieser Nation keinen Platz für den Mann, welcher sich nicht hat verbiegen lassen, welcher keine Lügen schluckte, welcher nicht den Papagei in einem Zimmer voller Schwachsinniger mimen wollte. Für einen solchen ... solchen, soll man sagen, *Narren,* war absolut kein Platz, außer er gehörte vielleicht in Kerker. Und dennoch: ein solcher Mann zu sein, ein Narr, für den kein Platz ist, eine Spezies, die so unglaublich ist wie ein mythisches Ungeheuer, das den Körper eines Löwen und den Kopf eines Menschen hat und doch echt ist. Echt, aber unglaublich. Können Sie sich vorstellen, ein solcher zu sein, an einem solchen Ort? Ich hoffe, Sie müssen nie ein solcher sein. Sie haben großes Glück, und man hat Ihnen etwas Großartiges geschenkt. Und Sie werden Großartiges vollbringen, das sehe ich in Ihrem Inneren, absolut. Doch damals, die armen Schwachköpfe in der Regierung, in den Verhörkellern der Geheimpolizei und den anderen Spielzimmern verkümmerter, grausamer Kinder – was sollen diese armen Schwachköpfe tun, wenn ein solches wildes Tier frei herumläuft? Sie bleiben stehen. Sie glotzen. Sie suchen hektisch nach Befehlen. Sie konsultieren geheime Handbücher und halten Geheimtreffen ab. Sie versuchen grausam zu sein, denn zu etwas Sonstigem fehlt ihnen die Phantasie. Unbehaglich flüstern sie miteinander. ›Wir können nicht erlauben, daß er existiert‹, sagen sie. ›Aber wir wissen nicht, wo wir ihn hinbringen sollen, und er steht dort so echt wie ein Baum. Können wir dem Volk sagen, es soll nicht hinschauen? Oder sagen, er ist nicht, was er zu sein scheint? Sollen wir schweigen? Dann geht er vielleicht weg. Können wir ein solches Untier töten, oder wird es vom Tode auferstehen?‹ An dieses komplexe Problem rührt Ihre feine Frage, mein Freund. Ooh, schwierig, schwierig, wie soll ich wissen, wieviel ich Ihnen erzählen soll ...«

Ihre Frage ist schon vergessen, vor allem Sie selbst haben sie vergessen. Entweder haben Sie nur Small talk gemacht, als Sie sie gestellt haben, denn Sie haben nicht geglaubt, daß Sie mit einem solchen Mann über gewichtige Dinge diskutieren würden, und sind jetzt angenehm überrascht, fast eingeschüchtert von dem Vertrauen, das er Ihnen schenkt, oder Sie wollten nach etwas fragen, von dem Sie, wie Ihnen jetzt klar wird, fast keine Ahnung haben. Aber sie werden nun, heute abend auf der Cocktailparty, alles Wesentliche erfahren, ein unbezahlbares Geschenk. Ihnen, der Sie sonst nur durchs Leben gleiten und mit seiner Oberfläche in Berührung kommen würden, wird ein unverhoffter Blick darauf gewährt, wie die Welt *wirklich* sein kann. Diese Ikone aus Fleisch und Blut, die unter dem Ansturm der Geschichte nicht gewankt hat, steigt von Sockel und Granitpferd ab und stellt sich neben Sie, nickt ernst und erlaubt Ihnen, Ihre winzige, zitternde Hand auf sein pochendes Herz zu legen.

Und dennoch mangelt es ihm nicht an Demut. »Ich hoffe, ich langweile Sie nicht mit diesem albernen Gerede.« In jeder Geste und in jedem Wort steckt die stillschweigende Annahme, daß das, was er getan und gesagt hat, exakt, ja zwangsläufig das ist, was Sie getan und gesagt hätten. Und mit einem zaghaften Nikken und rot vor Freude über dieses unwahrscheinliche, schier unglaubliche Kompliment, bedanken Sie sich bei diesem Mann voller Demut, daß er sich trotz eines doch sicher sehr vollen Terminkalenders die Zeit nimmt, um seine Botschaft einem solch unwürdigen Zuhörer mitzuteilen.

Heute, am 15. Juli 1990, tritt Imre Horváth in diese Geschichte ein, und zwar trotz seiner Würde und Erhabenheit als Aktenordner, der zuunterst in einem Stapel anderer Aktenordner auf einem Schreibtisch liegt, dessen Platte von dem vom Fluß reflektierten Sonnenlicht golden glänzt. Demütig wartet er, bis er an die Reihe kommt.

II.

Die Julisonne, die länger über der Stadt verweilte als ihre Cousinen im April oder Februar, schien erst am späten Nachmittag in Charles Gábors nach Westen gehendes Fenster mit Blick auf die Donau. Zu dem Zeitpunkt hatte er schon fast fünfundzwanzig seiner täglichen Portion Akten durchgearbeitet. Manche beanspruchten nur sehr wenig von seiner Zeit: Bilanzen mit gefährlicher Schieflage; dreiste Zusagen von 1500 Prozent Rendite auf

Kapitaleinlagen innerhalb von »vielleicht höchstens sechs Wochen, sind wir getrost, nach vorsichtiger Veranschlagung«; ungenügend reizvolle Hinweise auf ungenannte Erfindungen; liebenswürdige Offerten von 49prozentigen Partnerschaften im Austausch für »gehörige Investitionen in Umschulung der Belegschaft, Rückkauf des Maschinenparks samt Werkzeugen, Neuentwicklung der Produktionsprozesse, Neubewertung des Marketing und Neuaufbau der Vertriebswege. Die Managemententscheidungen werden selbstverständlich in den Händen der Experten bleiben, die mit den betrieblichen Abläufen dieser Produktionsstätte derzeit Erfahrung haben«. Andere Akten boten ein liebenswertes, weichgezeichnetes Bild halbleerer Läden, betagter Schiffscontainer, wettergegerbter Weingärten, Reihen gezwungen lächelnder alter Frauen mit Kopftüchern, die in Handarbeit traditionelle ungarische Trachten nähten.

Manche Akten verdienten etwas mehr Aufmerksamkeit: Einzelaufstellungen von fixem und flüssigem Vermögen, eingereicht von der staatlichen Privatisierungsbehörde (dieser einzigartigen neuen Verwaltung, der es oblag, dem privaten Sektor das Eigentum zurückzuverkaufen, das man ihm vor vierzig Jahren gestohlen hatte); nicht gänzlich illusorische Verkaufsprognosen für nicht gänzlich unerwünschte Produkte; das Management flüchtig vertraut mit westlichen Buchführungsstandards; die Anträge von sechs verschiedenen, seit Kindertagen befreundeten Paaren, die Sportgeschäfte eröffnen wollten. Nichts davon würde irgendwohin führen, dessen war sich Charles sicher. Sein ganzer Job war ein Witz. Nichts, mit dem die Ungarn hier ankamen, würde jemals in New York Zustimmung finden, das allerdings so sehr damit beschäftigt war, Prag mit Geld zuzuschütten, daß es auf die Magyaren nicht groß achten konnte. Er war offenbar nur wegen eines PR-Gags in diese Provinz geschickt worden.

Als der Stapel nur noch aus zwei Akten bestand und die Sonne hell hinter ihm schien, lehnte er sich in seinem Stuhl zurück und streckte die Arme über dem Kopf aus, bis seine Ellenbogen knackten und seine Fingerspitzen das Fenster berührten. Gähnend griff er zuerst nach der unteren Mappe; mit solchen Spielchen gestaltete er sich sein ödes Tun manchmal einen Hauch unterhaltsamer. Später sollte er etwas von Vorahnung, plötzlicher Eingebung, einem Spürnäschen fürs Geschäft faseln.

Sehr geehrte Damen und Herren,
die betreffende Information unter der Anlage ist in bezug auf den Horváth Verlag, welches Verlagshaus sich seit Datum des Jahres 1808 im Besitz der Familie Horváth befindet. Das derzeit vorsitzende Oberhaupt der Familie ist Herr Horváth Imre, Generaldirektor des Verlages. Er steht für Gespräche über möglicher Investitionen, Joint-ventures oder andere vorstellbare Formen einer Beziehung gern zur Verfügung. Wenn die betreffende Geschichte und die Finanzdaten für Ihre Firma Interesse wekken, ist Herr Horváth bereit, zu einer Zeit Gespräche zu führen, die entschieden werden soll, wenn beiden Seiten genehm ist.
    Mit allen guten Wünschen für Gespräche aller Art,
    bin ich Ihre bescheidene Dienerin, *Toldy Krisztina*
    Leiterin des Sekretariats
    A HORVÁTH KIADÓ/THE HORVATH PRESS/HORVÁTH VERLAG

Charles durchkämmte das Dickicht der Begleitdokumente in aller Ruhe. Er schob es auf die schlechte Präsentation und seine eigene schleichende Müdigkeit, daß ihm der genaue Standort des Horváth Verlags nicht klar wurde. Die Finanzdaten bezogen sich auf einen Betrieb in Wien, doch der Brief der Dame Toldy und der Name Horváth deuteten auf ein ungarisches Verlagshaus hin. Die Finanzdaten und Fotos besaßen soviel professionellen schönen Schein, daß man sie später genauer überprüfen sollte, doch nichts an dem Deal insgesamt fesselte Charles' ohnehin nicht sehr reges Interesse oder sorgte dafür, daß seine schweren Augenlider leichter wurden. Er schob die Mappe zu den wenigen anderen, weiterer Überprüfung würdigen, von heute und öffnete die letzte Mappe seiner Tagesration. Schon bald erkannte er sie als neu formulierten Antrag, dessen Vorläufer er vor ein paar Wochen wegen unverfrorener Managerinkompetenz lachend abgelehnt hatte, der nun aber dank der Kunstfertigkeit einer amerikanischen PR-Agentur vor glänzenden neuen Adjektiven und Paradigmenwechseln nur so sprühte.

Charles lehnte sich an den Fensterrahmen, schaute hinab zur golden glühenden Donau und merkte, daß seine Gedanken über vertrautem Spätnachmittagsterrain kreisten, der Frustration, Arbeitgebern ohne Mumm gehorchen zu müssen, der Absurdität, Angebote für maximale Investitionen und minimale Mitsprache abzuweisen, und der erschreckenden Aussicht, immer Dienst im Maschinenraum tun zu müssen, aber nie das Steuer übernehmen zu dürfen. Beim Gedanken, daß dies das Land und das Volk waren, die man ihm seit seiner Kindheit verheißen hatte, stöhnte er geräuschvoll, als habe er Magenschmerzen.

Er zweifelte nicht daran, daß ihn sein Studium der Volkswirtschaftslehre und sein angeborener Scharfsinn zu Leitungsaufgaben qualifizierten. Man müßte ihm nur endlich erlauben, daß er seine Führungsqualitäten, seine charismatischen und intuitiven Fähigkeiten dazu benutzen konnte, sich (und natürlich andere) außergewöhnlich ... irgend etwas ... An dieser Stelle stockte er und sah sich gezwungen, die Lücke in seinem inneren Monolog mit dem Wort *wohlhabend* zu füllen, obwohl er wußte, daß es darum eigentlich nicht ging.

In einer Welt, in der Krieg herrschte, hätte Charles sich in der Rolle eines Feldmarschalls besetzt, dessen allumfassendes, keineswegs geheimgehaltenes Wissen über herkömmliche Taktik und Strategie nur von seiner unheimlichen Fähigkeit übertroffen wurde, gelegentlich zugunsten kühner Handstreiche darauf zu verzichten und militärische Operationsgebiete in Schauplätze für seine kalt übermenschliche, pure Genialität zu verwandeln. Doch 1989/90 herrschte nicht nur kein Krieg auf der Welt, sondern es sah sogar so aus, als werde nie wieder Krieg herrschen. Männer von Charles' Format, das wußte er, brauchten andere Schauplätze, auf denen sie agieren, andere Traditionen, auf die sie gelegentlich um vernichtenderer Siege willen verzichten konnten. Ein untergeordneter Posten brachte es nicht, und die Grenzfiliale einer zweitrangigen Risikokapitalfirma war kein solcher Schauplatz.

Und so trafen sich Imre Horváth und Charles Gábor am 15. Juli 1990, wenn sie es auch beide noch nicht wußten.

III.

Am Morgen des 16. Juli 1947 begrub Imre Horváth, fünfund-zwanzig, seinen Vater Károly, neunundsechzig, im hellen Schein der Sonne auf dem Kerepeser Friedhof. Der alte Mann hatte in den vorangegangenen sechsundvierzig Jahren in der dichtbesiedelten Familiengruft der Horváths auf dem Kerepeser Friedhof selbst schon eine Tochter (seine einzige), drei Söhne und eine Gattin deponiert. Sie waren dem Typhus (1901), der Grippe (1918), dem amerikanischen Bombardement (1944), dem russischen Bombardement (1945) beziehungsweise gemeinsamem deutschen und Pfeilkreuzlerbombardement (1945) zum Opfer gefallen. Horváth senior nun war einer nie behandelten chronischen Herzkrankheit erlegen.

Nach einem trüben Mittagessen mit niemandem, den er besonders gut kannte oder für den er sich überhaupt interessierte, marschierte Horváth junior nachmittags inmitten eines düsteren Trauerzugs ins Büro seines Vaters, in ein Gebäude, das trotz weitreichender, ruinöser Spuren von Kriegshandlungen links und rechts neben ihm vergleichsweise wenig beschädigt war. Dort, in dieser Oase des Handels und Wandels, konferierte Imre lustlos mit dem alten Familienanwalt, der einen schäbigen, geflickten Anzug trug. Mit kaum verhohlener Langeweile und einem Herzen, das unsicher war, ob es trauern sollte oder nicht, unterzeichnete Imre die lächerlich formalen Dokumente, mit denen das wertlose Familienunternehmen in seine Hände überging. Er war der sechste männliche Horváth, der den Horváth Verlag seit seiner Gründung leitete.

IV.

Der Verlag wurde 1808 unter einem anderen Namen gegründet, aber 1818 von Imres Urururgroßvater gekauft (auch einem Imre).

Der eigentliche Gründer des Verlags – der Drucker Kálmán Molnár (in ungarisch Molnár Kálmán) – war nach einem Duell, für das er einzigartig schlecht vorbereitet gewesen war, gestorben, denn er hatte in seinem ganzen Leben noch nie einen Schuß aus einer Waffe abgegeben. Den Feuerwechsel überlebte er zwar (und bekam auch gerüchteweise eine gewisse Anerkennung dafür, daß er wie ein Herr, der er nicht war, gestanden hatte und dann umgefallen war), doch zwei Wochen später erlag er seiner infizierten Oberschenkelwunde.

Er hinterließ eine Witwe und dreieindrittel Waisen. Für den ersten Imre Horváth war von größerem Interesse, daß er außerdem eine Druckerpresse, Druckfarben, Druckplatten, Papier, Bindemaschinen und ein Geschäftslokal ohne Hüter hinterließ. Zwei Stunden nach dem Tode ihres Gatten akzeptierte die verzweifelte, trauernde Witwe Horváths mageres Angebot, und Horváth – der angeheuert worden war, die Duellanten durch den Morgennebel auf die Margareteninsel überzusetzen, und den Gatten auf der Wiese dort hatte herniedertaumeln sehen – wurde Eigentümer des schleunigst umgetauften Horváth Verlages.

Des ersten Imres glorioser Beitrag zu dem Geschäft, das sechs Generationen lang seinen Familiennamen tragen sollte, war das von Unicum inspirierte Signet, ein Logo, das zwecks Wiedererkennung unten auf die letzte Seite von Büchern, in die Ecken von Plakaten und allgemein als Firmenzeichen gedruckt wurde. Die Worte *A Horváth Kiadó* verliefen im Kreis um eine reichverzierte kleine Duellierpistole, aus deren Lauf eine Kugel sauste und eine Rauchwolke quoll. Auf der Kugel standen die Buchstaben MK, zum Gedenken an – und für Imre Anlaß zu heimlichem Gekicher und öffentlich feierlich ehrerbietigen Worten – Molnár Kálmán, den schlechten Schützen und unfreiwilligen Gründer des Horváth Verlages.

V.

Unter dem Sohn des ersten Imre, Károly, spezialisierte sich der Verlag rasch auf kaiserliche Bekanntmachungen und Veröffentlichungen (auf ungarisch und deutsch), kleinere Bände mit Gedichtsammlungen und gegen die Habsburgermonarchie gerichtete politische Manifeste, die in den dreißiger und vierziger Jahren des neunzehnten Jahrhundertes am laufenden Band produziert wurden. 1848 schoß die von Károlys Vater gezeichnete, geschmacklose kleine Pistole unten auf Edikten der Regierung, die an Kiosken klebten, Bulletins zur Volkserziehung von reformfreudigen ungarischen Parlamentariern und hinten auf kleinen Gedichtbänden von János Arany. Die kleine Pistole schmauchte auch am Ende eines schmalen Festbändchens zum Geburtstag des einfältigen, epilepsiekranken österreichischen Kaisers: *Ein Buch zu Ehren des Wiegenfestes unseres Königs und Kaisers, Ferdinand von Habsburg, des fünften dieses stolzen Namens, lang möge er regieren und seine Weisheit uns leiten, mit Gottes Segen und zum Nutzen aller seiner treuen ungarischen Untertanen, die unter seiner väterlichen großherzigen Fürsorge blühen und gedeihen.* Doch die MK-Kugel steckte auch auf der letzten Seite einer Sammlung von Versen des ungarischen Revolutionärs, Poeten, Abenteurers und Liebhabers Boldizsár Kis; Titel: *Lieder zur Geburt meines Landes.*

Als Ungarn 1848 – unter anderem von Männern wie Arany und Kis angefeuert – gegen seinen österreichischen Kaiser revoltierte, verlor Károly Horváth natürlich die Aufträge der verjagten kaiserlichen Verwaltung. Außerdem verlor er ein Kind. Sein ältester Sohn Viktor fiel in der Schlacht von Kápolna, einem ersten Zusammenstoß zwischen der neugeborenen, stürmischen ungarischen Republik und ihrem selbstverständlich strafenden österreichischen Vater. Soldaten ungarischer Herkunft fochten auf beiden Seiten. Viktor Horváth, vierundzwanzig, wurde von einer Kanonenkugel getroffen, die ihm Kopf und Hals komplett von den Schultern riß.

Alles war aber noch nicht verloren für den Verlag. Die vorübergehend existierende, unabhängige ungarische Regierung sorgte für rege Ersatzgeschäfte – Bekanntmachungen, Gesetze, noch und nöcher Manifeste und unzählige Bücher von unzähligen selbsternannten revolutionären Dichtern. Bei dem Versuch, sich diese Aufträge zu sichern und seinen zweifelhaften Ruf aufzupolieren, bescherte Károly Horváth seinem Hause aus Versehen auch den dauerhaft ruhmreichen Namen. Der heldenhafte Boldizsár Kis persönlich – der in Horváths Schuld stand, weil der ihm einen beachtlichen Vorschuß für seine *Freimütigen Erinnerungen eines Liebhabers* gezahlt hatte – besiegelte den Erfolg für den trauernden Verleger. Als nämlich die Ungarn auf dem Höhepunkt der tragischen Revolution endlich ihre Freiheit von Wien gewonnen zu haben schienen, lobte Kis wiederholt Károly Horváths Verlag und machte ihn als »Gewissen des Volkes und Gedächtnis einer Nation« berühmt. In einem Brief, in dem er der neuen ungarischen Regierung die Dienste des Verlages anempfahl (später als Essay bearbeitet und vom Horváth Verlag veröffentlicht), ignorierte Kis diplomatisch geschickt Horváths unterschiedslose Tätigkeit für politische Parteien aller Couleur sowie für die Habsburger. Statt dessen besang der Poet den magyarischen Patriotismus der Firma. Er erinnerte seine frisch an die Macht gelangten und nervösen, überarbeiteten Kollegen an den Sohn des Mannes, der sich für die Revolution geopfert hatte. Nachhaltiger noch erklärte er die verborgene Bedeutung des kühnen Signets des Horváth Kiadó, das ja immer Freiheit gefordert hatte – aus Gewehrläufen! –, Freiheit für die Ungarische Republik, die Magyar Köztársaság. MK. Natürlich sei Horváth aus ökonomischen Gründen gezwungen gewesen, für alle möglichen Kunden zu arbeiten, gab Kis zu. Aber sein Firmenzeichen zeuge doch von brennender revolutionärer Loyalität! Die wacklige neue Regierung – nicht sonderlich aufmerksam, weil beschäftigt mit einem Unabhängigkeitskrieg, dessen Ausgang unabsehbar war – bedachte den Verlag mit umfangreichen Aufträgen. Horváth bekam sogar einen Brief voll des Lobes und der Anerkennung, dessen Unterschrift nicht exakt zu entziffern, aber sicher von einem höchst einflußreichen Menschen war.

In einem Gedichtband aus dem Jahre 1849 – der wieder auf Horváths Kosten publiziert wurde, dessen Verkaufserlöse aber im Verlag blieben, bis die noch bestehende Schuld des Dichters getilgt war – veröffentlichte Kis auch diesen schmeichelhaften Vers:

Von unseren tapferen Männern der Druckerschwärze und
*   Druckerpresse*
Kommt Kunde einer aufdämmernden neuen Ära
Und mit der Gewalt einer Kugel, aus einer Pistole gefeuert,
Knallt laut die Kunde vom Neuen, nun nicht mehr zu
*   Leugnenden:*
Unsere Republik, unsere Republik, unsere Republik!

Als die Habsburger im Herbst 1849 mit russischer Hilfe ihre Herrschaft über die aufmüpfigen Magyaren wiederherstellten und eine grausige Welle von Vergeltungshinrichtungen über das Land ging, zierte die Verlautbarungen und Verurteiltenlisten der kaiserlichen Regierung unten ein bekanntes Symbol, und auch nachdem Boldizsár Kis in die Levante entkommen war, trug das Plakat, das ihn zum Feind des Kaisers erklärte, das Horváth-Logo. Aber das taten auch die hoch in Ehren gehaltenen Bändchen mit Kis' Gedichten, deren Auflagen sich, seitdem er auf der Flucht war, besser verkauften denn je zuvor und endlich Horváths Vorschüsse an den entfleuchten Dichter wieder einspielten (und einiges mehr).

VI.

Károly Horváths zweiter Sohn Miklós war ein wenig zu jung für die Revolution und den Krieg, und so erbte er 1860 den Verlag, der eigentlich seinem verstorbenen älteren Bruder gehört hätte. Im gleichen Jahr wurde sein eigener Sohn (und einziger anerkannter Nachkomme) geboren und bekam den Namen seines Urgroß-vaters. Miklós schmiedete zur Feier des Tages ein paar Verslein:

Der Junge wird der Mann
Der Mann wird der Junge
Singt, Musen, für Imre, den Helden der Magyaren
Der uns führen wird in eine Welt des Lichts und
   der Gerechtigkeit!

Unter Miklós' Leitung erlitt der Horváth Verlag gravierende Rückschläge wegen Gleichgültigkeit, denn Miklós war von seinen Versuchen zu dichten entzückter als davon, ein Unternehmen zu führen. Er ließ seine Mitarbeiter fast alle Firmenentscheidungen treffen, mit Kunden und Autoren Geschäfte abwickeln und mit der erstarkten österreichisch-ungarischen Monarchie verhandeln. Sie durften auch die Finanzangelegenheiten regeln, was viele von ihnen zu ihrem persönlichen Vorteil und dem langsamen, aber stetigen Niedergang der Firma betrieben. Aber selbst die ehrlichsten Mitarbeiter erbleichten, als sie die unvermeidlichen Verluste nicht mehr übersehen konnten, die durch die Zwangspublikation von Miklós' Gedichten entstanden, die Band um Band in optimistischen Mengen und immer schmuckeren Ausgaben einer indifferenten Welt vorgeworfen wurden.

Wenn Miklós nicht halbherzig in seinem Familienunternehmen dilettierte, sah man ihn in den Budapester Cafés und Bordellen, wo er, das Haar lang wie Lord Byron vier Jahrzehnte zuvor, Papier, Federhalter und Tinte von Kellnerinnen oder Huren verlangte. Er ließ Frau und Kind ganze Tage hintereinander allein, um zu Fuß über Land zu streifen, und kehrte mit seitenlangen Hymnen an die Natur und sein eigenes unbezähmbares Feuer zurück.

1879 veröffentlichte er – Boldizsár Kis, János Arany, Sándor Petőfi und die anderen Poeten aus dem Pantheon der ungarischen Revolutionsdichtung der Generation vor ihm beschwörend – seine letzte Kollektion, *Wo sind die Heroen der Poesie?*. Jedes Gedicht in dem Buch war angeblich im Stil eines seiner Lehrmeister verfaßt, alle sangen das Lob Miklós Horváths und prophezeiten ihm unsterbliche Größe. Sándor Petőfi meldete sich aus seinem namenlosen Grab vor dem sibirischen Straflager, in das ihn die Habsburger nach der Revolution geschickt hatten:

Singt von dem tapferen Miklós, dessen Herz die Hymne ganz
  Ungarns schlägt
Der über Straßen und Wege in Stadt und Land marschiert und
  geleitet alle die
Lachenden Kinder
Und Frauen mit Brüsten wie griechischen Melonen.

Der Dichter widmete das Buch seinem Bruder Viktor (»der für
seinen Kaiser fiel«) und ließ es – trotz der verwirrten Proteste
und stotternd vorgebrachten finanziellen Einwände seines Ge-
schäftsführers – in Ziegenleder mit eingelegten goldenen Nym-
phen und Sirenen binden. Über den gesamten Buchrücken verliefen parallel dünne schwarze Samtstreifen, und die Signatur des
Poeten war in noch mehr Gold quer über das Titelblatt geprägt.
Siebenunddreißig Exemplare wurden verkauft, Tausende zehn
Monate später vernichtet, als Regenmassen einen Lagerkeller
überschwemmten.

Miklós Sohn Imre wurde 1880 zwanzig Jahre alt und lebte,
obwohl er schon eine Frau und zwei Jahre alte Zwillinge, Károly
und Klára, hatte, noch im Haus seiner Eltern. Imre kannte seinen Vater kaum. Seine Mutter Judit hatte ihn in bedrängten Ver-
hältnissen großgezogen, und da er schon seit frühester Jugend
im Verlag arbeitete, gab er sich keinen Illusionen hin, woher das
Geld kam, wie das Leben war, wenn man keines hatte, oder
wozu das geschäftliche Urteilsvermögen seines Vaters geführt
hatte. Mit zwanzig Jahren nun wurde er Zeuge, wie sein Vater,
der siebenundvierzigjährige gescheiterte, närrische Dichter und
Besitzer einer rapide bankrott gehenden Firma, an Syphilis im
letzten Stadium litt, die ihn buchstäblich seine Nase kostete und
nur wenige Monate später vollständig erblinden ließ.

Miklós' mit schauriger Unerbittlichkeit voranschreitender
Verfall führte dazu, daß er heftig trank und fast ununterbrochen
schrieb, und trieb den sich auflösenden Mann zu melancholischen Gesten und einer seichten, rührseligen Wertschätzung
seiner Familie, die er während seines jahrelangen fruchtlosen
Buhlens um eine unwillige, desinteressierte Muse ignoriert hatte.

Nun, da er in seinen faulenden Adern spürte, daß seine Imaginations- und Ausdrucksfähigkeiten genau deshalb auf dem Höhepunkt waren, weil das Ende nahte, schrieb er Oden an seine Krankheit, den Tod und die heraufziehende Nacht. Er notierte seine Verse in einer zittrigen, wirren halbblinden Krakelschrift, die sich in dem dichter werdenden Nebel verirrte, über die Seiten schweifte, dann im Kreise zurückkam und auf großen weißen Flächen verheddert Tintengespinste hinterließ. Seine Frau und sein Sohn fanden die Gedichte morgens vor ihren Zimmertüren. Da hatte der Verfasser das Haus aber schon verlassen und war in ein Bordell gegangen, in dem er sich besonders gern aufhielt und nun nicht mehr für die Lust, sondern für den Trost vertrauter Stimmen und verschwommener Gesichter derer bezahlte, die sich mit begrenzter Kompetenz, aber berufsmäßiger Zuneigung zu den gleichen Honoraren wie immer um ihn kümmerten. Sein spärlich bekleidetes Pflegepersonal brachte ihm Federhalter und Tinte, Papier und Alkohol.

Der zwanzig Jahre alte Sohn – selbst Gatte und Vater – wußte, daß seine eigene ökonomische Sicherheit nun bestimmte Schritte erforderte. Während Miklós' neueste bekritzelte Seiten das Küchenfeuer anfachten, beriet Imre sich eines Tages mit dem ihm verbliebenen Elternteil seines Vertrauens, wie man am besten weiter verfuhr. Mit Hilfe seiner Mutter und zweier loyaler Geschäftsführer wurde er, der zweite Imre Horváth, später an dem Tag De-facto-Oberhaupt des Verlages und richtete von nun an all sein Bemühen darauf, das gekenterte Familienunternehmen wiederaufzurichten. Das war immer noch ein paar Monate vor dem Tod des eigentlichen Besitzers, der sich bis Januar 1881 ans Leben klammerte, wenn auch weder seine Familie noch seine Firma je wieder von ihm hörten.

Weil er andere Klienten mit seinem syphilitischen Leidensgeheul erschreckte (unfreiwilliges Warnschild auf der ansonsten verführerischen Ware des Etablissements), wurde er am 23. Dezember 1880 unter vielen Entschuldigungen, aber entschlossen aus seiner bisherigen Unterkunft geworfen und in das Haus einer Verehrerin geschafft, einer seiner Prostituierten, einer vierunddreißigjährigen Frau, die ihm das erste von mehreren hundert Malen Freude bereitet hatte, als sie dreizehn war, und über die Jahre zumindest zwei lebende Kinder geschenkt hatte. Er starb in ihrem karg möblierten, winzigen Dachstübchen, auf einer auf dem Boden liegenden dünnen Matratze unter einem abgesplitterten Regal, das er in seiner vollkommenen Blindheit nicht sehen konnte, auf dem aber alle Bände seines publizierten Œuvres standen – insgesamt elf Kollektionen von Gedichten. Sein gräßliches Jammern veranlaßte die anderen Bewohner des Hauses zu zotigen Beschwerden, doch die Frau fütterte und säuberte ihn neun Tage lang. Dabei wußte er nicht einmal, wo er war, wer er war oder wer bei ihm war. Sie hielt ihm einen feuchten Lappen auf die verunstaltete, tropfende Stirn, als er schließlich starb. »Endlich Licht«, sagte er, obwohl seine Augen geschlossen waren. Noch jahrelang erinnerte sie sich an seine letzten Worte.

VII.

Der zweite Imre führte den Horváth Verlag souverän zu höchsten Höhen an Einfluß und Ruhm. Von seinem Coup (dem sich niemand widersetzte) im Jahre 1880 bis zu seinem Tod dreiunddreißig Jahre später, als er dreiundfünfzig war, wuchs das Familienunternehmen und belegte schließlich einen Platz fast im Zentrum einer sich erneuernden Kultur, einer sich wortreich reformierenden Politik und sich fieberhaft rekonstruierenden Stadt. Obwohl mehrere neue Verleger auf den Plan traten und für längst überfälligen Wettbewerb sorgten, tummelten sich plötzlich mehr als genug große ungarische Geister in allen Bereichen, und der Hunger nach Zeitungen, Zeitschriften und Büchern war größer denn je zuvor. Das Signet mit der kleinen Pistole – nun von Kis' berühmten Worten A HORVÁTH KIADÓ – DAS GEDÄCHTNIS UNSERES VOLKES umwunden – schmückte Theaterstücke, Romane, Gedichte, Geschichtswerke, politische Aufsätze, naturwissenschaftliche und mathematische Abhandlungen, Lehrbücher und Partituren einer Gesellschaft, die künstlerisch und wissenschaftlich einen nie dagewesenen Frühling erlebte. Anfang der Neunziger hatte die Firma wie ihre Heimatstadt ihre besten Jahre. Die Bevölkerung wuchs, der Hunger nach Bildung ebenso – es herrschte Frieden. Unter der Horváth-Ägide gesellten sich ungarische Übersetzungen von Shakespeare, Dickens, Goethe und Flaubert zu den einheimischen Werken.

Der Verlag – und Imre – blühten und gediehen. Die wöchentlich erscheinende Sportzeitung *Corpus Sanus* warf von der dritten Ausgabe an Gewinn ab, aber das Geschäft hätte auch schon floriert, wenn er nur die leuchtendbunten Werbeplakate für Konzerte und Kaffeehäuser, Opern und Theater, Alkohol und Tabak, Herrenausstatter und Konfektionäre, Sportveranstaltungen, Kunstausstellungen und Reiseagenturen gedruckt hätte. Sein Wirtschaftsblatt *Unser Forint* (später *Unsere Krone*, *Unser Pengő* und noch später wieder *Unser Forint*) wurde in Unternehmerkreisen breit gelesen, 1890 nahm Imre aber auch gern die nicht unerhebliche Summe für die Publikation des Manifests der Ersten Ungarischen Sozialistischen Arbeiterpartei mit. Und Kaiser und König Franz Joseph hin oder her – man wäre ja ein Narr, wenn man Aufträge von der Regierung ablehnen würde. Die kleine Pistole schmauchte munter vor sich hin. MK! Imre schüttelte die Erinnerung an sein Leben in dem karg möblierten, trostlosen Haus seiner Eltern ab. Allmählich begriff er, daß er mehr als ein erfolgreicher Geschäftsmann war.

Stolz auf seine Garderobe und seine Wohnungen, seinen Reichtum und seinen Geschäftssinn, die Familie und die nationale Tradition, die er verkörperte, betrachtete er sich als Mann der Kultur, als *homme de lettres*, und beschrieb sich auch anderen gegenüber so. In Budapests zunehmend liberaler Gesellschaft machte ihm diesen Anspruch wegen seines Mangels an formaler Bildung auch keiner streitig. Imre betrachtete sich als Giganten, der mit den Beinen in zwei Welten stand – Handel und Kunst –, und hier wie dort frequentierte er die Clubs. Während er aber in der Gesellschaft von Verlegern, Druckern und Zeitungsschreibern herzlich willkommen geheißen und aufrichtig bewundert wurde, blieb er insofern Miklós' Sohn, als er unter Malern, Schriftstellern und Schauspielern glücklicher und identischer mit sich war und auch lieber dort eine Rolle spielte. Oft sagte er zu seiner Frau: »Die Künstler erkennen mich um dessentwillen an, was ich bin; die Verleger beneiden mich nur um das, was ich geleistet habe.« Er war Mitglied des KB, einer Gruppe von Schriftstellern und Malern, die sich regelmäßig zu Abenden, an denen viel getrunken und rezitiert, viel gelobt und beleidigt wurde, im Gerbeaud traf. Man hatte sich nach Boldizsár Kis benannt und disputierte auch gern über ungarische Politik, besonders das Thema der ungarischen Unabhängigkeit. Im Laufe solcher Diskussionen hob Imre dann immer sein Glas zum Gedenken an seinen Onkel Viktor, der für Ungarns kurzlebige Freiheit von Wien bei Kápolna gefallen war.

Aber unerachtet dessen, daß er sich für einen *homme de lettres* hielt, unerachtet dessen, daß so manches Mitglied des KB mit seinem Lebensunterhalt von ihm abhängig war, unerachtet dessen, daß die Künstler im Gerbeaud höflich, ja sogar freundlich und herzlich zu ihm waren – er war keiner von ihnen. Doch (außer in traurigen, rasch vergessenen Momenten der Einsamkeit und Klarsicht) bemerkte er es nicht.

Der Dramatiker Endre Horn benutzte Imre als Modell für Swindleton, den betrügerischen englischen Kaufmann in seiner Farce *Unter kalten Sternen,* und ging sogar so weit, der Figur Zwillinge, Sohn und Tochter, zu geben. Imre fiel die Übereinstimmung nicht einmal auf. Der Dichter Mihály Antall verfaßte Zeilen, die unterderhand weitergereicht und indirekt in Gesprächen erwähnt wurden, die Imre aber nie zu Gesicht bekam. In ungarisch reimten sie sich.

Wenn die Kaufleute Geschmack entwickeln
Und mit zierlichen Schritten schreiten
Und uns Vorträge über Shakespeare halten,
Wer soll dann die Getränke bezahlen?

»Was ist mit dem Gedächtnis unseres Volkes?« fragten sie, wenn Imre nicht im Gerbeaud auftauchte. »Ich beuge mich dem Gedächtnis des Volkes«, antworteten sie lächelnd, wenn Imre beharrlich eine Position vertrat, die alle anderen am Tisch stillschweigend für kulturlos hielten. »Auf das Gedächtnis unseres Volkes!« prosteten sie sich und ihm zu, wenn die Rechnung kam. »Offenbar ist das Gedächtnis unseres Volkes kurz«, scherzte der Komponist János Bálint und gab das Gerücht weiter, daß Imre ein Kind von einer Frau geboren worden war, die nicht seine Gattin war. »Armes Gedächtnis«, murmelten sie leise beim Begräbnis Kláras, der Zwillingstochter, die an Lungenentzündung gestorben war. »Das Gedächtnis wird schlechter«, sagten sie bänglich immer dann, wenn Imres Unternehmen zu schlingern begann, und später, als er von der langen Krankheit, die ihn schließlich umbringen sollte, besorgniserregend dünner und dünner wurde.

VIII.

Der zweite Károly, Imres Sohn, wurde in sein zukünftiges Erbe eingeführt, als er vierzehn war, Oberhaupt der Firma wurde er aber erst einundzwanzig Jahre später, 1913, bei Imres Tod. In seiner zwei Jahrzehnte währenden Lehrzeit lernte er gründlich, wie der Verlag funktionierte, aber auch, wie unfähig sein grandioser Vater war. Während die Jahre vergingen und der längst überfällige Erbe in seiner untergeordneten Position verblieb, wurde ihm mit jedem Quartal klarer, daß der Verlag zwar erfolgreich war, aber weit mehr floriert hätte, wenn er und nicht sein lascher, kunstvernarrter, dem neunzehnten Jahrhundert so sehr verhafteter Vater am Ruder gewesen wäre. Imres Siege waren aufreizend leicht, Károly hätte mehr daraus gemacht. Imres Mißerfolge waren eklatant; so unvorsichtig oder vorsichtig, vertrauensselig oder mißtrauisch, kühn oder feige wäre Károly nie gewesen. Als sich Imre und der Verlag immer mehr auf ihn verließen, merkte auch die Belegschaft, wie sehr der Kronprinz den König verachtete, und selbst Imres tumbere Freunde in Geschäftskreisen rieten ihm kichernd, sich einen Vorkoster zu nehmen. 1898 dann gewöhnte sich ein Witzbold im KB an, Károly vor Dritten Brutus zu nennen. Imre selbst sprach lieber von »dem Wunsch des Jungen, die Tradition der Familie aufrechtzuerhalten« und seine Aufgabe im Leben der Nation zu erfüllen. Insgeheim fragte er sich aber auch, wie er sich die Verachtung seines Sohnes zugezogen hatte. Denn als kleiner Junge hatte Károly seinen Vater geliebt, ihn verehrt, seine Sprache und Gesten imitiert und seiner Mutter mit sechs Jahren gesagt: »Papa und ich sind in allen Dingen gleich. Wir sind aus dem gleichen feinen Holz geschnitzt.«

Ein Teil des Problems begann im KB. An einem Sommerabend, als Károly zwölf war, wurde ihm zum erstenmal die Ehre zuteil, seinen Vater ins Gerbeaud zu begleiten, und der Junge sah sofort, daß die anderen Männer sich anders kleideten als sein Vater. Sie redeten auch anders. Und wenn sie sich dazu herabließen (deutlich widerwillig, fand Károly), mit dem Jungen selbst zu sprechen, ahnte er ihr Gelächter dahinter. An dem ersten Abend führte der Maler Hanák dem Jungen einen simplen, aber gekonnten Trick vor. Der schmuddelige Künstler ließ sich von Horváth senior eine Banknote geben, zeigte sie dem Kind, faltete sie winzig klein und verbarg sie dann in seiner riesigen Pranke. »In welcher Hand ist der schnöde Mammon, Károly, mein Sohn?« fragte er zu des Jungen wachsender Abscheu. Károly zeigte zuerst auf die eine, dann die andere Hand des Malers. Wie ihm die behaarten Knöchel und farbbeschmierten Finger zuwider waren! Zuerst ging knackend die eine, dann die andere Faust auf, in beiden sah man nichts als Farbflecke auf Handflächen aus Spaltleder, die Károly an die Ballen in den Pfoten seines geliebten Pumi-Hundes erinnerten. »Ein Wunder, was, mein Kleiner?« sagte der Maler. Dann drehte er sich um, trank und plauderte und ignorierte den Jungen, der ihn aber trotzdem fragte: »Da wollen Sie also Papas Geld behalten?« Sein Vater hörte es nicht. Der Maler lachte und hob sein Bierglas auf die Jugend. »Na, von

Zauberei verstehst du ja was, mein Kleiner«, sagte er und drehte dem Kind, das aus seiner Unzufriedenheit keinen Hehl machte, wieder den Rücken zu.

Károly hatte die Einladung zu seines Vaters besonderem Abend als Zeichen verstanden, daß er ihm nun ebenbürtig war und als Berater dienen konnte. Der Zwölfjährige nahm sich die Verantwortung zu Herzen. »Ich mag die Männer nicht«, sagte er ernst zu seinem Vater, als sie an den endlosen Baustellen um den Deák-Platz und durch die Andrássy út nach Hause gingen. »Irgendwas stimmt nicht mit ihnen. Der Schmutzige hat dir das Geld gestohlen.« Károly war wütend, nicht zuletzt, weil man ihn als Komplizen beim Diebstahl am Reichtum seines Vaters (mithin seines eigenen) benutzt hatte.

Sein Vater schlug ihm ziemlich fest auf den Mund. »Er hat es nicht gestohlen, und er ist auch nicht schmutzig«, sagte er leise, als der Junge sich mit der Hand ins Gesicht fuhr. »Er ist ein großartiger Maler. Er braucht das Geld mehr als ich. Sollte ich ihn in Verlegenheit bringen und es zurückverlangen? Würde dir das gefallen, mein kleiner Philister? Soll ich schreien, ich sei reich, wenn er arm ist? Nein. Ich tue ihm damit ganz bewußt einen Gefallen. Dafür erschafft er großartige Dinge, die ich bewundere –« In zunehmend leichterem Tonfall sprach der Vater ausführlich darüber, wie taktvoll Kunstmäzene vorgehen müßten. Die Männer des kb seien ihm (an Talent) überlegen, (im Geschmack) gleichgestellt und (in Reichtum und Erfolg) unterlegen. Der Junge versuchte eine Weile lang zu begreifen, was er falsch gemacht und Falsches gesagt hatte, hörte aber dann nicht mehr zu und wurde nur noch zorniger und verwirrter. Mit der unerschütterlichen Gewißheit eines Zwölfjährigen befand er schließlich, hier sei ein geltendes Prinzip verletzt worden. *Diese Männer sind Kriminelle. Und Vater ist ihr Opfer, wenn er es auch nie zugeben wird, weil er sich schämt.*

Auf dem Rest des stummen Nachhausewegs freute sich Károly schon darauf, die Ereignisse des Abends mit seiner Zwillingsschwester zu besprechen, denn ihre Klugheit achtete er mehr als die aller anderen. Aber als sie zu Hause ankamen, sagte seine

Mutter, Klára habe sich nicht wohl gefühlt und sei früh zu Bett gegangen. Die Lungenentzündung, die an dem Abend meuchlings anzugreifen begann, beendete kurz danach Kláras kurzes Leben, und bis zum Ende seines eigenen Lebens konnte Károly nie ganz das nagende, irrationale Gefühl abschütteln, daß der KB Klára auf irgendeinem Wege tödlichen Schaden zugefügt, auch sie an dem Abend gestohlen und ihn bei dieser bösen Tat ebenfalls zum Komplizen gemacht hatte.

Doch sein Vater ersparte ihm nicht das Geschenk, von Zeit zu Zeit mit zu den Treffen gehen zu dürfen. Nach einer Phase, in der er wegen seiner ersten Reaktion in Acht und Bann getan worden war (die rasch in die Phase des Trauerns um den Verlust von Klára mündete), nahm der Vater den Jungen, der sich auf eine Weise geändert hatte, die er nicht recht benennen konnte, wieder mit. Und wenn Károly wie stets stumm dabeisaß, interpretierte er das als Schüchternheit in einer illustren Gesellschaft. Doch Imre, nun, nachdem der Tod sein Haus so dunkel und seine Frau so ärgerlich distanziert gemacht hatte, mehr denn je süchtig nach den Kultur- und Klatschabenden, wollte, daß der Junge in Gesellschaft geistreicher Männer und Künstler aufwuchs. Diese Männer, erzählte er seinem Sohn auf dem Weg zum Gerbeaud nicht lange nach Kláras Beerdigung, seien der einzige Balsam für die grausamen Wunden, die einem das Leben schlage. Károly verspürte Mitleid mit seinem Vater.

Als er ein paar Jahre älter war, begriff er, daß die Männer des KB wirklich über seinen Vater lachten, wenn sie es auch auf ihm nicht erklärliche Weise verbargen. Nach weiteren stumm dort verbrachten Abenden hatte er außerdem das Gefühl, daß sie versuchten, ihn gegen seinen Vater aufzuhetzen und ihm beizubringen, wie sie heimlich über ihn zu lachen. So hatte Hanák ihn ja auch in den Diebstahl verwickelt. »Sollen wir uns die Meinung von deinem Alten bis zu Ende anhören?« flüsterte ihm der Komponist János Bálint eines Abends mitten in einer langen, mysteriösen Debatte zu, in der es hoch herging und mehrere Stimmen versuchten, Imres ruhiges, unerschütterliches Predigen zu übertönen. »Oder sollen wir die Gelegenheit nutzen, uns hinauszuschleichen und ein bißchen dringend notwendige Luft zu schnappen?« Bálint stand auf, verlagerte sein Gewicht auf das gute Bein und griff nach der Hand des Jungen. Doch Károly entzog sie ihm heftig.

»Ich möchte hören, was mein Vater sagt«, erwiderte er deutlich und bedacht. »Er ist sehr klug, und wenn Sie das nicht sehen, sind Sie sehr dumm.« Wie Károly die letzten Worte gefaucht und den Satz mit einer abrupten Kopfbewegung beendet hatte, fand der Komponist genauso lustig wie der Journalist, der auf Károlys anderer Seite saß. Der Heimweg an dem Abend begann mit einer Ohrfeige, aber die reichte nicht, um Károly Respekt für die erhabene Gemeinschaft des KB einzubleuen, und er ließ sich nun auch nach weiteren stumm verbrachten Zusammenkünften nicht den Mund verbieten. »Er hat versucht, mich an der Hand zu fassen, Vater. Da stimmte was nicht.«

»Der Mann ist verheiratet, hat Kinder, du –« hub Imre an, aber bei dem, was Károly Bálint unterstellte, wurde ihm ganz übel. »Er ist ein großer Komponist –« hub er noch einmal an und versuchte sich zu fassen. Aber etwas anderes als »Steh auf!« wußte er letztendlich nie zu sagen, wenn der Junge nach wieder einmal einem kleinen Klaps nicht sofort vom Bürgersteig aufstand. »Steh auf«, blaffte er. »Herrgott noch mal. Diese Männer sind dein *Land*.«

Der nächste Ausschluß galt fast zwei Jahre lang. Károly wurde in das graue, unglückliche Haus in Gesellschaft seiner stummen, tochterlosen Mutter verbannt, bis ihn sein nur noch selten auftauchender Vater in der Annahme, er sei nun reifer geworden, wieder mit in die kultivierte Gesellschaft nahm. Nun lachte Károly mit den anderen, nicht weil er ihrem unausgesprochenen, insgeheimen Urteil, daß sein Vater dumm, nicht belesen oder fehl am Platze war, zustimmte, sondern weil er, Károly, im Gegensatz zu seinem Vater begriff, daß seine Helden ihn verachteten, und das war bitter lustig. Wenn man sich weigerte, die Wahrheit zu sehen, konnte man kaum erwarten, wegen seiner Blindheit geliebt zu werden.

»Allem Anschein nach hast du dich heute abend sehr viel bes-

ser amüsiert, weil du älter bist. Habe ich recht, mein Junge?«
kam die zufriedene Frage auf dem geruhsamen Heimweg.

»Ich glaube, sie lachen über echte Männer, Vater. Ich halte sie
für verkommen. Sie sind abscheulich. Sie sind nicht mein Land.«
Der Vater dachte zuerst, Károly mache einen kleinen Scherz von
zweifelhaftem Geschmack. Er blieb stehen, musterte seinen Sohn
und sah, daß er nun so groß war, daß er ihn nicht mehr schlagen
konnte. »Komm, Vater«, sagte der Sohn mit genau dem gleichen
Lächeln, das er auf Horns Lippen gesehen hatte, als Imre das gerade laufende Theaterstück eines untalentierten Rivalen gelobt
hatte.

Károly lehnte alle weiteren Einladungen zum KB ab, und sein
Vater war nun, da er das Verhalten des Sohnes mit körperlichen
Strafen nicht mehr bessern konnte, machtlos dagegen. Die Sache
wurde nie diskutiert, und wenn Mitglieder des KB in den Verlag
kamen, um ihre Arbeit zu besprechen, glänzte Károly entweder
demonstrativ durch Abwesenheit oder legte eine tadellose, quasi-
militärische Höflichkeit an den Tag, die seinem Vater Rätsel auf-
gab und dem Historiker Balázs Fekete nach eigenem Bekunden
»Schauer über den Rücken jagte«.

Oberflächlich gesehen sei der Verlag erfolgreich, räumte
Károly dem Vertrauten seiner Wahl gegenüber ein (normalerweise einem sehr niederen Angestellten, der euphorisch war,
weil ein Abglanz des aufsteigenden Filius auf ihn fiel), von
Grund auf aber ungesund, aus dem Gleichgewicht. Sein Vater
und das Wohlergehen der Firma hingen zu sehr von der anhal-
tenden sogenannten Inspiration dieser sogenannten ungarischen sogenannten großen Köpfe ab. Doch davon ganz abgesehen – wenn der Horváth Verlag wirklich das Gedächtnis des
ungarischen Volkes sein wolle, müsse er *ungarische* Autoren
drucken. Man müsse kein Genie sein, um zu erkennen, daß die
Mitglieder des KB unungarisch seien. Wer sich die Mühe mache,
einmal hinzuschauen, sagte Károly seinem einverständigen,
wenn auch stillen Zuhörer, sehe einen simplen offenkundigen
Grund dafür, daß sie aus dem Lachen über echte Ungarn ein
Glaubensbekenntnis machten: Sie selbst seien eben keine. »Ihre

Werke sind fremd, unmagyarisch. Sie beschäftigen sich nicht mit den Belangen des Magyaren. Sie machen Pfuschwerk, bloße Unterhaltung. Sie vernachlässigen ihre Pflicht zur Erziehung und können gar nicht anders. Kein Nichtmagyar kann ausdrücken, was in einer magyarischen Seele wohnt. Eherne Grundsätze sind hier erforderlich«, erklärte Károly, während sein Zuhörer etwas trank, »und nicht wankelmütige Meinungen oder flüchtige Popularität. Eherne Grundsätze.«

Da der Erbe allerdings wußte, daß er kein Debattierkünstler war und sein Wissen seinem Vater nicht schlüssig darlegen konnte, unternahm er große Anstrengungen, die Stimmen zu finden, die es konnten. Obwohl er im Verlag nie sonderlich beliebt war, zog er sich ein paar Angestellte heran, die ihm halfen, die Zeitungen und Bücher zu finden, die ihm vernünftig erschienen. Sehr zu seinem Bedauern wurden diese in der Regel in anderen Häusern gedruckt. Er schämte sich, für einen Verlag zu arbeiten, der offenbar um echte ungarische Autoren einen Bogen machte, um Leute, die in schlichten, klaren Worten die harte, wissenschaftlich begründete Wahrheit schrieben, Männer wie Bartha und Egán, denen die Gesundheit der Nation und nicht billiger Kitzel ein Anliegen war, Männer, die denjenigen, die den Kopf in den Sand steckten, jederzeit gern das Offensichtliche erklärten und bewiesen: Juden waren keine Magyaren. Liberale Lügner waren keine Magyaren. Das dekadente, kosmopolitische Budapest war kaum noch magyarisch. Und in dem Haus, das einst das Gedächtnis des magyarischen Volkes gewesen war, vereinigten sich die närrischen, schnatternden Stimmen der Liberalen, Juden und Künstler und Intellektuellen von eigenen Gnaden zu einer unerträglichen Kakophonie. Schon aus geschäftlichen Gründen, um des Vermögens der Familie, wenn nicht um der Nation willen, mußte Károly seinen Vater zur Räson bringen. Er würde mit den nackten Zahlen argumentieren; nun blieben nur die Profite, um seinen auf Abwegen wandelnden Vater zurück auf den Pfad der Tugend zu bringen.

Als Károly gerade einundzwanzig geworden war, kam Imre eines Morgens zu spät zum Frühstück, weil der Abend im Gerbeaud mal wieder lang geworden war. Károly erwartete ihn an dem noch nicht abgedeckten Tisch. Sein Vater ließ sich langsam auf seinem Stuhl nieder und schaute enttäuscht in die leere Kaffeekanne.

»Aufregender Abend, Alter?« fragte sein Sohn unnötig laut.

»Aufregend, nein. Das würde ich nicht sagen. Erhellend.«

»Erhellend? Mit den Juden und Schreiberlingen? Na, jedem das Seine.«

»Juden und Schreiberlinge?« erwiderte Imre, noch ein wenig beduselt. »Was soll denn das nun wieder?«

Der junge Mann tippte auf einen Artikel in der Zeitung, die aufgeschlagen auf dem Tisch lag, und schob sie seinem Vater zu. »Nichts, das ich nicht auch schon gedacht habe, aber es ist schön, es schwarz auf weiß zu lesen. Schön zu wissen, daß noch Zeit bleibt, unser Vermögen zu retten. Mein Erbe, vergiß das nicht. Zeit, darüber nachzudenken, ob es nicht auf den falschen Fundamenten errichtet ist. Das Gedächtnis *wessen* Volkes, frage ich mich«, schloß der Junge mit einem ironischen Grinsen, das auch im Gerbeaud gut angekommen wäre.

Imre, der einen Kater hatte und wie stets unsicher war, wie er seinen launischen Sprößling verstehen sollte, nahm die Zeitung und fing nach ein paar Sekunden an zu lachen. Er langte über den Tisch und kniff seinem Sohn in die Wange, eine Geste, die er sich, selbst als Károly im entsprechenden Alter gewesen war, nur selten erlaubt hatte. »Fast hättest du mich hereingelegt«, sagte er.

Károly war auf ein notwendiges reinigendes Streitgespräch über Grundsätze vorbereitet und fand nun seines Vaters herablassende Art beinahe so mysteriös, daß er das wissende Grinsen aus seinem Gesicht verbannt hätte. »Wirklich?«

»Diesmal hat Horn sich, glaube ich, selbst übertroffen«, überlegte der Vater.

Mir scheint, begann die Kolumne, über die sich Károly Horváth 1899 so aufregte, *daß die Juden und Schreiberlinge, die unsere Bühnen mit ihren armseligen Stücken und die Stadt mit ihren armseligen Kaffeehäusern verunreinigen und Budapest mit ihren widernatürlichen Gewohnheiten in ein totales Sodom* und *Gomorrha verwandeln, für uns echte Magyaren eine schreckliche Gefahr darstellen. Ich jedenfalls möchte nicht neben ihnen am Tisch sitzen, wenn Gott einen Blitzstrahl herunterschickt, um diese Plage ein für allemal zu verderben. Ich jedenfalls möchte nicht im Theater sitzen und ein erbärmliches, von Geldverleihern verfaßtes Schundstück sehen, wenn die Nation sich endlich voller Abscheu erhebt und den Mimen und Schriftstellern jedes Glied einzeln ausreißt, weil sie wieder einmal eine Zurschaustellung dessen erdulden mußte, was anfälligere Köpfe als ich hartnäckig immer noch als »voller Esprit« und »höchst vergnüglich« und »vielleicht Endre Horns bisher beste Arbeit« besprechen. Ich frage euch, werte magyarische Brüder, wie lange müssen wir noch warten, bis hier endlich Abhilfe geschaffen wird? Wahrscheinlich können wir nicht hoffen, daß Gott diese Entarteten erschlägt, noch ehe das Stück am 18. des nächsten Monats seine letzte Aufführung erlebt, denn in den vollen Häusern, vor denen es spielt, müssen zumindest ein paar anständige, wenn auch irregeleitete Leute sitzen. Wenn aber das rapide auf uns zukommende Jahrhundertende kein guter Zeitpunkt für das Jüngste Gericht ist, bei dem der Abschaum vom Weizen getrennt wird, dann weiß ich nicht, welcher besser wäre. Ich maße mir nicht an, Gott auf seine Pflichten aufmerksam zu machen; das ist Aufgabe des Papstes, gewiß, aber ich freue mich doch auf den 1. Januar 1900. Ich werde mich unter meinem Bett verstecken, und wenn die Flut abgelaufen ist und die Straßen sauber sind und Gott in Seiner Weisheit bereit ist, die goldene Leiter herunterzuwerfen und die Würdigen zu empfangen, die zu ihm hochklettern dürfen, dann werde ich mit allen meinen Freunden und meiner Familie unter dem Bett hervorkriechen, und wir werden leichtfüßig über die sich krümmenden, kreischenden Gestalten dieser sogenannten Dramatiker treten und zum Himmel aufsteigen, wo es sicher bessere Unterhaltung gibt als derzeit im Burgtheater in der Színház utca mit Endre Horns Brutus und Julius und eine bessere Lektüre als Mihály Antalls Knittelverse und sogenannten Liebeslieder,* Zeit des Lichts, *die kürzlich im Horváth Verlag veröffentlicht wurden und närrischerweise brei-*

ten Anklang gefunden haben. Wirkliche Himmelsklänge wer-
den ertönen statt der grausigen Experimente von János Bálint,
bei dessen Musik es anständige Menschen würgt, während die
sogenannten Herren des Geschmacks ihn zum Genie allererster
Güte und zur Zierde der ungarischen Kultur erklären. Ich zu-
mindest habe nicht die Absicht, mir solche Werke anzuhören,
wenn ich zur Linken unseres Herrn sitze, nachdem er mir gesagt
hat, ich könne ungefährdet unter dem Bett hervorkommen, wo-
hin ich schon bald in Vorbereitung auf den heraufziehenden
Sturm kriechen werde.

Károly mußte seine Geduld bis zum Äußersten strapazieren,
um zu verstehen, warum sein Vater diesen ungeheuerlichen,
massiven (künstlerisch hochsymbolischen) Angriff auf seinen
verkommenen prinzipienlosen Kreis (und, bei Gott, sogar unseren Verlag) lustig statt desavouierend und erschreckend fand. Da
hatte er, Károly, in dem Autor Pál Magyar endlich jemanden gefunden, der all den Abscheu in Worte faßte, den er für die
falschen Freunde seines Vaters empfand, die Scham darüber, wie
die Geschicke der Familie mit diesem unmagyarischen Schund
verknüpft waren, und nun lachte sein Vater und gratulierte
Károly, weil er ihn beinahe reingelegt hatte. Die Erklärung kam
quälend langsam.

Die beißende Kolumne, die den KB als Bund der »Juden und
Schreiberlinge« diffamierte, die an dem Morgen Károlys Auf-
merksamkeit erregt und seine eigenen Empfindungen auf den
Punkt gebracht hatte, stammte von niemand anderem als Endre
Horn, eben dem führenden Kopf des KB, der in *Unter den kalten*
Sternen Horváth senior verhöhnt hatte. Derzeit schrieb Horn
(mit umständlichen, komisch unnötigen Täuschungsmanövern)
Kolumnen für die kleine, ums Überleben kämpfende, nationa-
listische antisemitische Zeitung *Erwachende Nation* (Károlys
Lieblingszeitung, die ihm ein Verlagsangestellter, der inzwischen
wegen Trunkenheit entlassen worden war, empfohlen hatte). In
seinen Artikeln vertrat Endre Horn unter dem Namen »Pál
Magyar« extrem nationalistische Ansichten in himmelschreiend
schlechtem Stil. Die Essays mußten so glaubwürdig sein, daß sie

an den mit großen Scheuklappen behafteten, sauberkeitswütigen Herausgebern vorbeigeschmuggelt werden konnten, doch trotzdem so grotesk, daß der Durchschnittsleser sie nicht ernst nahm und sie dergestalt – das war sehr wichtig – als Werbung in eigener Sache für Horn dienten, obwohl er ja hinter seinem Pseudonym gut versteckt war.

Ruhig, von den Umständen gezwungen, Horn zu bewundern, fühlte sich Károly an seinem eigenen Frühstückstisch von dem jüdischen Schreiberling aus der Ferne geknebelt und gefesselt. Er konnte nichts sagen. Und deshalb lachte er. Daß sein Vater seinen eigenen Verlag verriet (erzählte Károly später einem Kollegen), der Ruin eines einst großen Mannes, ließ ihm heiße Tränen der Scham in die Augen steigen. »Ein Mann kann natürlich vernichtet werden, eine nationale Institution aber nicht.«

Doch noch am selben Tag ging er höchstpersönlich in die Redaktion der *Erwachenden Nation* und vergewisserte sich, daß die Redakteure diesen Fehler nicht wiederholen würden. Ein paar prinzipientreue Männer gab es noch auf dieser Welt, auch wenn man seinen Vater nicht mehr dazu zählen konnte.

»Ach, das ist aber schade. Die Hanswurste bei der *Erwachenden Nation* haben Horns Spiel durchschaut«, bemerkte sein Vater eines verkaterten Morgens.

»Wirklich? Was für eine bemerkenswerte Wendung der Dinge.«

IX.

Der zweite Imre Horváth starb 1913, zehn Jahre nachdem er bei Endre Horns sehr aufwendigem, sehr katholischem Staatsbegräbnis eine tränenreiche, später allenthalben parodierte Eloge gehalten hatte.

Bei Imres Hinscheiden war Károly fünfunddreißig, verheiratet und Vater dreier Söhne und bei der Erinnerung an den Tod seiner kleinen Tochter zwölf Jahre zuvor immer noch traurig.

Das Mädchen hatte Klára geheißen, nach Károlys unglücklicher Zwillingsschwester, und war an Typhus gestorben. Doch nun schüttelte er Staub und Zorn- und Kummergespinste ab und stieg endlich zu der Position auf, die ihm schon seit fast zwanzig Jahren gebührt hätte.

Am Tag nach der Beerdigung seines Vaters erstellte er eine Liste von allem, was der Verlag ab sofort nicht mehr drucken sollte. Das lange Dokument begann mit Endre Horns Stücken und ging weiter mit den Werken fast aller Mitglieder des schon lange aufgelösten KB. Dann schrieb Károly alle Zeitungen und Autoren auf, die der Verlag gewinnen sollte, angefangen mit der *Erwachenden Nation*, die in den fünfzehn Jahren ihres Bestehens stetig an Beliebtheit zugenommen hatte. Der neue Chef überprüfte seine beiden Listen und danach – mit Hilfe neuer, vertrauter Partner – noch einmal die Bilanzen. In den nächsten Wochen versuchte er die Kosten der angestrebten Neuerwerbungen sowie die Verluste zu kalkulieren, die seine Firma erleiden würde, wenn er sich der schändlichen Erblasten ein für allemal entledigen würde. Und dann ging er alles noch einmal durch. Manches, obwohl nicht gerade leuchtendes Beispiel für das Gedächtnis des ungarischen Volks, mußte leider bleiben; Horn verkaufte sich noch lächerlich gut. Antall brachte unerklärliches Geld. Aber der Komponist Bálint? Den Schrott hörte doch ohnehin keiner mehr, und ganz gewiß kaufte keiner die Noten für das Gekreische und Getöse. Wie lächerlich sentimental war sein Vater gewesen, die Arbeiten dieses undankbaren Homophilen zu verlegen. Mit einer Lust, die Károly in seinem Leben noch kaum erlebt hatte, kratzte er mit spitzer Feder sehr, sehr langsam die Buchstaben B-Á-L-I-N-T J-Á-N-O-S durch, schlitzte sogar das Papier ein wenig auf, und erinnerte sich dabei an seine eigenen frühreifen Worte, mit denen er vor vielen Jahren im Gerbeaud dem keuchenden Komponisten bei seinem perversen, triebhaften Treiben Einhalt geboten hatte. »Fassen Sie mich nicht an, Sie abscheulicher Mann. Benehmen Sie sich wie ein Gentleman, oder ein richtiger Gentleman wird es Sie lehren.« Selbst in diesem zarten Alter hatte er schon Gut und Böse unterschieden und mutig seine Stimme erhoben. Bálint war ganz kleinlaut und blaß geworden, als er so wortmächtig vor allen seinen schmuddeligen Freunden und noch dazu von einem kleinen Jungen gescholten wurde. »Einem Jungen, von einem kleinen Jungen«, flüsterte Károly laut. Auf der Liste von sechsundvierzig Autoren, Zeitungen und Zeitschriften, die er zu verkaufen oder einzustellen gedachte, waren sechs Autoren und die Zeitschrift *Kultur* nicht profitabel genug, um eine Amnestie zu rechtfertigen: sieben langsame Striche, jeder eine Freude. Die anderen fünfunddreißig Autoren und vier Publikationen mußten weiterhin geduldet und nach und nach ersetzt werden, konnten aber sicher dem Ressort eines Mitarbeiters zugeschlagen werden. Er, Károly, war der Hüter des Gedächtnisses und des Gewissens seiner Nation. Wenn Schmutz und Schund vorübergehend das nötige Geld einbrachten und seine Mission finanzierten, bitte schön, aber die Hände daran schmutzig machen wollte er sich nicht.

Als er im nächsten Jahr seine Firma von dem unprofitablen Schund gesäubert hatte, führte er die Verhandlungen für den Erwerb der *Erwachenden Nation*, die vom 8. Juli 1914 an das bekannte Horváth-Logo in der rechten oberen Ecke jeder Ausgabe trug. Károly bereitete es ein besonderes Vergnügen, seinen monatlichen »Brief des Verlegers« zu verfassen, den er am 27. Juli 1914 auf Seite eins unten einführte. Thema: die ewige unverrückbare Stärke des österreichisch-ungarischen Kaiserreichs. Bei diesem Debüt bediente er sich seines Großonkels Viktor, eines Ungarn, der bei Kápolna sein Leben für die k.u.k. Monarchie gegeben hatte. Er rief seine Landsleute auf, angesichts der aktuellen internationalen Spannungen nicht zu wanken, Stärke werde einen langen Krieg gewiß verhindern, diese Krise vorübergehen und Österreich-Ungarn danach mächtiger denn je zuvor sein. Und obwohl die *Erwachende Nation* nie die Auflage von *Corpus Sanus* – mit seinen Radrennresultaten und Pferderenngeschichten – erreichte, bezeichnete Károly sie immer als das schönste Juwel in der Horváthschen Krone.

X.

Abschlußprüfung, Masters-Studiengang Betriebswirtschafts-
lehre, Essay zu Fragen der Fallstudie, wie sie Károly Horváth
zwischen dem 28. Juli 1914 und dem 16. Juli 1947 gestellt wurden:

Sie sind Oberhaupt eines kleinen, aber höchst erfolgreichen
Verlages in Familienbesitz. Bitte stellen Sie in groben Zügen die
unternehmerischen Entscheidungen dar, die Sie treffen, wenn
folgende siebzehn Ereignisse in dem Land Ihrer Geschäftstätigkeit stattfinden, und zwar unter besonderer Berücksichtigung
dessen, wie Sie Material und Arbeit beschaffen, den Markt einschätzen, Ihre Produktpalette auswählen, die Vermarktung realisieren und integrierte, langfristige, strategische Planungsfunk-
tionen auf höherer Führungsebene etablieren.

i. Ihr Land führt und verliert einen Weltkrieg, Arbeit ist
knapp, die Inflation alarmierend hoch. Sie verlieren Ihren zweit-
ältesten Sohn durch Krankheit, fallen für mehrere Wochen in
eine stumme Depression. Sie beschließen, etliche Ihrer gewinn-
bringendsten Titel nicht mehr zu verlegen, da deren Autoren die
Grippe zu verantworten haben, der Ihr Sohn zum Opfer gefallen
ist. Am Ende der Phase Ihrer Verzweiflung sind die während des
Krieges durch die Veröffentlichung von regierungsamtlichen
Gefallenenlisten, Einberufungsbefehlen, Landkarten und Pro-
paganda erwirtschafteten Einnahmen fast aufgezehrt.

ii. Ihr Land sagt sich los von dem stabilen politischen System,
dem es seit Jahrhunderten angehört; die Politik wird gefährlich,
die Regierung ist schwach.

iii. Eine brutale kommunistische Diktatur entsteht und verstaatlicht Ihren Verlag. Sie verlieren alles und werden verhaftet.
In dem kommunistischen Regime sind beinahe siebzig Prozent
Juden, eine Zahl, die Sie höchst signifikant finden. Ihre Exekution wird vorsorglich schon einmal in dem prallvollen Terminkalender der Kommunisten vermerkt.

iv. Ihr Land verliert noch einen Krieg (eher ein Nachspiel zum
letzten) und wird von Rumänen besetzt, die sich kurzzeitig der

Herrschaft über Budapest erfreuen, es dann zurückgeben und wieder nach Hause gehen. Sie selbst sitzen die ganze Zeit im Gefängnis, das Datum Ihrer Exekution wird zuerst vorverlegt, dann auf unbestimmte Zeit verschoben.

v. Nach nur vier Monaten Kommunismus findet (erfolgreich) eine rechte Konterrevolution statt. Sie werden aus dem Gefängnis befreit, Ihre Firma wird Ihnen zurückgegeben (Sie feuern Ihre drei durch und durch antikommunistischen jüdischen Angestellten, weil Sie sie geheimer prokommunistischer Sympathien bezichtigen), und das neue Staatsoberhaupt, Reichsverweser und Konteradmiral, gratuliert Ihnen persönlich zu Ihrer Tapferkeit. (Er verwest ein Reich, obwohl es keinen Monarchen mehr gibt, in dessen Namen er das tun könnte. Er ist Konteradmiral, obwohl Ihr Land gar keine Meeresküste mehr hat. Es hat sie – so wie siebzig Prozent seines Territoriums und sechzig Prozent seiner Bevölkerung – gemäß dem logischerweise unpopulären und zu viel Bitterkeit führenden Vertrag von Trianon verloren, der den Weltkrieg beendet.) Der Reichsverweser lobt Ihren Verlag als Gedächtnis eines Volkes und das Gewissen einer Nation. Ihnen wird ein Orden verliehen, den Sie in einem Glaskästchen mit einem elektrischen Lämpchen darüber in Ihrem Büro aufhängen. Echte und angebliche Kommunisten werden im ganzen Land en masse hingerichtet. Die Nachfrage nach »national-christlichen« Zeitungen und Autoren ist eine sehr verführerische Grundlage, auf der Sie das Vermögen Ihrer Firma wiederaufbauen können.

vi. Kurzzeitig taucht ein Anwärter auf den ungarischen Thron auf, ein Bürgerkrieg wird knapp verhindert.

vii. Endlich kehren Frieden und Wohlstand in Ihr Land zurück. Es entsteht eine Nachfrage nach den ungarischen Autoren und Wissenschaftlern Ihrer Backlist, die Sie natürlich insgeheim mit Gefängnis, Tyrannei, Mord und Leiden verbinden. Die Einnahmen, die sie Ihnen bescheren könnten, sind zwar lebensnotwendig, aber für Sie ein schwefelstinkender Kompromiß mit dem Bösen.

viii. Die Weltwirtschaftskrise.

ix. Aus den Wahlen nach der Weltwirtschaftskrise gehen – nicht überraschend – die Kommunisten gestärkt hervor. Die neue Regierung des Reichsverwesers flirtet mit Mussolini und Hitler und peitscht Gesetze durch, mit denen Quoten für die Zulassung von Juden zum Universitätsstudium und den gehobenen Berufen festgelegt werden. Dann erklärt man die Juden zu einer fremden Rasse. Bitte listen Sie die umfassenden Möglichkeiten Ihrer Firma zu Profitmaximierung und Übernahmekäufen auf.

x. Noch ein Weltkrieg. Ihr Land, eingeklemmt zwischen zwei sehr großen Kontrahenten, die Ihre Nation eigentlich nicht zu den eigenständigen zählen, versucht mit allen Kräften, sich herauszuhalten. Erläutern Sie im einzelnen Ihre neuen Druckaufträge von Regierung und Militär.

xi. Gezwungen, sich auf eine Seite zu stellen, greift Ihr Land dezent als Mitglied der Achsenmächte in den Krieg ein und hilft zaghaft beim Einmarsch in die Sowjetunion. Die Regierung verbietet Heiraten zwischen Juden und Nichtjuden. Bitte kalkulieren Sie, wie viele Plakate mit Regierungserlassen Sie kurzfristig drucken und in jüdischen Vierteln kleben lassen können.

xii. Auf wiederholtes Beharren der Deutschen hin erklärt die ungarische Regierung widerwillig und diskret den Vereinigten Staaten und Großbritannien den Krieg. Neue Gesetze zwingen die Juden, den gelben Stern zu tragen und in ein Getto in Pest umzuziehen. Nach ersten Versuchen, Juden in die Todeslager zu deportieren, stoppt die Regierung die Transporte, weil die für das Zusammentreiben der Menschen verantwortliche Budapester Polizei zu rebellieren droht. Bitte kalkulieren Sie noch einmal die Einnahmen aus den Plakaten und berücksichtigen Sie dabei sowohl die Deportationsbefehle als auch deren Widerrufe.

xiii. Die Regierung läßt gegenüber ihrem deutschen Alliierten durchblicken, daß sie jetzt gern aus dem Krieg aussteigen würde, ohnehin ja nur eingestiegen ist, um ein wenig von dem ungarischen Territorium zurückzukriegen, das im letzten Weltkrieg verlorengegangen ist, und gegen die Briten und Amerikaner ernsthaft eigentlich nie was gehabt hat. Der nunmehrige Regent führt Geheimverhandlungen mit dem Westen und verkündet den mit ihm geschlossenen Separatfrieden öffentlich über den Landesrundfunk. Woraufhin Ungarn von seinem düpierten deutschen Verbündeten postwendend besetzt wird. Der ausgeklügelte diplomatische Trick des Regenten erweist sich als unnütz: Deutschland und seine ungarischen Pfeilkreuzler-Alliierten, quasi eine ss, errichten ihr Hauptquartier im Königspalast auf dem Budaer Burgberg und verfrachten den Regenten ins Reich. In Budapest bieten derweil nicht wenige Ihrer Landsleute eifrig ihre Hilfe an, die Juden in die Züge nach Auschwitz zu packen. Der Besitz und die Wohnungen von Juden können für lau übernommen werden. Die Pfeilkreuzler, von denen auch welche in Ihrem Verlag arbeiten oder gearbeitet haben, können es in ihrer beherzten Brutalität durchaus mit der ss aufnehmen. Gleichzeitig halten andere Mitglieder der Regierung an den Bedingungen des separaten Friedens mit den Alliierten fest und erklären (der Besatzungsmacht) Deutschland den Krieg. Ihr Land führt mit allen und jedem Krieg. Bitte spezifizieren Sie Ihre unternehmerischen und kommerziellen Möglichkeiten.

xiv. Morgens werden Sie von den Amerikanern und Briten bombardiert. Ihr ältester Sohn (und ausgebildeter Erbe) kommt um. Die Sowjets bombardieren Sie abends. Ihr dritter Sohn kommt um. Die Sowjets marschieren ein. Die Deutschen – bereits aus fast allen Ländern, die sie einmal besetzt haben, vertrieben – beschließen aus keinem ersichtlichen strategischen Grund, Ungarn zu halten und mit ihren Pfeilkreuzler-Kompagnons auf dem Burgberg bis zuletzt Widerstand zu leisten. Juden werden in den Straßen und an den hübschen Donaukais ermordet, man fesselt sie aneinander und stößt sie von dem eleganten Corsó vor den zerbombten Hotels, dem Bristol, Carlton und Hungaria, in den eisigen Fluß. In Panzer- und Artillerieschlachten wird die Stadt dem Erdboden gleichgemacht. Ihre Frau kommt um. Bitte erklären Sie, wie Sie trotz Ihrer lähmenden Trauer, Selbstmordgedanken und dem beinahe vollständigen ökonomischen Kollaps des Landes profitable Verlagsgeschäfte aufrechterhalten können.

xv. Während die letzten Deutschen den Rückzug antreten und ermorden, was ihnen in die Quere kommt (Ungarn *ist* ihr Feind), beginnen die siegreichen russischen Retter der Nation alles zu stehlen und vergewaltigen, das zu stehlen und vergewaltigen sich lohnt (Ungarn *ist* ihr Feind). Ihr Büro wird kurz und klein geschlagen, sowjetische Soldaten verrichten ihre Notdurft auf Ihren Büchern, darunter seltenen Ausgaben aus dem neunzehnten Jahrhundert, wie den prächtig ausgestatteten Gedichtbänden Ihres Großvaters. Die Sowjetarmee, die die irrsinnig hohen Kriegsgefangenenzahlen erreichen muß, die sie Stalin während des Krieges gemeldet hat, entführt ungarische Männer und verfrachtet sie in die UDSSR, unabhängig davon, ob sie jemals Soldaten waren oder nicht, und wenn ja, ob sie auf seiten der Achsenmächte gekämpft haben oder nicht. Das letzte Kind, das Ihnen bleibt, ein strammer Bursche von dreiundzwanzig, versteckt sich 157 Tage in einem Keller, kommt dann blinzelnd und fünfundachtzig Pfund unter seinem Vorkriegsgewicht wieder hervor. Sie interessieren sich nicht mehr sehr dafür.

xvi. Ihr Land hat noch einen Weltkrieg verloren. Das ungarische Geld ist wertlos. Druckfarben und Papier sind knapp. Die Stadt kann weder mit Gas noch Strom, funktionierenden Telefonen noch heilen Glasscheiben aufwarten. Ihr Verlagshaus steht noch, doch die Druckmaschinen sind arg lädiert. Nach und nach kommen ein paar überlebende Juden nach Hause und fordern ihre gestohlenen Wohnungen, Möbel und anderen Besitztümer zurück. Bitte führen Sie Ihren Familienbetrieb trotz des herrschenden Chaos und der Tatsache weiter, daß Sie kaum genug Kraft oder auch nur den Wunsch haben, aus Ihrem stinkenden Bett aufzustehen.

xvii. Es folgen relativer Frieden, eine halbe Demokratie und Wiederaufbau, aber die Kommunisten organisieren sich schon hinter den Kulissen, verhaften ihre Widersacher, foltern und ermorden und übernehmen den Polizei- und Sicherheitsapparat des Landes. Sie selbst haben wenige Angestellte, kaum Kapitalvermögen, keinerlei Verlangen weiterzumachen. Sie verbringen ganze Tage hintereinander in einem prallgepolsterten Sessel mit fettfleckigem Sesselschoner, dessen Besitzer noch nicht aus ihrem Kriegsdomizil zurückgekehrt sind. Die Frage, ob sie wiederkommen und diesen Sessel suchen und zurückverlangen, den Sie als Ihr Eigentum betrachten, beschäftigt Ihr Denken unverhältnismäßig stark. Sie sprechen kaum. Ihr übriggebliebener Sohn, ein ungeplantes Kind ihrer mittleren Jahre, das Sie nur flüchtig kennen, bringt Ihnen Essen und Zigaretten. Sie essen wenig und rauchen viel. Ab und an gehen Sie in den Verlag und beobachten stumm, wie einige Ihrer Angestellten ihn wiederaufzubauen versuchen. Wegen Ihrer Aktivitäten und Äußerungen während des Krieges klagt man Sie der Pro-Nazi-Sympathien an, doch Ihr Sohn paukt Sie raus, und statt Sie öffentlich aufzuknüpfen, läßt man Sie mehr oder weniger in Ruhe. Ihnen ist es gleich. Sie sterben an einer chronischen, nichtbehandelten Herzkrankheit, und Ihr Sohn begräbt Sie am 16. Juli 1947 im hellen Schein der Sonne auf dem Kerepeser Friedhof. Sie werden in derselben Gruft zur Ruhe gebettet, in der schon zahlreiche Ihrer Vorfahren, Ihre Frau, Ihre Zwillingsschwester und Ihre vier ältesten Kinder liegen. Die Besitzer des Sessels kommen eine Woche später tatsächlich zurück, und Ihr Sohn weiß nicht, was er sagen oder tun soll, außer höflich die Tür aufzuhalten, damit die Nachbarin, die er seit seiner Kindheit kennt und mag, ihr Möbel durch den Flur dorthin schieben kann, wo es hingehört.

XI.

Der dritte Imre Horváth – von einem nicht mehr jungen Vater in einem Augenblick von Schwäche und Sentimentalität so genannt, obwohl er sich geschworen hatte, diesen Namen aus der Familiengeschichte zu tilgen – stand in den teilweise wiederaufgebauten Verlagsräumen. Sein Erbe – seit fünf Generationen für seinen ältesten Bruder verwaltet und bereitgehalten – war fast nichts mehr wert, als es ihm, Károlys fünftem und nun einzigem Kind, an dem Julinachmittag 1947 übergeben wurde. Der Verlag hatte geringe Barreserven in einer wertlosen Währung, aber Druckfarben, Papier oder Maschinen waren ohnehin kaum erhältlich, und er befand sich in einer ausgebombten Stadt, in der Neu-Unternehmer in Privatbooten an den halb gesunkenen, nichts mehr überbrückenden Skeletten der großen Donaubrücken entlang freudlose Passagiere von Ufer zu Ufer übersetzten. Die Kettenbrücke sah aus wie Stonehenge; die goldene Elisabethbrücke hockte in dem braunen Wasser wie eine wahnsinnig gewordene Dame der Gesellschaft, die vor den Augen der gesamten Öffentlichkeit ihre zerrissenen feinen Gewänder um die Hüften zusammenrafft und ihre Scham wäscht, und sensible Seelen fragten sich, was aus ihrer Welt geworden sei.

Imre unterzeichnete ein paar Dokumente, die er nicht las, und bekam einen Satz Schlüssel ausgehändigt, für deren Mehrzahl er niemals das dazugehörige Schloß fand. Bis 1945 hatte er nie auch nur den geringsten Grund zu der Annahme gehabt, daß er Oberhaupt der Familie werden würde, und diese zweifelhafte Ehre beeindruckte ihn auch während des 157tägigen Aufenthalts im Keller seines Elternhauses wenig. Er fühlte sich beim Tode seines Vaters lediglich der Aufgabe gewachsen, den Verlag offiziell zu schließen und dann das Land zu verlassen. Er hatte nie gehofft, an der Spitze eines Unternehmens zu stehen. Er wollte überall sein, nur nicht in der vor sich hin schwelenden Stadt, in der seine gesamte Familie umgekommen war. Er war zum Oberhaupt eines ausgestorbenen Clans aufgestiegen, einer fast erloschenen Firma. In ihm verkörperten sich familiäre Traditionen und Pflichten, die nun vollkommen irrelevant waren.

Dabei war diesem Imre die Horváthsche Familiengeschichte ohnehin nie sehr wichtig gewesen. Teile davon hatte er über die Jahre von Verwandten und den Angestellten seines Vaters gehört, die umfassende Erziehung seiner Brüder aber nie genossen. Seine Großmutter hatte ihm zwar von einem Soldaten in der Familie erzählt, den er in Gedanken mit den Spielzeugsoldaten zusammenbrachte, die ihm ebendiese Großmutter bei einer anderen Gelegenheit geschenkt hatte, aber selbst als er viel später verstand, daß sein Vorfahr 1848 bei Kápolna für ein unabhängiges Ungarn gekämpft und gestorben war, stellte er sich diesen fernen Viktor immer in Kürassieruniform vor, mit weißem Uniformrock, der zum Lanzenfähnlein seines Herrn paßte.

Als Imre noch sehr jung war, hatte ihn seine Mutter manchmal zu einem Besuch bei seinem wortlosen, barschen Vater im Verlag mitgenommen. Dort sah der kleine Junge seine älteren Brüder arbeiten und das Geschäft erlernen. Bisweilen unterbrachen sie ihre Arbeit und kitzelten ihn, bis sie ganz wichtigtuerisch erklärten, daß sie unten in der Druckerei gebraucht würden oder daß es ein Vertriebsproblem gebe, das zu lösen Vater ihnen aufgetragen habe, und daß sie nicht länger plaudern könnten – schließlich muß der Verlag am Laufen gehalten werden, Mutter. Und dann marschierten der vielbewunderte siebzehnjährige und der oft unberechenbar aggressive sechzehnjährige Bruder davon, mit fachmännischen Gesten redete der Ältere auf den Jüngeren ein. Manchmal ging die Mutter auch mit Imre ins Archiv und zeigte ihm die wunderschönen, goldgeprägten oder in weichen Samt gebundenen Bücher und erklärte ihm, daß eines sogar sein eigener Vorfahr geschrieben habe, ein Dichter, der auf mysteriöse Weise verschwunden sei und von dem man nie wieder gehört habe, und vielleicht schreibe er, Imre, ja eines Tages auch großartige Bücher. Dann erschien Imres Vater in der Tür und rief seine Frau, und sie redete mit ihm in der Eingangshalle, und Imre blieb ein paar herrliche Minuten, die anschwollen und sich wie Stunden anfühlten, allein und wanderte durch einen Wald aus Büchern, Bücherstapeln, die wieder zu hohen Bäumen wurden, hinter denen Feinde lauerten, die er mit Lanze und Schlagkeule besiegte. Über ihren Leichen verfaßte er Heldenoden.

1947 stand er zwischen den winzigen, noch übrigen Stapeln in seinem einstigen Zauberwald und hörte sechs Männern zu, die von ihm erwarteten, daß er ihnen Lohn und Brot verschaffte. Er fand es schwer, sich zu konzentrieren, denn das halbe Dutzend Angestellte, das Bleiben immer noch für sinnvoll hielt, listete ihm auf, wie wenig vom Horváth Kiadó übriggeblieben war.

Imre wurde allerdings auch von dem Gedanken an zwei, jeweils auf einer Seite der Donau erschreckend schnell wachsenden Ungeborenen abgelenkt, nervtötenden Resultaten einer sechs Monate während hektischen Phase des Flirtens und Verführens, die mit den letzten sechs elenden Monaten im Leben seines Vaters zusammengefallen war. Ein halbes Jahr lang hatte er sich mit geradezu religiöser Inbrunst in Liebesaffären gestürzt. Aus irgendeinem Grund fand er, daß ihm das als Entschädigung für den Verlust seiner Familie und für seine 157 Tage Furcht und Langeweile gebühre. Ein genußreiches und bis zur Neige ausgekostetes Leben voller Frauen, erzählte er Freunden, war die natürliche Herangehensweise des Mannes an die Welt, die einzig anständige menschliche Antwort auf die Zerstörung Budapests. Seine Freunde stimmten ihm zu, aber mit Imres Hunger und Tempo konnte keiner mithalten. Doch in den Tagen nach der Beerdigung seines Vaters legten sich seine Begierden genauso schnell, wie sie gekommen waren, und erstarben komplett an dem Nachmittag der niederschmetternden zwiefachen Verkündigung, als beide Frauen, an die er sich kaum erinnerte, nacheinander in seiner Wohnung auftauchten und die schrecklichen Neuigkeiten brachten.

»Und so sieht's aus mit uns, traurig, traurig, Horváth úr.« Imre erbot sich widerwillig, noch ein paarmal in den Verlag zu kommen, bis entweder eine gewisse Stabilität erreicht war und jemand anderes die Leitung übernahm, oder bis niemand mehr den Stand der Dinge ignorieren konnte und keiner mehr kam. Während Imre also darauf wartete, daß die anderen aufgaben, dehnte sich »noch ein paarmal« auf mehrere Wochen aus, dann auf einen Monat, auf zwei, und in dieser Zeit brachten ihm seine Angestellten bei, wie man die Maschinen des Verlages reparierte und bediente. Er lernte, daß Zeitungsredakteure Boten mit auf Pappe geklebten Artikeln schickten, die er drucken sollte. Er lernte, wie man Bücher herstellte und Buchrücken prägte (wenn auch keine produziert wurden). Er lernte, was das komische kleine Bild des Revolvers bedeutete. Er erfuhr etwas über die traurige Finanzlage des Hauses, über die schlechten – dann extravaganten, dann ängstlichen, dann verantwortungslosen – Entscheidungen seines Vaters, von der Abhängigkeit der Firma von

Kunden und Partnern und Autoren, die nun entmachtet oder hingerichtet oder im Gefängnis waren. Er sammelte Meinungen von seinen Angestellten und Freunden darüber, welche Bücher die Leute wohl kaufen würden, wenn sie Geld hätten. Er machte Listen von diesen hypothetischen Büchern und suchte in den Überresten des Archivs nach Nachdruckmöglichkeiten, und während all dessen druckte er weiter zwei- und vierseitige Zeitungen, die nach nur wenigen Ausgaben pleite gingen, und bescheidene, schwarzweiße Werbeplakate, die selbst in ihrer Bescheidenheit irreführend waren, denn die Läden, die sie so unbeholfen anpriesen, hatten kümmerlich wenig zu verkaufen.

Ein paar Monate summierten sich zu sechs. Imres Erfahrung im Organisieren und Schwarzmarkthandel – in einem Krieg erworben, den er bis zu der dreifachen Tragödie von 1944/45 wie ein Spiel empfunden hatte, das er eindeutig sehr geschickt beherrschte – kam ihm und dem Verlag zugute, als man vom Tauschhandel zurück zu einer anständigen Währung fand und sich langsam eine Basiswirtschaft entwickelte. Seinem zusammengeschrumpften Erbe entnahm er soviel Geld, daß er zwei jungen Müttern auf den gegenüberliegenden Seiten des Flusses diskret Geldbeträge und Geschenke zukommen lassen konnte.

Und dann errang er endlich seine ersten Erfolge. Er beauftragte die Mütter von Freunden, ein Kochbuch zu schreiben, in dem vor allem Rezepte für Mangelzeiten enthalten waren. *Genug für alle*, seit vier Jahren das erste vom Horváth Verlag veröffentlichte Buch, verkaufte sich recht passabel. Sechs ängstliche Angestellte vermehrten sich und wurden acht bisweilen optimistische Angestellte.

Die *Erwachende Nation* war lange eingegangen, und immer wenn Imre zufällig eine alte Ausgabe fand, überantwortete er sie sofort den Flammen, besonders die mit dem zunehmend delirierenden »Brief des Verlegers«. Doch die Wirtschaftszeitung, nun *Unser Pengő*, ging wieder gut. Und bald hatte Imre auch Glück, und ein Freund vermittelte ihm den Auftrag zum Druck von Bezugsmarkenheften. Ein neunter Angestellter wurde als nützlich erachtet.

In den nächsten neun Monaten erblickten im Horváth Verlag auch vier einander widersprechende historische Werke das Licht der Welt; sie beschäftigten sich mit den vergangenen dreiunddreißig Jahren. Alle Bücher wurden von neuen oder wiederbelebten politischen Parteien finanziert. Es war, als werde angesichts der ungewissen Zukunft auch die Vergangenheit verschwommen, und als ob man sich nie einigen könnte, wer was wem oder warum getan hatte, wer garstig und wer klug gewesen war. Daß Trianon ein Verbrechen gewesen war, behaupteten aber alle einhellig. Imre las, soviel er konnte, in allen vier Büchern, blieb aber in allen mehr oder weniger stecken. Die Einnahmen reichten für einen neuen Lastwagen und Reparaturen an der Lagerhalle und einer der Druckerpressen.

Das erfolgreichste Nachkriegsprojekt des wiedergeborenen Horváth Kiadó kam zu Beginn des Jahres 1948 heraus, kurz nach der endgültigen Regierungsübernahme durch die Kommunisten. Die Idee zu dem Buch hatte Imre selbst, und sie war ihm auch noch Jahre danach lieb und teuer. Von Freunden und Freunden von Freunden und Wildfremden sammelte er Fotografien aus ganz Budapest. Er bat die Leute einfach nur um Familienfotos, alte Amateurfotos, Lieblingsfotos der Stadt oder vom Land – alles, was sie wirklich mochten. Dazu bat er um einen Text von ein, zwei Zeilen. Dann traf er eine Auswahl, stellte ein Album zusammen und nannte es *Békében (In Friedenszeiten)*. Er verfaßte die Bildlegenden alle in der ersten Person, obwohl die Worte von Hunderten verschiedener Autoren stammten. *Das ist mein Bruder an dem Tag, als er zum Studium nach England ging... Das ist eine arme Familie, die neben uns wohnte; sie hatten so gut wie nichts, aber sie waren schrecklich nett zu dem kleinen Hund, einer Promenadenmischung namens Tedi... Das sind meine Mutter und mein Vater am Tag ihrer Hochzeit 1913... Das sind meine Mutter und mein Vater am Tag ihrer Hochzeit 1919... am Tag ihrer Hochzeit 1930... Das ist ein Jude, der in unserem Haus wohnte und sehr nett zu mir war, als ich klein war. Ich hoffe, es geht ihm gut, aber ich fürchte... Das bin ich als kleiner Junge mit meinen Freunden auf der Elisabeth-*

brücke... Das ist meine Familie am Plattensee 1922... Das ist
ein Bild meines Vaters beim Ausritt mit dem Reichsverweser...
Das ist eine Gewerkschaftsversammlung, und am Rednerpult
spricht mein Bruder... So sah der Corsó 1910 aus... Das ist der
alte Fischmarkt, er existiert nicht mehr... So sah die Ketten-
brücke aus, bevor... Das ist mein Vater vor seinem Laden; er ist
in Auschwitz gestorben... Das ist meine Großmutter als junges
Mädchen... Das ist auf der Party zu meinem Namenstag im
Gerbeaud, ich bin die, die mit großen Augen die Cremetörtchen
anschaut...

Zu Imres Lieblingsbildern gehörte das stille kleine Porträt in
der Ecke links oben auf Seite 66. Er hatte es von einem vollkommen Fremden bekommen, der durch gemeinsame Bekannte von
Imres Projekt gehört hatte. Das Foto zeigte eine junge Frau,
neunzehn oder zwanzig. Sie saß kerzengerade an einem Küchentisch, ihr Gesichtsausdruck war ernst. Sonst war nichts Außer-
gewöhnliches an ihr. Ihre Hände ruhten in ihrem Schoß, und sie
schaute den Fotografen direkt an. *Das war das schönste Mädchen
der Welt.*

Die Beliebtheit von *Békében* war für Imre keine Überraschung, aber viele Belegschaftsmitglieder schüttelten erstaunt
den Kopf, als immer mehr Bücher gedruckt und gebunden werden mußten. Es gab natürlich Kritiker – berufsmäßige und andere –, die es sentimental, naiv, ja sogar irreführend fanden, und
vielleicht hatten sie ja auch nicht unrecht, doch Imre war der
Meinung, er hatte etwas Gutes zustande gebracht, und der Absatz zeigte ihm, er hatte recht. Sein aus vierhundert verschiedenen Stimmen zusammengesetzter Erzähler entzog sich der Ka-
tegorisierung. Politik war willkürlich und breit gestreut, eine
Vielfalt gesellschaftlicher Klassen repräsentiert, katholische Ze-
remonien wurden als Familiengeschichte unmittelbar zusammen mit jüdischen präsentiert: die polyphone Stimme Ungarns
in Friedenszeiten. Der Text änderte sich von Seite zu Seite nur
wenig, und nach einer Weile bekam das Defilee der Fremden, die
ja immer als Freunde und Familie beschrieben wurden, etwas
Hypnotisierendes, und sie schienen genau das zu werden: Freun-

de und Familie. Das war Ungarn, und Imre war sein Gedächtnis. Für manche war das Buch wie Opium. Die Lust, gemächlich oder ungeduldig von Seite zu Seite zu wandern und das herrliche Budapest unzerbombt, unbeschädigt in Schwarzweiß vor sich zu sehen, war in seiner unerreichbaren, sinnlichen Schönheit fast pornographisch. Lipótváros, Elisabethbrücke, Corsó, die Burg, der Westbahnhof am Tag seiner Einweihung – da war er der größte und sauberste Bahnhof der Welt …

Imre hatte auch drei Bilder aus seinem Besitz mit aufgenommen: *Das ist meine Mutter bei ihrer Taufe, auf dem Schoß meiner Großmutter, und meine Urgroßmutter steht hinter ihnen … Das bin ich, als ich zehn war, mit meinem Freund Zoli. Wir versuchen, auf unseren Schlittschuhen zu stehen, aber wir können es nicht gut, und direkt nachdem dieses Foto aufgenommen worden ist, fallen wir hin … Das ist erst vor zwei Jahren, ich habe meinen Freund Pál auf den Schultern. Er ist vier, und obwohl die Kettenbrücke unter Wasser liegt, freut er sich, daß Frieden ist. Schauen Sie, wie er sich freut.*

Mitte 1948 leitete der sechsundzwanzigjährige Imre gegen alle bösen Vorzeichen einen Betrieb, der elf Leute ernährte. Er besaß eine Lagerhalle, Büroräume, einen kleinen Lastwagen und zwei voll funktionsfähige Druckmaschinen – eine für das Drucken von Büchern, die andere für Zeitungen –, eine, die repariert wurde, und eine vierte sollte eventuell angeschafft werden. Zu seiner großen Überraschung machte ihm die Arbeit sogar Spaß, und er kam allmählich zu der Überzeugung, daß er vielleicht doch eine Ader für legitime Geschäfte hatte. Er spielte mit der Idee, dieses hier zu verkaufen und mit dem Erlös in den Westen oder Süden zu gehen und an einem besseren Ort mit etwas ganz anderem von vorn anzufangen.

Noch 1948 wurden die vier Zeitungen, die bei Imre erschienen, als parteifeindlich verboten, und die tägliche zweimalige Anlieferung (um zwei Uhr morgens und drei Uhr nachmittags) der Layoutseiten hörte abrupt auf. Die Idee, die Imre stets im Hinterkopf hatte, den Verlag zu verkaufen und das Land zu verlassen, wurde im selben Tempo drängender, wie sie immer weniger zu verwirklichen war. Der Westen – einstmals weniger als dreihundert Kilometer entfernt – zog sich plötzlich unendlich viel weiter zurück. Zwischen hier und dort fällte die Regierung Bäume und baute Stacheldraht und Schießtürme an. 1949 erklärte sie alle Betriebe mit mehr als zehn Beschäftigten zu Staatseigentum. Imre kam zur Arbeit und fand schon einen Parteivertreter vor. Er saß an Imres Schreibtisch, begutachtete Imres Papiere und schneuzte den harten und weichen Inhalt eines verstopften Nasenlochs auf Imres Fußboden.

Horváth führte seinen Gast durch die Geschäftsräume und zeigte ihm das kleiner gewordene Archiv. »Das werden Sie interessant finden«, sagte er liebenswürdig und nahm das Manifest der Ersten Ungarischen Sozialistischen Arbeiterpartei von 1890 inklusive MK-Firmensignet aus einem Regal. »Unsere Vorfahren haben zusammengearbeitet«, sagte er mit charmantem Lächeln und bot seinem gebührend beeindruckten Gast etwas zu trinken an.

Sechs Wochen lang behielt man Imre als technischen Assistenten da. Er mußte neue Verlagsangestellte ausbilden (Überschußbauern, frisch vom Land). Zwei seiner bisherigen Angestellten waren verschwunden und ein dritter, György Toldy, versteckte sich mit Imres Hilfe im Keller des Verlags. Jeden Morgen, wenn der Parteikommissar in Imres Büro saß und versuchte, Imres Papiere zu verstehen, stand Imre in der Druckerei und erklärte Männern, die nie ein größeres oder komplizierteres Gerät bedient hatten als eine Hacke, wie man die täglichen Lieferungen von auf Pappe geklebten Artikeln in Exemplare der Parteizeitung verwandelte. Dreimal schmuggelte Imre einen persönlichen oder Familiengegenstand nach Hause. In einer Kiste unter seinem Bett in seiner Wohnung, die nun gestreckt und geviertelt war, damit auch noch drei neuerlich in die Stadt gekommene Familien Platz fanden, verwahrte er eine beschädigte Ausgabe der Gedichte seines Urgroßvaters, eine kleine Druckplatte mit dem MK-Signet und ein Exemplar von *Békében.*

Am Ende der sechs Wochen – die neue Belegschaft war so gut ausgebildet, wie man unter den Umständen erwarten konnte, und der Kommissar hatte keine Fragen mehr, wo etwas aufbewahrt wurde oder was die einzelnen Akten darstellten – wurde Imre verhaftet. Zwei unangenehme Vertreter der Geheimpolizei AVO kamen in den Verlag, und der Parteimann, der meist barsch, aber nie feindselig gewesen war, rief Imre aus der Druckerei herauf, hieß ihn sich auf den Boden seines Büros setzen, legte ihm Handschellen an und erklärte ihm, wessen man ihn beschuldigte, während die beiden AVO-Männer ihn abwechselnd traten. Der Kommissar las ihm die Anklagepunkte ruhig vor. Die neuen Verlagsangestellten hatten berichtet, daß er die Revolution als »schlechte Ernte« bezeichnet, Generalsekretär Rákosi mit dem Etikett »alter Ziegenbock« belegt und prophezeit hatte, es werde bald ein allseits begrüßter, von ungarischen Adligen und britischen Spionen organisierter Aufstand ausbrechen. Des weiteren hatte einer seiner neuen Wohnungsgenossen gemeldet, daß Imre ein Spion sei und *Genug für alle* benutze, um den Amerikanern verschlüsselte Geheimbotschaften zukommen zu lassen. Imre war sogar so mutig, über diese Geschichten zu lachen, und der Gerechtigkeit halber muß man sagen, daß die Geheimpolizisten und der Kommissar mitlachten. Dann traten sie ihm in die Hoden. »Wir wissen auch, daß diese Leute in ihrer Parteitreue ein bißchen übereifrig sind. Wir sind ja nicht blöd«, sagte der Parteigenosse. »Aber *das hier* ist kein Witz.« Und er wedelte dem blutenden, weinenden jungen Mann mit einem Band von *Békében* vor der Nase herum. »Das ist skandalös.« Er schlug Imre mit dem harten, schweren Buch ins Gesicht, brach ihm die Nase und hieb ihm zwei Zähne aus. »Haben Sie ein Lieblingsfoto, Graf Horváth?« fragte er. Wartete die Antwort aber nicht ab, sondern schlug ihn noch einmal mit dem Buch, diesmal auf die andere Gesichtshälfte. »Gibt es ein Bild aus der Zeit, bevor die Partei an die Macht gelangt ist, das Ihnen gefällt?« Wieder schlug er zu. »Ein Bild Ihres Vaters?« Noch einmal. »Ein hübsches Bild von einem rauschenden Fest?« Wieder. »Von einem Pfeilkreuzler-Spezi Ihres Vaters?« Und wieder. »Hübsche Bilder des Reichsverwesers, dem Schwein Horthy, auf einem wunderschönen schwarzen Pferd?« Und wieder. Dann gab es eine Pause, die Schläge hörten auf. »Mögen Sie das Buch sehr, großer Herr Horváth? Friedenszeiten ohne die Partei?« Wieder schlug er zu. »So, und was heißt *das* nun?« Imre kriegte noch mit, daß man ihm diese Frage stellte, während sein blutender, anschwellender Kopf von den harten Händen eines Fremden von hinten festgehalten wurde und ein Finger mit blutbeschmiertem Nagel immer wieder wütend auf das MK-Logo auf der letzten Seite von *Békében* tippte und rotbraune Schmiere hinterließ. »Was soll *das* bedeuten? Sie erschießen uns, großer Herr Horváth?« Der nächste Schlag schickte Imre in die willkommene Bewußtlosigkeit.

XII.

Er wurde zu lebenslänglich verurteilt, während er schlief, und verbrachte dreieinhalb Jahre in einem Arbeitslager.

Er zählte seine Tage und Nächte in der Sklaverei nicht, denn er rechnete damit – selbst bis zwei Tage vor seiner Freilassung –, daß seine Haft erst mit seinem Tod enden würde. Er fand nicht, daß er durch die erlittenen Härten stärker wurde. Er bekam nicht unauffällig eine abgegriffene Übersetzung der Verfassung der Vereinigten Staaten oder Montesquieus Essays über die natürlichen Rechte der Menschen von einem Gefangenen zugesteckt und gab sie folglich auch nicht an den nächsten weiter. Es wärmte ihn keine große, unverhoffte Liebe zu seinen Mitgefangenen. Er organisierte seine Gefährten nicht in der Weise, daß die Starken die Schwachen schützten. Er versteckte kein Extraessen unter seinem schmutzigen grauen Kissen, um es den Kranken und Sterbenden zu geben. Er übernahm keine Verantwortung für Verstöße gegen die Lagerordnung, die er nicht begangen hatte, um einen anderen Gefangenen vor der Bestrafung zu bewahren, und gewann folglich auch nicht die unverbrüchliche Loyalität einer kleinen Gruppe. Er fand keinen neuen Trost in seinem alten vernachlässigten Glauben, obwohl in dem Lager kein Mangel an katholischen Priestern herrschte. Er ging im Kopf keine großen Reden durch, die die Herzen der herzlosen

Richter erweichten, die ihn verurteilt hatten. Er weigerte sich nicht, an Schulungssitzungen teilzunehmen und statt dessen stolz nach allen Regeln der Kunst verabreichte Prügel einzustecken. Er ließ seine Lehrer argumentativ nicht auflaufen und stritt sich auch nicht mit ihnen; stellte nicht mit feiner Ironie lästige Fragen. Er hockte nicht, samenkauend, die Augen offenhaltend, in einem Kreis bewundernder Mitgefangener und zeichnete detaillierte Pläne mit einem Stock in den Dreck. Er gewann nicht das Wohlwollen der Wachen. Er hielt nicht den Stacheldraht hoch, damit andere zuerst in die Freiheit kriechen konnten, verbarg keinen Westspion unter seiner Koje, stand nicht bei Neumond auf und klopfte Morsezeichen auf einem genial umgerüsteten Radio, das unter diesen Umständen nur die klügsten Hirne bauen konnten. Er betrachtete diejenigen seiner Mitgefangenen, die selbst Kommunisten waren und nun, verraten, schockiert, von dem Moloch gefressen wurden, den sie mit solcher Liebe gemästet hatten, nicht mit Mitgefühl. Er drängte sich denjenigen seiner Blockkameraden, die aufrichtige demokratische Regimekritiker waren, nicht auf, buhlte nicht um ihre Anerkennung, erhob sie nicht in den Himmel. Er sah seinen dünnen, stillen blassen Zellengenossen nicht an und begriff, ja, ja, das ist der Mann, der an der Spitze eines freien Ungarn stehen wird, wenn wir nur geduldig sind, und folglich tat er auch nicht alles, was in seiner zugegebenermaßen begrenzten Macht stand, um diesen Mann vor heimtückischen oder kleineren Mißhandlungen zu schützen. Er träumte nicht von dem Tag, an dem all das hinweggefegt werden würde. Er schwor sich nicht, sich zu erinnern oder wie eine Kamera zu funktionieren. Er glaubte nicht, daß er aufgerufen würde, um Zeugnis abzulegen, rechnete nicht damit, daß die Gerechtigkeit siegen würde. Er überlegte nicht, von wo wohl seine Retter kommen würden. Er wußte nicht immer alles besser als seine Wärter, er schlief nicht jeden Abend mit einem schlauen Lächeln ein, frei, weil die Ketten ja nur imaginär waren, er ließ ihnen nicht seinen Körper, während seine Seele in höheren Regionen schwebte. Er stand nicht über allem. Er verbarg nicht, daß er weinte. Er bat andere nicht, mit ihnen weinen zu dürfen. Er sah nicht hin, wenn jemand geholt oder geprügelt oder erschossen wurde. Er gelobte sich nicht dieses oder jenes. Er schwor keine Eide, daß eines Tages und so weiter. Er weigerte sich nicht zu kapitulieren. Er starb nicht.

Und dann kam, was sie Tauwetter nannten. Es wehte aus dem Osten, und in seiner relativen Wärme durfte er unter den stacheldrahtbewehrten Mauern auftauen und in die Stadt, aus der er kam, zurückfließen. Wo man ihm sagte, wo er wohnen könne. Wo man ihm sagte, was er tun solle. Wo man ihn nach seiner früheren Arbeit fragte und wieder zum Drucker machte, einem einfachen Drucker, der ebendie Maschinen bediente, die er sechs Jahre zuvor wieder zusammengebaut hatte, an ebendem Ort, zu dem ihn seine Mutter zu einem Besuch bei Brüdern, Vater und Vorfahren mitgenommen hatte, die in der Finsternis eines Bücherwaldes lebten. Und er erfuhr nie, ob diese Wiedereinsetzung ein Versehen, ein Zufall, eine Entschuldigung, eine geschickte Prüfung oder eine Beleidigung war, und er fragte auch nie, sondern versuchte, sich so zu verhalten wie im Lager. Er stellte aber fest, daß er das nicht konnte, denn er war oft so wütend, daß es ihm schier die Sprache verschlug. Dann versuchte er sich so verhalten wie vor dem Lager, wenn er die Druckerschwärze nachfüllte oder die rotierenden Walzen fütterte. Doch auch das war ihm unmöglich, denn nichts von dem, was vorher gewesen war, hatte ihn hierhergebracht, stellte er fest. Es hatte keine Logik, es war kein folgerichtiger Verlauf, nicht einmal ein Spiel. Sein Handeln war so oder so absolut irrelevant gewesen, und er befahl sich, nicht daran zu denken.

Er sprach wenig. Wenn er die Männer korrigierte, die an den Maschinen arbeiteten, Männer, die er nicht kannte, die aber das Papier mit zuviel Kraft einlegten, nahmen sie seine Vorschläge nicht an und ihn auch nicht, und er merkte nicht plötzlich, daß er eine geborene Führernatur war, abgehärtet durch Schmerz und schlechte Behandlung. Auch das machte ihn zornig.

Morgenröte des Volkes kam jetzt prasselnd von den rotierenden Walzen, doch es war ihm gleichgültig, daß die Leitartikel von dringend erforderlichen Reformen sprachen. Er merkte nicht, daß die Zeitung, unter einem neuen und sehr anderen Horváth-Kiadó-Logo, über Fehler des Kommunismus in ganz Ungarn berichtete. Daß sie zu einer Rückkehr zu »sozialistischer Legalität« aufrief, daß sie sich für die widerrechtliche Haft unschuldiger Genossen entschuldigte und Generalsekretär Mátyás Rákosi und Ministerpräsident Imre Nagy Beifall zollte, als sie die bewundernswerte Entscheidung trafen, den früheren Chef der AVO lebenslänglich hinter Gitter zu schicken, und gleichzeitig versprachen, hinfort die Bürgerrechte zu achten.

Imre Horváth hielt sich von allem fern und versuchte nicht an die Vergangenheit zu denken, über die er in einem fort nachdachte. Er überlegte, ob er seine beiden Kinder besuchen sollte, diese Produkte einer anderen Zeit und einer anderen Persönlichkeit, aber er würde sie ja nicht einmal wiedererkennen, hatte ihnen nichts zu bieten und fürchtete sich vor den Gesprächen mit den Müttern. Nachdem er für einen halbherzigen Besuch bei seiner Tochter allen Mut hatte zusammenkratzen müssen, zog er weitere Versuche nicht in Betracht.

Er ging still zur Arbeit und wieder weg, sprach wenig und kämpfte mit einer Wut, die ihn zum Schweigen verdammte, wenn er in Gesellschaft, und zum Weinen, wenn er allein war. Zweimal täglich trank er Kaffee, im Stehen in einer Kaffeebar neben seiner winzigen Wohnung. Von den Ereignissen Anfang Oktober 1956 las er nichts.

Bis zum Abend des Dreiundzwanzigsten. Denn da wußten in Budapest alle – selbst die, die so eifrig nichts wußten wie Imre –, daß etwas passiert war. Imre fegte gerade den Boden der Druckerei und lauschte (beinahe sogar genießerisch) dem in der Dämmerung ruhigen Schrappen des Besens, da hämmerte, außer Atem, ein junger Mann an die Wand unter der offenen Werkstatttür im Ladebereich. »Wer ist hier zuständig?« fragte die Frau neben ihm, auch außer Atem und aufgeregt.

»Ich«, sagte der Mann mit dem Besen, denn er war gerade Vorarbeiter in seiner Abteilung geworden, der Titel ging routinemäßig reihum und bedeutete wenig, jetzt gerade wurde ohnehin nur saubergemacht.

»Können Sie das hier drucken?« fragte der junge Mann. Nun sah Imre die in den Hosenbund gestopfte Pistole des Burschen. Nun sah Imre das Leuchten auf dem Gesicht des wunderschönen Mädchens. Nun las Imre das einzelne Blatt, das der Junge ihm gab: hochexplosive Versammlung von Schriftstellern und Dichtern; Studentendemonstration, AVO eröffnet Feuer; Armee, gerufen, Studenten zusammenzuschießen, gibt ihnen statt dessen Waffen; Forderungen, Gewalt. Endlich Gewalt auf beiden Seiten.

»Ja, das können wir drucken.«

Dreizehn Tage lang schlief Imre wenig, las viel und verließ kaum die Druckerei. Die Leute, die den Verlag seit sieben Jahren geleitet hatten, waren plötzlich verschwunden, aber ständig kamen und gingen neue Gesichter. Neue Nachrichten kamen auch, jede Stunde, getippt oder handgeschrieben oder nur mündlich, außer Atem. Imre begann Anweisungen zu erteilen. Eine Sekretärin hatte dies oder jenes zu tippen, ein Bote dafür zu sorgen, daß Papierrollen geliefert wurden, ein Fahrer mußte Anschlagzettel mit Mitteilungen in der ganzen Stadt verteilen, ein Kunststudent zeichnen, »was ich dir sage«: eine Duellierpistole, ja, so ist es richtig, aber den Lauf länger, ja, gut, jetzt eine Rauchfahne und eine Kugel, aber mit den Buchstaben ...

Sie schickten Flugblätter in die knisternde Stadt, die nicht einmal Korrektur gelesen waren. Rechtschreibfehler und verschmierte Druckerschwärze zeugten von der gebotenen Eile und revolutionären Authentizität. Die Manuskripte wurden oben mit Datum und Zeit versehen, gedruckt und den ungeduldigen Auslieferungsfahrern so schnell wie möglich ausgehändigt. (Der Job des Zeitungsjungen war plötzlich schick und gefährlich, die Domäne prahlerischer junger Männer.) Am Anfang verstand Imre die Schlagzeilen von *Fakten* kaum, als habe er vergessen, wie man zwischen glaubhaft und unglaubhaft unterscheidet: Armee unterstützt Studenten gegen AVO; Russen, geht nach Hause!; AVO erschießt 100 Unbewaffnete; Imre Nagy an unserer Seite; Freiheitskämpfer befreien Gefangene; Nagy schickt Russen aus Budapest weg; Zeit für Wahlen und Ende des Warschauer

Pakts; Parteizentrale fällt an uns; Nagy holt uns aus dem Pakt; WIR SIND UNABHÄNGIG! WIR SIND NEUTRAL!; Umfassender Rückzug der Sowjets geplant; Schulen wieder offen – sowjetische Truppen wieder da; Sowjetische Truppen auf Rückzug; Sowjetische Truppen versprechen Rückzug; Sowjetische Truppen auf Rückzug; Wo sind sowjetische Truppen?; Sowjetische Truppen umzingeln die Stadt; Sowjets greifen an – Leistet Widerstand! USA werden uns beistehen!

Imre verließ Budapest in der Nacht des siebten November, vier Tage bevor das Kriegsrecht verhängt wurde. Er sagte niemandem auf Wiedersehen, fragte niemanden – auch nicht seine Kinder oder deren verheiratete Mütter –, ob er mitkommen wolle, nur die, die in dem Augenblick, als er zu gehen beschloß, neben ihm standen. Er fuhr mit einem verlagseigenen orangefarbenen Kleintransporter. Zehn Tage zuvor hatte der Kunststudent das alte Horváth-Signet auf die Türen des Wagens und das Verlagsmotto auf die hintere Ladeklappe gepinselt. Nun, da die Straßen von den Panzerketten aufgerissen waren und man ständig Explosionen und Schüsse hörte, hielt Imre es allerdings für klug, die sausenden MK-Kugeln zu übermalen, so daß nur die Worte *Das Gedächtnis des Volkes* schwarz auf dem ansonsten unbeschriebenen Fahrzeug prangten. Imre chauffierte drei frühere Drucker, die zurückgekommen waren, um bei der Produktion von *Fakten* mitzuarbeiten, zusammen mit ihren Frauen und Kindern, einer Katze und einem Hund und den Habseligkeiten, die noch Platz fanden. Sie reihten sich bald in die Karawane ähnlich vollgepfropfter Fahrzeuge ein, die Stoßstange an Stoßstange im Schneckentempo vom Westrand der Stadt zur österreichischen Grenze fuhren und auf beiden Seiten von etwas langsameren Schlangen von Fußgängern flankiert wurden, die entweder zuviel oder zuwenig trugen.

Als sie die österreichische Grenze überquerten, hatte Imre drei Tage nicht geschlafen. Wohlbehalten auf der anderen Seite angekommen, hielt er an einem Haltepunkt und schlief sofort hinterm Steuer ein. Die Spucke lief ihm aus dem Mund. Er träumte, er schwenke ein blankes weißes Lanzenfähnlein über dem Kopf. Seine Arme wurden müde, und er wollte sie senken, aber seine winzige Tochter erschien; sie sah genauso aus wie bei dem tristen Besuch an dem ersten warmen Tag im März, doch nun sprach sie eindringlich und unheimlich erwachsen: »Nein, Papa. Wenn du die Fahne senkst, gibt es entsetzliches Leiden. Alle diese Leute werden sterben. Und du bist schuld.« Sie zeigte hinter Imre, als warteten dort Massen an Anhängern auf seinen nächsten Schritt, seien auf seine verläßlichen Arme und den mutmachenden Anblick seiner knatternden Fahne angewiesen. Er drehte sich um, wollte sehen, wen um alles in der Welt sie meinte, aber hinter ihm war niemand. Er drehte sich wieder um, und sie lachte über ihn, bis ihr die Tränen über die kleinen Wangen kullerten. Trotzdem wollte er ausgerechnet sie nicht enttäuschen und blieb mit der Fahne über dem Kopf stehen, und seine Arme brannten, und ein Wind erhob sich und wehte ihm Staub in die Augen, und er hätte gern nur einen Moment lang die Arme gesenkt, um sich die Augen zu reiben, und der Wind blies stärker, und er drehte den Kopf hin und her, doch der Wind blies aus allen Richtungen noch stärker, als sei er, Imre, die Zielscheibe, der sturmumtoste Sammelpunkt aller Winde der Welt, die nach Kartoffeln rochen ...

Er wachte auf, weil ihm ein ungeduldiger, amüsierter österreichischer Grenzer ins Gesicht blies.

XIII.

Imre erwachte in Österreich. Mit der Zeit erkannte er, daß den Ereignissen in seinem Leben ein Sinn, eine Entwicklung von Punkt A zu Punkt B, eine strenge Logik zugrunde lag. In Wien kamen ihm dramatische Sätze in den Kopf, drehten sich und pfiffen nach ihm im Flüchtlingslager und später, wenn er allein auf einer Holzbank in der Dämmerung eines kalten, feuchten Parks saß. Dagegen einwenden konnte er nichts. Sie klangen wie die Wahrheit: *Um dessentwillen bin ich geboren. Um dessentwillen ist meine Familie gestorben. Aus einem bestimmten Grund habe ich 1949 den Verlag verloren. Aus einem bestimmten Grund haben sie mich ins Lager gesteckt. Aus einem bestimmten Grund war ich am Dreiundzwanzigsten Hallenvorarbeiter.*

Allmählich spürte Imre – sehr stark, sehr oft –, daß er nicht nur eine Aufgabe, sondern eine ererbte Aufgabe hatte. Er stand in einer langen Reihe, einige standen vor ihm, viele hinter ihm. Man erwartete von ihm, daß er auf seinem Platz in dieser Reihe blieb und die nächste Generation lehrte, wie sie ihren halten mußte. »Eine unvergängliche Institution besteht aus vergänglichen Menschen, und wenn die Institution ihre Unsterblichkeit behalten soll, muß jeder einzelne seine Seele, sein vergängliches und unwichtiges Leben hineinstecken. Das gilt sowohl für eine Nation als auch für eine Firma«, schrieb Imre in seinem Antrag an eine Stiftung, die von einem ungarischen Filmproduzenten in Hollywood eingerichtet worden war. Der wohlbetuchte Immigrant lieh Imre soviel Geld, daß er den Horváth Verlag in Wien gründen konnte; der Antragsteller zahlte die Summe nach nur drei Jahren zurück.

Imre baute auf. Wann irgend möglich, stellte er ungarische Flüchtlinge ein. Er begann mit der Veröffentlichung einer Serie kurzer Broschüren in elf Sprachen über die ungarische Revolution von 1956 und machte einen Gewinn mit dem Verkauf von mehreren Tausend Exemplaren an die Vereinten Nationen. Entschlossen, der Welt zu zeigen, was in Budapest auf dem Spiel stand, beauftragte er Sprachkundige mit der Übersetzung von Klassikern der ungarischen Prosa, Naturwissenschaften, Mathematik, Musik, Lyrik, Geschichte und des Theaters ins Englische, Französische, Spanische, Deutsche, Italienische, Griechische und Hebräische und verteilte dieses ungarische Babylon allenthalben über ganz Europa und Nordamerika. Des weiteren druckte der Horváth Verlag Sprachlehrbücher und landeskundliche Texte für Ungarn, die versuchten, in ihrer neuen Heimat, in Wien, London, Toronto, Cleveland oder Lyon, Fuß zu fassen. Imre gab auch neue Wörterbücher der ungarischen Sprache in Auftrag, denn sie erfreute sich kurzfristiger Beliebtheit, als der

Westen nach 1956 wohlwollend sein Herz für die freiheitslieben-
den Flüchtlinge entdeckte. Sie wurden sogar kollektiv »zum
Mann des Jahres« der Zeitschrift *Time* erkoren.

Als die fünfziger in die sechziger Jahre übergingen und die
kommunistische Regierung Ungarns ein wenig liberaler wurde,
fand Imre Gelegenheit, vom Exil zu profitieren. Er beauftragte
unterbeschäftigte ungarische Emigrantenwissenschaftler, neue
naturwissenschaftliche und medizinische Lehrbücher aus dem
Westen zu übersetzen, brachte sie selbst nach Budapest und verkaufte sie der ungarischen Regierung. Bei jedem Kauf wies diese
den staatseigenen Horváth Kiadó in Budapest an, die Umschläge
mit dem provokanten MK-Symbol des Horváth Verlages Wien zu
entfernen und neue zu drucken.

Imre reiste mit österreichischem Paß und traf heimlich Bekannte aus längst vergangenen Zeiten. Außerdem brachte er zwei
Halbwüchsigen Geschenke, wenn diese auch den Erklärungen
ihrer Mütter dazu, wer er war, nicht ganz folgen konnten. Bei
seinem ersten Besuch kam er mit unpassenden kindischen Gaben, über die ihre Empfänger sich wunderten und ärgerten,
dann aber hatte er freudig begrüßte Beatles-Platten dabei. Nach
diesen beiden Malen allerdings baten ihn durch einen Zufall, den
er nach Kräften zu verdrängen versuchte, binnen zweier Tage
beide Mütter – einander völlig fremd –, nicht mehr wiederzukommen. Beide sagten, seine Gegenwart sei für die Kinder und
ihre jüngeren Geschwister zu verwirrend. Und für die netten,
toleranten Ehemänner der Frauen auch.

Imre kehrte von den Trips nach Budapest mit Manuskripten
zurück, die ihm seine alten Bekannten diskret zugesteckt hatten.
Trotz der Kosten druckte er ein paar Exemplare, lagerte sie im
Archiv des Verlags oder versuchte die österreichische Regierung
oder österreichische Universitäten dazu zu bewegen, die Verluste mitzutragen. Er begründete in einer Universitätsbibliothek
die Horváth-Regale, und dort fanden dann die deutschen Übersetzungen der geschmuggelten Texte Unterschlupf, ständig
verfügbar, doch (im Gegensatz zu anderen, beliebteren Hor-
váth-Publikationen) fast nie in Anspruch genommen. In For-

schungsberichten im Fach Sowjetstudien, Dissertationen oder wissenschaftlichen Artikeln wurden die geheimen Tagebücher, Essays, lehrreichen Geschichten oder Geschichtsuntersuchungen gelegentlich zitiert. Aber nicht oft.

Nach nur wenigen Reisen begann Imre Untergebene nach Ungarn zu schicken, mit besten Empfehlungen. Seine Angestellten trafen seine alten Bekannten diskret und lieferten der Regierung an seiner Statt neue Lehrbücher. Die Fahrten dorthin bedeuteten immer unnötige Anstrengung und manche Unbequemlichkeit, und wozu hatte man schließlich die vielen Angestellten. Wien war wunderschön; es war krankhaft, immer wieder stur in das tragische Budapest zurückzukehren.

Von Zeit zu Zeit erlahmte seine Überzeugung, eine Mission zu haben, obwohl sie doch 1957 so heftig gewesen war. Und in dem Maße, wie das geschah – als biete ein zeitlich begrenzt wirksamer Impfstoff nun keinen Schutz mehr –, litt er an Panikattacken und hatte Angst, zur Arbeit zu gehen, obwohl er absolut nicht wußte, warum. Dann stand er vor dem Badezimmerspiegel oder dem Telefon im Flur, nuschelte vor sich hin, sagte auf der Suche nach jemandem zum Reden die Namen aller, die er in Wien kannte, laut her, aber nie fiel ihm der richtige ein. Statt dessen mühte er sich nach Kräften, die jäh klaffende, atemlose Leere seines Herzens zu füllen. Er verstand nicht, was ihn plötzlich dazu trieb, etwas zu tun, irgend etwas, warum er sich wie im Fieber Wohltätigkeitsorganisationen anbot oder wochenlang jeden Nachmittag in den Bänken einer katholischen Kirche saß, zu Hunderennen ging, stundenlang auf einem kalten, öffentlichen Platz Schach spielte oder Bordelle besuchte mit dem brennenden Verlangen eines sechzehnjährigen Jungen, doch dem Portemonnaie und der Phantasie eines zweiundvierzigjährigen Mannes von Welt.

Vorübergehend gegen Ende der fünfziger Jahre (und dann wieder 1968, als die Tschechoslowaken eine kurze, aber hochgelobte Neuaufführung des ungarischen Dramas von vor zwölf Jahren inszenierten) interessierte sich Imre für politische Emigrantenclubs. Er wurde Mitlied in Organisationen mit Namen wie Wiener Gesellschaft für ein Freies Ungarn oder Gruppe Befreit Ungarn. Still saß er bei den Zusammenkünften und hörte sich Berichte an, die die Mißerfolge der ungarischen Planwirtschaft minutiös auflisteten oder mit unglaublicher Akkuratesse die jüngsten Menschenrechtsverletzungen aufführten (»102 Personen verhaftet, 46 geschlagen«), und verfolgte Debatten über die angemessene Rolle von Kirche und Aristokratie in einem zukünftigen demokratischen Ungarn.

Bisweilen war er schier unfähig, in den Verlag zu gehen. Dann ging er wohl wie üblich zu Fuß zu den Verlagsräumen, doch anstatt nach zehn Minuten anzukommen, wanderte er ein paar Stunden später immer noch durch die Stadt oder saß in einem Kaffeehaus. Wenn er es durch pure Willenskraft doch bis ins Büro schaffte, arbeitete er überaus intensiv und wortlos bis spätabends, um sein Fehlverhalten wieder gutzumachen. Am nächsten Morgen konnte ihm das gleiche allerdings wieder passieren, dann saß er um halb zwölf an einem Tisch im Freien, trank seinen vierten Espresso, blies die Backen über einem Kreuzworträtsel auf und wackelte in Kolibrigeschwindigkeit mit einem Bein.

Von Gipfeln religiösen Eifers, mit dem er seinen Angestellten Vorträge über die Bedeutung ihrer Arbeit für das Volk von Ungarn und die Kultur der Welt hielt, stürzte er in Depressionen, während deren er zwar in den Verlag kam, aber seinen Schreibtisch nicht verließ. Seine ungarischen Assistenten arbeiteten derweil, ohne ihn um Rat zu fragen, und wenn er nach Tagen oder sogar Wochen aus seinem Tief wiederauftauchte, stellte er ihnen hektische, willkürlich ausholende, detaillierte Fragen. Am Ende dieser Phase kehrte der Glaube an seine Bestimmung zurück wie aus dem Urlaub: erholt, lebendig, ausgeglichen.

Waren diese Anfälle, gegen die kein Kraut gewachsen schien, vorbei, verdoppelte er sein aufrichtiges Engagement für den Verlag prompt. Er sagte sich, er sei zeitweise verrückt gewesen und habe vergessen, warum er existiere. Vergiß es nie wieder und du wirst dich nie wieder so verloren fühlen, ermahnte er sich, und vertraute darauf, daß sein Gedächtnis dauerhaft in Ordnung kam. Er schrieb sich den Satz sogar auf und legte ihn in seinen

Aktenschrank, um seine zukünftige Stabilität und sein Engagement für den Verlag auch ja nicht wieder zu gefährden. Er wußte, er mußte seine Nachfolger lehren, für ihre eigenen Anfälle von Panik und Zweifel vorzusorgen. Sie mußten viel lernen, um die Unsterblichkeit des Verlages zu bewahren.

1969 wurde er magenkrank und mußte ständig literweise Milch in sich hineinkippen. Noch lange nachdem er wieder gesund war, trank er fast nichts anderes.

Ab Mitte der siebziger Jahre schlief er nicht mehr gut. Er wachte mehrmals in der Nacht auf und mußte jedesmal länger warten, bis der Schlaf zurückkam. Als er kapiert hatte, daß es nichts nützte, die Lage zu wechseln, zwang er sich, sich nicht immer vergeblich hoffend von einer Seite zur anderen zu werfen, während der summende Digitalwecker von 2:30 auf 2:31, 3:30 auf 3:31, 4:30 ruckte. Es war unter der Würde eines Mannes, der eine Geschichte und eine Aufgabe hatte, sich nur deshalb herumzuwälzen und zu heulen und mit den Zähnen zu klappern, weil der Schlaf nicht mehr ohne weiteres und auch nicht mehr für längere Zeit zu ihm kam. Ihn hatten die lächerlichsten Tyrannen der Welt nicht gebrochen, da brachte ihn ein bißchen Schlafmangel schon gar nicht zum Weinen. Stundenlang lag er im Bett, reglos, aber wach. Bald wurden die Morgen genauso schlimm wie die Nächte, wurden immer übler. Kurz vor fünf machte er den ersten von zahlreichen Trips zur Toilette. Zu dieser Stunde bewegte er sich nur mit einem Rest der Würde und stolzen Erhabenheit, die er sich in seinen Exiljahren angeeignet hatte. Er trug die Schlafanzughosen unter der losen, gelb werdenden Haut seines Bauchs geknotet, und der Träger des Achselhemdes, das er noch von gestern anhatte, kämpfte mit dem drahtigen grauen Haardickicht, dem der Barbier einmal wöchentlich auf seinem Weg zum Hemdkragen hoch Einhalt gebot. Und obwohl Imre erst Anfang Sechzig war, stolperte er oft und fiel manchmal auch hin, aber nie passierte etwas Ernsthaftes.

1986 trat er eines Morgens im Bademantel aus seiner Wohnung und trank, während er die Frühlingssonne genoß, die sich durch das schmutzige Oberlicht über dem Hof des Hauses kämpfte, ein Glas Milch. Er stand am Geländer des im Viereck umlaufenden Ganges und wünschte seinen Nachbarn, die zur Arbeit gingen, einen guten Morgen. Ein wenig außer Atem tauchte ein ihm fremder junger Mann auf der Treppe zu seiner Linken auf. Er schaute Imre prüfend ins Gesicht, und Imre lächelte. »Herr... Roßmann?« sagte der junge Mann nach kurzem Zögern und erklärte errötend, daß er hier jemanden treffen solle, den er noch nie gesehen habe, daß er nur dessen Beschreibung kenne und um Entschuldigung bitte, Imre zu belästigen, aber ob er, wenn er nicht Herr Karl Roßmann sei, ihm wohl Herrn Karl Roßmanns Wohnung zeigen könne? Imre deutete auf die Tür in der gegenüberliegenden Ecke des Hofes und ging dann zurück in seine Wohnung. Nach einem winzig kleinen Moment weinte er sogar ein wenig, denn man hatte ihn für Karl Roßmann gehalten, einen entsetzlich alten, einen steinalten Mann.

Er wurde eitel. Allmählich brauchte er geschlagene neunzig Minuten, um sich morgens fertigzumachen, mit Übungen, die alternde Muskeln wieder fit machen sollten, und formender komplizierter Unterwäsche. Er putzte und stutzte und trimmte und feilte und zupfte und puderte und zupfte noch einmal. Er trug Kleidung, die sorgfältig erdacht, angepaßt und dann mit einer komplizierten, von einer französischen Firma gekauften und mit großem Kostenaufwand von Grasse herbeitransportierten Apparatur akkurat geplättet werden mußte.

Als er gegen Ende der Achtziger selbst auf Ende Sechzig zuschlitterte, dachte er zwar nicht daran, aufzuhören oder den Verlag zu verkaufen, schwor sich aber auch nicht, um jeden Preis weiterzumachen oder ihn unter keinen Umständen zu veräußern. Monate konnten verstreichen, in denen er ausschließlich an praktische Details dachte: Was sich verkaufte, ob man dieses Papier billiger kriegen konnte, warum diese Farbe nicht richtig kam, war Mike Steele noch beliebt, sollten wir die Auflage von diesem oder jenem erhöhen oder hiermit aufhören oder dort expandieren?

Und dann kam 1989. Von den ersten Meldungen an wußte

Imre genau, was er da sah, wußte, was geschehen würde, bevor es geschah. Immer und immer wieder das gleiche, die Geschichte würde diesen grausigen Tanz der Hoffnung und Verzweiflung wiederholen: Protestmärsche, ein schwacher, beinahe komischer Optimismus, eine konfuse Regierung – heute drohend, morgen flehend, Versprechen auf Reformen herausblubbernd (und über das ungewohnte Wort stolpernd) –, dann das unheilvolle Knallen der ersten Gewehrschüsse, das grollende, dröhnende Näherkommen des Unvermeidlichen, der vertraute Gestank, der nun jeden Moment wieder, jeden Moment, aus den aufgerissenen Straßen aufsteigen würde, und dann... und dann... nichts? Diesmal eine Explosion, die nie kam. Imre blinzelte erst mit einem Auge, dann mit dem anderen; er nahm die Hände von den Ohren – nichts explodierte. Keine Vergeltung. Keine Unschuldigen niedergemetzelt. Keine Invasion aus dem Osten unter fadenscheinigen, beleidigenden Vorwänden. Keine Panzer in den Straßen. Keine Aufmerksamkeit der Welt, die sich, zart wie ein Schmetterling, nur ganz, ganz kurz auf der Wunde Mitteleuropa niederließ. Statt dessen, unglaublich, aber wahr: Etwas messianisch Verheißenes, schier Unmögliches wurde Wirklichkeit. Unglaublich, die Sterne am Himmel gruppierten sich neu – die Mauer fiel, der Eiserne Vorhang ging auf, die Kommunisten waren am Ende, es sollte Wahlen und Freiheit geben und das Land frei werden, und ja, ist denn das zu fassen? Ist ein alter Mann wahnsinnig geworden wie Lear?

Und als Imre nun die neuesten Zeitungen in seinem Kaffeehaus las, als er amerikanische Nachrichtensendungen auf dem riesigen Bildschirm in seinem Büro sah, als er mit seinen Managern redete, empfand er es heftiger als je zuvor, so heftig wie seit zweiunddreißig Jahren nicht mehr. Eiligst aus unverantwortlich langem Urlaub zurück, meldete sich das brennende Gefühl, daß er eine Aufgabe hatte. An dem Abend griff er nicht wie üblich nach dem allerneuesten Mike-Steele-Krimi auf seinem Nachttisch, sondern er lachte laut auf. Er lachte, als er sich hinlegte. Er setzte das Glas Milch ab und lachte laut über die allerneuesten, unglaublichen Schlagzeilen von zu Hause.

Er lachte, weil er alles begriff. Aus einem bestimmten Grund hatte er all die Jahre in Wien gelebt. Aus einem bestimmten Grund hatte er wider alle seine Zweifel den Verlag aufrechterhalten. Aus einem bestimmten Grund hatte er keine Familie gegründet, sich nicht gebunden. Aus einem bestimmten Grund hatte er die Kraft gefunden, nicht aufzuhören – 1956 bis 1989: dreiunddreißig Jahre, eine christliche Zahl, und er lachte wieder.

Jetzt wurde er nämlich nach Hause gerufen. Er wurde gerufen, den Verlag wieder stark zu machen, und zwar dort, wo er hingehörte, und dafür zu sorgen, daß er als Gedächtnis und Gewissen des Volkes diente und bis in die nächste Generation am Leben blieb und die nächste und die nächste und so weiter und so fort. Dazu mußte er als Verleger klug vorgehen. Wenn er noch einmal alles erfolgreich aufbauen wollte, mußte er die richtigen Leute finden, die bei der Vorbereitung und Weitergabe mitmachten, Leute mit Kultur und einer Vision und Kraft, jung und nicht korrupt. Er mußte sie so gut unterweisen, daß auch sie die Bedeutung des Verlags erkannten, und ihnen die wenigen ehernen Regeln und Prinzipien vermitteln, die dem Verlag seinen Bestand sichern würden. Diese neuen Gesichter würden Ungarn sein Gedächtnis und sein Gewissen geben, sie würden alles tun, daß diese für die ganze Nation wichtige Arbeit geleistet wurde, und wie er lernen, ihre eigene Vergänglichkeit zu benutzen, um Unvergängliches zu kreieren.

Die Klarheit dieser Vision war eindeutig und wunderschön, und Imre staunte, was alles ganz von allein geschehen war: Eine Aufgabe konnte über die Jahrzehnte wachsen, ohne daß man es überhaupt bemerkte, und am Schluß stand man auf einmal vor einem Garten, den zu planen und anzulegen man geholfen hatte, ohne es zu wissen. Da wartete er auf einen.

In der Nacht schlief Imre fest und träumte – nicht unangenehm – von seinem Vater.

XIV.

»Mr. Horváth wird gleich zu uns kommen, er entschuldigt für seine Verspätung, bittet aber wir beginnen den Kaffee von uns.« An dem langen, hellen Holztisch im Tagungszimmer des Verlags in Wien saß Krisztina Toldy Charles Gábor gegenüber und goß pechschwarzen Kaffee in knochenweißes ungarisches Porzellan. Im Tagungszimmer, von dem aus man durch ein Panoramafenster auf eine große Halle mit stumm rotierenden Druckmaschinen und blauen Fässern auf orangefarbenen Gabelstaplern hinunterblickte, hingen ein gerahmtes Gedicht, Gemälde und Fotografien aus der ungarischen Geschichte und Stiche aus der Geschichte der Druckkunst. Mit unruhiger Aufmerksamkeit überflog Charles die deutschen und ungarischen Bildunterschriften: Kunde einer aufdämmernden neuen Ära. Und mit der Gewalt einer Kugel, aus einer Pistole; Mátyás unterzeichnet den Frieden von Breslau; Gutenberg druckt ein; Kossuth an der Spitze von; eine Druckerpresse circa; Imre Nagy hocherhobenen Hauptes trotz; eine Druckerpresse circa; Bánk bán und der; eine Druckerpresse circa; Karten von Budapest und Ungarn 1490, 1606, 1848, 1914, 1920, 1945, 1990. Krisztina Toldy hatte ihre Brille an einer dünnen goldenen Kette um den Hals hängen, und ihr schwarzes Haar mit den weißen Strähnen war so straff in einem Zopf nach hinten gebunden, daß man förmlich sehen konnte, wie oben auf ihrer Stirn einzelne Haare aus den Follikeln kamen. Charles zählte ein bißchen, während sie ihren Kaffee tranken. Krisztina trank schweigend, mit gesenktem Blick, und Charles bemitleidete sie fast. Da saß sie und sollte den Mann mit dem Geld weich stimmen und wußte gar nicht, daß ihn alles, was sie tat, amüsierte oder irritierte, und sie wußte auch nicht, daß es ohnehin vollkommen einerlei war, was sie tat, denn er hatte in den Monaten seiner Tätigkeit im Risikokapitalgeschäft vor genug beklommen servierten Kaffees gesessen, oft genug gehört, wie sich gewiefte oder launige oder stotternde Assistenten wie Krisztina Toldy durch diese Eröffnungsakte plagten, und nie war etwas dabei herausgekommen. Deshalb wünschte er nun, sie würde sich mit ihrem Sermon beeilen und das Stichwort geben, damit endlich der Mann selbst in einem Gewalle von Papier und Helfershelfern auftauchte und sie noch ein, zwei Minuten reden konnten. Jedenfalls so lange, bis Charles den Knackpunkt gefunden und Klarheit darüber hatte, warum die ganze Sache hier ein Haufen Scheiße war (was der Fall sein mußte, wenn es – ob in Österreich oder nicht – von Ungarn gemanagt wurde), und auf Firmenkosten das Wochenende in Innsbruck verbringen konnte, bevor er nach BP zurückjettete, um dem Geschäftsführenden Gesellschafter zu berichten, daß diese Bande fauler Magyaren für einen 33prozentigen Anteil an ein paar Bildern aus der ungarischen Geschichte und einer großen Halle mit garantiert vorsintflutlichen Druckerpressen eine Milliarde Dollar haben wollte oder die Macht, sich unsichtbar zu machen, oder ein Atom-U-Boot.

»Er ist großer Mann, Mr. Gábor. Sie können sich nicht vorstellen, was er ins Auge geblickt und trotzdem erreicht hat. Es ist absolut sehr außergewöhnlich.« Sie blieb trotz Charles' Anerbieten, Ungarisch oder Deutsch zu sprechen, bei ihrem miesen Englisch und sprach mit großem Ernst, als finde sie nun zum erstenmal die genauen Worte für das, was sie persönlich mit angesehen hatte und von dem sie nun überzeugt war. Charles machte sich über sie lustig, ohne einen Muskel zu bewegen oder ein Geräusch von sich zu geben, ein Talent, auf das er sehr stolz war. »Er rettet mein Vaters Leben, Mr. Gábor«, fuhr sie ahnungslos zuversichtlich fort. »Mein Vater arbeit für Mr. Horváth in Ungarn. Kommt ein Tag, wann ...«

Na, toll. Jetzt wurde in Erinnerungen gekramt. Charles hatte das Gefühl, als habe er diese Story schon einmal gehört, aber mit anderen Hauptpersonen. Jemand hatte jemand anderem aus der Bredouille geholfen, wenn auch unter furchtbaren persönlichen Opfern, anschließend jahrelang gelitten und es trotzdem nie bereut. War es ein Film gewesen, den er gesehen hatte? Es kam ihm so bekannt vor ... Ach ja, eine Art alter Ersatzvater, einer von seinen entfernten Cousins hatte etwas Vergleichbares getan, und, mein Gott, stell dir das Dilemma nur vor, Károly, das Opfer, den Mut, das und so weiter und so fort.

Um sich die Zeit zu vertreiben, spielte Charles insgeheim ein Spiel: Er reagierte auf Toldys Geschichte mit allen passenden Gesichtsausdrücken, versuchte aber, kein einziges ihrer Worte wirklich zu hören. Um sich zu beweisen, daß er nicht schummelte und sich nicht darauf verließ, daß seine mitfühlenden Mienen durch ihre Worte hervorgerufen wurden, ging er im stillen Anmachsprüche in Deutsch durch, die er vielleicht am kommenden Wochenende in Innsbruck brauchte. Da Ms. Toldys schrille Worte aber unweigerlich immer wieder seinen Konzentrationspanzer durchdrangen, erlaubte er sich – aber nur dann – in seinen stummen Verführübungen das Englische als Krücke, doch nur so lange, wie es nötig war, Krisztina zurück in die Unhörbarkeit zu stoßen.

»Es gab nur zwei Türen und das Bodentür hinter der großen Druckmaschine. Sehr schnell drängt Mr. Horváth meine Vater hinunter in...« *Ich will mich ja nicht aufdrängen, aber du erinnerst mich sehr an ein Gemälde, das ich heute im Museum gesehen habe. Du hast die rasche, ungebremste Energie und Lebendigkeit, die wichtigste Sache...*

»Und da war Mr. Horváth und sagt nur: ›Meine Herren, was meinen Sie, bringt Sie dazu...‹« *Was bringt dich an diesen Ort? Ich habe dich noch nie hier gesehen. Wenn man jemanden wie dich sieht, vergißt man das nicht. Nein, nein. Ich komme von ziemlich weit her...*

»Drei und einerhalb Jahr! Drei und einerhalb Jahr muß Mr. Horváth...« *Fünfunddreißig Schillinge ist kein schlechter Preis für so gutes Bier. Weißt du, in den Staaten kriegen wir kein gutes österreichisches Bier. Amerikanisches Bier ist nicht...*

»Sie hätten ihn umbringen gekonnt, furchtbar.« *Es bringt mich um, daß ich dir nicht erklären kann, wie du wirkst. Auf mich natürlich, aber auch auf alle anderen. Schau dich um. Schau dir die Typen am Tresen an, sie spüren es auch. Ich bin nur mutig genug, dich anzusprechen, und sie waren es nicht.*

»Wir sind Juden, meine Familie. Wer war am schlimmsten,

wird mein Vater oft gefragen, Nazis oder Kommunisten? Er sagt immer: ›Die Nazis stecken mich in Lager und sagen, sie vernichten mir; dann stecken die Kommunisten mich in Lager und sagen, sie bringen mir bei, besserer Mensch werden. Wenigstens‹, mein Vater sagt«, an dieser Stelle ein breites und klugerweise ironisches Lächeln von ihr; ihr Haar wirkte noch fester gezurrt, und Charles rechnete fast damit, daß die Haare gleich einzeln aus dem gekräuselten Fleisch sprangen, »›wenigstens waren die Nazis ehrlich zu mir.‹«

Charles schenkte Krisztina einen Blick, mit dem er folgendes auszudrücken hoffte: sein Mitgefühl, sein stilles Erstaunen und den dringenden Wunsch, mit einem Mann, der so ohne Fehl und Tadel war wie Imre Horváth, zu sprechen, zu arbeiten und ihm große Mengen Geld zu geben; seine Hoffnung, daß ihr Vater noch lebte und es ihm gutging und daß er sich nicht sein Leben lang mit schrecklichen Schuldgefühlen plagte, weil sein Chef seinetwegen einen so hohen Preis bezahlt hatte; und schließlich höflich und gewiß verständlich den Wunsch, daß sie nun den Mund halte und den Großmeister persönlich herbeibringe, damit er, Charles, herausfinden konnte, wo und warum in dieser Witzfirma das gesamte Geld, das seine Gesellschaft in sie hineinpumpte, versickern würde. Dann konnte er nämlich noch rechtzeitig seine kühne Flucht in Szene setzen und den Schnellzug nach Innsbruck besteigen.

Krisztina Toldy goß diesem amerikanischen Jungen noch einen Kaffee ein und spürte allmählich, daß sie ihre beiden Aufgaben nicht erfüllte. Wie konnte sie dafür sorgen, daß er lockerer wurde und ihm gleichzeitig die Bedeutung des Verlages vermitteln? Sie erkannte, daß beides unvereinbar war: Diesen Jungen zu erziehen würde eine Wortgewalt erfordern, die ihn aber kaum ruhiger machen würde. Außerdem stimmte etwas nicht mit ihm. Sein Lächeln und seine Dankesworte waren falsch. Er bestand aus schmutzigen Spiegeln. Es interessierte ihn gar nicht, was sie sagte; er war zu verwöhnt, um zu verstehen, wofür Horváth sein Leben eingesetzt hatte. Sie tat ihr Bestes, diesen Überbringer von us-Dollars zu unterhalten, aber mitten im Reden fand sie seine Haltung, seine Miene, seine Lippen und sein Haar so provokativ, daß sie zu dozieren begann und ihm am Ende sogar Vorhaltungen machte.

Charles wiederum fand es zunehmend unterhaltsam, wie ihr Dilemma immer sichtbarer wurde. Er genoß, wie sie im Widerstreit mit sich selbst war, und nach seiner anfänglichen Hast hoffte er nun, Horváth werde sich unendlich verspäten, damit er, Charles, zusehen konnte, wie dieser festgezurrten Adjutantin am Ende doch noch der Geduldsfaden riß. Ein besonders gefälliges Beispiel aus ihrem konfusen Wortschwall prägte er sich ein und erzählte Mark und John am folgenden Montag abend im Gerbeaud: »Ich glaube mit Gewißheit, Sie werden finden, daß Mr. Horváth ein außergewöhnlicher Geschäftsmann in Ihrem westlichen Stil ist; außer daß er in der Grundsätzlichen ein Mann von Moralität ist, und das ist vielleicht etwas, das Sie im Westen selten sehen, oder vielleicht sogar niemals, weil Sie alle nicht gekennenlernt haben, wie das Leben unter den Kommunisten manche Männer stark gemacht hat. Aber vielleicht dies ist unmöglich für Ihr Verständnis, was ich meine.«

Charles nickte und lächelte teilnahmsvoll. »Mr. Horváth hat sicher Glück gehabt, daß er versehentlich unter den Einfluß der Kommunisten geraten ist«, sagte er. Sie stand auf und holte eine Kanne mit frischem Kaffee, bot ihn an, er lehnte ab, aber gerade als sie sich wieder hinsetzen wollte, besann er sich und nahm doch noch einen.

»Haben Sie Fragen, die ich zu beantworten könnte?«

»Ja, bitte. Sie schrieben, glaube ich, in einem Ihrer Briefe an meine Firma, daß es sich um einen Familienbetrieb handelt?«

»Ja, seit 1808. Ja, die Familie Horváth ist seit einhundertundzweiundachtzig Jahren das Geschäft.« Mit frischer Energie beugte sie sich vor. »Er ist der sechste, der diese Firma führt, dieser Mr. Horváth. Unsere ungarische Geschichte hat es ihm bisher soweit unmöglich gemacht, die meisten Gewinne für das Haus zu holen – wie ich weiß, daß Sie es mit Ihren westlichen Maßstäben wollen –, aber er hat den Verlag frei und am Leben gehalten für dreiundvierzig Jahren, wie sein Vater es in Kriegszeiten auch gemacht hat. Und wir machen Gewinne. Wir verlieren hier kein Geld, mein Herr. Sein Vater hatte Ihren Namen.« Pause. »Károly.« Während sie noch über diesen Zufall nachdachte, legte sich ihre Begeisterung, aber dann fuhr sie fort: »Seine Vater leitet uns auch durch Gefahr. Wir bekommen die Führer, die die Zeiten für uns erfordern, Mr. Gábor, und was für ein Segen, daß wir Mr. Horváth haben.«

»Wenn es ein Familienbetrieb ist, wer ist dann Mr. Horváths Erbe?« unterbrach Charles sie, bevor sie noch ein schrilles Liebeslied anstimmen konnte. »Welches seiner Kinder bereitet er darauf vor, nach seinem Tode die Leitung der Firma zu übernehmen?«

Sie wirkte ein wenig schockiert, als er das Hinscheiden ihres Chefs in Betracht zog, doch Charles entschuldigte sich weder durch Worte noch Gesten. »Nein, nein, Mr. Gábor. Mr. Horváth wird keinen Tod haben. Er ist unsterblich.« Sie freute sich richtig, daß sie vor diesem schrecklichen Jungen Humor bewies.

Charles stellte seine leere Tasse auf die Untertasse, beugte sich vor und belohnte Ms. Toldy mit einem ihrer Witzelei angemessenen Lächeln. Bis zu diesem Punkt hatte er ihre Qualen genossen, nun aber die erste Information erhalten, für die sich der Trip lohnte. Mr. Horváth war alt (er leitete die Firma seit dreiundvierzig Jahren) und augenscheinlich ohne Erben, denn seine getreue Helferin hatte Charles' Frage tunlichst unbeantwortet gelassen.

»Mit Erben ist's nichts«, sagte er zu seinen beiden Freunden an dem Montag abend im Gerbeaud.

»Wieso, er hat doch schon geerbt«, sagte Mark. »Ich dachte, er ist der sechste.«

»Er hat noch fünf Brüder?« fragte John.

Die Tür zum Tagungszimmer öffnete sich, und Charles zwang sich zu einem Lächeln. Imre Horváth, die Brille hoch in die Stirn geschoben, kam herein und unterschrieb dabei Papiere, die ihm ein junger Mann hinhielt. Zwei weitere junge Männer folgten ihnen auf dem Fuße. Überall Papiere, kratzende Stifte, in letzter Minute wurden dringender Rat angenommen, in Sekundenbruchteilen Entscheidungen getroffen und begnadete, vielschichtige Anweisungen in zwei Sprachen erteilt. Wie emporgezogen von Regie und Ritual, stand Charles langsam auf, gleichzeitig gelangweilt und hellwach, wenig erwartend. »Oooh, Mr. Gábor«, kamen die mit einem mitteleuropäischen Akzent veredelten Worte. »Sie müssen meine Entschuldigung annehmen für mein Säumen.«

»Horváth úr. Bitte entschuldigen Sie sich nicht. Ms. Toldy war mir eine exzellente, kenntnisreiche Gesellschafterin«, erwiderte Charles vollständig in ungarisch.

Der Kaiser hielt mit übertriebener Überraschung inne. Auch sein Hofstaat erstarrte. Dann verlieh der Kaiser seinem Staunen und Entzücken Ausdruck mit der offiziellen Miene und den offiziellen Gesten der Hände. »Das ist ja zu schön«, rief er in englisch. »Sie sprechen Ungarisch wie ein Naturtalent. Was für aufregende Zeiten, wenn die besten jungen Amerikaner Ungarisch sprechen.« Die drei Gefolgsleute grinsten anerkennend, und Ms. Toldy, die am Kopfende des Tisches stand, lächelte und wurde in Anwesenheit ihres Idols ruhiger.

Der Ältere, der das Geld des Jüngeren haben wollte, schüttelte dem Jüngeren, der die Position des Älteren wollte, die Hand, sie vollführten ein galantes Tänzchen und ließen sich dann auf Stühlen zu beiden Seiten des langen Tischs nieder. Vor Horváth erschien ein Glas, offenbar mit Milch, und Charles' Kaffeetasse war plötzlich auch wieder voll. Ms. Toldy setzte sich rechts neben Imre, und die drei Gefolgsleute nahmen wie die Orgelpfeifen zur Linken ihres Herrn und Meisters Platz; Charles saß den fünfen allein gegenüber.

Imre sprach wieder Englisch, eine großzügige Geste, um des jungen Mannes zweifellos knappen Vorrat an Magyarisch nicht überzustrapazieren. »Mein guter Mr. Gábor, es ist uns eine große Ehre, Sie heute in unserem Verlag begrüßen zu dürfen. Wir stehen ganz zu Ihrer Verfügung. Ihre Reise war, hoffe ich –« Man hielt sich genau an das Drehbuch (abwechselnd in wohlmeinendem Englisch und wohlmeinendem Ungarisch, denn derjenige, der als erster auf seine Muttersprache zurückgegriffen hätte,

hätte das als Niederlage empfunden wie der, der seinen Geschäftsrivalen für das Essen bezahlen läßt). Es folgte die namentliche Vorstellung der drei anderen Männer, der rituelle Austausch der Geschäftskarten und die Inspektion derselben, wie bei Stammesbesuchen üblich, ein Witz über das Ritual des Austauschs und Inspizierens der Geschäftskarten, wie bei Stammesbesuchen üblich, Charles' Bitte, man möge ihn Károly nennen, Horváth, der den Zufall bemerkte, Charles' Reiseverlauf, Wien, das Viertel, das Haus, das Geräusch der Druckmaschinen, die hinter schalldichtem Glas ratterten, Fragen, wieso ein junger Mann derart fehlerloses (eine Übertreibung und mit Absicht so formuliert, daß sie durchschaubar war) Ungarisch spreche, kurze Erklärungen zur Familiengeschichte, eine Bemerkung zum Wetter und der Unvermeidlichkeit von Bemerkungen zum Wetter, ein Scherz, den man nur machte, wenn man sehr alt und sehr weise war und der Scherzende alles Wetter dieser Welt gesehen hatte und in diesem Leben keine Überraschungen mehr erwartete, die Drucke an der Wand. »Das hier«, zärtliches Streicheln des Glases, das das Gedicht schützte, »ist über diese Firma geschrieben worden, über unseren Horváth Verlag, als er noch jung und natürlich noch in Budapest war. Ein großer Dichter wollte der Welt erzählen, wie wir…« Die Geschichte des Mannes blieb obskur; Charles nickte entsprechend. »…aber das sind alles uralte Geschichten, ein alter Mann erzählt Unfug, da kommen Sie von weit her, um übers Geschäft zu reden, und ich –« Die mit gespielter Bescheidenheit vorgebrachte Behauptung, uninteressant zu sein, schmückte sich unterschwellig, trügerisch mit ihrer eigenen Inakkuratheit, sollte in Wirklichkeit aber sehr wohl Appetit aufs Geschäftemachen signalisieren. Abschluß der einleitenden Bemerkungen, der glänzende, herrliche Zug nach Innsbruck noch keine Unmöglichkeit.

»Sie sind sehr nett, Horváth úr«, fuhr Charles in ungarisch fort. »Ich bin natürlich im Auftrag meiner Firma hier –« Der ältere Mann nickte auf Charles' freimütiges Eingeständnis hin, daß er lediglich andere mächtigere Männer mit Geld repräsentierte, »um mehr über Ihre Firma zu hören sowie die näheren

Einzelheiten, wie wir Ihnen vielleicht helfen können.« Als Charles merkte, wie seine Worte aufgenommen wurden, fügte er hinzu: »Insofern entscheidet mein Bericht durchaus über die nächsten Schritte meiner Firma.«

Immer eine nach der anderen sprangen Charles' Fragen aus dem Notizbuch, in dem er sie am Vorabend untergebracht hatte. Wenn sie dann über den Tisch sprangen, lobte Imre sie, becircte sie und ließ sie Visionen von Historie und Tyrannei, Tapferkeit und Listenreichtum vortanzen, versetzte sie in gespannte Aufmerksamkeit und wies dann den einen oder anderen seiner Assistenten an, Details zu nennen, bis die Frage erschöpft ins Notizbuch zurückschwebte und eine andere mit neuer Kraft und Schärfe heraussprang. Die Fragen in ungarisch zielten auf Barbestände, Kapitalvermögen, Vertriebsnetze, Zahl der Angestellten, Backlist und Programme, Bilanzen und Produktionspläne, Auflistung der Einnahmen und Außenstände, Produktionsketten und Kosten pro Einheit; die Antworten in englisch berichteten von Geschichten und Geschichte, Persönlichkeiten und Vorfahren, dramatischen Ereignissen, die schwierige Entscheidungen erzwangen, und erzwungenen Entscheidungen, die überraschende Ergebnisse zeitigten. Jedesmal schmeichelte Imre auf englisch Charles' ungarischen Fragen, und Charles schmeichelte Imres englischen Anekdoten auf ungarisch, bis ein Assistent ganz wie sein Boss in kompaktem, metallischem Englisch die Informationen lieferte, um die Charles ursprünglich gebeten hatte. »Ihre Frage ist scharfsinnig, junger Károly. Unsere Buchhaltungsunterlagen und Bilanzen stehen Ihnen vollständig zur Einsicht. Die Einzelheiten, nach denen Sie fragen, berühren Bereiche, die wir nun auch sehr genau untersuchen, da wir uns auf den großen Schritt zurück in unser Heimatland vorbereiten.« Und ganz allmählich gab man Charles zu verstehen, was genau Horváth von seiner Firma wollte.

Die letzten gut dreißig Jahre hatte es zwei Horváth Verlage gegeben – den größeren in Budapest, 1949 ohne Entschädigung von den Kommunisten verstaatlicht, und den kleineren in Wien, wo Horváth ihn nach seiner Flucht aus Ungarn 1956 neu aufgebaut hatte. Als Opfer der Verstaatlichung aus dem Jahre 1949 hatte Horváth nun Rückerstattungsansprüche an die neue demokratische ungarische Regierung, auf eine symbolische Entschädigung für seine Verluste aus dem Jahre 1949, eine tatsächlich nur symbolische Summe, die in Coupons bezahlt wurde, mit denen man aber nur entweder verstaatlichtes (eigenes oder anderes) Eigentum zurückkaufen oder an der neuen wackligen Budapester Börse investieren konnte. Horváth suchte deshalb genug Fremdbeteiligungen, die zusammen mit seinen mickrigen Coupons eine ausreichend große Summe ergaben, mit der er nicht nur alles zurückkaufen konnte, was seiner Familie 1949 gestohlen worden war, sondern auch das wiedergewonnene Eigentum auf den Standard von 1990 modernisieren, das gesunde, gewinnabwerfende Unternehmen in Wien mit dem wiederaufgebauten Unternehmen in Budapest fusionieren und den Horváth Kiadó erneut zum lautstarken Gedächtnis des ungarischen Volkes machen konnte. »Oooh, Mr. Gábor, diese staatliche Privatisierungsbehörde, ein bezaubernder Name, oder? Vielleicht bekomme ich meine Coupons mit einer Entschuldigung? Oder mit einer Grußkarte, von meinen Gefängniswärtern unterzeichnet? Vielleicht geben sie mir am Ende meine Coupons, haben meinen Verlag aber schon an einen traurigen, verfolgten Obst- und Gemüsehändler verkauft? Wir müssen also rasch handeln, Sie und ich. Balázs«, er deutete mit dem Kopf auf den größten Assistenten (der aber immer noch kleiner als der stattliche Horváth war), »ist in Dingen der Mathematik klug. Balász, was sagen Sie zu Károlys klugen Fragen?« Und der junge Ungar, der in Wien wohnte und für seinen Helden arbeitete, gab dem Amerikaner in englisch die Buchhaltungsdaten, die er haben wollte. Charles spürte, daß in Balász' Antworten die gleiche Verächtlichkeit und der gleiche Glaubenseifer mitschwangen wie in Krisztina Toldys Ausführungen – nicht, daß scharfe Worte fielen, nein, es wurden ausschließlich reale und veranschlagte Zahlen diskutiert, doch Charles' heftiger Widerstand, sein Unwille, sich tief vor dem sitzenden Gott zu verneigen, war offenbar für alle im Raum eine Beleidigung – außer für das Idol selbst.

»Hier in Wien haben wir Erfolg gehabt, wie Sie sehen. Aber am allerwichtigsten: Wir haben überlebt und unsere Pflicht gewahrt. Wir sind immer noch das Gedächtnis unseres Volkes, und während dieser dunklen vierzig Jahre war das das wichtiger als je zuvor. Wir verlegen alle klassischen ungarischen Dichter und Schriftsteller in zehn Sprachen, das gesamte Programm des Horváth Kiadó, das über fast zwei Jahrhunderte zusammengekommen ist. Wir haben dafür gesorgt, daß sie, selbst als sie aus ihrem Heimatland verbannt waren, nicht aus dem Blickfeld der Menschheit verschwunden sind. Gewiß sehen Sie doch die Bedeutung einer solchen Leistung, Mr. Gábor.«

»In der Tat. Die Regale meiner Eltern in Cleveland sind voll von Ihren Büchern, Horváth úr«, erwiderte Charles. »Ich bin mit Ihren Büchern aufgewachsen.«

Horváth lächelte über das ganze Gesicht und spreizte die Finger, so weit es ging. Sollte der Junge die Kraft seiner alten Hände sehen. »Dann haben wir Erfolg gehabt, und ich bin sehr erfüllt mit Stolz.«

»Aber stecken in dem Verkauf von ausschließlich Klassikern langfristige Gewinnsteigerungen?«

»Oooh, Mr. Gábor, halten Sie mich nicht für einen Sentimentalisten. Sie haben recht. Etwas muß unsere Mission bezahlen. Wenn wir an den Ort zurückkehren, der uns von Rechts wegen zusteht, wird es so wie jetzt, nur in ungarisch: populäre Bücher und Zeitschriften, Sportzeitungen, ein Wirtschaftsblatt; *Unser Forint* würde eine Tradition meiner Familie wiederaufnehmen.« Ohne den Blick von dem Amerikaner zu wenden, deutete er mit der Hand irgendwo in Richtung des mittleren Assistenten, der dankbar für die Gelegenheit und mit dem gleichen Feuer in den Augen, das auch in Krisztinas und Balázs' geglüht hatte, Charles' Aufmerksamkeit auf ein eklektisches Programm lenkte. Da standen unter anderen Kuriositäten die deutschen Ausgaben der kultigen, aber breit verkäuflichen amerikanischen Mike-Steele-Krimis (*Der Mörder im Bad; Eine lange heiße Dusche mit dem Tod; Schaum, blutiger Schaum; Eingeseift zum Schlachten* und dergleichen mehr), die Wiener-Konditorei-Backbücher, Memoiren deutscher Politiker und Geheimdienstchefs, Investitionsratgeber, Diätbücher, inspirierende Bücher über Poppsychologie und Softreligionen, eine Fußballzeitung und das Rätselheft, die in den letzten Jahren zusammen 85 Prozent des Firmenumsatzes ausgemacht hatten, doch auch die Klassiker verkauften sich mit respektabler Beständigkeit. »Wir sind alle große Fans von Ihrem Mike Steele«, sagte Horváth und hob sarkastisch die Braue. Dieser amerikanische Privatdetektiv finanzierte mit seinen hygienebesessenen Heldentaten in deutscher Sprache die Publikation englischsprachiger Boldizsár-Kis-Kollektionen und französischsprachiger Endre-Horn-Stücke, und Charles begriff, was Horváth ihm mit dieser Bemerkung sagen wollte. Europa lachte über die Vereinigten Staaten, über deren Banausengeschmack in so vielen Dingen und über die Schlauheit der Europäer, diese Geschmacksverirrungen auszunutzen, um niveauvollere Projekte finanzieren zu können. Charles wußte, daß er aufgefordert war, mitzulachen und sich als Europäer, gemäß ihrer Definition als einer der Ihren, zu erkennen geben sollte. Er lächelte, neigte sogar ein wenig den Kopf und erkannte ihre kulturelle Überlegenheit über das oberflächliche Amerika an.

Die Sachkompetenz lag bei den drei Managern, wurde ihm klar; die Dame Toldy war Mädchen für alles und die Bedeutung des alten Mannes lediglich symbolisch, was aber, ermahnte er sich, nicht ohne Wert für Beteiligungen und die PR war, auch wenn er persönlich Imre Horváth als Typ eher unangenehm fand. Genau das Wort benutzte Charles am folgenden Montag im Gerbeaud: »Typen wie den sieht man dauernd. Mir kommt er vor wie jemand, der faul und fett vor der Glotze hockt, aber ewig und drei Tage über seine sportlichen Erfolge an der Highschool labert. Wie kann man bloß als Hülle seines früheren Ich leben?«

Ein Assistent führte die Ex-Horváthschen Vermögenswerte auf, die die staatliche ungarische Privatisierungsbehörde zum Verkauf feilhielt, erläuterte, wie man am erfolgversprechendsten vorging, um sie zu erwerben, und dann fügte Imre hinzu: »Die gegenwärtige ungarische Regierung, Mr. Gábor, mit ihren ehemaligen Gefängnisinsassen, ihren Dissidenten, die nun Minister sind, ihren Dichtern und ihren Denkern: viele von ihnen sind in unserem Programm. Wir haben sie und andere vergessene Ungarn, die seit 1956 nicht mehr gedruckt wurden, veröffentlicht. Es bedeutete selbstredend gewisse Komplikationen, die Manuskripte zu beschaffen, doch es war möglich, wenn man einen österreichischen Paß und die Bereitschaft besaß, oooh, sich einzusetzen.« Das Samizdat-Verlagsprogramm war unprofitabel, natürlich, es bestand in der Hauptsache aus Tagebüchern und Essays: brutalen Schilderungen des Lebens im Kommunismus, philosophischen Abhandlungen darüber, wie man trotz Unehrlichkeit und Verrat ehrlich bleiben konnte, hoffnungslos phantastischen, irrelevanten und dann in der Retrospektive erstaunlich prophetischen Ideen zu Aufbau und innerer Gestaltung eines zukünftigen demokratischen Ungarn. All das besorgte man in Ungarn unter enormen Risiken und brachte es aus dem Land. Imre ließ sich nicht über Einzelheiten aus, er schwang nur sein Räucherfaß mit den Mysterien, und der Duft der Geheimnisse erfüllte den Raum und kitzelte den Amerikaner in der Nase.

»Kommerziell ist es völlig wertlos. Aber gut für die PR, das muß ich dem alten Lügner zugestehen«, sagte Charles, als der Kuchen kam. »Vielleicht brauche ich dich, Johnny, um diesen Deal durchzuziehen. Hast du schon mal Lobbyarbeit gemacht? Egal, wir sorgen dafür, daß deine kleine Schreibmaschine zur Abwechslung mal zu was Nützlichem gebraucht wird und dir vielleicht sogar ein bißchen Geld einbringt.« John Price, der gerade die Karamelschicht auf seinem Stück Dobos-Torte knackte, blickte fragend auf. »Ja, mein kleiner jüdischer Freund«, sagte Charles. »Geld.«

»Es ist eigenartig, aber wahr, Mr. Gábor, die Kommunisten haben den Namen Horváth Kiadó nie geändert. Es war der Name der Klassenfeinde, dieser üblen Horváths, Unterdrücker des Proletariats, aber sie wußten auch, daß der Name Horváth – wie Sie ganz gewiß verstehen – ein Markenname war und einen Ruf hatte. Und was machten sie von 1949 bis 1989 mit diesem Markennamen? Sie erzählten Lügen. Unter meinem Namen.

Unter dem gestohlenen Namen meiner Familie, vierzig Jahre lang, Mr. Gábor, produzierten böse, dumme Männer Unfug und Lügen. Außer in den dreizehn Tagen 1956, als ich noch einmal die Leitung übernahm. Vierzig Jahre Lügen, dreizehn Tage Wahrheit. Unterm Strich sehr schlecht, finde ich.« An dieser Stelle nahm Horváth, ohne Charles aus dem Blick zu lassen, von seinem Assistenten ein Buch entgegen, klopfte erst auf die Worte *A Horváth Kiadó* auf dem Rücken und dann auf den Umschlag, auf die (ungarischen) Worte *Die terroristische Offensive der* USA *gegen das ungarische Volk von Gyula Hajdú*. Charles nicht aus dem Blick lassend, schlug er das Buch auf der letzten Seite auf, wo sich das deutlich sichtbare Signet befand: eine kleine Zeichnung von einem muskulösen Fabrikarbeiter, der ein Schutzschild hielt, und auf dem Schild, von einer Wolke aus Dampf oder Rauch umgeben, standen die Buchstaben MN. »*A Magyar Nép*köztársaság.« Die drei Worte sagte Imre endlich auf ungarisch. »Die *Volks*republik Ungarn«, flüsterte er. »Aber MK«, fuhr er fort und tippte auf den Rücken« eines weiteren Buches, das ein anderer Assistent herbeigezaubert hatte und auf dem die traditionelle Pistole losballerte. »Das Design meines Großonkels Viktor. *A Magyar Köztársaság*. Die Republik Ungarn. Seit 1808 publizieren wir für ein freies, unabhängiges, demokratisches Ungarn. Mein Vorfahr starb für diese Freiheit in Kápolna. Und nun gibt es sie, an einem realen Ort, nicht im Märchen, und es ist auch nicht die Vision eines Wahnsinnigen, es gibt eine wahre Republik Ungarn. Und was habe ich? Mein Name und mein Betrieb, die weitgehend identisch sind, sind mir gestohlen und vierzig Jahre lang benutzt worden, Lügen zu verbreiten. Mr. Gábor, ich möchte, daß Sie mir helfen, die Wahrheit wieder zu ihrem Recht zu helfen. Das«, und nun nahm er den undurchschaubaren Jungen ins Visier, »wäre für einen jungen ungarischen Helden ein Triumph. Nicht nur ein finanzieller, sondern ein moralischer, ein historischer, ein philosophischer. Wir brauchen das Geld von Ihrer Firma, Mr. Gábor. Dieses ist klar. Wir könnten es, glaube ich, auch aus anderen Quellen bekommen. Was wir aber zusätzlich brauchen, sind Männer und

Frauen von Kultur, die die Bedeutung dessen, was wir verkörpern, erkennen. Wir brauchen Ungarn von Charakter, die bereit sind, ihr Erbe zurückzufordern. Bitte sagen das Sie zu Ihrer Firma.« Horváth erhob sich, und simultan erhoben sich prompt die vier anderen. »Leider werde ich nun anderweitig verlangt, Mr. Gábor.« Er musterte den sitzenden Charles. »Ich bin sehr neugierig zu erfahren, was Sie in dieser vor Ihnen stehenden Situation tun werden, Károly, mein Sohn.« Er kniff die Augen ein wenig zusammen und sagte in seinem tiefen, langsamen, gravitätischen Englisch: »Vielleicht werden Sie und ich diese Geschichte zusammen erzählen. Diese ungarische Geschichte. Ihre Rückkehr nach Ungarn macht unsere Rückkehr nach Ungarn möglich. Zwei Ungarn, der eine jung, der andere alt, wollen nach Hause und die Wahrheit wieder zu ihrem Recht helfen. Sind Sie bereit, Károly, mit einer solchen Arbeit für Ihr Volk zu ringen?« Er stand vor dem sitzenden Charles, die Arme verschränkt und die kräftigen Hände in den Falten seines italienischen Anzugs verborgen. Seine schmale Brille mit den ovalen Gläsern hielt die wallende silberne Mähne zurück, unter den tiefen Furchen auf seiner Stirn zuckte er mit keiner Wimper, hielt den Blick fest auf den Amerikaner unter sich gerichtet. »Ihre ungarische Geschichte. Denken Sie zuerst darauf, Károly, und danach auf die Bilanzen. Das ist der beste Rat, den ich Ihnen geben kann.«

Die Tür schloß sich hinter ihm, und Imre Horváth lief langsam und unsicher durch den mit Teppich ausgelegten Flur zu seinem Büro. Mit großer Anstrengung ging er durch den Korridor und direkt zu einem der Gästesessel vor seinem Schreibtisch. Dort setzte er sich schwerfällig unter ein Foto: den derzeitigen Finanzminister des neuen demokratischen Ungarn, vier Jahre alt, auf den Schultern von Imre, vierundzwanzig Jahre alt – ein Bild, das auch im *Békében* war. Beide kniffen im Sonnenlicht am Donauufer auf der Budaer Seite die Augen zusammen, direkt vor der gesprengten, gesunkenen Kettenbrücke, deren abgerissene Verbindungstaue im Fluß lagen oder herausragten und deren Fundamente keine Straße mehr stützten. Der kleine Junge, der hoch auf den Schultern des jungen Mannes saß, winkte und lächelte; er hatte eben mit seinem Freund Imre, der ihn manchmal hütete, in einer der provisorischen Fähren den Fluß überquert. Imre wiederum umfaßte die zarten, baumelnden Knöchel fest und malte sich aus, mit der Fotografin zu schlafen, der ältesten Schwester des kleinen Jungen.

Charles' Nachmittag endete mit einer Besichtigungstour durch die Büroräume, Lagerhallen und Druckereien des Horváth Verlages, sein Führer war Béla, der kleinste der drei Assistenten, ein junger Mann fast ohne Haare – nur ein mönchischer Kranz verlief von Ohr zu Ohr – und einer zweimal gebrochenen Nase, die einer weniger bekannten Nudelart ähnelte. Charles erkundigte sich noch einmal nach Imres Nachfolgern, und Béla erwiderte: »Er hat nur einen Cousin, ich glaube, in Toronto, aber er hat keine Kinder. Da er nicht die Familie hatte, konnte er ein wenig freier nach Ungarn gehen und auch wieder weg, er konnte ihrer gewisser Druck widerstehen. Wissen Sie, es war oft durch die Familie, daß sie einen zur Kollaboration bringen konnten, einen beugen. Aber er hat nie kollaboriert. Niemals. Er hat sich nie gebeugt. Während mit einer Familie, na ja –«

»Es hätte seine Achillesferse sein können«, beendete Charles den unerträglich langsamen Satz.

Béla blieb vor einer der ratternden Maschinen stehen, hob die Hand mit der Handfläche seinem Gast zugewandt und den Fingern leicht nach innen gekrümmt, einer beliebten Geste von Heiligen auf mittelalterlichen Tafelbildern. »Er hat keine Achillesferse, Mr. Gábor. Er gehört zu den großen Männern, den wirklich seltenen Männern. Das werden Sie erfahren; Sie werden sehr glücklich haben, mit ihm zusammenzuarbeiten.« Und Charles sah, dies war nicht der einstudierte Teil des heutigen großen Vorhabens, bei dem Mann mit dem Geld Eindruck zu schinden, und es war nicht einmal sehr klug, so mit einem potentiellen Investor zu reden – aber es war die absolute Wahrheit, jedenfalls nach Bélas Meinung. Charles gab sich allergrößte Mühe und lachte nicht.

Teil drei

Eine vorübergehende Verdauungsstörung

I.

John Price rauchte in aller Ruhe eine Zigarette auf seinem Balkon, gab dem Foto seiner altmodischen Frau und seines altmodischen Kindes einen Gutenachtkuß und legte sich auf seine Bettdecke. Es gelang ihm nicht, die Ereignisse des Tages, erst die Kopfverletzung und dann den Verrat an seinem Bruder, richtig einzuordnen. Scott verdiente es nicht besser. Er sollte sich sofort bei Scott entschuldigen. Mit jedem Tag wußte er Emily mehr zu schätzen. Mit jeder Minute war er Emilys weniger würdig. Er war ein Schwein. Er war ein wahrer Lebenskünstler.

Er schlief schon fast, da glimmte eine mathematische Gleichung vor seinen geschlossenen Augen auf. In dem schwitzigen Zustand zwischen Wachen und Schlafen, wenn der Puls schneller geht, sah er eine wohlmanikürte, anmutige weibliche Hand mit einem Stück Kreide über eine Tafel fahren. Es knackte und quietschte, die Gleichung erschien, die armlose Hand bewegte die Kreide, sie schrieb: *ernst = nicht ernst*. Als die Hand am Ende ankam, lösten sich die Buchstaben auf, einer nach dem anderen, in der Reihenfolge, wie sie geschrieben worden waren, wie Dampfschwaden oder das Kielwasser von Motorbooten. Er beobachtete, wie sich die Gleichung nun wie von allein immer und immer wieder an dieselbe Stelle schrieb, in derselben Geschwindigkeit; wie sie verschwand, wieder erschien, verschwand, wieder erschien. *ernst = nicht ernst, ernst = nicht ernst*. Als das Wort *ernst* allmählich falsch geschrieben aussah, als bilde er es sich nur ein, glitt er in den Schlaf.

Als er am nächsten Morgen die Augen aufschlug, war die Gleichung – im Gegensatz zu früheren großen Halbschlaf-Offenbarungen, umfassenden Lösungen der angewandten Sozialwissenschaft, mathematischen Erkenntnissen, philosophischen Durchbrüchen – nicht verschwunden, sondern hockte ihm auf der Schulter und verlangte seine sofortige, uneingeschränkte

Aufmerksamkeit: *ernst = nicht ernst.* Er stand auf, ging auf den Balkon und beobachtete den Verkehr und die perspektivisch verkürzten Fußgänger direkt unter sich, die zu bloßen Kreisen mit vier ausfahrbaren Anhängseln geschrumpft waren. Die Gleichung stolzierte herum, mehrere Minuten lang konnte er an nichts anderes denken.

Im Verlauf des Morgens dann versuchte er angestrengt, die blutbeschmierten Notizen aus seinem Interview mit Harvey zu entziffern. Dabei lehnte er sich immer wieder auf seinem Stuhl zurück, nagte an seiner Lippe und bedachte *ernst* und *nicht ernst,* bis Karen Whitley ihn kurz vor zwölf Uhr fragte, ob er Lust zu einem »Spezialmittagessen« habe. Als sich ihre geschlossenen Augen und ihr offener Mund mit penetranter Gleichmäßigkeit in sein Blickfeld schoben und wieder hinaus, offenbarte die Gleichung endlich ihre geheime Bedeutung. Mit jedem rhythmischen Schwung verdeckten Karens Rumpf und Kopf die Deckenrosette, die Stucktrauben und -girlanden um die Lampenhalterung in ihrem Schlafzimmer oder gaben sie wieder frei. John versuchte den Stuck sogar vor seinem geistigen Auge zu sehen, wenn er von Karen verdeckt wurde. Emily zuliebe versuchte er Karen durchsichtig zu machen, denn Emily saß freundlicherweise nackt neben ihm, legte ihm eine Hand auf die Stirn und verlangte unerbittlich wie ein Feldwebel, er solle die Trauben zählen und ihr die Girlanden und winzigen Putten lautlos bis in die letzten Einzelheiten beschreiben. Als er ihren Befehlen gehorchte, kam seine Gleichung zurück – *ernst = nicht ernst* –, und er begann zu lächeln, und Karen, die nun die Augen öffnete (und Emily sofort zum Verschwinden brachte), lächelte zurück, und John lächelte breiter, und Karen lächelte auch breiter, und langsam verstand John die Vision, die ihm beim Einschlafen am Vorabend gekommen war. Nach einer Weile hörte Karen auf, sich zu bewegen, ihr Kopf fiel auf Johns Brust, ihre Worte klangen immer gedehnter und tiefer, dann hörte man nur noch das Geräusch ihres Atmens und dann das ihres Schlafens. Aber da hatte John schon begriffen, daß manche Dinge wichtig waren und manche nicht und daß die glücklichen Menschen dieser Welt leicht und rasch zwischen beiden unterscheiden können. *Unglücklich* war man, wenn man das Falsche ernst nahm.

Er ging weg, als Karen noch schlief, um in der Redaktion sein Harvey-Porträt zu Ende zu schreiben. Es tippte sich mit unernster Leichtigkeit wie von selbst: Harvey war nicht ernst; Harvey war amüsant. Nichts auf der Welt konnte weniger ernst sein als sein Bruder Scott und dessen magyarische Mätresse. Wie ein Konzertpianist hob und senkte John theatralisch die Hände und schlug auf die Computertasten.

II.

»Und Ihr Vater hat zu mir gesagt: ›Darum sind wir hier. Ich würde es sofort wieder machen.‹ Stellen Sie sich das vor. Selbst in einer derartigen Gefahr, unter Beschuß, und mit mir und meinen nicht gerade hilfreichen Zweifeln und Ängsten, wußte er genau, was er wollte und was seine Aufgabe war. Wahnsinn. Männer wie Ken Oliver gibt es nicht alle Tage.«

»Ja, das ist sicher richtig.«

Ed schaute sie so lange an, bis sie wegsah. »Und? Alles andere in Ordnung?« Er beugte sich vor, und der Stuhl knarzte unter seinem Gewicht. »Arbeit gefällt Ihnen?«

»Sehr. Ich empfinde es als Ehre, hier zu arbeiten.«

Die beiden Seiten der Persönlichkeit ihres Abteilungsleiters dominierten abwechselnd nach strengem Plan. Außerhalb sicheren Terrains, in der großen beobachtbaren Außenwelt, machte Edmund Marshall, das Ohr stets am Puls der Zeit, nicht nur den Eindruck eines rundlichen Bonvivants mit struppigem Bart, sondern er war es auch: kalauerte oft und gern, trank bisweilen mehr, als ihm guttat, liebte das Leben und ab und zu eine schlüpfrige Geschichte und dankte dem Himmel und seinen abendlichen Gastgebern häufig und laut für seine diplomatische Karriere, weil er dadurch immer wieder in den Genuß großartigen, fremden Essens kam. Er blieb auch ständig von falschen, aber sehr glaubwürdigen Gerüchten umwabert, daß er seine Stelle verlieren werde oder daß man ihn erst kürzlich wieder einmal disziplinarisch belangt hatte, weil er über die Stränge geschlagen war. Während der Arbeitszeit allerdings, hinter den Bleitüren, war er der humorloseste, bierernsteste Kollege, den man sich vorstellen konnte, zwanghaft auf peinlich genauester Erledigung der Büroarbeit bedacht, unermüdlich auf konstruktive Selbstkritik pochend, unersättlich darauf erpicht, die Zwiespältigkeiten, Vielschichtigkeit und widersprüchlichen Beweggründe von Informanten und potentiellen Informanten zu diskutieren. Von seinem Personal wurde er durch die Bank wegen seines einzigartig ehrlichen und leidenschaftlichen Engagements bewundert, mit dem er menschliche Schwächen, Zweifel und korrumpierbare Ideale aufspürte. Seine beiden Persönlichkeiten waren nicht künstlich, nur zu größtmöglichem Nutzen perfekt voneinander getrennt, und Emily wußte, daß diese Fähigkeit, seine gesamte Persönlichkeit in die Arbeit einzubinden, eine Leistung war, die man anstreben sollte.

»Fühlen Sie sich wohl hier?« fragte er.

Sie blickte auf. Die Frage erstaunte sie. »Natürlich.« Als sie das fensterlose Büro ihres Vorgesetzten verließ – und mit Mühe den sanften Tadel schluckte, der übergangslos in die ansatzweise lehrreiche (und selbstkritische) Geschichte ihres Vaters in einem sehr anderen Berlin gemündet war –, dachte sie darüber nach, was diese seltsame Frage wohl bedeuten sollte. Noch nie hatte ihr jemand eine solche Frage gestellt. Es hatte noch nie jemand gemußt. Sie war so erzogen worden, daß sie über etwas derart Egoistisches niemals nachgedacht und auch nie jemanden in die Position gebracht hätte, etwas Derartiges fragen zu müssen, und wußte nun nicht, was Anlaß zu der Frage gewesen war oder ob die Antwort in irgendeiner Weise eine Rolle gespielt hätte.

Andererseits hatte sie die Geschichte noch nie gehört und empfand unweigerlich wieder einmal glühende Bewunderung für ihren Vater. Gleich danach aber eine untypische Wut auf Ed, weil er ewig schnüffelte und stocherte und eigenartigerweise und im Grunde vollkommen ungerecht bemerkt hatte, die Analyse der individuellen Motivation in den Kontaktberichten, die sie nach jeder Interaktion mit einem Nichtamerikaner ausfüllte, zeigte trotz seiner bisherigen Beanstandungen, Korrekturen und offenbar vergeblichen Unterweisungen noch immer »einen Mangel an Reife, Differenziertheit, Klangfarbe und Tiefenauslotung«. Sie hörte also mit Erleichterung, wie der Marine von unten heraufrief, ein John Price sei im Foyer und wünsche sie zu sprechen. John und Mark lebten in einem unbeschwerten, freien parallelen Universum, in dem niemand Erkundigungen darüber einzog, ob man sich auch wohl genug fühlte, oder einen an mysteriösen Verhaltensregeln maß. Sie fragte sich, wie man sich fühlte, wenn man, wie John wahrscheinlich, den ganzen Tag schwebte.

Sie gingen um den Block, setzten sich auf eine der alten grünen Bänke in der Mitte des Freiheitsplatzes und betrachteten die Schlange der Visa-Antragsteller, die sich um die eine Seite der Botschaft zog. »Warum hast du dich entschieden, nicht in die Armee zu gehen?« fragte sie John, nachdem sie über nichts gesprochen hatten. »Warum? Was ist daran lustig?«

»Wieso entschieden? Genausogut könnte ich dich fragen, warum du dich entschieden hast, keine Sumo-Ringerin zu werden?«

»Im Ernst? Du wolltest damit nichts ausdrücken oder so? Dir ist es einfach nie in den Kopf gekommen zu dienen?« Sie saß still da. Johns Gegenwart, seine Ungebundenheit, sein Glauben an nichts Bestimmtes irritierten sie. Er war so wenig zielgerichtet, daß ihr schon der Kopf schwirrte, wenn sie nur in seiner Nähe war. Dinge, deren sie sich noch vor wenigen Minuten sicher gewesen war, schienen nun fragwürdig. »Ich habe meinen Bruder Robert nie gefragt, ob er, also, na ja, ob er sich wohl fühlt bei der Truppe. Meinst du, ich hätte ihn fragen sollen? Ist das komisch? Oje, wie spät ist es? Ich muß wieder rein.«

John war zur Botschaft gekommen, weil er Emily einladen und etwas von sich enthüllen wollte. Er wollte einen privaten Raum schaffen, wo sie allein zusammensein konnten. »Ich würde dich sehr gern mit jemandem bekannt machen«, brachte er schließlich heraus, als sie unter den Augen zweier Marines und mehrerer sichtbarer und unsichtbarer Kameras im Foyer standen. »Sie ist wunderbar. Sie wird dir gefallen.«

Gut, Emily wollte gern mit ihm ins Blue Jazz gehen. Es war besser, als einen Abend Kontaktberichte aufzuarbeiten und sich dabei zu fragen, ob man aussah, als fühle man sich ausreichend wohl, damit man irgendwelchen geheimnisvollen Kriterien genügte, und auch besser, als wertvolle Zeit mit den unsinnigen Julies zu vergeuden. Sie betastete den Plastikausweis, der an ihrem Revers klemmte, und musterte John. Sie überlegte, ob er in einer Weise glücklich war, in der sie es nicht war, und fragte sich alarmiert, ob sich auf ihrem Gesicht, aber nicht im Spiegel, zeigte, daß sie ihren Vater oder ihre Prinzipien verriet. Dann verschwand sie durch die selbstschließenden, doppelt verglasten Türen, um zu erledigen, was ihr ihr schüchterner Botschafter aufgetragen hatte.

John sah ihr nach, wie sie verschwand. Weil er nun befürchtete, er habe ihre Frage nach dem Militärdienst falsch beantwortet (und sowieso noch eine Kolumne für die Woche brauchte), ging er durchs Foyer zum Kabuff des Marine. Todd Marcus' Name hatte er sich von dem Touch Football-Spiel auf der Margareteninsel vor tausend Jahren gemerkt. Der Marine drückte auf einen Knopf, seine Stimme quäkte verzerrt durch die Plexiglaswand des Wachraums.

III.

Solche Ausflüge hatte Scott früher auch schon gemacht, mit nervösen Mädchen in anderen Welten. Er war mit ihnen in der Zeit zurückgereist, war zum Beispiel mit einer Freundin aus dem College oder danach, die durchaus Reife und Klasse besaß, in das Haus ihrer Kindheit gegangen und hatte glücklich zugesehen, wie sie sich zweiteilte: in ein Mädchen, das um so jünger wurde, je weiter sie ins Haus gingen, und in eine Frau, die durch diese Erfahrung in gewisser Weise fremd wurde. Mit wissenschaftlichem Erstaunen sah er zu, wie sie schüchtern oder verlegen, zickig oder erregt oder gereizt wurde. Und am besten: Wenn man genau hinsah, wurden die Symptome akuter, und schon wenn er bloß ganz langsam durch einen Flur ging und von einem Foto der in Tränen aufgelösten dreijährigen Süßen auf Daddys Schoß zur dreiundzwanzigjährigen Süßen, die nun hier stand und komisch, ja fast als sei ihr übel aussah, ganz langsam den Kopf wendete, konnte er noch mehr Übelkeit hervorrufen, ohne daß er selbst jemals etwas anderes verspürte als wissenschaftliche Erhabenheit und eine gewisse banale Allwissenheit.

Die Süße aber – heute morgen noch so schick, sexy und in sich ruhend – geriet ins Schleudern, wurde immer kleiner unter dem Glanz der Schwimmtrophäen, unter den Stofftieren, die puschelig nebeneinander in ewiger Habtachtstellung verharrten, unter Puppenhäusern, Bändern von Reitturnieren, Fotocollagen von Partys mit Grundschulkameraden, beklebt mit vielsagenden Einwortschnipseln aus Teenagermagazinen: TIEFSTEJUNGS-GEHEIMNISSE. Dann stellte er sich hinter die Süße, küßte sie in den Nacken und fing ihren Blick direkt vor sich in eben dem rosagerahmten Spiegel auf, in dem sie sich als Neunjährige zum erstenmal das Haar zu Zöpfen geflochten hatte, in dem Mom über der weinenden Dreizehnjährigen geschwebt, ihr den Kopf gestreichelt und versichert hatte, daß sie schön sei, wunderschön, ganz einerlei, was die anderen dummen Kinder (die nur eifersüchtig waren) sagten.

Den Bettüberwurf zu sehen, den sie sich ausgesucht hatte, als sie zwölf war, und der ihr all die Jahre vor ihm gute Dienste geleistet hatte. Hatte sie existiert, bevor sie sich kennengelernt hatten? Ja, wahrhaftig, sehr merkwürdig. So also hatte sie ausgesehen, den Rock hatte sie getragen, mit den Spielsachen gespielt, diese Freunde eingeladen, sich diese oder jene Zukunft für sich ausgemalt und sich bis auf den dritten Platz in der 4×100-Yards-Mädchenstaffel der unter Vierzehnjährigen (Schmetterlingsstil) vorgekämpft. In Wirklichkeit jedoch hatte sie die ganze Zeit warm in ihrem Kokon gesessen und war für ihn ein Schmetterling geworden.

Mit jedem Zimmer wurden die Süße verkrampfter und er immer angeturnter. Sie zögerte und ging langsamer, um nicht das peinlichste Zimmer betreten zu müssen, oder auch schneller und versuchte, ihn wegzuziehen, wenn sie etwas in seinem Blick sah, ein Lachen oder ein neues Verständnis, während er die Kleinmädchenleben betastete und inspizierte, die in dem hart gewordenen Bernstein ihres Zimmers eingeschlossen waren.

Nach diesen kleinen Geschichtsmuseen blieb dann nur noch der wichtigste Raum, das Schlafzimmer der Eltern, wo es keine Frage mehr war, daß auf deren Ehebett etwas passieren würde. Es war der Boden, dem die Süße entsproß.

Heute bekam er seinen Schwellenkuß kurz vor der Wohnungstür. Dann drehte sich der Schlüssel, die Tür ging quietschend auf, der Korridor erwartete ihn, und er war sich sicher, was er finden würde. Aber er fand es nicht, und diese Abwesenheit von etwas stieg ihm richtig zu Kopf.

Im Flur hingen Fotos, aber keins von ihr. Hier ein älterer Bruder, Offizier der ungarischen Armee, dort der (verstorbene) Papa in Schwarzweiß, der den Kopf vorbeugte, weil ihm ein Band um den weißen Hals gehängt wurde. Und das mußte Großvater sein – ah, glückliche Zeiten mit seinen Kameraden vom Militär, Kameraden aus verschiedenen Armeen, einschließlich, ah ja, ich glaube, das wird's wohl sein.

Er drehte sich zu ihr um, aber sie war keineswegs verlegen. Sie schaute mit demselben Lächeln und derselben Zuneigung wie immer zu ihm hoch, höchstens, daß heute etwas mehr darin lag, als überprüfe *sie ihn* genauer, als beobachte *sie* neugierig, wie er den fotografischen Nachlaß ihrer Familie beäugte. Eine Glasvitrine. Darin das Band, das Papa erhielt, als er den Kopf beugte, ein Orden, in den ungarische Wörter geprägt waren, und eine Büste von ah ja, der wird's wohl sein.

Es gab weder Reitturnierpreise noch Schwimmtrophäen, nur jede Menge Bilder einer seltsam aussehenden Familie, die unfähig war, für Fotografen zu lächeln. Immer wenn Scott schneller gehen wollte, um ins nächste Zimmer zu gelangen, hielt sie ihn zurück, veranlaßte ihn, länger zu verweilen, hakte sich bei ihm unter, zog ihn eng an sich und beobachtete ihn beim Beobachten.

Er mußte jedes Zimmer anschauen. Hier hatten sie einmal zu fünft gelebt. Nun waren die beiden älteren Brüder ausgezogen und der Vater tot, und Mária wohnte nur noch mit ihrer Mutter und drei Katzen hier. Eine so kleine Wohnung für eine fünfköpfige Familie hatte er noch nie gesehen und schloß – fälschlich – daraus, daß sie arm gewesen waren. Die Kabäuschen der Brüder waren seit ihrem Weggang unverändert: keine Rockstarposter oder Universitätswimpel, nur Fotos von ernsten, jungen Soldaten, offizielle Porträts in schlichten Bilderrahmen, alte Hanteln und Expander, ein paar Bücher in Ungarisch und Russisch und eine kleine Pinnwand mit Fotos von Panzern, Geschützen und Kampfflugzeugen.

Sie ist genau wie ich, dachte er. Sie kommt auch aus dem Nichts; den Menschen, die sie von Geburt an umgeben haben, ist sie fremd. Nie hatte sie so schön ausgesehen wie jetzt vor dem Bild eines russischen Kampfjets, aus dem dicke Kondensstreifen quollen. Endlich hatte er die einzige andere Bewohnerin seines Landes gefunden.

Ihr Zimmer war am kleinsten, vor geraumer Zeit hellblau gestrichen. Das Bett, der Stuhl, der Schreibtisch, die Regale vollgestellt mit unleserlichen Büchern, dem komischen osteuropäischen Kunsthandwerk und den Puppen aus unkuscheligem, lieblosem Material. Auf dem Schreibtisch lagen die Hausarbeiten, die er ihr selbst gegeben hatte. An ihrer kleinen Pinnwand steckten zwei aus Illustrierten ausgeschnittene Bilder von Miami und eins von Venice Beach, ein Druck von Manet, eine Schwarzweiß-Ansichtskarte von einem US-Matrosen, der eine Frau auf dem Times Square küßt, das Bild einer Rodinskulptur, gipsweiß, erotisch, drei Fotos von ihr mit Freundinnen, aber keines, auf dem ein jüngeres Mädchen war als die Frau, die er kannte. Auf einem kleinen Tisch neben ihrem Bett stand ein Foto von ihm, von unten aufgenommen. Er sprang in die Luft, hinter ihm nichts als blauer Himmel und Wolken, er flog wie ein Gott, seine ausgestreckten Arme hingen an einem hochfliegenden American

Football (von Mark Payton von außerhalb des Bildes hochgeworfen); zwei Hände (mehr war von seinem Bruder nicht zu sehen) zerrten an seinem alten College-T-Shirt und bemühten sich vergeblich, ihn zurück zur Erde zu ziehen. »Ach, ich wünschte, ich könnte dir jetzt auch mein Kinderzimmer zeigen.«

»Das würde mir sehr gefallen.«

»Nein, du würdest es hassen, aber du würdest verstehen, warum wir so perfekt zusammenpassen.«

Sie lächelte und zog ihn an dem Stuhl und dem Schreibtisch vorbei, die ihre Großmutter aus der Nachbarwohnung geholt hatte, als die Bewohner weggezogen waren (und ihre sämtliche Habe dagelassen hatten), sie zog ihn zu dem alten schmalen Bett ihrer Mutter, dessen Kopfteil mit üppigen, kunstvollen Schnitzereien verziert war und einem Kennerblick Privilegien und außergewöhnliche Kaufkraft verraten hätte.

IV.

Später, als die Gitter vor den Schaufenstern heruntergingen, die Menschen aber noch durch die Váci utca flanierten, die Bauersfrauen die Schals und schaffellgefütterten Westen vom Bürgersteig aufzusammeln begannen, die sie an dem Tag nicht verkauft hatten, als die Sonne so tief stand, daß der Schatten des Eisverkäufers bis ans Ende der Straße reichte, fand sich John zum ersten der beiden Treffen ein, die er morgens ausgemacht hatte. Notizbuch in der Hand, ließ er sich in einer Sitzecke im New York Amerikai Pizza Place Étterem nieder und begrüßte Gunnery Sergeant Todd Marcus und dessen drei Kameraden, die Männer, von denen er hoffte, sie würden ihm etwas Grundsätzliches (wenn auch unleugbar Fremdes) über Emily mitteilen.

Mit ihren uniformen Bürstenhaarschnitten, Polohemden und Bermudashorts versetzten die vier Marines das junge Management des Restaurants in helle Aufregung, denn sie verströmten etwas unbezahlbar echt Amerikanisches. Sie tranken mit John tschechisches Bier aus Krügen und rissen störrische Stücke von einer Pizza ab, die mit Kochschinken, Mais, Ananasstücken aus der Dose, winzigen gefrorenen Felsengarnelen, ganzen Spiegeleiern, Blutwurst, Paprika und allem möglichen belegt war, das als Ersatz für das, was man in einer New Yorker Pizzeria bekommen hätte, dienen konnte. John, der Mann von der Presse, schob sich den Hut in den Nacken, den Mark ihm geschenkt hatte, blätterte in seinem Notizbuch und suchte eine der sehr wenigen Fragen heraus, die er sich an dem gesamten Nachmittag ausgedacht hatte.

»Okay, dann findet ihr Jungs *Rambo* also alle Klasse?«

Zwischen einem Schluck Pilsener oder einem Mundvoll geschmolzenem Käse machten drei der Marines spöttische Bemerkungen: *schon cool, aber unrealistisch ... alles nur Ego ... total bekloppt*, und Gunnery Sergeant Marcus fügte hinzu: »Ein bißchen was habe ich gelesen, aber Verlaine finde ich besser.« John begriff nicht ganz, was er meinte.

»Okay, hört mal zu. Ich will über folgendes schreiben: Ihr Jungs seid Marines, Soldaten, zum Töten ausgebildet. Ich will darüber schreiben, was das für euch bedeutet. Über, also, Pflicht und Mut und Tod. Und alles, was damit zusammenhängt. Worauf ihr euch eingelassen habt.« Erwartungsvoll schaute er von einem zum anderen. Kurt, ein zweiundzwanzig Jahre alter Sergeant, entschuldigte sich sehr höflich und ging zum Tresen, um scharfe Chiliflakes zu holen.

»Bring Servietten mit, Mann«, rief Luis.

John machte einen neuen Anlauf. »Also, wofür würdet ihr kämpfen?«

Man hörte auf zu kauen, um sich weitere Stücke abzureißen und mehr Bier auszuschenken, und John meinte, er sähe Amüsement oder Verachtung in Todds Miene. »Eins muß ich euch sagen«, meinte Kurt, von seinem Trip an den Tresen zurück. »Mir gefällt die Bude hier. Die verrückteste Pizza, die ich je gesehen habe, aber die Bude gefällt mir.«

»Gut, okay, jetzt mal im Ernst. Wofür würden Sie kämpfen?«

»Sie meinen, hm, was wir verdienen?« fragte Danny.

»Nicht viel, Mann«, erwiderte Kurt. »Bei weitem nicht den Mindestlohn.«

»Nein, nein, wofür würdet ihr *kämpfen*? Für welches Anliegen? Ihr könntet doch sterben, stimmt's? In einem Krieg.« John schaute von einem friedlich kauenden Gesicht zum anderen. »Was würde euch aus der Reserve locken?«

Die futternden Krieger sagten nichts, doch endlich wischte sich Luis – ein besonders muskulöser, zwanzigjähriger Latino aus Wisconsin – den Mund ab und schaute John an, als müsse er einem Kind etwas erklären. »Mann, Mann, Quatsch. Das steht doch gar nicht an. Zuallererst: Keiner von uns hier am Tisch würde sterben. Wir passen aufeinander auf. Und dann, also, zweitens, ist es nicht so, als könntest du wählen. Das steht einem nicht, also, nicht frei. Wir werden nicht zur Abstimmung aufgerufen. Wir sind die Marines, Mann. Und für dieses Privileg danke ich Gott.« Er zog sich noch ein Stück Pizza vom Brett und wickelte sich den widerspenstigen, zähen Käse um den Zeigefinger.

Kurt nickte. »Jack, wenn du dich meldest, heißt das: ›Jetzt gehör ich euch, Mann.‹ Außerdem kennen die Offiziere ihr Metier.«

»Klar, natürlich«, sagte John. Ihm fiel keine Frage mehr ein. Die drei ihm am Tisch gegenüber schauten über seinen Kopf hinweg Musikvideos an, die stumm auf drei Fernsehbildschirmen hinter ihm liefen. »Aber... vielleicht ein Beispiel.« John klopfte sich mit dem Stift an die Zähne. »Okay, Hitler war böse, offensichtlich, aber was ist mit –«

»Als Madonna ›Like a Virgin‹ gemacht hat, sah sie besser aus«, sagte Kurt.

»Wenn die Russen Lettland besetzten, würden Sie Ihr Leben geben, um es zu befreien?«

»Ich würde Madonna poppen, um Lettland, Estland und Litauen zu befreien –«

»Ich würde die Slowakei, Slowenien und Slawonien besetzen, um Madonna zu poppen.«

»Die Welt funktioniert, weil die Menschen – böse Menschen, John – glauben, daß wir für alles kämpfen, was der Präsident befiehlt«, sagte Todd nun ganz gelassen. »Wir sind die bestausgerüstete, bestausgebildete Kampftruppe der Welt, und was will der Mensch mehr, wie meine Mutter immer gesagt hat.«

»Wow!« Die Soldaten klatschten in die fettigen Hände. »Bravo, bravo, schreiben Sie das auf!«

»He, zahlt Ihre Zeitung für noch eine Pizza?«

John bemühte sich, seine Frage neu zu formulieren, aber je mehr er darüber nachdachte, desto sinnloser erschien sie ihm. Als er müde im Gerbeaud gesessen, sich auf dieses Interview vorbereitet und auch das entscheidende Treffen, das ihm folgen würde, schon einmal durchgespielt hatte, war er davon ausgegangen, daß die Marines die Dinge schnell genauso sehen würden wie er, daß auch sie der Meinung sein würden, daß Krieg der absolute, sinnlose Wahnsinn war, daß (wenn man nicht von Vergewaltigung bedrohte Angehörige oder dergleichen verteidigen mußte) *nichts* es wert war, zu sterben, und daß sie Leib und Leben nur deshalb aufs Spiel setzten, um zur Uni gehen oder Elektrotechnik studieren zu können. Die Kolumne sollte vielleicht »Da können Sie Ihr Leben drauf setzen!« heißen.

Natürlich würde er für Emily in den Krieg ziehen, beantwortete er stumm seine eigene Frage, während die Marines sich mit obszönen Worten über das Video eines spanischen Popsängers lustig machten, der, wie ein Torero gekleidet, über der nackten Leiche einer Frau weinte, die einen Stierkopf hatte und zwischen deren wunderschönen Schulterblättern ein Schwert steckte. Er, John, würde nicht nur in den Krieg ziehen, um Emily zu beschützen, sondern schon, wenn sie ihn nur darum *bäte*. Er würde kämpfen und töten, wenn sie zuschaute. Was würde sie gern sehen? Was sollte er tun? Er konnte hinter einem Maschinengewehr sitzen, die Zähne zusammenbeißen und mitzittern, wenn seine Waffe machtvoll Woge um Woge heranströmender Männer niedermähte, sie zerfetzte, ihnen die Arme hochriß und die Köpfe nach hinten, ihre Körper in faszinierende Zickzackformen verbog. Sah sie ihm immer noch zu? Dann konnte er im Nahkampf cinem Mann scinen Gcwchrkolbcn ins Gcsicht rammcn, ihm die Nase zerschmettern, das Auge zerquetschen, den Kiefer einschlagen, und wenn der Feind fiel und versuchte, seinen Kopf mit den Händen zu schützen, konnte er ihm den Schädel an der Schläfe einschlagen, die, das hatte er einmal gehört, so dünn wie eine Eierschale ist. Er konnte dem Mann die Knochensplitter ins Gehirn treiben und trotzdem immer weiter auf ihn einprügeln. Würde sie zusehen? Würde sie dicht dabeistehen, irgendwie außerhalb der Gefahrenzone, aber direkt neben ihm, so nahe, daß er ihren Atem im Ohr spürte? Würde sie ihn anfeuern, ihn mit leisem Seufzer anflehen, noch nicht aufzuhören? Konnte er sich auf einen Feind werfen, ihm ins Haar greifen, den Kopf zurückreißen, die Klinge über die Kehle ziehen und spüren, wie die angespannte Haut an der Kehle riß und sich zurückpellte, von der Klinge abrollte wie Papier, das in Flammen aufgeht?

»Noch Fragen, Mann?«

Drei der Marines verabschiedeten sich gemeinsam; Todd fragte John, wo er hinwolle. Da John bis zu seinem Rendezvous noch eine Stunde totschlagen mußte, gingen sie beide in Richtung Corsó. »Ärgern Sie sich nicht. Sie können doch nicht allzu überrascht sein, wenn Sie nicht die Antworten kriegen, die Sie haben möchten. Pazifisten melden sich normalerweise nicht zum Militärdienst. Jedenfalls nicht bei den Marines.« Hände in den Shortstaschen, lief Todd neben John her, erfreute sich an schönen Häusern und schönen Ansichten, taxierte Passantinnen. »Schon mal gemerkt, daß ich der einzige Schwarze in Budapest bin?«

John drehte automatisch den Kopf und musterte die Passanten. »Stimmt das? Ich glaube, ich – nein, es gibt einen Jazzsänger, einen Kahlkopf. Sie sind also zu zweit. Nervt es Sie?«

»Nein, ich bin hier der Exot. Das ist doch cool. Vor dem hier war ich an die Botschaft im Sudan abkommandiert. Da unten war ich nur ein gutbewaffneter Schwarzer unter vielen. Also geht das hier schon in Ordnung.«

Sie kamen ans Ufer. Unter ihnen erhellten die vertäuten Kasinoschiffe den Juliabenddunst, und auf der anderen Seite des Flusses schwebten die Lichter des Burgbergs über der Touristenseilbahn, die den Hang hinauf- und hinabfuhr.

»He, Zeitungsmann, wissen Sie, wie viele Männer bei Verdun gefallen sind?«

»Im Ersten Weltkrieg? Keine Ahnung.«

»Sechshunderttausend in vier Monaten. Etwa fünftausend am Tag. Etwa drei, vier Jungs pro Sekunde, vier Monate lang. Die Engländer steckten Jungs aus derselben Stadt in dieselben Einheiten, als Rekrutierungsanreiz. So nach dem Motto ›Melde dich mit deinen Kumpels, und ihr könnt zusammen in das große Abenteuer ziehen‹.« John hatte keine Ahnung, worauf Todd hinauswollte, und fand es schwer, sich auf Detailfragen des Ersten Weltkriegs zu konzentrieren, während der Marine jede vorbeigehende Frau anlächelte. »Hal-lo«, sagte er gerade jetzt zu einer Blondine und ging rückwärts, um zu sehen, wie ihre immer kleiner werdende Gestalt in der Menge verschwand. Als sie einmal über die Schulter zu dem riesigen, dunklen Fremden zurückschaute und ihm kokett zuwinkte, lachte der, winkte auch und lief dann wieder richtig herum. »Ich geh hier ein«, sagte er. »Mit Angehörigen bestimmter Nationalitäten darf ich nicht verkehren, und diese süßen kleinen Ungarinnen gehören immer noch dazu. Unglaublich, was? Offiziell immer noch rot. Schön hier, finden Sie nicht?« Todd zeigte genau in dem Moment auf die Kettenbrücke, als die Hängelampen aufleuchteten und weiß vor dem gelbgrünen, hellgrauen Himmel flimmerten. Der Wind ließ die Zeltplanen flattern, mit denen man – bis man sich Sandstrahlgebläse und Steinmetze leisten konnte – die kommunistischen Embleme notdürftig abdeckte, die in die höchsten Stellen der steinernen Brückenbögen gemeißelt waren.

Die beiden Männer setzten sich auf eine Holzbank vor den modernen Hotels, die an Stelle der zerbombten standen, des Hungaria, Carlton und Bristol, und beobachteten die vorbeigehenden jungen Frauen und die Aktivitäten eines mäßig talentierten Pflastermalers, der Filmstars karikierte, die alle gleich aussahen: Hasenzähnchen, kräftige, gewellte Kiefermuskeln, winzige Beine. Todd lächelte zwei Frauen an, die Arm in Arm vorbeischlenderten. »Man sieht es an den Kleidern«, sagte er. »Und man muß lernen, westeuropäische oder amerikanische Touristinnen zu erkennen. Mit denen darf man verkehren. Und für die ist man exotisch, weil man hier lebt, und nicht zu exotisch, weil man kein Ungar ist.« Er setzte sich auf der Bank zurecht. »Nach einer Schlacht wie der von Verdun konnte man also die jungen Männer eines ganzen englischen Dorfes verlieren – alle. Sie meldeten sich zusammen, sie machten die Ausbildung zusammen, ihre Einheit ging zusammen an die Somme, sie lagen zusammen im Dreck und – bum! Pech. Jetzt hat das Dorf keine Männer mehr zwischen achtzehn und vierzig. In einer Sekunde. Jeder Sohn, Freund, Bruder – bum!«

John freute sich, daß er nun doch gewonnen hatte, daß er hörte, wie ein Soldat zugab, daß Krieg sinnlos war. Jetzt konnte er Emily seine aus Überzeugung geborene Weigerung, sich freiwillig zu melden, erklären. Er zog sein Notizbuch heraus, und Todd fuhr fort: »Wer hat sich wohl ein solches Verfahren ausgedacht? Diese Engländer! Da kommt man, ehrlich gesagt, ins Staunen, was? Hey, schreiben Sie das nicht.« Todds Finger trommelten einen militärischen Rhythmus auf die Holzlatten der Bank. »Denn es sieht ja fast so aus, als wenn sie gewollt hätten, daß die Leute Kriegsgegner wurden. Ich bin immer wieder erstaunt, daß es während des Ersten Weltkriegs nicht zu großen Protesten gekommen ist. Als es darum ging, sich in den Zweiten zu stürzen, hatten sie natürlich ein mulmiges Gefühl.«

»Also gut«, überlegte John weiter, als Todd auf seinem Bein herumtrommelte. »Wieso fragen Sie sich dann trotzdem nicht, wofür sich zu kämpfen lohnt? Diese Typen aus demselben Dorf. Eines Tages sterben sie alle für *nichts und wieder nichts*. Verdun ging im Grunde unentschieden aus, stimmt's? Sechshunderttausend sinnlose Tode. Und Sie kennen diese ganze Geschichte und heuern trotzdem bei den Marines an. Wieso?«

Gelassen, mit elterlicher Belustigung lächelte Todd John an. »Sie sind nicht für nichts und wieder nichts gestorben. Das habe ich nicht gesagt. Das will ich auch keineswegs sagen. Sie starben in einem kleinen Gefecht in einem Unentschieden, das für das deutsche Heer aber auch der Fleischwolf war. Wenn sie nicht dagewesen wären und gekämpft hätten, wäre es vielleicht gar nicht unentschieden ausgegangen.«

»Na und? Mit vierundzwanzig sterben an ... an Senfgas? Unter einem General, der einen Stellungskrieg führt, weil er das zwanzig Jahre zuvor gelernt hat. Haben Sie die gesehen? Das ist garantiert keine Ungarin. Aber tot mit vierundzwanzig: keine Frau, kein Altwerden, keine Kinder. Und wofür? Wen schert's? Der Erste Weltkrieg kommt einem im Geschichtsunterricht immer wie ein Witz vor: Keiner weiß, warum er geführt wurde. Regelrecht mittelalterlich.«

Todd hörte höflich zu, antwortete aber nun einigermaßen vehement: »Der Meinung ist der junge Engländer aber nicht. Der Meinung sind Sie, und Sie haben kein Recht dazu. Sie sitzen in der Pizzabude und tun so, als sollten meine Jungs Entscheidungen treffen, die auf dem gründen, was Leute wie Sie in fünfundsiebzig Jahren von ihnen halten. *So* sollten die Leute ticken? Sie wissen doch gar nicht, wofür diese Engländer gekämpft haben; das waren alles Individuen. Sie machen es sich viel zu leicht, wenn Sie den Ersten Weltkrieg als Witz bezeichnen. Sie sind kein Belgier. Ihr Bauernhof ist nicht von den Deutschen überrannt worden. Ihre Schwester ist nicht von ihnen vergewaltigt worden. Nennen Sie mir einen Krieg, egal, welchen. In jedem einzelnen – irgendeiner hatte immer einen verdammt guten Grund, jedesmal, und *Ihnen* schulden sie keine Erklärung dafür. Jetzt sag ich Ihnen mal, was ich weiß, John, und das können Sie drucken und eine von Ihren Besserwisserkolumnen darüber schreiben, okay? Alles klar? Also, aufgepaßt: Es gibt keinen ›großen Plan der Dinge‹. Das ist nur eine windige Ausrede für Feiglinge. Die Gegenwart hat kein Recht, die Vergangenheit zu beurteilen. Oder so zu handeln, daß sie die Zustimmung der Zukunft gewinnt. Die sind nämlich beide irrelevant, wenn der Feind vor der Tür steht. *Darum* bin ich Marine. Wow, wie wär die? Meinen Sie, die wär Ungarin? Eine Sekunde mal.« Der Marine trabte auf eine junge Blondine zu, die mit nackten Beinen in schwarzen Caprihosen, ein Bein vorgestellt, am Geländer lehnte und eine Zigarette rauchte. John beobachtete, wie sie sich unterhielten, konnte sie aber nicht hören. Er sah, wie das Mädchen nickte, Rauch von Todd wegblies und die Zigarette in die andere Hand nahm, um seine zu schütteln. Nach ein paar Minuten kam der Marine zurück, sie wartete.

»War gut, mit Ihnen zu reden, Mann. Na, sehn Sie mal: Die Frau ist Belgierin. Was sagen Sie dazu? Mit den Nichtgelisteten macht es doch auch Spaß.« Er gab John die Hand, ging zu seiner flämischen Melkerin, bot ihr den Arm, rettete sie vor den einmarschierenden Krauts, führte sie am Ufer entlang und verschwand in der schützenden Menge der Touristen, Karikaturisten, Straßenmimen.

V.

Sie streckte eine uralte Hand aus und küßte Emily auf beide Wangen. »Die berühmte Miss Oliver! Ich habe schon so viel von Ihrem Charme gehört.« In Nádjas rauher Stimme klang eine Koketterie mit, die John nicht mochte.

Er war mit Emily hierhergekommen, damit sie das kultiviertere (relevantere, authentischere, europäischere, aktivere, was immer) Leben kennenlernte, das er führte, wenn er nicht mit ihren gemeinsamen Freunden zusammen war. Er war mit ihr hierhergekommen, damit Nádja sie für ihn beurteilte und ihn entweder von seinem Leiden kurierte oder ihm sagte, wie er Emily gewinnen konnte. Er wollte, daß Emily neben ihm saß und Nádja sie beide hoch in die Luft hob, daß sie zusammen in der Hand der alten Frau saßen, ihre Köpfe, dicht beieinander, gegen die Decke stießen und Emily von dem hohen Aussichtspunkt das sehen würde, was er gesehen hatte. Er wollte, daß alle möglichen Dinge sich klärten.

Statt dessen war er nun nach wenigen Minuten sterilem, stockendem Small talk der Verzweiflung nahe. Die gebrechliche alte Pianistin war nicht stark genug, um sie beide hochzuhalten; heute abend war sie sogar zu schwach, um ihn allein zu heben. Als er merkte, daß er zwischen einer faden alten Frau und einem Mädchen, das seine Anwesenheit nur aus reiner Midwestern-Höflichkeit ertrug, in einer miesen Jazzbar saß, sank seine Laune auf den Nullpunkt. Er hatte erwartet, daß Nádja Emily perfekt und Emily Nádja bedeutsam finden würde, und fand sie beide nun unerträglich. Rasch erbot er sich, etwas zu trinken holen, und kippte an der Bar, wo sie ihn nicht sehen konnten, erst mal zwei Unicums. Dann ging er langsam zu ihnen zurück.

Sie sprachen von seiner letzten Kolumne, die er über Nádja geschrieben hatte. »Lieber John Price«, sagte sie und tätschelte ihm zum Dank für ihren Rob Roy die Hand. »Sie haben mich bei weitem faszinierender dargestellt, als ich bin. Aber das ist wahrscheinlich eine sehr kleinliche Beschwerde, nicht wahr? Besser, zu großartig zu sein als zu langweilig, oder?« Sie lächelte Emily an. »Ihre Freundin hat gerade behauptet, sie sei eine Art Dienerin ihres Botschafters.«

»Na ja, keine Dienerin im engeren Sinne.«

»Was dann im engeren Sinne?« Nádja stieß mit Emily an, verzog den Mund, und sah so aus, als wolle sie gleich loslachen.

»Also, ich organisiere seine Termine und erledige natürlich auch einiges für ihn.«

»Mein Liebes, warum nehmen sie für derartige Tätigkeiten ein so hübsches Mädchen wie Sie?«

»Ich bin ein Mensch, der einen Blick für Details hat ... Ich –«

»Also, lassen Sie mich raten: Sie lernen lauter interessante Menschen kennen, und die wundern sich, daß die Dienerin des Botschafters eine solch charmante, gutinformierte junge Dame ist. Und diese interessanten Menschen schütten Ihnen permanent ihr Herz aus.«

»Ich glaube, ich bin eine gute Zuhörerin. Wirklich. Und ich lerne auch einige interessante Menschen kennen. Aber eigentlich geht es mehr um die Sitzordnung beim Mittagessen.«

»Haben Sie das gehört, John Price?« Jetzt lachte Nádja los, beugte sich zu ihm vor und berührte seine Hand, als hätte jemand einen guten Witz erzählt. »Das ist einfach zu köstlich.« John, der in diesem Dialog nichts von dem wiedererkannte, was er sich für diesen Abend vorgestellt hatte, merkte, daß Nádja angetrunken war.

Emily fragte Nádja nach ihrer Klavierausbildung.

»Wir können über mich reden, mein Liebes, aber das nützt

nichts. Gut, ich bin weitgehend Autodidaktin, habe Schallplatten angehört, anderen Leuten zugehört. Aber«, John beugte sich unmerklich weiter vor und hoffte, dieses Aber bedeutete, daß Nádja wieder Kraft schöpfte, »aber als kleines Mädchen hier in Budapest hatte ich einen Lehrer, und das war ein interessanter Mann ...« John atmete tief durch, er sah, wie ein uraltes Tor majestätisch aufging und sich dahinter herrliche Gärten zeigten. Erwartungsvoll schaute er von Nádja zu Emily und dann wieder zurück und hatte aus irgendeinem Grunde das Gefühl, *er* sei indirekt Gegenstand des Gesprächs und werde bald wieder in aller Achtung steigen. »Ein außergewöhnlicher Mann, Konrád. Ich war zehn und er vielleicht dreiunddreißig, als er mir Tonleitern und Fingersätze und Noten beibrachte. Er war ein vornehmer Mann und geriet in den Jahren nach dem Ersten Weltkrieg in schwierige Geldzeiten. Das muß ungefähr, also, ich würde sagen 1925 gewesen sein. Im Ersten Weltkrieg war er übrigens Spion.« Sie lächelte Emily an und hielt für den Fall, daß man sie unterbrechen wollte, inne, aber Emily unterbrach sie nicht. »Als der Krieg begann, war er junger Klavierstudent und lebte in Frankreich. Er bot seine Dienste als Klavierlehrer für Kinder an, bezeichnete sich den Eltern gegenüber als Flüchtling aus dem Reich der bösen Habsburger, dachte sich eine Geschichte von konfisziertem Familienbesitz und schlechter Behandlung von eifersüchtigen Rivalen aus, tat so, als weigere er sich zurückzukehren, solange der Besitz seiner Familie beschlagnahmt war, und dergleichen. Und aus purem Zufall, wie Sie sich vorstellen können, Miss Oliver, waren die Papas dieser Kinder fast alle französische Militärs und Regierungsbeamte. Von diesem eleganten jungen Ungarn, eher Bohemien, Typ Chopin, aber trotzdem aus gutem, wohlhabendem Hause, waren sie gleich eingenommen, die Eltern. Und natürlich empfiehlt man gute Bedienstete an Freunde, die natürlich ebenfalls Militärs und Regierungsbeamte sind.«

Emily trank Weinschorle und lauschte mit ihrer bezaubernden, schmeichelhaften Intensität. John merkte, wie der Lärm im Raum zurückwich und auf ein schwaches Gemurmel weit unter ihm zusammenschmolz.

»Konrád hielt Augen und Ohren offen. Er spähte in Schreibtische und Abfalleimer, wenn die Gelegenheit sich bot. Und natürlich gelang es ihm, aus seinen kleinen Schülern Verbündete zu machen. O ja, auch Kinder hören so manches und denken sich nichts dabei, es ihrem Freund, dem Klavierlehrer, zu erzählen. Geheimnisse haben für verschiedene Menschen verschiedenen Charakter, was Sie ja sicher wissen.« John war froh, daß Nádja sich solche Mühe gab, Emily zu beeindrucken. Es war ja fast so, als wolle sie ihm ihre Zustimmung zeigen und zöge alle Register, um ihm das Herz des Mädchens auf dem Silbertablett präsentieren zu können. »Und deshalb hat auch das Preisgeben von Geheimnissen verschiedenen Charakter. Zwei Menschen können dasselbe Geheimnis preisgeben. Für den einen ist es Verrat, für den anderen ein Spiel. Ein Kinderspiel. Wenn ein Kind das Geheimnis von jemand anderem kennt, na, damit kann es sich Aufmerksamkeit erkaufen. Es sind ein paar Goldstücke, mit denen es sich ein wenig Beachtung und Respekt kauft. Das wußte Konrád, und Aufmerksamkeit und Respekt gewährte er sehr großzügig und ernsthaft. Das war im Grunde sein größtes Talent, nicht das Klavierspielen oder das Unterrichten. Er war ideal, um Kinder auszuspionieren, er nahm auch das langweiligste Kind ernst und behandelte es behutsam. Kennen Sie den Typ?« Sie trank ihren Rob Roy und schüttelte sich eine Zigarette aus der Schachtel. John beeilte sich, ihr Feuer zu geben.

»Ach, ich glaube, den Typ Mann kennen wir alle«, erwiderte er auf diese absurde Frage und freute sich, daß Emily mit ihm lachte. Nádja blies den Rauch aus, und John sah zu, wie er sich kräuselte und zu einem Netz aus blaugrauen Fetzen um seine kleine Gruppe verwob, sah zu, wie er alle anderen Menschen im Club ausschloß und auslöschte, bis sie nur noch Farbe und Hintergrund waren.

»Er achtete darauf, daß sich das Kind wichtig fühlte, ganz erwachsen. Wenn Klein-Sophie oder Geneviève Konrád erzählte, daß Papa – der, sagen wir, Oberst in einem bestimmten Regiment war – in einer Woche einen Trip nach Marseille machte, erwiderte Konrád, er sei wirklich beeindruckt, wie erwachsen man sich mit ihr unterhalten könne. Und die Gattinnen! O ja, natürlich, die Gattinnen. Auch sie fanden etwas an dem hübschen jungen *artiste*, dem Musikliebhaber, dem feschen Adligen, den man um sein Erbe gebracht hatte. Auch hier wieder ist Verschwiegenheit eine variable Eigenschaft. Für diese Gattinnen war der Klavierlehrer eine außerordentlich glänzende Erscheinung, und – noch wichtiger! – ihre beinah letzte Gelegenheit, das Leben offen zu genießen. Für diese mit verschwiegenen Männern verheirateten Frauen hatte eine heimliche Affäre etwas Aufrichtiges, nichts Geheimes. Wenn Konrád in ihrem Bett lag, konnten sie reden, über was sie wollten. Er war ja nur der Klavierlehrer, er war unwichtig. Bei ihm mußten sie nicht die todlangweilige Vorsicht und Diskretion bewahren, die ihr Alltagsleben bestimmten, das sie mit seiner Öde und Isoliertheit in den Wahnsinn trieb. Diese Frauen wollten unbedingt kapriziös und spontan sein, was, wie Sie garantiert wissen, absolut unmöglich ist, wenn man auf jedes seiner Worte achten und jeden Gedanken tarnen muß.« Nádja hielt inne und ließ sich ihren Rob Roy schmecken. »Liebes Kind, ich hoffe, ich langweile Sie nicht mit Dingen, die Sie schon wissen?«

»Nein, überhaupt nicht«, sagte Emily, ganz überrascht und begeistert. »Es ist unglaublich interessant. Bitte erzählen Sie weiter.«

Nádja lachte. »Diese Frauen lebten mit der schrecklichen Bürde der Staatsgeheimnisse ihrer dämlichen Gatten, und wie Sie wissen, macht die Last von Geheimnissen sehr schnell alt. Die Frauen näherten sich dem furchtbaren Zeitpunkt, in dem es immer schwieriger wird, Jugend im Spiegel zu entdecken. Es bedarf besonderen Lichts und langen, guten Zuredens, um die Jugend aus ihren immer zahlreicheren Verstecken zu locken. Das sind sehr böse Jahre. Sie werden Ihnen nicht gefallen, Miss Oliver. Sie kennen die französischen Worte *Un secret, c'est une ride*? Jedes Geheimnis ist eine Falte. Mit Konrád warfen sie sie alle ab und fühlten sich wieder jung. Ach, die Aufmerksamkeit dieses jungen Mannes, dem die Frauen zu Füßen lagen, wollten sie sich bewahren. Und sie denken: Warum gibt er sich mit mir ab, der nicht mehr jungen Frau eines Bürokraten im Marineministerium? Weil sie ihn mit lustigen Geschichten über die Kollegen ihres Mannes unterhalten konnte oder mit zynischen über deren dilettantische Projekte und die starrsinnigen Vorgesetzten oder mit empörenden Geschichten darüber, wie schlecht bestimmte Einheiten der Flotte ausgerüstet waren. Natürlich empörten sich diese Frauen über diese Dinge in Wirklichkeit nicht; sie wiederholten nur, was ihre Männer redeten. Mit den Geheimnissen der Ehemänner erkauften sich die Ehefrauen Gespräche, und für Konrád waren es natürlich Geheimnisse, die er nach Wien meldete, wo sie sich für ihn wieder in bare Münze verwandelten.«

Nádja bot Emily eine Zigarette an und entschuldigte sich, daß sie das nicht schon früher getan hatte. Emily schüttelte den Kopf und fragte: »Dann hat Konrád« (mit ihrem Midwestern-Akzent brachte sie ein entschieden unmagyarisches *Conrad* hervor) »Ihnen von dieser ganzen sexy Psychologie erzählt, als sie *zehn* waren?«

»Nein, nein, mein Liebes. Das habe ich über eine längere Weile erfahren. Wir waren viele Jahre lang Freunde und eine kurze und sehr glückliche Phase lang mehr als Freunde.«

»Natürlich, natürlich«, murmelte John, froh, wieder in Nádjas Welt zu sein, wo etwas *passierte*. In seiner Welt passierte ja nichts (jedenfalls nichts Ernstes). Er lauschte Nádjas Vergangenheit und wünschte, er könnte von seinem Platz aus Emilys Hand erreichen. Die kleinste Berührung ihrer Finger in dieser Luft, in dieser Höhe, würde ihn verbrennen und ein nie verblassendes Mal hinterlassen.

»War denn sein Beitrag nützlich für die Kriegsanstrengungen?«

»Ihre Frage ist gut, meine Liebe, aber nur, wenn Sie, wie ich vermute, die Antwort schon kennen. Er war zu sehr wenig nütze, vermute ich. Viel kam nicht dabei heraus. Er war immer der Ansicht, daß man besseren Gebrauch von seinen Informationen hätte machen sollen, aber das Reich, das ihn bezahlte, brach schon auseinander, auch schon vor dem Krieg. Daran konnten auch die Leckerbissen, die er von untalentierten Kindern und unglücklichen Gattinnen erbeutete, nicht das geringste ändern. Den Ausgang des Krieges hat er jedenfalls nicht beeinflußt, nicht wahr? Ich weiß nicht, ob seine sorgfältig verschlüsselten Nachrichten das Leben eines einzigen Ungarn gerettet oder eine Schlacht gewonnen oder auch nur die schrecklichen Kapitulationsbedingungen verbessert haben. Das ist immer das Dilemma des Spions. Wie klug er auch ist – er kann doch nur wenig ausrichten«, fügte sie hinzu und brach jäh in Lachen aus. »Aber interessanterweise sind sie immer von Liebhaberinnen umgeben. Das ist normal, aber doch eine merkwürdige Laune der Natur. Sie sind wie ein unfruchtbares Tier mit wunderschöner Färbung. Sie ziehen andere an, weil sie einem Zweck zu dienen scheinen, aber in Wirklichkeit sind sie die allernutzloseste Spezies. Es ist eine schrecklich törichte Art, seine besten Jahren zu vergeuden.«

John sah, wie sich Emilys Blick mit Mitgefühl füllte. »Eigentlich furchtbar, das Ganze. War er traurig, als Sie ihn kennengelernt haben? Weil er im Krieg nicht mehr hatte helfen können?«

»Traurig?« Nádja schwieg und dachte einen Moment lang über diese Frage nach. »Weil er ein gescheiterter Spion war? Ach nein, das glaube ich nicht. Liebes, die Schlaueren von ihnen kapieren irgendwann, daß es kaum der Mühe lohnt, und er war ziemlich schlau. Ich glaube schon, daß er wegen einiger Dinge traurig war. Er hatte immer Probleme mit Geld. Und ich weiß, er hatte Angst vor dem Altwerden. Er hatte Angst, seine Virtuosität auf dem Klavier und sein gutes Aussehen zu verlieren, was unbegründet war, muß ich sagen. Er haßte die Franzosen bis ans Ende seiner Tage. Früher nannten die Leute Pest das Paris des Ostens, und immer wenn er das hörte, wurde er böse und brüllte: ›Da könnte Paris sich glücklich schätzen!‹ Aber ob er traurig war, weil er seine Welt nicht vor der Zerstörung bewahren konnte, indem er mit Bürgersfrauen schlief und im Abfall wühlte und Kindern Bonbons gab? Also wirklich, Miss Oliver, finden Sie das traurig?«

»Ach, bitte, nennen Sie mich Emily.«

An dem Abend bestand die Band nur aus Ungarn, älteren

Männern, Professoren der Musikakademie. Der Trompeter hatte einen langen Bart wie ein russisch-orthodoxer Mönch und sah von der Nase bis zur Brust wie eine Handpuppe aus. Er murmelte etwas Ungarisches ins Mikrophon, und ein paar Zuschauer lachten. John, der jede Schwingung um sich herum abnorm deutlich wahrnahm und dem keine noch so kleine Veränderung im Raum entging, ließ seinen Unicum im Glas kreiseln und malte zerfließende romanische Bögen auf die Innenflächen. Der Bandleader zählte ein neues Stück an. Es war Jazz, aber unverwechselbar ungarischer, in seinem Rhythmus funkelten fremde Einsprengsel, und als preschten Reiter mit Capes vorbei, schlug immer wieder ungarische Volksmusik durch. Die Melodie war in Moll und besaß sowohl die merkwürdigen Intervalle und das klagende Feeling osteuropäischer Tänze als auch die schnell swingenden, überraschenden Sequenzen und virtuosen Tonfolgen des Bebop. John sah, wie der fette Pianist schwitzte, um diese seltsame neue Musik hervorzubringen, und merkte, daß seine Verbindung zu anderen Menschen, selbst zu Gegenständen, wenn auch nur vorübergehend, eng und wunderschön und überhaupt nicht einschränkend geworden war. Selbst die Erkenntnis, daß dieses Gefühl vorübergehend war, empfand er als tiefe Klarheit.

»Nun ja. Über die Jahre habe ich wohl etliche Spione kennengelernt. Manche haben es mir verraten, obwohl es nicht nötig gewesen wäre. Normalerweise ist es nicht schwer, sie zu erkennen. Paradox. Ich fand sie – auch Konrád – immer ziemlich ... Na ja, die Arbeit ist wahrscheinlich schwierig; für Menschen, die ihr Leben gern voll auskosten, die ihren Mitmenschen nahe sein und Erfahrungen ausleben wollen, ist sie nichts. Ich finde sie alle ein wenig komisch. Ein wenig *traurig*, um Ihr Wort zu benutzen.«

»Wahrscheinlich ja«, sagte Emily. »Das wird wohl so sein.«

John, den Blick zur Decke gewandt, blies einen Rauchschwaden geradewegs nach oben und nickte: wohl wahr, schwierig, die Arbeit, eigenartig und traurig. Emily nippte an ihrem Getränk, hörte der Band zu und fragte dann Nádja, ob sie je in den Vereinigten Staaten gewesen sei. »O ja. Ich habe viele Jahre lang in San

Francisco gelebt, Klavier gespielt und – nicht unähnlich dem, was Sie für Ihren Botschafter tun, wie Sie mir einreden wollen – den Terminkalender mit den gesellschaftlichen Verpflichtungen für einen südvietnamesischen General organisiert, der nach Ihrem Krieg dort in einem merkwürdig munteren Exil lebte. Was hat er viele Partys gegeben. Einmal, erinnere ich mich ...« John grinste Emily an. Nun war Nádja wieder in ihrem Element, so wunderbar in Form wie selten, und sie verzauberte ihre Zuhörer mit noch einer Erinnerung, hervorragend erzählt, perfekt aufgebaut, gefühlvoll und glamourös, eher unglaublich, aber mitnichten unmöglich. John zweifelte auch nicht an der Glaubwürdigkeit. Es mußte Leben wie das von Nádja geben; er hatte genug gelesen, um zu wissen, daß das der Fall war.

Als er deshalb – nachdem er ihr gute Nacht gesagt und zu ihrem schönen Spiel gratuliert und sie sich bei ihm für die Getränke und die Kolumne bedankt hatte – in die stickige, klebrige Julimitternacht hinaustrat und Emily nach Hause brachte, mußte er überrascht und traurig hören, wie Emily ihrer Belustigung und ihrem Unglauben Ausdruck verlieh. Sie gingen über die Margaretenbrücke Richtung Buda, da dankte sie ihm herzlich dafür, daß er sie mit seiner Freundin bekannt gemacht hatte. Sie habe noch nie eine so charmante, unterhaltsame »alte Frau« getroffen. John ärgerte sich sofort über die Worte »alte Frau«. Ein wenig gereizt sagte er: »Der Sache gerecht wird diese Bezeichnung eigentlich nicht. Siehst du nicht, daß das am wenigsten relevant an ihr ist?«

»Okay, tut mir leid. Herrje. Wie ist es dann mit *erstaunliche Lügnerin*?« erwiderte Emily lachend. »Aber hör mal, du bist doch beim Wahrheitsspiel besser als ich, und da willst du mir weismachen, daß du die Frau nicht durchschaust? Sie ist Klavierspielerin, die sich Storys ausdenkt. Zugegeben, gute. Ich verstehe, warum du sie magst. Ich mag sie auch, sie ist sehr witzig. Ich habe es ehrlich gemeint, als ich mich bei dir bedankt habe, daß du mich mit ihr bekannt gemacht hast. Wirklich, ich meine, sie ist toll, aber...« Emily blieb stehen und schaute John in die Augen. »John, du kannst doch kein Wort von dem glauben, was diese

Frau erzählt. Kein Wort. Sie würde doch alles erzählen, Hauptsache, man hört ihr zu. Oder um ihre Geschichten zu testen.« Sie beobachtete ihn. »So sind Leute, die lügen, meine ich.« Sie wandte sich von ihm ab und lief weiter, ließ John einfach stehen, der einen Moment lang perplex zusah, wie sie ohne ihn auf die Mitte der Brücke zumarschierte, wo der sanfte Anstieg kaum merklich in einen sanften Abstieg überging.

Sein Schmerz war übertrieben; das wußte er sofort. Im Grunde war es doch gleichgültig, was die beiden Frauen voneinander hielten. Aber daß Emily nicht begriffen hatte, was er in Nádjas Gesellschaft war und was sie, Emily, selbst sein konnte; daß Emily anders war, als er noch zehn Minuten zuvor gedacht hatte: Das war ein stechender, atemberaubender Schmerz. Er rannte los, holte sie ein, packte sie am Arm und drehte sie zu sich herum. »Eins muß ich dich fragen. *Willst* du nicht, daß sie die Wahrheit erzählt?« Die Autos wurden leise und streiften immer und immer wieder in unregelmäßigen Rhythmen mit weichen Lichtern Emilys eine Gesichtshälfte, von der Wange bis zur Nase.

»Was hat das damit zu tun, ob –?«

»Alles. Alles hat mit allem zu tun. Willst du nicht, daß die Welt so ist?« Er war stolz, daß er sich nicht nur empörte, weil er Nádja, sondern die ganze Welt, die sie ihm geschenkt hatte, verteidigte.

Emilys Miene veränderte sich, entspannte sich und verriet so etwas wie Mitgefühl. »Ach, Herzelein, ich will *gar* nicht, daß die Welt irgendwie ist.« John merkte, wie er sich anstrengte, nicht auszuflippen, wie er darum kämpfte, das Wort *Herzelein* als Liebhaber zu verstehen und nicht als Neffe. »Die Welt *ist*, und wenn man erwachsen ist, reagiert man darauf, so gut man kann. Aus lustigen Geschichten besteht sie jedenfalls nicht.«

Er faßte Emily an der Hand. »Ja, aber dort findet man ... Die Welt ist nicht nur ... Ist es denn nicht wichtig –« Zum Schluß krächzte er nur noch, biß die Zähne zusammen, war absolut wütend und frustriert. »Heute abend habe ich die Soldaten interviewt, deine Freunde, die Marines. Nádja ist die andere Seite, das Gegenteil davon. Das verstehst du doch, oder nicht?«

»Die Marines. Wie bitte? Ich glaube, ich verstehe dich nicht ganz.«

»Schau her. Schau!« John packte sie an den Schultern, drehte sie herum, mit dem Gesicht zur Donau, stellte sich neben sie und deutete hinunter zum Fluß, wo die Lichter der Kettenbrücke gerade ausgegangen waren – genau in dem Moment, als Emily gesprochen hatte – und das Bauwerk vor dem dunklen Himmel und dem Wasser hing wie eine Nachempfindung auf geschlossenen Augenlidern. »Und das da!« sagte er und gewann an Sicherheit, schubste sie fast, damit sie zu der grauschwarzen Silhouette des nun dunklen Königspalastes hochsah, der sich von dem blauschwarzen Himmel abhob und kaum mehr war als eine schloßförmige Fläche, in der die Sterne fehlten. »Die sind real, Em. Das alles ist die Welt. In diesem Moment. Unsere Welt. Und Nádja auch. Ihr Leben ist – jedenfalls sollte es –« Seine bisher so aufgeregte Stimme wurde weicher, beschwichtigend. »Und du bist hier mit mir in dieser Welt.« Und dann beugte er den Kopf, nahm ihr Gesicht in beide Hände, und seine Lippen fanden einen Moment lang ihre, und noch einen Moment und noch einen und dann noch einen halben mehr, und er hatte recht, er hatte unbestritten bei allem recht.

»Nein.« Sie wich zurück. »John.« Sie entzog sich seinen Händen. »Unsere Welt ist das nicht.« Sie lächelte, lachte, ihre übliche Taktik, um den Jungs zu helfen, aus der Verlegenheit oder Wut dieses Augenblicks mit Würde herauszukommen. »Wir haben beide ein, zwei Unicums zuviel getrunken, junger Mann, und morgen früh ist Schule. Ich gehe jetzt allein nach Hause, und du schläfst dich mal richtig aus. Spätestens im Gerbeaud sehen wir uns wieder. Dann kannst du mir berichten, was Nádja sich ausgedacht hat und über mich erzählt.«

Und weg ist sie. John Price steht in der Mitte, auf dem höchsten Punkt des leise seufzenden Bogens der Margaretenbrücke, lehnt sich an das Geländer und versucht seinen Blick auf die Steine der Kettenbrücke zu konzentrieren. Er wünscht, sie wären auf *der* Brücke gewesen, ein paar hundert Meter flußabwärts. Dort hätte er sich vollständig gefühlt, dort gehörte er hin.

Dort hätte sie es begriffen, dort wäre der Kuß logisch und sinn-voll gewesen. Nach einer Weile beißt er sich auf die Lippen, er-wägt, zu seinem Bruder oder Mark Payton oder Charles Gábor zu gehen, verwirft es. Er stößt sich von dem Stahlgeländer ab, seine Hände sind schmutzig von den Schraubenköpfen, auf die er sich gestützt hat. Er geht zurück Richtung Pest, spuckt in die Donau.

VI.

Eine Woche später, ein paar Stunden bevor er sich mit John im Alten Studenten genüßlich betrank, überreichte Charles seinen aufsässig wortreichen Bericht über den Horváth Verlag dem Ge-schäftsführenden Gesellschafter, der fast den gesamten ersten Satz eines jeden Absatzes las und dann Zsuzsa das Ganze nach New York faxen ließ: *Mit nachdrücklichsten Empfehlungen ... Als ersten Schritt in der ungarischen Are ... Mit klaren Synergieef-fekten für unsere ... Die beigefügten Daten veranlassen mich, mit großer Zuversicht mehr profitable Marktsegmente zu prognosti-zieren, als das derzeitige Management sie abs ... Vermutliche Ausgänge folgende: Wachstum zu adäquater Gewinnschwelle für Gang an BP Börse: 18–24 Monate. Alternativ wird Konso-lidierung dieses Marktes in 6 Analystenreports (s. Anlage) als »hochwahrscheinlich« eingestuft, was gleichzeitig heißt, sehr aus-sichtsreiche Fusions- und Übernahmemöglichk ... Dank einer historisch einmaligen Konstellation seltener Beding ... CM Ga-bor, Budapester Büro.*

Dann verschwand Charles für beinahe neun Tage von der Bildfläche. Von Samstag morgen bis Sonntag abend. Sein Anruf-beantworter zu Hause war an und behauptete zuzuhören, war aber unfähig, den Mann selbst beizubringen. Er war weder abends im Gerbeaud noch nachts im A Házam, noch sonstwo. Am Donnerstag abend nahm John, der unbedingt die Meinung eines heterosexuellen Mannes über Emily brauchte, die Straßenbahn und den Bus hinaus zu Charles' Wohnung in den Hügeln und klingelte. Hinter den Vorhängen war Licht, doch zur Tür kam keiner. Am achten Tag von Charles' Abwesenheit gab Johns Anrufbeantworter ein Wortgestammel des Vermißten wieder, das klang, als äffte diesen jemand nach: »Nie hört es auf, Gott steh mir bei.« Ganz klar, Charles lallte. »Hört es denn nie auf, Johnny? Gott steh mir bei, ich glaube, nicht.« Am nächsten Abend, am Sonntag, tauchte Charles, adrett und ausgeruht, wieder auf der Terrasse des Gerbeaud auf. Hartnäckig und lächelnd weigerte er sich, über die vergangenen Tage zu sprechen, auch nicht über das grauhaarige Paar, mit dem er eine endlose Woche verbracht hatte und das er zum Schluß am Flughafen Ferihegy abgesetzt hatte, wo sie ihren Flieger nach Zürich bestiegen, um von dort nach New York und dann nach Cleveland weiterzufliegen. Drei Kreuze hinterher.

Früh am nächsten Morgen setzte er sich auf eine Nachricht des Großen Geldgebers, die seit Dienstag auf seinem Stuhl lag, also schon vier Tage nachdem sein Bericht seine Reise nach New York gemacht hatte, verfaßt worden war.

Charlie – NY Hauptquartier hat in Sachen Verlag ratzfatz entschieden. Abgeschmettert, Jungchen. Mamma mia, nie im Leben. Der Typ ist nicht mal Ungar. Er ist Österreicher. Es ist eine österreichische Firma, Charlie. Sinnlos, den ersten Deal mit einem Haufen Österreichern zu machen, alles klar? Muß schon sagen: Das hätten Sie schnallen sollen.

Charles lehnte sich mit der Stirn an das noch kühle Fenster und bedachte zehn Minuten lang empört die jeder Beschreibung spottende Dummheit des GG. Dann notierte er sich ein paar Dinge auf einem gelben Notizblock und malte in rascher Folge gerade Pfeile mit großen, ausgemalten, dreieckigen Spitzen, die von einer in Kurzform hingeschmierten Idee zur anderen flogen und zweimal in kunstvoll hingekritzelten Fragezeichen endeten. Es war ohnehin erst ein halber Plan. Er führte ein Telefongespräch mit einem befreundeten Anwalt und eines mit der staatlichen Privatisierungsbehörde. Dann wartete er, geschlagene vier Minuten zum Nachdenken gezwungen, wütend auf eine freie Leitung ins

Ausland und wurde endlich mit Imre Horváth in Wien verbunden. »*Jó napot, Horváth úr*«, begann er frohgemut. »*Gábor Károly beszél. Jó hírem van (Ich habe gute Neuigkeiten).*«

»Der Deal ist ein bißchen kompliziert, strukturtechnisch gesehen«, erzählte er zwölf Stunden später John, der auf der Bürocouch lag und zusah, wie der Sonnenuntergang die Farben des gläsernen Himmels hinter Charles' Kopf veränderte.

»Das Wort, nach dem du ringst, ist *Lüge*. Du *lügst*. Es ist eine *Lüge*.«

»Was für ein häßliches, abgenutztes Wort.« Himmlische goldene Sonnenstrahlen schossen durch silberne Wolken und verliehen Charles' Silhouette einen stacheligen Heiligenschein; John mußte blinzeln. »Gesteh mir nur die Glaubwürdigkeit zu, auf die ich – glaubhaft – Anspruch erheben kann, und alles wird gut. Was sagst du dazu? An diesem Wochenende habe ich eine Reinemachefrau, eine Köchin und einen Gärtner eingestellt«, sagte Charles. »Ich habe Angestellte. Ist das nicht das Schrägste, was du jemals gehört hast? Angestellte! Jetzt brauchst du mir nur noch zu helfen, Horváth davon zu überzeugen, daß ich sein Mann bin, und wir erklären den bedauerlichen Standpunkt der Firma später, wenn unmittelbarer deutlich wird, was das für eine Lachnummer ist.«

»Von unserem gemeinsamen Freund weiß ich, daß Sie ein aufstrebender, angesehener Journalist sind«, sagte Imre Horváth, als John sich drei Tage später zu ihm und Charles für die zweite Hälfte eines Treffens im Gerbeaud bei Kaffee respektive Milch setzte. »In der Zeitungsbranche ist meine Familie seit sechs Generationen«, fuhr der Ungar fort. »Und ich gehe davon aus, daß wir in Budapest schon bald wieder in dieser Branche tätig sind.« Als John sich auf der heißen Terrasse hinsetzte, war seine allererste Reaktion auf Imre – weniger als dreißig Sekunden nachdem er ihn zum erstenmal gesehen hatte – Ehrfurcht, eine unkontrollierbare, gefühlsmäßige und körperliche Reaktion, die er in Rückgrat und Steißbein spürte, Handflächen und Unterarmen, Wangen und Nieren. Nach Charles' spöttischen Beschreibungen von

Imre war er überrascht, denn leibhaftig war der Ungar eine imposante Erscheinung, und das, was Charles wie ein paar Schwänke aus dessen Leben und Leiden erzählt hatte, versetzte ihn nun in eine vollkommen andere Menschenkategorie.

Imre nahm natürlich vor allem sich selbst ernst, begriff John eine Minute später, als er versuchte, die erstickende, inakzeptable Ehrfurcht und den heftigen Neid abzuschütteln. Imre redete über etwas sehr Prosaisches – alte Zeitungsproduktionsmethoden –, doch John wanderte in Gedanken durch eine Steppenlandschaft von Neid auf die Menschen, die sich in der schlimmsten Prüfung ihrer Zeit beweisen mußten und achtbar daraus hervorgingen. »Ja, einen Moment herrschte Überraschung, als die AVO durch die Tür platzte«, sagte Imre, und zum Glück für John hüllte sich sein Neid rasch in etwas viel Würdigeres und Annehmbareres: Zorn. Nun verachtete John Imres vergebliche, durchsichtige Versuche, Neid und Bewunderung hervorzurufen. Mit Genugtuung bemerkte er die Löcher in Imres Geschichten, seinen teuren Anzug, seinen überragenden Willen, Eindruck zu schinden.

So kam es, daß er die Aufgabe, die Charles ihm anvertraut hatte, mit Vergnügen anging. Die Lügen sprudelten wie von selbst. Er trieb das Gespräch, so weit und schnell er konnte, voran, so daß Charles gezwungen war, mitzuhalten. »Wer ist der Dramatiker, den du immer zitierst, Károly?« fragte John. »Der Bursche mit den beißenden Satiren? Horn, stimmt's? Wen hast du uns letzte Woche hier vorgelesen?«

»Wunderbar!« rief Horváth. »Seine Werke sind seit der ersten Auflage von unserer Familie gedruckt worden, alle seine Stücke.«

»Was ist aus deinem Plan geworden, ein Theater zu finanzieren, Károly?« lautete Johns nächste Frage. »Károly hat mir oft erzählt, Imre, daß er im Grunde wegen seiner Liebe zur Kultur und seinem Bedürfnis, seine Bürgerpflichten zu erfüllen, ins Risikokapitalgeschäft eingestiegen ist«, hörte John sich sagen, als Charles in ein Gebäckstück biß. »Idealistisch, aber wahr. Ich will, daß mein Bericht über seine Arbeit zeigt, daß er immer gehofft hat, Kapital zur Förderung der Kultur einzusetzen. Bisher ist er enttäuscht von der gemeinen Denkart seiner Umgebung.

Ich glaube, er weiß gar nicht, wie selten eine so klare Vision wie seine ist.«

»Wir verlassen uns darauf«, fiel Imre in Johns Lobgesang ein, »und es freut mich, daß ich nicht der einzige bin, der diese Kraft und das Potential in unserem Károly sieht. Ihre Leser, Mr. Price, müßten sich eigentlich für die Erfolgheiten interessieren, die einem Mann von Jugend, Kraft und Kultur wie Mr. Gábor zufallen. Besonders jetzt. Besonders in Ungarn.«

»Genau. Was ich erstaunlich finde«, John beschloß, Charles' Künstlernamen so oft wie möglich zu benutzen, »ist Károlys kultureller Anspruch in einer Branche, die zu oft nur das betont, was unterm Strich herauskommt. Károly ist ein altmodischer Typ, ein europäischer Typ, bemerkenswert, wie seine ungarische Kultur und seine amerikanische Erziehung in ihm verschmelzen.« Er hielt inne, um sich eine Zigarette anzuzünden, und tat so, als suche er die richtigen Worte. Dabei fühlte er sich wahnsinnig redegewandt; ohne Luft holen zu müssen, hätte er endlos weiterschwadronieren können. »Zuerst Gentleman, dann Geschäftsmann, unser Károly. Ich bin sehr gespannt zu sehen, ob es in der Welt von heute für ein Exemplar wie Károly noch Platz gibt. Zu hoffen wäre es, aber darauf bauen sollte man sicher nicht.«

»Mach mal halblang, Junge«, sagte Charles, als Imre einmal kurz weg war. »Laß es uns ein Quentchen ruhiger angehen. Du klingst wie seine ungarischen Schleimer in Wien.«

»Károly sagt, daß Sie mit ziemlich weitreichenden Plänen nach Ungarn zurückkommen«, sagte John, als Imre wieder da war.

»Ja, wir haben mehrere Projekte im Visier, Sir. Vor Ihrem Eintreffen haben er und ich verschiedene Möglichkeiten erörtert.« Er verschränkte die Arme und beugte sich ein wenig zu John vor. »Ich vermute, die Geschichte und Zukunft unserer Firma ist von großem Interesse für Ihre Leser«, sagte er mit ernster Miene, und obwohl es fast unmöglich war, vor diesem blauen Starren nicht zurückzuzucken, schwor John sich stumm, nicht als erster den Blick abzuwenden. Doch dann verließen die drei Männer das Gerbeaud, gingen durch die Andrássy út und redeten weiter über ihre jeweiligen, sich überschneidenden Pläne. Imre versuchte, dem amerikanischen Reporter die berichtenswerte Geschichte seiner Firma zu erzählen; John versuchte, dem alten Geschäftsmann eine partnerschaftswerte Hochglanzversion seines jüngst ungarisierten Freundes anzudrehen und sich selbst dabei zu amüsieren; Charles war beiden behilflich.

Bald bemerkte John – und er war erleichtert –, daß seine beharrliche Ehrfurcht vor Horváth gänzlich in einer erfrischenden, scharfen Brise blanker Empörung unterging; er bezeichnete sie allerdings als Klarheit. Er verbannte allen verstörenden Rauch und Ruß von Imres tragischem Leben und selbstgefälliger moralischer Überlegenheit aus seinen Gedanken und begann ihn langsam zu durchschauen. Die Storys des Mannes waren Lehrstücke in Ichbezogenheit, plump und grell, und dienten nur dem eigenen Interesse. Horváth hatte offenbar ein Bild von sich entworfen, das er nun auch allen anderen aufzudrängen versuchte. »Oooh, Sir, wenn mir eines klar war, dann war es meine Verantwortung. Seit ich ein sehr kleiner Junge bin, erzählte man mir von der Verantwortung meiner Familie gegenüber unserem Land und der Bürde, die ich tragen sollte. ›Das Gedächtnis des Volkes‹, nannte Boldizsár Kis unseren Verlag, und das sagte mir mein Vater immer wieder. Ich wußte, eines Tages war ich verantwortlich dafür, das Gedächtnis zu pflegen. Kennen Sie Kis? Nein? Ein großer revolutionärer Führer für die Demokratie. Kis schrieb ein Gedicht, in dem er sagte, unser Verlag erzähle die Geschichte des ungarischen Volkes, und zwar dem Volk selbst ebenso wie der Welt. Wir erinnern für eine Nation. Wie ihr Juden mit eurem Pessach, glaube ich. Aber unsere Geschichte wird immer noch geschrieben, es ist keine uralte Geschichte über Pharaonen.«

Und damit hatte John, noch bevor sie auf ihrem Spaziergang durch die Andrássy an der Oper vorbeigekommen waren, den alten Mann fix und fertig in der Schublade, besser: im Notizbuch, und zwar genauso, wie Charles ihn beschrieben hatte: aufgeblasen, selbstgefällig, stolz auf das Etikett der Rechtschaffenheit, das ihm die Lotterie der Geschichte zufällig verliehen hatte, und (das hatte Charles vergessen zu erwähnen) vermutlich ein übler Antisemit.

Zwei Abende später aber saß John links neben Imre bei einem Abendessen, zu dem Charles geladen hatte, und war sich seines Urteils nicht mehr so sicher. »Mr. Horváth, das ist mein Freund Mark Payton, der berühmte kanadische Gesellschaftstheoretiker und Historiker.« So stellte Gábor den letzten Ankommenden vor, und von dem Moment an, in dem sich die vier in einem separaten Speiseraum in einem Schweizer Restaurant im Stadtwäldchen hingesetzt hatten, merkte John nicht nur, wie schnell seine Empörung über Horváth in Faszination und stille Phasen puren Respekts umschlug, sondern auch, wie unfähig er war, Imre als definitiv nicht ernst abzustempeln. »Wenn man aufpaßt, kann man in einem Arbeitslager viel an sich selbst entdecken«, sagte Horváth irgendwann zu Mark, und John fühlte sich klein und nutzlos in Gegenwart eines Mannes, der so etwas hinter sich hatte. »Aber ja, mein Verlag stand im Zentrum der Revolution von 1956«, erzählte Imre dem trübsinnigen Kanadier nur wenige Minuten später, und John verdrehte die Augen.

Das Restaurant befand sich im Schatten der Vajdahunyad, der im neunzehnten Jahrhundert erbauten Burg im Park, und in dem einen Fenster des separaten Speiseraums zeichnete sich der Burgfried ab, in dem anderen begann der Mond gerade, wie allmonatlich, langsam breit zu lächeln und zu gähnen. Charles behandelte das Bedienungspersonal eindrucksvoll herrisch, jede Geste eine Demonstration seiner Führungsqualitäten. Er hatte die Weine sorgfältig am Tag zuvor ausgewählt und hob nun sein erstes Glas Meursault auf die Zukunft des Horváth Verlags und auf das Gedächtnis des ungarischen Volkes. Vier Gläser stießen unter den schimmernden Spektralfarben und dem elektrischen Summen des Kronleuchters klingend aneinander.

Charles hatte Mark die Rolle seines bewährten kulturellen Ratgebers zugewiesen, obwohl John bezweifelte, daß der Kanadier eventuellem Druck gewachsen sein würde. Doch Mark interpretierte seinen Part praktisch als Pantomime. Er sprach wenig und verfolgte Imres Geschichte mit absehbarem Eifer und offenem Mund. »Nach dem Krieg kam ein Autor zu mir.« Imre verschränkte die Arme, beugte sich zu Mark vor, schaute aber auf der Suche nach der Vergangenheit über seinen Kopf hinweg. »Er war schon zu Zeiten meines Großvaters im Verlag veröffentlicht worden, falls Sie so etwas glauben können. Doch mein Vater mußte den Vertrag lösen, weil seine Werke sich tatsächlich überhaupt nicht verkauften. Aber ich weiß, daß mein Vater ihn trotz der Verluste gern behalten hätte. Der Bursche bewegte sich im übrigen sein Leben lang in eindrucksvollen Kreisen, war Mitglied in Clubs von Schriftstellern und Malern und gehörte zu einer sehr einflußreichen wichtigen Generation ...« Mark klopfte mit den Fingerspitzen der rechten Hand leicht auf seine linke Handfläche und nickte bedächtig.

Vier Ober brachten den ersten Gang, *en pipérade* gedünsteten Zander aus dem Plattensee, den Charles am Vortag nach Konsultation mit dem Küchenchef geordert hatte. Die mit einer Haube bedeckten Teller erschienen gleichzeitig vor den vier Männern, die Hauben selbst wurden auf ein Zeichen hin schwungvoll abgenommen. Während der folgenden dreieinhalb Stunden wechselte der Wein immer wieder die Farbe, wurde schwer, rauchig, dickflüssig, süß. Ein Gang folgte auf den anderen, bis die Fischvorspeise so lange zurücklag wie die Erinnerung an ein mittägliches Picknick in Kindertagen, ein Duft nach Sauce, ein Gesprächsfetzen, an den man sich erinnert, ein Moment, in dem das Licht über das Gesicht eines der Freunde huscht. Vom Fisch über das Gemüse, die Suppe, das Fleisch, die Törtchen bis zu Käse und Obst versuchte John sich gegen Imres Redeschwall zu behaupten, aber irgendwann verwoben sich die Vorträge und Geschichten von großen Taten sowie die provokanten, rhetorischen Fragen alle zu einem einzigen langen hypnotisierenden Monolog, der an ihn allein gerichtet war und der – diesen Eindruck hatte er am nächsten Tag – Wochen und nicht Stunden gedauert hatte.

»Ein Kunstwerk, Mr. Price. Das ist unser Leben, das Leben eines jeden kann so sein. Ich glaube, daß Sie vielleicht auch so

sind. Ich glaube, wir sind gar nicht so verschieden, Sie und ich.«
Na, hoffentlich, dachte John im stillen. »Ein Leben muß sinnvoll
sein, es muß einen Anfang haben, an dem sich seine Aufgabe of-
fenbart, eine Mitte, in der diese Aufgabe erfüllt wird, und ein
Ende, an dem diese Aufgabe einer anderen, der nächsten Generation klargemacht wird, die ihrerseits an ihr festhält und sie
weitergibt.« John vermutete, daß der Mann das nicht zum erstenmal erzählte, ihm war auch klar, daß er »für die Presse« redete, aber er konnte dennoch nicht das unwillkommene und
peinlich alberne Gefühl loswerden, daß er etwas von größter Bedeutung mitteilte. John schwor sich, diesen Moment nie zu vergessen. »Große Mächte hat man eingesetzt, um mir meine Aufgabe zu erschweren. Aber ich ließ mich nicht davon abbringen.
Ich sage das nicht als Stolz. Ich will mich nicht brüsten«, brüstete
Imre sich, »aber ich sage das als Wunder: So ist das Leben. Ich
bin nur dem gefolgt, von dem ich wußte, daß es wahr war, und
die Kraft kam zu mir.« Gänge wurden aufgetragen und abgetra-
gen, aber die Umerziehung war nun nicht mehr zu stoppen: John
beugte sich weit zu Imre vor und knabberte an seinem Daumennagel. »Ich erzähle nur meine eigene Geschichte. Die Kommunisten haben versucht, sie mir zu nehmen und ihre Geschichte zu
erzählen, aber sie haben verloren. Das ist die schlimmste Gewalt,
die ein Mensch dem anderen antun kann, junger Herr. Begreifen
Sie das? Folter – die kann man aushalten. Gefängnis – das ist
auch nicht so schlimm. Aber einem anderen Menschen seine Geschichte zu stehlen heißt, ihm sein Leben und seine Aufgabe zu
stehlen.« Er redete im Kreis herum, merkte John und versuchte
angestrengt, sich Imres Zugriff zu entziehen und wieder wie ein
Erwachsener zu fühlen.

»Die Jugend verträgt solche Mahlzeiten«, sagte der Verleger
nun. »Mr. Payton hier kann vier verschiedene Weine trinken,
und seine Mienen bleiben so ruhig und ernst wie bei erstem
Glas. Ich habe einen sehr entfernten Verwandten, der in ein Klo-
haus – nein, das ist nicht das richtige Wort, stimmt's?« fragte er,
lachte laut mit den andern und rieb sich die Augen. »Danke
schön, Károly. Er ging in ein Kloster«, sagte er, »und er lag das

Gelübde ab, ein gemäßigter Asket zu sein. Ich glaube nicht, daß einem von Ihnen das gefallen möchte, außer vielleicht Ihnen, Mr. Payton.« Wieder lachten alle.

»Ein gemäßigter Asket? Das ist ja wohl ein bißchen radikal, was?« fragte John. »Wenn man sich etwas versagt, dann aber auch noch das Vergnügen daran, *daß* man sich etwas versagt, das tut weh, auweia.« Imre lachte am lautesten, und John war plötzlich ganz stolz.

»Wie heißt das Wort auf englisch, John«, fragte Charles mit ganz feinem ungarischem Akzent, als die krumenübersäten Dessertteller wegschwebten und eine dritte Runde kleine Gläser mit süßem Tokajer erschien, »für…« Charles wedelte mit der Hand in der Luft herum, als wolle er das Wort einfangen und beiseite schieben, was ihn davon ablenkte. »*Mi az angolul, hogy megelégedettség?*« fragte er Imre, und Imre nickte und sagte auf englisch: »Genau, ganz genau, Károly.«

»Zum erstenmal habe ich Tokajer mit meiner Mutter im Gerbeaud getrunken. Das ist mir wieder eingefallen, als Sie und ich uns dort getroffen haben, Károly. In den Dreißigern war das Leben hier in Budapest eigentlich sehr angenehm. Ich fürchte, langsam rede ich wie mein Vater. Er hat immer gesagt: ›Wenn du nicht vor dem Ersten Weltkrieg gelebt hast, wirst du niemals erfahren, wie angenehm das Leben sein kann.‹ Um ehrlich zu sein –«

»Entschuldigung, aber das ist Bockmist«, sagte Mark, brach sein trübsinniges Schweigen, das halb solange gedauert hatte wie das ausgedehnte Mahl, und warf ein leeres Glas um, ohne es zu merken. »Totaler Bockmist.«

»Halt die Klappe, Mark«, fuhr Charles ihn an.

»Nein, also wirklich. ›Wer nicht vor dem Ersten Weltkrieg in Belgien gelebt hat, wird nie erfahren, wie angenehm das Leben sein kann.‹ Victor Margaux, 1922. ›Sie können sich gar nicht vorstellen, wie angenehm das Leben sein kann, wenn Sie nicht vor dem Krieg zwischen den Staaten hier in Virginia gewesen sind.‹ Josiah Burnham, 1870. Talleyrand zweimal, wenn ihr das noch aushaltet. Als erstes: ›Wer nicht *vor* der Revolution gelebt hat, weiß nicht, wie süß das Leben sein kann‹, und dann besinnt er sich und sagt: ›*Qui n'a pas vécu* dans *les années voisines de 1789* – wer nicht *während* der Revolution gelebt hat, kann nicht wissen, was Lebenslust bedeutet.‹ ›Sir, Sie können nicht wissen, was man mit ‚angenehmem Leben' meint, wenn Sie nicht in dem grünen England gelebt haben, bevor sich die Deutschen hier einnisteten.‹ Der Marquess von Westbroke, 1735. Also Bockmist hoch drei.«

Mit jedem Beispiel war Mark lauter geworden, und ein zweites Glas, mit Rotweinresten vom früheren Abend, segelte zu Boden, nicht ohne dabei Horváths mittlerweile gelockerten Schlips einzusprühen.

»Imre, ich bitte um Entschuldigung für –« begann Charles in ungarisch.

»Nein, nein! Nicht nötig!« Fasziniert schaute Imre den Kanadier an.

»Ich habe doch versucht, euch zu sagen, er ist in letzter Zeit ein bißchen durchgeknallt.« John lachte über Charles' Versuche, ruhig zu bleiben, während Mark herumfuhrwerkte, um das Glas aufzuheben und neu einzugießen, und dabei die ganze Zeit »Bockmist, Bockmist, Bockmist« fluchte.

»Nein, nein.« Imre packte Mark an der Schulter. »Er ist ein sehr intelligenter Mann und hat vollkommen recht, der Studiosus hier in unserem kleinen Club. Wie wollen wir denn überhaupt erwachsen werden und die Welt besser machen, wenn wir uns alle traurig nach einer anderen sehnen?«

»Genau das meine ich ja«, sagte Mark, goß ein und goß daneben.

Imre beschäftigte sich mit einem Weinflecken auf seiner Hermès-Krawatte, riß sich dann aber davon los und schaute Charles mit einer gehobenen Braue an. »Feuer«, sagte er begeistert. »Feuer und den Mumm, ›Jetzt reicht's!‹ zu sagen. Das hat die Jugend zu bieten, und ich glaube, die westliche Jugend heute mehr als jede andere. Sie, die Sie mit allem aufgewachsen sind, sind jetzt auch soweit, mehr zu verlangen, ›Jetzt reicht's!‹ zu sagen.« Er sprach zu allen dreien, und noch nie war er John mehr wie ein Schauspieler vorgekommen, ja, sogar ein wunderbarer Schauspieler, trotz haarsträubend schlechten Materials. »Ich fürchte, dieses Land, unsere MK, hat diesen Mumm verloren. Doch wir, Károly und ich, werden kommen und ihn dem Land zurückgeben. ›Hier habt ihr euren Mumm zurück‹, werden wir sagen!« Er hob das erstbeste Glas, eines mit Wasser und Zigarettenkippen-U-Boot, das unter dem Kommando des unentschlossenen Kapitäns auf- und untertauchte. »Auf den ungarischen Mumm und alles, was Sie ihm beibringen können, Männer der Jugend, Männer der Energie, Männer des Westens!«

Vier Gläser klirrten, ein wenig schwappte über.

»Genug«, sagte Imre, würdevoller als die anderen, wenn er angezecht war. »Jetzt gehen wir heim.« Charles überlegte, ob er angesichts dieser Usurpation seiner Rechte als Gastgeber protestieren sollte, verzichtete aber, als Imre zu ihm sagte: »Morgen müssen wir, Sie und ich, noch einmal reden.«

Der Reihe nach gingen sie unsicher die Treppe hinunter. Aufzustehen und sich zu bewegen erschütterte sie alle bis ins Mark, und sie marschierten schweigend, schwankend, im Gänsemarsch in den Hauptspeisesaal, in dem bei gedämpftem Licht und dem Klang von sowohl menschlichen als auch automatischen Geschirrspülern müde Ober mit aufgeknöpften, fleckigen schwarzen Westen und gelockerten Fliegen, deren Enden wie Fledermausflügel herunterhingen, rauchend herumsaßen und -standen. Der Geiger und der Akkordeonspieler in traditioneller schwarzgoldener Tracht hatten ihre Instrumente zur Seite gelegt und saßen nun, tief in ein Gespräch versunken, an einem Ecktisch, eine einzige Tischlampe erhellte jeweils die Hälfte ihrer Gesichter, die dunkel wurden, als sie den Kopf ein wenig drehten, weil vier Betrunkene durch die Restauranttür tappten, die hinter ihnen ins Schloß fiel.

Frische Luft und der Duft von den Parkbäumen mischte die Empfindungen in ihren Köpfen, Beinen und Mägen kräftig durcheinander. Durch die Feuchtigkeit schwammen sie auf die hoch aufragenden Kolonnaden des Heldenplatzes zu. Noch eine, zwei Minuten sprach niemand, dann brüllte Imre in die Nacht hinein – kein Wort, nur ein jugendliches Johlen, das nach dem Lärm in dem kleinen Speiseraum und dem nachfolgenden

Schweigen für alle komisch klang. Auch Charles lachte und stieß ein albernes Stöhnen aus. »Bockmist!« rief der Verleger daraufhin, mit einem Akzent, der zwischen Budapest und London hing, und er zauste Mark Payton durch das feuchte rote Haar. Der Kanadier lachte seltsam und schnappte nach Luft. »Bockmist!« pflichtete er, so laut er konnte, bei. Sie kamen am Heldenplatz an, einem leeren, von Scheinwerfern angestrahlten Halbkreis mit riesigen Säulen und Statuen am Ende der Andrássy út.

John lehnte sich an das kühle, steinerne Podest einer Statue und rieb sich den Rücken daran. Das Gespräch lief nun langsam, aber er folgte ihm ohnehin nicht mehr, sondern brach sich nur willkürlich Stücke heraus und hielt sie sich kurz ans Ohr.

»... wie oft wollen uns die Leute dieses nationale Gedächtnis abkaufen, diese unsere Verantwortung, und sie kann nicht gekauft werden, wir stehen alle vor dieser, dieser Versuchung, Károly, ja –« Imre lehnte sich zurück und schaute auf zu dem Magyarenkönig hoch auf dem tänzelnden Roß in der Mitte des Platzes, biß sich auf die Lippe und nieste plötzlich laut und explosiv.

John ging über die labyrinthischen Platten des Platzes langsam rückwärts, bis er mit dem Fuß den Bordstein unter sich spürte. Da drehte er sich abrupt um und sah, daß die Autos direkt an ihm vorbeirasten, so dicht, daß er ihre kurzen, breiten Seitenspiegel hätte berühren können, während sie vorbeiwitschten.

Als er einige Zeit später das Blue Jazz betrat, sah er mit einem letzten Blick über die Straße, daß Imre, Charles und Mark sich die Arme um die Schultern gelegt hatten und hinter dem Strom der Autos ein unkoordiniertes Tänzchen hinlegten.

Das Innere des Clubs nahm er zunächst nur verschwommen wahr. Als dann alles nach und nach klare Konturen gewann, sah er sie zu seiner Erleichterung sofort. Es mußte schon spät sein. Denn obwohl Freitag war, waren nur noch wenige Leute da: ein paar Poolspieler, drei Raucher, umwoben von ihrem eigenen blauen Dunst, die Band – die kahlköpfigen Amerikaner –, die am Tresen ihre Bezahlung in Essen und Trinken bekamen, ein frisch verliebtes Paar in einer Ecke (sie züngelten und umschlangen einander wie die Schlange den Äskulapstab), in einer anderen Ecke ein Paar, dieses aber offenbar kurz vor der endgültigen Trennung. Ihre Stimmen wurden laut, schwollen an und brachen alle paar Minuten ab, wie die Brandung vor einem Strandhotelfenster spät in der Nacht.

»Finden Sie, daß ich ein Kunstwerk lebe?« fragte John, langsam und sprunghaft nüchtern werdend, dann aber auch wieder betrunken. Er glitt auf die Klavierbank und stieß scherzhaft, sanft mit der Hüfte gegen ihre. Sie trug das Kleid, das sie an dem Abend getragen hatte, als er sie kennenlernte.

»Böser Junge, ich versuche Klavier zu spielen. Heute nacht sind keine rührseligen Trunkenbolde erwünscht.« Sie küßte ihn auf die ihr zugewandte Wange, und er lächelte ruhig und erleichtert.

VII.

»So, das war's. Hierher komme ich nie wieder. Ende einer Ära, Baby. Zeit, sich zu verdünnisieren, loszulassen. Los. Zu. Lassen.« Scott Price sprach zu niemandem speziell, als die vier Männer und Emily sich an dem letzten heißen Abend eines ungewöhnlich heißen Juli ins A Házam schoben. Im Souterrain trat Cash Ass vor der üblichen vielköpfigen Menge auf, aber selbst oben konnte man sich kaum um die eigene Achse drehen, und die Luft zum Atmen war knapp. Die Wolke aus Zigarettenqualm hing heute abend etwa einen Meter über den Köpfen, so tief, daß man eine Hand bis zum Gelenk darin hätte vergraben können. »Wer *sind* alle diese Leute?« brummte Scott. »Die gehören doch nicht zu uns. Sind das *alles* Touristen? Jammerschade. Mária hat übrigens gesagt, daß das Ding hier von den Ungarn nie ernst genommen worden ist.«

Der Lärm in der Lounge war zu fünf Teilen Englisch und zu drei Teilen Ungarisch, gefiltert durch verschiedene Akzente. Männliche Ellenbogen und weibliche Dekolletés waren gleichermaßen mächtige Waffen im Kampf um Platz am Tresen, dort aber konnten nur hochgehaltene Hände mit druckfrischen Forints die cool-fahrige Aufmerksamkeit des Barkeepers erringen. Und da es rationeller war, mehrere Getränke auf einmal zu bestellen, standen die fünf da, umklammerten diverse Gläser, drehten die Köpfe und spähten auf der Suche nach Sitzplätzen mit Pionierblicken um sich.

»Was zuviel ist, ist zuviel, Jungs und Mädel«, seufzte Scott. »Wir sind eine aussterbende Rasse, und die bösen Fremdlinge haben unsere Weidegründe besetzt.«

Überall aus den Lautsprechern plärrte britische und amerikanische Dancefloormusik, und wenn man quer durch den Raum auf eine eben verlassene Couch zugehen wollte (huch, zu spät), fühlte man sich wie in dem engen, feuchten Verdauungstrakt eines Tiers; die dumpfen Beats der Musik klangen wie die verstärkten Schläge des benachbarten Herzens. Man bekam aber auch ausreichend laute Gesprächsfetzen ins Gesicht gebellt und auf den Weg geworfen, wenn man sich durch die Menge schlängelte: *Ungarisch, Ungarisch, Ungarisch... unser Sound ist der Sound von morgen... Ungar... wenn ich es erst mal schaffe, es aufzuschreiben, vertick ich es einem Produzenten... Mann, ist die heiß... zurück nach Prag, so schnell wie möglich, bitte... ungar... kann ich bei dir... nur für... was du an den Ungarn und dem Land verstehen mußt, ist... nein, Ende der Eiszeit, die sind aus Wassereis, haben aber eine Form wie... ungarisch... dann scheiß auf die Staaten... willst du noch mal vorbeikommen, dann zeichne ich dich... Mensch, geh nach Prag, da vergißt du die Szene hier in Null Komma nichts... ungarisch... zwei Tage hier, zwei Prag, dann den Schnellzug nach Venedig, ich weiß nicht, angesagt ist der ferne Osten, wie zum Beispiel Moskau... strenggenommen habe ich es ihnen zweimal berechnet, aber behalt das für dich... auf keinen Fall, denn das Hotel ist, also, 'ne bessere Absteige... ungarisch... Cash Ass sind Spitze, die Jungs mußt du hören, sie sind so was von abgedreht... die Tussi erreicht auf der Werteskala eine Tamale, dreieinhalb Öldosen... wie sagt man »Küß mich« in ungarisch... Ungarisch...*

ich bin ein Dichter, Dichter vagyok, *wie Arany János... Baby, Prag ist so abgefahren...* csókolj meg!

In Lärm und Enge sah Mark, wie ein Sofa und ein Tisch eventuell allmählich frei wurden, und mit einem Hechtsprung war er als erster am Ort, um sie zu besetzen. Unerschütterlich schlechtgelaunt fragte Scott Emily: »Wer sind die ganzen Leute? Wer hat sie alle hierherbestellt? Unsere Leute sollten nicht –« Charles sagte ihm, er solle den Mund halten.

»Nein. Halt *du* den Mund!«

Vom Sofa aus betrachtete John Emily, die auf dem Tisch saß und sich vorbeugte, um mit Mark zu sprechen. Er überlegte hin und her, ob er den Kuß auf der Brücke erwähnen oder so tun sollte, als sei nichts passiert. Heute abend versuchte er seine Aufmerksamkeiten ihr gegenüber jedenfalls genau zu bemessen. Selbst unsicher, was auf der Brücke passiert war, bemühte er sich darüber hinaus angestrengt, die emotionale Funktion einer jeden Lippenmuskelkontraktion im nachhinein noch einmal durchzugehen, zeitlich zu bestimmen und zu kategorisieren. Er hörte, wie Emily Mark den Verehrer einer Julie beschrieb, und fand prompt, daß sie ihre eigenen Gefühle ihm, John, gegenüber verschlüsselt schilderte. Hinter »Julie« verbarg sich Emily, hinter »Calvin« John. Julie war frustriert, Calvin war alles, was sie – mehr konnte John nicht verstehen, weil Charles schreiend mit Scott über seine Geschäfte palaverte. Aber wenn ich daran denke, wie Calvin – wenn andererseits Horváth. Sie ist definitiv der Meinung, daß man nur über Calvin Horváths Vertrauen erringen und den Deal durchziehen kann, wenn sie ihm das sagt, wie steht sie dann da? Vielleicht aber doch? Nicht, solange die staatliche Privatisierungsbehörde von Idioten geleitet wird.

Zwei Hände packten ihn von hinten an den Schultern, und eine Stimme flüsterte ihm ins Ohr: »Das große Glück im Leben ist immer das, was man nicht erwartet.« Lachend und staunend stand Bryon vor ihm – ein blendend aussehender Amerikaner koreanischer Herkunft, der in Scotts und Johns Highschool vor acht Jahren zu einigem Ruhm gelangt war, als er eine Marquis-de-Sade-Party geschmissen hatte. Als er nun, vom Zufall hierher verschlagen, strahlend in die Realität trat, spürte John sofort, daß er selbst an Statur und Attraktivität verlor, wie derjenige, der einer Gruppe jemand Neues vorstellt. Er stellte Bryon der Gruppe vor. Als er »Und natürlich erinnerst du dich an Scott« sagte, zuckte Bryon einen Moment zurück.

John genoß den kaum verborgenen Ausdruck des Entsetzens auf dem Gesicht seines Bruders, als Bryon versuchte, diesen muskelbepackten, gutaussehenden Sportsmann mit dem übergewichtigen, hoffnungslosen Trottel von vor zwölf Jahren zusammenzubringen. »Klar, Mann. Du siehst großartig aus«, war aber alles, was er sagte, und John fühlte sich eindeutig betrogen.

Bryon war zwei Wochen auf Urlaub in Budapest; er setzte sich neben Charles und die vielen vollen Gläser auf den Tisch. In weniger als neunzig Sekunden erzählte er, was er in den sechs Jahren seit seiner letzten Begegnung mit John getrieben hatte. Nach der Uni hatte er einen Sommer lang in dem »beschissenen M.C.-Escher-Haus-Themenpark« in seiner Heimatstadt gearbeitet, meist als Bauarbeiter, was in der Hauptsache hieß, Treppenaufgänge verkehrt herum an Decken zu nageln. Von dort war er zurück nach New York gegangen, um es noch einmal mit der Schauspielerei zu versuchen, hatte aber nur Model-Jobs bekommen und auch da nur die unterste, demütigendste Sorte: Bilderrahmenmodeling. Sechs Monate lang wurde er fotografiert, wie er Frauen unter Bäumen umarmte, Kinder auf Schaukeln anschob, in die dunstige Ferne blickte, mit paillettenglitzerndem, kegelförmigem Hut einen Neujahrstrinkspruch ausbrachte und sogar in Kostüme schlüpfte, wie zum Beispiel »Chinesenkleider« der Jahrhundertwende, und vor einem staubigen schwarzen Vorhang posierte und feierlich in eine alte Schwarzweißkamera blickte, die zehn Sekunden brauchte, um ein Bild aufzunehmen. Es waren alles Aufträge von Bilderrahmenfirmen, die ihre Rahmen für die Fotogeschäfte mit verlockenden Phantasien bestückten. Einmal, behauptete Bryon, sei er übrigens zu einem ersten Rendezvous, einem Essen in der Wohnung einer »gespenstisch einsamen, sehr unattraktiven« Frau in New York, eingeladen gewesen, und auf dem Regal über ihrem Bett habe ein viereckiger, mattsilberner 10×15-cm-Rahmen gestanden, in dem immer noch das Standardfirmenbild von *ihm* gesteckt habe (eine wehmütig herbstliche Szene, er in Zopfmusterpullover trat ein paar Blätter hoch). »Ich lag auf ihr, wollte gerade fertig werden, schau hoch, und da bin ich und starre in den Herbst. Das war wirklich ein Höhepunkt, das muß ich schon sagen. Es hatte etwas seltsam Schönes. Für eine Nacht hatte diese Frau wirklich das Bild von ihrem Freund über dem Bett, und er trug einen Pullover mit Zopfmuster, wie sich das für Freunde gehört, aber sie hat es nie erfahren.«

Dann hatte Bryon die Schauspielerei drangegeben, war in der Werbung gelandet und immer noch mit großem Erfolg dabei. »Wenn ich dir erzähle, wieviel Geld ich verdiene, Johnny, dann hustest du gleich Blut wie ein Schwindsüchtiger.« Er schilderte seine Arbeit in der Kreativabteilung einer der größten Agenturen New Yorks, in einem Bereich, der auf das »fokussiert war, was wir in unserem Elf-Gruppen-Schema als Einsame Wolfsaspiranten bezeichnen. Man hat festgestellt, daß die Konsumgewohnheiten eines jeden Individuums im wesentlichen einer von elf Kategorien zugeordnet werden können. Das ist eine wissenschaftliche Tatsache. Bei allen Menschen dieser Erde. Echte einsame Wölfe reagieren natürlich nicht auf Werbung, aber von denen gibt es auf diesem Planeten nicht mehr als ein Dutzend. Mit Möchtegern-Einsamen-Wölfen aber verhält es sich vollkommen anders. Da geht's um was. Um Milliarden Kaufkraft.«

John sah, wie Emily den Eindringling mit Aufmerksamkeit nur so überschüttete und wie der Eindringling näher zu ihr rückte und sich darin suhlte. »Bei EWAS kommt es darauf an, sie zu Aufsässigkeit, übermäßig exzentrischem Verhalten und unsozialer, ja sogar pathologischer Unhöflichkeit zu ermuntern. Das sind nämlich die, wie wir sie nennen, ›internen Gütemerkmale in der Selbsteinschätzung der EWAS‹. Also, für Pepsi habe ich zum Beispiel den Spot gemacht – na, um gerecht zu sein, es war Teamarbeit –, den, wo der Typ mit verschränkten Armen an dem Zaun lehnt, und auf dem gesamten Bildschirm sieht man keine Cola, der Typ sieht nur ziemlich wütend aus und sagt:

›Laßt mich mit diesem ausgeklügelten Blödsinn in Ruhe. Ich trinke, was ich will, weil ich es für mich trinke und nicht für irgendeinen Deppen in der Madison Avenue, der meint, er weiß alles über meine sogenannte Generation.‹ Und er hebt die Finger hoch, so, und malt Anführungszeichen um *Generation*. Und dann spuckt er, und dann wird der Bildschirm schwarz, und dann sieht man nur das Pepsi-Logo. Oberaffengeil.«

Während Bryon sprach, hörten alle, selbst Charles, aufmerksam zu, als brächte er als frisch eingetroffener Abgesandter aus der Alten Welt, Nachrichten von Verwandten, aus den Städten und vom Hofe in die öden Sumpfwälder der Neuen Welt.

»Und du, immer noch Jungfrau?« fragte Bryon John vor allen anderen.

»Ja, doch, im großen und ganzen«, erwiderte John entsetzt. Hoffte aber, sich mit einem besonderen Lachen über das Thema hinwegzumogeln und seine Freunde abzulenken. »Du auch?«

»Unglaublich!« brüllte Scott, als ein Ellenbogen aus der Menschenmenge ständig in der Nähe der Couch herumfuchtelte und gegen seine Trinkhand stieß.

Bryon entschuldigte sich, ging zum Tresen und kam ein paar Minuten später mit einem Glas und einem Jungen zurück, der nicht älter als neunzehn oder zwanzig sein konnte. »Das sind die Leute, mit denen du reden solltest«, sagte er. »Das sind die besten Informationsquellen.« Er stellte Ned vor, der für drei Tage in Budapest war, um die Ungarn-Kapitel eines von Studenten seines College herausgegebenen Billigreiseführers auf den neusten Stand zu bringen. Ned hatte ein schlechtes Auge, dem jetzt auch noch der Jetlag, der Rauch, der mangelnde Schlaf und die Euphorie, auf Geschäftskosten zu reisen, zusetzten. Er trug ein altes Leinenjackett und abgeschnittene kurze Hosen, dazu ein T-Shirt, auf dem die drei griechischen Buchstaben einer Studentenverbindung im Dreieck um drei Wölfe standen, die Zigarren rauchten und sich beim Anblick eines Lamms, das ein blaues Barett mit Troddeln und Löchern für seine schwarzen Öhrchen trug, die Lippen leckten. Die Wölfe trugen alle das gleiche T-Shirt wie Ned und so weiter ad infinitum, oder jedenfalls bis zu den praktischen Grenzen der Siebdruckerei. John fiel ein Stein vom Herzen. Ned war Bryons Lover und Emily nicht in Gefahr. »He«, rief Bryon Emily zu, als falle es ihm gerade ein. »Gehen wir runter und tanzen?«

Die vier Männer blieben mit Ned zusammen, dem Charles als zuletzt Gekommenem nahelegte, eine Runde zu schmeißen; das folgende Angebot wurde begeistert begrüßt. Als Ned mit den Getränken wiederkam, brüllte er durch den Lärm, daß er ziemlich in der Bredouille sei, weil er eigentlich niemanden kenne, der wirklich in Budapest lebe, nur andere Rucksackreisende. Auch diesen Bryan habe er eben einfach aufs Geratewohl angesprochen (o nein!), weil er hier so zu Hause wirke. Aber auch er sei Tourist, habe sich herausgestellt, und heute sei der dritte seiner drei Tage, und morgen müsse er zu der großen Attraktion (Prag) weiterfahren, und hätten sie wohl Lust, ihm bei der Aktualisierung seines Buches zu helfen?

Scott schüttelte wütend den Kopf und brüllte: »Es gibt immer das Wiesel, Ned. Es kommt zu dem unberührten Ort, wo die Menschen glücklich sind, und tut, als sei es auch glücklich, und dann geht es wieder und erzählt allen anderen Wieseln davon, und dann kommen sie im nächsten Monat in Horden, und vor lauter Wieselscheiße kriegt man keine Luft mehr.« Neds gutes Auge rutschte auf der Suche nach Verbündeten oder wenigstens einer Erklärung ab; sein schlechtes schwebte oben über ihren Köpfen. »Bei so was mache ich nicht mit«, sagte Scott böse und ließ sich sofort von der Menge hinter sich wegziehen.

»Hör nicht auf ihn«, sagte Charles. »Schieß los. Wir leben seit Jahren hier. Alle. Mit uns hast du ausgesorgt, Neddy.«

Der Junge lächelte dankbar und erleichtert. Dann zog er ein großes Notizbuch aus dem Rucksack und einen Stapel fotokopierter Karten und Listen und schrieb eifrig alle Lügen mit, die Charles, Mark und John ihm auftischten. »Schwulenbar«, sagte Mark zu sage und schreibe drei Vierteln der Nachtclubs, die Ned von seiner Liste ablas. »Schwul. Schwul und S/M. Hetero, aber kippt. Schwul. Bi-Mal-schnuppern.« Ned äußerte ein gewisses

Erstaunen über die Anzahl. »Jede Generation hat ihr Sodom«, sagte Mark achselzuckend. »Aus irgendeinem Grunde ist Budapest im Moment die schwulste Stadt Europas.«

»Die Preise für diese Hotels würde ich gar nicht mehr in Forint angeben«, sagte Charles, als er Neds Notizen überflog. »Das Land übernimmt offiziell in acht Monaten den US-Dollar. Das ist abgemacht.«

»Hattest du schon die Möglichkeit, ins Zahnmuseum zu gehen?« John schrieb Scotts Adresse in Druckbuchstaben auf das Blatt »Besuchenswert«. »Der Welt größte Kollektion von Gebißabgüssen berühmter Leute. Gipsmodelle von Stalins Gebiß, Napoleons, so was in der Art. Simulationen, Vergrößerungen. Du kannst lebensgroße Wachsmodelle mit Zahnseide bearbeiten und sehen, was für ein Schmodder sich zum Beispiel in Lenins Zähnen gesammelt hätte.«

»Im Krieg ist viel verlorengegangen.« Mark seufzte und schüttelte bedauernd den Kopf.

Während Charles erzählte, wie faszinierend es sei, von der Besuchergalerie der Warenterminbörse in der Innenstadt zu beobachten, wie ungarische Makler in Anzügen auf dem Parkett tatsächlich mit lebenden Nutztieren handelten, sie manchmal schlachteten und dann ganz konkret Schweinehälften verhökerten, und Mark mit Beschreibungen der öffentlichen Sexzellen aufwartete, die man seit sechshundert Jahren einmal im Jahr von Morgengrauen bis Mittag am Sankt-Zsolts-Tag auf dem Land in Ungarn aufstellte, und Ned, obwohl Erstsemester, schon eine Redakteursstelle witterte und so schnell er konnte mitschrieb, spürte John schon wieder, wie ihm Hände ohne Körper über die Schultern langten, über die Brust fuhren, den Bauch streichelten.

»Du bist hier, um angenehme Lüste zu suchen, lieber Bruder?« zischte ihm jemand ins Ohr, und er sah, daß Charles den Kopf neigte und ihn und seine unsichtbare, aber nicht zu verwechselnde Masseuse mit dem Ausdruck einer gewissen aufkeimenden Freude betrachtete.

»Ja, stimmt«, sagte John so laut, daß Charles es hörte. »Er ist weggegangen, um etwas zu trinken zu holen, hat aber gesagt, er hofft, du kommst heute abend her.« Er zeigte in die Richtung, wo Scott zuletzt gesessen hatte.

»Zu schade. Wir müssen schlauer planen, Lieblingsbruder.« Erneutes Flüstern, diesmal begleitet vom kurzen, nassen Eindringen einer mutmaßlichen Zunge in sein Ohr. John lehnte sich rasch nach vorn, um sich zu befreien und vor Charles zu verstecken, der immer noch mit unverhohlener Neugier und Belustigung zuschaute, drehte sich um, weil er sich ganz offen mit dem Rest von Mária unterhalten wollte, aber sie war schon wieder von den hin- und herwogenden Massen verschlungen worden.

Mark erzählte Ned von den komplizierten Rivalitäten und widersprüchlichen Verträgen zwischen Gustav dem Unappetitlichen, Otto von den Laryngologien und Lajos dem Krassen (»Du kennst wahrscheinlich das berühmte Zitat: ›Macht ist wunderbar, und absolute Macht ist absolut wunderbar‹«), doch Charles nippte an seinem Getränk und betrachtete John mit anhaltend neugierigem Vergnügen. »Was ist?« fragte John, aber Charles grinste nur weiter vor sich hin.

Erst als Scott wiederkam, sagte er: »Mária war gerade hier.«

»Hat nach dir gesucht«, fügte John hinzu, woraufhin Scott sie seinerseits suchen ging. »Was ist?!« fragte John Charles noch einmal. Der aber lachte unvermindert weiter. Da ging John zum Tresen.

Als er einige Zeit später zum Tisch zurückkam, war anstelle Neds ein großer, langhaariger Mann in Jeans, Jeanshemd und Jeansjacke da. »Ich in deinem Platz?« fragte er John mit slawischem Akzent, machte jedoch keinerlei Anstalten aufzustehen, und sein Tonfall klang auch nicht so, als werde ein entsprechendes Angebot erfolgen. Die Ellenbogen auf die Knie gestützt, beugte er sich vor und rollte sich eine Zigarette auf dem Tisch. »Du Amerikaner wie die beiden?« Er deutete ruckartig mit dem Kopf auf Charles und Mark, der »Kanadier« murmelte.

»Branko ist aus Jugoslawien«, sagte Charles aufgeräumt. »Er wollte sich setzen. Er ist toll.«

»Serbien«, korrigierte Branko Charles mit strenger Miene.

»Was ist der Unterschied?« fragte John und lachte ein wenig.

»Unterschied? Unterschied ist Montenegro, Bosnien, Kroatien, Slowenien, Mazedonien«, erwiderte der Mann empört, leckte das Zigarettenpapier an, klebte es fest und klopfte sich auf der Suche nach dem Feuerzeug auf die Jacke. »Verdammt noch mal, das ist ein großer Unterschied.«

»Nun komm schon«, sagte John und merkte gar nicht, wie unbehaglich Mark zumute wurde und wie aufmerksam Charles zuguckte. »Erzähl mir nicht, man könnte die einen von den anderen überhaupt unterscheiden. Ihr Kerls seht alle gleich aus. Versuch mal wo zu leben, wo es wirklich Rassenprobleme gibt, wie in New York. Da kannst du die Leute mit einem Blick unterscheiden.«

»Ich bin Serbe! Ich bin Serbe!« Branko sprang auf, lehnte sich über den Tisch, bis seine Nase beinahe mit Johns zusammenstieß, und schlug sich mit der Faust vor die Brust. »Ich bin Serbe!« In seinen Mundwinkeln sammelte sich Speichel. »ICH BIN SERBE!«

»Bewundernswerte Klarheit«, brachte John heraus, dann segelte er wieder auf das Menschenmeer hinaus.

Immer dem Lärm nach schob er sich durch zur Treppe. Den engen vollgequalmten Gang hinunter trat er auf Füße, hielt sich Ellenbogen aus den Augen und kam schließlich unten bei dem Wummern und Heulen von Cash Ass an. Scott und Mária verdrückten sich gerade küssend in eine Ecke. Scott deutete mit ärgerlicher Miene zur Decke, sagte etwas zu Mária, lachte aber, als sie ihn kitzelte. John drängte sich durch die tanzenden Massen, hielt nach Emily und Bryon Ausschau und wußte nicht, wie er sie mit Anstand entkuppeln konnte.

Während er angerempelt und gestoßen wurde, um sich schlagenden Armen und Köpfen auswich, schubste, wenn er geschubst wurde, und Emilys Dummheit verfluchte, weil sie auf Bryon hereinfiel, den ungeeignetsten Sexualpartner in der Geschichte der Mann-Frau-Beziehung, bildete er sich ein, eine weibliche Stimme rufe seinen Namen. Nun auf der Suche nach einem bekannten Gesicht, zwängte er sich quer durch die Menge zur anderen Seite, hörte immer wieder seinen Namen und wurde schließlich in eine Nische in der Wand gezogen. Die Frau war vollkommen kahl, aber John fand sie wunderschön. An ihren dünnen, geschwungenen Augenbrauen sah man, daß ihre Haare schwarz sein mußten. »Du bist John Price«, schrie sie durch die Musik. Sie war Amerikanerin. John konnte ihr nur zustimmen; er war John Price. Sie lachte über sein verwirrtes Lächeln und weil er so ungeniert ihren Schädel inspizierte. »Nur los«, schrie sie und legte seine Hand auf ihren Kopf. »Es ist ein bißchen stoppelig, weil ich es seit gestern abend nicht rasiert habe. Ich bin Nicky M. Ich mache Bilder für die Zeitung. Ich habe dich dort schon ein paarmal gesehen. Dein Artikel über die Marines hat mir gefallen. Sehr anständig. Oder pseudoanständig. Wie immer du es selbst siehst.« Jetzt fiel John ein Name ein, der in kleinen Buchstaben von unten nach oben neben aktuellen Fotos neuer Restaurants, Musikgruppen und sowjetischer Panzer auf dem Weg nach Hause stand: erst ein großes N, dann etwas, das mit M begann, großzügig mit Silben bedacht war und fremd aussah, eingefaßt in ungewöhnliche Konsonanten.

»Ich habe deine Bilder gesehen.« Jedesmal, wenn er auf sie einschrie, mußte er sich zu ihr vorbeugen. »Ich dachte immer, du seist ein Mann.«

»Danke.«

»Und wofür steht noch mal das M?«

»Vergiß es. Es ist polnisch. Dann fragst du mich noch die ganze Nacht, wie man den verdammten Namen ausspricht, dabei könnten wir über Interessanteres reden. Einfach Nicky M. He, wie groß bist du? Hm, eins achtzig?« Sie zog ihn aus der Nische in die Menge. Da das Reden vorher schon anstrengend gewesen war, sich nun aber als unmöglich erwies, tanzten sie, bis sie beide klatschnaß geschwitzt waren. Nicky zog ihr schwarzes Tank-Top aus der Armeehose und fächelte sich Luft auf den Bauch. Länger, als er es aushalten konnte, schaute sie ihm beim Tanzen in die Augen, woraufhin er natürlich ständig versuchte, sich ihr unter irgendwelchen Ausflüchten zu entwinden: Er wischte sich den Schweiß aus den Augen, schaute auf den Boden, zeigte auf jemanden, der affig tanzte, oder drehte sich um und tanzte mit dem Rücken zu ihr. Sie aber schaute ihn prompt immer wieder an. Nun brüllte sie etwas, das er nicht richtig verstand.

»Was?«

»Du bestehst nur aus Sex, stimmt's?« brüllte sie noch einmal, eine Feststellung, keine Frage.

»Was soll das heißen?«

»Irgendwas ist an dir. Du bestehst so was von nur aus Sex.«

»Nein, nein«, rief er. »Ich interessiere mich für alle möglichen Dinge, zum Beispiel, also ... alles mögliche.« Er mimte den Verwirrten. »Na, vielleicht hast du ja recht. Sagen wir, wow, ich bestehe nur aus Sex.« Das fand Nicky nicht sonderlich witzig oder zum Lachen; sie hob die Brauen, nickte und sagte: »Na, siehst du.« Und dann schaute sie endlich weg, drehte sich um, tanzte, den Rücken an ihn gedrückt, und verkreuzte ihre Finger mit seinen.

Später setzten sie sich draußen auf die Treppe, John trank und redete mit ihr und vergaß Emily vollkommen. Nicky rasierte sich jeden Tag mit einem von ihrem Großvater geerbten Rasiermesser mit Elfenbeingriff den Kopf. Sie schärfte es an einem Streichriemen, in den ihre Initialen geprägt und ein schwarzes Konterfei von Frida Kahlo eingebrannt waren. Mit ihrem kleinen Salär von der *BudapesToday* finanzierte sie ihr »echtes Leben« als Fotografin und Malerin. In zwei Wochen stellte sie in einer Gruppenausstellung in der Lobby/Galerie des Razzia-Filmtheaters aus, und da sollte er hinkommen, ja, sie hoffte echt, er werde kommen.

Dann gingen sie zur Couch, mehr Alkohol floß. Charles half Ned immer noch nach Kräften. Als der Reiseschriftsteller schließlich aufstand, um zu gehen, bedankte er sich überschwenglich. »Und sag dem blonden Typen, daß es mir echt leid tut, wenn ich ihn aus irgendeinem Grunde beleidigt habe«, sagte er zu John, der plötzlich schreckliches Mitleid mit dem Jungen hatte. Was trug er für Lügen in seiner Tasche weg. John überlegte, ob er ihn zurückhalten und ihm erzählen sollte, daß sie ihn an der Nase herumgeführt hatten, aber da kamen Emily und Bryon und auch Mark, blaß und verschwitzt und wegen irgend etwas bekümmert, und ihm fiel ein, daß die Touristen in Scharen bei Scott klingeln würden und Hitlers Zähne sehen wollten, und da ging es ihm gleich viel besser.

»Die Bude hier wird ein bißchen voll«, sagte Emily. »In der Heuschreckensaison ist es schwer zu picknicken.«

»Oh, eine Bauernweisheit! Wie niedlich!« sagte Nicky bei der Bemerkung der Fremden gedehnt. Dann ließ sie sich neben ihr auf die Couch fallen, nahm ihre Hand und fragte sie aus, als komme sie von einem entfernten Planeten oder aus dem Geschichtsbuch. John betrachtete Emilys Gesicht, als sie sich mit der Frau unterhielt, die ihr auf der ganzen Welt am unähnlichsten war, und verglich die gegensätzlichen Reize der beiden Frauen. »Bist du wirklich echt?« fragte Nicky Emily, als Scott und Mária zurückkamen und Scott, der Márias Hand an die Lippen hielt, wieder alle auf die »sehr reale Gefahr für uns« hinwies. Doch niemand schenkte ihm großartig Beachtung, und als sei es plötzlich zu brisant, daß alle am selben Ort waren (wie ein in einem Teilchenbeschleuniger künstlich erzeugtes Atom mit einer unnatürlich großen Zahl von Protonen und Neutronen), zogen sich die Leute mit einemmal wieder auf sich selbst zurück und verschwanden für diese Nacht. Mark, um zu lesen (»Ruf mich an, JP, ja? Ich will die alte Pianistin kennenlernen«), Emily, um zu schlafen (»Wirklich nett, daß ich dich kennengelernt habe, Nicky«), Bryon (»Alle Achtung, Scott, wirklich, gut siehst du aus, weiter so«; John wurde umarmt, aber er hatte den Verdacht, daß sein alter Schulkamerad zu diesem Zeitpunkt ging, weil er sich diskret mit Emily treffen wollte.) und Scott und Mária, die, einander die Arme um die Taille schlingend, weggingen, ohne irgend jemandem ein Wort zu sagen. Als sich schließlich auch noch Charles mit den Worten verabschiedete, er müsse am nächsten Tag arbeiten und John solle ihn wegen eines weiteren Jobs in Sachen Imre anrufen, »der aussieht, als könnte er am Ende sowohl für dich als auch für mich sehr interessant werden«, lümmelten sich nur noch John und Nicky auf der Couch.

»Was waren das alles für Leute?« fragte sie, nahm seine Hand und legte sie sich auf den Kopf.

»Keine Ahnung.« Es kitzelte, als er mit der Hand über ihre Stoppeln fuhr, und durchlief ihn wie ein elektrischer Schlag.

»Wir treffen uns bestimmt mal wieder.« Sie stand auf, beugte sich hinunter und gab ihm einen Kuß. Ihre Nasen stießen aneinander; sie schaute ihn groß an und machte sich freundlich über seine Überraschtheit lustig. »Aber ich glaube, wenn man sich gerade in einem Club kennengelernt hat, sollte man nicht auch noch gleich zusammen nach Hause gehen. Das wäre ein bißchen zuviel des Guten«, sagte sie mit reizendem Lächeln und entschwand ebenfalls.

VIII.

»Károly, wenn Ihr Plan und Ihre Fähigkeiten so gut sind, wie Sie behaupten, tun Sie in einem Monat, was Sie vorschlagen, und diese Bedingungen gelten. Das ist fair?« Mehr als fair. Bei einem mittwochmorgendlichen Handschlag räumte Imre Charles eine Frist von dreißig Tagen ein, in denen Charles die Wiedergeburt des Horváth Verlages finanzieren sollte. Charles fragte sich, welche anderen Risikokapitalgesellschaften die gleiche exklusive Zusage bekommen hatten.

Imre hielt Charles' Hand unnatürlich lange und schaute ihm in die Augen. »Ich will nicht nur eine Bank«, sagte er. »Ich will die Zukunft.«

»Das verstehe ich sehr gut. Darum mache ich das Ganze ja auch.«

Die Vereinbarung war simpel. Charles, der für die Expansion, Rückführung und Erneuerung des Horváth Verlages bei seiner Firma unbezahlten Urlaub beantragt und rasch bewilligt bekommen hatte, sollte im August die ersten Schritte in die Wege leiten. Mit voller Unterstützung seiner Firma (der, erklärte Charles, aufgrund geographischer Begrenzungen in ihren Statuten die Hände gebunden seien, die aber sehr gern sähe, wenn Charles Erfolg hatte) wollte er eine Gruppe westlicher Investoren kontaktieren und Beteiligungen besorgen. Die Gestaltung dieser Vereinbarungen war ausschließlich seine Angelegenheit. Die Minderheitenanleger sollten ihre Verträge einzeln mit ihm machen, so daß das Geld, das er Horváth brachte, de facto von einer Person repräsentiert wurde, nämlich von ihm, womit Horváth der Zwang erspart blieb, mit einer Gruppe verhandeln zu müssen. Charles sollte das Konsortium repräsentieren und in dessen Auftrag 49 Prozent der neuen Gesellschaft erwerben, die aus Charles' neuem Geld, dem Horváth Verlag in Wien und den symbolisch ungenügenden (oder ungenügend symbolischen) Kreditcoupons bestehen sollte, die die ungarische Regierung als Kompensation für die im Jahre 1949 erfolgte Konfiszierung des ursprünglichen Verlages ausgab. Imre sollte 51 Prozent der neuen Gesellschaft halten, deren erste Amtshandlung darin bestehen sollte, den im Besitz des ungarischen Staates befindlichen Rumpfverlag zu erwerben. Womit er im Grunde das Lösegeld zahlte, das erforderlich war, um sich seiner eigenen Vergangenheit wieder zu bemächtigen. (In Wahrheit war es noch simpler. Charles, der Imre bei seiner Firma nie wieder erwähnt hatte, seit sie den besten Deal, der ihr in diesem Jahr angeboten werden würde, so großspurig abgelehnt hatte, hatte keinen unbezahlten Urlaub beantragt und würde etwas derartig Idiotisches auch nicht tun – auf ein Büro, ein Gehalt und Geschäftskarten verzichten –, bis er einen brauchbaren Deal mit Imre abgeschlossen hatte.)

Ein verlegenes Schweigen breitete sich in der Suite aus. Die zerbröckelnden, vertrocknenden Überreste eines kontinentalen Frühstücks lagen verstreut auf einem schwarzen Lacktablett neben der offenen Verandatür, durch die nicht nur der Verkehrslärm vom Szentháromság-Platz, sondern auch zappelnde, staubkorngroße Krabbeltiere kamen. Auf Imres reflektierendem, großzügig quergeschnittenem Eichenholznachttisch lag der neueste Mike-Steele-Chaoskrimi – *Schäumen, Spülen, Morden, Wiederholen* – aufgeschlagen mit dem Rücken nach oben und bildete ein kleines Schutzzelt für eine Lesebrille mit Hornrahmen. Durch die offene Schranktür sah man ein Dutzend guter Anzüge, die ab und zu in der Brise bebten und sich bewegten. Schweigend nahm

Charles seine Notizen und Busineßplanentwürfe. Als die Männer sich an Imres Tür noch einmal wortlos die Hand gaben, kam die Reinigungsdame, um seinen mit dem Hilton-Emblem geschmückten Wäschebeutel abzuholen, und Ms. Toldy trat aus ihrem Zimmer auf der anderen Seite des Flurs, um ihren Chef für die an diesem Tag noch anstehenden Termine vorzubereiten. Sie nickte Charles frostig zu und genoß, daß sie hinter ihm und dem Mädchen aus der Wäscherei zusammen die Tür schließen konnte.

Ein paar Stunden später saß John Price fast allein in seiner Ecke der *BudapesToday*-Redaktion. Karen Whitley hatte sich vier Tage freigenommen, weil ihre Eltern zu Besuch waren und sie sich um sie kümmern mußte, und zwei andere Angestellte waren eben gegangen, der eine nach Hause, der andere, um eine die Schwerkraft schmähende, ihn hochkatapultierende Beförderung anzunehmen und die Nummer zwei in dem neueingerichteten Budapester Büro eines internationalen Nachrichtenmagazins zu werden.

John grübelte über die beiden alles überragenden Persönlichkeiten in seinem Leben nach, beäugte seinen Cursor und versuchte Imres und Emilys Ernsthaftigkeit zu unterscheiden.||||

||||*In ganz Budapest, überall unter uns, laufen die Überlebenden einer moralischen Prüfung herum. Erhaben gehen die Tapferen, gebückt gehen die Feigen, doch wir sind deutlich anders als sie, so anders, als trügen wir Schmucknarben quer über den Wangen und Scheiben in den Lippen. Uns aus dem Westen sind bestimmte Prüfungen erspart geblieben, und es gibt Leute, die Gott dafür danken,||||*

Mein Gott, sie ist mit Bryon nach Hause gegangen.

||||*daß er uns diese schrecklichen Prüfungen offenbar niemals auferlegen will. Manche von uns sehnen sich aber vielleicht danach. Wir wissen, daß wir sie womöglich nie bestanden hätten, wie viele von denen, die mit niedergeschlagenem Blick durch die Budapester Straßen schleichen. Wir wissen, im Joch von Tyrannen findet man keine Freude. Dennoch denken manche von uns aus dem weit entfernten Westen, dem glücklichen Westen, mit*

einem gewissen Neid an diese Prüfungen. Man hätte nämlich wenigstens gewußt, wer man war. Man hätte gewußt, woraus man gemacht war. Man hätte erfahren, was in einem steckte. Und wenn man sich behauptet hätte? Wenn man nicht zerbrochen wäre? Hätte man dann noch mit Sicherheit behaupten können, man finde keine Freude in diesem Joch?⫴

Ein Kunstwerk leben. Emily würde verstehen, was das heißt. Was Imre ist. Scott würde es nie verstehen. Ich bin nicht weit genug für sie, und sie weiß es. Ich bin nicht ernst genug. Nicht etwas genug. Sie wartet darauf, daß ich etwas werde, ihr genüge. Sie versucht mir beizubringen, wie sie zu leben. Sie wartet, daß ich etwas klar sehe und ihr zeige, daß ich es sehe. Aus einer Position der Ungleichheit heraus könnte sie mich nicht küssen.

⫴*Und obwohl man bei vielen Ungarn einen normalen Neid auf unseren Wohlstand, unsere Unbeschwertheit, die Tatsache, daß wir Gnade vor der Geschichte gefunden haben, bemerkt, sieht man – selbst in den Augen der Besiegten – einen gewissen berechtigten Stolz. Selbst die, die unterlegen sind, die Kompromisse gemacht und kollaboriert haben, die vom Weg abgekommen sind, die gedacht haben, sie täten das Rechte, wenn es unrecht war, oder die wußten, sie taten Unrecht, aber meinten, sie hätten keine andere Wahl, oder die, die die Zeiten ausnützten und es jetzt bereuen oder mit erstickter Wut die Rache über sich ergehen lassen – selbst in den Augen all dieser Menschen sehe ich etwas, das Herablassung sehr nahe kommt: Wir sind nicht auf die Probe gestellt worden, und sie wissen es. Niemand hat uns gebeten zu kollaborieren, um einen Freund zu retten oder zwischen dunkelgrau und dunkelgrau zu unterscheiden. Selbst die, die versagt haben, stehen irgendwie erhabener da, wenn sie uns, die wir nicht einmal auf die Probe gestellt worden sind, anschauen. Sie beneiden uns nicht nur. Sie lachen auch über uns. Und ich kann nicht behaupten, daß sie unrecht haben.⫴*

Ist sie gerade jetzt mit Bryon zusammen, nimmt sich den Tag frei und liebt und hurt unter klebrigen Decken und offenen Fenstern und holt nackt und in aller Ruhe was Kaltes zu trinken? Ah, da ist das kahle Mädchen.

John fiel auf, daß er Nicky tatsächlich ein paarmal in der Zeitung gesehen hatte, wie sie, Mappen unter den Arm geklemmt, schlank und aggressiv schick in Blazer, T-Shirt, Baskenmütze, Sonnenbrille und Jeans, in die Nachrichtenredaktion marschiert war.

»Bedien dich«, sagte sie und ließ eine riesige, an den Ecken mit dicken schwarzen, ausgefransten Schnüren zugebundene Mappe aus abgewetztem Leder auf seinen Schreibtisch fallen. »Ich muß unseren Mann aus Down Under überzeugen, daß er ein paar von denen hier nimmt«, sagte sie und tippte auf eine zweite Mappe, bevor sie einmal an die Cheftür klopfte und hineinging. *Wenn du das hier findest, bringst du es zurück, verstanden?* hatte sie neben ihre Telefonnummer auf ein Anschriftenetikett im inneren Mappendeckel geschrieben. John notierte sich die Nummer.

Das zuoberst liegende Bild der Sammlung war groß, so groß wie die Titelseite einer Zeitung, schwarzweiß, eine geschickt komponierte Fotocollage: In einem riesigen Vortragssaal sitzt ein Auditorium von mehreren hundert sowjetischen Regierungsbeamten – fett und mürrisch, alle in gleichen Anzügen –, und sie schauen aufmerksam auf einen Mann am Rednerpult, das auf der Vorderseite mit Hammer und Sichel geschmückt ist. Der Redner ist ein hoher russischer Militär, ein Marschall in Uniform, die Brust vollgeklatscht mit Orden und Bändern, Epauletten wie erblühende Blumen. Auf dem Podium liegt seine Kopfbedeckung, eine dieser übergroßen russischen Militärmützen, die wie schiefe Eßteller mit Schirm aussehen. Mit überaus konzentrierter, ernster Miene deutet der Uniformierte mit einem Zeigestock auf die hinter ihm hängende enorme Leinwand. Dort ist für die Hunderte von Apparatschiks eine Maus in Menschengestalt hinprojiziert, sie trägt Halbschuhe aus hellem Leder mit andersfarbigem Einsatz und ein Button-down-Hemd. Die kurzen Hosen des Mäuserichs aber hängen ihm in einem Haufen um die Knöchel. Er onaniert wie ein Wilder. Karikaturschweißtropfen kullern ihm von Stirn und großen schwarzen Ohren. Seine Augen sind in heftiger Verzückung zugekniffen, eine seiner kleinen vierfingrigen Pfoten umklammert sein Karikaturglied wie eine Zange, die andere hält eine Fotografie von Konstantin Tschernenko hoch, einem der auch dahingeschiedenen letzten Generalsekretäre der Sowjetunion.

Das zweite Bild in der Mappe ist kleiner, ebenfalls schwarz-weiß: Ein junges Paar sitzt nebeneinander auf einem Schuttberg, staubigen Ziegensteinen und kaputten Möbeln aus einem explodierten Gebäude. Sie schmiegen sich aneinander, sitzen dem Betrachter zugewandt, sehen ihn aber nicht an, weil sie sich küssen. Er trägt Cordhosen, ein einfaches weißes Hemd, Arbeitsschuhe mit offenen Schnürsenkeln und ein Halstuch und läßt die Beine baumeln. Sie trägt ein langes Kleid und schwarze Schuhe und hat die Füße übereinandergelegt. Sie sehen sehr verliebt aus. Die Augen haben sie geschlossen. Gleich links von ihnen kämpfen zwei Soldaten undefinierbarer Nationalität. Der Soldat rechts hat gerade seinem Feind das Bajonett in den Bauch gerammt. Sein Gesichtsausdruck ist brutal überzeugend, Schweiß und Schmutz sind vermischt mit Angst und Haß. Das Opfer greift nach der Klinge, die sich in seinen Bauch gräbt. Seine Augen sind flehentlich aufgerissen.

»Das ist mein echtes Leben.« Er hatte nicht gehört, wie sie zurückkam.

»Es gefällt mir. Die gefallen mir wirklich.«

»Wirklich? Ehrlich?« Die ermutigenden Worte, die ihm so überlegt über die Lippen geblubbert waren wie Spucke, schienen sie richtig, aufrichtig zu freuen. »Toll, das zu hören. Gott, wirklich!« John fielen sonst keine klugen Bemerkungen zu ihrer Arbeit mehr ein, doch ihre Freude war ansteckend, und er freute sich an der Wirkung seines Lobes. Sie öffnete die andere Mappe, die Zeitungsmappe, die nun um fünf Bilder leichter war, und legte sie ihm auf den Schreibtisch. Dann stellte sie sich hinter ihn, beugte sich, eine Hand auf seiner Schulter, über ihn und drehte die Bilder langsam für ihn um. Seine Hand bewegte sich nach oben, legte sich auf ihre, und er sah zu, wie die Fotos vorbeizogen.

Konventionellere Reporteraufnahmen: Politiker, die Reden über irgendwelche x-beliebigen Themen hielten; Schaufenster neuer Schickimickigeschäfte; sowjetische Panzer, die vier Jahrzehnte nach ihrer Ankunft aus Ungarn wieder wegrollten; die oberen Hälften von Russen winkten lächelnd aus offenen Luken zum Abschied; die Mitglieder einer populären ungarischen Techno-Rockband, die unter Stroboskoplichtern schwitzten und kreischten. Künstlerisch wertvolle Fotos für die Seiten »Vermischtes« oder »Aus aller Welt«: eine stilisierte Nachtaufnahme beweglicher Leuchtreklameflächen, die einen Budapester Boulevard mit dampfenden Tassen Neon-Kaffee und langsam blinkenden Rauchern erhellten (die Marken sollten nur noch wenige Monate zu leben haben); die schmutzigen Gesichter von Zigeunerkindern, die in Dreck und Verwahrlosung festsaßen und deren müde Augen aussahen, als seien sie sich bewußt, daß sie sowohl die Nachfahren als auch die Vorfahren unzähliger Generationen von armen Kindern waren, die für unzählige Generationen mitleidiger, machtloser Fotojournalisten posierten oder noch posieren würden; westliche Geschäftsleute und ungarische Bauersfrauen, was für eine Ironie, auf einem Bild nebeneinander, wie sie Schlange vor McDonald's standen.

John warf mit noch ein paar Komplimenten um sich, nur weil er genoß, wie freudig sie sie aufnahm. Ihre Freude war so bezaubernd, daß er sich schon fragte, ob es nicht ein Trick war, den sie auf Aufforderung vorführte. »Wenn sie dir wirklich gefallen, ich habe in meinem Atelier noch mehr«, sagte sie. »Worauf haben wir uns geeinigt, wie groß bist du? Eins achtzig? Eins einundachtzig?«

Charles tippte den ganzen Nachmittag und verarbeitete seine Notizen zu Investoreninformationen und Busineßplänen für eine Horváth-Beteiligungsgesellschaft. Er behielt seine Tür zu und sagte Zsuzsa, sie solle ihn nicht stören. Gegen fünf wanderte er an dem, wie erwartet, verschlafenen Büro des Geschäftsführenden Gesellschafters vorbei und ließ sich zu einem Gelaber über Belanglosigkeiten hineinbitten.

»Fünf-Tage-Wochenende für mich, Charlie, Beginn in achtzehn Minuten. Bis Dienstag bin ich aus dem Verkehr gezogen.

Wien. Wiener Weiber. Der einzige Vorteil der Arbeit hier in dieser Einöde.«

»Das und Ihr Gehalt.«

»Und die Aufmerksamkeit der Presse«, räumte der Chef ein.

Die Sonne sprang verspielt von Wolke zu Wolke und ließ einen Moment lang Messingbeschläge und Glashaube der wertvollsten Antiquität des Mannes funkeln, eines Fernschreibers von 1928.

»Ach, übrigens, ich wollte Sie was fragen«, sagte Charles, als er sich zum Gehen wandte. Je vager er sich nun ausdrückte, desto besser konnte er sich Ausreden und Entschuldigungen ausdenken, wenn es schiefgehen sollte. »Der Verlagsdeal, erinnern Sie sich? Der Österreicher da? Da wir ihn nicht wollen, dachte ich, schlage ich ihm ein paar andere Finanzierungsmöglichkeiten vor. Bringe ihn vielleicht mit ein paar Leuten zusammen, die ich kenne. Ich mag den Typ nämlich irgendwie und will ihm ein bißchen unter die Arme greifen. Irgendwelche Einwände?«

»Nein, nein, nur zu«, sagte Charles' Boß, erhob sich sechzehn Minuten früher als geplant und sammelte willkürlich ein paar Arbeitspapiere und Akten zusammen, damit der Fünftagetrip nach Wien nicht weiter überprüft werden konnte. »Wolln Sie nicht mit nach Wien, Charlie, Mann? Wir nehmen den Frauleins Nylonstrümpfe mit.«

In dem langen, durchgehenden, rechteckigen Raum reifte ein halbes Dutzend unvollendeter Gemälde auf Staffeleien unter Abdeckplanen, während andere mit der Stirn schüchtern an den Wänden lehnten – bestraft, zerknirscht, als erwarte man von ihnen, ihre Fehler in Komposition oder Farbe zu überdenken. Sie drehte ein, zwei herum, damit er sie begutachten konnte, und aalte sich wieder in seinem ratlosen Lob. Dann öffnete sie noch eine Mappe mit Fotos und zeigte ihm eine Dunkelkammer hinter Vorhängen. Dort hingen auf einer Wäscheleine neue Abzüge zum Trocknen. Sie lief neben ihm her, schräg vor ihm her und beobachtete seine Reaktionen auf die einzelnen Bilder, sah, wie sich ihre Arbeit auf seinem Gesicht widerspiegelte und gebrochen wurde, so daß auch sie sie noch einmal anders einschätzen konnte. Außer den Titeln sagte sie aber nichts. Die *Reihe biblische Interpretationen* bestand zum Beispiel aus drei kleinen, bemalten Holztafeln, die nebeneinander auf einem abgesplitterten, alten, farbverschmutzten Tisch lagen.

Johannes 19,38 und 1/2. Der mondbeschienene Berg Golgatha, unheimlich in Chiaroscuro, ferne, silberne Hügel in der sündenbefleckten Landschaft, mit Kruzifixen übersät. An dem vordersten Kruzifix, es ist leer, lehnt eine Leiter; Joseph von Arimathäa und Nikodemus, von einer Lichtquelle, deren Ursprung man nicht sieht, von unten beschienen, wollen Jesu Leichnam wegbringen. Joseph müht sich ab, mit Hilfe eines hochgezogenen Knies und seiner Hände den in ein Tuch gehüllten Leichnam an einem Ende zu fassen und festzuhalten. Das andere Ende hängt schon im Dreck; Nikodemus – genau in dem Moment erwischt, als er seine Last zur Erde hat fallen lassen – breitet die Hände aus, zieht die Schultern zusammen, reißt die Augen auf, zuckt zurück vor Scham. Joseph schaut über seine Schulter, fast direkt den Betrachter an, als wolle er sehen, ob ein potentieller Evangelist Zeuge diesen unheiligen Vorfalls geworden ist.

Moses 2,25 und 1/2. Adam lehnt sich, sehnig, bepackt mit manieristisch gemalten Muskeln, an einen Baum. Seine Arme umschlingen ihn, seine Fingernägel verkrallen sich in der Rinde und reißen daran, Adern und Sehnen sind geschwollen, die wie gemeißelten Beine gespreizt, der Kopf zurückgeworfen. Das lange, dunkle Haar fällt ihm über die Schultern; die Augen hat er verdreht, den Mund weit geöffnet; ein Spuckefaden hängt ihm zwischen den Lippen. Eva steht hinter ihm, ihre Hände sind nicht zu sehen, sie treffen sich an einem Punkt, der von Adams Hüfte verdeckt wird. Sie hat den Kopf scharf zur Seite gedreht, man sieht ihr lüsternes Grinsen. Mit weit herausgestreckter Zunge fährt sie über die Knubbel von Adams Rückgrat.

Das Evangelium nach Matthäus 12,50 und 1/2. Zur Linken schart sich eine lärmende Menschenmenge – Speichellecker allesamt – in hochwallenden Staubwolken um Jesus, der den größten seiner Anhänger noch um eine Haupteslänge überragt. Sie sind dabei wegzugehen, übrig bleibt ein sonnengebleichter, von dem Retter verlassener Platz, auf dem nur noch, allein in der Hitze (sichtbar an der gekräuselten Luft im Hintergrund), Jesu Mutter steht. Maria schwankt, sie ist offenbar in dem Augenblick eingefangen, als sie nicht mehr weiterkann. Niemand kümmert sich um sie. Ihr Kind geht weg, legt im Gehen eine Hand auf den Kopf eines Anhängers; schaut stur geradeaus, weg von seiner zusammenbrechenden Mutter. Er weiß, sie ist da, er läßt sie allein.

»Diese letzte Demonstration war politisch-spirituell notwendig. Jesus ist ein Revolutionär. Des Volks. Man kann ihn nicht auf zufällige biologische Tatsachen festnageln.«

»Du bist ja mächtig bibelfest.« Je mehr ihn ihre Arbeit verwirrte, desto mehr schien sie etwas zu begreifen, schien sie etwas Unnennbares zu besitzen, das er wollte.

»Leg dich hin.« Sie zeigte auf die starren weißen Wellenberge des ungemachten, schmalen Betts. John drückte den Kopf in das Kissen. Er streckte sich aus und schloß die Augen und wußte einen köstlichen Moment lang nicht, wer bei ihm war; in der selbstauferlegten Dunkelheit spürte er Scotts bröckeliges T-Shirt auf Márias Körper, Emilys unglaublich weiches, glattes Kinn, das leichte, tausendfach facettierte Kratzen der Stoppeln auf Karens Wade, das Elektrisierende von Nickys kahlgeschorenem Kopf. Und er fragte sich, warum er sich so viele Jahre über die potentiell demoralisierenden Auswirkungen dieses unschuldigen Zeitvertreibs gegrämt hatte.

Nicky setzte sich neben das Kissen und schaute zum Fußende des Betts, das ihr eine zweistimmige Begrüßung zuächzte. »Ich hab dich schon«, sagte sie und fuhr ihm von oben und umgekehrt mit den Lippen über den Mund. »Ich durchschaue dich ganz genau. Ich weiß genau, was du willst.« Bei den drohenden, erotisch aufgeladenen Worten öffnete er die Augen, ihr Gesicht schwebte über ihm, umgekehrt, doch sie drückte ihm mit Fingerspitzen, die er gar nicht sah, die Augen wieder zu.

»Dann sag mir, was du weißt. Sag's mir.« Er stellte sich all die Frauen vor, denen die Fingerspitzen gehören konnten, die ihm nun über die Stirn fuhren.

Sie sprach ihm die Worte direkt ins Ohr. »Ich weiß, daß du *mich* eigentlich nicht willst.« Ihre rechte Hand verharrte genau über seinem Gürtel und verschoß knisternde blaue Blitze.

»Ach ja?« flüsterte er.

»Ich kenne deine Traumfrau. He, ich hab dir gesagt, du sollst die Augen zulassen. Mach sie zu. *Zumachen!* Soll ich dir von ihr erzählen?« Das Bett quietschte, und er hörte, wie sie durchs Zimmer ging.

Wie ein Blinder, der plötzlich jemandes Gegenwart spürt, bewegte er den Kopf. »Okay, dann erzähl mir alles von ihr.«

Das Bett begrüßte ihre Rückkehr. Sie setzte sich neben ihn, küßte ihn auf den Mund und drückte ihm die Hände auf die Brust. »Gut, aber du mußt die Augen zulassen.«

»Erzähl mir, wer sie ist, wenn du es nicht bist«, sagte er.

»Laber nicht rum!« Mit unverhohlener Mißbilligung runzelte sie die Stirn. »Erster Punkt der Hausordnung: Kein Gelaber. Wir wissen beide, daß ich es nicht bin. Schließ die Augen.« Nicky schob ihm das Haar aus der Stirn und strich ihm mit den Fingern über den Kopf. »Ihr Haar, mal sehen, ist wie das der Frau in Vermeers *Frau mit einem Wasserkrug*.« John schlug die Augen auf und sagte, er habe keine Ahnung von Malerei, und vielleicht könne sie ihm das Bild – aber Nicky legte ihm den Finger auf den Mund. »Psst. Sei still und hör zu.« Er nickte bedächtig, schloß die Augen, und sein Mund öffnete sich ein wenig, als wären Augen und Mund durch einen Flaschenzug verbunden. Sie drückte ihm die Lippen auf die Stirn und flüsterte: »Ihr Gesicht ist genauso, wie du es dir immer erträumt hast.« Ihre Lippen zupften sanft an seinen Wimpern. »Sie hat Augen wie Munchs *Madonna*.« Sie biß ihn ins Ohr. »Und die Ohren von *Mona Lisa*.« Er versuchte wieder zu sprechen, aber sie stoppte ihn. Da versuchte er, sich das Gesicht, das sie beschrieb, vorzustellen. Stellte sich Gesichter vor, die er kannte; überprüfte und verwarf nacheinander Karen, Mária, sogar Emily.

Nicky begann sein Hemd aufzuknöpfen. Sie streifte ihm mit den Fingerknöcheln über die Lippen. »Ihr Mund ist schöner als meiner, viel schöner, wie der des Mädchens in Doisneaus *Kuß* oder in *Christina's Welt.*« Ihre Finger wanderten zu seinem Nacken. »Und ihren Hals sehe ich wie den des Mädchens in Klimts *Kuß*. Oder ähnelt sie doch mehr Bonnards *Mittagsruhe*? Was meinst du, John?« Er nickte ruhig. Sie knöpfte sein Hemd ganz auf und spielte mit den Lippen auf seiner Brust. »Kannst du ihre Brüste sehen, John?« Sie nahm seinen schweren Arm, legte sich seine Hand aufs T-Shirt und ließ sie da. Er stieß ein komisches Geräusch aus. »Wie Ingres' *Badende von Valpençon*?« Er nickte, und sie drückte seine Hand fest an sich. »Ihre Arme sind für dich gemacht. Um dich zu halten. Wie eine bestimmte Venus, die ich kenne.«

Sie zog ihm die Arme aus den Ärmeln wie eine Mutter, die geschickt ihr entspannt daliegendes Kind auszieht; ihre Nägel hinterließen in dem Haardreieck auf seiner Brust blasse Linien, dann schossen sie über seine Rippen und fuhren an seinen Seiten herunter. »Willst du noch mehr wissen?« Wieder machte er ein komisches Geräusch, hatte die Augen aber fest zugekniffen. Vor ihm erschien eine Frau so, als wenn Nicky sie malte, als lösten sich Nebel vor ihr auf, langsam, schmerzhaft langsam, von ihrem Kopf abwärts, jedesmal nur zwei, drei Zentimeter, unerträglich langsam, Haar, Augen, Ohren, Mund, Hals, Brüste, Arme. »Der Bauch«, seine Hände fuchtelten über Nickys glattem Schädel herum, während ihre Zunge über die sich windenden Schlangen in seinem Unterleib glitt, »von Chardins *Gouvernante*.« Johns Jeans flogen durchs Zimmer wie ein sich streckender Weitspringer, schlangen sich um ein Tischbein und blieben liegen. »Ihre Beine wie die von Manets Kellnerin in der Bar in den *Folies-Bergères*.« Eine Windbö vertrieb die letzten Nebelfetzen, und die neue Frau stand von oben bis unten unverhüllt vor ihm.

Er spürte, wie sich ihr Körper neben ihn legte. Seine Augen ließen kein Licht herein; hinter geschlossenen Lidern schaute er sich die große Liebe seines Lebens genau an, und als diese Frau ihre Hände über ihn wandern ließ, als sie ihn auf sich zog, als sie ihn an die Wand drückte, als sie unter ihm brüllte und zitterte, nahm er, das wußte er, zum erstenmal am wirklichen Leben teil, an einem Kunstwerk. Helle Lichter blitzten auf, aber er behielt die Augen mit aller Kraft fest geschlossen und ließ nicht zu, daß es aufhörte, würde auch nie wieder zulassen, daß die Geliebte weglief und sich versteckte, außer Reichweite tanzte, ihn aus trügerisch kurzer Entfernung direkt hinter unsichtbarem Treibsand verspottete, nur eine Brücke weiterschwebte. Blitze verwandelten das Schwarz in Gelb und Blau, doch er ließ sich von diesen Irrlichtern auf seiner Netzhaut nicht verleiten, die Augen zu öffnen und sie entkommen zu lassen.

IX.

Natürlich hielten diese Gefühle von Klarheit und Angekommensein nicht an. Trotz ihrer physischen Großzügigkeit war Nicky auf ihre Art genauso unerreichbar wie Emily. In ihrer fleckenbespritzten Wohnung fühlte er sich wie ein durchaus geschätzter Zeuge ihres Lebens, sogar wie der wichtigste Nebendarsteller, doch zugleich argwöhnte er, daß sein eigenes wirkliches Leben in Emilys Bungalow, oben auf einem Hügel in Buda, eingeschlossen war. Zum Rasendwerden: die ganze Zeit vergeudet in unstillbarer, unerwiderter Liebe. Er betrachtete sich in dem langen Spiegel über dem Tresen. Das war zuviel, so dumm konnte doch keiner sein, und es beschränkte sich ja nicht einmal auf diese Liebesgeschichte. Abende mit Nicky, an denen er Emily vor sich sah, Treffen mit Imre, bei denen er sich wünschte, daß Scott ihm unaufgefordert verzieh, Nächte mit Nádja, in denen er sich wünschte, daß sie jünger wäre, und jetzt hier noch ein Glas, bei dem er sich einbildete, Scott werde sich eines Tages in einen vollkommen anderen Bruder verwandeln – mit alldem mußte Schluß sein.

Und obwohl Scott im Moment nur zwei Barhocker rechts von ihm saß, schrie er ihm etwas zu. Er schrie, aber völlig zwecklos, denn die Musik war viel stärker als selbst seine rosa Lungen. Nur ein paar Satzbrocken drangen durch das Getöse und fanden ihren Weg in Johns klingelndes rechtes Ohr: *... bald ... Hei-mat ... Mond ... Rumänien.* John starrte vor sich hin, nickte, zerbiß einen Eiswürfel. Er war es leid, sich die Seele aus dem Leib zu schreien, um beim Krach der gesampelten Sirenen, des Basses und des Keyboards ein sinnloses Gespräch zu führen. Hinter dem Tresen, hinter dem Barkeeper, hinter den Glasregalen mit den Schnäpsen, die begeistert zur Musik klirrten, verlief eine lange purpurfarbene Neonröhre über die gesamte Rückwand und wurde von dem noch dahinter befindlichen Spiegel verdoppelt, so daß John sein Spiegelbild betrachten und zwei purpurfarbene Neonstreifen direkt unter seiner Nase sehen konnte, einen kräftigen, leuchtend purpurfarbenen Schnurrbart, so lang wie der Tresen. Und während er sich damit amüsierte, heulte die im Studio zerhackte Stimme einer australischen Tanz- und Popkoryphäe: *When ya gonna dance are ya gonna gonna dance gonna dance gonna gonna dance dance dance?*, und im Spiegel schwollen die Adern an Scotts Hals zu pochenden Schnüren an, als er John (der es nicht hörte) anbrüllte: »Leck mich, leck mich, leck mich.«

Später, betrunkener, fand John sie alle in der wogenden Menge und den aufeinanderprallenden Gerüchen in einem geschlossenen Kreis stehen, der sich nur dort ausbeulte, wo Scott und Mária standen. Scott stand hinter seiner Freundin, hatte die Arme um ihre Taille geschlungen, den Kopf auf ihre Schulter gelegt, und sie langte mit dem Arm nach oben und wuschelte ihm durchs Haar. Im Kreis befanden sich Mária, Emily, Bryon, Mark, Zsolt, Charles und eine neue junge Frau (auf Zeit), die vier Finger ihrer rechten Hand lässig in die rechte Hüfttasche von Charles' Jeans geklemmt hatte. John kannte sie nicht, identifizierte sie aber anhand ihres Parfüms als Ungarin. »Danke, danke«, sagte Scott. »Danke, danke«, sagte Mária wie ein Echo. Charles lächelte träge, amüsiert. Mark saugte an einem Zahn, John sah, wie er schwitzte. Bryon hatte einen Arm um Emilys Schultern geschlungen und einen um Marks. »Ach, ist das toll, Spitze. Ist das nicht toll?« fragte Emily John, der als letzter dazutrat. »Ja, doch, stimmt«, antwortete er, um ihr einen Gefallen zu tun, aber ohne zu wissen, um was es ging. Erst nachdem Scott und Mária Arm in Arm gegangen waren, sagte Charles: »Zu so was sollte man eigentlich nicht gratulieren«, und dachte laut darüber nach, wie das Paar am ersten Morgen seiner Flitterwochen aufwachen werde, um »gut und voller Reue« zusammen zu frühstücken. *Heimat*, verstand John erst jetzt, hieß natürlich *Heirat. Es*, so toll und Spitze, betraf die Verlobung, bei deren Verkündung John lediglich ein paarmal genickt, Eis zerbissen und sich mit purpurnen Neonschnurrbärten so lang wie der Tresen amüsiert hatte.

Er überlegte, was er wohl gesagt hätte, wenn sich der eine Konsonant nicht durch die australische Tanzmusik verändert hätte und *Heimat Heirat* geblieben wäre. Aber vielleicht hatte ihm die Musik ja sogar die Gelegenheit geboten, endlich einmal aufrichtig zu reagieren. Das war mein letzter Versuch, beschloß er.

X.

Nach einer beeindruckenden Demonstration lateinischer Begriffe kletterte Nicky sportlich herab. »Jetzt muß ich arbeiten.« John verstand nicht sofort, was sie meinte. »Denkst du etwa, das Angebot umfaßt jedesmal Übernachtung und Frühstück, mein Freund?« Sie warf ihm seine Unterwäsche an den Kopf, stellte sich vor einen ihrer Dutzend Spiegel, einen gesprungenen, schmutzigen Bodenspiegel auf einem antiken Holzständer, und schob ihren troddelverzierten roten Fez zurecht. »Eine wilde Nacht ab und zu ist okay. Aber wenn ich nicht genug Schlaf kriege, besuchen mich die Musen nicht, und ich bin zu nichts zu gebrauchen.« Sie gab dem Fez einen letzten kleinen Schubs und überprüfte sich im Profil.

»Ich mache keine Umstände, Gnädigste. Das verspreche ich.«

»Hör auf«, sagte sie zu Johns Spiegelbild weiter hinten im Spiegel. »Wenn wir an diesem kleinen Projekt festhalten wollen, kannst du *manchmal* bleiben.«

John stützte sich auf einen Ellenbogen und beobachtete, wie sie die Planen von noch nicht fertigen Bildern abnahm. »Kannst du denn nicht arbeiten, wenn ich hier bin? Es ist fast Mitternacht. Ich bin mucksmäuschenstill.«

»Ich hab's dir doch gesagt. Das ist die Hausordnung: Zuerst kommt die Kunst, alles andere als drittes. Gäste tun gut daran, die Hausordnung noch einmal zu lesen, bevor sie Einlaß begehren.«

»Aber deine Arbeiten gefallen mir«, versuchte er lahm.

»Ja, ja, danke, danke«, sagte sie, über das Lob so aufrichtig erfreut wie eh und je. Sie streichelte ihm übers Gesicht und küßte ihn sanft. Dann flüsterte sie ihm ins Ohr: »Aber du hast drei Minuten, um dich von hier zu verpissen. Ich kann sonst nicht arbeiten.«

»Ich glaube, du willst, daß ich bleibe.«

»Halt die Klappe«, blaffte sie ihn an. Stand auf und ging wieder zu ihren Leinwänden. »Bitte quatsch mich nicht mit so einem Scheißzeug voll. Hausordnung ist Hausordnung, ansonsten: Freizeit ade. Basta.«

Und so hockte er denn kurz nach Mitternacht an einer Hotelbar und guckte englischsprachige Fernsehnachrichten, die jede halbe Stunde wiederholt wurden. Immer wieder besetzte der Irak Kuwait und Trickfilmpfeile flitzten in weiten Bögen über Kartengrenzen. Bei der zweiten Wiederholung lachte John leise über diese schnell alten Nachrichten, und eine Livestimme, die nicht aus dem Fernseher kam, sagte: »Was ist witzig? Worin besteht der Scherz? Gibt's einen Gag dabei?« John schaute nach rechts. Er war ungefähr fünfundvierzig und trug eine hellbraune Leinen-Nylon-Weste mit einem Dutzend Klett- oder Reißverschlußtaschen. Sein Haar war an den üblichen Stellen dünn und in feuchten Wellen zurückgekämmt. »Also wirklich, was ist daran so lustig? 'ne Menge Ärger im Nahen Osten, was?«

John schüttete sich fettige Erdnüsse in den Mund. »Lustig? Weiß ich nicht. Ich habe einen Moment lang gedacht, es ist eine Ente. Kommt Ihnen das nicht auch ein ganz kleines bißchen komisch vor? Ein Krieg zwischen was oder wem auch immer, und der eine marschiert beim anderen ein, und dann gibt es Panzer und eine Wüstenstrategie und eine Welt in der Krise, und die Journalisten klingen alle viel ernster...« John gingen die Worte aus; der Mann hörte zu und nickte, kapierte aber ganz offensichtlich nichts.

»Ted Winston. Die *Times*.« Er bleckte die Zähne, streckte die Hand aus, rührte sich aber ansonsten nicht.

John stellte sich vor und wartete vergebens auf die Stadt, aus der die *Times* kam. »*BudapesToday*, sollte ich wahrscheinlich sagen.« Er wartete, daß der echte Journalist anfing zu lachen.

»*BudapesToday*? Ach ja, klar, das englische Lokalblatt hier. Beneide Sie. Hab sofort gesehen, daß Sie von der schreibenden Zunft sind. Erste Stelle? Langsam verstehen Sie das Land? So ist's recht.« Ted Winston schlug zweimal mit einem schwarzen Rührstäbchen aus Plastik an sein Glas, es klirrte, dann schnalzte er mit der Zunge und zeigte mit dem Stäbchen auf einen muskulösen Magyaren – dicker Schnauzer, schwarze Weste und Fliege –, der träge Wasserringe vom Tresen wischte. Während sein Glas wieder vollgegossen wurde, sagte Winston zu John: »Beschreiben Sie mir das Land in sechzig Worten oder weniger.«

»Sechzig Worten oder weniger?«

»Gutes Training. Warum Sie hier sind.«

John ließ sein Glas auch zweimal klingen und schnalzte mit der Zunge, aber sein Zauber verpuffte. »Die Mädchen sind hübsch. Wie viele Worte sind das, *die – Mädchen – sind – hübsch*? Vier? Gut, also noch sechsundfünfzig...«

»Sie machen sich darüber lustig, okay, in Ordnung. Ich mag Humor. Der ist immer gut«, sagte Ted Winston. »Aber jetzt erzähl ich Ihnen, was ich gelernt habe, als ich ungefähr in Ihrem Alter war, Price. Und zwar von Zhou Enlai, dem chinesischen Ministerpräsidenten. Ich war grün hinter den Ohren, Price, total grün. Ein bißchen hatte ich mich in 'Nam umgetan, aber ich war so was von jung. Einen Mann sterben sehen macht einen nicht notwendigerweise selbst zum Mann. Das habe ich auf die harte Tour gelernt. Egal, ich war in Beijing, mit Nixon war ich da, und Beijing war damals ganz große Politik, sehr ernst, was da passierte.« Winston ließ sein Glas klingen, schnalzte und gestikulierte wieder mit dem Stäbchen. »Kriegte einen Moment mit Zhou allein. Gutaussehender Bursche. Aber roch nach Jasmin – total irre, werd ich nie vergessen. Gutaussehender Bursche, wenn ich auch nicht von der Fraktion bin, sollte ich an dieser Stelle betonen. Egal, der Ministerpräsident antwortete auf eine meiner Fragen und fixierte mich mit seinen kleinen Augen. Wissen Sie, wenn die wollen, dann können sie einen mit einem harten Blick glatt durchbohren, diese Leute. Die Starken brauchen einen nur anzusehen. Wie sonst erklären Sie sich die Milliarde Menschen, die im letzten Jahr *nicht* den Kommunismus zu Fall gebracht hat, he? Also, der Ministerpräsident erklärte mir, daß das chinesische Schriftzeichen für – wußten Sie das? Das chinesische Ideogramm für *Gelegenheit* besteht aus den beiden Schriftzeichen für *Zwerg* und *Riese* hintereinander, in der Reihenfolge. Der Zwerg wird zum Riesen. Kapiert? Das ist eine *Gelegenheit*. Meinen jedenfalls die Chinesen, und ich glaube, da liegen sie goldrichtig. Faszinierende kleine Scheißer.«

Der Fernseher wiederholte die Schlagzeilen von einer halben und einer Stunde zuvor, und da der Krieg noch nicht sehr weit gediehen war, schickten dieselben Journalisten dieselben Berichte aus Bagdad, Washington, Kuwait und anderen Orten. »Wenn aber eins aus Brüssel klargeworden ist, dann das, daß das Ende der Krise noch nicht in Sicht ist.«

»Das kann man laut sagen«, bestätigte Ted Winston. »Auf keinen Fall. Verdammt und zugenäht, das Ende dieser Krise ist auf keinen Fall in Sicht.« Klirr, klirr, schnalz, schnalz, Geste. »Wie lange sind Sie schon im Land? Kennen Sie es im tiefsten Innersten?«

»Nein, ich bin noch nicht viel gereist.«

Winston nickte, als hätte er die Antwort bekommen, die er erwartet hatte. »Gehen Sie den Leuten ruhig auf die Nerven. Das würde ich an Ihrer Stelle tun. Dieses Land muß jetzt erklärt werden, verdammt noch mal, genau jetzt, und Sie sitzen in der ersten Reihe. Packen Sie die Nation. Schütteln Sie sie. Schauen Sie sie, verdammt noch mal, von jedem Gesichtspunkt aus an. Wenn Sie schreiben, was Sie wissen – aber nur das –, können Sie dieses

Land formen. Die Leute schauen auf uns – sie werden auf Sie schauen –, um eine sinnlose Welt zu verstehen. Und was heißt das für Sie?«

»Entschuldigung, was heißt was für mich?«

»Zwerg zum Riesen. Vergessen Sie das nicht. Zwerg zum Riesen.«

Zwei wasserstoffsuperoxidblonde Prostituierte ließen sich rechts von Winston nieder und begannen in schnellem, melodiösem Ungarisch mit dem Barkeeper zu plauschen. Der Geruch ihres Parfüms war überwältigend, John versteckte seine Nase diskret in seinem leeren Glas. »Ich wittere viel von mir in Ihnen«, sagte Winston zu John. »Machen Sie sich einen Namen, und die großen Haie rennen Ihnen die Bude ein. So läuft das. Gelegenheit.«

»Was das Emirat von Dubai betrifft«, sagte eine junge Frau vor einem schwarzen, von Palmen und Überwachungskameras flankierten Metallsicherheitstor, »heißt es abwarten. Zum jetzigen Zeitpunkt gibt es lediglich Spekulationen und noch mehr Spekulationen. Die Menschen in Dubai können nur warten. Sie können nur warten … und dann sehen, was kommt. Und dann? Es ist immer noch zu früh, um etwas zu sagen, aber man befürchtet, nicht mehr sehr lange. Zurück zu Ihnen, Lou.« Der Barkeeper leckte sich diskret den Zeigefinger an und begann das große Bündel Geld zu zählen, das ihm die beiden Huren gegeben hatten; jedesmal, wenn er an eine neue Währung kam, bildete er einen neuen Stapel auf dem Tresen, gelegentlich tippte er etwas in einen Taschenrechner oder machte sich mit dem Bleistift ungeschickt mit der linken Hand Notizen. Zwischendurch stellte er ruhige, bedrohlich ominöse Fragen. Ted Winston war kurzfristig sich selbst überlassen.

John legte Forints auf den Tresen und stand auf, um zu gehen. Der Reporter blieb sitzen, als er ihm die Hand schüttelte. Er bleckte wieder die Zähne und blinzelte mehrere Male. »Wunderbar, Sie kennengelernt zu haben, Jim. Kommen Sie doch morgen hier bei mir vorbei. Ich bleibe eine Woche.«

Weil es immer noch zu früh war, Frau und Kind gegenüberzutreten, fand John sich bald auf der vertrauten Klavierbank wieder. Beinahe willkürlich redete er auf Nádja ein, schwang sich von einem heiklen Punkt zum nächsten: der rätselhaften Verlobung seines nervigen Bruders, zu einer befreundeten Malerin, die zuviel arbeitete, von aufgeblasenen, betrunkenen Journalisten zu den ewigen Emilyanischen Mysterien, von der Hilfe, die Charles Gábor von ihm haben wollte, und bei der er sich nicht sicher war, ob er sie ihm gewähren wollte – »Imre Horváth?« unterbrach sie John, als dieser zögernd seine vagen Bedenken hinsichtlich Charles' geschäftlichen Aktivitäten umriß. »Wirklich? Ihr Freund macht Geschäft mit Imre Horváth? Ich kannte einen Imre Horváth. Meiner Meinung nach ein ganz schöner Schlawiner.«

Sie verglichen ihre Imre Horváths und versuchten, letztendlich erfolglos, zu einem Ergebnis zu kommen. Mit absoluter Sicherheit konnten sie die beiden weder zusammenlegen noch unterscheiden. Nádja wußte nicht mehr, ob ihr Horváth etwas mit einem Verlagshaus zu tun hatte, aber damals klammerten sich alle an irgendwelche Jobs; die Möglichkeit ausschließen wollte sie also nicht. Während sie für den fast leeren Raum Klavier spielte, beschrieb sie den Mann, an den sie sich von vor ungefähr vierzig Jahren erinnerte, der ihrer Cousine einen dicken Bauch beschert hatte und sowohl ein berüchtigter Weiberheld als auch ein Clown gewesen war. Eine Zeitlang hatte er sein Geld mit Jonglieren und Zaubern bei Kinderfesten verdient, manchmal an Straßenecken für Kleingeld jongliert und, wenn nötig, sogar ganz passabel getanzt und gesungen. Dann hatte sie gehört, aber das lag Urzeiten zurück, daß er einen Pornoladen in Bonn aufgemacht hatte. Eine beeindruckende Figur? Also der Mann, den sie kannte, nicht. Von den Kommunisten gefoltert und ins Gefängnis geworfen? Nicht, soweit sie sich erinnern konnte, aber das war damals auch kaum eine Besonderheit. Immer todschick gekleidet? Nein, ihrer war wie alle anderen, trug, erst in den Kriegs- und Nachkriegszeiten, dann in den Jahren der kommunistischen Knappheit, Abgelegtes und Geflicktes, bis es zerfiel.

John merkte, daß er die beiden Imres mit aller Gewalt zu einem machen wollte. Wie schön, wenn der Riese ein Zwerg gewesen wäre. »Hat Ihnen Ihr Imre das Gefühl vermittelt, als sei Ihr ganzes Leben sehr, sehr hohl?« fragte er, noch bevor er sich davon abhalten konnte, und lachte verlegen. Sie runzelte die Stirn. »Puh!« sagte er und stützte den Kopf auf die Hände. Durch die Spalten zwischen seinen Fingern sah er zu, wie sich ihre runzligen Pfötchen mit überraschender Schnelligkeit über die Tasten bewegten, bis sie, von Tempo und Melodie gelangweilt, die Finger streckte und krümmte, die Hände in komplizierten Fingersätzen überkreuzte und in langsamen, pulsierenden Rhythmen nur noch Harmonien spielte.

»Machen Sie mir mal 'nen Glimmstengel an, John Price.« Er entzündete zwei und steckte ihr einen zwischen die uralten Lippen. »Ihre kleine Freundin neulich abends«, sagte sie und schob sich die Zigarette in den Mundwinkel, »die bringt Ihnen, meiner Meinung nach, Ihr sehr, sehr hohles Leben nicht in Ordnung. Nein. Falls Sie das wollten. Sie ist nichts für Sie.«

»Das scheint allgemein verbreitete Ansicht zu sein.«

»Und deshalb sind Sie unglücklich und schrullig? Warum? Sie haben doch wahrscheinlich andere. Warum ein Mädchen mit diesem schrecklichen, diesem sehr eigentümlichen Kinn?«

»Ja, das Kinn ist wirklich groß, was?«

»Sehr sogar. Wahrhaftig sehr groß. Zu dieser Zeit, wenn die Leute so müde sind, spiele ich übrigens keine ganzen Melodien mehr.« Mit der Zigarette zwischen den Zähnen deutete sie auf die müden Gesichter in der Ecke. »An den Klang erinnern sie sich, auch wenn sie die Melodien vergessen.« Sie spreizte ihre wachsgelben, dürren Finger und brachte einen dunklen, fremden Ton heraus. »Einmal habe ich einen berühmten amerikanischen Astronomen geliebt, John Price.«

Er lachte. »Haben Sie nicht. Sie sind eine notorische Lügnerin. Das sagen alle.«

»Nein, nein, nicht alle. Nur Dummköpfe wie Ihr finsterer Bruder und Ihre kleine Freundin mit dem Riesenkinn würden so was sagen. Sie hat es gesagt, stimmt's? Schauen Sie nicht so überrascht und fragen Sie mich lieber, woher ich das weiß. Natürlich mußte sie das sagen. Das begreifen Sie doch, oder? Nein? Ach, dann sind Sie aber nicht aufmerkend, wie ich es mir von Ihnen gehofft habe. Und ja, ich habe einen gefeierten Astronomen geliebt. Zweifeln Sie nie das an, was ich Ihnen erzähle. Ich werde Sie nie anlügen.«

»Entschuldigung«, sagte John leise.

»Meine Güte, heute abend versprechen Sie ja schrecklich unamüsant zu sein. Bitte, versuchen Sie, mich aufzuheitern, mein Lieber. Kopf hoch, Jungchen. Ich *habe* einen Astronomen geliebt, und er war ein todlangweiliger Mann. Wie Ihre kleine Miss Oliver war er bewundernswert, aber nicht sehr interessant, wie ein Witz, den man erklären muß. Glauben Sie mir jetzt?«

»Moment mal«, sagte John und schlurfte zum Tresen, um sich einen Unicum und ihr einen Rob Roy zu holen. Er begrüßte den Saxophonisten aus Harveys Büro und den schwarzen kahlen Sänger, die ihre Abendgage verspeisten. Sie fragten ihn, woher er Nádja kenne. »Sie ist meine Großmutter.«

»Eines Nachts liebten mein Astronom und ich uns in seinem Observatorium auf einem Berggipfel in Chile. Zur Feier des Tages öffnete er das Dach des Observatoriums und breitete für uns eine Matratze auf dem Boden aus.« Sie modulierte schneller durch die Tonarten, die Akkorde wurden heller. Lautes Gelächter, unterbrochen vom Klacken der Poolbillardbälle. »Wir lagen nackt auf dem Rücken, schauten durch das Dach hoch zu dem Nachthimmel, weit weg von den Städten. Es gab natürlich mehr Sterne, als ich je irgendwo gesehen hatte.«

»Deshalb baut man ja auch an den Stellen Observatorien.«

»Genau, mein Schlauköpfchen. Da lagen wir, und ich fragte ihn, warum ein Stern verschwindet, wenn man ihn direkt anschaut. ›Was ist das für eine Wissenschaft‹, fragte ich ihn, ›bei der das Untersuchungsobjekt in dem Moment verschwindet, in dem man es anschaut?‹ Und er sagte – immer der Herr Lehrer, der Kerl, sehr langweilig: ›Du mußt lernen, *oblique* zu schauen.‹ Das Wort hatte ich noch nie gehört. ›Du kannst einen Stern nicht direkt anschauen. Du mußt schräg daran vorbeischauen, nicht darauf, sonst verscheuchst du ihn. Oblique.‹ Natürlich wußte ich das schon – das weiß doch jedes Kind –, aber das neue Wort gefiel mir, dieses *oblique*. Kennen Sie das Wort?« John sah, wie sie einen Akkord beibehielt, ihn immer wieder anschlug, allerdings jedesmal die Position eines Fingers änderte, und jedesmal änderte sich das Licht im Raum. »Von dieser Fähigkeit könnten Sie vielleicht profitieren. Sie könnten zum Beispiel Ihre Freundin mit dem Monsterkinn etwas obliquer ansehen.« John hatte seine Bemühungen, an dem Abend irgend etwas zu verstehen, schon lange aufgegeben und hoffte nur, daß sie immer weiterspielte. »Ach, Sie dummer Junge. Warum wollen Sie mit einer von denen zusammensein? Sie ist nicht einmal gut darin. Sie verzichtet auf alles, was man im wirklichen Leben genießen kann, und was bekommt sie dafür? Sehr wenig, finde ich, mal abgesehen von Ihrem traurigen Herzen, das, gebe ich zu, nicht ohne Wert ist. Es ist völlig unerheblich, womit sie ihr Geld verdient, aber was *wollen* Sie mit ihr? Sie ist kein interessanter Mensch mit einem Leben voller Geschichten vor sich. Eine solche Frau brauchen Sie nicht. In einem Krieg würde ich es vielleicht gut finden, aber ich sehe im Moment auch keinen noch so kleinen Krieg. Und selbst dann – was kann sie denn? Entsetzlich! Letzten Endes ist das doch die Hälfte ihres Reizes, man beobachtet sie, wenn sie für einen tanzen, für die Scheinwerfer denken und taktieren und lächeln. Aber sie! Sie hat sich nicht einmal gewehrt, als ich direkt vor Ihrer Nase mit ihr herumgespielt habe; sie hat gekniffen und so getan, als verstünde sie mich nicht. Warum würden Sie jemanden haben wollen, der so schwach und töricht ist? Schauen Sie nicht wie ein trauriges Hündchen. Sie *ist* schwach. Wenigstens lügen Sie mich nicht an. Bekennen Sie, es ist ihr Körper, Sie wollen ihren Körper, dabei habe ich sie gesehen, und es gibt bestimmt schönere Körper im Angebot. Herr im Himmel, dieses Kinn – da wären Sie ja zu dritt im Bett. Wollen Sie wirklich das Herz einer solchen Frau, John Price? Wollen Sie, daß sie Ihres nimmt und heilt? Wollen Sie, daß so eine wie die tief in Sie hineinschaut und merkt, wie großartig Sie sind? Wollen Sie, daß sie diejenige ist, die Sie rettet? Ich glaube nicht, daß sie das kann. Das halte ich für sehr unwahrscheinlich –«

Nádja spöttelte und lachte, während John sich auf einem

Klappstuhl ausstreckte, Rauchringe blies und, das eine Auge fest geschlossen, mit dem Finger durch jeden zackigen, zitternden Rauchring stach und Nádjas Worte zu verstehen versuchte, die unglaubliche Vorstellung, daß Emily eine … daß alles, was sie seit dem Tag ihres Kennenlernens gesagt hatte, gelogen war … Dann war sie erstaunlich … ging vollkommen unabhängig auf die Welt zu, war fähig, darzustellen, was sie wollte, wann sie wollte, verbarg alles, brauchte nichts und niemanden, hatte sich und ihre Umgebung bis in die letzte Kleinigkeit unter Kontrolle. Kein Wunder, daß sie ihn nicht akzeptierte; kein Wunder, daß er ihr nicht das Wasser reichen konnte. In diesem Augenblick liebte er Emily Oliver zwar mehr als je zuvor, überlegte aber nicht mehr, wie er sie gewinnen konnte, denn sie war nicht zu gewinnen. Sie zog sich von ihm zurück, nach oben, außer Reichweite, wie ein Rauchring. Er verschränkte die Arme, schloß die Augen und stellte die Füße auf die Streben von Nádjas zersplitterter Klavierbank.

»Hau rein, Oma!« brüllte eine Stimme vom Tresen.

Dann schnulzte – beinahe krächzend – ein Sänger ein Lied, das John noch nie gehört hatte.

You're common, you're beneath me
You've nothing of value to bequeath me
I've better choices for my bed
Yet I cam't get you out of my head.

Your crimes no one could defend
I often hope you'll meet a ghastly end
Still, every night I think of better lines I might have said
Because I can't get you out of my head.

I have some sort-of friends who still insist and sing your praises
They scold me and say I've misunderstood you
They shake their heads at all my cool, cruel practiced phrases
Then look away and sigh: »Oh, how could you?«

But I don't bother with them anymore
No friends of mine could defend such a... (unverständliches Stöhnen)
Surely I can face the future without dread
If only I could get you out of my head.

John wurde vom Barkeeper geweckt und geschüttelt, der allein noch in dem sauberen, hell ausgeleuchteten Club war, verantwortlich dafür, abzuschließen und die Stereoanlage auszuschalten, die einen Song spielte, den John sich im Traum gerade als seine eigene Komposition angeeignet hatte. Zusammen gingen die beiden Männer in die beginnende graue Morgendämmerung.

XI.

Monate später betrachtete Emily auf dem ruhigen Flug nach Hause, bei dem ihr trotzdem übel wurde, einen plastikbeschichteten Plan von Budapest, den sie auf ihrem Klapptisch ausgebreitet hatte, und fand zwei mögliche, sich gegenseitig nicht ganz ausschließende Symbole für diesen lange zurückliegenden Tag. Erstens: Es war der 20. August 1990, und zum erstenmal seit 1950 wurde der ungarische Nationalfeiertag unter seinem richtigen Namen (dem Fest des Heiligen István) gefeiert. Es war eine Demonstration des Rechts auf Unabhängigkeit und Selbstbestimmung. Zweitens: ihr Weg an dem Abend. Auf dem Stadtplan konnte man nachverfolgen, daß er von fünf Uhr nachmittags bis drei Uhr morgens über sieben Stationen gegangen und wie eine Spirale um ein Abflußloch gekreist war.

Fünf Uhr, oberster Stock am Freiheitsplatz. In dem weitläufigen Büro hielt sie drei verschiedene Krawatten an das Jackett, das sich der Botschafter für die abendlichen Festlichkeiten im Parlament ausgewählt hatte. »Die oder keine, glaube ich, Sir.«

»Danke, Em, ohne Sie wäre ich verloren. Hören Sie zu, die

letzten Nächte waren alle sehr, sehr kurz. Warum nehmen Sie sich nicht heute abend frei und feiern mit Freunden statt mit mir? Schauen sich das Feuerwerk unten am Fluß an. Sie brauchen auch mal eine Pause.« Ein schlichter Akt von Arbeitgebergroßzügigkeit, obwohl sie sich natürlich trotzdem fragte, ob sie sich beklagt oder, schlimmer, unwissentlich durch ihr Verhalten gezeigt hatte, daß sie diesen Gunstbeweis brauchte.

»Das ist sehr nett von Ihnen, Sir. Ich check es schnell noch mit Ed.«

»Ed ist nicht der Botschafter, Emily. Nehmen Sie sich den Abend frei.«

»Ja, natürlich, Sir. Entschuldigung. Danke schön.«

Fünf Uhr fünfundvierzig, die Pflichten oben erledigt, die Tätigkeiten eingetragen, eine Treppe tiefer, das Büro des anderen Chefs. »Seine Exzellenz hat gesagt, Sie sollten heute abend freimachen?« fragte Ed, lockerte seinen Schlips und leitete den Übergang zu den abendlichen Ereignissen im Parlament ein, indem er sich einen gewaltigen Wodka Tonic eingoß. »Das ist ein klitzekleines bißchen merkwürdig, Schätzchen. Und in meiner Situation zutiefst frustrierend, denn ich habe einen besonders sauertöpfischen Jordanier, den Sie heute abend mit Ihrem unschuldigen Augenaufschlag entzücken sollten.« Er gewann sein Bürogesicht zurück. »Haben Sie dem Botschafter gesagt, Sie brauchten –« Jetzt kanzelt er mich wieder ab. Wahrscheinlich atme ich falsch, bin unreif, habe keine Klangfarbe, bin immer noch nicht Ken ... Doch nein! Ed quetschte sich die Limettenscheibe direkt im Mund aus und war in Gedanken schon weiter. »Ach, was soll's. Dann machen Sie heute abend frei. Ich rede selbst mit SE. Übrigens – also morgen ist der große Tag! Ken Oliver leibhaftig, was? Ich weiß, daß Sie ihn mit vorbeibringen, 'ne Menge Leute hier in dem Laden wollen die Bekanntschaft dieses Helden machen.«

Zwei Stunden später lief Emily, die sich ob des nicht länger zu verhehlenden Wunsches schämte, ihr Vater möge *nicht* zu Besuch kommen, so lange durch die wachsenden Menschenmengen und das Feuerwerksgeknalle, bis sie genug Hunger hatte, um irgendwo was zu essen. Sie landete in einem kleinen Lokal mit sechs Tischen, in einer Seitenstraße des Elisabeth-Boulevards, vor allem, weil sie wissen wollte, ob das Schild Tex-Mex-Küche wohl zu Recht da hing. Sie aß Paprikaschoten mit roten Bohnen und Dosen-Jalapeños, trank bulgarisches Bier und versuchte sich auf ihre Abendlektüre zu konzentrieren, *Taktische und strategische Elemente des Siegs der Mudschahedin über die Rote Armee* von Col. Keith Finch, U.S. War College. Sie wischte blaue Mais-Chipskrümel aus der Mitte des überraschend unverständlichen Buches, bestellte ein zweites Bier und begann, alle Sehenswürdigkeiten in Budapest aufzuschreiben, die sie ihrem Vater in der kommenden Woche zeigen wollte. Als sie bei dreien war, die ihm gefallen müßten, fiel ihr ein, daß er zu irgendeinem Zeitpunkt in seiner undurchsichtigen Karriere gewiß schon einmal in Budapest gewesen war, wenn er es auch nie erwähnt hatte, und die Stadt womöglich besser kannte als sie und alles, was sie insgeheim schwer fand, leicht finden würde.

Im Gerbeaud hatten die Julies schon eine dämmrige Ecke auf der Terrasse ergattert und waren bester Laune. Emily setzte sich zu ihnen, und es wurde zum achtzigsten Mal analysiert, ob Calvin wirklich Format hatte und seelisch mit Julie übereinstimmte. Als schließlich auch der letzte Lebensfunke aus diesem jämmerlichen Thema geschlagen war, sagte die andere Julie zu Emily: »Eric vom Konsulat hat mich heute wieder nach dir gefragt. Aber er sieht doch zu gruselig aus, und ich habe ihm gesagt, du seist mit John Price zusammen.«

»O nein, nein. John ist ein bißchen zu abgefahren für mich. Meine Familie würde denken, er käme vom Mars.« Nun redeten sie darüber, wie man Mr. Oliver in der nächsten Woche unterhalten konnte. »Will er viel sehen, also auch Landwirtschaftszeug?« fragte eine Julie.

Voll mit Kuchen und Koffein, gingen sie zum Fluß, um zuzuschauen, wie das Feuerwerk über dem Königspalast sprühte. »Und was genau wird gefeiert?« fragte Julie, woraufhin Emily ihr die Geschichte des allseits beliebten, wenn auch gewalttätigen Heiligen István ohne zu stocken herunterrasselte.

Elf Uhr abends, A Házam. Als sie in dem übermächtigen Lärm in der Nähe des Tresens Zuflucht suchte, erinnerte sie sich an eine Stelle in der Pflichtlektüre des letzten Jahres. *Volle Nachtclubs bieten einerseits den Vorteil der Lautstärke – es ist schwer, belauscht oder aufgenommen zu werden – und andererseits der leichten Ausreden, da man immer mit Fug und Recht behaupten kann, man wolle einen der vielen Menschen dort treffen.* Sie tanzte vergnüglich mit einem nur über sich redenden Tölpel aus der Außenhandelsabteilung, identifizierte ihn aber an seinem Augenrollen und Scherzen zum stets unpassenden Zeitpunkt bald als Möchtegernfummler (aha: eine gar nicht so unreife Motivationsanalyse, vielen herzlichen Dank). Als sie ihn unter den dampfenden Scheinwerfern schwitzen sah, erinnerte er sie an den Footballspieler aus der Unimannschaft sowie aufstrebenden Schlagzeuger, der sie im Herbst ihres zweiten Studienjahres rasch von der Last, ein Mädchen zu sein, befreit hatte.

Sein Angebot – wie wär's mit einem Spaziergang, Kleine – lehnte sie elegant unter dem Vorwand ab, Julie fühle sich nicht wohl, und sie müsse sich oben auf dem Sofa um sie kümmern. Sie beobachtete, wie die calvinlose Julie einen spitzbärtigen amerikanischen PR-Manager anbaggerte, was wiederum hieß, daß sie ganz allein eine weitere Stunde mit Julies Calvinereien ertragen mußte. Als sie dann kurz vor Mitternacht, neun Stunden bevor das Flugzeug ihres Vaters auf dem Flughafen Ferihegy landen sollte, aufstand und gehen wollte, obwohl sie befürchtete, daß sie im Bungalow der x-te Aufguß des unerschöpflichen Calvin-Themas erwartete, sagte plötzlich jemand: »Hey, da ist die Farmerstochter ja endlich. Du kommst nicht oft genug hierher.«

»Nein?«

»Seit wir uns kennengelernt haben, habe ich gehofft, dich mal hier zu treffen.«

»Ach ja?«

»Was trinkst du?«

»Warum mich treffen?«

»Weil ich an dich gedacht habe. Du gibst mir Rätsel auf.«

»Ich? Lächerlich. Ich gebe niemandem Rätsel auf.«

»Doch, gerade jetzt schon wieder. Siehst du, das bringt Spaß, denn ich merke, wenn du lügst. Also, was trinkst du?«

»Meine Freundinnen wollten gerade gehen.«

»Toll. Willst du mit ihnen gehen, oder willst du dich mit mir unterhalten?«

Aber die Julies sind völlig einverstanden, wir sehen uns später, und zwei Stunden vergehen in unerklärlich rundum gelungenem Gespräch, und nie steuert man auch nur in die Nähe der Arbeit oder sonst etwas Bedrohlichem. Und sogar noch besser, als daß einem jemand aufmerksam zuhört (was nach dem wochenlangen Ed- und Calvin-Geschwätz und den Aufmerksamkeiten des Tölpels und seinesgleichen heute abend schon wunderbar genug ist), ist es, das pikante Gemisch aus Klagen, Leidenschaften, Selbstkritik, Selbstliebe, Eigennutz und den plötzlichen, unangestrengten Komplimenten zu genießen, die ihr ihr Gegenüber für Dinge macht, die noch nie jemand an ihr bemerkt hat. So sollte sich ein Kompliment auch anfühlen, denkt sie, und kriegt fast Tränen in die Augen: völlig grundlos.

Ein Uhr. Als sie den lauten Platz (noch mehr Feuerwerkskrachen für Sankt István) verlassen und plötzlich von den zauberhaften, dunklen, heruntergekommenen Straßen Pests verschluckt werden, würde Emily alles tun, um das Gespräch am Laufen zu halten, aber die Mühe muß sie sich gar nicht machen. Das Gespräch schnurrt von ganz allein weiter. »Aber wie bist du *du* geworden?« fragt sie, denn das will sie vor allem wissen, fasziniert, wie sie ist, von der widersprüchlichen Persönlichkeit der jungen Frau, die von Anforderungen und Pflichten absolut keine Notiz zu nehmen scheint, sondern im Gegenteil ungeniert und in großem Stil etwas ausdrückt, das jeder rechtschaffene Mensch nur als Selbstsucht bezeichnen würde. Und hier ist Selbstsucht plötzlich – kein anderes Wort reicht aus – attraktiv. »Alles an dir ist so … So jemanden wie dich habe ich, glaube ich, noch nie kennengelernt.«

»Ja, das liegt natürlich daran, daß sie Leute wie mich grundsätzlich nicht nach Nebraska reinlassen.«

»Ach bitte, bitte, laß uns nicht von Nebraska reden.«

»Doch, doch. Wir müssen unbedingt über Nebraska reden. Wenn dir bei Nebraska so unbehaglich wird, müssen wir definitiv über Nebraska reden. Nebraska, Nebraska, Nebraska.«

»Morgen kommt mein Vater zu Besuch.«

»Ist das gut oder schlecht? Wenn es mein Vater wäre, würde ich dich bitten, mir eine Knarre aus der Botschaft zu stehlen.«

Zwei Uhr morgens, zu müde, um weiter im Kreis herumzulaufen. Eine dunkle kleine Café-Bar, nur zwei Tische breit. Drei enge Holzstufen hinauf zu einem vorgezogenen Vorhang in den hinteren Teil, ein winziger Raum, von grünen Schirmlampen erhellt. Da die samtbezogenen, gepolsterten Bänke die einzige Sitzgelegenheit waren, mußten sie sich nebeneinandersetzen, eng nebeneinander, um an den Birnenschnaps auf dem winzigen, gedrechselten Tisch zu kommen. *(Ruhige, intime Eßlokale sollte man tunlichst meiden, denn sie können leicht sowohl visuell überwacht als auch abgehört werden, und wenn es für das Treffen dort keine offenkundige Begründung mehr gibt, findet man auch keine Ausreden mehr für die eigene Anwesenheit.)*

»Wann war dir bewußt, daß du Malerin bist?« fragte Emily.

»Als ich ungefähr vier war. Ich habe geschrien, wenn mich meine Mutter nicht mit ins Kunstmuseum genommen hat. Als ich neun war, konnte ich dort alles kopieren.«

»Ich würde schrecklich gern deine Bilder sehen.«

»Wirklich? Ich würde sie dir auch schrecklich gern zeigen. Wenn du magst – ich wohne gar nicht so weit von hier entfernt.«

Erst jetzt wurde Emily deutlich bewußt: Wenn man sich treiben ließ, war man in den frühen Morgenstunden erschöpft, zum erstenmal seit Jahren machte ihr etwas richtig Spaß, sie war todmüde, sie hatte Angst vor der Ankunft ihres Vaters, ärgerte sich über die selbstauferlegten Restriktionen bei der Arbeit, sie hatte noch was gut, weil –. Dann hörte sie auf, sich falsche Begründungen auszudenken. Sie waren unehrlich, schalt sie sich. Genauer, sie waren irrelevant, denn ihr fiel kein Grund ein, warum sie dieser Verlockung widerstehen sollte. (Und dann schaffte sie es beinahe mühelos, zu ignorieren, daß sie ihre Arbeit gefährdete, ihre Familie, ihre sorgfältig aufgebaute öffentliche Person, selbst das, was sie lange als ihre echte, private Persönlichkeit betrachtet hatte.)

Um drei Uhr morgens hat das Atelier eines Malers eine überwältigende Wirkung auf Außenstehende, selbst auf Leute, die Malerei im allgemeinen und die Arbeit des Malers im besonderen nicht mögen: die fremden Gerüche, die physisch spürbare Frustration, die schiere Greifbarkeit von wenig Erfolg, aber unendlichem Scheitern, das augenscheinliche Opfern herkömmlicher Werte (Sauberkeit, Ordnung, Luxus) zugunsten anderer (Raum, Belüftung, Licht), das ausschließlich funktionale, fleckige, angeschlagene Mobiliar. Das ungemachte, quietschende schmale Bett.

»Das war das erste Mal, daß –«, sagte Emily.

»Ich weiß, ich würde mich daran erinnern.«

»Ach, du weißt doch, was ich meine.«

»Die Story ist aber nicht sehr interessant, muß ich sagen.«

»Du darfst sie niemandem erzählen.«

»Oh, wie originell.«

»Ich bin vollkommen unoriginell, findest du nicht? Warum haßt du mich nicht? Ach, antworte nicht darauf. Tut mir leid. Ich bin einfach nur nicht ich selbst.«

»Wirklich? Hier auch nicht?«

»Du weißt, was ich meine. Ich weiß nicht einmal, wie ich hierhergekommen bin ... Was? Was habe ich gesagt? Ich habe nicht gemeint, du sollst aufhören.«

»Red keinen Quatsch. Bei mir brauchst du keine Angst zu haben. Ich hab dich nicht hierhergezerrt. Du bist nicht betrunken. Du kannst jetzt in diesem Moment nach Hause gehen, wenn es dir nicht gefällt.«

»Du hast recht. Entschuldige.«

»Natürlich habe ich recht. Du bist hier sehr wohl du selbst. Nur hat es dir bis jetzt noch niemand gesagt.«

Erst da ließ sie den Gedanken zu, daß das hier leichtsinnig und, wenn es herauskam, ein Vergehen war, das ihrer Karriere ein Ende bereiten würde, aber es beunruhigte sie nicht. Sie war höchstens beunruhigt, weil es ihr so wenig ausmachte und wie sehr sie ihre eigene Schöpfung und ihr eigener Richter sein wollte, wie sehr sie wie Nicky sein wollte.

Und auf dem schrecklichen Heimflug Monate später, als das Flugzeug ruckelnd auf den Flughafen in Lincoln hinunterschwebte, als sie immer noch nicht wußte, was sie ihrem Vater erzählen sollte – sie war sich ja nicht einmal sicher, ob sie gekündigt hatte oder ihr gekündigt worden war –, als ihr das Gewicht seines Herzens und der Tod ihrer Mutter auf der Seele lagen, war sie immer noch der Meinung (zumindest, solange sie sein Gesicht nicht sah), daß der vom Kommunismus befreite Heilige István ein passenderes Symbol gewesen wäre als ein Abflußloch.

XII.

Eines diesigen Morgens, nicht lange nachdem Nádja ihm die Frau erklärt hatte, die er liebte, saß John im Foyer des Hotels Forum. Er dachte über Emilys geheimes Leben nach und darüber, daß er die Wahrheit so lange für sie hüten würde, bis ihn diese Übung etwas lehren und er ihr ähnlicher und für sie reizvoller würde. Ach, er wußte, wie lächerlich das war.

»...das ist das Werk der ungarischen Juden.« Imre zuckte die Achseln und wischte sich mit einem seidenen Einstecktuch mit Paisleymuster über die Stirn. John vertiefte sich in sein Notizbuch, um zu sehen, ob eine der an chinesische Schriftzeichen erinnernden Krakeleien darin Imres eisigen Kommentar in einen wärmenden Kontext hüllen konnte. Da er nicht bei der Sache gewesen war, waren ihm große Teile des Interviews entgangen, und sein Notizbuch enthielt nur das unentzifferbare Gekritzel einer lange untergegangenen Zivilisation. *Vielleicht hat er jemanden zitiert. Vielleicht hat er voller Verachtung die Ansichten anderer wiedergegeben. Vielleicht hat er es ironisch gemeint. Vielleicht hat Charles ihn dafür bezahlt, damit die ganze Sache lustiger wird.* Diese Erklärungsmöglichkeiten fielen ihm alle auf einmal ein, eine legte sich über die andere, bis schon ihre verworrene Masse ausreichte, daß er – bei dem Gedanken an Imre, den jonglierenden Straßenkünstler und Pornolieferanten der braven, geilen Bürger Bonns, und an das Geld, um das es für sie alle drei ging – seine mangelnde Konzentration verantwortlich machte und die Bemerkung als nicht ernst gemeint verwarf.

Imre betupfte sich noch einmal die Stirn und drehte seinen Stuhl weg vom Spätnachmittagsglanz der Fensterwand mit Flußblick. »Ich habe furchtbare Kopfschmerzen – diese abscheulichen Fernseher heutzutage überall«, murmelte er und wedelte mit seinem feuchten Taschentuch in Richtung der großen Bildschirme, die man ins Foyer gerollt hatte, um eine ständige Berichterstattung darüber zu gewährleisten, wie sich die Kriegshunde in der fernen Wüste anknurrten und anpinkelten. Am Empfangstresen reklamierte ein deutscher Tourist seine Rechnung; er bemängelte die zusätzlichen Telefongebühren und Extrakosten fürs Kabelfernsehen. Sein kleiner Sohn begann zu weinen, dann zu schreien. Die Mutter packte ihn um die Mitte und herrschte ihn an, er solle still sein. Das Kind schrie lauter. »Es ist wirklich zuviel«, sagte Imre zu seinen beiden jungen Begleitern und nestelte an seinem Krawattenknoten, als schnüre der ihm tatsächlich die Luft ab. »Bizarr.«

»Nein! Nein!« schrie der Tourist.

»Die Aussichten: ungewiß, aber man ist vorbereitet«, brüllte eine junge Frau, die auf dem schiefen Deck eines Flugzeugträgers stand und versuchte, sich durch Düsenjetdröhnen und Wassertosen an irgendeinem geheimen Ort im Mittelmeer Gehör zu verschaffen.

»Bitte, mein Herr«, versuchte es die Empfangsdame am Tresen.

»Nein! Nein! Nein! Laß mich los!« schrie der kleine Junge, als seine Mutter versuchte, ihn mit Schlägen auf den Po zu beruhigen.

»Károly, das Geschäftliche vielleicht später«, murmelte Imre.

Charles erhob sich von dem niedrigen Foyertisch, ging zum Tresen, sprach Deutsch mit dem Touristen und Ungarisch mit der Empfangsdame, lächelte den kleinen Jungen an und hatte

binnen zwei Minuten die Familie aus der Tür. Die Empfangsdame schüttelte ihm herzlich die Hand. Dann gab er einem Pa-
gen ein Trinkgeld, der stellte die Fernseher leiser, und im Foyer
des Forum zog vollkommener Frieden ein. John sah, wie Imres
Gesicht vor Bewunderung erglühte und dann glänzte, und
staunte, daß mehr dazu nicht nötig war.

Nach dem Gespräch und einem gemeinsamen Essen hielt Imre
im Hotelfoyer hof. Fünfeinhalb Stunden lang präsentierte Charles seinem Partner sechs potentielle Investoren, die alle noch Fragen hatten. Sie kannten Johns ironisches, scheinbar widerwillig
bewunderndes Porträt von Charles aus der *BudapesToday* und
überprüften nun einer nach dem anderen diese Investitionsmög-
lichkeit. Das heißt, sie redeten über sich selbst, während Imre
nickte und Charles und John immer und immer wieder um den
Block liefen. Die beiden tranken etwas im englischen Pub John
Bull, stellten sich an den vom Sonnenuntergang glasierten Fluß
vor dem Hotel, lehnten am Geländer und sahen zu, wie sich ihr
Deal für sie unhörbar an dem Foyertisch hinter dem riesigen
Panoramafenster und ihren eigenen Dreimeterschatten entwickelte, wie Imre die Salzerbin becircte, den Hersteller von
Geräten zur effizienten Sporenvernichtung beeindruckte und
mit augenscheinlichem Interesse dem Großvertreiber von billi-
gen Rasenpflegeprodukten lauschte.

Am Ende der Audienzen nahm John den Aufzug zum vierten
Stock und kam mit seinem Kollegen von der *Times* zurück, den
er nun mit dem Protagonisten von dessen nächster Insiderstory
bekannt machte. Sie erschien, wie ein Echo auf Johns Kolumne
über Imre, drei Tage später in der *Times* und wurde am Tag danach vom *International Herald Tribune* aufgegriffen.

»Kann ich jetzt gehen, bitte?«

»Du kannst, mein hebräischer Mitverschwörer«, sagte Charles.
»Hervorragende Arbeit übrigens. Heldenhaft. Wirklich.« Und als
Ted Winston und Imre Horváth sich hinter der Fensterscheibe
über den Tisch mit der Glasplatte lehnten und unterhielten,
trennte sich John auf dem Corsó von Charles und ging langsam
durch den heraufziehenden Abend zu einem rissigen, ausge-

bleichten Haus in einer entzückend reizlosen, nicht mehr begehrten kleinen Straße unweit des A Házam.

»Ja, du kannst bleiben«, sagte sie an der Tür, küßte ihn und wischte sich mit einem kunterbunten, fusseligen Lappen das Terpentin von den Händen. »Du siehst wirklich gut aus, und ich gebe sogar zu, daß ich dich in letzter Zeit vermißt habe. Aber morgen in aller Herrgottsfrühe bist du hier raus, denn übermorgen wird die Ausstellung eröffnet, und ich hänge morgen den ganzen Tag Zeug auf. Keine Widerrede.« Er ging aus dem hellen Licht der Lampen in die Dunkelheit, ließ sich auf ihr Bett fallen, sah zu, wie sie ihre Pinsel säuberte, und überlegte, ob er nicht in sie verliebt sei. »Kommst du zur Ausstellung?« fragte sie in einem völlig anderen Ton. »Ja? Ich hätte wirklich gern, wenn du kämst. Bitte, komm.«

XIII.

Sichtlich fehl am Platze in der großen Gruppe hipper, im Sommer 1990 in Ungarn lebender Amerikaner schlängelten sich John und Mark auf dem Eröffnungsabend der »Neuen Amerikaner« langsam durch die als Galerie fungierende Vorhalle des alten Filmtheaters und betrachteten Kunstfotos, die an Wellpappe-Trennwänden hingen. Über die Stereoanlage im Raucherflur schwelgten Stan Getz und Astrud Gilberto im Duett in Erinnerungen an große, braungebrannte, junge, hübsche, unerreichbare Frauen, die in den sechziger Jahren über die brasilianischen Strände schlenderten. John und Mark tranken den sauren Weißwein aus Plastikbechern, rauchten und traten immer wieder zur Seite, damit ungarische Kinobesucher den Verkaufsstand oder die Kartenverkaufsstelle erreichen konnten. (Das Doppelprogramm des Abends ging gut: *Panzerkreuzer Potemkin* und *Kampfstern Galactica,* mit von einer ungarischen Rockband komponierten und live gespielten Begleitmusik.) Die ausgestellten Fotos waren überwiegend recht gelungene Exemplare der gängigen künstlerischen Sujets der Zeit, vergleichbar mit ähnlichen Exponaten in New York: schwarzweiße Nahaufnahmen von Genitalien, Tätowierungen, alten Leuten, Fabriken. Vor diesem kargen Hintergrund stachen Nickys beide Beiträge scharf heraus.

Der erste besaß monumentale Ausmaße, weit über zwei Meter hoch und eins zwanzig breit, und das kleine Preisschild daneben implizierte dezent, daß ein eventueller Käufer über erhebliche Mittel verfügen mußte. Das komplexe Selbstporträt steckte in einem glänzenden schwarzen Plastikrahmen. Nicky höchstselbst posierte in Lebensgröße als eine bestimmte Spezies Kunstprofessor: Sie trug ein Tweedjackett mit Lederflecken an den Ellenbogen, schwarzen, gerippten Rollkragenpulli, Cordhosen, Slipper, dazu einen kräftigen braunen Schnurrbart, Brille mit ovalen Gläsern, dunkle, widerborstige Augenbrauen und ihren eigenen kahlen Schädel. Ihr Gesichtsausdruck war streng. Sich des Fotografen nicht bewußt, stand sie offenbar in der Galerie eines Museums und hielt eine Vorlesung, zeigte mit einem Stock auf ein großes Gemälde, das aufwendig gerahmt war und an einer Wand mit dunklen Holzpaneelen hing. Das Bild (Holbein? Dou? Teniers?), das sie vermutlich Studenten beschrieb, die man aber nicht sehen konnte, porträtierte einen Typ von Höfling aus dem siebzehnten Jahrhundert: einen jungen Mann mit Schnallenschuhen, dunkler Strumpfhose, weiten, gebauschten und geschlitzten Kniehosen, juwelenbesetztem Dolch am Gürtel, Lederwams, gestärkter Halskrause, spitzem Kinn-, schmalem Oberlippenbart. Er hatte das eine Bein ausgestellt und stand steif in der Haltung der Epoche da. Die winzigen schwarzen, fadendünnen Altersrisse des Gemäldes zeigten sich am sichtbarsten auf Gesicht, Kragen und Händen. Im Gegensatz zu dem Professor, der ihn beschrieb, schaute der Höfling den Betrachter direkt an. Mit der linken Hand vollführte er eine herkömmliche, stilisierte Geste der Aufrichtigkeit: Er legte die Finger aufs Herz und lud mit hochmütig stolzer Miene, weil er etwas derart Wertvolles besaß, mit der rechten Hand den Betrachter ein, sich an einem weiteren gerahmten Kunstwerk zu delektieren. Dieses nun stand in gleichem Abstand von Professor und Höfling auf einer kunstreich gedrechselten Staffelei zu seiner Rechten und hatte einen dunklen Holzrahmen, der ein Gegengewicht bildete zu dem goldbemalten Rahmen, der den Höfling umgab, und zu dem glänzendschwarzem Plastikrahmen der gesamten Collage. Das zweite Bild – das Gemälde in dem Gemälde in der Fotografie – war tatsächlich bloß ein Foto und ungeniert, unerfreulich pornographisch: ein Paar, von vorn aufgenommen und hinten in einer bestimmten Variante verbunden; der Mann kniete hinter der Frau, die auf allen vieren hockte. Sie schauten beide in die Kamera und den Betrachter an, als gehorchten sie ihrem Besitzer aus dem siebzehnten Jahrhundert. Der Mann ging mit offenem Mund, halbgeschlossenen Augen, geneigtem Kopf und einer Miene entzückter, ekstatischer Erleuchtung zu Werke; die Frau starrte mit leerem Blick, alles andere als erregt, angeödet vor sich hin. Ihr langes, streng in der Mitte gescheiteltes Haar umrahmte ihre aufgestützten Arme, die wiederum ihre entblößten Brüste einrahmten. Ihr Besteiger – Oberarme und Rumpf hinter und über ihren Hüften, die nur bis zum Knie sichtbaren Beine hinter und zwischen ihren aufgestützten Oberschenkeln, seine Hände an den Stellen, wo ihr perspektivisch verkürzter Rücken in ihre Hinterbacken überging – schmückte sich mit einem diabolischen Kinn- und Schnurrbart, der genauso aussah wie der des stolzen »Fotobesitzers« aus dem siebzehnten Jahrhundert, trug aber eine blonde üppige, dichte Fönfrisur. Und darauf eine Spielzeugtiara.

Das innere Foto – in derart krassem Widerspruch zu der erwarteten rückläufigen Bewegung (von Professor zu Höfling zu noch älterem Bild) – sorgte normalerweise dafür, daß dem Werk mehr Aufmerksamkeit zuteil wurde als nur ein Blick im Vorübergehen. Als Mark es frohen Mutes genauer unter die Lupe nahm, stellte er fest, daß der gemalte Höfling aus dem siebzehnten Jahrhundert ebenso wie der fotografierte Professor aus dem zwanzigsten Jahrhundert Nicky waren. Er verstand es als erster, doch in dem Moment, als er »Ist das nicht auch deine Freundin?« fragte, sagte John: »O Mann, das ist Nicky, ich faß es nicht.« Er allerdings deutete auf die trübsinnige Frau, die sich von hinten nehmen ließ.

»Auweia«, sagte Mark.

»Hallo, ihr Hübschen«, sagte ihre Stimme hinter ihnen, und ihre Hand glitt in Johns Hüfttasche und drückte ihn. Dann küßte sie ihn lange auf den Mund. »Gefällt's dir?« fragte sie mit ihrem gierigen und ganz unironischen Hunger nach Lob, der durch die aufregende Vernissage nur noch heftiger und irrer wurde. John strich ihr mit der Hand über den Schädel, und sie schaute beide Männer mit unverwandter Konzentration an; ihre weit aufgerissenen, runden schwarzen Augen hofften hemmungslos auf Liebe.

»Total. Natürlich«, sagte John. »Was soll mir daran nicht gefallen?«

»Du bist sehr originell«, sagte Mark. »Ich finde es wunderbar.«

»Ach, Johnny, dein Kumpel gefällt mir! Danke schön! Es ist natürlich erst fertig, wenn es gekauft worden ist. Damit es wirklich vollkommen fertig ist, muß man sich eine vierte Person vorstellen: einen stolzen Besitzer, der hier steht, so, und der vor seinen Freunden mit dem gleichen Stolz wie der elisabethanische Typ darauf zeigt.«

»Wow, wirklich wahnsinnig«, rief John. »Richtig cool. Aber sag mal, wer ist denn das?« Er zeigte auf den verzückten Mann mit der Tiara, der sich so kuschelig hinten bei seiner Freundin mit der roten Perücke anschmiegte.

Die Künstlerin schlang den Arm um Johns Taille und lächelte Mark, der eindeutig entzückt von ihr war, verschwörerisch an. »Hör dir Herrn Prüde an«, trällerte sie, sich an den Kanadier wendend. »Ich weiß zufällig, daß er mit mir *und* Karen, unserem Redaktionsdummchen, schläft, und da ist er eifersüchtig auf ein Gemälde.«

Diese Bemerkung warf John in dem Gespräch mehrere Etappen zurück. »Es ist ein Foto«, sagte er, weil ihm nichts Besseres einfiel.

»Schau genau hin. Nimm den Bart weg und den Putz vom Kopf, und wer ist es ...?«

»He, Mensch, das bist du ja, stimmt's?« Mark klatschte in die Hände.

»Na ja, auf jeden Fall der Kopf.«

»Und der Körper?« fragte John wenig überzeugend beiläufig.

»Meine Herren!« erwiderte sie im Professorenton. »Schauen Sie genau hin! Benutzen Sie Ihren Verstand! Beachten Sie«, sie zeigte auf die Brust des Sexprotzes, »das dunkle, komisch geometrische, gleichseitige Dreieck des Brusthaars. Beachten Sie«, sie zeigte auf die beiden, gerade über ihren erhobenen Hüften sichtbaren Hände, »die schönen, fast journalistischen Finger, die meinen Arsch umklammern.«

»Oh«, sagte John.

»Ja, mein Süßer.« Sie zupfte mit den Zähnen an seinem Ohrläppchen.

»Ja, sehr schöne Finger«, pflichtete Mark ihr bei.

Dann erzählte sie Mark vergnügt von dem »reizend kurzen Besuch«, den John ihr vor ein paar Wochen abgestattet hatte. Sie hatte diesen Teil des Werks noch nicht fertig und konnte ihn zu ihrer andauernden Frustration nicht mit ihrer eigenen Gestalt auffüllen. Aber sie wollte, daß die Begegnung natürlich aussah. Deshalb schoß sie ein paar Fotos mit einem Zeitschalter und fügte dann beiden Körpern neue Köpfe an. (»Ganz so langweilig war es nicht.«) John ging eine Handvoll Gefühle durch, die aber alle im Keim erstickt wurden: Böse konnte er nicht werden – es war eigentlich nicht sein Gesicht; geschmeichelt konnte er sich auch nicht fühlen – es war eigentlich nicht sein Gesicht; peinlich konnte es ihm nicht sein – siehe oben. Aber den Humor, die künstlerische Aussage und was sonst nicht noch alles, das sah er schon.

»Ich habe von unserem gemeinsamen Freund alles über dich erfahren«, sagte sie zu Mark und schlang einen Arm um ihrer beider Taillen. »Du bist die Nostalgietunte, stimmt's?«

Dann führte sie sie (still verächtlich in sich hineinmurrend) an den Werken anderer Fotografen vorbei und blieb mit ihnen vor ihrem zweiten Ausstellungsbeitrag stehen. Der war recht klein und bezeichnete sich offen als Fotocollage. Eine Frau in Sommerkleid und mit Strohhut ruhte in einer turmartigen, holzverglasten Gartenlaube und ließ sich von Sonne und Schatten eines perfekten, grünen englischen Gartens liebkosen. Sie und das Türmchen waren garantiert aus dem Katalog eines Bekleidungshauses ausgeschnitten, das erfolgreich mit der »Phantasie vom Leben in englischen Landhäusern« handelte. Die Frau streckte sich der Länge nach genüßlich auf der gepolsterten Sitzbank in der Laube aus und schaute durch die Latten der kunstvoll geschnitzten Wände in Park und Garten. Ihren Gesichtsausdruck konnte man als kommerziell reizvolle Langeweile interpretieren. Sie beobachtete, wie ein, zwei Meter vor ihr, dort im smaragdgrünen, von den Schatten der Blätter und Äste gesprenkelten Rasen, zwei räudige Straßenköter beherzt und in aller Öffentlichkeit kopulierten. Der obere Hund hatte sich fast einmal um sich selbst gedreht; in seiner Begeisterung streckte er eine seiner Hinterpfoten in die Luft und rollte die Augen nach oben (wo sie sich hungrig auf die Früchte eines Apfelbaums zu richten schienen, der über dem roten, kegelförmigen Dach der Laube hing). Die schwarzen, triefenden Lefzen hatte er wie irre schief zurückgezogen; man sah die nackten, gelbweißen Fänge, schaumigen Speichel, rosa-schwarz geflecktes Zahnfleisch. Die Hündin aber schaute genauso gelangweilt wie Nicky mit ihrer roten Perücke drein und schien Blickkontakt mit der britischen Lady in der Laube aufzunehmen. Man hatte das unwiderstehliche Gefühl, als träfen sich die beiden weiblichen Wesen in einem Moment gegenseitiger Sympathie und Verbundenheit. Für dieses kleine Werk hatte Nicky einen geschnitzten, goldbemalten Holzrahmen ausgewählt, der sogar für einen alten Meister in einem Museum geeignet gewesen wäre. Sie hatte ihn in einem Budapester Antiquitätenladen erstanden und das Bild darin für Collagematerial zerschnitten.

»Ich finde deine Arbeiten großartig, einfach großartig«, sagte Mark mehrere Male und wurde mit Nickys wachsender Freude belohnt.

»Ich habe Fotos von abziehenden sowjetischen Truppen gemacht. Ihr wißt ja, sie hauen jetzt ab und übergeben die total verdreckten Standorte, in denen sie vierzig Jahre lang gehaust haben. Die Russen haben gepfiffen und gehupt, als ich sie fotografierte, und ich dachte, es wäre meinetwegen, aber dann zeigte einer hinter mich, und ich dreh mich um und seh, wie es die beiden da treiben. Ich hab mich sofort in sie verliebt, wie sie da rumbumsten, während diese klägliche Parade alter Panzer vorbeizog.«

Sie entschuldigte sich, um andere Leute zu begrüßen – konkurrierende Künstler, potentielle Käufer, die länger vor ihren Arbeiten standen, Freunde, die John weder bekannt noch vorgestellt worden waren. Er wußte über diese gesamte Szene und deren Leben nichts, Nickys immer noch ausbaufähige Hausordnung schloß ihn auch davon aus. Mit obskuren Verweisen und provozierend phantasievollen Kraftausdrücken kommentierte sie ihre Arbeit aufwendig für ein paar ungarische Kunstkritiker, die nur die Hälfte verstanden, verabschiedete sich dann von den Organisatoren der Ausstellung und kam zu den Männern zurück: »Kommt, trinken wir was und vögeln dann, Jungs.« Ihre Hand stahl sich wieder in Johns Hüfttasche, und mittels sanfter Massage geleitete sie ihn aus der Kinotür; Mark folgte dicht dahinter. Sie schlenderten über den Bajcsy-Zsilinszky-Boulevard an dem volkseigenen kubanischen Restaurant vorbei, in dem der Gulasch mit schwarzen Bohnen und Reis serviert wurde, den neuen Discos, die in Verletzung des Schutzes internationaler Warenzeichen nach angesagten amerikanischen Markenklamotten benannt waren, und ließen sich an einem Straßencafétisch nieder. John bestellte sechs Unicums.

Als er den zweiten ausgetrunken hatte, entspannte er sich langsam. Nicky reagierte auf Marks erneute Komplimente mit schwesterlicher Zuneigung. Das war dieselbe Frau, die noch vor ein paar Minuten neue Kraftausdrücke erfinden mußte, um ihre Gedanken auszudrücken, und John empfand eine große Zuneigung zu ihr. Das Gefühl, in Nickys Händen zu sein, war anders, als in Nádjas Händen zu ruhen, aber es waren gute, zuverlässige Hände, die wußten, was sie taten, und einem das Gefühl verschafften, wirklich zu leben. »Jetzt verstehe ich, warum du mich während deiner allerletzten Vorbereitungen nicht dahaben wolltest«, sagte er. »Ich hätte vielleicht gegen die unerlaubte Verwendung meines Bildes protestiert.«

»Ach, nun mach dir mal wegen deiner kostbaren kleinen Privatsphäre nicht in die Hose. Es erfährt doch sowieso niemand, daß du das bist.« Als sie mit Gesten noch drei Unicums bestellte, begehrte er sie auf einmal, ganz ausgehungert und gierig; so bald wie möglich und so lange, wie sie ihn dabehalten würde, wollte er mit ihr zusammensein.

»Du solltest dich geehrt fühlen«, sagte Mark, »daß du für große Kunst Modell stehst. Ich würde jede Menge davon kaufen. Je mehr sie macht, desto mehr werde ich kaufen. Ich werde absolut modern werden.«

»Mark, als ich das erstemal mit John geschlafen habe, hat er gepiepst. Ungelogen. Wie eine Maus. Ich dachte, er macht Witze. Soweit ich mich erinnern konnte, hatte ich noch nie einen Mann zum Piepsen gebracht.« Ausgelassene zweiseitige Fröhlichkeit folgte.

»Vielleicht hat das Bett gequietscht. Ich habe garantiert nicht gepiepst. Dann schon eher gestöhnt.«

»Du hast gepiepst, Johnny.«

»Piepser«, gluckste Mark und schüttelte den Kopf. »Piepser.«
John flüchtete ins Haus zur Toilette.

»Liebst du ihn?« fragte Mark mit kindlicher Direktheit, als John im Café verschwand.

»Nicht ganz mein Typ als Lebensgefährte.« Sie hielt inne und nahm einen Schluck Unicum. »Ein bißchen zu gefühlsduselig. Wir amüsieren uns nur miteinander. Ehrlich? Ich glaube, mein Herz ist woanders. Neuerdings. Glaube ich.« Sie lachte und verdrehte die Augen. »Mein Gott, das war wahrscheinlich das Langweiligste, was ich je gesagt habe. Was ist mit dir? Liebst *du* ihn? Okay, vergiß es. Ich schlaf gleich ein, so dumm ist dieses Gespräch – wir und unsere kleinen Geheimnisse. Aber beantworte mir doch folgendes: Wie wird ein netter, junger Kanadier zur Nostalgietunte?«

»Als dich deine Eltern das erstemal beim Rauchen erwischt haben, was haben sie da gemacht?«

»Weiß ich nicht mehr genau. Mir Hausarrest gegeben. Bilder von kranken Lungen gezeigt. Gefragt, wie ich nur so dumm sein und so weiter.«

»Siehst du!« sagte Mark. »*Meine* Eltern haben mir eine Zigarettenspitze geschenkt. Aus Elfenbein und Ebenholz. Ein antikes Teil. Als ich vierzehn war, habe ich jeden Abend *mit* meinen Eltern geraucht und eine samtene rote Hausjacke, Gamaschen und Monokel getragen. So waren sie. Das haben sie mir angetan.«

Ein weiteres Tablett mit Unicum wurde mit den besten Empfehlungen des ungeduldigen John gebracht, der auf dem Weg zur Toilette am Tresen vorbeigegangen war. »Du lügst, oder?« sagte Nicky. Als John wiederkam, lachten sie und Mark so sehr, daß sie weinte und Mark heftig hustete.

»Gut, wenn du es wirklich wissen willst, erzähle ich's dir. Die kurze Antwort ist, daß ich nicht mehr weiß, wie es angefangen hat. Ich würde gerne jemandem die Schuld geben, doch ich glaube, ich bin so. Ich weiß noch, als ich das begriffen habe. Willst du es wirklich hören? Es wird etwas aber pathetisch.«

»Pathetisch«, sagte Nicky. »Ja, bitte.« John, der nicht wußte, worüber sie sich unterhielten, merkte aber, daß sie Müll sammelte, um ihre geifernde, unersättliche Muse zu füttern, und er liebte sie, weil sie die Leute so offen benutzte, auch ihn.

»Ich weiß noch ganz genau, als ich ungefähr vier oder fünf war, ritt ich auf dem Rücken meines Vaters durch unser Wohnzimmer. Er auf allen vieren, er war ein Pferd. Das machten wir jeden Abend, wenn er von der Arbeit nach Hause kam. Gut, und dann hat er eines Abends gesagt, sehr nett, achtlos dahingeworfen, lachend und sehr nett hat er gesagt: ›Puh, du wirst ja richtig groß, was? Bald bist du zu groß für mich, dann kann ich das nicht mehr machen!‹ Und das war's. Ich konnte es nicht glauben. Es sollte eine Zeit geben – bald schon –, in der unsere abendlichen Ritte nicht mehr stattfinden und nur noch eine schöne Erinnerung an bessere Tage sein würden. Da wußte ich: Alles Gute hat irgendwann ein Ende. Kaum hat es begonnen, ist es auch schon wieder vorbei. Ein Naturgesetz.«

»Stimmt, das ist pathetisch.«

»Ich hab dich ja gewarnt, aber gut, hier kommt eine bessere Geschichte. Es geht um den Zeitpunkt, als ich definitiv wußte, daß ich anders als der Rest der Welt war.«

»Bitte nicht«, protestierte John, »nicht noch ein sensibler junger Schwuler, der aus seinem Kokon schlüpft.«

»Nein«, sagte Mark. »Gott, das doch nicht. Das ist doch gar nichts. Was ich erzählen will, war viel bedeutungsvoller. Erinnert ihr euch an die Maurin-Quina-Plakate aus den Dreißigern? Ich glaube nicht. Es waren Werbeplakate für einen französischen Aperitif. Ich glaube, den gibt's schon seit Jahrzehnten nicht mehr, aber die Plakate sind legendär. Egal, ich habe das Plakat das erstemal gesehen, als ich elf oder zwölf war, und mich sofort verliebt. Hals über Kopf. Ich habe mir ein Buch mit alten Werbeplakaten angeschaut, und das hat mich einfach umgehauen. Auf dem Plakat kämpft ein grüner Teufel mit einem Korkenzieher, um eine Flasche Maurin Quina zu öffnen. Er ist vollkommen grün, hat aber einen großen, dünnen roten Mund und leuchtendrote Augen. Dazu wirres, grellgrünes Haar, das in alle Richtung absteht, und einen grünen Schwanz, der in einem Schäufelchen endet. Und er grinst und hopst rum und schwebt in der Luft, während er versucht, die Flasche zu öffnen. Und dann bemerkt man seine Füße: Anscheinend trägt er grüne Ballettschuhe. Das tut ein Teufel nicht, mußt du zugeben. Dann fällt einem auf, daß er eine kleine Plauze hat. Dann wird einem klar, es ist gar kein echter Teufel. Es ist die Zeichnung eines molligen Burschen, der sich – wahrscheinlich für ein Kostümfest oder so was – als grüner Teufel verkleidet hat und jetzt versucht, den Maurin Quina für das Fest aufzumachen. Mir gefiel dieses Plakat über alle Maßen. Manchmal konnte ich nicht schlafen, weil ich es so mochte. Ich muß mich immer noch ermahnen, keine Nachdrucke anzuschauen, kurz bevor ich ins Bett gehe. Es war ein Bild aus guten Zeiten, als es Kostümfeste gab und die Leute sich die größte Mühe machten, um sich als grotesker grüner Teufel zu verkleiden, eine Zeit, in der man sich wirklich amüsierte. Ja, gut, vielleicht ging es damals auch nur darum, sich zu betrinken und mit jemandem zu schlafen, aber man gab sich Mühe, und dadurch wirkte es bedeutungsvoller, kultivierter. Heute weiß ich, daß nichts mehr davon existiert, daß alles Gute wirklich der Vergangenheit angehört. Aber als ich zwölf war, habe ich noch gehofft, ich würde diese guten Zeiten erleben. Schön, Halloween 1975. Heimlich bin ich fleißig am Werke. Meine Eltern fragen mich: ›Als was verkleidest du dich?‹, aber ich sage kein Sterbenswörtchen. Ich sammle meine Materialien, male, nähe, färbe und so weiter, alles klar? Der Abend beginnt mit einem Kinderfest. Ich gehe dort ins Badezimmer und brauche wahrhaftig eine halbe Stunde, um mein grünes Haar und alles andere herzurichten. Ich mache es perfekt. Grüne Ballettschuhe. Die kleine Plauze habe ich schon. Ich habe einen Korkenzieher und eine Flasche Cola, die ich wie den alten Maurin angemalt habe. Ich schwebe, ich hopse die Treppe hinunter, und keiner hat einen blassen Schimmer, wer ich bin. ›Ach, seht mal, Marky Payton ist ein kleines Monster!‹ sagt eine Mutter. ›Mami, ich hab Angst vor Mark!‹ sagt ein kleines Mädchen und fängt an zu weinen. Ich versuche es ihnen zu erklären. ›Ihr braucht keine Angst zu haben, es geht mir doch nur ums Vergnügen, tolle Feste, schöne alte Werbeplakate.‹ Keine Reaktion. ›Da, schaut mal! Conrad Davis ist Rennfahrer! Jean MacKenzie Astronautin!‹ Ich dachte nur die ganze Zeit: Astronautin? Machen die Witze? Aber dann fällt mir ein, ach, es sind ja alles nur Kinder. Heute abend gehe ich nach Hause, und meine Eltern haben Leute zum Essen eingeladen, und dann kriege ich meinen großen Auftritt... Alle werden sagen: ›Schaut, das ist der fette grüne Teufel von diesen wunderbaren Plakaten von vor fünfzig Jahren.‹ Na ja«, gab Mark zu. »Ich war zwölf. Ich dachte«, Erwachsene würden es verstehen. Ich wurde nach Hause gebracht, und beim Hineingehen dachte ich: Da drin ist jetzt eine niveauvolle Gesellschaft, schöne Menschen in herrlichen Kostümen, die aus hohen Gläsern Champagner trinken. Warum ich das gedacht habe, weiß ich eigentlich auch nicht. Meine Eltern waren ziemlich dröge, sehr konventionelle Bürger aus einem Vorort von Toronto. Egal, ich kam herein, und am Tisch saßen lauter Leute in schlechtsitzenden Anzügen und Blümchenkleidern, und sie fragten mich: ›Was bist du, Kleiner? Was für ein Plakat ist es, Schatz? Malcolm (mein Vater), Malcolm, seinen Marotten nach zu urteilen ist der Junge Alkoholiker im Anfangsstadium, hahahahahaha.‹ Und so fort. Meine Mutter fragte mich, als was sich die anderen Kinder verkleidet hätten, und als ich ›als was schrecklich Modernes. Mit Raumanzug oder so‹ erwiderte, sagte sie: ›Wirklich. Als Astronaut! Wie aufregend!‹ Was war ich angewidert von ihnen. Und dann wußte ich es. Ich wußte, entweder stimmte etwas nicht mit mir oder mit allen anderen nicht.« Mark trank sein Glas leer und lachte im nachhinein extra lange über die Geschichte, um die beiden wieder aufzuheitern. Er sah zu, wie John Nickys Hand hielt.

Aber Nicky achtete gar nicht darauf; sie hatte etwas auf der anderen Straßenseite erspäht und war ganz still geworden; sie kniff die Augen zusammen und beobachtete etwas, das dreißig Meter entfernt war; auf ihrem Gesicht zeigte sich frische Wut. »Wartet mal einen Moment.« Sie schob ihren Stuhl zurück und rannte, die Autos mit erhobener Hand anhaltend, über die Fahrbahn auf den anderen Bürgersteig.

»Ich muß dir sagen, ich finde sie einfach wunderbar. Ja, ich bin total verliebt in sie. Wirklich, John.« Mark seufzte und rieb sich die Augen. »Und ich finde, du solltest mit ihr zusammensein.«

»Wen wunderbar?« fragte John zerstreut. Durch fahrende und geparkte Autos sah er Nicky auf dem gegenüberliegenden Bürgersteig vor einem Fenster mit einem Neonschild, das einen Kurzschluß hatte, und auf dem ein Wort in Grün an- und ausging, das er, selbst wenn er Ungarisch gekonnt hätte, nicht hätte lesen können. Nicky redete und gestikulierte aufgeregt auf ein junges Paar ein. Nach einer Weile schubste sie den jungen Mann mit Gewalt beiseite. Mit dem Ausdruck von Überraschung, Ärger und einer gewissen Belustigung trat er zurück. Das Mädchen an seiner Seite schrie etwas, das John nicht verstehen konnte, dann packte sie Nicky am Kragen und gab ihr eine gewaltige Ohrfeige.

»Wow«, flüsterte John, und Mark richtete sich sofort auf. »Das ist ja mal was Neues!«

Die Ohrfeige setzte Nicky einen Moment lang außer Gefecht, doch dann boxte sie dem Mädchen in den Bauch, so daß es in der Mitte einknickte; von Johns Platz sah es aus, als habe Nicky ihrer Kontrahentin einen Stöpsel aus dem Nabel gezogen und ihr die Luft herausgelassen. Den verblüfften Mann, der seiner Gefährtin eine Hand auf den Rücken legte, spuckte Nicky an. Dann drehte sie sich um, ging langsam zurück über die Straße, und wieder sprühte aus ihrem Mund ein Feuerwerk phantasievoller Kraftausdrücke. Zurück bei John und Mark, rief sie noch im Stehen die Kellnerin herbei und bestellte drei Unicums. Als sie saß, kniff sie Mark in die Wange und John in den Schritt. »Tut mir leid, Jungs. Alte Geschichte.«

»Wer war das?« fragte John.

»Ich glaube, ich habe gerade alte Geschichte gesagt, oder?« Ihre John zugewandte Wange trug den sehr deutlichen Abdruck von vier weißen Fingern, als bestaune ein Phantombewunderer ihre weiche Haut. Als die nächste Runde kam, leerte Nicky ihr Glas in einem Zug. »Nicht gut, sich in der Vergangenheit zu suhlen, richtig, Marcus?«

Mark blinzelte heftig, um seinen Blick scharf zu stellen, den Sommerdunst wegzuwischen und gegen das spätabendliche Schrumpfen seiner Kontaktlinsen anzukämpfen. »Kann ich dich für meine Forschungen interviewen? Du bist meine neue Heldin.«

»Jetzt nicht, Mark«, sagte sie, stand auf und zog John an der Hand. »Nach einem Streit vögel ich gern. Und darum brauch ich Johnny, er muß mich jetzt nach Hause bringen. Ich würde dich dazubitten, aber heute abend kann ich keinen abtrünnigen Hetero gebrauchen.« Als sie anfing, Forints auf den Tisch zu zählen, wollte Mark nichts davon wissen und sagte, er wolle außerdem das größere der beiden Fotos kaufen, er werde sich morgen mit dem Ausstellungsmacher in Verbindung setzen, um alles Nötige in die Wege zu leiten. Sie machte buchstäblich zwei Freudensprünge und klatschte in die Hände. Richtig gerührt, küßte sie ihn auf die Stirn, tätschelte ihm die Wange und sah aus, als werde sie weinen. Immer wieder bedankte sie sich bei ihm, packte dann ihren Lover und zog ihn Richtung Andrássy út.

Als sie schweigend zu seiner Wohnung gingen, wo ihn keine versteckten Kameras erwarteten, begriff John zum erstenmal, daß Mark Geld hatte, vermutlich jede Menge Geld. Obwohl er keine sichtbaren Einkommensquellen besaß, spendierte er seit Monaten Runden, bezahlte immer wieder Essen für alle, kaufte John jede Woche ein Geschenk und wollte jetzt ein Kunstwerk kaufen, dessen Preis das Neunfache von Johns Monatsgehalt betrug. »Irgendwie ist es schon furchtbar schade«, murmelte John und meinte damit, daß er das nicht gewußt hatte und Mark wahrscheinlich sein engster Freund in der Stadt war, doch in den unbeständigen, wechselhaften Gefühlslandschaften, die Schnaps – und ganz besonders Unicum – erzeugen kann, war er über diesen Berg des Bedauerns schnell hinweg und in neuen Gefilden, einem grünen, lieblichen Tal, wo er sich freute, ein solch interessantes Leben zu führen. Außerdem freute er sich, daß sein Freund Kunst kaufte, für die er Modell gestanden hatte, daß er hinter Nicky hertrotten konnte, die ganz offenbar das Geheimnis für ein erfülltes, reiches Dasein kannte, daß er betrunken war, daß er heute abend nicht beim Sex fotografiert wurde und daß er eindeutig von Emily befreit war. Aber dann war er auch schrecklich traurig, daß er nicht mit Emily zusammen war, ja, daß er nach einer fehlgeschlagenen Anstrengung wieder einmal in den Zustand zurückgeworfen worden war, sie kaum zu kennen. Und während er sich noch fragte, wie sie sich fühlte, so vollkommen geheim zu leben, nur nach ihren eigenen Maßstäben zu handeln, freute er sich auch schon wieder, daß er an die Ziegelmauer gedrückt wurde und diesen weichen, knabbernden Mund auf seinem spürte, den Geschmack von Zigarettenrauch und Likör auf den Lippen und dann ihren Schädel an seinem Gesicht und ihr Gesicht an seinem Hals.

»Weißt du, was mir an dir gefällt, mein kleiner Junge?« Sie leckte ihn im Ohr. »Du kriegst alles mögliche nicht mit. Du rutschst einfach so durch, vollkommen friedlich.«

Ein, zwei einsame Gläser später verließ Mark den Tisch auf dem Bürgersteig, ging direkt zur Ausstellung zurück und vereinbarte dort, daß er das Foto mit dem kopulierenden Paar kaufen werde, das in dem Augenblick tatsächlich miteinander schlief. (Übrigens nachdem Nicky aus ihrem Rucksack ein Geschenk für John gezogen hatte: einen Kontaktabzug, auf dem sein eigener Kopf noch auf seinem sich biegenden Körper saß und auf sämtlichen zwölf Kontaktabzügen ein schmales Spektrum abwechselnd kuhiger und fuchsiger Ausdrücke zeigte, die ihr Besitzer ein paar Minuten später vergeblich zu vergessen trachtete, sogar als er wußte, daß er sie gleich wiederholen werde.)

Als Mark seine Transaktion in dem Galerie-Kino-Disco-Gebäude erledigt hatte (auf einem kleinen Schild stand nun in zwei Sprachen »Verkauft«), ging er durch die Nacht zum Foyer des Hotels Forum, wo ihn komfortable Sessel und breite Tische mit Glasplatten erwarteten, auf denen es nur so wimmelte von Schalen mit gesalzenen Erdnüssen, wo westlich-höfliche Ober in schwarzen Westen Coke in kleinen Flaschen brachten und wo – am allerbesten! – CNN die neuesten Nachrichten von der Krise am Persischen Golf brachte und er bis zum Morgengrauen sitzen und beobachten konnte, wie sich die Geschichte des anstehenden Krieges entwickelte, und zur Abwechslung einmal an nichts anderes denken mußte. Er sehnte sich so sehr nach diesem Ort, daß er ein-, zweimal sogar in Laufschritt fiel, was aber schnell in formschwachem Keuchen, Spott über sich selbst und der glücklichen Erkenntnis endete, daß er ja gar nicht zu rennen brauchte. Denn CNN lief vierundzwanzig Stunden am Tag, und jede volle Stunde kam immer wieder das Allerneueste.

XIV.

Fast den ganzen August 1990 und zum allererstenmal, seit Mark sich grün angemalt und gefragt hatte, warum seine kanadische Umgebung ihn nicht verstand und liebte, fand er, daß er in der Gegenwart lebte, und war außer sich vor Stolz. Bis vor drei Wochen hatte er noch nie von CNN gehört, und jetzt fand er es wunderbar, fand wunderbar, daß er es wunderbar fand und wirklich und wahrhaftig etwas so sehr, sehr Modernes genießen konnte. Diese blinde Leidenschaft bewies, daß er in Ordnung kommen würde; sie lenkte ihn von seinen immer zahlreicher werdenden Ängsten ab. Schnell lernte er die Namen der amerikanischen Generäle und Beamten aus dem Verteidigungsministerium, der Topkommentatoren der Nachrichtensender, die Titel und den relativen Einfluß der verschiedenen Vertreter der Allianz. In seine Wohnung hängte er eine ein Meter zwanzig mal ein Meter zwanzig große Karte des Nahen Ostens und schmückte sie – nach Konsultation der neuesten *International Herald Tribune* wegen der richtigen Koordinaten – täglich mit Papiermodellen, die er den ganzen Morgen lang zurechtbastelte: kleine Schiffe für die Flotten der Allianz, kleine Panzer für die Artillerie- und Panzereinheiten, kleine Helme für die Infanterie, Papierfahnen der immer mehr werdenden Kriegsteilnehmer und rote, gebogene, datierte Pfeile, die die Truppenbewegungen anzeigen sollten.

Brandneuer konnten Nachrichten gar nicht sein. Im Fernsehen lief die Direktübertragung eines Kriegs mit Livekommentar. Was konnte moderner sein, als die ganze Zeit Nachrichten zu sehen, Berichte von Ereignissen aus allen Ecken und Enden der Welt, die früher Tage, Wochen, Monate gebraucht hätten, um anzukommen? Er lebte mit ganzem Herzen in den neunziger Jahren – den neunziger Jahren des 20. Jahrhunderts. Er empfand eine überschwengliche Vorfreude, wie er sie so noch nie erlebt hatte. Wenn die Hauptnachrichten nach einer halben Stunde wieder gesendet wurden, waren sie dann bloße Wiederholung der Hauptnachrichten, die er gerade um fünfzehn Uhr gesehen hatte, oder war in der Zwischenzeit etwas Neues bekannt geworden? Tatsächlich, alle halbe Stunde bildete sich die Geschichte der Welt für ihn immer wieder aufs Neue, eine Zeitspanne, die so angenehm war, daß Mark zum göttergleichen Zuschauer wurde, der ausgestreckt auf seiner Wolke lag, während gehörnte Bocksgestalten mit zottelhaarigen Schienbeinen ihn mit Köstlichkeiten aus goldenen Kelchen und silbernen Schalen fütterten.

Drei Wochen lang verlieh ihm sein noch labiles Glücksgefühl

ein aggressives, fiebriges Selbstvertrauen, so daß er seine Forschungen sogar fast mit persönlicher Distanz und Gleichmut betreiben konnte. Denn der Höhepunkt seines Tages – nach dem er sich in Bibliotheken oder Antiquitätenläden oder an seinem Schreibtisch sehnte – gehörte unbestreitbar zur Gegenwart, wenn das freundliche Forum Hotel seine mütterlichen Arme für ihn ausbreitete und er zusehen konnte, wie die Sterblichen ihre Possen trieben.

Bis zu dem Abend mit John und Nicky, als er drei Stunden nachdem sie ihn an dem Tisch hatten sitzen lassen, begriff, warum CNN ihm solche Freude machte: Es erinnerte ihn an die alten Wochenschauen. Er hatte gerade viermal gesehen, wie amerikanische Soldaten zur Baritonstimme eines Journalisten aus dem Off vorbeimarschierten. Viermal, und jede halbe Stunde schaute der eine blöde Soldat direkt in die Kamera und bildete mit den Lippen die Worte: »Hi, Mom!« Und jedesmal, wenn die Truppen an der Kamera vorbeiliefen, wirkten sie weniger modern und immer mehr wie ein zukünftiges historisches Dokument oder ein Konglomerat zukünftiger persönlicher Erinnerungen – *Damals, als ich in der Armee war, war ich auf CNN, mein Sohn hat mich auf CNN gegrüßt, mein verstorbener Sohn, mein Sohn, der im Golfkrieg gefallen ist, mein Kumpel hat »Hi, Mom« auf CNN gesagt, ich weiß noch, daß unser Spieß uns den Arsch bis zur Halskrause aufgerissen hat, weil ein Scherzkeks, den ich nicht mal kannte, »Hi, Mom« sagte, als CNN uns gefilmt hat, als wir da so tadellos vorbeimarschiert sind, dein Vater war Soldat, hier ist ein Video von ihm, dein Großvater war in der Armee und hat im Zweiten Weltkrieg in der Wüste gekämpft, du kannst die Filme auf der Computer-Visualisieranlage sehen, der Film sieht komisch aus, Mama, warum sehen die Soldaten so aus?* Als die jungen Männer zum fünftenmal an Mark zur Inspektion vorbeimarschierten, überzog sie ein hellsepiafarbener Schleier, und da die Wochenschau die Soldaten losmarschieren ließ, damit sie wieder einmal die Welt retteten, konnte das genausogut in ruckeligem, zu schnell laufendem Schwarzweiß sein. Von dieser Erkenntnis geschockt, stand Mark von dem Tisch im Hotelfoyer auf, an dem er um 3.37 Uhr morgens saß, sich Erdnüsse in den Mund schaufelte und die lauwarme Coke direkt aus der kleinen Flasche trank (und die, wenn er so nuckelte, genauso schmeckte wie in dem Torontoer Tennisclub, in dem er – im Alter von sechs bis neun – einmal in der Woche gesessen und zugesehen hatte, wie schlecht sein Vater spielte). Traurig begriff er, daß man ihn hereingelegt hatte. Man erfuhr ja nie, daß man altmodisch war. Man dachte immer, man sei topmodern. Klapprige Ford Ts waren nicht klapprig, als sie vom Band liefen, krächzige Rundfunkübertragungen wurden erst krächzig, als das Fernsehen kam, und Stummfilme mickrige Vorläufer von Tonfilmen, als es Tonfilm gab. Das zweiteilige Telefon, bei dem man sich ein Rohr ans Ohr halten mußte, während man gleichzeitig in die Wand schrie und von einem stöpselnden, geplagten Fräulein ein bestimmtes Amt verlangte, war einmal der letzte Schrei der Technik. Auf die Idee zu kommen, daß dem nicht so war, hieß anzuerkennen, daß man sterben würde und das Leben vergänglich und man selbst schon auf halbem Wege war, eine Erinnerung oder noch etwas Schlimmeres zu werden. Die eigentliche und schlimmste Tragödie der Osteuropäer des zwanzigsten Jahrhunderts: sie wußten schon, daß sie veraltet waren, bevor sie etwas daran ändern konnten. Ihre Politik, ihre Kultur, ihre Technologie, ihr Leben waren überholt, was kein Problem gewesen wäre, solange sie es nicht wußten. Aber sie wußten es ja. Sie wußten, daß das Leben schneller, schicker, reicher und bunter war, direkt hinter dieser üblen Mauer, direkt hinter dem Eisernen Vorhang (der ihr Leben maßgeblich bestimmte: in den Vierzigern heruntergelassen und so benannt und dann im ewig gleichen Design mit Stacheldraht und Minen verstärkt).

Mark wandte sich vom Bildschirm ab und schaute aus dem Panoramafenster auf den (bis auf einen Zuhälter, einen Betrunkenen und einen verschlafenen unterkunftslosen Rucksacktouristen) leeren Corsó. CNN war die Wochenschau seiner Zeit, dachte er. »Meine Zeit«, sagte er laut, und die Kellnerin schaute von den dreißig Quadratzentimetern Cocktailtisch auf, die sie schon seit Minuten langsam und geistesabwesend wischte. Meine

Zeit: Das allein schon machte ihn traurig. Überall um ihn herum und in ihm wurde gestorben. Schneller, als er leben und wachsen konnte, starb und schrumpfte er. Konnte es sein – neugierig musterte er die Nachtschicht des Forum, die Empfangsdame, das eimerschiebende Zimmermädchen, die Kellnerin –, daß manche Menschen immer noch lebten und wuchsen, ohne daß sie wußten, daß alles schon alt und im Sterben begriffen war? Sollte er es ihnen erzählen, oder sollte er den Mund halten?

Diese Gedanken vergifteten auch zwei Stunden später sein Blut, als die Sonne gerade aufging. Er befand sich mitten in saudiarabischen Gewässern, kritzelte mit übermüdeten Augen Daten auf krumme Pfeile, versetzte Papierschiffchen, da wurde ihm klar, daß sein gesamtes Handeln sinnlos war, ein vergeblicher Versuch, das Geräusch zu ignorieren. Er konnte niemandem etwas vormachen. Wütend riß er die Karte mittendurch, nun flatterten ein Weststreifen und ein Oststreifen sinnlos an der Wand. Dann zerriß er langsam jedes liebevoll zurechtgeschnittene Schiffchen, jeden Helm und jeden Panzer und gebogenen Pfeil, häufte alles zu einem kleinen Stapel auf, schlug mit seinen Schwertern in das Konfetti. Mittags pulsierte das unheilschwangere Gefühl noch heftiger durch seine Adern, als die Leute von der Ausstellung ihn aus seinem verschwitzten, unruhigen Schlaf weckten, ihm seinen Einkauf anlieferten und einen Schuhkarton voller Forints entgegennahmen. Er lehnte das riesengroße, in Packpapier gewickelte und mit Seil verschnürte Werk an den abblätternden Kleiderschrank aus künstlichem Holz. Nicht einmal das Auspacken lohnte sich, das Kunstwerk war schon alt. Nicky war die unglaubliche, exzentrische Figur in den zukünftigen Memoiren von jemandem über die Fin-de-siècle-Boheme Budapests, und der zukünftige Leser würde entsetzt sein, wenn er sie im Alter von achtzig sah, und sich viel lieber an die grobkörnigen Fotos von ihr als kahler, wunderschöner junger Frau halten. Das Gefühl pulsierte auch noch in der Dämmerung in ihm, als John kam, um ihn abzuholen, und sie sich zur Party des Abends aufmachten (beim Anwalt von Charles Gábor, einem mondänen Anglo-Ungarn, der Mitglieder der Budapester Oper angeheuert hatte, die in seinem Garten singen sollten, während seine Gäste Geschäfte machten, flirteten und tranken). Die beiden Freunde redeten über den Persischen Golf, und John lachte, als Mark verzweifelt sagte, dort werde es Krieg geben.

»Krieg? Wegen so was?«

»Nicht Krieg. *Den* Krieg. *Unseren* Krieg. Die Atmosphäre dieser Stadt wird sich ändern, sie ändert sich ja jetzt schon. Es ist nicht nur Ende August 1990. Es sind die letzten Monate unseres Friedens, das Ende des Sommers vor dem Krieg unserer Generation. ›Wie war das in dem Sommer vor dem Krieg? Wußtet ihr, daß die Zeit knapp wurde? Merkte man, daß alles den Bach runterging?‹ Der Sommer davor.« John drehte sich, während sie dahinliefen, um und musterte seinen Freund.

Mark spürte dessen prüfenden Blick, wußte, was er daherredete, und wollte etwas sagen, damit sein Freund sich beruhigte, obwohl er, Mark, ja genau deshalb so redete, weil die Wahrheit so grauenhaft war. Aber er wußte nicht, was er sagen sollte, und wußte nicht, wie er erklären sollte, daß er – Mark selbst – der Sommer war, der sterbende Frieden. Obwohl sie langsam durch einen stillen, angenehmen Abend gingen, fühlte Mark, wie die Zeit an seinen Ohren vorbeiraste wie betrunkene Autos, wie Überschallzüge oder eine durchgehende Herde speicheltropfender, augenrollender, Staubwolken aufwirbelnder Tiere. Er hatte nicht mehr aufgepaßt. CNN! Aus irgendeinem Grunde hatte er die Zeit nicht mehr sorgfältig beachtet, und nun mußte er für seine Unachtsamkeit bezahlen. Nun hatte man ihn brutal an einen Pfahl gefesselt, hielt ihm die Augenlider mit Gewalt offen und zwang ihn, so sitzen zu bleiben. Eine Idee tröstete ihn, eine neue Idee. Vielleicht raste die Zeit ja an einem Ort, der nicht alt aussah und keine Geschichte hatte, weniger schmerzhaft dahin. Zum Beispiel in Toronto.

»Hast du immer noch einen Kater?« fragte John.

Als sie beim ersten deutlichen Heraufziehen des Abends, als die Feuchtigkeit einer kühlen, säuselnden Brise wich, am Hotel Gellért vorbeigingen (das unisono in allen Reiseführern ob seiner »verblichenen Pracht« gepriesen und dadurch ein paar Wochen lang, damals Mitte Mai, Marks Lieblingslokal auf der Budaer Seite wurde), biß sich Mark auf die Lippen und sagte, er fühle sich nicht wohl, und noch ehe John überhaupt etwas erwidern konnte, hatte sich der Kanadier umgedreht und schlich schwitzend den Gellértberg hinauf zu seiner Wohnung.

XV.

Imre hatte ein kleines, schmuddeliges Kaffeehaus, in dem es nach Bleichsoda und nasser Katze roch, für ihr Treffen ausgesucht, eine Ortswahl, die Charles rätselhaft und merkwürdig mutwillig fand. »Vergleichbare Papiere habe ich genau dort, in dem Gebäude, unterzeichnet«, erklärte Imre. Er zeigte über die Einbahnstraße zu dem pockennarbigen Verlagsgebäude, das er am Nachmittag der Beerdigung seines Vaters betreten und in dem er die rostigen Schlüssel zu seinem zusammenbrechenden Imperium in Empfang genommen hatte.

»Wirklich? Na, heute werden Sie wohl kaum etwas unterschreiben.« Charles zog einen Stoß Papiere aus dem Lederaktenkoffer, die ihm sein Anwalt bei der Gartengala am Vorabend übergeben hatte. Er legte sie auf die mit Wasserringen befleckte, angesengte falsche Marmorplatte. »Warum schauen Sie sich das Ganze nicht in aller Ruhe an und unterschreiben mit Ihren Initialen überall dort, wo die kleinen gelben Aufkleber sind: hier, hier und hier und dort bitte. Dann schreiben Sie das Datum darauf und dann noch einmal die Initialen hier, und dann unterschreiben Sie das Kaufgebot dort und dort. Krisztina kann ja dann alles zu Neville bringen.«

»Wissen Sie, an dem Tag wurde der Anwalt meines Vaters mein Anwalt. Es war ein sehr eigenartiger Moment.« Imre trank einen Schluck Kaffee und holte zu Charles' Verblüffung bedächtig seinen zigarrenförmigen Füllfederhalter aus einer Innentasche. »Ich wußte natürlich, daß dieser Moment kommen würde. Ich muß

Jahre auf diesen Tag gewartet haben. Wenn es dann passiert, ist man trotzdem ein bißchen überrascht.«

Charles stimmte ihm blindlings zu. »Aber brauchen Sie denn nicht noch ein wenig Zeit, alles durchzusehen?«

»Ja, ja.« Der alte Mann klopfte mit seinem zugeschraubten Füller auf die Seiten, schaute aber weiterhin durch die sonnenglitzernden, staubigen Fenster zur anderen Straßenseite. Dann stieß er mit der Gabel in sein Gebäckstück, und quer durch den maßgefertigten Deckel aus bernsteinfarbenem Karamel erschien ein Riß. »Sie sind heute in einer ähnlichen Situation wie ich damals; bemerkenswert.«

»Natürlich.« Charles machte das zu Imres melodramatischen Getue passende Gesicht.

»Wie ich an einem solchen Tag glücklich sein konnte, weiß ich heute nicht mehr. Aber ich war ganz sicher glücklich. Und diese Stadt, dieses Wrack eines einst stolzen Schiffes – ich war glücklich, weil ich dazu beitragen konnte, dieses Schiff wiederaufzubauen. Ehrlich gesagt: Hier zu leben war herrlich in dieser Zeit. Heute ist es gar nicht so viel anders. Wiederaufbauen. Seine Rolle kennen.«

Durch das Fenster betrachtete Imre das Gebäude, in dem sich einst die Geschicke seiner Familie abgespielt hatten, und ein Abbild jenes Julimorgens, verändert nach den Wanderjahren, erstand vor ihm. Er erinnerte sich an die Bedeutungsschwere, die im Raum geschwebt hatte. Der Anwalt seines Vaters hatte gezögert. Würde dieser junge Mann der Herausforderung gewachsen sein? Aber Imre war schon vom bloßen Akt des Unterzeichnens spürbar verändert; schon seine Unterschrift war eine Reise über eine unsichtbare Grenze – der Weg von der linken Seite der leeren Linie zur rechten, bei dem er eine geschwungene schwarze Spur hinterließ. Die schwarzen Tintenschwünge und der abschließende stechende Hieb auf dem a in Horváth – ´ – machten ihn zum Träger von etwas Wichtigem und Großem. Das hatten alle im Raum verstanden.

Charles ärgerte sich nicht zum erstenmal darüber, daß er und Imre einen ähnlichen Anzug trugen; heute morgen waren sie beide in hellem Braun, Imre allerdings im Zweireiher. Es irritierte Charles, wenn er so ähnlich angezogen war wie jemand anders im selben Raum. Für ihn signalisierte es den sinkenden Marktwert seiner Einmaligkeit; er kam sich vor, als rede er mit einem Kind, das eben gelernt hat, wie man andere mit Nachäffen ärgert.

Imre stand vom Tisch auf und ging zum Fenster; verkehrt herum klebende Buchstaben, alte Spinnweben und Staubklumpen warfen Schatten auf sein Gesicht. Geistesabwesend nahm er seine Gabel und ließ seinen Füller auf dem Tisch neben der Gesellschaftervereinbarung und dem Privatisierungsantrag liegen. »Das Wetter fällt mir wieder ein, sehr deutlich. Sonne, ein paar Wolken, schrecklich heiß. Ich habe etwas Schlechtes im Hof des Verlags gerochen, alten Abfall in der Hitze. Der Anwalt meines Vaters trug Hosen, die aus Lumpen zusammengenäht waren. Das taten wir in der Zeit alle, obwohl sich manche von uns besser darin machten als andere, wie ich ausgerechnet Ihnen nicht sagen muß. Der wichtigste Tag im eigenen Leben, ein wunderbarer Moment, aber wenn man es weiß, noch während er abläuft, fühlt man sich, als halte einen Gott selbst in der Hand. Ich wußte, wie wichtig es war, daß Imre, der Mensch, nun an zweiter Stelle hinter der Zukunft dieses... Sie sind genauso. Sie lernen es.« Er sprach mit dem Rücken zu dem Jüngeren, während er die großen dunkelbraunen Backsteine auf der anderen Straßenseite anschaute. »Jeder von uns zusammen – ach, hörn Sie nur, was ich mir da zusammenrede. Zeigen Sie mir, wo ich unterschreiben soll, und dann geht's voran.« Aber er drehte sich nicht vom Fenster um.

»Du lieber Gott, was hat er für seltsame Verrenkungen gemacht, aber es ist geschafft«, sagte Charles später an dem Tag zu John, als er ihm einen hellblauen Scheck gab, das flattrige, dünne Äquivalent von sieben Monatsgehältern bei *BudapesToday*. »Und dabei hat er kaum gelesen, was er unterschrieben hat. Nur willkürlich Einwendungen gegen einzelne Abschnitte gemacht. Aber während ich ihm sagte, wo er seine Initialen hinsetzen sollte, traten ihm vor lauter Erinnerungen immer wieder Tränen in die Augen. Wie er jemals vierzig Jahre lang einen Betrieb geleitet hat, ist mir ein Rätsel. Hey, habe ich dir erzählt, daß zwei meiner Investoren beim Unterschreiben dein Porträt von mir angeführt haben?«

John kniff die Augen zusammen und hielt den Scheck in den Schwall grell glänzender, goldener Pfeile, die vom Fluß hochschossen und in Charles' Büro strömten. Das Papier warf einen hellblauen, rechteckigen Schatten auf seine Augen und Nase. Das Wasserzeichen – zwei Sirenen, die einen überraschten Seemann auf die Wangen küßten; zum Zeichen des Erstaunens bildeten sein Mund und seine Augen wunderbar runde Os – verschwand und tauchte wieder auf, als John das Formular zwischen sich und dem Licht vor- und zurückbewegte.

»Diesen Blick werde ich vermissen.« Charles schlug mit den flachen Händen an das riesige Fenster. Er hatte es geschafft und würde bald kündigen, seiner perplexen, verschnarchten Firma mitteilen, daß er in seiner Freizeit das zuwege gebracht hatte, was sie nicht einmal während der Geschäftszeit packten. Verschiedenen Geldmissionaren hatte er ausreichende Mittel aus der Tasche geleiert, und mit Imres morgendlichen unerwarteten Unterschriften war diese Gruppe (mit Charles als Stimmberechtigtem) Anteilseigner von 49 Prozent einer neuen ungarischen Firma geworden, die aus dem Horváth Verlag (Wien), Charles' beträchtlicher Geldspritze von anderer Leute Einlagen und Imres Privatisierungscoupons bestand (letztere kaum ein Geldregen, sondern nur die Geste einer stolzen, aber bettelarmen Regierung). Im letzten Moment hatte Gábor den Anwalt übrigens noch angewiesen, die beinahe wertlosen Coupons, die seine Eltern für die Wohnungen ihrer Kindheit bekommen hatten, dem Vermögen der Firma zuzuschlagen. Jetzt war er der höchst einflußreiche Juniorpartner von etwas sehr Realem.

John allerdings löste seinen Scheck – Honorar für »PR-Beratung« – zwei Tage lang weder ein, noch schickte er ihn zu seiner Bank in den Staaten. Irgend etwas am Akt des Einreichens hielt ihn ab; er war noch nicht soweit, es war zu abrupt, er konnte den Abschied von dem Wasserzeichen noch nicht vollziehen, scherzte

er mit sich selbst. Zwei Nächte lang küßten die Sirenen den Seemann, und John überlegte. Zwei Tage lang behielt er das Papier
in seiner Brieftasche und stellte sich zu den merkwürdigsten
Zeiten vor – während er in der Redaktion ranklotzte, sich im
Gerbeaud betrank oder mit Nicky rummachte –, daß das Wasserzeichen – zweidimensional, blaß, fließend – in seiner Tasche
lebendig wurde: das wallende Haar der Sirenen, die weichen
Lippen auf den Wangen des überraschten Seemanns, sein Begehren, sie beide in aquatischer, fleischlicher Umarmung zu umschlingen, während er mit dem Wissen ihrer Macht, seiner unweigerlichen Kapitulation kämpfte. »Küß mich, meine Sirene«,
murmelte John der kahlen, nackten Frau zu, die in der dritten
Nacht um drei Uhr morgens bei Lampenlicht malte. Sie dachte,
er schlafe. Sie zitterte ein wenig beim Klang seiner Stimme und
sagte ihm kühl, er solle gehen und zu Hause schlafen. Am nächsten Morgen machte er seinen gequälten Seemann flüssig.

XVI.

Nach zehn Tagen diagnostizierte John Marks ebenso lange Abwesenheit und die sechs unbeantworteten Nachrichten auf dessen Anrufbeantworter als unmißverständliches Familienbe-
suchssyndrom im zweiten Stadium. In der von dieser Seuche
heimgesuchten Gruppe waren die Symptome nun leicht dia-
gnostizierbar. Erstes Stadium: gemurmelte Andeutungen, die
»nächste Woche sei voll, voll, voll«, Schweigen, sporadische
Persönlichkeitsveränderungen (Reizbarkeit, Regression, Hy-
sterie, Absonderung). Zweites Stadium: fünf bis vierzehn Tage
lang komplettes Verschwinden, höchstens unterbrochen vom
hastigen Bekanntmachen zurückhaltender, älterer Personen mit
Jetlag und eigenartigem oder nichtexistentem Sinn für Humor.
Drittes Stadium: plötzliche übermütige Rückkehr in die Gesellschaft mit übertriebener Allgegenwart und unersättlichem
Appetit auf Trinken, Tanzen und Affären und hibbeligen, wort-

reichen Schwärmereien für die Freuden des Lebens als Single in Budapest.

John würde viel zu berichten haben, wenn Mark genesen war. Charles Gábor hatte zum sprachlosen Erstaunen des Großen Geldgebers seinen Job gekündigt und mußte innerhalb von zwei Wochen aus dem Bungalow ausziehen, der seiner Firma gehörte. Als John seinen Scheck eingelöst hatte, hatte er zwar sein Jahreseinkommen um ein Erkleckliches vergrößert, ihm fiel aber nichts ein, das er sich kaufen konnte, außer vielleicht einem Bündel Raketen, mit denen er – eine Legende der amerikanischen Journalistenszene im Ausland –, angetrieben von orangefarbenen Flammenkegeln, über Budapest aufsteigen und wie ein Komet über es hinwegschweben konnte. Er würde sich mit Mark darüber beraten, wie man am besten reich war, denn der Kanadier schaffte es ja mit solcher Souveränität. Und Mark würde erfahren, daß auch Charles hoch über die Spitzen der Dächer aufgestiegen war, dank John, Ted Winston, einem Geschwader verbrecherischer Herren von der Wall Street und dem unstillbaren Appetit und der idiotischen Logik und Funktionsweise der amerikanischen Presse, die John in diesem Fall, als der Deal heiß wurde, selbst mit einer Serie von Artikeln in Bewegung gebracht hatte.

... Und schließlich für diejenigen von Ihnen, die meine kontinuierliche Berichterstattung über den Kapitalisten verfolgen, der die ungarische Kultur gerettet hat: Ich habe aus verläßlicher Quelle erfahren, daß das Gábor-Horváth-Gebot, das uralte Familienunternehmen zurückzubekommen, der Regierung nun vorliegt und die nach Geld ausgehungerten Magyaren es extrem reizvoll finden. Andere Bieter sollten es sich zwei- oder dreimal überlegen, bevor sie sich die Mühe machen, gegen diese Besessenen anzutreten. »Es gibt jede Menge andere wunderbare Firmen, um Gebote für sie abzugeben«, erzählte mir ein hochrangiger Repräsentant der staatlichen Privatisierungsbehörde und klang arg wie ein Gebrauchtwagenhändler mit schlampiger Syntax, der sich für ein Ferienwochenende in Stimmung bringt ...

... Wenn so etwas überhaupt noch möglich ist, ist das, was man

von einigen ihrer Überseeunternehmungen hört, noch beschä-
mender. In Budapest hat zum Beispiel ein Juniorpartner der
Firma nach mehreren Monaten offenbarer Paralyse, während
deren die Firma unfähig schien, irgendwelche Projekte anzu-
schieben, eindeutig frustriert von seinen passiven Arbeitgebern,
gekündigt und versucht sich nun selbst an der Revitalisierung
eines alten ungarischen Verlagshauses. Über diese Geschichte
wurde mehrere Wochen in der Budapester englischsprachigen
Zeitung berichtet; in die internationale Aufmerksamkeit rückte
sie aber erst im Lichte der jüngsten Untersuchungen der US-Ge-
schäfte der Firma durch die staatlichen Verfolgungsbehörden,
die ein Anwalt leitet, dessen politische Ambitionen wohl kaum
ein streng gehütetes...

... Und um von Erfreulicherem zu berichten, einer unserer
jungen Männer aus Cleveland zeigt uns, was mit etwas Phanta-
sie, etwas Geld, etwas Mut und einem ganzen Haufen echt ame-
rikanischem Idealismus und Optimismus vom Erie-See möglich
ist. Carl Maxwell berichtet die Geschichte aus der schönen, alten
Stadt Budapest, der Hauptstadt der ungarischen Nation, weit,
weit im Osten Europas. Carl...?

Mit der Aussicht auf künftige Zahlungen bemühte John sich
im übrigen nach Kräften, in seinen Kolumnen und auch sonst
Charles' Erfolg am Köcheln zu halten. Er schluckte seine Bedenken herunter und spielte die Rolle des beherzten Networkers für
Charles, indem er reiche Leute und ungarische Regierungsbeamte
anbrachte, die er im Verlaufe von Interviews und Storys auftat.
Amüsanter fand er, Schilderungen dieser geistlosen Begegnungen
und immer gleichen Gespräche, des Pseudomachogetues und des
gezierten Gehabes für Mark in Gedanken vorzubereiten. »Offenbar bin ich ein sehr talentierter Zuhälter«, wollte er seinem
Freund sagen. »Es ist ein edler Beruf, mit einer großartigen Geschichte.«

Doch dann kam Scotts Hochzeitstag, und abends berichtete
Charles dem nicht eingeladenen John, daß Mark auch bei der
kleinen Zeremonie durch Abwesenheit geglänzt hatte. In einem
Anfall von Sensibilität, die John beinahe witzig fand, sprach er

Johns Abwesenheit nicht an, sondern schilderte statt dessen eine amüsante Version der Vermählungsfeierlichkeiten, deren Höhepunkte er speziell für John aussuchte: Emily trug einen breiten runden Strohhut, ein Sommerkleid und Riemchensandalen an ihren braungebrannten Füßen. »In anderen Worten, sie sah aus, als ging sie zum Casting für eine Intimspray-Werbung.« Die Kirche war weitgehend leer. Bis auf Charles und Emily, ein paar Englischlehrer, ein halbes Dutzend von Scotts Studenten, ein Quartett von Márias heißen Freundinnen und sieben Verwandte von ihr. Der traditionell ungarisch, formal gekleidete Bräutigam stand zwischen Márias Brüdern, zwei in die Paradeuniform der ungarischen Armee gehüllte Feuerhydranten. »Es sah aus wie in einem Prozeß, in dem es um die Todesstrafe ging.« Die katholische Zeremonie zog sich aufreizend in die Länge. Kirchenlieder schwollen zu wahren Symphonien an und fanden kein Ende, Predigten wurden monoton heruntergeleiert wie Universitätsvorlesungen, die Segnungen verliefen wie Fusions- und Übernahmeverhandlungen. Die Gemeinde erhob sich und stand so lange, bis Charles die Beine weh taten und zitterten und er nur mit Mühe gerade stehenbleiben konnte. Die Gemeinde saß reglos, bis sein Hinterteil auf der glatten Holzbank aufweichte, die sich in dampfenden Beton verwandelte. Einige Stunden und einen Kuß später wurden sie dann gleich nach nebenan zur Terrasse des Hilton geschickt. Unter einer gelbgestreiften Markise mit Metallpfählen, von denen weiße Farbe blätterte und an deren Ende kleine ungarische Fähnchen flatterten, waren vier Tische mit Mittagessen gedeckt, ein wenig abseits von identischen Tischen, an denen Touristen, die vom jähen Auftauchen nachweisbar nichttouristischer Lebensformen eingeschüchtert und hocherfreut waren, das gleiche Mittagessen serviert wurde.

Und das war alles, was John je von der Hochzeit seines Bruders erfuhr. Seit der Verkündigung der Verlobung vor einem Monat hatte er den Bräutigam weder gesprochen noch gesehen. Und ganz sicher hatte er – im Gegensatz zu anderen – keine schriftliche Einladung bekommen. Aber er hatte seinem Bruder nach dem Purpurschnurrbartfiasko auch nicht gratuliert, und mehr wäre vielleicht gar nicht nötig gewesen. Nach so vielen Jahren vergeblichen Ringens war das nun einfach zuviel gewesen. Das brachte er nicht mehr über sich. Es war auch einerlei. Das ernste Leben lag ganz gewiß woanders.

Als Marks Abwesenheit sich bis in die zweite Septemberwoche hineinzog, dachte John, er sei auf einer Forschungsreise. Er hätte natürlich vor der Abfahrt etwas sagen sollen, konnte aber schließlich tun und lassen, was er wollte. John war häufig genug bei ihm vorbeigegangen, hatte genug Nachrichten hinterlassen. Er konnte auch was Besseres mit seiner Zeit anfangen.

Aber an dem Nachmittag ging er zu Marks Haus, um zu sehen, ob sein Freund nicht doch zurückgekommen war. Scott war ein hoffnungsloser Fall, ein für allemal, Emily immer noch zu beängstigend, als daß er sie angerufen hätte, Charles pendelte zwischen Budapest und Wien hin und her, Nicky war wieder auf diese merkwürdige Art unerreichbar und abweisender als sonst, und bis Nádja anfing zu spielen, dauerte es noch zwei Stunden, und er hatte nichts Besseres zu tun. In Wirklichkeit hungerte er nach Gesellschaft. Er drehte seinen Regenschirm rasch hin und her, um den frühen Herbstregen abzuschütteln, klopfte an die Tür, niemand öffnete, er rüttelte an dem dämlichen Knauf, spähte in die trotzig spiegelnden Fensterscheiben, da trat ein großer bärtiger Ungar aus der Nachbarwohnung. Ein langer Schwall fremder Worte – John verstand *az amerikai* – begleitete das bärenhafte Auftreten. John zeigte auf Marks Wohnung und korrigierte den über Augenhöhe schwebenden Bart: »*Kanadai.*« Es folgte noch mehr fremdes Geplapper, und dann rieb der Mann den rechten Daumen und die Finger und schlug zweimal an Marks Tür: Die Miete war überfällig. »Aha«, sagte John. »Okay, okay.« Mit noch mehr Zeichensprache brachte er den Mann dazu - offenbar den Vermieter oder Verwalter –, Marks Tür aufzuschließen, und die beiden gingen, jeder mit Erlaubnis des anderen, hinein.

Der Verwalter blieb vor der enormen Fotografie stehen, die an der Wand lehnte und in deren Mitte Johns kopulierender Torso zu sehen war. Er knabberte an seinem Bart, starrte das Werk mit besorgter Konzentration an und nickte bedächtig, während John von einem Zimmer zum anderen ging und Schränke und Schubladen öffnete. Marks Kleidung war weg, seine Koffer waren weg, seine Toilettensachen waren weg. Ein bißchen Wäsche, die nun steif und stinkend in der Waschmaschine lag, hatte er vergessen; das riesige Grammophon stand in der Ecke. Auch seine Bücher und Aufzeichnungen waren noch da, alle von den Regalen genommen und ordentlich auf dem Küchentisch aufgestapelt, darauf ein Umschlag mit Nickys Namen. John riß ihn panisch auf, fand aber keine Selbstmordandrohung darin (und ärgerte sich sofort, daß er sich auch nur einen Moment lang zu Panik hatte hinreißen lassen). Er zog ein unscharfes Polaroidfoto heraus. Eine Hälfte von Mark stand neben Nickys großartigem Werk und zeigte mit besitzerstolzer Geste darauf wie der elisabethanische Höfling auf sein Kunstwerk. Nickys Collage war seitenverkehrt auf dem Foto (Professor rechts, Höfling links), und die sichtbare Hälfte von Marks Gesicht war von der Polaroidkamera bedeckt: Er hatte es selbst sehr schlecht mit Hilfe eines Spiegels aufgenommen.

Was auch immer diese Szene darstellte, sie wirkte auf John zunächst ein wenig irreal, dann aber einfach nur wie die allerneueste abgedrehte Nummer dieses komischen Gelehrten – weniger wie etwas, das er tat, als vielmehr wie etwas, das er tun würde. Mark hatte sich nicht umgebracht und war auch nicht gekidnappt worden. Er war weggegangen und hatte sich demonstrativ von niemandem verabschiedet. Über diesen Affront war John zuerst kindisch wütend, dann zerfloß er vor Selbstmitleid. Er rief Charles an. »Hat Mark dir erzählt, daß er weggeht?« Gott sei Dank war er nicht der einzige. »Na, dann habe ich hier jemanden, mit dem du reden solltest, wenn du immer noch eine Wohnung suchst. Und sag ihm, er soll mich hier allein lassen, bis du kommst.« Er gab dem Vermieter (der seine Augen nur widerwillig von Nickys anregendem Riesenwerk nahm) den Hörer.

Als John allein war, wußte er, er mußte eigentlich etwas tun, eigentlich mußte er von alldem hier etwas begreifen. Er kochte Wasser und machte tschechischen Erdbeertee, der sich in der kärglich ausgestatteten Küche anfand. Er hörte sich an, was seine eigene einsame Stimme drei Wochen lang auf den ansonsten nicht besprochenen Anrufbeantworter gesagt hatte, und löschte es. Den flehentlichen Ton seiner Nachrichten fand er faszinierend und abstoßend zugleich. Er setzte sich an Marks kleinen Tisch unter dem Sarah-Bernhardt-Plakat und der zerrissenen Landkarte mit der leeren Wand dazwischen. Er las Marks Notizbücher von Anfang bis Ende, bereit, etwas zu verstehen, mit jeder neuen Seite Erklärungen erwartend, offen für alle Nachrichten, die Mark oder das Schicksal ihm zu übermitteln geruhten, selbst dann noch, als ihm allmählich klar wurde, daß Mark tatsächlich gegangen war, ohne sich zu verabschieden. Aber das machte nichts, das war nicht ernst, konnte keine Auswirkungen auf irgend etwas Reales haben ...

Die mit einem Datum versehenen Eintragungen begannen im März, sechs Wochen vor Johns Ankunft in Budapest, und bestanden ein paar Monate lang aus kompakten, vernünftigen, geordneten Forschungsaufzeichnungen: Zahlen, Zitate, Verweise, Querverweise, Kapitelentwürfe, halbfertige Aufsätze, Beschreibungen von Antiquitätenläden, dazwischen immer wieder Bibliothekssignaturen in Klammern. Bei der Lektüre der Aufsätze über bestimmte Episoden der Budapester Geschichte und deren Einfluß auf die Stadtlandschaft wurde John sehr müde; er goß sich mehr Tee ein und machte das Fenster auf. Allmählich bezweifelte er, daß er Informationen finden würde, verlor aus den Augen, was zu finden er erwartet hatte, phantasierte herum, daß er irgendwann in einer unbestimmten Zukunft, an einem schöneren Ort entdeckte, daß ein Freund verschwunden war und er auf der Suche nach Erklärungen intensiv die von dem Freund hinterlassenen Notizbücher durchsuchte.

... ohne jedes Verständnis oder Interesse wurde die Angelegenheit vom Parlament fallengelassen und noch bestehende Fragen der Verantwortung gegenüber der Vergangenheit von einer Bevölkerung ignoriert, die nichts lieber als (selektiv) vergessen will ... Querverw.: Pruth zu kollektiver Nostalgie während Übergangsperioden ...

... Prozentsatz der Bevölkrg., die etwas über Vertrag von vor siebzig Jahren weiß und sich immer noch darüber aufregt, bemerkenswert – vgl. mit Schlüsseldaten im Westen. Vergleiche nationale Mythen, in denen Verrat im Mittelpunkt steht, mit meßbarer Intensität der Liebe zu Gewohnheiten, die Verrat vorausgehen, etc. ...

... Wie lange, bis das Land oder bestimmte Teile der Bevölkerung (z.B. die Älteren) anfangen, sich nach einem nicht definierbaren Teil der jüngst verworfenen kommunistischen Vergangenheit sehnen (Stabilität, Sicherheit etc.)? Eventuell sollte man Verbreitung und Dauer dieser »nostalgie de la misère« messen und vergleichen mit Verbreitung und Dauer der ironischen pseudonostalgischen Sehnsucht nach dem Kommunismus (Fotos im A Házam, W. I. Lenins Pizzabude, studentische Teilnahme an theatralischen Paraden zur Oktoberrevolution etc.) ...

... Nachdenken über: Im Ungarn des Jahres 1953 rebelliert ein Teenager gegen die Idioten, die ihn unterrichten, und gegen die idiotischen Gleichaltrigen, die wie Schafe der Parteilinie folgen. Sechsunddreißig Jahre später stellt sich heraus, daß dieser rebellische Teenager <u>moralisch</u> gehandelt hat, ein Held aus Gewissensgründen war. Frage: Wäre er in Kanada aufgewachsen, hätte er dann auch rebelliert, nur weil er ein Teenager war? Gedanke für Untersuchung: Gibt es einen höheren Grad an Sehnsucht nach der Pubertät bei Menschen, die in einem, wie sich später herausstellt, als amoralisch zu bezeichnenden System Heranwachsende waren?

Diese anfänglich halbwissenschaftlichen Ansätze entfernten sich bald von der akademischen Idylle. Schon Ende Mai gab es vor allem Aufsätze über Marks Reaktionen auf seine Forschung und ersetzten die Forschung selbst. Das Schreiben war zunehmend nach innen gerichtet, fast pubertär: Schilderungen von Einsamkeit und Begehren, die John peinlich fand, lange Listen mit Fragen zur Bedeutung von Leben und Arbeit, Schimpftiraden gegen Verwandte und Bekannte, abartige Essays: *Ist das Gedächtnis eine Substanz, eine Flüssigkeit, die, von Gerüchen verlockt, aus verschlungenen Knoten glibbriger Hirngallerte ausgeschieden wird? Setzen Schläge auf den Kopf diesen Gedächtnisschlick in Bewegung? Oder ist das Gedächtnis eine elektrische Kraft, hervorgerufen von quacksalbrigen oder klugen Vertretern der alternativen Medizin, die aufzeichenbare Mnemonoden berühren und einen plötzlichen Strom auslösen? Oder ist das Gedächtnis eine Bibliothek, wider alle Vernunft verstaubt und vollgestopft, ein Chaos, das auch ein noch so fähiger Präparator nicht konservieren kann, da ein Buch nach dem anderen hingeworfen wird, eintausend dicke Bände pro Tag die Vorhalle der Bibliothek zumüllen und sich die Treppe hinaufschieben, die Aufzugschächte überschwemmen, die Toiletten und Waschbecken verstopfen, Metallregale wie Papier zerdrücken, aus den zersprungenen Fenstern in einem schlappen Haufen auf die Bürgersteige fallen? Plötzlich sind ein paar uralte, zerrissene Bände, vor langer Zeit weggelegt, wieder verfügbar, und alte Männer bleiben stehen und bücken sich und blättern staunend die zerbröselnden Seiten durch, die sich bei der Berührung beinahe auflösen. Und ihre Tränen, wenn sie von den Lieblingshaustieren aus ihrer Kindheit und den Rezepten ihrer Mütter lesen, von unerklärlich bedrohlichen Nachbarn und dem Geruch von Vaters Gesicht, wenn er sich rasiert hatte ...*

Der dritte Urtrieb des Menschen. Im Gegensatz zu Thanatos, der den Mann dazu treibt, nach vorn auf das Ende zu sehen, und Eros, der ihn dazu treibt, direkt nach unten zu schauen, treibt es uns Retros dazu, zurückzuschauen.

Mehrere Monate lang hatte Mark nicht mehr gearbeitet, schon seit ein paar Wochen nach seiner Ankunft wahrscheinlich nichts von Belang. Mitten zwischen diesen Ergüssen hatte er zwar durchaus versucht, sich zu konzentrieren, und ein, zwei Tage lang brachte er auch die Art ernsthafter Eintragungen zustande, die er zu Beginn gemacht hatte, aber es hielt nicht an.

Es gibt eine alte kanadische Lehrmeinung, die folgendermaßen lautet: Wenn man nicht darüber redet, vergeht es, und einiges spricht ja auch dafür. Niemand mag Probleme. Wenn ich ruhiger werde und in ihre Augen schaue – dann werden sie angespannt. Warum wohl? Weil ich verkehrt herum bin. Ich bin der

Hängende. Ich gehe rückwärts und muß aufhören, stolz darauf
zu sein. Es ist falsch, vor anderen Leuten rückwärts zu gehen. Es
könnte alles erheblich schlimmer sein. Der Schmerz anderer, de-
nen es schlechtergeht als einem selbst. Kriegstote natürlich. Bei
Dieppe haben sie eine Menge Kanadier umgebracht, viele kleine
Jungs mit einer Vergangenheit, viele Lieblingsseifen, viele mit
dem Rundfunkgerät verbrachte Nächte, viele andere Erinne-
rungen. Jedesmal, wenn ich sie bitte, es zu sehen wie ich, lächeln
sie. Und sie haben recht, ich muß aufhören. Viren müssen unter
Quarantäne. Ich bin bereit, ich sage euch, es ist jetzt alles erle-
digt, es ist rundum alles festgeklopft, ich stampfe und stopfe und
stampfe, ich bin bereit, ich werde brav sein, bitte, ich habe alles
erledigt weit weg von allen zu sein ich bin absolut bereit, bitte,
bitte, bitte, ich werde brav sein.

Hier endeten die Tagebücher nicht, nicht mit diesem unge-
nießbaren Cocktail aus Pathetischem und Verrücktem. Sondern –
und das beunruhigte John mehr als alles andere, mehr als die lang-
atmige Forschung, die nervtötende Angst oder die zunehmend
glaubhafte und trotzdem irgendwie unglaubliche Vorstellung, daß
Mark tatsächlich »krank« oder »in Gefahr« war – sondern das
letzte Tagebuch endete damit, daß Mark klar wurde, wie er sich
anhörte, und dann einbrach. John sah, wie es Mark anwiderte und
er sich in Ironie und Spott hüllte.

Moment! Das hier wird allmählich das Testament von jeman-
dem, dem es »nicht gutgeht«. Wie langweilig. Mir geht es gar
nicht gut. Ich weiß, ich muß mich von wenig hilfreichen Stimuli
fernhalten, wo hingehen, wo es ungefährlich ist und reizarm.
Meint ihr nicht auch? Na schön. Und das ist bedauerlich, meine
Schuld, da es zwangsläufig verunklart, um was es geht; Krank-
heit ist langweilig. Das Interessanteste an Einstein war nicht
seine Laktoseunverträglichkeit. Nur weil ich nicht in erstklassi-
gem Zustand bin, heißt das nicht, daß ich unrecht habe. Ich
könnte vollkommen gesund sein und trotzdem in allem recht ha-
ben. Es gibt Milliarden von Menschen, die gesund und der glei-
chen Meinung sind wie ich. Ich weiß, daß es sie gibt; ich kann es
beweisen; lest meine Doktorarbeit; ich habe es bewiesen. Natür-

lich kann ich es nicht ertragen, mit ihnen zu reden, genausowenig, wie ihr es ertragen könnt, mit mir zu reden. Und warum solltet ihr auch? Man darf natürlich folgendes nicht vergessen: Unerwiderte Liebe ist nicht tödlich, nur eine vorübergehende Verdauungsstörung, die keine sichtbaren Spuren hinterläßt außer der neuerworbenen, aber dauerhaften Unverträglichkeit für ganz besondere bestimmte, unnötige Dinge, die man nicht mehr essen darf, ohne daß man schreckliche Verdauungsbeschwerden bekommt. Von Garnelen kriege ich Blähungen, also esse ich keine Garnelen. Ich sitze nicht nächtelang wach und weine, weil ich keine Garnelen mehr essen darf, klar? Also gut. Nicht vergessen, man nehme zwei Aspirin und trinke ein ganzes Glas Wasser! Jetzt muß ich wirklich die Klappe halten. Ich bin »!« geworden und ein bißchen »I gitt« und »Aha, ich verstehe ...«. So sind sie, die fetten kanadischen Schwuchteln.

So endeten Mark Paytons Versuche, seine Doktorarbeit zu einer Populärgeschichte der Nostalgie auszuweiten. Und traurig fiel John ein, daß er Mark und Nádja nie miteinander bekannt gemacht hatte, obwohl Mark mehrere Male darum gebeten hatte.

Er wußte nicht, wo er hinschauen sollte, alles, was er ansah, war ihm peinlich und beschämte ihn: die beiden Bahnen auseinanderstrebender Geographie mit den weißen zerfledderten Rändern, das Plakat von Sarah Bernhardt, vergilbt, wo es mit der Wand zusammentraf, und orangebraun gefleckt, wo etwas aus einer Bratpfanne darauf gespritzt war, der Stapel Spiralnotizbücher und die dicken Wälzer von Lehrbüchern: *Ruhmesfetzen, Reste von Stolz: Wie Imperien untergehen und man sich an sie erinnert. War de Sade Sadist? War Christ Christ?: Eine Erkundung von Nomenklatura-Problemen charismatischer Führer. Budapest 1900. Sind Sie mein Unteroffizier? – Mnemotemporale Dysfunktion bei Kriegsveteranen.* Auf dem vorderen Umschlag des obersten Textes, *Das Ende eines Jahrhunderts: Kulturelle Transformationen in den Neunzigern, 1290–1899* von Lisa R. Pruth, M. phil., saß plötzlich eine Fliege. Sie lief ein paar Zentimeter, ruhte sich aus, spazierte dann wieder los. Das zweitemal blieb sie in dem tiefschwarz in das rote Leinen eingeprägten Titel stehen. Sie rieb sich die Beinchen und musterte John mit ihren hundert goldenen Augen. John zerquetschte sie in dem schwarzen K von »Kulturelle«, saß da und betrachtete in dem grauen, regengesprenkelten Licht, das durchs Fenster kam, mehrere Minuten lang ihre neue Gestalt. Gebrochene, haarfeine Beine und transparente Flügel standen wie bei einer modernen Skulptur von ihrem nassen Körper ab. Ganz einerlei, wie fest John blies, der Flügel zitterte, ging aber nicht ab. In weniger als einer Stunde fing Nádja an zu spielen. Alles, was ernst war, was wirklich zählte, wartete auf der Klavierbank.

Charles kam, war offenbar trocken durch den Herbstregen gelangt und wurde an der Tür von dem riesigen Verwalter mit dem rollenden Ungarisch abgefangen, die winzige, in Jeansstoff eingekastelte Gattin gab mit ihren beipflichtenden Ein-Wort-Bemerkungen den Takt dazu. »Was ist aus Madame Nostalgie geworden?« fragte Charles.

»Ich glaube, Mark hatte von hier die Nase voll.«

»Recht so. Hat er irgendwas zu essen hiergelassen? Ich bin am Verhungern.«

John stopfte die Notizbücher in ein Einkaufsnetz, das ihm die Frau des Verwalters geholt hatte, verließ die drei in der nun überfüllten Wohnung, wo sie anfingen zu verhandeln. Beim Anblick der unanständigen Fotocollage blieb die Frau abrupt stehen, legte die Hand vor den Mund und schrie auf.

John versuchte, den Schirm so zu halten, daß er sich und die Tagebücher weitgehend vor dem Regen schützte, aber bis zu den Knöcheln war er schnell durchnäßt; plötzlich trug er ungleiche, dunkle Stiefel. Und als dann auch noch eine Pfütze überschwappte, verschönten ihn die buntscheckigen Strumpfhosen eines Hofnarren. Zweimal bespritzten vorbeifahrende Autos ihm den Arm und die Hand mit kaltem braunem Wasser. Als er endlich unten am Fluß angelangt war – einem Chaos konzentrischer Kreise in ungestümem Wettkampf –, fror er wie ein Schneider. Deshalb rannte er über die Freiheitsbrücke und den Corsó, und als er sich in dem fast leeren Raum neben sie setzte, war er außer Atem und durchweicht. Das Netz und ein kindisches, hoffnungsfrohes Bestechungsgeschenk, einen Rob Roy, in der Hand, bat er leise: »Erzähl mir eine Geschichte.«

»Ach du lieber Himmel, John Price. Du siehst aus –«

»Erzähl mir eine von deinen Geschichten.«

»Über was?«

»Egal. Bitte. Ganz egal, worüber. Erzähl mir eine gute Geschichte.«

Teil vier

Prag

I.

Neun klare Erinnerungen an den Herbst 1990:
1) Charles Gábor öffnete seine (ehedem Mark Paytons)
Wohnungstür und trug eine Unterhose auf dem Kopf. Unappetitlich, wie seine Nase aus dem Eingriff guckte.

Er verbrachte mittlerweile so viel Zeit mit Imre Horváth – bei der Überarbeitung von Gewinnmodellen und Managementplänen, bei freundlichen Belehrungen oder heftigen Ermahnungen hinsichtlich der Bedeutung des Verlages für die Geschichte Ungarns und die zukünftige moralische Entwicklung des Landes –, daß er immer bemerkenswert kindisch wurde, wenn er von der erhebenden Gesellschaft seines Partners befreit war. Er öffnete also die Tür mit Unterwäsche auf dem Haupt und trug dazu einen metallicblauen, seidenen chinesischen Morgenmantel, der mit goldenen Drachen und Pagoden übersät war. »Allmählich hege ich den Verdacht, daß mein Vormieter nicht die allerstrikteste Heterosexualität praktiziert hat.« Charles wedelte mit den Enden von Marks zurückgelassenem Morgenmantel, den er von einem versteckten und forthin vergessenen Badezimmerhaken errettet hatte, und zog eine lange Zigarettenspitze aus der Tasche.

Johns Welt war auf Charles, Nádja und Nicky, wenn er denn Beachtung bei ihr fand, zusammengeschrumpft. Er ließ sich in einen Sessel fallen. »Du mochtest diesen Typen, stimmt's?« fragte Charles, ein wenig erstaunt ob dieser Tatsache. »Um ehrlich zu sein, mir ging er nach einer gewissen Zeit auf den Wecker. Ich hätte ihn ja gemocht, aber ich fand ihn immer so moralistisch. Als wenn die Leute nicht auch schon in der Vergangenheit Geschäfte gemacht hätten und so, sondern als hätte ich es im letzten Monat erfunden.«

»Egal.«

Endlich nahm Charles die Unterhose vom Kopf. »Sag mal, hm, hat dein Bruder wegen heute abend was zu dir gesagt?«

»Nein, ich habe schon eine Weile nicht mehr mit ihm gesprochen.«

»Das hab ich mir gedacht.«

2) Und so kam es, daß Charles John später an dem Nachmittag mit dem Argument: »Ich habe mich schon immer für bessere Kommunikation in der Familie eingesetzt, Kleiner«, aber ohne sonstige Erklärung mit zum Ostbahnhof nahm und ihn dort Scott und Mária präsentierte, die auf ihren Zug nach Rumänien – genauer gesagt, Transsilvanien, wo man Ungarisch spricht – warteten. Sie zogen dorthin, um Englisch beziehungsweise Musik zu unterrichten.

Johns Blick flog wie magisch angezogen durch die kühle Luft zu dem überhängenden Dach des Bahnhofs: einem rechtwinkligen Giebeldach, durchzogen von verrosteten Metallträgern, nicht ganz durchsichtig, sondern schmutzigweiß, wie das Plastikdach eines riesigen, schäbigen Gartenschuppens. Die beiden Brüder gingen langsam den Bahnsteig auf und ab, der von Sonnenlicht erhellt wurde, das durch das staubige, durchsichtige Dach sickerte. Charles und Mária machten sich auf die Suche nach Zeitungen und Schokolade für die Reise. »Warum hast du mir nicht gesagt, daß du weggehst?«

»Also, bitte.«

»Wie war die Hochzeit?«

»Sie hat es in alle internationalen Brautmodenmagazine geschafft.«

»Paß auf.« John blieb stehen. »Soll ich dir mal was sagen? Alle hassen ihre Kindheit. Alle reden davon, daß man sie verarbeiten muß, und davon, wie sehr ihre beschissene Familie ihre Persönlichkeit geprägt hat. Aber wie ist das möglich? Wenn alle eine Scheißfamilie gehabt haben, wieso haben wir dann alle eine verschiedene Persönlichkeit? Es kann nicht das Ausschlaggebende sein, verstehst du mich? Es muß nicht...«

»Genau deshalb habe ich dir nicht gesagt, daß ich weggehe«, lachte Scott und sah auf die Uhr. »In Ordnung, Bro, folge mir diesmal bitte nicht.« Wieder lachte er. »Oder ich muß dich umbringen, was in Transsilvanien vollkommen legal ist.« Lachen. »Im Ernst«, passende ernste Miene, »ich will dich nie, nie wiedersehen.« Schweigen, dann Lachen.

»Was um alles in der Welt habe ich dir getan?«

»Wie meinst du das?«

»Was auch immer dir passiert ist, ich war's nicht.«

»Nein, natürlich nicht. Du bist perfekt. Änder dich bloß nie.« Schweigen. »Du mußt lernen, dich treiben zu lassen, Bro. Du nimmst die Dinge viel zu schwer.« Schweigen. »Und dennoch«, Lächeln, »ich will dich wirklich nie wiedersehen.« Lachen.

Dann der Zug: verschmiert, ramponiert, qualmend, wie ein Überbleibsel aus einem alten Kriegsfilm, selbst die Bögen der Serifenschrift auf seinen runden, rußgrauen Flanken ein typographischer Rückgriff auf die Vergangenheit (BUDAPEST–BUCIREŞTI NORD), den Mark hinreißend gefunden hätte. Scott lehnte sich aus dem Fenster, als sich das Ungeheuer ruckend in Bewegung setzte und in Richtung des leuchtendblauen Herbstlichts stampfte, der vierten Wand des Bahnhofs. Scott lehnte sich gefährlich weit aus dem Fenster, eine aggressive Zurschaustellung von Lebensfreude. Seine Beine waren das einzige von ihm, das nicht sichtbar war. Er fuchtelte mit beiden Armen überschwenglich zum Abschied, auf seinem Gesicht ein breites offenes Lächeln, er nahm den Blick nicht von seinem Bruder. Und dann machte er mit der John zugewandten Hand eine gängige obszöne Geste, nur einen Moment lang, dann winkte er wieder, lächelte breit. Dann kam erneut die obszöne Geste, und so ging das hin und her, bis der Zug um die erste Kurve bog und verschwand. Eine kühle Herbstbrise wirbelte Bonbonpapierchen und Zigarettenasche über den Bahnsteig; alles, was an der Jahreszeit gut war, wehte durch die Luft und ging in diese im Entstehen begriffene, ambivalente Erinnerung ein: Mária, insgeheim entsetzt, daß sie nicht nach Westen fuhr, lächelte resigniert über Scotts Schulter, und Scott – schick in Tweedjackett, weißem Oxford-Hemd und Schlips – beugte sich aus dem uralten Zug, winkte und lächelte und zeigte seinem Bruder feindselig oder nur pseudofeindselig den Stinkefinger. Gleichzeitig trafen unglaublich weiße Wolken mit dem ersten schwarzen Qualm aus der kleiner werdenden Lokomotive zusammen, und ein unglaublich blauer Himmel schob sich wie Puzzleteile von selbst auf die Stellen zwischen den ungleichen Fassaden der umliegenden Gebäude und dem überhängenden Bahnhofsdach. Auf dem Bahnsteig winkten Ungarn anderen, schrumpfenden Reisenden, und die riesengroße Uhr, seit Jahrzehnten nicht gewaschen und ohne die Technologie Schweizer Quarzchronometer, die auf dem Plakat darunter angepriesen wurde, zeigte anscheinend immer noch die korrekte Zeit an und rückte mit hallendem Klicken vor.

Und mit jedem Jahr, das verging, jedesmal, wenn helle Septembertage draußen vor einem offenen, mit Dampf beschlagenen Badezimmerfenster John diese Szene in Erinnerung riefen, musterte er das langsam, aber unmißverständlich alternde Gesicht, das mit zusammengekniffenen Augen über seinem Badezimmerwaschbecken blinzelte, genau, und obwohl es Scotts nie sehr geähnelt hatte, wurde der junge Mann in dem entschwindenden Zug nie auch nur einen Tag älter. Nur ein gelegentlicher kurzer Gruß mit Scotts Handschrift – geschrieben in Momenten sentimentaler Schwäche und von immer weiter im Osten liegenden Orten – bewies, daß die Zeit verstrich. Doch sein Gesicht war und blieb von blondem Haar umrahmt und lächelte, wurde immer von einer dahinterstehenden hübschen, ungarischen Ehefrau berührt, verriet immer ein tiefes, entscheidendes Wissen, das John nie zuteil werden würde, fuhr immer in den blauen Spätsommerhimmel und die frühherbstlichen Temperaturen, in ein Wetter, das nur im Rückblick existiert.

»So, jetzt machen wir aber mal was los!« war der Schlachtruf der Saison, ein in seiner Bedeutung flexibler Satz. John murmelte ihn, da Scotts und Márias Zug einen nun eigenartig stillen Bahnhof verlassen hatte, und Charles begriff, daß John »den sind wir los« meinte.

»Du hast mit ihr geschlafen, stimmt's?« sagte Charles.

»Es stand einfach an.«

»Ach, sicher, natürlich, das war der Grund.«

Sie traten gerade in dem Moment aus dem Bahnhof in die helle Sonne des Baross-Platzes, als ein großer Mann in blauer Windjacke von einem Cafétisch draußen aufstand, den Tisch umstieß und die Getränke und Gläser über seine entsetzte Begleiterin kippte. Er schrie sie an; sie schlug die Hände vors Gesicht und begann zu weinen. Dann öffnete er den Reißverschluß seiner Hose, holte sein Glied heraus und bespritzte ihre Schuhe, den umgekippten Tisch und das verstreute Geschirr lachend mit Urin. Zwei schmale Kellner berieten sich und beschlossen, nicht zu intervenieren. (Der eine zog sich entschlossen ins Innere des Cafés zurück, kam aber bald mit einem Wischlappen wieder.)

»Das wird ein schöner Herbst«, sagte Charles. »Die Vorzeichen sind sehr positiv.«

3) Der erste eindeutige Herbstabend (im September), an dem ein Pullover allein nach Einbruch der Dunkelheit nicht mehr genügte.

Der Baum schüttelte seine unverwechselbaren Blätter ab, beinahe alle auf einmal. Bei dem Versuch, Nickys Aufmerksamkeit noch eine Minute lang zu behalten und sie mit Schrullen zu beeindrucken, sagte John, sie sähen aus wie kleine orientalische Fächer. Nein, sagte Nicky, sie sähen aus wie eine Flotte makelloser, an den Strand geschäumter Muschelhälften mit Motor, denen eine neugeborene nackte, aber schüchterne Botticelli-Venus nach der anderen entstieg. Gemeinsam schritten sie über den Sand zu einem exklusiven Badeort nur für Göttinnen der Liebe, wo sie bald ruhen und frostige, fruchtige (von Eunuchenkellnern servierte) Cocktails schlürfen, und es die ganze Zeit schaffen würden, ihre Beine züchtig übereinanderzuschlagen und einen Arm strategisch geschickt über ihre nackten Brüste zu legen. Orientalische *Fächer*!

Da küßte er Nicky, drückte sie gegen das Geländer und küßte sie mit aller Kraft, die er in Herz und Schritt für sie aufbieten konnte. Er schmeckte Zwiebel und Rauch, spürte ihre runden Brüste, küßte sie heftig in der eitlen Hoffnung, daß er den vertrauten, entrückten Ausdruck vertreiben konnte, der während des Abendessens vor einer Stunde über ihr Gesicht gehuscht war (als sie diskutierten, ob der arme Mark gefunden werden wollte oder nicht). Bald würde sie sagen, sie fühle sich besonders inspiriert und sei ganz wild aufs Arbeiten, ihn aber nicht mitkommen lassen. Bestenfalls durfte er so lange bleiben, wie zur Ausführung bestimmter Stellungen nötig war. Er küßte sie, um Zeit zu schinden. Er drückte ihr die Arme seitlich am Körper fest, dann umfaßte er ihr Gesicht mit den Händen. Sie stöhnte, er seufzte. »Verdammt, Jungchen, total scharf, aber das mußt du dir bis morgen aufheben, denn es juckt mich...« Und er ließ sie allein nach Hause gehen (»Hausordnung ist Hausordnung, Freizeit ist Freizeit«). Doch kaum hatten sie sich getrennt, überlegte er, ob sie auch wirklich nach Hause ging, um zu arbeiten, und spielte mit der Idee, ihr zu folgen, sich hinter kalten Bäumen zu verstecken, aus sicherer, fieser Entfernung zu beobachten, wie ihr glatter Schädel den Burgberg hinunterschwebte, zum Kreisverkehr, über die Brücke, über den Boulevard in Richtung ihrer schäbigen kleinen Straße. Würde sie arbeiten, oder wartete dort jemand auf sie?

Er beobachtete nur kurz, wie sie den Hang hinunterlief. Dann drehte er sich um, ging wieder bergauf und lief ziellos durch die Seitenstraßen, bis ihm einfiel, zu der kleinen Kellerbar zu gehen, die mit Stierkampfutensilien dekoriert war. Sie wurde von einem sehr winzigen, alten ungarischen Paar geführt, das sich im Sommer, nachdem John schon länger als einen Monat regelmäßig Gast dort war, schüchtern vorgestellt und ihm eine Kostprobe von echtem Absinth angeboten hatte, den es in einer schwarzen Glasflasche in Form eines lachenden, weinenden Bären unter dem Tresen aufbewahrte.

4) Das anhaltende Klirren, wenn Kristall Kristall küßte.

»Wissen Sie, im BWL-Studium hatte der Satz eine ganz bestimmte Bedeutung: ›Ich gehe ins Verlagswesen‹ hieß etwas sehr Spezifisches. Man kam zum Beispiel aus einem Examen heraus und wurde gefragt, wie's gelaufen war, und wenn man wußte, man hatte es vermasselt, sagte man: ›Sieht aus, als ginge ich ins

Verlagswesen.‹ Oder wenn der Professor einen dabei erwischte, daß man auf eine bestimmte Frage zu einer Fallstudie nicht vorbereitet war, und man patzte, dann sangen die lieben Kommilitonen im Chor: ›Sieht aus, als ginge jemand ins Verlagswesen.‹ Wenn sie mich jetzt sehen könnten, bei diesem Deal, würden sie mich mit Hohn und Spott übergießen.«

Imre kam zu spät und trank ein Glas Bordeaux. »Károly hat mir gerade erzählt, wie die Zukunft des Verlagswesens Thema häufiger Diskussionen in seinem Betriebswirtschaftsstudium war«, sagte John.

»Das ist ja wunderbar, und ich sage ihm, daß er genau dieses Denken aus seiner Ausbildung mitbringen muß, er muß das neue Denken nach Hause bringen, das er im Ausland gelernt hat.« Die beiden Männer stießen mit ihren Gläsern an und sagten etwas in ungarisch.

Und aus irgendeinem Grunde gerann genau dieser Moment zur reinen Erinnerung und blieb John viele Jahre erhalten, durchwanderte ihn wie ein inaktiver Virus. Die beiden Geschäftsleute sahen fast gleich aus, und John glaubte, was Imre von seinem Schicksal und Leben erzählte, glaubte, daß eine uralte Institution der Zukunft entgegenraste. Und Charles Gábor mit seiner gesamten Jugend und Energie war die treibende Kraft, ob er nun so tat, als sei es ihm peinlich, oder nicht. In diesem Moment bildeten die beiden Männer ein Spiegelbild, dessen Achse durch den Punkt verlief, wo sich die beiden Weingläser berührten: der gebeugte Arm in dem Anzugärmel aus leichtem Wollstoff und dem fein genähten, mit einem silbernen Manschettenknopf geschlossenen Hemd, die Schulter leicht vorgebeugt wie bei einem Fechter in Ausgangsstellung, der strenge und (sanft ironisch) konzentrierte Ausdruck, die lebhaften Fältchen um die Augen, die Haarmähne, der tiefe, starke Glaube an den Burschen, der von jenseits der Kristallbrücke zurückblickte. John saß auf einer Seite, und in der kurzen Zeit, in der das Kristallecho klirrend durch die Luft flog und auf den Tisch fiel, spürte er einen heißen Kloß in der Kehle, wie eine professionelle Kupplerin, die sich – zum erstenmal in einer langen, erfolgreichen Berufstätigkeit – fragt, ob sie ihr eigenes Glück nicht zu lange hintangestellt hat.

An diesem kalten Oktoberabend gingen die drei über den Deák-Platz, wo die Grube für die Tiefgarage des Hotels Kempinski ihren tiefsten Punkt erreicht hatte und sich nachher hoch das gläserne Hotel erheben würde. Imre führte sie den Boulevard hinunter bis zur Einlaßtür eines Herrenclubs mit Namen Leviticus, wo John jedoch höflich verkündete, er wolle nach Hause und früh zu Bett gehen. Die Geschäftspartner verschwanden unter dem Baldachin, der aussah, als beschirme er den Eingang zu einer Wüstenhütte; zusammengenähte, unechte Felle (aus Segeltuch) waren über (künstlich) verzogene Querhölzer (aus bemaltem Metall) gespannt. John freute sich, daß er entkommen war, ging auf den Boulevard zurück und lachte laut, weil Charles immer noch kriechen und Männchen machen mußte – jetzt sogar dem alten Herrn in ein Striplokal folgte, o Gott, dem archetypischen Treffpunkt der einsamsten Männer und Frauen der Welt. Für Mark wäre es ein gefundenes Fressen gewesen.

Auf dem Weg ins Blue Jazz versuchte John Sternbilder zu identifizieren und oblique zu schauen, um sie klar erkennen zu können. Bei Imre war es genauso, fand er, wenn man Imre oblique ansah, besaß er überhaupt keine Grandeur mehr, sondern war, ehrlich gesagt, ein total lächerlicher Mann. Charles hatte sich selbst zu einer Karriere verdammt, in der er die Launen und Lüste eines sehr unernsten alten Narren bedienen mußte.

5) (Ein immer wiederkehrendes Traumbild in späteren Jahren, lange nachdem er sich selbst beglückwünscht hat, daß er vergißt, an sie zu denken, ja, sogar ihren Namen vergessen hat: Emily Oliver, nackt bis auf eine Federboa, schwebt vor einem grünen Himmel, in der Höhe gehalten von feudalen, üppigen, silbernen Schwingen. Sie hält in einem Arm einen American Football an den Körper gepreßt, den anderen streckt sie mit angewinkeltem Ellenbogen wie ein Running Back vor, der einen Angriff blockt.)

Dieses immer wiederkehrende, kitschige Traumbild entsproß

einer Saat, die Halloween 1990 ausgestreut wurde, als Emily über den Köpfen des Publikums auf eine leicht erhöhte Bühne geschwebt war und tatsächlich ein grünes Footballtrikot mit Schulterpolster der Philadelphia Eagles getragen hatte. Ihre enge weiße Hose war zwar perfekt fürs Spielfeld geeignet, in Wahrheit aber ihre Lieblingsfreizeithose. John überlegte, ob er Marks Zauberkunststück, sich selbst verschwinden zu lassen, und seine eigenen (vergeblichen) Versuche, ihn aufzuspüren, als Ausrede benutzen sollte, zu ihr zu gehen und zum erstenmal seit Monaten das Gespräch mit ihr zu suchen. Doch die Gelegenheit ergab sich nicht. Jetzt redete sie mit einem Mann, den John zwar nicht kannte, aber trotz dessen spärlicher Tarzangarderobe – Bikinihose aus unechtem Leopardenfell, Lendentuch, Schulterriemen – an Haarschnitt und Bizeps als Marine aus der Botschaft identifizierte. Unerkannt in der Menschenmenge, der Dunkelheit und seinem Kostüm, sah John, wie sie sich weit auf der anderen Seite des gemieteten Hotelballsaals unter einem Banner mit Grüßen in zwei Sprachen unterhielten: in englisch HAPPY HALLOWEEN und in ungarisch WILLKOMMEN ZUR FEIER DES VORABENDS DES ALLERHEILIGENFESTES IN KOSTÜMEN NACH AMERIKANISCHER ART. Der dschungelfeste Marine hatte Emilys Footballhelm in der Hand (die auf die Seiten gemalten silbernen Flügel sollten sich später dreidimensional fedrig und üppig entfalten) und ließ ihn langsam zwischen seinen beiden Mittelfingern kreiseln. So zart berührte er ihn mit den Fingerspitzen, daß John von seinem Posten auf der anderen Seite des Raumes in diesem flinken Hantieren mit der Kopfbedeckung etwas Unheilvolles wähnte.

Das klapperdürre Oktett von Studierenden des Franz-Liszt-Konservatoriums, das nicht genau wußte, welcher der betagten Songs aus seinem zerfledderten Heft *Populäre amerikanische Weisen* Amerikanern überhaupt vertraut waren, zählte eine Version von »After Breakfast Girl« mit ungarischem Text an und spielte sie mit lateinamerikanischem Rhythmus. Die Menge begann zu tanzen, und fünf gigantische, aufgebauschte Spielkarten mit rosa Menschengesichtern und mageren Gliedern in roten oder schwarzen Strumpfhosen und Ärmeln – ein unwahrscheinlicher Royal Flush – stellten sich in einer Reihe auf und legten einen Conga hin: zwei Schritt vor, einen zurück, noch einen zurück und zwei wieder vor. Als endlich die letzte royale Spielkarte aus Johns Blickfeld watschelte, konnte er Emily erneut sehen. Tarzan hatte sich davongeschwungen. Mit dem Rücken zu ihm und der stolzen, leuchtendweißen Nummer 7 unter dem vertrauten Pferdeschwanz trieb sie weiter ab. Mit einemmal glitschten eine Hand in weißen Fingerhandschuhen und ein Arm in schwarzem Ärmel um ihre Taille, und das Gegenstück dazu umkreiste vorn ihren Hals, schmuggelte sich unter ihr Kinn, drückte ihr den Kopf nach hinten, und schon waren Lippen an ihrem Ohr oder vielleicht eine Nase an ihrer Wange. Genau konnte John es nicht sehen, denn von seinem Standpunkt aus war es lediglich ein Rücken in Cape mit Kapuze und die Maske einer berühmten handelsüblichen Comicmaus mit den enormen Erkennungsohren, aber einem vom Kostümhersteller geänderten Lächeln: breit und bedrohlich; vier rasierklingenscharfe Reißzähne blitzten.

»Der Journalist! Ich schulde Ihnen großen Dank.« Aus mittlerer Entfernung hinkte urplötzlich ein Störenfried herbei, ein Pirat mit Augenklappe und Kopftuch und einem lebendigen Papagei auf der Schulter: Harvey der Investor mit einem sehr überzeugenden Holzbein, das die Blutzirkulation in dem Unterschenkel, den er weggebunden hatte, bestimmt ernsthaft erschwerte. Johns Artikel über Capt'n Harv hatte seinem Protagonisten offenbar erhebliche Aufmerksamkeit beschert; er hatte ein paar Anfragen wegen Beteiligungen bekommen, die Story war drüben in den Staaten von Presse und Rundfunk in seiner Heimatstadt aufgegriffen worden; er war plötzlich im Zentrum einiger interessanter Deals und Menschen, er freute sich sehr über die freundliche Berichterstattung et cetera pp. Obwohl es John sogar gelang, seinen eifersüchtigen Blick auf den schwankenden, dumpf klackenden Mann vor sich zu konzentrieren, fiel es ihm schwer, einzuschätzen, ob dieser ihn auf den Arm nahm oder vielleicht sogar indirekt bedrohte. Denn schließlich hatte er, John, ein Porträt verfaßt, das vor nuklear verseuchter Ironie derart strahlte, daß es das Herz jeden normalen Mannes wie einen Geigerzähler zum Ticken hätte bringen müssen. Unvorstellbar, daß es zu Geschäftsbeteiligungen und Respekt geführt hatte. Wenn John überhaupt je damit gerechnet hatte, noch einmal von Harv zu hören, dann in dem herrlich ungleichen Kampf auf der Seite »Briefe an die Redaktion«. Da hätte sich John genüßlich mit einem schlecht durchdachten, sprachlich fehlerhaft verfaßten, nicht beweisbaren Anspruch auf Respektabilität auseinandersetzen können, und es hätte sich ihm die ebenfalls herrliche Möglichkeit geboten, noch eine Kolumne zu schreiben (»Unser Reporter antwortet...«) und an dem glitschigen, silbernen Maul dieses Fischs neue Haken auszuprobieren. Außerdem hatte John ein paar Wochen lang mehr oder weniger erwartet, daß Harvey, wenn er nicht den Mut hatte, ein öffentliches Duell auf Zeitungspapierseiten zu riskieren, auf eine schmierige Korrespondenz über Rechtsfragen gedrängt hätte, amüsant und perfekt zum An-die-Wand-Hängen. Aber nein, dieser vor lauter Halloween rotwangig strahlende Pirat grinste und quasselte von zukünftigen Gewinnen und hatte, wenn John es richtig verstand, einen Tip, falls John interessiert war. Es seien Erkundigungen eingezogen worden (Harvey hatte Erkundigungen eingezogen beziehungsweise davon erfahren), denen gemäß die Konkurrenz in Sachen Privatisierung des Horváth Verlages ein wenig heißer war, als es bisher in der, solle er sagen, interessant akzentuierten Berichterstattung der lokalen Presse dargestellt worden war. Vielleicht sei John ja neugierig, von einem Syndikat zu hören, nein, keinem Syndikat, das sei das falsche Wort, aber einem ganz erheblichen Interesse, ja, doch, einem Konzern, der vielleicht in der Position sei, Gábor und dem alten Mann ein paar Reißnägel in den Weg zu werfen. Oder aber, das müsse man als Alternative in Betracht ziehen, wie die Rechtsanwälte immer gern sagten (unsichtbares Zwinkern, da das zwinkernde Auge hinter der Augenklappe versteckt war), vielleicht in der Position seien, das Ende des Regenbogens ein wenig näher zu bringen und allen an dem Deal Beteiligten eine glückliche Schatzsuche und einen Griff in den Goldtopf zu ermöglichen. Falls John und Gábor wollten – dieser Konzern, nennen wir ihn Südsee-Insulaner (ein Piratenwitz?), Südsee-Insulaner (mit selbstgefälligem Lachen wiederholt), ich glaube, ich allein bin in der einzigartigen Lage, sie dazu zu bringen, ihre Reißnägel wegzulegen und die Regenbögen erstrahlen zu lassen, wenn Sie verstehen, was ich meine…

Weit weg, über Harveys Schulter – auch über der Schulter des Papageis –, wurde mehr als nur freundlich geflüstert. John konnte natürlich nicht hören, was, oder das von der Maus verdeckte Gesicht sehen, aber er bemerkte selbst auf diese Entfernung, daß es sehr intim zuging. Soviel sah er in Emilys Lächeln. Ob Harvey ein Gipfeltreffen organisieren solle?

John schaute den Piraten an und dann wieder hoch zu der weit entfernten Bühne, und da stand Emily vor Robin Hood, half ihm, die Schnüre an seinem Wams zu richten, knotete sie ihm vor der Brust auf. Der Held vom Sherwood Forest, ein linkischer Mann mittleren Alters, gut eins achtzig, trug eine zu große Schildpattbrille und eine lincolngrüne Kappe auf dem grauen, dünner werdenden, babyfusseligen Haar. Sein langer Bogen schrappte an seinen Waden und hatte schon Laufmaschen in seine faltenschlagende grüne Strumpfhose gerissen. Erkennbar unglücklich hantierte er nervös an seinem Köcher herum und kratzte sich an den Schläfen unter seinem Brillenbügel. Emily gebot ihm lächelnd Einhalt, und packte ihn an den Händen, um deren schlechte Angewohnheiten zu unterbinden. Als sie dann auch noch etwas sagte, entspannte Robin Hood sich sichtlich und amüsierte sich ein wenig mehr.

In dem Versuch, Charles' Chancen (und seinen Anteil) zu schützen, bat John den Freibeuter, seine Südsee-Insulaner noch eine Weile hinzuhalten, auch wenn er, John, nicht genau wußte, was er damit meinte. Auf die Macht der Worte bauend, die mit und im Vertrauen gesagt wurden, sprach er sogar ein wenig ausführlicher. »Ich glaube, es lohnt sich für alle, wenn Sie Ihre Südsee-Insulaner noch ein paar Wochen bei Laune halten und sie dann dazu bringen, sich mit den richtigen Leuten unter Bedingungen zu treffen, die dann, ähm, günstig sein können. Es gibt…

Gelegenheiten en masse, wenn diese faden staatlichen Auflagen erst mal aus dem Weg sind. Wenn der Staat hungrige Ausländer wie Sie oder Ihre Insulaner wittert, kann er die Dinge immer noch verlangsamen und im Schneckentempo erledigen, wie zu Zeiten des Kommunismus. Lassen Sie Imre dem Staat das Ding abschwatzen, und wer sagt dann, was ist oder nicht ist oder vielleicht möglich oder nicht möglich ist.« John versprach alles und nichts, und der Pirat nickte wissend.

Da kam die Maus an ihnen vorbei. Aber John sah sie erst, als es schon fast zu spät war, jedenfalls zu spät für seinen vorher halb gefaßten Plan – der Maus den Kopf abzureißen und der Ratte darunter ins Gesicht zu sehen. Das konnte er sich nun abschminken. Ja, ihm blieb nicht einmal die Zeit nachzuschauen, ob der vorbeihuschende Nager schuldbewußt aussah oder nicht, und wohin die kleinen Knopfaugen spähten, war auch nicht zu erkennen. Da das Tier Stiefel trug, konnte John nicht einmal seine Größe abschätzen, doch als das Kapuzencape und der geringelte, ein wenig räudige Schwanz in der Menge verschwanden, ging ein Ruck durch Johns Phantasie: Emilys geheimer Schädlingslover konnte jeder x-beliebige Mann sein. Wer aber schwitzte und schmorte wirklich unter der schwarzen Maske der Maus? War Bryon wieder da? Wo war Charles heute abend? War noch ein Marine da drin, und nahm sie sie beide zusammen, den Tarzan und das Nagetier? War es ein Besucher, ein unbekannter, sportlicher Absolvent der Universität von Nebraska, der das Mädchen vor Jahren geschändet hatte und nun nach Budapest gekommen war, um seine viralen Affekte auch hier zu verbreiten? Oder durfte sie im Gegensatz zu den Marines mit ungarischen Staatsangehörigen verkehren, sich auf verbotenen Verkehr mit einem dahergelaufenen magyarischen Romeo einlassen, einem Zsolt, der trotz kreisrunder Ohren sexy ungarisches Kauderwelsch gurrte?

John ließ Harvey mitten im Satz stehen und marschierte aus dem Ballsaal. Aus dem Hotel und auf die dunkle Straße hinaus, wo eine capewedelnde, vampirhafte Maus am Ende des Taxistandes eben nach links abbog. Die rauchenden Taxifahrer lehnten an ihren Mercedeslimousinen, beschrieben mit den orangefarbenen Spitzen ihrer Glimmstengel kleine Zickzackkreise und murmelten: »Taxi, Taxi, Taxi, Taxi, Taxi, Taxi«, bis auch John links abgebogen war. Doch sein Opfer war verschwunden. Er fiel in Laufschritt und bog um die erste mögliche Ecke, aber aus der Sackgasse, in der er sich nun befand, gab es weder Türeingänge noch Ausfahrten. Dumm stand er in der Gasse, neben überquellenden, von Unrat umgebenen Mülleimern, unter ein paar flackernden gelben Lampen, während zu seinen Füßen quieksende, sehr reale, sehr hungrige (doch keine blutsaugerischen) Ratten herumflitzten und sich von dem Mann in Galamarineuniform, an der Seite einen rasselnden Plastiksäbel, in ihrem Abendprogramm gestört fühlten.

6) »Chef, störe ich?«

»Kein Thema, Kumpel. Was ham Sie auf der Pfanne?«

John puschte seine Idee, eine Porträtserie für den restlichen November, nur halbherzig. Er wollte ungarische Regierungsbeamte vorstellen, denen Westler im Verlauf ihrer Arbeit höchstwahrscheinlich begegnen würden, und vielleicht anfangen mit jemandem von der staatlichen Privatisierungsbehörde oder dergleichen.

Durch die Querstäbe der heruntergelassenen Chefzimmerjalousien sah man, wie sich auf der anderen Seite der schalldichten Scheibe Nicky und Karen über Karens Schreibtisch beugten und eine von Nickys Mappen durchblätterten. Mit welchen Fotos sie sich derart amüsierten, konnte John nicht ausmachen; als er das Büro des Chefs betreten hatte, hatte sich Nicky sogar an seiner unbefriedigten Neugierde geweidet. Die Frauen, von den Jalousiestäben geteilt, lachten aber auch jetzt, zeigten auf etwas oder tippten mit nachdenklichem Blick auf Bilder, die ihnen besonders gut gefielen. Nicky sah von Zeit zu Zeit auf, um sich durch die Scheibe zu vergewissern, daß John sie immer noch beobachtete. Sie genoß es. Sie spitzte diskret die Lippen zu einem Kuß für ihn, schlang dann den Arm um die Schultern der anderen Frau und wies sie mit übertriebener Geste auf einen bestimmten Aspekt der Komposition hin. Den konnte John natürlich nicht sehen, obwohl er zur Scheibe ging und mit seinem beim Basketball in der Highschool gebrochenen und nur schlecht geheilten, krummen Finger mit metallischem Schnappen gerade in dem Moment einen Jalousiestab herunterdrückte, als der hellhörig gewordene Chef seinem halbausgegorenen, ganz und gar nicht koscheren Vorschlag, dem Geisteskind von Charles Gábor, zustimmte.

7) Das Gefühl, wenn man in der Nacht in einem Zimmer aufwachte, in dem die Heizung nicht richtig funktionierte. Die Zugluft, die sich in der Mitte des Zimmers wie ein Dschinn in der Wüste selbst ins Dasein wehte; die Geräusche und Gerüche des rapide nahenden Winters um zwei Uhr morgens; das metallische Knacken des Bodens unter nackten Füßen; die kratzigen, kalten Ausdünstungen von trockener Ölfarbe und Fixierbad sowie die Dieselabgase, die von der Straße hoch durch eine zerbrochene Scheibe strömten; der schwache Duft des vertrauten Parfüms, das in der rauhen Wolldecke steckte, die so warm war, daß seine Beine zu schwitzen begannen, während seine aufgedeckte Brust und die Arme in der silbrigen, splittrigen Kälte kribbelten; und der Moment, als er auf seiner Uhr auf dem Sperrmüllnachttisch den Sekundenzeiger überraschte, der einen endlosen Atemzug lang unbeweglich stehenblieb, bis er merkte, daß er beobachtet wurde, den Unschuldigen mimte und mit einem Ruck lässig weitertickte.

»Schläfst du?« fragte er.

»Nein.«

»Der Rauhreif auf deinem Fenster ist wunderschön.«

»Hm, sieht wie schneebedeckte Zweige aus.«

»Ja, stimmt.«

»Wie durch eine Windschutzscheibe betrachtet.«

»Ja, wahrscheinlich, ja.«

»Über den kleinen Halbkreisen, die Scheibenwischer machen.«

»Das stimmt. Haben die Namen?«

»Und die Heizung im Auto funktioniert nicht.«

»Genau wie hier.«

»Nein, anders. Im Auto ist es wegen eines Defekts in der Elektrik. Sabotage.«

»Sabotage?«

»Ja. Wir fahren über eine dunkle Straße, da funktioniert plötzlich unsere Heizung nicht mehr, die Scheinwerfer fangen an zu flackern, dann gehen auch die komplett aus. Zum Schluß hört der Motor auf zu laufen, und draußen ist es sehr still. Du fragst, ob wir kein Benzin mehr haben.«

»›Haben wir kein Benzin mehr, Nicky?‹«

»›Doch, wieso? Eigentlich doch, John, die Nadel ist auf drei Viertel voll.‹ Aber das Auto steht mucksmäuschenstill auf der Straße und macht dieses üble Ächzgeräusch, wenn ich den Zündschlüssel drehe, und dann macht es nicht einmal mehr das. Wir sind meilenweit von allem entfernt. Sabotage. Und wir haben nur Federboas und hochhackige Schuhe an.«

»Wir? Wir beide?«

»Ja. Jetzt mußt du aussteigen und Hilfe holen.«

»In nichts als einer Boa?«

»Und hochhackigen Pumps. Maul nicht. Und mit sehr langen Wimpern. Und einer pechschwarzen Perücke.«

»›Aber Nicky, wenn ich so in den Schnee hinausgehe, erfriere ich.‹«

»›Verdammt noch mal, wir erfrieren beide, wenn wir keine Hilfe kriegen, denn auf dieser einsamen Straße kommt niemand einfach mal so vorbei.‹ Aber ganz unrecht hast du nicht, ich opfere eine Boa für dich. Jetzt hast du beide Boas an. Du steigst aus dem Auto, und während deine Pfennigabsätze in dem frischen Schnee knirschen, schaust du dich sehnsüchtig um. Du wickelst die Federboas, so gut es geht, um deinen nackten Körper, rückst die Perücke zurecht und siehst mich durch deine langen Wimpern an; und von meinem Atem beschlagen schon die Fensterscheiben, und es wird schwer, mich zu erkennen, aber du weißt, ich verlasse mich hundertprozentig auf dich, ich, eine Frau, die nichts als hochhackige Pumps trägt, die mitten in der kältesten Nacht seit Menschengedenken in einem Auto auf einem verlassenen, verschneiten Waldweg zittert. Ich bin dir auf Leben und Tod ausgeliefert. In einem winzigen Cabriolet aus den Hochzeiten des italienischen Designs der sechziger Jahre. Schwarz. Sssssabottage.«

»›Nicky?‹«

»›Ja?‹«

»Schickst du mich nach Hause?«

»Du kapierst aber auch alles, kleiner Mann.«

»Ach, ich sehe, daß du Marks Bild aufgehängt hast. Ein bißchen einschüchternd, es zu treiben, wenn ich uns gleichzeitig in Großaufnahme sehe, wie wir es treiben.«

»Du machst deine Sache aber ganz gut. Wenn er je zurückkommt, kann er es wiederhaben, und ich behalte das Polaroidfoto. He, ich will irgendwann mal deine alte Klavierfreundin kennenlernen.«

»Habe ich dir von ihr erzählt?«

»Natürlich. Oder jemand anders. Mark vielleicht, egal. Unwichtig. Ich will sie kennenlernen, alles klar?«

»Denkst du jemals darüber nach, was mit uns wird, Nick? Weißt du, manchmal hätte ich Lust, ich weiß nicht, also, vielleicht könnten wir –«

»Halt sofort den Mund. Jetzt schick ich dich wirklich nach Hause.«

»Ich meine nur –«

»Wirklich. Ich muß malen.«

»Ich weiß, aber –«

»Nun mach schon, bitte.«

Er zog sich an. Sie küßte ihn auf der Schwelle in der offenen Tür und gab ihm seinen Rucksack mit Marks Tagebüchern. Sie hatte sich die dicke Karodecke um den Körper geschlungen, ihre nackten Arme und Schultern wurden von dem hubbeligen Mond, der sein Licht über Hof und Tür ergoß, silberweiß gebleicht. Ansonsten trug sie nur noch einen Kopfschmuck aus falschen Federn, das wichtigste Zubehörteil eines »amerikanischen Indianerhäuptlings«-Kostüms, das sie beim Stöbern in einem eigenartig ungarischen Spielzeugladen gefunden hatte. Mit diesem

kahlen, halbnackten amerikanischen Indianerhäuptlingsmäd-
chen überhaupt etwas ernst zu nehmen war schwer. Trotzdem
wollte er etwas sagen, das merkte sie, aber sie streichelte ihm
lächelnd die Wange, drehte sich um, trat zurück in die Wohnung,
ließ die Decke fallen, die untersten falschen Federn ihres lang
herunterhängenden Kopfschmucks streiften über die Rundungen ihrer nackten Hüften. Sie schloß die Tür hinter sich.

8) John legte dem Chef die erste Folge der Serie vor, »Ungarn, die
Sie kennen, aber nicht (ungeniert) zu bestechen versuchen sollten«. Damit man ihm nicht auf die Schliche kam, begann er mit
jemandem, der mit Charles Gábors Geschäften nichts zu tun
hatte: dem älteren Mann, der an der Eingangstür der amerikanischen Botschaft arbeitete, der Mann, dessen Aufgabe es war, mit
einem Metalldetektor über eine wahre Donauflut von Visaan-
tragstellern, Geschäftsleuten, die Botschaft besuchenden Regierungsbeamten zu fahren. Johns Porträt des alten Péter erschien
zusammen mit einer riesigen Nahaufnahme des Wachmanns
(FOTO: N. MANKIEWILICZKI-POBUDZIE), auf dem die tiefen Grä-
ben in seinem Gesicht, seine weiche, zerdrückte Lippe, sein
schiefes Lächeln, die fusseligen Kehllappen, die ihm vom Kinn
flappten und in den offenen Kragen seines rumänischen Polo-
hemdes fielen, deutlich sichtbar waren. Bildunterschrift: WILL-
KOMMEN IN DER BOTSCHAFT DES FÜHRERS DER FREIEN WELT,
VIELEN DANK.

Das simultan übersetzte Interview (der alte Péter kannte nur
die Namen der Angestellten, Titel und Stockwerksnummern auf
englisch) hatte nach der Arbeitszeit in der Botschaft stattgefunden (und wegen der ständigen und ständig enttäuschten Verheißung, daß Emily auftauchen würde, hatte die Atmosphäre
nur so geflirrt). Eine übergewichtige, schnurrhaarige Ungarin
schrubbte auf Händen und Knien die Treppe im Foyer. John erfuhr von Péter, daß drei der Marines, die er im Juli kennengelernt
hatte (auch der »riesige Negerbursche«), das Botschaftsblau gegen Wüstenkhaki eingetauscht hatten und sich nun irgendwo im
Persischen Golf darauf vorbereiteten, gegen den arabischen Hit-

ler zu kämpfen. »Hussein Saddam bum-bum!« stieß der alte Péter aus. »US-Marines!« Er durchsiebte den Raum mit Maschinengewehr-Geräuscheffekten, was die Reinemachefrau allerdings völlig unbeeindruckt ließ. Sie wrang ihre Putzlappen in dem dampfenden Eimer neben sich aus und klatschte sie mit beiden Händen auf den Boden.

Zwei Tage später gab John die zweite Folge der Serie ab: »Psst, Kumpel, willste 'ne Paprikafabrik kaufen?« Die ungemein schmeichelhafte Kolumne porträtierte einen mittleren Leiter in der staatlichen Privatisierungsbehörde, verantwortlich für die Privatisierung von mittleren Betrieben. John beschrieb den Beamten als »einen der Hauptarchitekten einer neuen Welt« und gleichzeitig »Bewahrer der unternehmerischen Vergangenheit Ungarns«. Er pries dessen Antworten auf wiederholte Fragen nach der Bedeutung der Rückgabe der ungarischen Wirtschaft in ungarische Hände als wahrhaft symptomatisch für dessen »Intelligenz des einundzwanzigsten Jahrhunderts« und »einen der vielen Gründe, warum der Name dieses Mannes ständig auftaucht, wenn über Kandidaten für Ministerämter geredet wird«.

»Und wo bitte wird darüber geredet?« fragte Charles John abends, nachdem der Artikel erschienen war.

»Na, hier zum Beispiel.«

John hörte stolz zu, als Charles Imre den gesamten Artikel am Telefon vorlas, zwischendurch lachte und die Fragen des alten Mannes in flüssigem Ungarisch beantwortete. »Wir stehen kurz vor dem Abschluß, Imre«, sagte er in englisch. »Kurz davor.«

»Es ist ein Skandal«, hatte John im Verlauf des Interviews gesagt, »daß Ausländer den Privatisierungsprozeß als Schnäppchenjagd betrachten und nicht, wie es sich gehört, als Wiederherstellung von Gerechtigkeit und Vernunft in einer Ökonomie, die derartig unter Ungerechtigkeit und Unvernunft gelitten hat. Warum sollte ein Amerikaner oder ein Franzose oder ein, ein, ein Südsee-Insulaner ein ungarisches Unternehmen kaufen dürfen, wenn es qualifizierte Ungarn gibt, die es übernehmen möchten? Warum ist ein Ausländer – ein Hasardeur – besser, als das Ganze in der Hand des Staates zu belassen?«

Der Beamte, der mit der Komplexität des Problems rang, die die Frage des jungen Reporters seiner Meinung nach nicht traf, antwortete dennoch neutral und erntete damit noch mehr Lob: *Er ist sich bewußt, daß sein Job mehr ist als der eines Konkursverwalters. Er arbeitet wie ein kluger Aufseher über einen riesigen Garten, der geeignete Einheimische mit den Werkzeugen und Kenntnissen ausstattet, die sie brauchen, um das Land wieder zum Blühen bringen.*

»Glauben Sie, er meint, Gábor hat den Zuschlag erhalten?« fragte Harvey am nächsten Morgen.

»Ich weiß es nicht. Ich wollte ihn nicht unter Druck setzen. Aber er hat klar gesagt, daß bis in allerhöchste Regierungskreise der Wunsch besteht, das historische Erbe der Nation in die richtigen Hände zu legen – zumindest im Anfangsstadium, wenn die doch sehr symbolträchtigen Bereiche dem privaten Sektor übertragen werden. Danach kann der Markt machen, was er will. Nur jetzt möchte die Regierung auf keinen Fall die PR-relevanten Themen ignorieren.«

Auch Harvey las den Artikel am Telefon einem unbekannten Zuhörer vor, antwortete kurz auf Fragen und erwiderte dann in einem Ton, der (zu Johns Genugtuung) auf Insiderwissen deutete: »Weil der Reporter hier bei mir im Zimmer ist, *deshalb*.«

»Und wer hat dann die besten Chancen für den Erwerb des Horváth Verlages?« Diese Frage hatte John sich doch nicht verkneifen können. Er stellte sie dem scheuen Mann hinter dem Metallschreibtisch ganz am Ende des Interviews. Der ruhige, erst neunundzwanzigjährige Ökonom hatte während seines gesamten Studiums die offizielle marxistische Wirtschaftslehre studiert, obwohl er wußte, daß sie absurd war, und Seminararbeiten geschrieben, die den gültigen Fünfjahresplan rühmten (oder zumindest vorsichtig guthießen). Doch jeden Nachmittag hatte er Adam Smith und Milton Friedman in der Bibliothek der amerikanischen Botschaft gelesen und sich ausführliche Notizen über die Geheimreligion gemacht, die, davon war er überzeugt, das Universum erklärte.

»Mr. Price«, erwiderte er nun. »Ihnen ist wohl klar, daß ich mich dazu nicht äußern kann. Sie sind Journalist, nicht wahr? Das Procedere der Angebotsabgabe ist vollkommen ominös. Sie bitten um ominöse Informationen.« Noch nach Jahren erinnerte sich John an das unangenehme Gefühl im Bauch, daß er zu weit gegangen war, obwohl er dann schnell begriffen hatte, daß der Mann *anonym* hatte sagen wollen.

9) Freitag, der Dreißigste, die letzten Stunden des November, ein junger Ami erbrach sich an die Wand eines Mietshauses auf der anderen Straßenseite, und durch das große Fenster des neuen Thai-Restaurants neben der Kneipe fiel ein keilförmiges Stück gelbes Licht auf die dunkle Straße. Charles zog die schwere Holztür unter den mattorangefarbenen Schiffslaternen der Kneipe auf. »Jetzt aber mal ein bißchen Stimmung hier, bitte«, sagte einer seiner Begleiter. (»Und wenn hier nichts los ist, haun wir nach spätestens zehn Minuten ab.«) John, Charles und Harvey (eine hartnäckige gesellschaftliche Klette, seit John ihn mit Charles bekannt gemacht hatte, der ihn später als »möglicherweise eine Goldmine, möglicherweise ein Scheißhaufen« einschätzte) stiegen in die alte Kneipe hinunter, die wie eine Fregatte eingerichtet war. Alles in dem Laden flüsterte diesen erfahrenen Kneipengängern zu, daß es bis zum Ende nur noch ein paar Wochen waren, denn dann war ihr altes Stammlokal unwiderruflich umgekippt und voll verwestlicht und damit für jeden in Budapest lebenden Amerikaner, der auf sich hielt, inakzeptabel.

Als John zwei Amerikanerinnen hörte, sprach er mit einem hauchdünnen ungarischen Akzent die weniger Hübsche an. »Küß die Hand, ich bitte vielmal um Verzeihung, wenn ich Sie unterbreche«, sagte er. »Gewiß erzählt man das Ihnen die ganze Zeit. Ich will Sie nicht belästigen, aber ich will Ihnen so gern erzählen, wie sehr ich Ihre Filme mag. Ich bin der große Fan von Ihnen.«

Sie spielte eine Weile lang mit und klärte den armen Magyaren dann auf, er habe sie mit jemandem verwechselt. Er tat so, als sei es ihm peinlich, ihr schmeichelte der Irrtum, und einige Gläser und ein paar Tänze später, kurz nachdem sie einen Eiswürfel, der in den letzten Resten ihres Cocktails gelegen hatte, zerbissen und geschluckt hatte, küßten sie sich. Ihre Zunge fühlte sich leichenhaft kalt, aber menschlich weich an und hatte von dem Eis lauter kleine Hubbel; sie schmeckte nach dem würzig-süßen Aperitif. Er staunte, daß er mit dem Trick Erfolg gehabt hatte, doch als sie nach ein paar weiteren Gläsern zu seiner Wohnung gingen (seinen ungarischen Akzent hatte er samt dem ruhigen, vertraulichen Geschäftsgespräch mit Charles und Harvey in der Fregatte gelassen), sagte sie etwas – was, wußte er später nicht mehr –, dem er entnahm, daß sie seine Anmache gleich durchschaut, ja, nicht einmal geglaubt hatte, er sei Ungar. Als er das beim ersten quietschenden Protest der Schlafcouch begriff, wünschte er, er wäre nicht so bescheiden gewesen und hätte der Hübscheren den Hof gemacht. Am nächsten Morgen zeigte sich bei einer flüchtigen, kopfschmerzgeplagten Überprüfung, daß das nun anonyme Mädchen kein Geld, aber seine Zahnseide, seinen einzigen Gürtel und den Rucksack gestohlen hatte, in dem Mark Paytons Notizbücher waren. Dieser Verlust traf ihn sehr, sehr hart.

II.

Am späten Nachmittag des sechsten Dezember sickerten erste Neuigkeiten in die Kanzlei von Charles' Anwalt. Die staatliche Privatisierungsbehörde hatte das Angebot der Horváth Holdings angenommen (das Geld samt Rückerstattungscoupons), und die Firma war nun Eigentümer sowohl des Horváth Verlages (Wien) als auch der veräußerlichen (teils intakten, teils verfallenen) Reste des Horváth Kiadó (Budapest). Dazu zählten einigermaßen moderne Druckmaschinen; klapprige Lastwagen und passable Lagerhäuser; eine Belegschaft von achtundvierzig Personen (volle fünfzig Prozent überflüssig); ein Programm mit Lehrbüchern und alten, von der Partei genehmigten Autoren; Beteiligungen an zwei neuen Zeitungen und zwei Illustrierten und zwei Stockwerke in einem schamlos düsteren, häßlichen

Bürohaus in einem Industriepark am Stadtrand. Aber für Imre das Recht, ungehindert aus seinem eigenen Namen in seinem Heimatland Kapital zu schlagen, und für Charles, ganz abgesehen von der 49/51-Aufteilung, die Chance, etwas Richtiges zu managen.

Den ganzen nächsten Morgen organisierte Charles die Feier zu ihrem Sieg; die Gratulationscours begann abends mit der Ankunft der letzten Gäste im warmen Gerbeaud. Noch ehe John sich den Schnee von den Schultern geklopft hatte, stand Charles auf und rekapitulierte für seine Zuhörer die relevanten Daten der Geschichte Imre Horváths: Erbe einer Tradition, Opfer und Überlebender des Kommunismus, unermüdlicher Bewahrer des Gedächtnisses seines Volkes, Visionär, Held. Krisztina lächelte unablässig, während Imre in majestätischer Ruhe die Lippen schürzte und die Augen, aber nicht den Kopf senkte, um das winzige Glas mit dem goldenen Likör auf dem Tisch vor sich zu betrachten. Charles hob sein Glas auf »meinen Mentor, meinen zweiten Vater, mein Gewissen, einen Helden Ungarns«. Der alte Mann, nie zuvor beeindruckender, nie zuvor mehr von der Historie geprägt und durchdrungen, erhob sich und umarmte seinen Partner, und die anderen fünf applaudierten und stießen miteinander an.

Um die Ecke vom Gerbeaud, auf dem weichen, frischen Schnee, warteten geduldig zwei summende, brummende Limousinen, die den Auftrag hatten, die Gesellschaft aus der Vergangenheit in die Zukunft zu befördern. Im warmen, behaglichen Inneren beider Wagen standen sich zwei Sitzbänke gegenüber, daneben gut verstaut in schwarzen Samthaltern eine Kollektion halbgefüllter Kristallkaraffen. Im ersten Auto goß Charles feierlich Schnäpse für Imre, Krisztina und sich ein, während in der nachfolgenden Limousine Harvey, sein saxophonspielender Assistent, der englische Anwalt und John wie Schuljungen kicherten, als sie ein bißchen von diesem, ein bißchen von jenem, ein bißchen von dem Klaren in große, griffige Gläser einschenkten und – *voilà*, das heißt Long Island Iced Tea, Neville. Ach, in der Tat?

Als die beiden Gruppen bei ihrem nächsten Halt wieder zusammenkamen, prallten die unterschiedlichen Stimmungen aufeinander wie zwei Wetterfronten. »Mein Gott, das ist... gute Güte, Sie haben den Schlüssel«, murmelte Imre leise auf ungarisch, und Harvey stieg mit der Behauptung, der beste Ort, eine fremde Sprache zu erlernen, sei das Bett, aus dem anderen Auto.

»Jawohl. Schließlich sind wir die Eigentümer. Es war schlicht und ergreifend die sehr freundliche Geste eines Freundes, der mir schon für heute abend einen Schlüssel gegeben hat.« Charles steckte ihn ins Schloß, drehte ihn aber nicht um. Statt dessen wartete er, bis sich sein Publikum auf dem schneebestäubten Ladeplatz beruhigt hatte, und hielt dann einen kurzen Vortrag in englisch. »Das hier ist jetzt natürlich ein Lagerhaus, und es gehört zu den Grundstücken, die die Horváth Holdings gestern erworben hat. Es war aber, und nur das ist von Belang, der Schauplatz eines historischen Ereignisses, das diese Nation kennen und auf das sie stolz sein sollte. Als unser Land vor gut vierunddreißig Jahren vergeblich um seine Freiheit kämpfte, stand unser Freund Imre in der Mitte des Sturms, er kämpfte um nichts als die Wahrheit. Von dieser Ladezone, wo wir jetzt stehen, feuerte er Breitseiten der Wahrheit gegen die Tyrannei. Dreizehn Tage lang entriß er den Horváth Kiadó denen, die ihn gestohlen hatten.« Charles drehte den Schlüssel um, schob das metallene Rolltor hoch, öffnete es und drückte innen auf einen Knopf auf einem rechteckigen Kasten, der an einem dicken schwarzen Kabel von der unsichtbaren Decke herunterbaumelte. Zweimal flackerten überrascht Neonlichter auf, dann konnte man die Einzelheiten einer spärlich ausgestatteten Halle mit hoher Decke und geborstenem Betonfußboden der Reihe nach betrachten.

»Mein Gott, woher wußten Sie das?« fragte Imre seinen Partner mit tränenerstickter, belegter Stimme.

»Ich habe ihm nur erzählt, was mein Vater mir erzählt hat«, erwiderte Krisztina Toldy.

»Willkommen zu Hause, Imre«, flüsterte Charles auf ungarisch und schüttelte seinem Partner die Hand.

Krisztina und Imre begaben sich außer Hörweite weit hinein in die grellbeleuchtete, fast leere Lagerhalle, und der alte Mann berührte vorsichtig metallene Wendeltreppen und Wellblechwände, schaltete kleine Lampen ein und aus, nahm behutsam einen herumstehenden Schrubber zur Hand und stellte ihn wieder weg, starrte an die Decke, als sei das doch alles gar nicht möglich. Der Rest der Gruppe blieb am Tor stehen.

»Mein Gott, es ist die schönste Lagerhalle, die ich je gesehen habe«, sagte John zu Charles. »Können wir als nächstes eine Abwasseraufbereitungsanlage anschauen?«

»Der alte Kämpe scheint Lagerhallen zu mögen«, sagte auch Neville und ließ den letzten Rest seines Long-Island-Eistees im Glas kreiseln.

Harvey saß auf einer Kiste, sein stummer, musikalischer Assistent trat neben ihm von einem Fuß auf den anderen. »Na los, Charles, spuck's aus! Ob der Alte diese Toldy vögelt? Na, was meinst du?«

Für die Strecke von der Lagerhalle zum festlichen Abendessen tauschten Charles und John die Autos, und John verbrachte die Abstinenzlerfahrt damit, zuzusehen, wie Imre und Krisztina ihm gegenüber sich beinahe unhörbar in ungarisch unterhielten. Nach ein paar Minuten fiel das Paar in Schweigen und schaute aus den Fenstern, obwohl die Rauchglasscheiben vom Leben draußen wenig mehr als hektische Scheinwerferstrahlen durchließen, impressionistische Lichter vom Fluß und bleiches Licht von Straßenlaternen mit Heiligenschein, die über vollkommen kreisförmigen, silbernen Schneeverwehungen schwebten. John sah, wie die Augen des alten Mannes den verschiedenen Lichtquellen folgten und unentwegt vor und zurück flitzten. Nach einer Weile schlossen sie sich, und Imre faltete die Hände im Schoß.

»Was ist denn in der Lagerhalle passiert?« fragte John Krisztina leise.

»Unvorstellbarer Mut. Prinzip. Eine seltene moralische Klarheit.« Sie betonte jedes Wort, den Blick auf die braune, graue und weiße Welt draußen geheftet.

Schweigend kamen sie am Restaurant Szent Lajos an, wo die vier anderen bester Dinge und laut lachend aus dem Wagen stiegen. »Wie war dein Schuldtrip?« fragte Charles John, als sie die Tür des Restaurants aufhielten und dann als letzte diese Institution des ungarischen Fin de siècle betraten.

»Setz mich nicht noch mal in ihr Auto.«

»Glaub mir, ich kenne das Gefühl. Jetzt weißt du, wie mein Job ist.«

Während Charles bei früheren Anlässen hier die feinere Küche gewählt hatte, trug er heute abend kräftiger auf, und die Worte des alten Mannes zeigten, daß die Entscheidung richtig war. »Das erstemal habe ich hier mit meinem Vater, meiner Mutter und meinen beiden Brüdern gegessen. An meinem Namenstag, als ich, hmmm, zehn Jahre alt war. Damals gaben es so viele Ober, und sie bewegten sich, wie Sie es noch nie gesehen haben. Es war eine sehr großartige Sache, hier zu gehen. Wie ein Traum – die Ober und die Speisen und die Musik, der Zigarrenrauch, die Frauen. Ein magischer Ort, selbst wenn man kein kleiner Junge war.«

Ein müder, älterer Mann mit ausgebeulter Weste und schlaff herunterhängender Selbstbinderfliege klatschte ihnen wortlos einen Stapel klebriger laminierter Speisekarten auf den Tisch. Ein jüngerer begann widerwillig Wasser in ihre Gläser zu gießen und rief seinem älteren Kollegen, der schon halb durch den Raum weggegangen war, etwas zu. Der Angerufene schaute nicht zurück, hob die Hände und ließ sie mit einer Geste des Widerwillens und der Erschöpfung fallen, während der unbeaufsichtigte junge Kellner zwei Gläser bis zum Überlaufen füllte und die anderen ignorierte.

»Im Szent Lajos zu sein. Wenn man zehn Jahre alt ist, kann alles wunderschön sein, denn alles ist neu. Man wartet nicht auf etwas Besseres. Was vor einem liegt, kann einen immer noch erstaunen. Ein Raum voller eleganter Menschen ist einfach erstaunlich. Man empfindet Schönheit sehr stark. Sie erschreckt einen. Ich war noch nie irgendwo gewesen, wo es so lebendig war wie an diesem Abend. Ich weiß, meine Brüder versuchten sich den Anschein zu geben, als gehörten sie hierher, aber ich wußte, sie waren nicht alt genug dazu. Dieser Raum, fand ich, war voller Leute, die sehr bedeutungsvolle Leben lebten. Ja, dieser Raum war voller Musik und aus Sonne geschliffenen Kronleuchtern. Die Stühle waren aus dunklem Holz und hatten wunderbar weiche Polster. Die Tische waren golden und aus Marmor, und das Silber glänzte. An der Decke war ein Fresko mit Engeln und Wolken.«

Der riesige Speisesaal war fast leer. An Dutzenden unterschiedlicher Tische, die sehr eng beieinanderstanden, saßen wenige Gesellschaften, die weit auseinandergesetzt worden waren. Laute, fröhlich lachende amerikanische Geschäftsleute machten sich über dieses miese Restaurant lustig, das ihnen die Empfangsdame ihres Hotels empfohlen hatte; Exilungarn auf Besuch versuchten, still und fassungslos, nach zehn oder vierzig Jahren damit zurechtzukommen, was sie in diesem Raum erblickten und was sie hartnäckig, aber genau andersherum im Gedächtnis behalten hatten; Beamte, die in Budapest lebten und an die Umgebung gewöhnt waren wie an alte Schuhe, beugten sich über die gleichen Gerichte, die sie sich schon seit Jahrzehnten einverleibten; und – wie in einem verzerrten, schwachen Widerhall von Imres Erinnerungen – an einem Tisch feierte eine Familie verkrampft und unfroh einen wichtigen Tag im Leben eines der Kinder. Seltsames, geradezu übelkeiterregendes Licht sickerte aus großen, an orangefarbenen, kunststoffbeschichteten Kabeln hängenden Raumzeitalter-Plastikkugeln der sechziger Jahre. In einem Plastikwännchen auf einem Servierwagen erhob sich eine schiefe, zitternde Pyramide aus nicht rostfreien, fest in Papierservietten eingewickelten Stahlbestecksets. Ein Junge schob den Wagen langsam durch die Gänge, stieß einen nassen Wischlappen über leere Tische, hinterließ ein feuchtes V und verteilte ein paar von den Besteckrollen.

»Oooh, und dann war genau hier ein Tresen aus Zinkblech, an der gesamten Wand entlang. Die Barkeeper waren starke, gutaussehende Männer; sie warfen sich Gläser und metallene Cocktailshaker zu. Sie stießen einander immer wieder an, wenn sie in dem knappen Raum dort unter den Fenstern aneinander vorbeigingen. Und draußen vor den Fenstern lag der erste Schnee des Jahres, und in den Lichtern fallte der Schnee wie Silberstücke vor Schwarz und Gelb, und es sah draußen sehr ruhig aus und war sehr laut drinnen, und daß beides nur durch ein Fenster getrennt war, schien sehr schön.«

Zwei unvermeidliche Zigeunermusiker in paillettenbesetzten Westen und engen, fleckig blankgescheuerten Hosen bewegten sich von einem Tisch, an dem sie nicht willkommen waren, zum nächsten. Der, der sein Akkordeon umklammerte und wieder auseinanderzog, schaute nur seine Finger oder den Boden an, der Geiger hüpfte auf und ab und schnitt Grimassen.

»Mr. Price, ich sehe, daß Sie lachen, da die Zigeuner spielen, und Sie haben recht. Sie sind jetzt ein Witz, für Touristen, und wie so vieles, das der Staat unter Kontrolle hatte, ein wenig tot, als Produkt ein wenig schäbiger. Aber damals! Ach, die Menschen waren anders. Livemusik zu hören war anders. Wir hatten nicht den ganzen Tag Stereokassetten in den Ohren und Ihre CDs, um jede Art Musik der Weltgeschichte einzufangen. Als es schwer war, Musik zu finden, war sie sehr machtvoll. Und die Zigeuner, das waren Männer voller Feuer, bäuerliche Götter, die einen verzauberten und einem den Kopf verdrehten. Die Leute warfen den Musikern Geld zu – nicht nur Münzen, sondern Scheine! –, und spätabends wurde getanzt, Gesellschaftstänze, die Frauen in ihren Pelzen waren über alle Vorstellung schön, mit Hälsen ganz wie Schwäne, und sie tanzten, bis in dem Fenster dort drüben der Morgen dämmerte.«

Durch dieses Fenster konnten sie nun ihren Kellner draußen sehen, der mit einem Kollegen lachte und sich, ungetrübt von dem Gefühl drängender Pflichten anderswo, eine Zigarette an der Kippe der letzten anzündete. Geraume Zeit später kam er zurück und kritzelte mit gelben Fingern und einem Bleistiftstummel etwas auf einen losen rosa Papierfetzen. Er sprach kein Wort, schaute die Person, deren Bestellung er aufnahm, nicht an, schüttelte dreimal den Kopf, als jemand ein bestimmtes Gericht verlangte, notierte sich nichts. Erklärungen gab er keine, sondern starrte so lange in die Ferne, bis Harveys Assistent, Krisztina und Neville ihre Bestellungen änderten. Da machte er, den Blick immer noch woanders hingewandt, ein paar Striche auf sein Papier. Charles, der genau in dem Moment zwei Flaschen Wein bestellte, als der Mann davonging, brüllte die Küchentür an.

»Heute bin ich, dank unserem Freund Károly, das drittemal hier. Später war ich mit einer Frau zusammen, und ich war zwanzig Jahre alt. Ich wußte, ich sah ein Theater, aber es war um nichts weniger schön. Wir waren alle Akteure in diesem tollen Theater. Bei diesem zweiten Mal spürte ich auch noch etwas. Budapest hatte noch Glück, doch es herrschte Krieg. In der Schönheit und Erregung und dem Klang des Orchesters an diesem Abend – es saß genau dort – schwang auch etwas mit wie Verzweiflung. Vielleicht wußten alle, daß es morgen womöglich kein Szent Lajos, keine Festlichkeiten mehr geben würde. Man schmeckte es an allem. Die Frauen waren immer noch schön und lachten, aber sie lachten ein kleines bißchen zu laut. Man hatte das Gefühl, wir rasten auf das Ende zu, auf die Grenzen der Schönheit, und gleichzeitig versuchten wir, es zu verdrängen und allen anderen zu zeigen, daß wir keine Angst hatten. Es ging nicht gleich am nächsten Tag zu Ende, aber es endete sehr schnell. Und, ach, sehr plötzlich.«

Träge und in unregelmäßigen Abständen wurden sieben Teller mit fast kaltem Hähnchenpaprika, sieben schlaffe Salatbeilagen mit nassen kalten Maishäufchen aus der Dose, drei Flaschen wenig schmeichelnder Wein und fünf Gläser halbvoll mit lauwarmem, ein wenig trübem Leitungswasser angeliefert. Und als ein identisches, unappetitliches Gericht nach dem anderen klirrend auf den Tisch geknallt wurde, fing John irgendwann an zu lachen, dann lachten Neville und Harvey, und bald alle sieben.

Keiner traute sich, Nachtisch oder Kaffee zu bestellen. Charles zahlte das nicht angerührte Essen. Doch als sie draußen in den beißenden Wind traten, wo die Chauffeure mit den Füßen stampften und die Limousinentüren öffneten, schüttelten John, Neville und sogar Harvey Imre die Hand und dankten ihm aufrichtig für die Einladung.

Nun fuhren die beiden Wagen zum Casino des Hilton oben auf dem Burgberg. Im ersten saßen nur Charles und Imre, denn die vitaleren Teilnehmer hatten die einzige Frau gekidnappt und mit dem Anwalt Neville als ihrem distinguierten Sprecher geschworen, sie »wirklich richtig peinlich betrunken« zu machen, ein ebenso abenteuerlicher, wagemutiger Plan wie eine Reise ins Weltall. Das erste Auto überquerte die Margaretenbrücke nach Buda, doch statt hinauf zum Hotel fuhr es am Ufer entlang und über die Donau wieder zurück nach Pest, diesmal über die Kettenbrücke. Als es sich durch Belváros bis zur Elisabethbrücke schlängelte, folgte der Fahrer des zweiten Autos ihm zwar, doch seine männlichen Fahrgäste protestierten immer lauter über diese Zickzackroute hin und her über den Fluß.

»Es gibt zwei Menschen, die ich wirklich bald finden muß«, sagte Imre in das Schweigen des Fahrzeugs an der Spitze hinein. Durch das einen Spaltbreit offene Fenster betrachtete er den Fluß, den von jeder Brücke aus zu sehen er spontan verlangt hatte, und Charles zog seinen Mantel fester um sich. »Ich habe – ich glaube, das habe ich Ihnen nicht erzählt – zwei Kinder irgendwo in Budapest. Sie kennen mich nicht. Aber ich hätte gern, daß sie es erfahren, jetzt, da ich etwas vorzuweisen habe. Jetzt, wo unser Projekt Erfolg zu werden verspricht.«

Charles antwortete nicht. Er saß da, schlug die Arme um sich, weil ihm kalt war, hörte dieses merkwürdige Geständnis mit fest am Hals zugeknöpftem Mantel und spürte, wie sein Herz bei dem Gedanken, daß er sich sehr übel verkalkuliert hatte, schneller schlug. »Sie werden bestimmt sehr stolz auf Sie sein.«

»Oooh, nun übertreiben wir die Sache mal nicht, mein Freund.«

»Warum fahren sie immer wieder hin und her über den Fluß, verdammt noch mal?«

»Mr. Horváth und Mr. Gábor haben bestimmt einen sehr guten Grund dafür.«

»Sagt er Ihnen, Sie sollen ihn Mr. Gábor nennen? Darin sollten Sie ihn nicht bestärken.«

»Ich habe sie beide das letztemal gesehen, als sie vierzehn waren.«

»Zwillinge?«

»Nein, genaugenommen nicht.«

»Also, Herr Anwalt, dann werdet ihr Burschen im Internat alle vergewaltigt. Stimmt's?«

»Richtig, Harvey. Im Grunde ein Initiationsritual für unser Volk. Und ich möchte kein Wort dagegen hören, alter Kämpe.«

»Ich weiß nicht einmal, ob ihre Mütter noch leben.«

»Möchten Sie, daß ich mich darum kümmere? Daß ich versuche, sie für Sie ausfindig zu machen?«

»Stört es denn die Eltern nicht, um Himmels willen? Alle ihre Söhne werden – wie lange, sechs Jahre? – von Schwulen mißbraucht. Soll Ihr Sohn das auch durchmachen?«

»Wie ich gesagt habe, ein Initiationsritual.«

»Oooh, ich weiß es noch nicht. Nun, da ich es ausgesprochen habe, bin ich mir nicht mehr so sicher. Lassen wir's fürs erste. Aber danke schön, mein Freund.«

Die beinahe neurotische, bebende Erregung an den Spieltischen im Hilton trieb die Gruppe wiederholt auseinander und führte sie in verschiedenen Kombinationen wieder zusammen. John hatte den Eindruck, daß man sich überall um ihn herum lebhaft über sehr bedeutende Dinge unterhielt, während er sich immer nur mit Geplauder über Nichtigkeiten begnügen mußte. Imre und Charles setzten und gewannen Seite an Seite, und obwohl sie in dieselbe Richtung schauten (und den Blick immer gleichzeitig von der sich drehenden Roulettescheibe zum Croupier hoben), neigten sie die Köpfe zueinander und unterhielten sich mit gedämpfter Stimme. Harvey nahm Charles zweimal beiseite und erklärte ihm etwas mit ausladenden Gesten, Charles schaute ihm in die Augen und nickte kaum merklich. Krisztina, deren Entführer es natürlich nicht geschafft hatten, sie betrunken zu machen, schien manchmal vor Glück zu strahlen, dann wieder, und zwar meist, wenn Charles und Imre allein waren, trug sie eine Miene finstersten Argwohns zur Schau. Charles und Neville tranken am Tresen ein sehr ernsthaftes Glas miteinander, doch als John sich zu ihnen gesellte, stellte sich heraus, daß sich das Gespräch ausschließlich um Cricket drehte. Später beobachtete John, wie Harvey mit kaum gezügelter Wut seinen Assistenten mit einer unhörbaren Schimpfkanonade eindeckte, dann aber von drei breiten ungarischen Gangstertypen verdeckt wurde, die in massiver Sechsreiherfront auf einen Blackjacktisch zumarschierten.

»Warum hat er dich zur Sau gemacht?« fragte John den Assistenten, als Harvey und Imre Roulette spielten und Harvey die Kugel anschrie, weil sie nicht so fiel, wie er wollte.

»Ist egal«, erwiderte der mit ausdrucksloser Miene. (Außerhalb des Jazzclubs hatte er es nicht so mit Augenkontakt.) »Ist total scheißegal.«

Als sie alle wieder im Foyer waren und ihre Gewinne verglichen, bot Charles ihnen an, sie jeweils nach Hause bringen zu lassen.

»Wir wohnen ja hier im Hotel«, erinnerte Krisztina ihn.

»Natürlich, tut mir leid. Hab ich vollkommen vergessen. Dann sagen wir Ihnen also jetzt gute Nacht. Aber Imre, Sie helfen mir doch gewiß, die Herren nach Hause zu bringen, und dann bringe ich Sie wieder hierher zurück.« Die Männer küßten Krisztina auf die Wange, gingen durch die Drehtür in den Schnee, quetschten sich alle in denselben Wagen und hörten, wie Charles dem Fahrer die Adresse des Leviticus gab. Das leere zweite Auto zockelte gehorsam hinter ihnen her.

Gleich hinter dem Eingang zur Wüstenhütte erfolgte die Gesichtskontrolle. Die sechs Männer passierten zwei muskelbepackte Rausschmeißer, riesige Ungarn in kurzen Röcken, Sandalen, Kopfschmuck mit modellierten Schlangen und Geiern an der Stirn, zottigen Bärten, die spiralförmig mit goldenen Fäden umwickelt waren, und stilvoll in die Gürtel ihrer Kittel gesteckten Knarren. »Wow, ist das nicht sexy?« sagte John. »Ich bin schon *muy* erregt.« Die Palmen schwankten unter der Discokugel, und auf den Tischen lagen Plastikteller mit Feigen. Keine Stühle, nur Teppiche und Sitzkissen. Die Herren setzten sich im Schneidersitz auf den Boden, die Schuhe wurden ihnen von Frauen ausgezogen, die goldene Büstenhalter und durchsichtige weite Seidenhosen trugen, die mit schmalen goldenen Fußkettchen in Form von Schlangen zusammengehalten wurden, die sich in ihre eigenen, mit unechten Juwelen bestückten Schwänze verbissen. Beiderseits der sandbestreuten Bühne liefen auf imposanten Videoleinwänden ununterbrochen Höhepunkte aus Klassikern der Intimen Filmkunst der Welt, doch nach fünfzig Minuten konnte man sein Déjà-vu-Gefühl nicht mehr nur mit den begrenzten Möglichkeiten erklären, in denen diese Höhepunkte in Szene gesetzt werden konnten.

»Wow, am besten finde ich, daß es so echt ist. Denn so lebten die Leute in biblischen Zeiten. Ich meine natürlich, na ja, die Reichen und die Schönen.« Johns Worte wurden mit Feigen, die ihm von Hand gefüttert wurden, erstickt.

Pseudonahöstliche Musik jammerte aus den Lautsprechern, auf der Bühne begann eine Pantomime. Ein nicht allzu arabisch aussehender Mann ohne Hemd und mit Plastikkrummschwert bewachte zwei aneinandergefesselte Haremsdamen, die Todesangst mimten und ihren mitleidlosen Bewacher stumm um Gnade anflehten. Schon bald aber hatte die eine Frau einen Geistesblitz, und ohne viel Zeit zu vergeuden, flog das Krummschwert beiseite, war die Wache nackt ausgezogen, und die Haremsdamen begannen, sich mit einer nicht unerwarteten (und eigenartig uninspirierenden) Art von Lösegeld freizukaufen. Die Gäste rauchten, tranken winzige Mengen Whisky für achtzehn Dollar, futterten körnige Feigen, ließen sich von Angestellten in goldenen Büstenhaltern die Schultern rubbeln und die Haare zausen. Neunmal am Tag wurde das Dramolett von derselben Komödiantentruppe aufgeführt – zwei verheirateten Paaren, Freunden seit Kindertagen.

Der Service war aggressiv tüchtig. Charles zahlte die Getränke mit seiner goldenen Kreditkarte; rasch und oft, ohne daß man darum bitten mußte, wurde nachgeschenkt. »Wir haben jede Menge neue Leute, die wir ab nächstem Montag rausschmeißen können, also machen Sie sich keine Sorgen«, sagte Charles, als sich die Herren für ein überteuertes Gläschen nach dem anderen bei ihm bedankten. Harvey konnte den Blick nicht von der Bühne reißen, er versuchte, nicht einmal zu blinzeln, aber aus den Mundwinkeln heraus sagte er zu seinem Assistenten: »Und? Habe ich dir nicht gesagt, ich würde dir Erstaunliches zeigen, wenn du für mich arbeitest?« Imre saß zwischen zwei Frauen, denen er in die in ihren Gewändern befindlichen, für Sonderzuwendungen gedachten Täschchen Forintscheine steckte. Neville wiederum beobachtete die Bühne mit der angestrengt ernsten Aufmerksamkeit des Anwalts, der bei einem komplexen Kreuzverhör den tödlichen Fehler entdecken will.

»Himmel, was mache ich bloß mit euch allen?« Doch John bekam keine Antwort, Imre und sein Partner flüsterten hektisch miteinander, ein Handzeichen zum Oberkellner, und schon saß eine Frau rittlings auf Johns Schoß. Imre prostete John stumm zu; John schüttelte krampfhaft amüsiert den Kopf und lächelte zurück. Sie entschwand bald.

Ein unechtes Kamel trottete über die kleine Bühne und bückte sich, damit ein weiterer Mime – ein Emir? der Haremsbesitzer? ein Bandit? – absteigen und durch den Sand zu dem sich windenden Trio gehen konnte. Ohne anderen Beweis von körperlicher Erregung als einer erschlafften Leidenschaft im Gesicht, war auch dieser Neuankömmling bald nackt und begann sich zu winden, ohne daß einer der anderen Teilnehmer Überraschung gezeigt hätte. John wies seine Kollegen darauf hin, daß bei genauer Interpretation der Darbietung ein gewisser Mangel an Durchdringung und eine gewisse Weichheit in der Zeichnung der männlichen Charaktere nicht zu übersehen seien. Sie waren offenbar unfähig, die Standfestigkeit zu erreichen, die die heitere Atmosphäre der Szene verlangte. Dann erschien vor John ein Whisky und verschwand so schnell wie der Rauch, nach dem er schmeckte. Weitere Bestellungen wurden flüsternd und knisternd von Imre zu Charles zu einem Ober weitergegeben, und Charles entschuldigte sich bei Imre für etwas, das John nicht verstand. Auf der anderen Seite des Raumes bat ein Rausschmeißer einen betrunkenen Deutschen in unwiderstehlicher Art und Weise, den Club zu verlassen, eine Kellnerin im Bikini stand mit angewinkelter Hüfte und Schmollmund in der Haltung verletzter Würde daneben. Die Leute in der Wüste bildeten nun eine

Karawane. Der deutsche Tourist versuchte, sich auf seinem Weg zum Ausgang dazuzugesellen, wurde aber an den Haaren hochgezogen und zur Tür gebeten. Hinterm Tresen zerbrach eine Flasche, obszöne ungarische Flüche erschallten. Die Leute im Sand wirbelten herum wie zwei unbeholfene vierfüßige Derwische.

»Deine Freunde machen dir Weihnachtsgeschenk«, strömte es John mit leichtem russischen Akzent heiß ins Ohr.

Charles lachte über seinen Gesichtsausdruck, aber Imre nickte ihm feierlich zu und ließ sich für etwas danken, für das noch gar kein Dank angebracht war. »Kinder, um zehn seid ihr zu Haus«, sagte Charles. »Mit Dank und den besten Empfehlungen von der Horváth Holdings.«

Das Mädchen, schon im Mantel, packte John am Arm, aber der drehte sich an der Tür noch einmal um und warf einen letzten Blick auf die sklerotischen Erotikübungen. Man schien sich allgemein wohl zu fühlen an dieser Stätte der Lust aus zweiter und der Möbel aus dritter Hand. Eine der Frauen setzte sich auf die Tischkante, breitete sich mit spinnenartiger Anmut über Horváths Schoß aus, ihre langen, chemisch und studiogebräunten Beine bogen sich so, daß sie fast ein Sechseck bildeten, die Zehen zeigten weit weg zu beiden Seiten des Verlegers zum Boden. Sie umfaßte den Hinterkopf des alten Mannes, packte mit den Fingern in sein silbernes Haar und stöhnte. Dann drückte sie die Schultern zusammen, warf den Kopf zurück und zog Horváths Gesicht eng an ihren Busen.

Die Limousine setzte John und seine Begleiterin vor seiner Wohnung in der Andrássy út ab, und als er den massiven Eisenschlüssel im Schloß der Eingangstür seines Hauses herumdrehte, kicherte er immer noch in sich hinein. Der Held der Tyrannenbekämpfung – das Gedächtnis des Volkes – hatte ihm eine kirgisische Hure namens Clawdia mit Katzenaugen und ein wenig europäischem Körpergeruch unter dem Duft eines sinnlichen Parfüms gekauft. Sie würden eine Tasse Kaffee trinken und es damit gut sein lassen, und morgen würde er zeigen, daß er einen Scherz verstand, ein echter Kerl war, Geschäfte machen konnte, wie es sich offenbar hier gehörte, und trotzdem sowohl seine Selbstachtung als auch seine genitale Gesundheit erhalten konnte.

Aber dann entledigte sich das Mädchen seiner Kleidung mit großem Tempo und Geschick, John sah, wieviel geübter Stripperinnen im Ausziehen sind als Durchschnittsmenschen, und prompt verlagerten sich seine Prioritäten.

Später sagte das Mädchen: »Jetzt täusche ich Finish für dich vor, okay?« Zuerst dachte John, sie sei über ein verzwicktes Vokabelproblem gestolpert oder biete vielleicht eine spezielle Dienstleistung skandinavischen beziehungsweise finnischen Ursprungs an, aber nein: Sie blickte mit der Miene einer müden Kellnerin bei Schichtende zu ihm auf. »Jetzt, mein Herr? Okay? Jetzt? Okay?«

»Ja, gut, Herr im Himmel, fang an und –« Schon brachten ihr Schreien und Stöhnen seine Bilderrahmen zum Klappern und ein Strom kirgisischer Worte ergoß sich in sein Ohr, praktischerweise so fremd, daß er sie für sich übersetzen konnte, wie er wollte.

Leider verstrich eine merkliche Zeitspanne nach ihrer Tour de force, bis er begriff, daß sie ein ähnliches Finale von ihm erwartete, damit sie Feierabend machen konnte. »Noch etwas, mein Herr? Noch etwas?« John schloß die Augen. Als er sich in dieser neuen Dunkelheit auf das Mädchen warf, stellte er sich vor, daß er sich auf … genau dieses Mädchen warf, und diesmal bestand der Unterschied darin, daß es ihm Spaß machte. Er malte sich aus, daß er vor männlicher Kraft und grober Lust brüllte und sich genau dort an ihren Körper klammerte, an den er sich tatsächlich klammerte, aber mit einem derartigen Schock des Berührens und einer Intensität, die er in Wirklichkeit noch nie erlebt hatte. Das Mädchen in seiner Phantasie beobachtete ihn; ihre Augen weiteten sich in wachsender Erregung, und hinter seinen geschlossenen Augen stellte John sich vor, wie auch seine Augen groß und immer größer wurden, während Hitze und elektrische Ströme ihn durchzuckten, ihm Feuer aus Rückgrat und Steißbein schlugen. Er sah zwei glückliche Menschen, die einander Lust bereiteten, ohne zu zweifeln oder hin und her zu überlegen, und er lebte nur in dieser Ur-Umarmung. Er stellte sich vor, wie sich ihre Hände ineinander verkrallten, bis ihre Nägel seine Knöchel aufrissen und das Blut purpurrot herausquoll. Er stellte sich vor, wie sich die beiden Körper immer enger aneinanderdrängten und jegliche Distanz verschwand.

Vergeblich. Als er die Augen öffnete, sah er, daß sie ihn ungeduldig anschaute. Er griff nach dem Kissen hinter ihr. »Etwas anderes, mein Herr? Etwas anderes?«

»Verdammt noch mal, halt die Fresse, ich hab dir doch gesagt, nein«, blaffte er. Er machte die Augen wieder zu, vergrub den Kopf zwischen ihren Brüsten, krümmte den Rücken und tat ihr den Gefallen und täuschte das Finnisch vor.

III.

Johns letzter Abend von 1990: John und Nicky standen an einer Straßenecke und küßten sich unter einer Laterne, in matschigem, rasch fallendem, bei seinem Weg schräg durch das Laternenlicht erst weißen, dann gelben, dann wieder weißen Schnee. Sie stiegen ins volle Blue Jazz hinunter. Der amerikanische Sänger widmete gerade den letzten Song seiner Band – »Georgia on My Mind« – dem Gedenken an Stalin. Als John mit drei Gläsern vom Tresen zurückkam, hatte Nicky sich schon mit Nádja bekannt gemacht und zu ihr gesetzt. Die beiden Frauen beugten sich weit über den Tisch und sprachen überdeutlich, um sich durch die etwas zu laute Musik und das Geplapper ringsum überhaupt zu verstehen. »Mein allerliebster Junge, ich mag sie schon so viel mehr als die Kleine mit dem Kinn. Darf ich Ihren Kopf berühren, mein Kind?«

»Dem Kinn?« fragte Nicky ihren Begleiter, während sie den Kopf beugte und den uralten Fingern gestattete, ihren kahlen Schädel abzutasten. »Dem Kinn?«

»Egal. Eine lange Geschichte.«

»Ich habe viel von Ihnen gehört«, sagte Nicky. John war ein

wenig überrascht, als die selbsternannte Königin der Offenheit etwas so abgedroschen Höfliches von sich gab und log, ohne mit der Wimper zu zucken. Er hatte ihr nie etwas von Nádja erzählt.

Rückblende: Johns Neujahrsexpedition hatte etliche Stunden zuvor in den Redaktionsräumen der *BudapesToday* begonnen, wo sich die Kollegen, die sich seit Monaten jeden Tag sahen, beklommen an ihre Schreibtische klammerten. Da Charles und Harvey zum Skilaufen in der Schweiz waren (»Schweizer Missen eisig küssen«, hatte Harvey gekalauert, und Charles, den er nicht sehen konnte, hatte die Augen verdreht), war John richtig weh ums Herz geworden, und er hoffte, Nicky würde auftauchen. Er hätte es nicht ertragen, das Jahr 1991 mit einem von den Leuten hier zu beginnen, nicht einmal mit Karen Whitley, die sich seit neuestem einer durchsichtig coolen Haltung des Überdrusses und der Frustration à la »Mach, was du willst« befleißigte, die mit einem goldenen Faden ironischer Schuldzuweisung durchwirkt und von oben bis unten mit Vanillekörperspray besprüht war, dessen betörender Duft Verfügbarkeit signalisierte.

Als er schon eine öde Stunde bei der Redaktionsfeier zugebracht und sich die fast identischen Filmplots von vier Kollegen und die Schleimereien beziehungsweise verächtlichen Bemerkungen von Karen angehört hatte, sah er endlich Nicky. Er ließ ihr die Möglichkeit, selbst zu riechen, wie sehr diese Versammlung von Grund auf verkorkst war und stank, nahm sie dann beiseite und fragte sie, ob sie mit ihm über ein Lakritzenmeer zu der sonnigen, einladenden Küste des Jahres 1991 fahren wolle – in ein grünes, verheißungsvolles Land voll fleischiger, süßer, orangefarbener Früchte und roter Beeren in Form winziger Brustwarzen, einer Insel unvergleichlicher Glückseligkeit, wo er ganz ernsthaft damit rechnete (hier knabberte er an ihrem Ohr), zum König ernannt zu werden, zu einem glücklichen, nackten König, geliebt wegen seiner Großzügigkeit und ein wenig gefürchtet wegen seines unberechenbaren Appetits. Er gestand ihr, was ihre Nase ihr schon vermeldet hatte: Alkoholselig war er schon in See gestochen. Sie würde ein ganzes Stück schwimmen müssen, um ihn einzuholen. Aber er war bereit zu warten.

Bevor sie allerdings entfleuchen konnten, erklomm der Chef mit einem Plastikbecher billigen ungarischen Weißweins einen Schreibtischstuhl und malte das Bild »vor uns liegender, blühender Zeiten«. Unsere beiden Seefahrer faßten sich hinter einer Tarnwand von Computermonitoren gegenseitig in den Schritt und bekundeten mit Körperteilen, die sichtbar waren, wie ihrer gefurchten Stirn, lebhaftes Interesse an den Äußerungen ihres Chefs. Nicky willigte nun auch ein, mit John zu reisen, kitzelte ihn mit den Fingernägeln am Adamsapfel und flüsterte ihm ins Ohr, wie gern sie mitkäme. Er lächelte sie an. Sie war, fiel ihm auf, wahrscheinlich seine engste Freundin auf dem gesamten Kontinent. Weil sie absolut nichts von ihm wollte, weil sie wiederholt alle seine Angebote, die auch nur im entferntesten an Gefühle oder Zuneigung gemahnten, ablehnte, war sie (das sah er jetzt im Neonlicht der engen Redaktionsräume) über die Maßen wichtig für ihn geworden. (Er war schon so weit auf seiner abendlichen Fahrt geschippert, daß er sentimental wurde – aber nicht so weit, daß er es nicht merkte und als unvermeidliche, akzeptable Reaktion auf das raunende, immer schnellere Fließen des schimmernden Sandes im Stundenglas von 1990 entschuldigte.)

Obwohl Nicky lachend versprochen hatte mitzukommen, segelte sie nicht gleich los. Während John auf seinem kleinen Holzfloß wackelte und schwankte, seekrank wurde und erbrach, überquerte sie die schmale, flache Meerenge nach 1991 auf glatten Trittsteinen und schoß ein Foto nach dem anderen, klick, Blende auf, Blende zu: John, wie er vor der Redaktion der *BudapesToday* seinen Namen in den weißen Schnee schrieb; John, wie er, Hände in den Jackentaschen, Schultern gegen den Wind hochgezogen, die nichtangezündete Zigarette weit aus den aufgesprungenen Lippen hängend, auf der Kettenbrücke stand und ein bulliger, schnauzbärtiger, tapfer erfrierender ungarischer Polizist mit grimmiger Miene so tat, als zöge er John mit dem Gummiknüppel eins über den Schädel; Nádja und John beim Reden auf der Klavierbank; eine Frau mit sehr rundem Gesicht, die leise am Tresen weinte und heftig auf ihrer geschwollenen Unterlippe herumkaute; ein dürrer ungarischer Barkeeper, der sich mit den Ellenbogen auf den Tresen stützte und skeptisch einem Kunden lauschte (dem Rücken); ein übellauniges Paar an einem schmalen Tisch, das sich vor einem peinlich berührten Freund stritt und das Nicky genau in dem Moment einfing, als das Getränk der wütenden Frau horizontal aus dem Glas in Richtung ihres Freundes flog; der schwarze Sänger, der mit einer Hand den Mikrophonständer hielt, auf seine Uhr an der anderen schaute und dann langsam die hart erarbeiteten ungarischen Worte sagte, die das neue Jahr verkündeten; sich küssende Paare, eingehüllt in von hinten beleuchtete Rauchspiralen; eine Digitaluhr, die direkt über dem Kopf des Mädchens mit dem runden Gesicht rot 2:22 anzeigte, und das Mädchen, das jetzt wieder fröhlich war und angeregt, ja fast manisch gestikulierend, mit weit aufgerissenen Augen, auf drei Männer einredete: den Saxophonisten, einen jungen amerikanischen PR-Manager mit Spitzbart, der mit verschränkten Armen ein Buch mit Gedichten von József Attila an die Brust drückte, und den Sänger, der gerade den Mund weit aufgerissen hatte und wie ein Löwe aus vollem Halse gähnte...

Noch eine Rückblende: 23.42 Uhr auf der Klavierbank: »Also, geschorene Köpfe und Silvesterpartys, woran erinnert einen das? Ach ja. Darf ich dich mit einer Erinnerung langweilen?«

»Bitte.«

»Gut. Dann sind wir im Jahre 1938. Auch am Silvester. Damals war Berlin eine sehr unterhaltsame Stadt, eine gewisse Spannung lag in der Luft, immer unter der Voraussetzung natürlich, man war, du weißt schon. Aber noch lag nicht alles klar auf der Hand, mußt du wissen. Höchstwahrscheinlich war auch ich ein bißchen angespannt. Ich glaubte, ich spielte besser das Piano, wenn ich ein bißchen angespannt war. Da spiele ich. Hm, was habe ich wohl für Melodien gespielt? Meist deutsche Sachen, keinen Jazz für sie in dem Jahr, besser, man kennt sein Publikum. Wir sind auf einer privaten Feier. Dank dem Freund eines Freundes kriege ich eine hübsche Stange Geld bei Feiern zusammen. Eine wunderbare Zeit zwischen Weihnachten und Neujahr, 1938 wird 1939. Ich weiß nicht, wie lange ich noch in der Stadt bleibe. Vielleicht gehe ich im nächsten Monat. Ich bin jung, alles ist möglich – Freunde, eine Liebschaft, ein Abenteuer. Du kennst das Gefühl bestimmt. Und dann macht ein Soldat – ein Festgast – mir einen Vorschlag, sehr laut. Er schlägt vor, er und ich sollten das neue Jahr, das nur noch ein paar Minuten entfernt ist, in einer besonderen Weise feiern. Ich glaube, ich kann dir nicht mal die englische Übersetzung von dem sagen, was er vorgeschlagen hat; es war eins von den endlosen deutschen Wörtern, die in einem Wort das vermitteln, was in englisch ein ganzer Absatz sein müßte. Überlassen wir es also deiner Phantasie, Mr. Price. Ich glaube, mit deiner wunderschönen, provokanten Freundin, die dort emsig mit ihrer Kamera beschäftigt ist, gibt es nur sehr wenig, was du dir nicht vorstellen kannst. Berlin: Mein taktloser Peiniger trägt Reithosen. Er ist jung, aber Offizier. Und die Narben: Er hat einen kleinen Wulst quer über die Wange und einen anderen, längeren auf dem Kopf. Den zweiten würde man gar nicht sehen, aber sein Kopf ist geschoren wie der deiner neuen Freundin. Ich sage nichts, ich spiele ein bißchen lauter, ich hoffe, er geht weg. Aber er wiederholt seine Absicht, jetzt noch lauter, sehr laut. Ich bin sehr jung, ich weiß nicht, was ich tun soll. Also lüge ich und sage: ›Danke schön, aber ich bin verheiratet.‹ ›Ach, das kleine Fräulein ist verheiratet? Und wo ist der Ehemann, der es losschickt, damit es sich als klavierspielende Hure verkauft?‹ Ich habe keine Freunde auf dieser Feier, es ist spät, ich wohne in einem Hotel auf der anderen Seite der Stadt. Ich fange an, mir vorzustellen, auf wie viele schreckliche Weisen dieser Abend enden kann. Ich spiele immer noch, ich tue so, als müßte ich auf die Tasten schauen, obwohl das ein wenig demütigend für mich ist, doch dann, bevor ich zuviel Angst kriege oder etwas Geistreiches, aber Dummes sage, was auch immer möglich ist, werde ich gerettet. Ein anderer Offizier taucht auf der anderen Seite des Klaviers auf. ›Die Dame ist eine Freundin von mir‹, lügt der neue. ›Wenn sie in Ruhe gelassen zu werden wünscht, rate ich Ihnen, sie in Ruhe zu lassen.‹ Der neue hat den gleichen Rang oder vielleicht ein bißchen höher. Auch Reithosen. Geschorener Kopf. Die gleiche Narbe auf der Wange. Wie ein Mann, der seinen Spiegel tadelt.

Ich lächele meinen Retter an, bewege meine Wimpern wie eine Dame und spiele weiter. Natürlich ist auch der erste Soldat ein wenig angespannt und läßt nicht so leicht von mir ab. Die Angst vergeht schnell, und nun gestehe ich einen gewissen Stolz ein. Zwei junge Militärs finden mich ihrer Aufmerksamkeit würdig. Jetzt, da mir nichts mehr passieren kann, genieße ich es. Und ich gestehe auch, daß ich mich amüsiere, als der erste Soldat den zweiten beleidigt und umgekehrt. Als sie sich gegenseitig bedrohen, sind ihre Stimmen sehr leise. Der erste beugt sich über das Klavier und schlägt meinem Helden ins Gesicht. Ich spiele weiter, aber diesmal werde ich nichts verpassen, weil ich blöde auf die Tasten starre. Und ich gestehe, ich lächelte. Es war herrlich, John Price.«

Das beste Foto des gesamten Films, das Nicky innerhalb der nächsten drei Minuten machte: Nádja und John sitzen nebeneinander auf der Klavierbank, Nádja zur Wand, John zum Publikum hin. Ihre Gesichter werden von Bühnenscheinwerfern beleuchtet und sind oben am hellsten, Hals und Körper liegen mehr im Schatten. Nádjas linke Hand greift in die Tasten, die rechte schwebt direkt darüber, bereit, die nächste melodische Idee einzufangen und anzuschlagen. Sie trägt das rote Kleid, das sie an dem Abend ihres Kennenlernens getragen hat; sie trägt es oft. Er neigt den Kopf und hält ihr das linke Ohr so hin, daß er ihre Geschichte hören und den Rauch seiner Zigarette hoch und nach rechts von ihr wegblasen kann. Über ihnen beiden neigt der an die Wand gemalte Tenorsaxophonist Dexter Gordon – mit Flügeln und Heiligenschein, ein wenig matt und gelangweilt – den Kopf genau wie John und stößt einen Schwall zart gemalten Rauch aus, der parallel zu Johns hochweht.

»Damit gehen sie sehr langsam weg von mir. Der erste Soldat zeigt mir einen sehr ernsten Blick, ein wenig bedrohlich, ein wenig wölfisch. Falls er von dem Kampf – wie auch immer der sich gestaltet – allein zurückkommt, kann ich nicht damit rechnen, daß er mich mit Samthandschuhen anfaßt. Doch mein Held lächelt ganz sanft und erzählt mir beinahe lachend, daß es nur ein albernes Spielchen ist und nichts passieren wird. Er zieht seinen grauen Rock aus. Und, John, ich bin begeistert. Ich weiß, daß Frauen sich heute nicht mehr zu so etwas bekennen sollten. Wir sind natürlich nicht das Spielzeug, um das ihr schrecklichen Männer euch balgen sollt. Aber ich gestehe! Du kannst mich der Gedankenverbrechen gegen meine Schwestern schuldig befinden! Es war das reine Gefühl neuer Macht, als hätte man mir gesagt, um Mitternacht würde ich zur Königin gekrönt. In diesem Augenblick habe ich das Gefühl, ich könnte jeden Mann im Raum, ja in ganz Berlin haben, und tatsächlich habe ich auch kurz danach meinen Mann kennengelernt. Zurück zur Sache: Sie wollen gerade durch die Wohnungstür verschwinden, werden aber vorher noch sehr höflich zueinander. Jeder versucht, dem anderen die Tür aufzuhalten: Sie brauchen lange Weile Zeit, nur um hinauszugelangen. Das Verbeugen und Absatzknallen wird eine kleine Operettenfarce. Sie schauen mich dabei nicht an, es gilt aber mir. Endlich schaffen sie es, den Raum zu verlassen. Mein Held hat die Höflichkeit meines Feindes akzeptiert und geht zuerst hinaus. Leise schließt sich die Tür hinter ihnen. Die vielen Gäste, viele betrunken, schließen tanzend die Lücke. Ich spiele weiter, und die Gastgeberin kommt mit einer musikalischen Bitte zu mir.«

Als Monate später der Frühling von 1991 seinen ersten Angriff auf die Stellungen des Winters startete und der weiße Märzregen mit ätzenden, zischenden Geräuschen kleine, silbergraue Löcher tief in die verharschten, braunfleckigen alten Schneewehen bohrte und eine Landschaft von Mondkratern hinterließ, als abends die unentschlossene Temperatur wieder unter die entscheidende Zahl fiel, die sie kürzlich erst überstiegen hatte, verwandelte sich der Schnee, der sich schon befreit hatte und zu Wasser geworden war, wieder in schmutzige Eishubbel und Sand; die Jahreszeit, in der Verkehr und Hundegerüche erstarrten, kehrte zurück. Das Bild von John, Nádja und Dexter Gordon lag auf dem Arbeitstisch in dem schlechtbeheizten Atelier der Fotografin. Ihr verstellbares Rasiermesser bewegte sich langsam um Johns Ohr, Haar, Nase und die Rauchwolke, ohne die man sich seine aufgesprungenen Lippen mittlerweile genausowenig vorstellen konnte wie einen Kometen, der ohne seinen spitz nach hinten zulaufenden Schweif auch das für ihn Charakteristische verliert. Johns zur Seite geneigtes Gesicht und die Rauchwolke waren dazu ausersehen, als oberster Teil auf seinen (unmerklich jüngeren) nackten Torso montiert zu werden, der wiederum mit den galoppierenden Hinterbeinen einer Ziege vereinigt war (die Nicky auf einer Exkursion aufs mährische Land fotografiert hatte). Den kühlen, grauen Qualm ausstoßend, der nun nicht mehr vom Rauchen kam, sollte John, der Satyr, bald flink und ziegenhaft trittsicher mit Spalthufen und haarigen, nackten Oberschenkeln über die sechseckigen Steine des Vörösmarty-Platzes rennen. Nach einer weiteren Woche Kleben, erneutem Fotografieren und Entwickeln würde er – um die zu Vörösmartys Füßen versammelte marmorne Menschenmenge – eine nackte Jungfrau jagen, die ihrem mythischen, rauchausstoßenden Verfolger spöttisch über die Schulter zulachen würde. Ihre langen, windverwehten blonden Locken würden ein ganz kleines bißchen zu kurz sein, um Nickys Gesicht und unechtes Lachen zu verbergen. Ihre Arme würden sich von der Bocksgestalt weg nach vorn strecken, die Finger sich krümmen und in unmißverständlicher Begierde nach den Hinterbacken einer anderen Frau greifen, die gleich hinter dem Thron des Dichters verschwand. Alle drei Figuren der Fotocollage würden sich in einem endlosen Kreis um das Denkmal und seine vielen Menschen jagen.

Aber noch eine Rückblende: In einer Märznacht (die sich kälter anfühlte als die Nächte im tiefsten Januar, weil man sich über Gebühr nach dem Frühling sehnte) schnitt die Rasierklinge erfolgreich das letzte Element zurecht, entfernte Johns Hände von Nickys Hüfte und seinen aufrecht stehenden Torso sowohl von seinem grimassierenden Kopf als auch von seinen verdeckten niederen Regionen. Nicky breitete die einzelnen, sich wellenden Teile des zukünftigen Werks flach aus, begann, die Unterschiede in Maßstab und Schattierung abzuschätzen, da ertönte es nölig, sarkastisch aus der über dem Bett liegenden Dunkelheit: »Das finde ich doch ein bißchen heftig, daß du das mit Bildern von ihm machst, während ich hier bin.«

Nicky blickte nicht auf; sie konzentrierte sich auf ihre Arbeit und ließ sogar soviel Zeit verstreichen, daß die Beschwerde bald wiederholt werden würde. Dann aber bequemte sie sich zu einer Antwort, und sie fiel durch die Verzögerung milder aus: »Ich kann mich nicht entsinnen, daß ich dich gefragt habe. Es ist ohnehin ein absolutes Wunder, daß ich mit dir hier arbeiten kann.« Das Verlangen, in Tränen auszubrechen – lästig und Ursache zu vieler Kopfschmerzen in dem Frühjahr –, kündigte sich an, wurde aber unterdrückt. Brüllen brachte auch nichts, war Anlaß für zu viele vergeudete Stunden, während Ideen für ihre Kunst vor sich hin köchelten, bis nur schale Reste blieben. Etwas Leichtes, Heiteres hatte sich in etwas Dummes, Quälendes verwandelt. Emilys anfängliche Reize – ihre Unschuld, ihre totale Durchschaubarkeit, ihre rasche Gefügigkeit – hatten Nicky aus irgendeinem Grunde in diese... diese konventionelle Ehe gelockt, in einen Kreislauf aus Streit und Verzeihen, bei dem ihre Arbeit in Gefahr kam und sie sich daran gewöhnte, beschimpft zu werden. »Paß auf, tut mir leid«, sagte sie schließlich, ohne Emily anschauen zu können. »Mach das bitte nicht. Bitte halt dich heute abend mal zurück. Ich bin das Streiten so satt. Bleib einfach dort liegen. Schlaf und laß mich dich ansehen. Ich finde es schön, wenn ich arbeite und du im Halbschlaf vor dich hin döst. Laß mich arbeiten. Bitte.«

»Du hast dich diese Woche mit ihm getroffen. Du hast versprochen, du würdest dich nicht mehr mit ihm treffen. Und ich weiß, daß du dich mit ihm getroffen hast.«

»Du *weißt*, daß ich das getan habe?« Das dünne, spröde Ende ihrer schon abnehmenden Zuneigung riß. Nicky legte die Rasierklinge hin und stützte die Stirn auf die Handballen. Die an ihren Arbeitstisch geschraubte helle Lampe warf seltsame dunkle Schatten von ihrem Kopf und ihren Fingern an die Wand. »Verdammte Scheiße, seine Freundin ist gestorben. Bitte. Nur heute abend nicht, okay?«

»Heute abend nicht? Na, wie wär's denn dann mit nie nicht? Würde dir das passen?«

»Mein Gott, bis eben gerade habe ich nie begriffen, warum

mein Vater so gern Frauen geschlagen hat, aber jetzt – ja, ›nie‹ würde mir hervorragend passen. Ihr steht mir beide bis hier. Ihr seid genau gleich. Ihr seid Schwächlinge. *Ihr* solltet zusammensein. Hau ab, damit ich zur Abwechslung endlich mal ein bißchen arbeiten kann.« Aber den letzten Satz hätte Nicky sich sparen können; Emily war schon fort.

Rückblende: der erste Moment des Jahres 1991. Auf die unglische Ansage des Sängers, es sei Mitternacht, folgten Küsse und Jubelrufe, Lippen wurden gespitzt und Augenbrauen gehoben, es gab eine Runde vom Haus, Scheingefechte mit Poolstöcken, Händeschütteln, plötzliche Großzügigkeit mit Tabak in allen seinen Erscheinungsformen, so manchen Waffenstillstand in laufenden Auseinandersetzungen und das merkwürdige, vom Kalender ausgelöste, jähe Auftauchen und Bewußtwerden lang schon wachsender, unterirdisch rankender Gefühle. John küßte die Pianistin zart auf die Wange. »Das reicht, Price«, ertönte Nickys Stimme hinter ihnen. »Ich kann nicht zulassen, daß er mit noch einer Frau in Budapest anbandelt, Nádja.« Sie küßte ihn auf die alkoholisierten Lippen und setzte sich auf Nádjas andere Seite. Alle drei zwängten sich nun auf die Klavierbank, Nicky legte einen neuen Film ein, und Nádja drängelte und tat so, als könne sie zum Spielen nur die Unterarme bewegen.

»Also, meine Deutschen, John Price. Sie kommen nach etwa einer Viertelstunde zurück. Der Beginn des neues Jahres, der kurze Moment, ist schon wieder vorbei, wie hier auch, und wir sind jetzt im Jahr 1939. Sie sind im letzten Jahr gegangen, um sich meinetwegen zu prügeln, und als sie zurückkommen, hat sich viel verändert. Sie haben sich geprügelt, das ist klar. Mein Feind und mein Held haben beide blutige Hemden und Spuren im Gesicht. Die Reithosen meines Helden sind am Knie aufgerissen. Das Auge des Bösewichts wird allmählich immer blauer, so unmerklich, wie sich der Stundenzeiger einer Uhr bewegt. Mein Held hat außerdem eine Schnittwunde in der Wange, direkt über seiner Narbe. Aber glaube mir, diese Dinge bemerkt man zuerst nicht. Wieso nicht? Weil man zuerst merkt, daß sie *glücklich* sind; man sieht, jetzt, in diesem Jahr, sind sie dicke Freunde. Viel hat sich in einem Jahr verändert. Zuerst, daß sie sich im Jahre 1939 für mich so wenig interessieren, daß sie mich gar keines Blickes mehr würdigen. Sie haben die Arme einander über die Schultern gelegt und kommen ins Zimmer. Bestellen laut Kirschwasser. Sie prosten sich zu, schütteln sich die Hände und umarmen sich. Wieder Kirschwasser, wieder die Umarmung. Widerlich. Das hat mit mir nicht mehr das geringste zu tun. Vielleicht hat das Scharmützel ja dazu geführt, daß sie einander nun respektieren, oder dieser Hahnenkampf, dem Männer manchmal frönen, wenn sie zu lange fern von Frauen nur unter sich sind. Vielleicht waren sie auch vorher schon Freunde, vielleicht machen sie das oft bei Festen. Suchen sich eine Frau, der sie was vorspielen, der sie Angst einjagen und die sie dann demütigen können. Vielleicht pflegen sie eine intime Freundschaft, die dieses Ritual erfordert.«

Jahre später, suchen Sie sich selbst aus, wie alt John nun ist, in welcher Stadt er ist. Wieder beginnt ein feuchtfröhlicher Silvesterabend mit Bekannten in seiner neuen Wohnung. Sie fragen nach den Bildern, die an seinen Wänden hängen, sorgfältig gerahmte Mitbringsel und Erinnerungsstücke von seinen Weltreisen, das erste, was er in jeder neuen Wohnung auspackt und aufhängt. Und als die Fremden vor dem melancholischen Schwarzweißfoto von dem verrauchten Raum mit der alten Frau und dem Jungen, Seite an Seite am Klavier, stehenbleiben, fragt einer, wer es aufgenommen hat, und ein anderer, wer es ist, und John (der damit alles oder nichts preisgibt) antwortet: »Eine alte Freundin.« Höfliche Neugierde erregt das sehr alte Foto des weinenden Babys. Aber dann fragt ein Gast (der Gatte einer Bekannten, der John erst kürzlich vorgestellt worden ist und dessen Name sich seinem Gedächtnis noch nicht eingeprägt hat; ein Jazzfan und Lappalienreiter, im Grunde ein unverbesserlicher Alleswisser; bevor noch der Abend zu Ende ist, können er und John sich ein für allemal nicht leiden): »Hm, wenn Sie mich fragen, würde ich sagen, das ist Dexter Gordon.« Und das Gespräch geht über zu Jazzstars der vierziger Jahre.

Rückblende: John hatte den Ozean schon ein ganzes Stück überquert, ohne daß er Land sah oder sich dafür interessierte. Er war sehr betrunken und deshalb abwechselnd verdrießlich, sentimental, desorientiert oder geschwätzig. »Ich weiß nicht mal ihren Nachnamen«, beschwerte er sich bei Nádja, als Nicky ganz am anderen Ende des Raums fotografierte. »Kannst du dir das vorstellen? Ich meine, ich habe ihn gedruckt gesehen, aber nie gehört, wie sie ihn gesagt hat. Ich kann ihn nicht mal aussprechen. Das ist doch ein Zeichen für was, irgendwas, wenn du es herausfindest, ich kann's nicht ...« Im nächsten Moment saßen beide Frauen vor ihm und lachten. Wann Nicky zurückgekommen war, hatte er nicht mitgekriegt; sie war doch eben erst auf der anderen Seite des Raumes gewesen, und überhaupt, was war denn so witzig?

»Da ist das Arschloch, das mich mit'm Stein gehaun hat.« John nahm den Mann ins Visier, der am Tresen stand, eindeutig ein Amerikaner, der mit einer wenig attraktiven Amerikanerin redete. »Das ist das Arschloch, Nick, das mir mit'm Stein ein' übergezogen hat.« Der Mann nieste in einem fort, auf dem Tresen vor ihm häuften sich die zerknüllten Papierservietten. »Der, der mich geschlagen hat. Komm, gehn wir un prügeln ihn windelweich.« Nicky lachte, als John blinzelnd und redend auf seinen Feind zuging, der ihn nun endlich bemerkte. Der Kameraverschluß klickte und klickte. »Du willst 'nen Stein nach mir werfn? Du kannst nicht einfach mit nem Stein nach mir werfn. Ich werd's dir zeign, mim Stein nach mir zu werfen.«

Der Mann drehte sich um. Ein wütender Betrunkener schwankte vor seiner Reisegefährtin hin und her, einer Freundin aus Kindertagen, die ihm gerade die Einzelheiten einer chaotischen Scheidung erzählte, die einen Schlußpunkt unter eine sehr kurze Ehe gesetzt hatte. »Entschuldigung, wie bitte?« erwiderte der Tourist auf das wenige, das er verstand (»Ham mim Stein nach mir geworfn«). Er war erkältet, seine Stimme war belegt, leise, sein Ton defensiv.

»Das reich nich, Freundchen. Zu spät zum Enschuldigen. Das reich absolut nich.«

»Kennen wir Sie?«

»Hm, wahrscheinlich gibt es viele von uns, schwer, uns auseinanderzuhalten, uns Steinfänger alle.« John stürzte sich auf seinen unversöhnlichen Feind, geriet aber sofort aus dem Gleichgewicht und fiel auf ein Knie, im Abgang griff er nach dem Arm des Mannes. Als der seinen Arm freischüttelte (»He, Typ, Hände weg von mir«), fiel John noch ein Stück, schlug sich am Fuß der Frau mit seinen spitzen, scharfen, ideal stehenden Zähnen die Lippe auf und wurde dann von Nicky weggeführt.

»Heb's für mich auf, Liebling«, tröstete sie ihn. »Meine Füße wollen auch wild gebissen werden.«

Nicky setzte ihn in eine Nische, hielt ihm von Zeit zu Zeit ein Glas mit Eis an den Mund und beobachtete, wie es sich langsam wolkig rot färbte. »Ich bin absolut nicht in der Verfassung, mich zu prügeln«, gab John zu, und das Glas kippte um und Eis und rosafarbenes Wasser wurden auf der Tischfläche schwarz. »He, hör zu.« Er kriegte die Augen nicht auf, aber seine Brauen, Lippen und die Muskeln in seinen Wangen glichen das aus und wurden enorm ausdrucksfähig, so daß er einem sehr erregten, blinden Vampir ähnelte, dem das Blut aus den Mundwinkeln tröpfelte. »He, hör zu. Ich glaube, ich muß das jetzt sagen. Ja wirklich, ich liebe dich, Emily. Ich weiß, daß du das jetzt nicht hören willst, aber es stimmt.«

»Das ist sehr süß. Danke«, sagte sie, und John verlor eine Weile lang das Bewußtsein. Später war Emily wohl gegangen, denn als er, noch in derselben Haltung wie im Schlaf, nur jetzt mit halboffenen Augen, in der Nische hing, sah er Nádja mit Nicky sprechen. Sie lachten und rauchten ein paar Tische entfernt, steckten die Köpfe zusammen, und John wußte, er träumte, denn die beiden kannten sich doch gar nicht. Er sah, wie sie einander beim Sprechen an den Händen berührten, sah, wie Nicky Nahaufnahmen von Gesicht, Händen und Schultern der alten Frau machte. Er sah, wie die beiden auf ihn in seiner Nische zeigten und nicht sehr hilfreiche, mitleidige Mienen aufsetzten – ein Moment, der so klischeehaft und filmmäßig war, daß er sich über die Armut an Phantasie wunderte, die in einem so stereotypen Traum zum

Ausdruck kam. Später verloren sich diese kritischen Gedanken, denn eine lange, fiebrig heiße Traumphase begann und schien, wenn auch stetig langsamer werdend, gar nicht aufzuhören. Er erwachte allein im Jahre 1991 in dem Terpentindunst von Nickys Wohnung, lag angezogen und schwiemelig auf ihrem Bett, mit Vorsätzen, an die er sich nicht, und Minimalvorsätzen, an die er sich erinnerte. Und mit der schwindelerregenden, nachhaltigen Sehnsucht, daß dieses Jahr in einer nicht näher benennbaren Art und Weise *sein* Jahr werden würde.

IV.

Anfang Januar empfand John mit überraschend heftiger Traurigkeit ein gewisses flüchtiges, Science-fiction-mäßiges Gefühl, wenn er die Daten am Kopfende der Zeitungen sah. Er dachte daran, wie Mark einfach weggegangen war, einfach gewußt hatte, daß dieser Ort nicht gut für ihn war und es woanders besser sein würde, wie er in einem gewiß flüchtigen Moment der Stärke entschlossen weggegangen war. Und während John das unglaubliche, merkwürdige Datum anstarrte, das über die Zeitungsauslage auf dem Tisch des Hotels ruckte, überlegte er, ob dieser Ort gut für ihn sei, ob er nicht auch weggehen sollte. Aber er hatte hier zuviel zu tun, zu viele Bindungen.

Als er nach draußen trat, fiel plötzlich, direkt über seinem Kopf, aus dem eintönigen Grau Schnee in großen Flocken, als werde der niedrige Himmel an einer Käsereibe gerieben. Auf der Kettenbrücke blieb er stehen und erinnerte sich, wie er Emily Oliver hier geküßt hatte. Diese kostbare Erinnerung war nun auch schon monatealt, aber nur den Bruchteil einer Sekunde später löste sie natürlich ein schamvolles Zusammenzucken aus, weil sie untrennbar verschmolzen war mit der schmerzenden Erinnerung an die darauf folgenden schrecklichen Momente, die Dummheit, die er ihr gegenüber monatelang an den Tag gelegt hatte, und ihr Geheimnis, das er immer noch stolz und stumm bewahrte. (Und dabei hatte er sie gar nicht auf dieser Brücke geküßt, fiel ihm erst jetzt ein.) Wirklich, das war schon Monate her. Seit Halloween hatte er sie nicht mehr gesehen. Welches Recht hatte ihr Geist, ihn heimzusuchen, wie es ihr gefiel? Und wenn dieser verhängnisvolle Brückenkuß nicht der letzte war? Wenn er sie heute nacht schlafend an die Brust drücken konnte, so fest, daß der Atem aus seiner Nase über ihre Wimpern strich? Oder wenn sie jetzt hier stünde und er sich zu ihr beugte und sie küßte, sie aber wieder nein sagte und er sie einfach über das Geländer schubste und sie im Fallen leise schrie und in dem tröstlichen Nebel verschwand, lange bevor er tief unten das herrliche Aufplatschen hörte?

Genau wie Mark brauchte er einen Wechsel, mal was anderes als immer dieselben dämlichen Leute. Dabei war sein Kreis schon seit seiner Ankunft im letzten Mai, dem gesellschaftlichen Höhepunkt, Monat für Monat geschrumpft. Er mußte irgendwohin gehen, wo er von der richtigen Art Freunde umgeben war. Er gehörte nach Prag; das wußte er seit beinahe einem Jahr. Dort wartete das Leben auf ihn, wartete mit einem Ziel, das glamourös und aufregend, aber erreichbar war.

Doch nachmittags beauftragte ihn der Chef mit einer Story, die ihn am nächsten Tag im hellen, eiskalten Morgengrauen zu einem entlegenen Vorort führte. Da stand er, zitterte, bis ihm der Kiefer weh tat und sein Rückgrat sich zwischen seinen verspannten Schulterblättern versteifte. Die Trainingsanlage befand sich im Freien, inmitten von gefrorenem, knirschendem flachen Land, hinter Zäunen stapelte sich der Müll.

»Ich habe heute morgen gesehen, wie du mit deinen kleinen Stift und deinen kleinen Notizbuch – äh – gefroren hast und gewünscht hast, du wärest im Umkleidehaus. Du konntest die Kälte nicht ertragen.«

»Stimmt.«

»Und – äh – ich sehe dich Fragen stellen vom Trainer sehr kalt, und du warst sehr unglücklich. Da kennte ich genau dein Problem. Weißt du, was dein Problem?«

»Mein Problem?«

»Hör zu – äh –, ich erzähle dir eine Geschichte.«

»Jetzt?«

»Ja, ja – äh –, jetzt.«

Wohlbehalten zurück in seiner Wohnung, war ihm nun wärmer, denn auf ihm kauerte eine nackte Eisschnelläuferin, die olympische Ausdauer und den Elan der Wettkämpferin an den Tag legte. Ihre Hände (und der Hauptteil ihres Gewichts) lasteten schwer auf seinen Schultern, drückten seinen Oberkörper und seine Arme erfolgreich herunter, und er konnte nur den Kopf vier, fünf Zentimeter heben. Ihre Oberschenkel bewegten sich von ihren Knien an mit ungestümen, regelmäßigen Stößen.

»Hör zu, Junge, wenn ich an Wintermorgen zu Training gehe, und wir sind draußen in Eis, ist es verdammt kalt. Das machst du nur einmal und weißt es.« Trotz ihres sportlichen Tempos atmete sie leicht. »Daß wir warm werden, sagt Trainer: ›Ihr macht zweitausendfünfhundert Meter schnell ihr könnt.‹ Wir tun das, wir laufen lange Strecke. Und dann – äh – tun wir es noch einmal. Nach dem siebten Mal zweitausendfünfhundert Meter tut es wirklich weh, und ich glaube, meine Beine haben noch nie so weh getan, ich muß aufhören.«

John hob den Kopf so hoch wie möglich und schaute sich diese Beine an. Die dreieckigen (beinahe pyramidenförmigen), ausgeprägten Waden lagen parallel zu seinen Oberschenkeln, während ihre Oberschenkel mit außerordentlichem Tempo auf und ab fuhren. Auf dem Höhepunkt ihrer Aktivitäten standen sie in einem Winkel von fast neunzig Grad von den Knien ab und sahen von seinem Aussichtspunkt aus wie rhythmisch stampfende, enorme Kolben, die auf einem hellerleuchteten, 99,999 Prozent fusselfreien, mit Laser und Robotertechnik ausgestatteten Fließband in Hamburg hergestellt worden waren.

»Aber ich mache durch Schmerz weiter – äh. So wirst du groß und gehst zu den Spielen und gewinnst Gold. Ich weiß das. So denke ich einfach nicht an den Schmerz und laufe. Nach noch zwei zweitausendfünfhundert Meter sage ich schließlich: ›Trainer, meine Beine brennen jetzt zu sehr.‹ Er schaut mich an – äh –, als hätte ich Furz gemacht, verstehst du? Und er sagt: ›Ja, natürlich brennen sie. Das ist gut. Sprinte noch zweitausendfünfhundert Meter. Hör nicht auf, denn weißt du, was nach dem Brennen kommt?‹ Kennst du die Antwort, John? Weißt du – äh –, was nach dem Brennen kommt?«

»Nein, ich glaube, nicht.«

»Ich habe auch nein gesagt. ›Trainer, was kommt nach dem Brennen?‹ – äh.« Sie gab seine linke Schulter gerade so lange frei, daß sie sich ein paar verirrte, verschwitzte Ponysträhnen aus der Stirn streichen konnte. Dann kehrte ihre Hand auf ihre Position zurück, ihre Finger fanden ganz natürlich die weißen Abdrücke wieder, die sie hinterlassen hatten. »›Nach dem Brennen kommt Todesqual, okay? Jetzt lauf‹, sagt er. Und er schießt mit seiner Pistole. Er hat beim Training immer Pistole, um Rennen zu starten und um uns anzufeuern. Er benutzt immer die – äh – echten Kugeln.«

»Was? Woher weißt du das denn?«

»Einmal – äh, äh – versucht er, uns dazu zu bringen, schneller zu laufen, und er zielt hoch in die Luft und schießte, und ein Vogel fällt aufs Eis – äh. Das ist auch für dich – äh –, John. Nach dem Brennen kommt Agonie. Du mußt – äh, äh –, du mußt bis Agonie weitermachen, denn wer weiß – äh, äh, äh –, was auf anderer Seite auf den Tapferen wartet?« Das Schaukeln wurde noch schneller, man erreichte eine inspirierende Rasanz. »Jetzt, Junge! Jetzt!«

Als sie sich von ihm herunterrollt, wird sie auf einmal fast menschlich: Ihre Lippen sind ein wenig ausgetrocknet, in ihrem Augenwinkel ist etwas Weißes, das er ihr wegwischen möchte. Als sie sich umdreht, die Beine über die Bettkante schlägt, sich hinsetzt und die Nachttischlampe anmacht, sickert das gelbe Licht durch ihr herabhängendes Haar. Sie faßt die feuchten Strähnen zusammen, wickelt ein Gummiband darum, und die Bewegung ihrer Hände erinnert John an jemanden. An wen, fällt ihm aber nicht ein. Ihre Hände sind nicht überentwickelt, sondern wie die eines Mädchens. An der Rundung ihres Halses, als sie – außer Reichweite – auf der Bettkante sitzt, an ihrem Kopf, der sich nun zur Lampe und ihrer Schulter dreht, an dem Augenwinkel, den man über dieser Schulter gerade noch sieht, an den angelegten Armen und daran, wie sie sich mit den flachen Handflächen fest auf die Matratze stützt, erkennt er, daß sie auf ihn wartet. Ihm fällt sogar beinahe das richtige Wort ein, damit sie zu ihm kommt und sie anfangen können, aber da ist er schon eingeschlafen.

Später redete sie wieder. »Ich meine das. Was ich gesagt habe. Du bist wie ich, glaube ich, aber du mußt fester nach vorn streben. Das sehe ich, als du kalt da stehest mit deinem kleinen Notizbuch. Und auch danach, als du manche Dinge sagst. Weißt du, er ist der bester Trainer in der Welt. Verstehst du, ich rede jetzt nicht nur über Eisschnellaufen.«

Er stützte sich mit einem Ellenbogen auf die zu weiche Schlafcouch und sah zu, wie sie sich anzog. Quer durchs Zimmer sah sie vollkommen menschlich aus, aber zu weit weg, als daß er sie sehr ernst hätte nehmen können. Sie trug Jeans, mehrere Male an den Knöcheln hochgerollt und über ihren breiten schwarzen Ledergürtel gestülpt, der mit einem selbstgemachten Loch weit hinter dem letzten, von der Fabrik gestanzten Loch eng gemacht werden konnte. Zu lang und in der Taille zu weit, drohten die Jeans an den Oberschenkeln immer noch zu platzen. (Morgens in den silbernen Leggings hatten sie wie zwei geriffelte Hartschalenkoffer ausgesehen.) Sie zog ihren Büstenhalter an, einen Hauch von Rosa, den sie während einer einstündigen Pause vom Trainieren, Rennen, Schlafen und sorgfältig bemessenen, aber gierigen Essen auf einem Dreitagetrip in Ostfrankreich erstanden hatte.

Er hoffte, sie würde ihn nicht nach Dingen fragen, die sie ihm erzählt hatte, denn er konnte sich an nichts erinnern, an keine zwei Worte außer denen über den unglücklichen Vogel. Aber er empfand ein letztes Flackern, eine im Keim erstickte Zuneigung zu diesem Mädchen, als sie ein wenig Make-up auflegte und nach ihrem Mantel und ihrer Tasche griff; ein bißchen wünschte er sich sogar, sie würde über Nacht bleiben, anstatt nach Hause zu gehen, Proteinshakes zu trinken, Zeitlupenvideos von alten Rennen zu kritisieren und früh und allein einzuschlafen.

MTV brachte einen in dieser Saison stets und ständig zu hören-

den Popsong, der John so unter die Haut ging, daß er ihn, obwohl er ihn kaum summen konnte, jedesmal, wenn er ihn hörte,
mit dem intensiven Gefühl, zufällig einen geliebten alten Freund
zu treffen, wiedererkannte. Eine melodische, romantische Komposition, der Text war schwer zu verstehen; Worte von Verlust
und Wiedergewinnen blieben John im Kopf hängen. Die Musik
schien nur deshalb komponiert und aufgenommen worden zu
sein, um ihn in glücklichen oder traurigen, geselligen oder einsamen Momenten zu begleiten. Und schließlich wurde alles überhaupt Erinnernswerte aus dieser Zeit von dieser Melodie unter-
malt. Der schwülstige, eins achtzig große Grönländer, der sie
schnulzte, erzählte John immer wieder, daß Rettung möglich
war und unmittelbar bevorstand.

Als John am nächsten Morgen gelangweilt mit einem wenig
aufregenden ersten Absatz und höhnisch blinkenden Cursor
kämpfte, hörte er ihn schon wieder aus dem Radio in der Nachrichtenredaktion.

*Wie ging noch der alte Witz? »Wer war die Frau, mit der ich
dich gestern abend gesehen habe?« »Das war keine Frau; das
war ein Mitglied der ostdeutschen Schwimmnationalmannschaft
der Frauen.« Das steroide Geheimnis der massigen Ostblock-
amazonen, die in den internationalen Wettkämpfen der letzten
vierzig Jahre unsere Kleinmädchenathletinnen mit ihren zarten
Pos alt haben aussehen lassen, kann jetzt genauer unter die Lupe
genommen werden, und nachdem man nun in bislang unbekannter Weise Zugang zu‖‖*
Da rief Charles aus dem Krankenhaus an.

V.

25(Q)(III). Wenn während der Laufzeit dieser vertraglichen
Vereinbarung einer der Gesellschafter geschäftsunfähig wird,
das heißt, er unfähig ist, normale Tätigkeiten auszuführen oder
zu leiten und infolge dessen auch nicht die ihm gemäß dieser Ver-

einbarung obliegenden Pflichten erfüllen oder Dritten seine Wünsche bezüglich der Erfüllung dieser Pflichten mitteilen kann, wird in einem solchen Falle (»Geschäftsunfähigkeit«) dem voll geschäftsfähigen Gesellschafter oder jedem anderen Vertreter, den der geschäftsunfähige Gesellschafter zuvor schriftlich benannt hat, Vertretung und Geschäftsführung der Angelegenheiten der Beteiligungsgesellschaft übertragen. Dieser ist bevollmächtigt, alle in Verbindung mit der Geschäftstätigkeit der Beteiligungsgesellschaft anfallenden Entscheidungen zu treffen, und muß den nicht geschäftsfähigen Gesellschafter nicht konsultieren, wenn eine solche Konsultation wegen »Geschäftsunfähigkeit« unmöglich ist. Die Geschäftsunfähigkeit muß von dem behandelnden Arzt oder einem hinzugezogenen Arzt in Gegenwart sowohl des geschäftsfähigen Gesellschafters als auch des unterzeichneten Rechtsvertreters der Beteiligungsgesellschaft in Wort und Schrift bescheinigt werden. Für dritte Parteien, die während der Geschäftsunfähigkeit eines der beiden Gesellschafter mit der Beteiligungsgesellschaft verhandeln, gilt die Unterschrift des geschäftsfähigen Gesellschafters oder des ausdrücklich befugten Vertreters als rechtsverbindlich.

VI.

Der Januar ging zu Ende, und der Februar erblickte in einem Krankenhaus das Licht der Welt, das trotz seiner riesigen Ausmaße im Grunde nicht mehr war als ein einziger, hallender, fast fensterloser Korridor und ein halb separater, feuchtheißer Raum, beide schmutzigweiß gekachelt, beide erst stark, dann schwach, dann wieder stark und penetrant nach bedrohlichen Desinfektionsmitteln und darunter nach etwas unabänderlich, hartnäckig frohgemut Infiziertem riechend.

»Schrecklich, daß es gerade jetzt passiert.«

»Gibt es denn einen guten Zeitpunkt, Mr. Gábor?« Krisztina Toldy schaute den Juniorteilhaber nicht an.

»Selbstverständlich will ich nicht sagen –«

»Wir müssen uns nun eine Zeitlang auf Ihre Zuversicht und Ihr Wissen verlassen, um weiterzubestehen, ja.«

»Natürlich, ich meinte nur –« Unter den flackernden Neonlampen des Korridors hatte ihre Haut die Farbe von Mondlicht, und das Weiß ihrer Augen schimmerte bakteriengelb. Charles wünschte, sie trüge Make-up, und sei es nur ein wenig fleischfarbene Schminke quer über der Stirn.

Neville schaltete sich ein. »Meines Wissens ist sein nächster Verwandter ein entfernter Cousin in Kanada. Trifft das zu, Károly?«

»Das weiß Ms. Toldy besser als ich.«

An dieser Frage eindeutig nicht interessiert, gestikulierte sie ungeduldig mit Kopf und Füßen und wollte unbedingt in das Zimmer des Kranken zurückkehren. »Direkte Familienangehörige hat er überhaupt keine. Sein Testament liegt bei dem Anwalt in Wien. Er hat keinen Kontakt von dem kanadischen Cousin.«

»Keine Erben«, bestätigte Charles. »Mir gegenüber hat er immer von Krisztina hier als seiner engsten Familie gesprochen.«

»Spricht er, Mr. Gábor. Noch hat er nicht gestorben.«

»Ich wollte damit nicht sagen –«

Sie ging zurück in Imres Zimmer.

Das Krankenhaus stand abseits von der Straße, ein Kreis halbverfallener Backsteintrakte scharte sich, wie um sich zu wärmen, um einen verschneiten Hof, über dessen freigeschaufelte matschige Wege bullige Krankenpfleger in kurzärmeligen Hemden Betten und Rollstühle von Gebäude zu Gebäude karrten. Die Anlage ähnelte einer Besserungsanstalt aus dem neunzehnten Jahrhundert, die nun ein Jahrhundert später erwachsen geworden war, die Ideale ihrer Planer aufgegeben hatte und niemanden mehr besserte, sondern nur viele gefangenhielt. Als John weit genug gelaufen war, genug halb zweisprachige Leute gefragt und genug Antworten mißverstanden hatte, kam er endlich im richtigen Gebäude an. Charles hatte es sich auf einem hölzernen Klappstuhl im Flur direkt vor Horváths Zimmer bequem gemacht und ging einen Stapel Finanzdaten durch, die er auf einer ledernen Aktentasche liegen hatte. Mit der Kappe des Filzstiftes klopfte er rhythmisch auf die Papiere, seine Lippen bewegten sich ein wenig, als er den Zahlenbataillonen, die da unter seinem Kommando hermarschierten, stumm die Parade abnahm. Zwischen seiner Schulter und dem Türrahmen von Imres Zimmer sproß ein Schrubber aus einem fleckigen weißen Plastikeimer und lehnte sich an die Kacheln, lugte dem Juniorteilhaber lässig über die Schulter, rutschte gelegentlich kokett an der Wand entlang und legte sich auf ihn.

John, sich bewußt, wie dumm diese Frage war, stellte sie entsprechend betont: »Und dir, geht's dir gut?«

»Was? Ja, egal. Ich meine, natürlich ist es schrecklich.«

»Stimmt.«

»Und die Qualität der Versorgung hier, oje. Ich glaube, die Tierschützer handeln bessere hygienische Bedingungen für Laborratten aus. Bei diesen Zuständen würde ich mir nicht mal die Haare schneiden lassen. Ich habe ein Gefühl, als holte ich mir schon vom bloßen Hiersitzen einen Schlaganfall. Also wirklich, diese Leute hier.«

Auf halbem Wege den geraden, langen Flur hinunter (der aussah wie eine Kunststudentenübung in Renaissance-Perspektive) sang eine Schwester leise den Song – Johns Song –; Fetzen des mit ungarischem Akzent gesungenen Geflüsters wehten bis zu ihm: *Canchoo see ... therr iss no ans-ser buhchoo ... we coot be in heh-venn ... so losst forr so lung, too menny ...* »I walk all night long, and think only of being us« hatte sie mißverstanden. John hörte, daß ein entscheidender Konsonant vom Kopf auf die Füße gestellt war: *I wohk oll night lung, end tink only uff peen-ess.*

»Was ist da so lustig?« Charles schaute ihn scharf an. »Egal. Die kleinen Dinge, an denen das Leben hängt, sind wahrscheinlich lustig, was?« Er fuhr sich mit den Händen durchs Haar; eine so extravagante Geste der Müdigkeit hatte er sich, soweit John gesehen hatte, noch nie erlaubt.

»Ja, stimmt«, sagte John. »Wenn so was passiert, wird einem

das klar. Alles in Ordnung mit dir?« Er legte Charles die Hand auf die Schulter.

»Ich meine, Herrgott, ein winzig kleines Blutgefäß platzt, und plötzlich verbringe ich die ersten Tage meines jungen Arbeitslebens zu Tode gelangweilt hier im schmuddeligen, gekachelten Inneren der Boris-Karloff-Gedenkstätte.« Er bewegte nervös die Lippen. »War nur Spaß.« John ließ den Schrubberstiel von Hand zu Hand springen.

Als man Imre fand, hatte der Schlag vielleicht schon seit zwei Tagen unbemerkt, beziehungsweise ohne daß es jemand meldete, getobt und gewütet. Die Untersuchungen ergaben, daß er sich vermutlich am letzten Freitag ernsthaft ans Werk gemacht hatte. Krisztina hatte Verwandte in Györ besucht; Charles war in Verlagsgeschäften in Wien; allein in Budapest, hatte Imre wahrscheinlich das ganze Wochenende an Symptomen gelitten, die er zu ignorieren geruhte. Als Charles am Montag morgen endlich über ihn stolperte, waren zumindest einige Möglichkeiten, bleibende neurologische Schäden zu verhindern, nicht mehr gegeben. Die Ärzte drückten sich unbestimmt aus; mit ihren geschickten Ausflüchten, knurrte Charles, wären sie in einer Erstsemester-Fallstudiendiskussion ausgebuht worden. Bei eiligen, leisen Besprechungen begeisterten sie sich gegenseitig mit lebhaften Erörterungen der Wahrscheinlichkeit einer möglichen »Sprechstörung« im Unterschied zu einer möglichen »Sprachstörung«, was Charles selbst dann schwer einsehbar gefunden hätte, wenn Imre nicht schon den dritten Tag im Koma gelegen hätte. »Wir glauben, daß er aufwacht, wenn er soweit ist«, meinte einer der Doktoren und legte Charles begütigend die Hand auf den Oberarm. »Ja, natürlich«, gurrte Charles und tätschelte die bleiche, pelzige Pfote auf seinem Arm. »Jungs im Wachstumsalter brauchen jede Menge Schlaf.«

»Der arme alte Kerl«, sagte er zu John und seufzte. »Herrgott noch mal, was steckt er im Schlamassel. Ich meine ja fast, ich hätte es wissen müssen. Meinst du, ich hätte es wissen müssen? Neulich hat er mir im Büro eine Geschichte erzählt und gar nicht gemerkt, daß er sie mir am Tag zuvor schon mal erzählt hatte.«

Charles rekrutierte John, ein paar Nachmittage auf seinem Platz im Flur Dienst zu tun, weil er, Charles, den Verlag ja nun allein managen mußte. Falls irgendwas sei, solle John ihn auf dem Handy anrufen. Was für John wiederum Anlaß war, wenn er sich in den folgenden Tagen langweilte, telefonisch über Glühbirnen, die ausgewechselt wurden, und die enttäuschende Entwicklung zu berichten, die der verlassene Schrubber nahm. Einmal war Harvey drangegangen, und obwohl er John direkt an Charles weitergab, vergaß John seinen Scherz und rief nicht wieder an.

Während er mit dem Klappstuhl kippelte, begriff er langsam, daß man von ihm erwartete, sich auf einer respektvollen Umlaufbahn zu halten, der flimmernden Sonne aber nicht zu nahe zu kommen. Als Károlys Vertreter durfte er im Flur auf Károlys Holzstuhl sitzen und hilflos lauschen, wie die Ärzte in ungarisch konferierten. Krisztina Toldy hingegen saß im Zimmer an Imres Bett, besprach sich aktiv mit den Ärzten und erzählte John wenig oder (häufiger) nichts, wenn sie ins Zimmer des Patienten ging oder wieder herauskam und jedesmal sehr behutsam die Tür hinter sich schloß.

John las. Er machte sich Notizen für Kolumnen. Er wanderte bis ganz zum Ende des sich langziehenden Flurs und schaute aus dem einzigen schmutzigen Fenster, durch das Gitter direkt hinter der Scheibe, auf den Hof und die Fabrik mit den vielen Schornsteinen und heruntergelassenen Rolläden auf der anderen Straßenseite. Jeden Tag, wenn er um die Ecke bog und auf das Krankenhaus zuging, versuchte er von unten aus abzuschätzen, wo das Fenster war. Das Gebäude wirkte gar nicht so groß, als daß der Flur darin Platz gefunden hätte; der Spaziergang vom Holzstuhl zum Fenster erforderte ein bewußtes Aufbringen seiner von Langeweile befeuerten Energie. Wenn er von den freudlosen Treks zurückkehrte, schaute er oft auf die Uhr, schloß die Augen und versuchte zu raten, wann dreißig Sekunden oder eine Minute verstrichen waren. Er erriet es selten genau; sein innerer Zeitmesser schien aus rostigen Federn und klebrigen, klapprigen Gelenken zu bestehen, die gallertartige Zahnräder antrieben. *Wie viele Golfbälle könnte man in diesen Flur stopfen?* Immer, wenn Krisztina Toldy aus Imres Zimmer trat und John die Augenbrauen hob, um zu fragen: *Was gibt's Neues?*, ging sie, ohne ihn eines Blickes zu würdigen, durch den Flur weg. Dann fühlte er sich, als sei er finsterster Missetaten angeklagt, bildete sich ein, sie meinte, er sei aus keinem anderen Grund da, als zu hören, daß Imre endlich tot sei, und glaube, auch Charles wolle nichts lieber als ratzfatz über Handy vom Ableben des alten Mannes unterrichtet werden.

Nach fünf Nachmittagen hatte der Schrubber seine Stellung immer noch nicht gewechselt, und John fragte sich, ob derjenige, der ihn normalerweise schwang, gekündigt hatte oder ob man von den Familien postkommunistischer Patienten erwartete, mitanzupacken und während ihres Besuchs bei den Verwandten ein bißchen die Flure zu schrubben. Als John das Wasser im Eimer betrachtete, das in den Tagen, seit er es überwachte, dunkler geworden war, fiel ihm ein, daß er ja auch einmal eine Kolumne über diesen letzten kleinen Stützpunkt authentischer Ungariana schreiben konnte, denn ein Amerikaner, der sorgenfrei im Ausland lebte, würde nie einen Grund haben, sich hierher zu verirren. Es würde die flammende Enthüllung einer skandalösen Situation sein und, noch besser, ein leidenschaftlicher Appell: Dieses tapfere, unglückliche Land brauchte westliche Hilfe bei der Wiederbelebung seines einst tadellos funktionierenden Gesundheitswesens. Johns Arbeit würde eine spektakuläre neue Richtung einschlagen. Geläutert in der weißen Flamme des Protests und vor Emotionen sprühend, würde er sich seiner Generation anschließen und die Welt verbessern. Er schlug sein Notizbuch auf und klopfte sich mit dem Stift an die Zähne. Kurz darauf kam Krisztina aus dem Zimmer und schritt stumm durch den Flur, nicht zur Toilette oder zum Telefon, sondern zum Aufzug. Eine Zeitlang würde sie weg sein.

Imre lag im Nachthemd auf der Bettdecke; über seine Füße und Unterschenkel war eine ordentlich gefaltete Decke ausgebreitet. Durch das übliche System von Schläuchen flossen Flüssigkeiten mit unterschiedlicher Geschwindigkeit. Kein Fernseher quasselte, lediglich ältliche Apparate blinkten und piepten dezent. John war überrascht, als er sich wieder nur auf einem hölzernen Klappstuhl setzen konnte; er hatte gedacht, hier gebe es bessere Sitzgelegenheiten. Von jenseits eines fleckigen weißen Vorhangs erklangen ebenfalls Pieptöne, einen halben Herzschlag langsamer als Imres. Die beiden Apparate – Imres und der des verhangenen Unbekannten – piepten zweimal synchron, dann fiel der verhangene etwas zurück, jedesmal ein wenig mehr (piep-p … piep-iep … piep-piep … piep—piep … piep——piep … piep——pie-iep), bis er so weit hinterherhinkte, daß er mit Imres ankommendem Piep zusammenstieß und sich langsam wieder in zeitweiligem Gleichklang mit ihm vereinte.

John betrachtete Imres flach atmenden Bauch auf der konvexen Matratze unter den blinkenden Monitoren und verworrenen Schläuchen. Auch die verzogenen Lippen und neuerdings mit Grübchen versehenen Wangen schaute er kurz an. Aber dann schnell wieder weg.

Er betrachtete seine eigenen Hände und erinnerte sich an einen Fernsehfilm, den er einmal gesehen hatte. Die liebende Familie einer im Koma liegenden alten Frau sprach in deren taube Ohren, in ihrer stürmischen Liebe überzeugt, daß »sie uns irgendwie hören kann, verflixt und zugenäht, ich weiß, daß sie es kann, und ich tue alles, hörst du mich? Alles für sie, ich gebe sie nicht auf, deshalb: Wehe, wenn ihr es wagt, sie aufzugeben …« Und so schob John den Stuhl zum Kopfende des Bettes. Von dem, der hinter dem Vorhang lag – einerlei, wer es war –, wollte er nicht gehört werden. Er stützte die Ellenbogen auf die Knie und begann stockend zur Brust des Bosses seines Freundes zu sprechen.

»Also, ich hoffe wirklich, daß Sie wieder gesund werden, Imre. Sie sind sehr beeindruckend, wenn Sie nicht so sind, also, nicht so sind wie jetzt. Ich denke gar nicht gern an das, was geschehen ist. Es kommt einem nicht recht vor, daß es passieren kann, und schon gar nicht jemanden, der alles das getan und gesehen hat, was Sie getan und, und gesehen haben … Das mit Ihrem Leben als Kunstwerk … War es das wert, frage ich mich. Das frage ich mich bei Ihnen oft. War es das wert? Der Kampf gegen die Tyrannen? Alles, was Sie aufgegeben haben, um auf der richtigen Seite zu stehen, obwohl die wie die Verliererseite aussah? Manchmal stelle ich mir vor, daß ich ein unglaubliches Opfer für jemanden oder etwas bringe. Also, dann verliere ich einen Arm oder ein Bein, oder ich bin gelähmt, oder ich verliere unter extremem Druck den Verstand ... Und wenn mich dann jemand fragt – und mir fehlt ein Arm oder Bein, oder ich bin gelähmt oder nur halb bei Sinnen –, wenn mich also dann jemand fragt, ob es das wert war, dann frage ich mich immer, was ich sagen würde. Ich wüßte so gern, daß ich ›O ja, es hat sich gelohnt. Natürlich war es das wert‹ erwidern würde, selbst wenn ich mit solch grausigen Verstümmelungen da sitzen würde. Ich denke übrigens oft über Sie nach. Ich habe den Eindruck, Sie wissen etwas sehr, ah, sehr... Es wäre doch schade, wenn, als, wenn Sie, natürlich, ich hätte ein sehr schlechtes Gewissen ... In Wirklichkeit habe ich, hm, ein sehr schlechtes Gewissen wegen des Ganzen –«

John schämte sich, er spürte, wie es ihm die Kehle zusammenschnürte. Er rieb sich die Augen, bis das Kratzen aufhörte. Er hatte sich unendlich lächerlich gemacht und dachte sofort an den kitschigen Fernsehfilm, als Krisztina Toldy ihm entschieden auf die Schulter klopfte. Schimpfend strich sie Imres Decken und Kissen glatt, obwohl John die gar nicht angerührt hatte.

»Oh, hallo«, sagte er.

»Ja.«

Eigenartig, wie die Zeit im Krankenhaus sich bewegte. Im Flur schwappte sie in stehende, ruhige, stille Tümpel, und die Uhr brachte kaum die Energie auf, den Wandel anzuzeigen, der dem Unbehagen entsprach, das John auf dem harten, kleinen Stuhl empfand, wenn er draußen vor Imres verbotenem Zimmer saß und – vielleicht bis in alle Ewigkeit – auf die tägliche Ankunft von Charles oder des Spezialisten wartete. Dann wiederum warf der Kalender hastig Daten ab wie Bäume Blätter im Herbst, und John bemerkte erstaunt, daß seit dem Schlaganfall schon eine Woche, zehn Tage, zwei Wochen, fast drei Wochen vergangen waren. Aber immer noch bewegte sich Imre nicht und reagierte auf nichts, und immer noch bezahlte Charles John fürs Wachesitzen an seiner statt, denn die Leitung der Verlagsgeschäfte hielt den Jungmanager »unglaublich in Beschlag«.

Zwei Tage später ein wenig Aufregung: Ein Auge des Patienten öffnete sich, wenn man darauf blies, so wie der Spezialist in den letzten drei Wochen jeden Tag darauf geblasen hatte. Es schloß sich wieder; das EEG zeigte nur unwesentliche Veränderungen.

Am nächsten Tag ließen Charles und Krisztina Imre in eine von Schweizer Ärzten geführte Privatklinik in Buda verlegen. »Sicher, ich halte die ungarischen Ärzte ja auch für hervorragend«, räumte Charles ein. »Aber wir müssen alles in unserer Macht Stehende für ihn tun. Und es hat doch ganz den Anschein, als wenn die andere Klinik besser ist.« Nun saß John auf einem ergonomischen Stahlstuhl, dessen Sitzfläche einen kleinen Wulst aufwies und seine Hinterbacken getrennt umschloß, oder stand an der blaß grünlichblauen Flurwand. Stündlich, um fünf Minuten nach der vollen Stunde, nickten ihm Ärzte zu und betraten das marmor- und chromglänzende, helle Zimmer. Wenn sie dann wieder herauskamen, notierten sie etwas auf dem in einem durchsichtigen Plexiglashalter befindlichen, durchsichtig blaß grünlichblauen Krankenblatt an der ächzenden Hydrauliktür, an der sich außerdem ein Messingschild befand, das sofort am Einlieferungstag des Patienten graviert und angeschraubt worden war, als sei er ein neuer Manager: ZIMMER 4 – HERR IMRE HORVÁTH. Durch den mit Teppich ausgelegten Flur, vom sich entfernenden Rücken eines Arztes, driftete Johns Song – diesmal gepfiffen.

»Tatsache ist, ich kann es nicht länger aufschieben. Ich weiß, es ist nicht das Sensibelste, das ich im Moment sagen kann«, sagte Charles nichtsdestotrotz zwei Tage später, als Neville mit gedämpfter Stimme und in holprigem Deutsch mit einem der behandelnden Ärzte sprach. »Aber er springt ja nicht gerade aus dem Bett, um seine Firma zu leiten, und für diese Art Faulheit ist der Zeitpunkt nicht optimal.«

»Reine Faulheit«, stimmte John ihm zu.

»Ich bin der letzte, der nicht dafür ist, daß man Schlaf nachholt, aber etwas ziemlich Wichtiges, das eine Weile lang geköchelt hat, kocht nun definitiv über, und du kannst mir einen großen Gefallen tun. Ich habe da eine Gruppe an der Hand, bei deren Zustandekommen du sogar behilflich warst, und am nächsten Montag brauche ich einen lebendigen Menschen auf einem Stuhl bei einem Abendessen, und das wird Imre, ehrlich gesagt, nicht sein. Schaffst du es, von heute bis Montag keinen Schlaganfall zu kriegen?«

Neville gab dem Schweizer Arzt die Hand und kam zu den beiden Amerikanern zurück. »Unter den Umständen«, sagte er mit seiner BBC-Profistimme, »ist die Feststellung der Geschäftsunfähigkeit eine relativ simple Angelegenheit. Ich habe den Arzt bestellt.«

An dem Abend waren die Menschenschlangen vor dem A Házam eine Beleidigung für die Stammgäste. Humorlose Samtkordeln hielten Einlaß begehrendes Publikum in Schach. Direkt hinter der Tür hingen unter den ungarischen Worten *Wie gesehen in* gerahmte Ausschnitte aus Presse und Reiseführern, in denen der Club erwähnt wurde. Ein auf schäbig getrimmtes Plakat kündigte die Eröffnung eines A Házam 2 und eines A Házam 3 in anderen Bezirken Budapests an sowie ein Praházam, das sogar noch vorher in Prag entstehen sollte. Die Clubs, die neu aus der Taufe gehoben werden sollten, sollten alle mit den Autogrammfotos der Diktatoren, den starken Haubenlampen und dem wahllos zusammengewürfelten Mobiliar ausgestattet werden und waren das ungarische Vorzeigeprojekt von Charles' alter Firma. John und Charles strichen den Club sofort von ihrer Liste und probierten statt dessen aus, welche Freuden der Baal Room zu bieten hatte, der kürzlich von drei jungen irischen Unternehmern eröffnet und entsprechend dekoriert worden war. Sie saßen auf roten Samtbarhockern am langen Tresen in Form einer zerklüfteten Platte aus künstlicher Lava, und gehörnte Barkeeper ohne Hemden, aber in roten Strumpfhosen, brachten ihnen, neu im Job und ein wenig besorgt, daß ihre spitzen, spiralförmigen Kunststoffschwänze die Flaschen in Gefahr brachten,

Unicum in unechten Menschenschädeln. Von den höhlenartigen Decken hingen Käfige mit Männern und Frauen in sorgfältig zerrissenen Lederbikinis, die sich über Plastikkesseln mit flakkernden roten Scheinwerfern wanden und tanzten; massige Rausschmeißer mit stilisierten Mistgabeln und urig bemalten Gesichtern liefen durch die Gegend, als suchten sie Ärger. Das Publikum tanzte unter sich drehenden, blitzenden Stroboskoplampen auf einer großen Bühne zu britischer Popmusik, die mit einer ständig sich wiederholenden Aufnahme von menschlichen Schreien gemischt wurde.

Ermutigt von ein paar wohlgefüllten Schädeln, wandte sich John gerade mit den einleitenden Worten seiner Verwechslungskomödie: »Sind Sie nicht die und die Schauspielerin?«, an die Frau zu seiner Linken, da bekannte Charles vom Barhocker zu seiner Rechten: »Es war gut, an dem Morgen im Krankenhaus mit dir zu reden. Es hat mir geholfen. Wirklich. Ist dir das klar?« John hatte zwar komischerweise das Gefühl, daß Charles es ehrlich meinte, ihm fiel aber partout nicht ein, welches Gespräch er meinte. Ein gutes morgendliches Gespräch im Krankenhaus?

»He, geht in Ordnung. Kein Thema.«

Er drehte sich wieder nach links, doch die Frau, die er für einen Filmstar halten wollte, war verschwunden. Ein herzzerreißender Verlust war es nicht, mußte er zugeben.

Die Hochgeschwindigkeitsmusik verklang, statt dessen hörte man den langen, markerschütternden Schrei eines Mannes in fürchterlichen Qualen. Dämonisches Gelächter folgte, als er schluchzte und nach Luft rang. Dann erklangen die weichen romantischen Schlagzeugschläge und Synthesizerakkorde von Johns Lieblingssong; der DJ hatte fast eine Stunde gebraucht, bis er ihm seinen Wunsch erfüllen konnte.

VII.

»Die Sache ist doch die, Károly, du bist auf dem Gipfel deines Erfolges und weißt offenbar nicht –«

»Charles.«

»Gar nicht, was du damit anfangen sollst. Was?«

»*Charles.*«

»Ja, richtig …«

Am Montag abend, die versprochenen Südsee-Insulaner waren zu spät, beobachtete John von weit, weit entfernt, von jenseits des kleinen, runden, für fünf Personen gedeckten Tischs, über sein Glas mit zitterndem schwarzem Unicum hinweg, wie Charles und Harvey ihre Cocktails schwenkten und aneinander vorbeiredeten. Ein Hauch von Nervosität war Charles anzumerken. Seine glatte, sorgfältig verblendete Oberfläche hatte sich verzogen, und seine Antipathie gegen Harvey drang durch die Deckschicht (obwohl Harvey, durch seine eigene Nervosität isoliert, es nicht bemerkte). »Sie kommen bestimmt. Sie kommen bestimmt«, versicherte Harvey unaufgefordert immer wieder und versuchte, mit sprühendem Witz Leben in die sterile Atmosphäre zu bringen. »Also, jetzt mal ehrlich, sagt mir die Wahrheit – ihr meint, er vögelt diese Toldy?«

»Was bist du für ein unartiger, kleiner Schelm.« Charles schaute auf seine Uhr und schlug dann die doppelte Manschette wieder über das Zifferblatt. »Wenn überhaupt, dann ist er jetzt gewiß nicht in der Lage –«

»Man weiß nie, Károly –«

»*Charles. Charles.* Englisch. Deine Muttersprache!«

»Ja, aber du hast doch gesagt, sie hat ihn in dem Privatzimmer komplett unter ihrer Fuchtel. Vielleicht hat er so einen Schlaganfall gehabt, der das Blut in Wallung bringt, wenn ihr wißt, was ich meine. So was hört man doch schon mal.«

»Charles, kannst du nicht dafür sorgen, daß dieser Schwachkopf die Klappe hält?« Der Angesprochene und Harvey schauten überrascht auf, und John merkte, peinlich berührt, daß er den Satz nicht nur gedacht hatte. Charles lachte derart prompt los, daß Harvey glauben mußte, daß John einen guten Scherz gemacht hatte, den man nicht ernst nehmen mußte.

Die dicken rostroten Vorhänge, die den Tisch auf drei Seiten umgaben, trennten sich stumm; ein Ober im Smoking hielt ihn für zwei Südsee-Insulaner auseinander. Der erste, ein winterbleicher Mann, war jung, nur ein paar Jahre älter als Charles, aber mit seiner pseudoantiken Buchhalterbrille in jeder Hinsicht vorzeitig ergraut. Auf eine glatte Art gutaussehend – dank wöchentlicher Friseurbesuche –, trat er zur Seite, hüstelte und ließ seinen Boß als ersten in diese nun enger werdende Luxusenklave eintreten. Hier war die John versprochene Überraschung, und einen kurzen Moment lang blieb die Zeit stehen, so daß John ihn in Augenschein nehmen konnnte: die dreidimensionale Imitation eines berühmten Fernseh- und Zeitungsgesichts, australischer Akzent, bekannt aus Talkshows und Nachrichtensendungen, die strenge oder ein wenig selbstgefällige Miene (es gab nur diese beiden Varianten), die jedes Jahr die Titelseiten Dutzender von Wirtschaftsmagazinen zierte. Harvey begrüßte ihn mit großem Respekt und stellte ihn vor. Bevor sich das Phantom allerdings setzte oder auf die wechselseitigen Vorstellungen reagierte, wandte es sich an den Kellner und bestellte einen sehr obskuren Cocktail aus dem fünften Kontinent, als sei es der echte Mann – der, den man im Fernsehen sah. John konnte keine begründbaren Zweifel mehr vorbringen. Der übliche Cowboyhut, das vorstehende, auffällige Muttermal, das wie eine Insel vor der Südostküste der Nase lag, das Augenbrauengestrüpp, mit dem sich die Damen von der Maske im Fernsehen sicher stundenlang abplagten, um es in glatte menschliche Züge zu verwandeln. Die Accessoires waren alle da. Seltsamer waren nur die Abweichungen. Gleich innerhalb des mit Vorhängen abgeschirmten Séparées zeigte der Australier schlechte Angewohnheiten. Zum Beispiel eine Zappeligkeit, die er offenbar nur für die Länge eines Nachrichtenporträts und nicht darüber hinaus abstellen konnte. Und während das Fernsehgesicht den Interviewer im Off immer mit Führungskraftintensität anschaute, vermied der 3-D-Melchior jeden direkten Blickkontakt, so daß John schon fast wieder überzeugt war, daß sich ihnen hier an diesem Privattisch im Hunnenkönig ein Hochstapler angeschlossen hatte. Unter dem trüben Licht, unter den kunstvoll gerahmten Stichen königlicher Jagdpartien an der einzigen festen Wand empfand John eine merkwürdige, aber körperlich spürbare Erleichterung, hier mal wieder einen hochwichtigen Mann zu treffen, der nicht viel hermachte, jedenfalls viel weniger, als man der Welt vorgaukelte.

Hubert Melchior besaß nicht das größte Medienimperium der Welt. In Atlanta gab es einen Mann und einen in Australien und vermutlich auch Mächte in Hollywood, Frankfurt und den Glaspalästen in Manhattan, deren Namen nicht an die Oberfläche des Weltbewußtseins gespült wurden, die aber alle über längere Tentakel, mehr Einfluß und mehr Fernseher, Bücher und Zeitungen verfügten, die ihre Meinungen verbreiteten. Doch Hubert Melchior hatte genug Kleingeld und gehörte zu den Namen, die man auch dann kannte, wenn man das Geschehen in Wirtschaft und Finanzwelt nie verfolgte. (»Ist das der, der den Gag mit den dämlichen Känguruhs gebracht hat?«)

»Das sind die Kerls, die dir so eine Angst gemacht haben, Kyle?« murmelte Melchior nun, als er sich, leise ächzend, niederließ. Sein grauer Assistent lachte ein wenig und nickte brav. Der Australier hatte merkwürdig humorlos, monoton, beinahe nuschelig gespöttelt, nicht mit der lauten Pseudojovialität seiner Branche, wie John erwartet hatte. Melchior schaute auch seinem Assistenten nicht ins Gesicht und hatte im übrigen weder John noch Charles lange genug angesehen, um beurteilen zu können, ob Kyle mit Recht von ihnen eingeschüchtert war und Angst vor ihnen hatte. Melchior betrachtete seine Hände, mit denen er langsam über den Holztisch glitt und willkürliche Muster beschrieb.

»Angst? Mir? Nein, nein, ham mir zu denken gegeben, mehr nich, Mr. Melchior«, sagte der jüngere Mann in dem halbmenschlichen Ton der unterdrückten, verzweifelten Führungskräfteassistenten dieser Welt, die zweimal so schnell wie ihre Arbeitgeber altern. Im Auftrag Melchiors (aber auch um seinetwillen) schenkte er den drei Amerikanern ein Lächeln und – mit freundlichen Grüßen von der Firma – Extrablickkontakt.

Melchior war pingelig. Wie eine Katze kratzte er an einem winzigen, knolligen Seestern aus Kerzenwachs, der auf dem Tisch gestrandet war. Mit dem linken Daumennagel kratzte er sechs-, siebenmal in rascher Folge, dann schob er die Wachskrümel mit flinken Bewegungen seines rechten kleinen Fingers beiseite. Abwechselnd kratzte er mit dem Daumennagel, wischte mit dem kleinen Finger, kratzte mit dem Daumennagel, wischte mit dem kleinen Finger. Und noch lange nachdem alle anderen Anwesenden schon keinen Wachstropfen mehr sahen, lange nachdem Melchiors Augen und Aufmerksamkeit auf andere Dinge gerichtet waren, putzten seine Hände immer noch wie von selbst an dem Tisch herum.

»Mistah G'bore«, murmelte er, nahm nun seine Serviette auseinander und strich sorgsam die einzelnen Falten glatt. »In einer Woche hab ich überall Ihr Gesicht gesehn. Von Zeit zu Zeit die Presse in der Hand zu haben hat noch keinem jungen Burschen geschadet. Muß sagen, Sie kennen die Spielregeln.«

Charles lachte höflich über diese autistische Rede, gehalten im Tonfall kaum unterdrückten Gelangweiltseins.

»Und weil Sie und Ihr Chef da, dieser Bursche, dieser Mr. Horváth, jedesmal, wenn der arme Kyle Luft geholt hat, in der Zeitung waren, hat er sich in die Hosen gemacht. Und immer nur gesagt: ›Nicht der richtige Zeitpunkt, nicht der richtige Zeitpunkt, Mr. Melchior.‹ Stimmt das nicht, Kyle, Junge? ›Nicht der richtige Zeitpunkt –‹«

»Mr. Horváth ist zwar der Mehrheitsgesellschafter… Aber ich hoffe, ich habe deutlich gemacht, daß Károly hier als der rechtmäßige Vertreter mit allen Vollmachten –«

»– ›nicht der richtige Zeitpunkt, nicht der richtige Zeitpunkt‹, nur wegen dem Quatsch mit –« Melchior hatte Harveys Einwurf gehört, aber nicht von den unsichtbaren Mustern aufgeschaut, die er mit seinem steifen Zeigefinger auf dem Tisch malte; er vergeudete auch keine Zeit damit, Harvey zurechtzuweisen, sondern redete weiter. Ihn hätte kein auf Erden denkbares Geräusch zum

Schweigen gebracht. »Kaum erscheinen ein paar Zeitungsartikel, flennt Kyle hier schon los wie ein Mädchen, es ist ›ungünstig‹, wenn wir jetzt bei ungarischen Privatisierungsdeals mitbieten. ›Ungünstig‹ – nach allem, was ich aufgebaut habe.« Melchiors tonloses, aber offenes Eingeständnis, daß sein Multimilliardendollar-Medienimperium zeitweilig ausgerechnet von Charles und John mattgesetzt worden war, erfüllte John plötzlich mit Stolz. »Lieber Herr Jesus – ich mußte mir den ganzen Mist anhören, wir sollten uns nicht in den Privatisierungsprozeß einmischen, sollten erst mal abwarten, bis die Ungos sich mit ihrer Regierung geeinigt haben. Totaler Quatsch. Und jetzt sitzen Sie hier und sind bloß ein kleiner Junge und keinen Deut mehr Ungo als ich.« Er gestikulierte in Charles' Richtung, schaute ihn aber nicht an. »Also, passen Sie auf. Um die Wahrheit zu sagen, wir haben ein bißchen spät gemerkt, was in diesen Breiten an Medien gebraucht wird. Aber Spaß beiseite. Ich bin drei Tage in der Stadt und muß mit sechs Zeitungen, sechs Verlegern, zwei Fernsehsendern und einer Kabelsender-Neugründung reden. Also bringen wir die Schäfchen ins Trockene, alles klar? Entweder blöken sie für uns, oder wir ziehen weiter.« Selbst wenn er in anschaulichem australischem Jargon redete, blieb sein Ton gelangweilt, ein wenig menschenfeindlich; er aß einen Happen von seinem Salat, fand ihn offenbar abscheulich und schob ihn zur Seite. »Ihr kleines Haus ist hübsch, und ich will es. Aber ich habe nicht ewig Zeit. Wenn die Ungos und Tschechen und Polacken in irgendeiner Weise für Median relevant werden, will ich noch anderthalb Dutzend mehr. Packen wir's an. Harvey hier erzählt uns, wir brauchen euren Boß für dieses Gespräch nicht. Wieso das, bitte?«

»Er ist, leider –« begann Harvey.

»Yeah, tut mir leid«, sagte Melchior.

»Ein entscheidender Punkt, eventuell einer, wo's klemmt, bei dem ich aber hier und heute helfen kann, den ich rausfinden will, vorsorglich, und der vielleicht schon mal andiskutiert werden sollte: ›Wird er Teil der Median Press?‹« fragte Harvey und stieg stante pede in die Verhandlungen ein, bevor die Ereignisse sich selbst verhandelten.

Endlich schaute Melchior jemanden an: Charles, der seit der Ankunft des Australiers kaum ein Wort gesagt hatte. »Natürlich wird er stolzes, neues Mitglied der Median-Familie und hat dann den Namen hinter sich und ein ganz anderes Umfeld als das, was Sie ihm mit dem bißchen, was von Ihrem kleinen privaten Kapital übrig ist, bieten können, Mistah G'bore.« Nachdem er signalisiert hatte, welch umfassende Kenntnisse er besaß, widmete er sich der Tätigkeit, sein unbenutztes Silberbesteck in Reih und Glied hinzulegen. »Übrigens: mit den Schwestern da verwandt? Den Schauspielerinnen? Und sagen Sie mir: Interessiert sich irgend jemand in diesem Land für den Namen des Hauses?«

Es passierte so schnell, daß John kaum begriff, was geschah. Als der letzte Salatteller in geisterhaften Händen den Tisch verlassen hatte, verstand er endlich, daß der Horváth Verlag nicht nur zum Verkauf stand, sondern daß die Schicksalsgöttinnen sich schon mit den Einzelheiten des Verkaufs beschäftigten: wie er zum Beispiel heißen sollte, wenn er, noch atmend, im Schlangenbauch der Multinational Median Corporation verschwand und dort schnell in seine kleinsten Einzelteile zerlegt wurde.

Charles blies langsam die Luft aus den Wangen und wiegte bedächtig den Kopf. »Nur sehr entfernt«, gestand er. »Angeblich durch meinen Ururgroßvater, irgendwelche Cousinen. Ich habe sie natürlich nie kennengelernt. Es ist ein relativ verbreiteter Name in Ungarn.«

»Ich glaube, Károly ist in ein- ein-einer Art Dilemma oder so was«, mischte Harvey sich unaufgefordert ein. »Wir sollten die Bedürfnisse, das heißt, die Bedürfnisse beider Seiten berücksichtigen, oder nicht Seiten, sondern Interessen: die natürlichen Bedürfnisse dieser Interessen.«

»*Charles*«, korrigierte Charles ihn wütend.

»Richtig.« Harvey schaute ihn verständnislos an. »Was?«

Charles ignorierte Melchiors allgemeine Frage und tischte ihm statt dessen eine Palette an Spezifika auf. Er zählte einzelne Veröffentlichungen des Horváth Verlags und voraussichtliche Projekte auf, beschrieb das aktuelle Programm und die Backlist. Er jonglierte mit Titeln, Autoren und Publikationen wie ein Magier in Las Vegas, der ein Kartenspiel wie einen Fächer in der Luft auseinanderschiebt. »*Unser Forint*«, sagte er, »und ich zögere hier, weil er symptomatisch für einige der Problemstellungen ist, mit denen wir rechnen müssen – *Unser Forint* ist Markenqualität mit einer generationenalten Tradition und Konsumententreue dahinter –«

»Ihr Wirtschaftsblatt.« Melchiors Stimme verriet leichtes Interesse, aber er stellte keine Frage und betrachtete weiterhin den Stich über Charles' Schulter. John begriff, daß der Australier bei Fernsehinterviews starkes Interesses simulierte, indem er seinen Blick auf einen Punkt über der Schulter seines Gegenübers konzentrierte und sich von der Seite filmen ließ. »*Unser Forint*, hm.« Melchior streckte die Hand aus und schnappte sich mit hörbarem Klatschen das gesamte, im Bogen durch die Luft sausende Kartenspiel. »Nein. Eine Weile lang läuft er vielleicht unter dem Namen weiter, aber Sie wissen, was wir haben. Sie sind ja nicht dumm, Mistah G'bore. Sie haben den Titel aus einem bestimmten Grund angesprochen, und ich weiß es zu schätzen, daß sie für einen Deal offen sind. Sie wissen, wir haben enorme Mittel in den Start von *Mmmmmoney* gesteckt. Wir wollen, daß *Mmmmmoney* eine weltweite Publikation wird, global einheitlich, nur mit regionalen Innenteilen, nahtlos zugeschnitten auf jeden Markt. Diese Beilagen könnten wahrscheinlich Namen tragen, die sich auf den jeweiligen Markt beziehen. Ich und Kyle sehen keinen Grund, warum man die Hungo-Variante nicht *Unser Forint* nennen sollte, falls Sie mich davon überzeugen, daß es Ihnen wichtig ist.«

»Das halte ich für einen mehr oder weniger vernünftigen Ausgangspunkt.« Harvey schaute zwischen den beiden maßgeblichen Leuten am Tisch hin und her.

Melchior blickte Charles nun in die Augen und lächelte fast menschlich. Er hatte dem jungen Mann öffentlich ein Zugeständnis signalisiert, hatte einen kleinen Teil des Ganzen angesprochen und erwartete, daß man seine Antwort auf das Ganze bezog. Er schob seinen Stuhl zurück und stand auf. Er brauchte den nächsten Gang nicht abzuwarten. Er konzentrierte sich darauf, seine fleckigen Hände in todschicke Fingerhandschuhe zu stecken, selbst als seine nun für den Hund des Abwäschers bestimmte Vorspeise am Tisch erschien. Serviette in der Hand, war auch sein Assistent bereit zu gehen, aber Melchior wollte allein sein. Kyle mußte mit den drei Amerikanern zu Ende essen. Melchior strich das flauschige Innere seines Cowboyhuts mit geübter Bewegung, abwechselnd mit Handfläche und Handrücken, glatt. »Auf Basis dessen, was wir durch Harvey hier wissen, der Höhe Ihres Angebots und dem Wert des Ladens in Wien, hat Kyle hier einen Umschlag mit einer Zahl darin. Sie müßten sie ausreichend finden. Sie ist nicht verhandelbar. Sie ist endgültig. Über diese Zahl hinaus kann ich nicht gehen. Entweder kommt Ihre kleine Klitsche in die Median-Familie oder bleibt allein im Median-Land, und wir verbringen die ersten Monate hier damit, Sie aus dem Weg zu räumen. Kyle wird einen Tag im Hilton darauf warten, daß Sie Ihr Interesse bekunden. Schön, Sie kennengelernt zu haben, meine Herren.« Kein Blickkontakt. Kein Händeschütteln. Cowboyhut und Muttermal wurden mitsamt dem unsozialen, schleppend vorgetragenen Monolog von den rostroten Vorhängen verschluckt.

Erst als der Samt aufhörte sich zu bauschen und still und senkrecht zu einem Roten Meer hinabfiel, begriff John, daß in Melchiors Gegenwart ein gewisses eisblaues Vergnügen lag. Offenbar mochte er seine Arbeit nicht im geringsten, aber wenn er sie tat, dann ohne Netz und doppelten Boden. Er sagte: »Ich will das«, und: »Ich bezahle diesen Betrag dafür«, und: »Nein, ich werde ihn nicht nach Ihrem komatösen Boß benennen«, und damit hatte es sich.

»Leckeres Reh«, sagte Kyle mit echter Begeisterung, ein traurig gieriges Funkeln im Gesicht. Kaum war er allein unter mehr oder weniger Gleichaltrigen, wollte er nun auch das Beste daraus machen. »Gibt es hier was, wo man sich nach dem Abendessen amüsieren kann? Clubs oder Discos oder so was?«

»Erst mal her mit dem Umschlag, Kyle.«

»Ja, natürlich.«

Charles hielt sich das versiegelte Kuvert an die Schläfe und steckte es mit den Worten: »Genießen Sie Ihren Rehbraten, Kyle« ungeöffnet in die Tasche. Den Rest des Abends fragten sich nun natürlich alle, wann er endlich hineinschauen würde. Kyle, der ein genaues Gefühl dafür hatte, wann er abgewimmelt wurde, verstummte. Er und Harvey übernahmen liebenswürdigerweise die Rechnung.

Als Charles auf der Straße vor dem Restaurant demonstrativ auf zwei Taxis zeigte, versuchte Harvey unauffällig, ein vertrauliches Wort mit ihm zu wechseln, denn er sah, daß die baldige Trennung aus gutem strategischem Grund erzwungen wurde und Charles offensichtlich wollte, daß er bestimmte, weitergehende, komplizierte Verhandlungsmanöver durchführte, wenn er Kyle erst einmal für sich allein hatte. »Charles, Charles, hör zu«, sagte er, schlang den Arm um Gábors Schultern und führte ihn von den anderen weg, als seien sie die dicksten Freunde. Charles bückte sich und band seinen Schuh neu, stand in die andere Richtung gewandt auf, schritt zum Taxi, schob John hinein und schüttelte zwei Hände. »*Károly*«, korrigierte er Harvey.

Den Umschlag öffnete Charles nicht, ja, er schien sich nicht einmal an dessen Existenz zu erinnern, bis er und John entkommen waren. Sie ließen die beiden anderen zusammen in der kalten letzten Februarnacht stehen. Der junge Australier war eindeutig niedergeschmettert, weil er wieder einmal in Gesellschaft eines mittelalterlichen Langweilers übriggeblieben war und wieder einmal, wie in so vielen Städten, wo so viele Deals abgeschlossen worden waren, zusehen mußte, wie die Leute, die auch nur im entferntesten unterhaltsam waren, sich in einem anderen Taxi in eine andere Richtung verdrückten.

Der Wagen war schon ein paar Straßen weit gefahren, als Charles, ohne sich bei seinem oft erprobten, aber trotzdem noch taufrischen Vortrag über den Golfkrieg aus dem Konzept bringen zu lassen, den Umschlag mit dem Emblem des Hilton aus der Jackentasche zog. Er betastete ihn, schaute ihn immer noch nicht an, sprach über den ambivalenten Charme Saddam Husseins und öffnete ihn dann endlich langsam und mit wohlbemessenem Desinteresse. Während er die kalten ökonomischen

Wahrheiten schilderte, die die heißen politischen Rechtfertigungen für die Wüstenschlacht Lügen straften, riß er das Kuvert an der kurzen Seite auf, blies gleichmütig hinein, so daß es rund wurde, und ließ langsam ein Blatt herausgleiten, das auseinanderzufalten er sich aber nicht die Mühe machte. John erwies sich als gutes Publikum und staunte gehörig über Lässigkeit und Ruhe seines Freundes, zumindest aber über sein unstillbares Bedürfnis, andere in Erstaunen zu versetzen. Erst als Charles mit seiner Analyse der Kriegsgründe fertig war (»Man *kann* Menschenfreund und gleichzeitig habgierig sein; es ist nur schwieriger«), faltete er das maschinenbeschriebene Papier auseinander, würdige es aber immer noch keines Blickes. (»Ich glaube wirklich, man *kann* Menschen, selbst unschuldige Menschen, aus humanitären Gründen erschießen, verhungern lassen, lebendig begraben, verbrennen und bombardieren, doch dazu bedarf es sehr großer emotionaler Reife.«) Die vorbeiziehenden Straßenlaternen verströmten regelmäßig ihr blaßgelbes Licht über sein Gesicht. Jedesmal, wenn es hell wurde, war es auch von den zarten grauen Schlieren auf den Taxifenstern gesprenkelt.

»Okay, ich bin gebührend beeindruckt. Jetzt schau das Ding endlich an!«

Charles neigte dankbar den Kopf und las das Getippte. »Ha!« entfuhr es ihm. »Ungefähr, was ich gedacht habe.« Er fing an zu lachen und schüttelte den Kopf. »Wenn ich *hoch* gegriffen hätte.«

John nannte dem Taxifahrer eine neue Adresse, er wollte Charles zum erstenmal ins Blue Jazz mitnehmen. Angesichts der wachsenden, unbändigen Aufregung seine Freundes sowie des Eingeständnisses, daß Melchiors Angebot ihn überrascht hatte, stieg ein richtig warmes Gefühl für Charles in ihm auf, ein seltenes Ereignis und Grund genug, seinen Partner, der in Feierstimmung war, mit in sein Lieblingslokal zu nehmen.

Die kameradschaftliche Wärme währte bis unmittelbar bevor sie ihre Jacken ausgezogen und sich hingesetzt hatten. Zu Johns Enttäuschung war Nádja nicht da, statt dessen besudelten die erbsengrünen Klänge eines Avantgarde-Free-Jazz-Sextetts den Raum. »Der Song gefällt mir!« rief Charles, und John bedauerte sofort, daß er es nicht beim Baal Room belassen hatte. »Jazz ist Klasse. Wenn die Fans alle zum Rat-a-tat-tat des Schlagzeugs mit den Daumen klopfen.«

Wenigstens war das Gespräch erhellend. Denn als John Charles' Beschreibung des Essens lauschte, das sie gerade hinter sich hatten, kam es ihm vor, als erlebe er noch einmal einen ganz anderen Abend. Offenbar waren ständig Dinge passiert, die er nicht mitbekommen hatte. Charles beschrieb seine offene Bewunderung für und sein reines Vergnügen an Melchiors »Kunst, fragliche Mittel einzusetzen, aber nicht gegen die Regeln zu verstoßen«. Die kleinen Ticks und Macken, das offene Eingeständnis, getäuscht worden zu sein, die beiläufig rüde Behandlung Kyles, seine barsche Taktik des Ja oder Nein, des Jetzt oder Nie, das »Verhandelt oder getrickst wird nicht«, erheiterten Charles. Alle Achtung, was da für »eine Mühe in die Vorbereitung gegangen war«. Über Johns Einwand, so sei Melchior von Natur aus, wollte Charles sich schier totlachen. »Das war alles sehr gut durchgezogen«, widersprach er John. »Aber es brächte nichts, wenn Melchior es nicht nach Belieben an- und abstellen könnte. Wenn er das und sonst nichts wäre«, belehrte er seinen Freund geduldig, »wäre er nichts als ein Psychopath mit Cowboyhut. Ja, schlimmer, kein Geschäftsmann, der geschickt ist, sondern nur einer, der Glück gehabt hat. Nein, der ist ernst zu nehmen, unser Hubert. Er hat's drauf, absolut, also sei nicht traurig. Aber – und das sage ich mit professioneller Gewißheit – es ist alles Mache, selbst wenn er das immer und ewig weiter durchzieht, selbst wenn er es im Schlaf macht und auch dann noch, wenn er stirbt.«

Charles war natürlich neugierig gewesen, den Mann kennenzulernen, hatte aber keineswegs ein ernst zu nehmendes Angebot erwartet. Damals im Dezember, als er Harv allmählich glaubte, daß er ihn mit Melchior bekannt machen konnte, hatte er vielleicht vage auf das Angebot einer Minderheiteneinlage oder die Übernahme seiner 49 Prozent leicht über ihrem Wert gehofft. Aber das hier... das war »herrlich, hinreißend, hoch, höher, als man zu träumen gewagt hätte«.

John wünschte sich sehnlichst, daß Nádja da wäre, er hatte das Gefühl, er könne Charles aufmerksamer zuhören, wenn sie oben auf der Bühne wäre, wenn er wüßte, daß der Abend mit ihnen beiden enden würde, damit, daß er sie nach Hause brachte. Er hatte sie noch nie nach Hause gebracht und fand es nun schade. Er genoß die Vorstellung einer neuen nächtlichen Tradition. Zum ruhigen, grauen Ende ihrer Arbeitsnächte würde er sie nach Hause bringen. Sie würden in ihrem vom Feuer erhellten Salon einen Tee oder einen Sherry trinken und ein gutes Gespräch führen, und dann würde er gehen... wohin auch immer. Nádjas Wohnung wäre eine Schatzkammer, voll von ihrem erstaunlichen Leben, das sie so wunderschön gelebt, bis zum Rand ausgekostet hatte. Die unglaubliche, handgeschriebene Liste von Büchern und Platten – zerknittert und vergilbt, doch wahrhaftig, da wäre sie; Fotografien aller ihrer Leute und der Orte, an denen sie gelebt hatte; Briefe in merkwürdiger Handschrift aus Zeiten, in denen die Post dreimal am Tag kam; Zeichnungen von ihr, mit denen sie sorgsam umging, mit denen sie aber nicht prahlte, obwohl sie von bedeutenden Händen waren, um deren andere, fertigere Werke sich Museen rissen wie wütende Kinder. Auf einem Regal mysteriöse Andenken: eine Patronenhülse; ein uralter, gewellter Ausweis, von einer längst aufgelösten Organisation einem jungen Mann ausgestellt, der sicher schon grau oder tot war; die gerollte und zusammengebundene Anerkennungsurkunde einer Regierung, die vom Erdboden verschwunden war. »Gute Nacht, John Price«, würde sie in dem gedehnten Ton einer ausländischen Filmdiva sagen, »oder guten Morgen, je nachdem.« Und sie würden sich an der Tür auf die Wange küssen, und er würde in die frühmorgendliche Luft hinausgehen und spüren, daß er am richtigen Ort war, bereit... wem auch immer zu begegnen.

»Aber die Höhe des Angebots gibt im nachhinein allem, was beim Essen passiert ist, eine neue Bedeutung. Man sieht, daß sie es eilig haben, findest du nicht? Dank Imre haben wir sie warten lassen. Und jetzt ist ihre Devise: Biete hoch, steck den unvermeidlichen Verlust weg, egal, wie groß er ist, denn es ist ein

Schnäppchen, ein Gebot der Stunde.« John merkte, wie aufgeregt sein Freund war, wie er die Augen aufriß, wie alle seine Coolheit von dem warmen Schnaps geschmolzen worden war, vielleicht ja auch von dem Klagen und Kreischen, das von der Bühne her hallte. »Gibt's hier keine Stripperinnen? Wieso gehst du so oft hierher?«

Medien unter Druck zu setzen und zu kaufen war natürlich ein gefährliches Spiel. Zeitungen kaufen war nicht das gleiche wie eine Konservenfabrik kaufen. Zeitungen redeten: Zwang man eine zu verkaufen (»...sonst räumen wir Sie aus dem Weg...«), erntete man zwei Wochen lang wüste Beschimpfungen vom Objekt seiner Begierde, konnte dann aber das Ding durchziehen und den Leuten das Maul stopfen. Es gab nämlich, redete Charles unermüdlich weiter, ein interessantes Detail. Median hatte mit Horváth angefangen, bevor es mit all den anderen Unternehmen sprach, die Melchior genannt hatte. Warum wollte er Horváth zuerst? Er hatte Charles beglückwünscht, weil dieser eine gute Presse hatte und wußte, wie wichtig sie war. »Kapierst du? Er will Horváth zuerst wegen...«

»Ja, ja, wegen dir.«

»Nein, mein Kind. Melchior will Horváth zuerst wegen«, Charles kniff John so fest in die Wange, daß dieser aufstöhnte, »wegen dir, du kleiner Racker.« Median würde so oder so kommen, aber Melchior hatte den Versuch, die Dinge in der richtigen Reihenfolge zu tun, seiner Zeit und seines Geldes für wert befunden. Median hatte sich gegen die Abgabe eines Privatisierungsangebots für den Horváth Kiadó entschieden, weil John Harvey überzeugt hatte (der Kyle überzeugt hatte, der Melchior überzeugt hatte), daß ein Ausländer den Zuschlag bei etwas derart Symbolischem wie diesem Verlag nicht bekommen würde. Und die Männer, die Melchior in seine Schranken verwiesen hatten, standen nun hoch in seiner Achtung. Er wollte ihre Hilfe. Seine erste Erwerbung in Ungarn – und Österreich – wollte er im weichen, schmeichelnden Licht der günstigen Presseberichterstattung tätigen, die Charles' Team zu verdanken war, und nicht in dem unnützen, hysterischen Scheinwerferlicht, das

Medians erste Neuerwerbung in der Tschechoslowakei begleitet hatte, wo ein paar selbstgerechte, apokalyptische Leitartikel zu Protesten führten. Da »lag dann ein Haufen wahrhaft dämlicher Leute vor den Redaktionsräumen einer punkigen Untergrundzeitung auf dem Boden, deren sentimentale Redakteure gar nicht kapierten, daß sie gerade das große Los gezogen hatten«. *Wenn wir uns verkaufen, wenn wir unsere Geschichte an gesichtslose Geldleute verkaufen, warum haben wir dann die ganzen Mühen auf uns genommen, zu rebellieren und uns selbst beizubringen, ohne Rücksicht auf die Konsequenzen die Wahrheit zu sagen? Was bedeutet es, wenn dieses Blatt freiwillig zu dem ersten hirnlosen Millionär überläuft, der uns ein bißchen harte Währung anbietet? Jetzt, da wir ein freies Land und ein armes Land sind, was werden wir nicht noch alles verkaufen? Ich kann nur hoffen, daß meine tschechischen Brüder klüger sind als meine Arbeitgeber, die ...*

Auf der anderen Seite des Raums nuschelte der Bandleader mit einer winzigen Trompete in den riesigen Händen ein paar dankbare ungarische Abschiedsworte ins Mikrophon, und Thelonius Monks Aufnahme von »April in Paris« ergoß sich aus den Lautsprechern. Die beiden Freunde mogelten sich durch ein sehr stümperhaftes Spiel Pool; John war sich des Gekichers von besseren Spielern, die darauf warteten, daß der Tisch frei wurde, sehr bewußt. »Typen auf diesem Level«, Charles stützte sich auf seinen Queue und redete, während John spielte, »vergeuden ihre Zeit nicht mit der Plackerei, einen Vermögenswert nach dem anderen zu evaluieren. Das überlassen sie schillernden Persönlichkeiten wie Kyle. Die Typen an der Spitze haben die richtigen Instinkte, und was nicht sofort klappt, zwingen sie durch bloße Willenskraft dazu. Das muß man doch lieben. Er wird Horváth schneller, als ich es kann, profitabel machen, und zwar aus dem einfachen Grunde, weil Median so groß ist. Wunderbar, den anderen das Gefühl zu vermitteln, sie bäten einen zu handeln.« Charles saß auf der Kante des Billardtischs, baumelte mit den Füßen und stützte das Kinn auf den Queue, ein wenig blaue Kreide bildete einen Kreis um seine Nasenspitze. Er strahlte wie ein kleiner Junge, der sich auf ein Baseballspiel freut. »Ehrlich, John, sag selbst. Ich bin nicht sentimental. Aber findest du nicht, daß man so etwas Wunderbares selten erlebt? Es hat eine gewisse Eleganz.« Der Punkt, um den Charles jetzt seit zwei Stunden herumredete, war folgender: Er brauchte John wieder. John sollte sowohl selbst etwas schreiben, als auch mit Pressekollegen sprechen, mit denen er sich angefreundet hatte, als der Horváth-Deal angeleiert worden war. »Hubie war zu spät dran, weil er dir geglaubt hat. Du bist ein Talent mit seltenen Fähigkeiten. Dies ist der Beginn einer ernsthaften Karriere für dich. Du hast die Fähigkeit, Dinge ins Rollen zu bringen. Das hebt dich aus der Masse der Menschen heraus. Du siehst die Dinge, wie sie wirklich sind. Die Leute meinen immer, daß die Welt und die Zeitungen nur voll von Gottes Walten und Schalten sind. Du aber verstehst die wahre Bedeutung dessen, was abläuft. Du hast bewiesen, daß du die Abläufe steuern kannst, die andere Menschen für Naturgewalten halten.«

John brauchte fast drei Stunden und mehrere Drinks, bis ihm, zurück am Tresen, wieder einfiel, sich nach Imre zu erkundigen. »Was ist mit Imre?« Aber da hatte Charles schon ein Taxi zurück auf den Gellértberg genommen.

John saß allein am äußeren rechten Ende des Tresens, Charles' Worte klangen ihm noch im Ohr. (»Wie die Golfkriegsjungs immer gesagt haben: Fang nichts an, wenn du nicht weißt, wie du wieder rauskommst.«) Er betrachtete das antiquierte öffentliche Telefon, um das sich dreisprachige Graffitigirlanden in schwarzer Tinte wanden, und seine Gedanken bewegten sich mit hochprozentiger Leichtigkeit. *Das Telefon hat Emily benutzt als ich sie Nádja vorgestellt habe wünschte Nádja hätte mir nie gesagt was sie in ihr sah.* Dann fragte er den Barkeeper, wo die Pianistin sei.

»Sie ist tot, Mann. Schade – sie war eine feine Dame.«

John reagierte nicht, wartete darauf, daß dem dummen Scherz eine ernsthafte Antwort folgte, krächzte irgendwann »Was?« und hörte, daß der Mann es betätigte. Da nickte er, kaute auf seiner glitschigen, rebellischen Lippe und ging langsam vom Tresen weg. Er wollte zur Toilette, doch bevor er halb durch den Raum war, fing er an zu rennen.

VIII.

Sie atmete ein wenig schwer, was der Aufmerksamkeit des Schweizer Arztes nicht entging, und behauptete es erneut: Er hatte ihre Hand gedrückt, als sie seinen Namen gesagt hatte.

»Es ist außerordentlich unwahrscheinlich, Fräulein, daß an diesem Punkt des Verlaufs eine solche Veränderung eintritt. Ich weiß, es ist schwer, das einzusehen, aber Laien lassen sich oft täuschen durch...« Krisztina Toldy kniff die Augen zu, schüttelte den Kopf, machte eine Bewegung, als wolle sie die verschneite, alpine Art dieses Arztes von Hals und Schultern abwerfen, und weigerte sich rundheraus, noch ein Wort zu hören. Für borniertien Unglauben hatte sie keine Zeit. Sie hatte Imres Namen gesagt, und Imre hatte endlich reagiert. Und das war die ganze Wahrheit.

Doch das ewig gleiche Lächeln des Arztes, angespannt und unbeweglich über seinem exakt getrimmten, dreieckigen schwarzen Bart, breitete sich wieder aus. Von hoch oben herab betrachtete er die hektische kleine Frau, als sei sie ein Kind, das noch an den Weihnachtsmann glaubte, ging aber dann doch mit ihr ins Zimmer des Patienten und nahm dessen schlaffe Hand sanft in seine. Von einer zunehmend nervösen Krisztina, die – mit jeder Minute langsamer – Imres Namen rief, zum Leisesein ermahnt, stand der Arzt ein wenig vorgebeugt auf der anderen Seite des Betts, das transparente Klemmbrett unter dem Arm, sich der tickenden Uhr deutlich bewußt, die Hand des im Koma liegenden Mannes feucht in seiner, und mit jedem Rufen und erneuten Rufen: *Imre... Imre...* nagte eine wohlbemessene Dosis Ärger an seiner Geduld. »Nun hören Sie mir bitte einmal zu, Fräulein. Bitte. Ich kann Sie nur in jeder Hinsicht meines Mitgefühls versichern, aber Herr Horváth hat – *mein Gott.*« Mit geschärfter Aufmerksamkeit wartete er stumm noch ein paar Minuten (die vorbeiflogen, während sie vorher geschlichen waren) und schrieb dann die beobachteten Fakten auf sein Klemmbrett: *22.20-22.35: Patient reagiert auf Ansprache durch Händedruck, schwach, 3x/.25 Stunde, und zwar jedesmal unmittelbar nach*

Nennung des Namen des Patienten, nur rechte Hand. Krisztina beugte sich vor, küßte zart die müde Stirn und streichelte das verzerrte Gesicht mit dem silbernen Bart.

»Wunderbar, das ist ja wunderbar, Krisztina. Das freut mich wirklich sehr. Bitte rufen Sie mich an, sobald es etwas Neues gibt. Ich bin heute abend zu Hause. Und ich werde natürlich allen hier die wunderschönen Neuigkeiten erzählen.« Er legte auf. Ihre Freude war durchaus ansteckend. »Diese Tabellen hier«, sagte er zu dem jungen Australier, mit dem zusammen er Überstunden machte (beider Krawatten bildeten lockere Ys), »sind die Verkäufe der ungarischen Klassikerliste in Fremdsprachen, pro Land. Offensichtlich keine Goldmine, aber eine mit niedrigen Kosten und verläßlich erneuerbaren –«

»Trotzdem muß man realistisch im Blick behalten, wie sich die Dinge weiterentwickeln«, sagte der Arzt mit einem gesundheitsfördernden Schuß Schweizerismus. Mit der Scharfsicht, wegen der ihn seine Kollegen schon lange schätzten, erkannte er, daß diese labile junge Dame leicht hyperemotionalen Reaktionen zum Opfer fallen konnte, wenn der Patient nicht sofort aus dem Bett sprang und für sie tanzte. Diese Vorstellung amüsierte ihn so sehr, daß er, sowohl zu seinem eigenen Vergnügen als auch um sie in ihrer Überreiztheit zu beschwichtigen, ein Lächeln aufsetzte.

»Böse dieser Welt, paßt auf, denn hier kommt Ungarn!« – Für seine beiden Artikel zum ungarischen Beitrag zur Golfkriegskoalition mußte John mehrere Tage lang ausgiebig reisen. Seine schwindenden Reserven an Ironie waren noch nicht ganz erschöpft, die Unvereinbarkeit seiner Umgebung mit seinen inneren Monologen, die er nur zeitweilig und unter großen Schwierigkeiten abstellen konnte, war ihm wohl bewußt. Als er im Wartezimmer des nagelneu ernannten Presseoffiziers im Hauptquartier der ungarischen Armee saß, ertönte »Ich bin ein erbärmlicher, sentimentaler Idiot« so laut, daß es genausogut durch die

Lautsprecheranlage hätte verkündet werden können. »Sie gehörte zu den wenigen Menschen, die zu leben wissen«, erschallte es dem kitschigen Libretto in seinem Inneren gemäß einen Tag später in einem Militärlager, als ein Presseadjutant ihn von einem schlechtbeheizten Gebäude zum anderen geleitete. »Wer ist so bekloppt, daß er eine Stunde lang in einer ungarischen Toilettenzelle flennt?« erklang das erste von mehreren Malen zur rhythmischen Begleitung von Mörserübungsschießen – flump, peng, knall! – auf einer winddurchtosten, schneeverwehten Ebene zwischen Pápa und Sopron. Und zum Tippen des ersten Artikels der Serie »Böse dieser Welt, paßt auf…« in der Redaktion von *BudapesToday* brauchte er wegen einer besonders hartnäckigen, reich ausgeschmückten Wiederholung von »Ich bin ein erbärmlicher etc.« viel länger als sonst. Mittags um zwölf am nächsten Tag verhörte er ungeduldig, fast zweisprachig, drei Angestellte des Blue Jazz, bis er endlich einen fand, der ihm Nádjas Adresse geben konnte. »Sie gehörte zu den wenigen etc.« erklang die Reprise in murmelndem Moll, als er nachmittags, am nächsten Morgen und Nachmittag vor ihrem Mietshaus hin- und herging, lächerlich unfähig, es zu betreten oder wenigstens an die kleine Tür in dem riesigen alten Kutschentor zu klopfen, von dem die Farbe abblätterte. Erstaunt über seinen abgrundtiefen Mangel an Mut, flüchtete er zu Nicky. Ganz egal, wie viele Wochen seit ihrem letzten Treffen verstrichen waren, sie war der einzige Mensch, den er sich als Begleitung vorstellen konnte.

Ein gebogener Plastikkratzer schrappte über Imres Fußsohlen und wanderte in das spezielle Filzetui in der Jackentasche des Arztes zurück. Es gab kontrollierte Versuche, wozu eine Reihe lauter Geräusche und Stimmen gehörten, die verschiedene Worte in verschiedenen Lautstärken sagten. Man blies ihm lange, paprikaduftende Atemstöße ins Gesicht. Man stocherte mit Nadeln in seinen Zehen, zuerst vorsichtig, und als der Arzt das Zimmer verlassen hatte, heftig. Krisztina stach mit so viel Kraft zu, daß kleine rote Blutstropfen auf der dicken rauhen Haut seiner blaßgelben Füße erschienen. Wenn sie mit ihm allein war, nahm sie seine Hand und rief seinen Namen monoton wie eine eifrige Kirchgängerin, der allmählich der Glaube abhanden kommt. Ein besonderer Apparat zog ihm die Lider auf und ließ sie mit regelrecht besänftigendem Summen wieder in Ruhelage gleiten. Ein Spezialist erzählte, jüngste, ganz neue Forschungen hätten ergeben, daß in bestimmten Fällen, die ganz ähnlich gelagert seien wie der von Herrn ... Herrn (verlegenes Klemmbrettabsuchen) ... Herrn Hortha hier. Es bestünden hier und da vorsichtige Überlegungen, daß ein gut angesetzter und sehr milder elektrischer Stimulus vielleicht heilende Wirkung ausüben könne. Krisztina lehnte es ab, ihren Helden aufgrund eines solch lauen Beweises dem elektrischen Stuhl auszuliefern. Eine sehr freundliche englische Krankenschwester meinte, daß Musik, die dem Gentleman genehm gewesen sei, als er wach war, die Dinge vielleicht ein wenig beschleunigen könne, sie habe schon erlebt, daß es prima funktioniert habe. Und so wurden prompt CD-Player und eine CD mit traditioneller Zigeunermusik herbeigeschafft, die Charles mit Kußhand zahlte und die – Krisztinas scharfem Blick entging nichts – tatsächlich für eine gelegentliche winzige Kontraktion der rechten Wange sowie zumindest zweimal Drücken der rechten Hand, Kraftgrad zwei, danach aber für nichts mehr sorgten. Eines Abends spät – sehr spät, der Fernseher lief auf voller Lautstärke (und sendete eine stolze, vage Erläuterung dessen, was die US-Spezialtruppen hinter den irakischen Linien erreicht hatten) – schlug Krisztina Imre ins Gesicht. Seit Ende Januar hatte sie praktisch in zwei Krankenhauszimmern gelebt, doch nach der kurzzeitigen, überschwenglichen Freude, weil er ihr die Hand gedrückt hatte, erbrachte das Rufen seines Namens nun absolut keine Reaktionen mehr, einerlei, wie laut, lieb oder verführerisch sie rief. An dem Abend nun hatte sie ein bißchen getrunken, und mit dem Alkohol war ein geringes Maß an Selbstmitleid in ihr Blut gesickert. Ihre normalerweise homogenisierten Gefühle gerannen; zu ihrer Verwirrung war sie wütend auf Imre. Sie gab ihm zwei Ohrfeigen und redete mit reichlich unsinnigen Worten flehentlich auf ihn ein. Sie schlug ihn aus Wut und Frustration und auch, weil ein solch verzweifeltes, un-

konventionelles Vorgehen vielleicht erfolgreich war, weil es von
Gefühlen diktiert wurde, die sicherer und tiefer waren als selbstgefällige Schweizer Ärztekunst. Doch weder so noch so öffnete
er die Augen, und nachdem sie die Lautstärke am Fernseher noch
weiter aufgedreht hatte (»die Jungs hatten alle, wie wir sagen,
einen nervösen Zeigefinger, und je weniger Worte man darüber
verliert, desto besser«), setzte sie sich schwerfällig in den ergonomischen Stuhl neben dem Bett und gestattete sich zu weinen –
ein paar Tränen, mit großer Beherrschtheit.

»Das tut mir aber leid. Ich hatte auch große Hoffnungen auf die
Musik gesetzt. Bitte halten Sie mich auf dem laufenden. Nein,
nein, natürlich nicht, das geht vollkommen in Ordnung. Bleiben
Sie unbedingt dort. Der Betrieb hier geht auch ohne Sie weiter.
Leidlich. Nein, überhaupt nicht, gern geschehen.« Charles legte
auf. »Wissen Sie, Krisztina ist Gold wert für die Firma. Sie sollten sie behalten – nicht, daß ich Ihnen sagen will, was Sie tun sollen. Sie haben sicher eine Menge eigene Leute von gleichem Ka-
liber, aber Krisztina ist Ungarin, und sie kennt den Laden.« Er
lehnte eine australische Zigarette ab.

*Ich weiß, ich gehöre zu den Parasiten, aber manchmal haben wir
die beste Sicht auf den Wirtskörper. Ehrlich gesagt kommt einem
dort, wo ich mich verankert habe, der Gedanke, daß Ungarn
und seine postkommunistischen Busenfreunde plötzlich Quasi-
Natomitglieder werden, vor, als würde man den Kindern der
neuen Frau seines Vaters vorgestellt, den neuen, bescheuerten
Stiefgeschwistern, die einziehen, einem die Spielsachen abneh-
men und Vater »Papa« nennen. Aber wessen Herz schlägt nicht
für die Magyaren, die Neuen in der großen Schule? Wie der
Junge, der als letzter genommen wird, wenn die Mannschaften
für ein Kickballspiel gewählt werden, stand Ungarn belämmert
an der Seitenlinie, bis Präsident Bush endlich »Ach, was soll's,
komm, Zsolt! Du hast Mumm, und den können wir gebrauchen!« sagte. Oder wie Leutnant Pál, mein Betreuer bei dem
Mörserübungsschießen, so eloquent erklärte: »Insgesamt bin ich*

nicht vollkommen hundertprozentig sicher, daß unsere Mörser in einem Wüstengelände sehr effizient wären. Deshalb helfen wir lieber und gewiß auch kompetenter mit medizinischem Personal.« Gut, die Wasser fließen schneller die Donau hinunter als früher, und dieser spezielle, epochemachende Krieg scheint schon zur Erinnerung zu werden, bevor wir noch anfangen können, die Lebensmittel zu rationieren, als Zivilschützer auf mitternächtliche Patrouille zu gehen oder mit den zurückgelassenen Frauen der Soldaten zu schlafen. Wie ein Freund von mir einmal meinte, ist es heutzutage schwer, die vorbeiziehenden Epochen im Auge zu behalten. Es ist Anfang März, also versetzt uns das in den Freudentaumel und die Ausgelassenheit der Nachkriegsperiode. Natürlich ist ein Krieg, der mit churchillschen Rufen nach Blut, Schweiß und Tränen, Sieg um jeden Preis, der Rettung der freien Welt beginnt und dann mit dem militärischen Äquivalent eines aggressiven, zurückgebliebenen Kindes endet, das auf einmal vergißt, warum es gerade so heftig dabei ist, diese bestimmte Wüstenspringmaus zu erdrosseln, und sie wegwirft, weil sie noch atmet...

»Super, ruf mich an, wenn du nach Hause kommst. Ich hatte gerade wieder meine Insulaner da. Die Typen sind fix. Was für eine Freude, wenn tüchtige Leute zupacken. Jetzt lebe ich hier schon so lang, daß ich vergessen hatte, wie das aussieht. Übrigens, dein Golfkriegsartikel war gut. Ruf an, wenn du eine Minute Zeit hast, über echte Arbeit zu sprechen. Okay?«

»Hurra, da ist der König von 1991! Lange nicht gevögelt, Ihre Majestät. Was kostet die Liebe?« Sie küßte ihn flüchtig auf die Wange und führte ihn an der Hand zu der Wäscheleine, die locker vor den schwarzen Vorhängen aufgespannt war, die ihre Dunkelkammer bildeten. Daran hingen, mit Klammern befestigt und noch ein wenig feucht, zehn Vergrößerungen, die sie gerade gemacht hatte – Ziegen auf einer Wiese, die Statue von Vörösmarty, klassische französische Gemälde von nackten Göttinnen in verschiedenen Posen, eine hatte ausladendere Pobacken und

Oberschenkel als die andere. Außerdem von verdunstender Flüssigkeit streifige, reflektierende Bilder von Ereignissen, in denen er der Star gewesen war, die aber nicht einmal den Sprung in sein Kurzzeitgedächtnis geschafft hatten. Voller Erstaunen betrachtete er sie und überlegte, ob es vielleicht Collagen waren. Sie wirkten jedoch normal und nicht, als hätte Nicky sich daran zu schaffen gemacht. Ganz, ganz zart kratzten sie nicht eigentlich an seinem Gedächtnis, sondern eher an dem Gefühl, daß es so hätte gewesen sein können. Er und Nádja saßen auf einer Klavierbank, Dexter Gordon rauchte an der Wand direkt hinter ihnen; ein Barhocker, den er, John, aufs Bein zu küssen schien, zwei verwunderte Gesichter über ihm; sein Gesicht, scharf von oben beleuchtet auf der Bühne des Blue Jazz, das Mikrophon in der Hand, die Augen müde halb geschlossen, die Lippen zu einem spitzbübisch lüsternen, halben Lächeln verzogen; seine obere Hälfte in einer Sitznische des Blue Jazz, den Kopf rührselig auf beide Hände gestützt, eine kleine Spur Spucke fing ein blaues Licht ein, der einzige Farbfaden in der Schwarzweißkomposition. »Kommst du mit?« brachte er schließlich heraus und schleimte sogar ein wenig, um ihren unerwarteten, ganz allgemeinen Widerstand zu unterhöhlen. »Um der Kunst willen. Vielleicht findest du es ja künstlerisch interessant. Und ich könnte jemanden gebrauchen, der mir Gesellschaft leistet. Ich bin die letzten drei Tage davor hin- und hergelaufen. Ich finde, du solltest mitkommen, und sei es nur aus Neugierde.« Ein ganz kleines bißchen überlegte er sogar, ob das nicht endlich, endlich der Moment werden konnte, in dem sie einfach zu ihm kam.

Ausgerechnet um drei Uhr nachmittags schlief Krisztina auf ihrem Stuhl ein, die Arme verschränkt, die Füße an den Absätzen unter sich auf der Querstrebe des Stuhls verhakt. Ihr Kopf hing schwer bis fast hinunter auf ihren Schoß. Auch im Schlaf tat ihr der Nacken weh, und im Halbschlaf spürte sie die angeschlagenen Stellen zwischen den einzelnen Wirbeln, verklumpt, heiß und beinahe hörbar steif. Auf der Suche nach dem Kissen, das sie seit Wochen nur noch aus Träumen kannte, warf sie den Kopf hin und her, öffnete kurz die Augen – und da sah sie, daß Imre sie ansah. Bevor der Gedanke bei ihr angekommen war, hatten sich die Augen schon wieder geschlossen. Sie brauchte mehrere Sekunden, sich nach oben zu kämpfen, die überraschend dicke Oberfläche zu durchbrechen und vollkommen wach aufzutauchen, und verlor selbst dann noch ein, zwei Sekunden, während deren sie ihren Blick zu konzentrieren versuchte. Seine Augen waren geschlossen. Vielleicht hatte sie es nur geträumt. Sie nahm seine Hand, strich ihm über die Stirn und rief seinen Namen, mutlos.

»Mehr oder weniger gleich«, erwiderte Charles. »Danke der Nachfrage. Wir hoffen immer auf die Nachricht, daß es besser wird.«

»Und seine Position bezüglich des Vertrages?«

»Unverändert«, antwortete Neville.

Der Hausmeister in ihrem Haus – ein sportlicher Mann mit Schnurrbart und glänzendem Jogginganzug – lächelte übers ganze Gesicht, als er John und Nicky durch die Spitzengardine seiner Wohnungstür, gleich im Torbogen, der zum Hof führte, erblickte. Er wußte sofort, daß sie Ausländer waren, und entschuldigte sich schon, als er die Tür öffnete: »*Nem English, nem Deutsch.*«

John sagte nur »Nádja« und versuchte mit seiner Miene auszudrücken, daß er nicht erwartete, zur Tür einer Lebenden geführt zu werden. Daß er ihren Familiennamen nicht kannte, fiel ihm erst jetzt auf.

»*Igen.*« Der Mann nickte voller Mitgefühl.

John bewegte die Hand, als drehe er einen Schlüssel im Schloß, und fragte: »*Igen?*« Der Mann zuckte mit seinen breiten Schultern und blickte zu Boden, während sich seine Brauen hochschoben, um zwiefach stumm sein Zögern auszudrücken. »Meine Großmutter«, sagte John in englisch und brachte in Ungarisch zustande: »Meine Mutter auf meiner Mutter.« Als der

Ungar sich verwirrt an das zurückgestriegelte Haar faßte, versuchte John den Familienstammbaum gestisch darzustellen. Er hielt die Hände flach übereinander, sagte: »Meine Mutter« und bewegte die untere Hand. Dann sagte er: »Und meine Mutter« und bewegte die obere Hand. »Nádja.« Der Hauswart zuckte wieder die Achseln, schloß seine Wohnungstür und ging mit ihnen vier Stockwerke hoch. Seine Sportsandalen klatschten rhythmisch. John stellte sich vor, wie seine arme, betagte Freundin jeden Tag diese vielen Treppen hinauf- und hinuntergegangen war.

»*Amerika?*« fragte der Mann, als sie oben stehenblieben und nach Luft schnappten. »Ju-ess-ey?«

»*Igen.*«

Der Hauswart nickte, bewundernd, wichtigtuerisch. »*Igen, igen*, ju-ess-ey, ju-ess-ey, *nagyon jó.*« Er führte sie in einen kurzen, dunklen Korridor, der vom Haupthausflur abging. Vor der letzten Tür des schlechtbeleuchteten Endes blieb er stehen und rasselte geistesabwesend mit den Schlüsseln. »*Jó.* New York City.« Er war zum Reden aufgelegt.

»Ja, New York City«, stimmte John ihm zu.

»Ah! Kalifornien«, fiel dem Mann jetzt ein, und er nickte.

»O ja«, pflichtete John ihm bei. »Kalifornien.«

Endlich schloß er auf und hielt den Amerikanern die Tür auf. »Okay«, sagte er beinahe traurig und hoffte vielleicht, mit hineingebeten zu werden. »Okay.« Dann aber trat er zurück und ließ die Familie der Verstorbenen in der Wohnung allein. Das Geräusch eines vorgeschobenen Riegels verschaffte ihm Zeit zum Nachdenken.

»Bitte, bitte, Imre. Bitte, Imre. Bitte, Imre. Ich habe es doch eben gesehen, Imre. Jetzt noch einmal, bitte, Imre.«

Neville verteilte vier Ausfertigungen des Dokuments und öffnete seines auf Seite 6. »Wir müssen noch zwei Punkte diskutieren. Es tut mir schrecklich leid, sie jetzt anzusprechen, aber womöglich können wir eine rasche Einigung erzielen und dann alles wie erforderlich mit unseren Initialen paraphieren. Ich glaube, wir schaffen es noch, daß um vier alle draußen sind. Ihr Flug geht wann?«

Zwei Zimmer – ein schmales Rechteck stieß auf einer Seite auf ein kleines Quadrat – erinnerten an die ersten, wenn auch nicht so gut ausgeleuchteten Pseudograbkammern einer pharaonischen Grabstätte. John tastete nach Lampen. Nicky ging durch zur anderen Seite des quadratischen Zimmers und zog den fleckigen, dünnen erbsengrünen Vorhang vor dem einzigen Fenster auf. John durchmaß die Räume langsam; er roch es: Hier wohnte niemand mehr. Eine drehbare, verbogene, verfärbte Metallstange stak gleich über dem Fußende des winzigen Bettes aus der Wand heraus, an einem Kleiderbügel daran baumelte Nádjas rotes Kleid. Das Bett war ungemacht; die Bettwäsche stellenweise dünn. Auf dem Nachttisch lag mit den Seiten nach unten ein Taschenbuch, kurz nach der Hälfte aufgeschlagen, ein Liebesroman. Auf dem Titelbild, unter dem Titel in englisch und dem Namen des Autors, sah man – verkehrt herum –, wie ein muskulöser Mann ohne Hemd, aber mit Degen, die Arme einer Frau zusammenpreßte, die den Kopf zurückwarf und ein Bein hob. Neben dem Buch lag ein zerfleddertes, englisch-ungarisches Wörterbuch und ein Notizbuch voll mit engbeschriebenem ungarischem Text, die in Arbeit befindliche Übersetzung des Liebesromans. Auf dem Boden stand ein kleiner Kassettenrecorder, zwei unbeschriftete Kassetten lagen darauf. An einem Haken über dem winzigen Herd hing eine Girlande mit getrockneten, spitzen roten Chilischoten, ein diabolischer Kranz. In Nádjas winzigem Badezimmer (einem Kabuff, das von dem ersten rechteckigen Zimmer abging) fand John ein Meer von Parfümflaschen, eine Sammlung, von der man sich weder vorstellen konnte, daß sie dem täglichen Gebrauch diente, noch daß sie aus irgendeinem Grund als Vorrat angelegt war. Dutzende Flaschen standen wacklig auf dem Waschbecken, einem klapprigen Korbtisch und dem hier und dort gekachelten Boden. In den meisten waren nur noch ein paar letzte spuckeähnliche Tröpfchen, eine goldene, klare oder hellblaue, duftende Flüssigkeit, so hoch, daß die Enden der Zerstäuberschläuche bedeckt waren. Unterwäsche – schmerzlich alt, alt, alt – lag über dem Rand der gesprungenen Badewanne, die ihr Dichtungsmaterial abwarf.

Als er zurückkam, stand Nicky noch am Fenster und hielt ein kleines, gerahmtes Bild ans Licht. »Schau, was sie aufbewahrt hat«, sagte sie fröhlich. »Daß mir der Rahmen gefällt, kann ich nicht behaupten.« Sie zeigte ihm das Silvesterfoto am Klavier unter dem an die Wand gemalten, rauchenden Dexter Gordon; es war das einzige Bild in der Wohnung. An den Wänden waren keine Poster, es gab keine Briefe, keine Schnipsel von diesem oder jenem, keine Orden, keine Beweise für irgend etwas. Er ließ sich aufs Bett fallen. »Hier ist nichts. Nichts«, murmelte er, perplex, daß er auch in der winzigen Kommode keine Spuren aufstöberte, nichts außer wenigen Kleidungsstücken und Forintmünzen, Kamm und Bürste. »Das ist nicht ihr Leben«, sagte er traurig. Vielleicht war schon jemand dagewesen und hatte persönliche Gegenstände mitgenommen, während John in Märzwind und unbeständiger Sonne auf der Straße herumgelungert hatte. »Es ist ein gutes Bild«, meinte Nicky. »Auch wenn ich es selbst sage. Sie hat sich so gefreut, als ich ihr einen Stapel gebracht habe, aus dem sie sich was aussuchen konnte. Es war sehr schmeichelhaft. Und lieb. Was dich betraf, war sie sehr komisch.« Als das wenige Sonnenlicht über Nickys Hände züngelte, fiel John auf, wie zart und schön sie waren. Trotz der Farbflecken, trotz der abgebissenen Nägel und der schartigen, wulstigen Nagelhaut bogen sich ihre langen Finger anmutig. Sie hielt das Foto mit einer solchen Zärtlichkeit ins Licht am Fenster, daß er es rührend fand, obwohl es sehr selbstverliebt war. Mit den Fingern konnte Nicky auch eine Klavierspielerin sein. Er löste den fadenscheinigen, fleckigen Vorhang von dem verbeulten Haken; nun wehte er wieder vor dem kleinen Fenster. John stellte sich vor, wie er und Nicky in dieser Wohnung waren, in der Finsternis der angeordneten Kriegsverdunklung, in der bedrohlich unvorhersehbaren, entzündlichen Gewalt einer Krise, eines Coups, eines Gegenangriffs. Panzer rollten durch die Straßen, seine

Straße, wo er all die Jahre friedlich mit ihr gelebt hatte. Er legte das Foto auf den kleinen Tisch, auf den Liebesroman, und nahm ihre Hände.

»Jetzt passen Sie mal auf, Mr. Howard. Ihnen ist sicher klar, daß Mr. Melchior nicht den weiten Weg hierhergekommen ist, damit Sie ihm sagen, daß Sie zu diesem Zeitpunkt relevante Änderungen an dem Vertrag vornehmen wollen.«

»Laß gut sein, Kyle.« Wieder die monotone Stimme, die Augen überall, nur nicht auf dem Gesicht eines Mitmenschen.

»Ich habe bereits gesagt, daß keine größeren Änderungen erforderlich sind. Aber ich kann Charles nicht guten Gewissens raten –«

»Vielleicht sollten wir nicht an dem Kleinkram rumbosseln, Nev. Hubert hat einiges auf sich genommen, um das hier festzuklopfen.«

»Oh, mein Imre, danke, danke. Können Sie mich hören? Können Sie mir sagen, ob Sie mich hören? Sie haben so wunderschöne Augen, es ist so lieb von Ihnen, sie mir zu zeigen! Danke schön. Können Sie meine Hand drücken? Geht das? Ah, sehr gut! Überanstrengen Sie sich nicht. Das machen Sie wunderbar, wunderbar. Jetzt gehe ich den Arzt holen. Ach, Sie wissen nicht, wo Sie sind, Sie armer Mann, aber Sie sind brav. Ich bin in einer Sekunde zurück. Keine Angst. Ich bin hier, ich bin nie von Ihrer Seite gewichen. Sie verstehen mich nicht, oder? Ach, Sie sehen so verloren aus, bitte, glauben Sie mir, Sie werden es verstehen, bald sind Sie wieder ganz der alte, Horváth úr.«

Und wenn sie kommen und ihn holen, dann will er so geholt werden: aus ihren Armen, von diesem schmalen, kleinen Bett, das kaum ihrer beider Gewicht tragen kann. Sollen sie aus ihren Panzern klettern und sich darauf setzen und glotzen und Beifall klatschen – er und sie werden sie ignorieren. Ihre Hände sind überall, ihr Mund ist überall, ihre Kleider, leer, zusammengefallen in einem nutzlosen Haufen – die Russen können sie haben.

Obwohl sie ihre geliebte kleine Wohnung nie verlassen haben, sind sie glücklich entkommen, er und seine Frau mit den wunderschönen Pianistenhänden und der rauhen Stimme und den weichen, einen Tag alten Stoppeln auf dem geschorenen Kopf und neuerdings der Liebe zu dem riesigen Kinn. Seine wunderschöne, tapfere Frau, sie will nirgendwo anders sein als hier und mit ihm schlafen; sie wäre jederzeit lieber mit ihm in einer Stadt unter Beschuß als ohne ihn in irgendeinem sicheren Paradies. Und die Liste, an der sie so viele Stunden geschrieben haben? Einerlei, sollen die Russen sie verbrennen oder essen oder achselzuckenden, scheiternden Geheimschriftentschlüßlern geben. Es gibt keine Grenze, die man nicht hier und jetzt überschreiten könnte, während ihre Körper verschmelzen – seiner und der seiner Frau –, während sie sich so eng aneinanderschmiegen, daß sie nicht mehr klar unterscheiden können, wo der eine beginnt und der andere endet; eine Vereinigung hat stattgefunden, so wie jedesmal, wenn sie zusammen sind; Teile sind ausgetauscht, und keiner ist nachher so wie vorher. Sollen sie doch das Klavier nehmen, die Staffeleien und Leinwände und die Dunkelkammer, alle ihre Geheimpapiere aus der Botschaft – zur Hölle damit.

»Können Sie zwinkern? Geht das? Hat er gezwinkert, Herr Doktor? Das war ein Zwinkern für uns, stimmt's? Ach, Imre – Horváth úr, entschuldigen Sie, wenn ich Sie Imre nenne. Sie haben sehr lange geschlafen –«

»Fräulein, vielleicht sollten wir ihn ganz langsam zu sich kommen lassen. Wir wollen ihn doch nicht erschrecken –«

»Ja, gut, aber lassen Sie mich los. Horváth úr, wenn Sie mich hören können, dann zwinkern Sie zweimal rasch hintereinander. Schaffen Sie das für – he! Ja! Sie sind so tapfer! Sie, Schweizer, haben Sie das gesehen? Haben Sie das gesehen? Sie wollten es mir ja nicht glauben, aber jetzt haben Sie es gesehen! Er hört, und er kann ja sagen. Zweimal Zwinkern bedeutet von jetzt an ›Ja‹, okay, Imre? Und einmal ›Nein‹. Das machen wir so, bis Sie wieder reden können … Ach, ich muß Ihnen ja soviel erzählen. Lassen Sie mich los, Schweizer. Gut, ich gehe mit Ihnen hinaus, aber, Horváth úr, ich komme wieder. Ruhen Sie sich aus, Imre, und ich erzähle Ihnen alles, wenn Sie mehr Kraft haben. Bitte, Schweizer, lassen Sie mich los.«

»Wahnsinn, ich hab das verdammte Ding vor einer Woche in Tokio gekauft, und jetzt ist es mausetot. Muckst sich nicht. Verdammt, ich habe fünfhundert Dollar hingeblättert, weil ich das Ding in Gold mit Monogramm haben wollte.«
»Bitte, nehmen Sie meinen.«

Ein Klopfen an der Tür, zuerst leise, dann rasch lauter. »*Amerikai? Hey! Amerikai! Mit csinálnak? Nyissák ki az ajtót!*« Das Geräusch von Soldaten – John hielt noch einen Moment länger daran fest –, das Geräusch von Soldaten, die wußten, daß er hier war. Sollten sie den Riegel zertrümmern und die Tür einschlagen und hereinstürmen, die armen Idioten, die verkümmerten, grausamen Kinder; sollen sie mich so, wie ich hier bin, erschießen, ich werde erschöpft vornüberkippen, auf ihren Körper, und ein letztes Mal in ihre Arme fallen.

Das Gefühl war neu, etwas vibrierte in gummiartigen Muskeln. Staunend spürte er, daß sich seine Gedanken viel schneller bewegten als die dazugehörigen Ereignisse. Ein eigenartiges, wunderbares Gefühl, als komme er nach einem unglaublich langen, tiefen Schlaf zu sich. Der Anblick der Stifte, die über die Dokumente fuhren, war merkwürdig. Sie bewegten sich so langsam, daß Charles sah, wie die Tinte in schwarzen Strömen um die winzigen Kugeln in den Stiftspitzen liefen; er hörte, wie diese Kugeln auf dem Papier kratzten und Kanäle hineingruben, er hörte, wie die Tinte rauschend in die Kanäle floß und beim Festwerden knackte. Während eine einzige Unterschrift geleistet wurde, hatte er genug Zeit, um an den armen alten Mark Payton zu denken, der (erstaunlich!) im Grunde doch kein kompletter Dummkopf gewesen war. Denn es gab Momente, die sehr wichtig sind, Momente, die sich aus allen drei Zeitzonen – Vergangenheit, Gegenwart, Zukunft – speisen und sie sich einverleiben und seltsame

Mischformen bilden: Zukunft-Vergangenheit, Gegenwart-Zukunft, Vergangenheit-Gegenwart. Als dann sein eigener Stift die schönen Linien und ausholenden Bögen seiner Unterschrift meißelte und goß und sie fest wurde, wußte er, welche Gefühle er in vierzig Jahren von diesem Moment haben würde, daß die Liebe, die er genau für diesen Augenblick entwickelte, wachsen würde. Nicht nur im Geräusch seines Stiftes, der eben jetzt über das Papier schabte, hörte er Schönheit, sondern er wußte, daß die Schönheit dieses Geräuschs auch mit jedem Jahr wachsen würde. Er stellte sich vor, wie es mit jedem Widerhall lauter werden, vielleicht am lautesten bei einem Jahrestag erklingen würde (am 12. März 1992, 12. März 1999, 12. März 2031), doch auch an einem Datum, das mit diesem gar nichts zu tun hatte. Kleinigkeiten würden es auslösen: ein kaputter goldener Stift, ein Mann mit einem riesigen Muttermal unter der Nase, ein metallisches Parfüm wie das des armen Kyle, ein Schlips wie der von Neville. (Die Briten hatten wirklich einen komischen Geschmack – wo fand er bloß solche Muster?) Am wichtigsten aber war die Gegenwart – der Anblick dieser Unterschrift und wofür sie stand. Er hatte für viel mehr Geld *ver*kauft, als er *ge*kauft hatte. Er hatte definitiv gezeigt, daß er magische Fähigkeiten besaß. Was war denn Genialität in Finanzgeschäften anderes als die Fähigkeit, die Zukunft ein bißchen schneller zu erkennen als alle anderen? Diese Unterschrift – die gerade jetzt aus der winzigen Metallkugel lief – bewies, daß er fähig war, die Seele von Firmen zu erkennen, früher als alle anderen einschätzen konnte, was sie wirklich wert waren, und die Vermögenswerte mit seinen eigenen magischen, mächtigen Fähigkeiten fruchtbar mischen konnte. Payton hatte recht gehabt, und einen Moment lang stimmte es: Er beneidete den Forscher wahrhaftig um seine Leidenschaft für seine Forschung (*... einer der schönsten Aspekte des Spiels...*). Das Herz schlug Charles in den Ohren; auf einmal hatte er Angst, er werde erröten oder kichern oder sich sonstwie vor diesen anderen Männern verraten.

»Ihr Kollege ist sehr loyal ist und nun schon seit sehr langer Zeit jeden einzelnen Tag hier bei Ihnen gewesen.« Imre hatte noch nicht wieder soviel Gewalt über seine Muskeln, daß er lächeln oder weinen konnte. Doch die in unbeholfenem Ungarisch dieses kühlen Arztes gehaltene Mitteilung, daß sein Partner nicht von seiner Seite gewichen war (während dieser Erfahrung, die er nicht einordnen konnte), drang durch den Nebel seiner periodisch auftretenden halben Wachzustände, und er hoffte, Krisztina oder der Arzt würden seinen Kollegen so bald wie möglich mitbringen. Er verstand, daß er in einem Krankenhaus war und daß er sehr müde war und daß sich seine Augen, aber sonst nichts, bewegten und daß sein Hals schrecklich trocken war. Doch daß Károly nicht von seiner Seite gewichen war, daß er jeden Tag hiergewesen war während der langen Zeit dieser... Imres Augen schlossen sich wieder, und der Arzt wischte seinem Patienten den Mundwinkel ab, wo sich Feuchtigkeit gesammelt hatte.

»Hey, *Amerikai*! New York! Kalifornien! Hey, hey! Tor! *Porte!*«
»Herrgott noch mal, kapier doch endlich!« Nicky kletterte von ihm herunter, marschierte nackt durch das schmale Rechteck und schob den Riegel der klappernden Tür zurück. Angesichts solch nackter Kahlheit und der unmittelbar einleuchtenden Wut und Empörung wich der rote Jogginganzug zurück, bedachte die nackte Vision mit einem halbherzig entschuldigenden, geilen Grinsen, drehte sich dann aber um und drohte in unverständlichen ungarischen Worten. Als Nicky, bereit, da weiterzumachen, wo sie aufgehört hatte, zurückkam, fand sie ihren Partner in Tränen. »Was ist denn los?« fragte sie, wütend über die Störung und entsetzt über die krasse Übertretung der Hausordnung. Aber sie war nicht gemein; sie schaffte es, sich irgendwie an die gekalkte weißgelbe Wand zu lehnen, den Kopf des schluchzenden Jungen in ihren Schoß zu betten, sein feuchtes, lockiges Haar zu streicheln und die peinlichen kleinen Albernheiten zu murmeln, die die Leute in diesen Fällen offensichtlich gern vorgemurmelt bekommen. Innerlich machte sie sich allerdings Vorwürfe, daß sie an diesem Nachmittag viel hätte arbeiten können.

IX.

März. Eine Reihe von Zeitungsartikeln und Fernsehberichten, ein Dutzend von einem Epizentrum in Budapest (von Johns Schreibtisch, um es seismographisch korrekt auszudrücken) ausgehender konzentrischer Kreise, die zitternd über die weiten Ozeane verliefen: *Ich verspreche, das ist meine letzte Kolumne über diesen Deal, aber es lohnt sich, seine Irrungen und Wirrungen im Auge zu behalten, wenn Sie in Ihrem bequemen Sessel im Foyer des Forum die Beine baumeln lassen und Ihre gleichgültige Kellnerin ärgerlich fragen, warum sie keinen richtigen Kaffee machen kann. Denn mit Median hat nun das neue Demokratisch-Kapitalistische Ungarn™ das laute, vulgäre Vertrauen eines real existierenden Multis gewonnen. Kann es eine bessere Unterstützung für eine verwaiste, ehedem rote Nation geben, die hofft, der Familie der Nationen beizutreten, als den kaltschnäuzigen Segen von Männern, denen ihr Geld wichtig ist ...*

... Wenn Sie sich daran erinnern, wie wir vor ein paar Monaten über unseren Lokalhelden, den jungen Cleveländer, berichtet haben, der hier im wilden Osteuropa mit Mut und Entschlossenheit ...

Zur Feier des Tages konnte man endlich einen Spaltbreit die Fenster öffnen. Krisztina öffnete eines. »Wir sollten mit einem bißchen frischer Luft feiern«, sagte sie leise, denn Imre hatte mit viel ungeschicktem Hantieren und Verschütten einen Strohhalm benutzt. Zwischen seinen Lippen blubberten ein paar Orangensafttropfen, aber da sein Durst gestillt war, zwinkerte er nur einmal, als man ihn fragte, ob er mehr wolle. Wolle er dann mehr Luft? Brauche er noch ein Kissen? Wolle er ein bißchen Zigeunermusik hören? Solange er nur zwinkern konnte, brachte sie es nicht über sich, Verlagsgeschäfte mit ihm zu diskutieren. Sie fand, er solle sich noch nicht damit belasten, wußte aber, daß sie es nicht ertragen konnte, ihm Bescheid zu sagen oder, schlimmer noch, als letzte zur Kenntnis zu nehmen, daß er es die ganze Zeit gewußt, jedoch nie für nötig erachtet hatte, es *ihr* zu sagen, und längst vor seiner Krankheit seine Zustimmung gegeben hatte. Sie vermochte ihn kaum anzuschauen, so übel und schwindelig war ihr von dem Gebräu aus Schuldgefühlen und Wut, das in ihr kochte. Da sie aber weder schreien noch schluchzen konnte, versuchte sie mit aller Kraft, ihre Rolle als Vollzeitkrankenschwester zu genießen, die sich, mit müder, munterer Stimme, künstlichem Lächeln und erschöpftem Blick, nur einmal am Tag wegzugehen traute, um zu duschen und die Kleidung zu wechseln, und die sich, merkte sie in letzter Zeit zutiefst traurig, nicht einmal wie sonst an dem beginnenden schönen Frühlingswetter freute. Budapest, war ihr kürzlich aufgefallen, durchlief die Zeit, die ihre Mutter immer die »ungeduldige« genannt hatte, wenn die Kinder das Ende des Winters herbeisehnten und die dunklen Stellen zwischen den Häusern haßten, an denen der allerletzte Schnee liegenblieb, sture, schreckliche kleine Reste, die genau die Form der Schatten besaßen, die auf sie fielen.

Neville Howards Anwaltskanzlei lag am Ende der Andrássy út, in der zweiten Etage einer Villa im italienischen Stil, deren erster Stock immer noch ein müdes, verblassendes rosa Überbleibsel aus anderen Zeiten beherbergte, aus roten Zeiten, als die Villa in der Allee der Volksrepublik, und aus noch röteren Zeiten, als sie am Ende der Stalinallee gestanden hatte. Zum Amüsement und Ärger der Kanzlei war der erste Stock nach wie vor von der Gesellschaft für Ungarisch-Sowjetische Freundschaft belegt, die in jüngster Zeit zusehen mußte, wie ihre Ideale und Ziele mit einem verstörenden Ereignis nach dem anderen entschwanden, bis sogar der sowjetische Botschafter sich eine neue Arbeit suchte und seine alten Freunde schnöde im Stich ließ. Die Mitglieder der Gesellschaft klammerten sich an ihren Platz in der Villa wie wirres Efeu, schluckten Bitterkeit und Zweifel, hörten die hochnäsigen Grüße ihrer neuen Nachbarn, Spezialisten in Börsengeschäften, und schauten heute durch die ihnen verbleibenden Fenster auf die kunstvoll gedrechselten Holzbänke in der Andrássy út. Dort, unter der allmählich wärmeren Sonne und auf rasch weichendem Schnee, besprachen sich ein junger Mandant (ein neuernanntes Finanzgenie) und ein junger Anwalt (dessen Stern in der Kanzlei rapide aufstieg) nach dem Mittagessen; sie lehnten sich zurück, streckten die Beine aus und ließen sich durch geschlossene Augenlider und offene Mäntel von der Sonne wärmen. »Es geht ihm ein wenig besser«, sagte der junge Mandant. »Ich glaube, er hat sich gefreut, mich zu sehen. Soweit man das erkennen kann. Schade. Ich habe ihm den Deal erklärt, den Wert seiner Anteile, die Vereinbarungen für seine Betreuung. Insoweit er mir folgen konnte, war er, glaube ich, erleichtert, daß ich alles in die Hand genommen habe. Na ja, natürlich waren gemischte Gefühle nicht zu vermeiden. Aber passen Sie auf, den ganzen Kleinkram müssen Sie nun für ihn erledigen, denn meine Pläne stehen so gut wie fest.« »Selbstverständlich, sicher«, sagte der Anwalt.

Frühling heißt in diesem Teil Kanadas noch nicht Wärme, doch der dickliche, rothaarige junge Mann, ein wenig gedämpft von den Tabletten, wartete zufrieden auf seine Fahrt durch die beißende Kälte. Seit diesen letzten Monaten war er gern draußen in der Natur, nach Budapest besaß die ländliche Umgebung hier eine unaufdringliche Zeitlosigkeit. (Nur der Blick durch das Panoramafenster des Aufenthaltsraums, der erinnerte unangenehm an Thomas Coles Gemälde *Der letzte Mohikaner*.) Der junge Mann saß auf seinem Gepäck und schwieg den sanften Psychologen, der mit ihm wartete, an. Als seine Eltern, die ihn abholen kamen, mit dem Kombi vorfuhren, ließ er sich noch eine Karte geben und an die hilfreiche Gedächtnisstütze für täglichen Frieden erinnern. Er schüttelte seinem wohlwollenden Freund die Hand, ertrug die liebevollen Umarmungen seiner Eltern, die ihn nun schon im zweiten Jahrzehnt immer trauriger und seltsamer fanden, mit Fassung und sank dann mit dem betagten schokoladenbraunen Labrador, den er vor Jahren nach einem Hund von Karl I. benannt hatte, auf den Rücksitz. Durch das Autofenster sah er, wie das Collegekrankenhaus kleiner wurde, merkte, daß er die Zeit dort noch nicht sehnlichst vermißte, und konnte eigentlich nicht behaupten, daß die Pillen nicht grundsätzlich doch eine Verbesserung bewirkten. Mehr oder weniger.

Am letzten Abend im März sollte es noch eine Woche dauern, bis man versucht war, seinen Kaffee nach dem Essen mit hinaus auf die Terrasse zu nehmen, und noch zwei, bevor man dieser Versuchung nachgab, es prompt bedauerte und sich, mit Tassen und Untertassen hantierend, wieder nach innen zurückzog. Trotzdem konnte man an diesem letzten Abend im März keinen netteren Ort für einen Kaffee allein finden als das warme Gerbeaud, mit den erinnerungsträchtigen Blicken aus dem Fenster, weit weg von der Zugluft der Tür, bei Tellergeklapper und Gerassel von duftenden Kaffeebohnen, die oben in Messingbehälter geschüttet und unten wieder entnommen wurden. Hier unter den beleuchteten Spiegeln und gespiegelten Leuchtern konnte man sich, an den mittlerweile reizenden Anblick der mürrischen Kellnerinnen in den Fransenstiefeln aus Kunststoff gewöhnt, entspannen, wenn man sich auf dem Rückweg von einer Arbeit, die einem gleichgültig war, oder auf dem Weg zu einem Ziel, wo es nichts ausmachte, ob man zu spät kam, soviel Zeit nahm, wie man wollte. Es sei denn natürlich, das deutliche Überhandnehmen von lauten Amerikanern und Gespräche wie das folgende störten einen.

»Also, das ist wirklich komisch. Rate mal, wer gestern abend vor meiner Wohnungstür stand. Angetrunken. Keine Ahnung? Krisztina Toldy. Sie hat sich regelrecht an mich geschmissen. Geschmissen. Nach dem Motto: ›Hallo, guten Abend, verzichten wir auf die Drinks, nimm mich gleich.‹ Die klassische Tour von Sichranschmeißen. Warte, es wird noch sehr viel komischer. Ich sage also: ›Nein, tut mir leid, böse alte Hexenmeisterin, ich kann nicht‹, und da wird sie gewalttätig. Extrem. Sie droht mir, mich umzubringen! Mich ›umzubringen‹. Sie hat eine Knarre, sagt sie, und erschießt mich jetzt. ›Mich erschießen? Weil ich nicht mit Ihnen schlafen will?‹ Das entbehrt natürlich nicht einer gewissen Komik. Und was macht sie? Also, was? Errätst du es nicht, Mr. Price? Sie fängt an, mich auf den Hals zu küssen! Kleine knispelnde Küsse mit trockenen Lippen. Wie ein Nagetier, das mich anknabbert, um zu sehen, ob ich salzig genug bin und es mich einlagern kann. Ich bekämpfe meinen heißblütigen männlichen Drang zu kotzen und sage: ›Nein, wirklich, Knarre hin oder her, ich schlafe nicht mit Ihnen.‹ Aber was haben uns unsere Mütter gelehrt, John? Wie heißt das Zauberwort? ›Bitte‹, sagte sie. ›Bitte, bitte.‹ Was ich natürlich von allen meinen nymphoaggressiven Bewunderinnen hören will. Also sage ich: ›Vielen Dank für das Angebot. Ihre Höflichkeit und Ihre Manieren sind tadellos, aber ehrlich, ich will –‹ Und siehe da! Die Knarre ist echt. Und weißt du, Knarren können ganz schön bedrohlich aussehen, selbst kleine, was – das muß ich der Gerechtigkeit halber zugeben – für diese die zutreffende Beschreibung war. ›Apropos Ihre Manieren, Miss Toldy. Erinnern Sie sich an die Bemerkung? Hm, unter diesen neuen Umständen muß ich sagen –‹ Aber sie herrscht mich an – und hier übersetze ich frei direkt in die englische Umgangssprache – ›ich soll mein Scheißmaul halten oder ich‹ – sie – ›bring dich um‹.«

»Mich umbringen? Was habe ich denn gemacht?«

»Entschuldige, John, das war schlecht übersetzt. *Mich*. Da ich aber jetzt den Mund hielt, konnte ich nicht fragen, was meine Alternativen waren oder was ihr, wie wir an der Uni gesagt haben, Verhandlungsziel war. Ich konnte keinen Fahrplan zum Erfolg zusammenstellen, und da mußte ich schwer schlucken. Aber ich weiß, was ich zu tun habe. Ganz schön abgeklärt unter den Umständen, nicke ich und fange an mein Hemd aufzuknöpfen, womit ich signalisieren möchte: ›Schon gut, schon gut, wir schlafen zusammen, und keiner braucht erschossen zu werden.‹ Ich gebe zu, mir geht auch durch den Kopf, daß a) alles schlimmer sein könnte (sie könnte nämlich häßlicher sein), daß b) so begehrt zu sein ein Kreuz ist, das ich tragen muß, und c) es nicht vollkommen unmöglich ist, daß ich sie im Eifer des Gefechts entwaffnen kann. Also fange ich an, mein Hemd aufzuknöpfen, was ja nichts anderes heißt als: ›Okay, komm her, ich mach's zwar nicht bei vorgehaltener Knarre, aber ein krasser Spielverderber bin ich auch nicht.‹ Und was tut sie?«

»Sie schießt dich mausetot.«

»Nein, aber gut geraten. Sie senkt die Hand mit der Knarre und fängt an zu weinen.«

»Das stimmt nicht.«

»Doch. Ich schwör's bei dem widerlichen Gott deines heimgesuchten, unerfreulichen Volkes. Sie fängt einfach an zu flennen. Was ich ein starkes Stück finde, denn, he, ich war bereit, es durchzuziehen. Jetzt das Geschluchze. Ge-schluuuch-ze. Ich knöpfe mein Hemd wieder zu und versuch echt behutsam, an die Knarre zu kommen, nach der Devise: ›He, du bist ja völlig durcheinander, Baby. Laß uns die wegpacken, und wein dich erst mal richtig aus, und wir warten, bis es dir bessergeht, und dann rufen wir die korrupten, chaotischen Gesetzeshüter deines Landes und schaun mal, wer mehr Geld hat, sie zu bestechen.‹ Doch erstaunlicherweise steht sie da nicht drauf, sondern richtet die Knarre wieder halbherzig auf mich. Halbherzig hat aber die gleiche Wirkung wie von ganzem Herzen, also setze ich mich auf die Couch und warte auf ihre Entscheidung, wo dieser Abend noch hinführen soll. Wie gesagt, gehöre ich zu den Männern, die lieber mit einer angejahrten, häßlichen Schnepfe schlafen, als sich von Kugeln durchsieben zu lassen. Dadurch hebe ich mich von anderen ja auch ab.«

»Das wissen wir alle. Und wir bewundern es.«

»Ich muß allerdings anerkennen, daß mein Zeitmanagement an diesem Punkt eher schwach war. Also, ich glaube, ich habe mich auf die Couch gesetzt und ungefähr, warte mal, sagen wir, zwölf Minuten zugesehen, wie diese Frau geschluchzt und ab und zu mit ihrer Knarre in meine Richtung gewedelt hat. Schluchz, schluchz, schnief, schüttel, und die wackelige Knarre auf mich gerichtet, Arm gesenkt, schluchz, schluchz, schluchz, das Ganze von vorn. Etwa fünfzehn Minuten lang. Und wozu das alles? Hat sie mich erschossen? Nein. Hat sie mich zum Geschlechtsverkehr gezwungen? Nein. Sie heult und zielt auf mich und bringt langsam heraus, daß sie eine Forderung stellen will, und ich fange wieder an, mein Hemd aufzuknöpfen, und sie sagt: ›Nein, das nicht, das nicht.‹ Und dann fängt sie wieder an zu weinen und geht nach einer Weile einfach weg. Ich schaue aus dem Fenster und sehe, daß sie die ganze Zeit ein Taxi hat warten lassen. Das war mein Samstagabend. Das und dann deutsche Sexfilme auf dem Kabelsender.«

»Aber warum?«

»Weil sie alle wie das Mädchen von St. Pauli aussehen.«

»Laß es mich wiederholen. Warum?«

»Ach, Herrgottchen, John. Mann, ich hab doch keine Ahnung. Bedenken wir die möglichen Beweggründe. Hatte sie einen wirklich lausigen Tag hinter sich? Erinnere ich sie an den Typ, der ihren Hund gemeuchelt hat? Ist sie in seelenzerstörender Armut und Lieblosigkeit aufgewachsen? Ich glaube, dieses welterschütternde Mysterium wird uns noch bis zum Grab Rätsel aufgeben. Ach, übrigens, kannst du mich in ein paar Wochen zum Flughafen fahren? Ich leihe mir einen Lieferwagen für mein Zeugs. Ich habe diese Woche ein paar komische Sachen gehört.«

»Hm, hast du es denn je geschafft, es ihr zu sagen?«

»Ich? Nein, ich dachte, du hättest es ihr gesagt, in deinen Artikeln. Ich habe es *ihm* gesagt.«

»Hast du die Polizei gerufen?«

»Aber selbstverständlich! Das hat mir ja in meinen letzten Wochen in diesem Scheißloch noch gefehlt. Hör mal, schau nicht so bedröppelt! Schließlich hat sie mich nicht erschossen – konzentrier dich auf das Positive! Es sollte eine witzige Geschichte sein. Ihr seid wirklich eine rachsüchtige Rasse, du und dein Volk. Die arme Frau wollte nur mal ein bißchen Dampf ablassen. Schlußendlich ist ja keinem was passiert, und niemand mußte mit einer alten Hexe schlafen. Dabei hatte ich sogar schon dafür gesorgt, daß sie ein bißchen Geld kriegt. Keine Mühe gescheut. Hab eine Prämie für sie in den Vertrag reinsetzen lassen. Sie verdient es. Wie du im übrigen auch. Neville wird dich kontaktieren.«

Johns stotternden, halb ausformulierten, unklaren Fragen, über die Charles sich ohnehin nur lustig gemacht und die er nicht beantwortet hätte, wurde ein demütigendes Schicksal erspart, als hinter den Spiegelbildern der beiden Männer heftig ans Fenster geklopft und ein kahler Schädel und eine Mappe hereingeweht wurden. In der Zeit, die Nicky brauchte, um zur Tür und dann links herum zu ihrem Tisch zu kommen, schafften John und Charles es weder, sich eine überzeugende Lüge noch einen überzeugenden Plan auszudenken. »Hallo, mein Kleiner.« Sie küßte John auf den Mund; er roch Schnaps. »Hi, ich bin Nicky«, sagte sie zu dem Mann im Anzug.

»Wir haben uns im Sommer kennengelernt, wenn ich mich recht erinnere«, erwiderte Charles.

»He, stimmt, ja, im A Házam, genau.« Sie nahm Charles' Hand und knickste, warf ihr Zeug auf einen leeren Stuhl zwischen ihnen und borgte sich eine Münze, um dem Drachen, der die Toilette bewachte, ihren Obolus entrichten zu können. »Du sprichst Ungo, stimmt's? Bestellt mir was Gutes.«

»Also, mein Kleiner«, sagte Charles, als es in der weißen Untertasse klimperte und die alte Kellnerin auf dem Samthocker Nicky streng durchnickte, »dieser Beginn ist für einen Abend zärtlichen Freiens wenig verheißungsvoll. Willst du verduften, und ich übernehme?«

»Zu spät. Das zärtliche Freien fängt schon an.« Sekunden später erhob John sich, und Emily ließ sich auf dem leeren Stuhl zwischen den beiden Männern nieder.

»Hallo, meine Herren. Ich freue mich zu sehen, daß Sie feine alte Traditionen bewahren.«

Vor kurzem hatte John eines Morgens Dieselabgase, vermischt mit Frühlingsdüften, gerochen und war zu dem Schluß gekommen, daß er und Emily endlich auf gleicher Stufe standen. Daß er während des langen, ereignisreichen Winters ihr Geheimnis bewahrt hatte, bewies etwas. Bevor sein Selbstvertrauen gänzlich dahinschmolz, hatte er sie angerufen und spontan zu einem Treffen à trois eingeladen (Himmelherrgott, an einem gewöhnlichen Sonntag). Und tatsächlich hatte sie so begeistert reagiert, daß er kurzfristig Mut geschöpft, das Telefon aufgelegt, sich zurückgelehnt und in erneuten, beinahe überzeugenden Visionen zukünftiger emiliärer Glückseligkeit geschwelgt hatte. Der Anblick, wie sie sich nun auf den Stuhl fallen ließ und ihren Pferdeschwanz neu band, war allerdings eindeutig ernüchternd. Ihre Auftritte in seinen Winter- und Frühlingsträumen waren glänzend gewesen, elektrisierend; sie war vielgestaltig gewesen, Exponentin ihrer selbst, das brodelnde, kaum zu bändigende Weibliche schlechthin, praktisch hinduistisch. Leibhaftig aber war sie unfähig, die Gestalt zu wechseln; sie strahlte nicht, war bleich wie alle Nichtstripperinnen nach einem Winter in der mitteleuropäischen Tiefebene und offenkundig müde. Schlaff, kraftlos und ungebügelt hing ihr weißes Oxford-Hemd an ihr herunter.

Nicky kam zurück und küßte John wieder auf den Mund, eine vollkommen überflüssige Geste. Schließlich hatte er sie zuletzt vor drei Wochen in Nádjas Wohnung gesehen und sie ihn außerdem schon vor ein paar Minuten geküßt. Er dachte einen Moment lang, daß sie sich durch die Ankunft der fremden Frau bedroht fühlte und ihr so gleich alle Beziehungen klarmachen wollte. Aber dann mußte er sich eingestehen, daß Derartiges doch nicht sein konnte. Er machte die beiden Frauen miteinander bekannt. Charles setzte seine Lieblingsmiene auf.

»Nett, dich kennenzulernen«, sagte Emily, und John bemerkte Kälte in ihrer Stimme, das heißt (korrigierte er sich gleich selbst), er hoffte, er bemerkte sie. Nun spielte er mit der Idee, daß *sie* vielleicht eifersüchtig war und sich dieses Mal eventuell eine andere und bessere Geschichte entwickeln würde.

»Genaugenommen haben wir uns eigentlich schon im Sommer kennengelernt, im A Házam«, erklärte Nicky Emily mit einer gewissen unterdrückten Gereiztheit.

»Ach ja?« John sah, daß Emily einen Moment lang verwirrt war. »Ja doch, natürlich, jetzt erinnere ich mich.« Es gefiel ihm, daß sie sich immer bemühte, es den Leuten leichtzumachen.

Ein Schweigen folgte, bis Charles fragte, ob er Nickys Mappe sehen könne, und sie eine Fotocollage aus den schwarzen Pappeinlagen zog. »Sie heißt Frieden«, sagte sie und gab sie Emily, die sie den beiden sich vorbeugenden Männern hinhielt.

Eine vierköpfige Familie machte ein Picknick im einem Park. Um eine himmelblaue Decke unter einem deckenblauen Himmel, im Kreis um einen Weidenkorb mit leckerem Essen gruppierten sich eine lächelnde Mutter, ein lächelnder Vater, ein lächelndes kleines Mädchen und ein lächelnder jüngerer Bruder. Alle lächelten. Die Mutter war im Begriff, lächelnd das Essen auszupacken. Der kleine Junge lächelte hungrig das Festmahl an. Der Vater hatte lächelnd der Mutter die Hand auf die Schulter gelegt. Das kleine Mädchen im Kleinmädchenkleid lag auf dem Bauch, stützte ihren lächelnden Kopf in die Hände und stieß die nackten Beine und Füße hinter sich in die Luft. Der Mutter fehlte ein Zahn. Dem kleinen Jungen troff die Spucke aus dem einen Mundwinkel, und er blutete ein wenig aus dem anderen Ohr; seine hellbraunen Hosen waren grotesk verschmutzt. Der Vater schaute nicht das Essen hungrig an, sondern siehe da: Sein hungriger Blick ging woandershin. Das kleine Mädchen hatte drei parallel verlaufende Klebeverbände an den nackten Sohlen beider Füße. Halb von einem Baum verdeckt hockte ein Mann – Filzhut, Sonnenbrille, nackt unter dem Trenchcoat – und erleichterte sich, während er die Familie von seinem versteckten Aussichtspunkt aus fotografierte. »Das sollst du sein, Johnny«, erklärte Nicky rasch und leise, wollte aber nicht auf dem Offensichtlichen herumreiten. Oben links betraten Insekten – »Heuschreckensaison«, erläuterte Nicky – die Szene; die wenigen auf dichtem Raum deuteten an, daß ein großer Schwarm gleich brummend von direkt hinter dem Rahmen auftauchen werde. Weit im Hintergrund, auf einem Teich in dem Park, befand sich ein Ruderboot mit einer unsicher darin stehenden Gestalt. Die Gestalt – zu weit weg, als daß man ihr Geschlecht hätte erkennen können – war genau in dem Moment eingefangen, als sie mit einem Ruder über dem Kopf ausholte, um etwas oder jemanden entweder im Boot oder im Wasser zu erschlagen.

»Im Grunde ist es ein großes ›Leck mich am Arsch‹ für meinen Vater«, sagte Nicky gleichmütig und fügte dann hinzu: »Beziehungsweise für jeden, der mich zu besitzen versucht.«

»Es ist sehr verstörend, was ja sicher auch in deiner Absicht lag«, sagte Emily ein wenig hochmütig. Sie reichte John das Foto. »Offenbar hast du eine sehr rege Phantasie«, setzte sie noch einen drauf.

John war verwirrt. Wie üblich hatte er nicht die geringste Ahnung, was er zu einem von Nickys mysteriösen Werken sagen sollte, und hegte den Verdacht, daß sie ihm mit der Erwähnung von Leuten, die sie besitzen wollten, etwas sagte. Doch Emily war offen feindselig. Er hatte noch nie erlebt, daß sich zwei Frauen so schnell haßten, wagte aber nicht zu glauben, was er so furchtbar gern geglaubt hätte. Er mußte sich auf die Lippen beißen, um nichts zu sagen. Endlich hatte er Macht über sie.

»Und warum verdient dein Vater ein großes ... na, du weißt schon?« fragte Emily wie eine Dame der feinen Gesellschaft, die bei einer Party unvermeidlich in ein Gespräch mit einer uneingeladenen Hure verwickelt wird.

»Ach wie niedlich«, schnurrte Nicky. »›Leck mich am Arsch‹ bringst du nicht über die Lippen. Himmel, Arsch und Zwirn, ist das niedlich. Das Niedlichste, das ich seit, ich weiß gar nicht mehr, wie lang, gehört habe. Ja, leck mich, da geht mir doch glatt der Arsch auf Grundeis.«

»Tut mir leid. Wahrscheinlich findest du mich komisch. Aber ich bin leider nicht so erzogen worden, daß ich die ganze Zeit Flüche ausstoße.«

»Flüche? Du bist nicht erzogen worden, Flüche auszustoßen? Herrgott im Himmel, das ist ja irre. Johnny, wo hast du diesen Engel aufgetan? Egal. Mein Vater verdient ein großes, du weißt schon, was, wegen all der üblichen langweiligen Scheiße: Alkoholismus, emotionaler und physischer Mißbrauch, Inzest, tralala.«

»Dann hast du ja offenbar ein sehr schwieriges Leben gehabt«, sagte Emily in liebenswürdigstem Ton. »Das ist furchtbar traurig.« John und Charles, die wie Tenniszuschauer die Köpfe hin- und herbewegt hatten, schauten sich an, um sich zu vergewissern, daß sie noch existierten. »Andererseits«, sagte Emily und wagte sich, obwohl Nickys kahles Haupt rot anzulaufen begann, noch weiter vor, »hat er dich vielleicht stark gemacht.«

»Mich stark gemacht? Was ist denn das für eine perverse Psychologie?«

»Ich meine nur, vielleicht haben deine besonderen Begabungen, deine künstlerischen Talente und deine offenbar überaus schillernde Persönlichkeit etwas mit deiner widersprüchlichen

Erfahrung mit ihm zu tun, und er hat dich zu dem gemacht, was du bist.«

»*Was?*« Nicky stand auf, John packte sie am Arm. »Faß mich nicht an!« zischte sie, zog den Arm weg und ballte die Hand zur Faust. Ein Spuckefetzchen sprang von ihren Lippen auf Emilys Hemd, aber sie setzte sich wieder hin. »Er soll mich gemacht haben? Leck mich am Arsch, du Bauerntrine. *Ich* habe mich gemacht. Begreifst du überhaupt, was das heißt, Süße? Ich habe mich gemacht. ICH. HABE. MICH. GEMACHT. Ladislau hat einen Scheißdreck gemacht. Das Sperma hat er beigesteuert, und damit basta, vielen Dank, verdammt noch mal.«

Je wütender Nicky wurde, desto ruhiger wurde Emily. John bildete sich sogar ein, er sehe einen Freudenschimmer, weil sie die rasende Künstlerin provozieren und die Überlegene geben konnte.

»So, meine Lieben, wer geht mit essen?« fragte Charles.

»Ich nicht, ich wollte sowieso nach Hause. Ihr könnt mich alle sonstwo lecken.« Nicky stand auf und nahm ihre Sachen. »Du weißt, wo du mich findest, wenn es dich überkommt«, sagte sie zu John. Sie stand direkt hinter ihm, beugte sich von oben über seinen Kopf und küßte ihn innig, wenn auch notwendigerweise ungeschickt, verkehrt herum. Als sie sich abwandte, verband ein Spuckefaden ihre Münder wie ein Echo des Kusses. Sie flüsterte ihm etwas Bissiges, Anturnendes in das dem Fenster zugewandte Ohr und sagte zu den anderen: »Bis bald mal wieder, Charlie. Ciao, ciao, Schwester Maria Catarina.« Dann war sie weg, Charles lachte, die anderen beiden schwiegen.

Auf der Suche nach einem Restaurant ging Johns ursprünglich geplantes Trio über den dunklen, kühlen Vörösmarty-Platz, an dem Gerüst für das Kempinski vorbei zum Deák-Platz, dann die Andrássy hinauf. Johns Gedanken verhedderten sich, wurden vom Wind zerzaust: Emilys kalte, unverblümte Provokationen, Nickys giftige Abschiedsworte: »Schick die Bauernlesbe in die Wüste und komm heut nacht zu mir.« Das Spektakel, wie sich die beiden Frauen seinetwegen stritten, hatte er genossen und mit Vergnügen Charles beobachtet, der es auch beobachtete. Doch obwohl Emily bei dem Streit seelenruhig geblieben war, hatte er den Eindruck gehabt, daß sie ihm Unaufrichtigkeit vorwarf. Wie konnte er mit Nicky zusammensein, einer Frau, die in jeder Hinsicht so anders als Emily war? In bedrückendem, vorwurfsvollem Schweigen lief Emily nun neben ihnen her und unterhielt sich ab und zu mit Charles. Sie lasen eine Speisekarte auf einem rostigen Ständer vor einem Restaurant; Charles erhob Einspruch gegen das Etablissement. Emily dachte offensichtlich, daß Nicky sie aus Eifersucht angegriffen oder John sie sogar dazu angestiftet und Emily zwecks dieses infantilen, hinterhältigen Angriffs überhaupt nur eingeladen hatte. (Und jetzt suchten sie auf der Andrássy ein Restaurant, als sei nichts geschehen.) Doch Emily hatte sich gewehrt; sie *war* eifersüchtig. Und im Vergleich zu Nicky – wie großartig war sie gewesen: energiegeladen, ruhig, gelassen, präsent, während Nicky konfus war, ein einziges kratzbürstiges Etwas aus tief verwurzelten, widersprüchlichen Ängsten und unkontrollierten Begierden. Außerdem hatte Emily heute abend Offenheit riskiert und um ihn gekämpft, ihm ihr Herz so weit entgegengehalten, daß das Licht sich darin spiegelte. Sie hatte soviel gesagt, wie es ihr möglich war, um John mitzuteilen, daß sie bereit für ihn war. (Sie und Charles lachten über etwas in einer armseligen, verstaubten Schaufensterauslage.)

Ein paar Regentropfen trommelten eine Ouvertüre auf den Bürgersteig, und plötzlich plumpste und krachte ein ganzes, nichtgestimmtes Orchester aus den Wolken. Unter Berufung auf die Unantastbarkeit seiner Bügelfalten rannte Charles in das erstbeste Restaurant. Emily wollte hinter ihm herlaufen, doch als Charles in der trübe beleuchteten Tür verschwand, ergriff John ihre Hand. Halb unter einer Straßenlaterne, voll in dem kalten Guß blieben sie stehen. »Was fällt dir ein?« brüllte sie durch den Platzregen. Er sah die eine Hälfte ihres Gesichts im Schatten, die andere in dem klatschnassen Licht und verstand, warum das so war. Er umfaßte ihre kalten, nassen Wangen mit beiden Händen und küßte sie. »Was fällt dir ein?« sagte sie (in der gleichen Lautstärke, aber anderem Tonfall) noch einmal und schob ihn weg, die zweite Frau in fünfzehn Minuten.

»Du bist mir ein Rätsel«, gab er zu.

»Augenscheinlich.«

»Aber das muß nicht so bleiben. Ich glaube, du warst gefangen in –«

Sie nickte. »Gehen wir rein und essen was«, beendete sie den Satz für ihn.

»Komm mit mir nach Hause«, sagte er und ergriff wieder ihre Hand. »Komm mit mir nach Hause. Ich weiß, daß du –«

»Was? John. Es reicht. Bitte.« Aber ihre Hand lag in seiner, und das war nicht nichts.

»Nein«, sagte er. »Jetzt rede ich. Hör mir zu. Noch nie war mir etwas so ernst. Du mußt mir glauben.«

Doch sie entzog ihm ihre Hand, sagte etwas, das er wegen des auf den glänzenden Bürgersteig platschenden Regens nicht verstehen konnte, wandte sich dem Restaurant zu, und er wußte, er stand vor einem Moment, auf den Männer ihr ganzes Leben lang warten. »Emily, warte. Hör mich an! Was, wenn ich dir sage, daß ich Bescheid wußte? Ich weiß es seit Ewigkeiten. Ich bin Journalist. Ich hätte der Welt erzählen können, was du wirklich bist, aber ich habe es nicht getan. Ich verstehe dich.«

»Was ich wirklich bin? Was hat dir diese Idiotin erzählt? Warum hörst du auf so eine? Die ist doch offensichtlich pervers, die ist irre.« Sie schob ihre nassen Ponyhaare aus der Stirn, atmete tief durch und lächelte sogar ein wenig. »Aber schön, heraus damit. Ich bin sehr neugierig, zu erfahren, was sie erzählt hat.«

»Muß ich es ausdrücklich sagen? Gut. Ich spreche für uns beide. Wenn du willst, versteck dich, aber vergiß nicht, daß du dich vor mir nicht zu verstecken brauchst. Du kannst dich nicht vor mir verstecken. Du bist mir wichtig. Es ist mir egal, daß du Spionin bist.«

Emily stand einen Augenblick lang vollkommen ruhig da, schien an John vorbeizuschauen, und John sah, daß er endlich zu ihr durchgedrungen war. Nach einem weiteren Augenblick redete sie so leise, daß er sich zu ihr vorbeugen mußte, um es zu verstehen. »Leck mich, John, du kleines Arschloch.«

X.

Man konnte den Vorfall auch als hervorragenden Eisbrecher betrachten, als Dampfventil. Noch einen Schubser, und sie hätten alles hinter sich und würden endlich anfangen. Am nächsten Morgen hatte der Regen aufgehört. Was für ein Zeichen. Blauer Himmel, gelbe Steinbrücke, Vogelgesang über dem Gesang der Autos, der Fluß in ewiger Bewegung, Wolkenfetzchen wie Wimpern, die sich nach süßem Beischlaf öffnen. (Doch ein vager Zweifel kitzelte ihn im Innenohr, summte und versteckte sich schnell, schnitt Grimassen, wenn er einen Blick auf ihn erhaschte.) John verfaßte seine Rede an sie, und das Rauschen und Platschen der Donau war von dieser besten aller Brücken zu hören und unterlegte die Oboentöne der Vögel und die Streicherklänge der Autos mit Paukengrollen. Direkt vor ihm fegten ältere Straßenkehrer von der Stadtreinigung in orangefarbenen Westen vornübergebeugt die Gehwege mit steifen Reisigbündelbesen, Requisiten wie aus dem Märchen. Als John vorbeiging, lehnte sich ein Straßenkehrer an den Besenstiel und blickte ihn ausdruckslos an. John wünschte ihm einen ungarischen guten Tag. Der alte Mann nuschelte eine unklare Antwort und fegte weiter. Er schob einen winzigen Haufen aus blauem und weißem Himmel zusammen – Scherben von einem zerbrochenen Spiegel, die über dem Gehweg verstreut waren.

Vor John, auf dem Bürgersteig im Schatten des Parlaments, kniete eine junge Frau mit dem Rücken zu ihm, den Kopf gesenkt. Als er an ihr vorbeikam und ihr, ohne langsamer zu gehen, über die Schulter blickte, sah er, daß sie eine Katze streichelte, die auf dem Bürgersteig lag. Die junge Frau weinte leise, die feuchten Eingeweide der Katze hingen heraus. Ihre halboffenen, orangefarbenen Augen folgten dem vorbeigehenden John träge, das arme Tier hatte keine Kraft mehr, Kopf oder Pfoten zu bewegen. Die Frau streichelte ihm den reglosen, weichen Kopf. John hatte nicht den Eindruck, daß sie Angst hatte, obwohl sie weinte, obwohl klar war, wie das hier ausgehen würde und sie kein Unfallkommando erstklassiger mobiler Katzenärzte rufen konnte. Sie weinte und streichelte das Tier, aber aus mangelnden Sprachkenntnissen konnte John sie weder fragen, was passiert war, noch sie trösten oder ihr helfen. Erschüttert ging er weiter und versuchte sich auf die schriftliche Mitteilung an Emily zu konzentrieren (worauf er zurückgreifen konnte, wenn er sie nicht zum Anhören seiner großen Rede ins Foyer hinunterlocken konnte).

Doch während er seine vorbereiteten Bemerkungen noch durchsah *(Ich würde nie etwas tun, das...)*, probte und kleine Änderungen vornahm und ein ihm unbekannter Marine oben anrief *(Was ich gesagt habe, habe ich nur gesagt, um dir zu zeigen, daß ich...)*, drang eine mikrophonverzerrte Stimme, mit Akzent aus Alabama, durch die kugelsichere Plexiglasscheibe: »Sie hat Urlaub. Ja, von heute an. Nein, wie lang, hat sie nicht gesagt. ›Planmäßiger Urlaub‹, hieß es. Wolln Sie eine Nachricht dalassen, Sir?« Auf dem Rückweg zum Fluß redigierte er den Appell, nun umadressiert an ihre Wohnung *(Mir ist nur wichtig, daß du siehst...)*, probte auch liebenswürdigerweise schon einmal die Antworten, die sie ihm geben würde *(Natürlich bin ich dir nicht böse, komm her, so was passiert, hmm, du bist schrecklich...)*, ging aber noch in der Redaktion vorbei.

»Großartig. Überraschungsbesuch von Proyce. Schenken Sie mir einen Moment Ihrer Zeit, Sir.« Der Chef übte sich neuerdings in der Attitüde eines Dickensschen Schuldirektors, und John lachte darüber, wie er vorgeladen wurde – über die strengen Augenbrauen, den krummen Zeigefinger, der ihn hereinbeorderte und sich langsam krümmte oder streckte, als kraule der Herr eifrig einem unsichtbaren, verängstigten Kind das Kinn. Der Chef schloß die Tür, setzte sich gleich hin und begann auch gleich Seiten auszuzeichnen. »Sehr gut. Price. Sie sind gefeuert. Räumen Sie Ihren Schreibtisch und verduften Sie in – seien wir fair – fünfzehn Minuten. Und nein: kein Zeugnis.«

John sackte auf den Gästestuhl und rieb sich die Augen, die nach einer relativ schlaflosen Nacht trocken waren und juckten *(Hättest du wirklich gewollt, daß ich die schmachtende Jungfrau war?)*. »Mann, ich bin fix und fertig. Ich habe seit Jahren nicht mehr richtig geschlafen. Ach, ehe ich es vergesse, für den Stripper-Artikel brauche ich noch einen Tag, glaube ich. Er ist fast fertig.«

»Nicht mehr nötig«, murmelte der Chef und strich vehement eine Zeile aus.

»Nehmen Sie ihn nicht raus. Es dauert wirklich nur noch einen Tag. Ich habe heute nachmittag einen Termin mit einem Quartett, das eine Wüstenorgiennummer abzieht. Ich verspreche es – morgen bin ich fertig.«

Der Chef schaute von seinem Gekritzel auf. »Sind Sie immer noch da? Haben Sie überhaupt zugehört? Die fünfzehn Minuten haben angefangen, als ich fünfzehn Minuten gesagt habe.«

»Außerdem hatte ich auch noch eine Idee. Was halten Sie von einer Serie von Botschafterporträts, mehr unter gesellschaftlichen Aspekten. Tennis mit den Vereinigten Staaten. Auf vergeblicher Restaurantsuche mit den Franzosen. Im Sexclub mit den Dänen. Schaufenster angucken mit den bettelarmen, traurigen Bulgaren und Nordkoreanern.«

»Sind Sie jetzt komplett übergeschnappt? Die Übung ist sehr einfach. Nehmen Sie Ihre Siebensachen. Lassen Sie meine hier. Gehen Sie. Kommen Sie mir nicht mehr unter die Augen.«

»Sind Sie wegen irgendwas böse?«

»Mr. Price. Wenn Sie so Ihre«, dramatisches Hochschieben der Manschette, genauer Blick auf das Zifferblatt der schwarzen Plastikuhr, stummes Rechnen, Zurückschieben der Manschette, Ineinanderverschränken der Finger auf dem Schreibtisch, »restlichen dreizehn Minuten verbringen wollen, bitte schön. Haben Sie geglaubt, die Botschaft würde sich nicht beschweren? Haben Sie geglaubt, ich würde ein Wort für Sie einlegen? Oder daß Sie als Kämpfer für die Pressefreiheit dastehen würden? Es verstößt gegen die Gesetze, die Namen von Botschaftsangestellten zu drucken und zu sagen, sie seien Spione, ja, schon, nur damit zu drohen. Die Botschaft wird böse, ob man recht hat oder nicht. Und ich wäre presserechtlich verantwortlich.«

»Sie haben gesagt, ich hätte gesagt, ich … Ich habe nicht gesagt, daß ich …« John starrte den Mann, der keine Miene verzog, eine ganze Weile lang an. Die winzig kleine Möglichkeit, daß sie etwas völlig in die falsche Kehle gekriegt und jemand Höhergestellten informiert hatte, daß man dann den Chef angerufen hatte...

»Sind Sie immer noch hier? Sie wollen mich doch jetzt nicht mit einem Vortrag über die Pressefreiheit anöden, mein junger Schwachkopf, oder? Soviel Vernunft werden Sie doch noch aufbringen. Gehen Sie.«

John blieb still sitzen und versuchte zu denken. Dann sagte er: »Wollen Sie, daß ich jemanden anrufe, der alles erklärt, oder irgendwas anderes?«

»Nein. Ich will, daß Sie gehen. Jetzt.«

»Wegen dieser Sache wollen Sie mich feuern? Das ist doch lächerlich. Ich streite mich mit meiner Freundin, und Sie feuern mich wegen Landesverrats? Das ist absurd.«

»Sind Sie immer noch hier? Gut, Mr. Price. Offenbar halten Sie mich für bescheuert. Das hier ist ja auch nicht die dämliche *Times* oder die *Prague Post*, aber total korrupt sind wir nun doch nicht, Sie kleiner Miesling. Haben Sie für dieses Blatt Porträts gegen Entgelt von den Porträtierten geschrieben oder nicht?«

»Das hat doch damit nichts zu tun. Egal, wer Ihre Informationsquelle ist, Sie verstehen es völlig falsch. Der Ton – es war doch gar nicht so ernst gemeint, wie Sie offenbar denken.«

Der Chef drückte aufs Tempo. Seine Nasenflügel gewannen ein munteres Eigenleben. »Sind Sie immer noch hier? Also gut. Dann noch etwas: Mr. Reilly, der an Bildung arme und an Worten reiche Sicherheitsmann der Botschaft, hat mich letzte Nacht aus dem Tiefschlaf geholt und darüber informiert, daß es *nicht* Ihre Freundin ist, Mr. Price, sondern daß Sie, und hier zitiere ich den unglücklichen Mann, ›besagter junger Dame bis zum heutigen Tage nachsteigen und sie sexuell belästigen‹. Sie müssen mich also entschuldigen, Mr. Price, wenn ich Sie noch einmal frage. *Sind Sie, verdammt noch mal, immer noch hier?*«

»Das ist einhundert Prozent Unfug. Definitive Lügen.«

»Köstlich. Endlich ein ergreifendes Dementi. Schwere sexuelle Erpressung? Mehr oder weniger. Mißbrauch des Vertrauens dieses Blattes? Ja, aber es war nicht ernst gemeint, eher eine Angelegenheit des richtigen Tons. Belästigung? Ein definitives Nein. Mistah Proyce, sind Sie immer noch da?«

Nein, endlich war John nicht mehr da. Als sich der Minutenzeiger auf der großen Uhr in der Nachrichtenredaktion mit dumpfem Klacken behaglich auf der Ziffer Drei niederließ, ging John fünfzehn Minuten nach seiner Ankunft mit den drei Gegenständen, die er rechtmäßig sein eigen nennen durfte, aus der Eingangstür. Direkt danach hielt Karen Whitley ihn an, küßte ihn, flüsterte: »Wenn ich irgend etwas für dich tun…« und lief eilends zurück in die Redaktion.

Trotz etlicher Versuche in etlichen Stunden öffnete in Emilys seltsam leerem Bungalow niemand die Tür, und so wechselte mit träumerischem Tempo und plötzlichem Einbruch der Nacht der Schauplatz. John klopfte an eine Tür auf der anderen Seite des Flusses in Pest. (Zurück nahm er einen anderen Weg; er wollte den Anblick der Katze nicht riskieren.) Er begriff – mit der punktuellen Klarheit, die einem eine Sekunde später schon wieder abhanden kommen kann –, daß er etwas falsch eingeschätzt hatte. Emily war nicht ernst, sondern ein wenig von der Rolle. Er klopfte an die Tür der einzigen ernsten Person, die er kannte. Mit ihr konnte er sachlich, ruhig und vernünftig reden, die klebrige Irrealität des Tages würde sich in kühle Realität verwandeln.

Sie machte die Tür auf und ließ sie offen. Ging wortlos durch den Raum zurück zu ihrer Arbeit. Dort setzte sie sich auf einen farbbekleksten Holzhocker, nahm einen Pinsel, legte ihn aber sofort wieder hin. Mit einem Hüftschwenk drehte sie den Hocker so, daß sie John ansehen konnte. »Und, was ist gestern abend noch passiert? Hast du die Bauerntrine gevögelt? Na?«

»Warum bist *du* denn böse?«

»Also doch. Ich faß es nicht.«

»Sei still. Ich bin hierhergekommen, weil ich mit jemandem reden muß. Ich bin eben rausgeschmissen worden. Ich bin ein bißchen –«

»*Bitte*. Sei still. Sei still. Reiß dich zur Abwechslung mal zusammen und erklär mir eines: Wie bin ich zu dem Menschen geworden, bei dem du dich ausheulen willst? Das eine Mal, gut, das war eine schräge, kleine Ausnahme. Ich bin die am schlechtesten qualifizierte Person für solch eine Aufgabe. Ich glaube, es gibt absolut niemanden, dem das alles so am Arsch vorbeigeht, capito? Genau deshalb haben wir ja unsere Hausordnung.« Wieder ein Hüftschwung, Griff nach dem Pinsel.

»Bist du eifersüchtig?«

Sie warf den Pinsel quer durch den Raum; er schlug Purzelbäume und dann mit einem leisen Tick-Klick-Tick gegen einen großen Bodenspiegel, wo er zwei blaue Flecken hinterließ. »Himmelherrgott! Ihr macht mich noch alle fertig. Ihr Arschlöcher macht mich vollkommen fertig. Wenn ich eifersüchtig wäre, glaub mir, dann hättest du wahrhaftig keinen Grund stolz zu sein, Sexprotz. Ich bin total angewidert – von uns allen.«

»Bitte, rede mit mir. Ich habe ein Gefühl, als ob –«

»Also wirklich, John. Was immer du fühlst, es ist das Leben, und bei weitem noch nicht der interessanteste Teil davon. Verschon mich.«

Er ließ sich rücklings auf ihr Bett fallen, warf einen vertrockneten, farbbeschmierten Tennisball an die Decke und fing ihn direkt über seinem Gesicht wieder auf. »Da du gefragt hast – nein, ich habe die ›Bauerntrine‹ nicht gevögelt, wenn ich mir auch partout nicht vorstellen kann, warum ausgerechnet du dich dafür interessierst. Ich kenne sie länger als dich. Ich hatte ihr gegenüber immer ein Gefühl, ich weiß nicht, als ob –«

»Himmelherrgottleckmichamarsch!« Klappernd krachte die Staffelei zu Boden und rutschte rücklings auf ihr rasch näher kommendes Spiegelbild zu. John warf den Tennisball noch einmal hoch und fing ihn auf und blieb dann wie gelähmt liegen. Den wuscheligen gelben Ball umklammerte er wie eine nach einem Wollknäuel schlagende, zu Stein verwandelte Katze. »Hör zu, Blödmann, wir sind alle in jemand anderen verliebt, kapiert? Wir alle. Auch der hinterletzte Arsch, den ich kenne. Es ödet mich an. Wenn wir alle ständig über unsere geheimen kleinen Sehnsüchte redeten, wären sie nicht mehr geheim, und wir wären uns alle so ähnlich, daß wir uns womöglich gegenseitig umbrächten.« Sie betrachtete ihn und holte tief Luft. Ihr Ton wurde ein wenig ruhiger, und sie zwang sich, freundlicher zu sein. »Bitte, bitte, *bitte*, verpiß dich und laß mich arbeiten.«

Dann lag er auf seinem eigenen Bett. Emilys Bungalow hatte weiter hartnäckig seine Leere demonstriert, ihr Telefon, daß es auf niemanden hörte und allein war. Sein eigener Anrufbeantworter spielte ihm nicht weniger als fünfzehnmal vor, wie jemand klickend auflegte – außerdem eine lange, bedrohliche Nachricht: »Lee Reilly möchte mit Ihnen über diverse Beschwerden einer zahlreichen Anzahl weiblicher Angehöriger des Botschaftspersonals reden, hatte sogar diverse Beschwerden, Sir, die viele von unseren Damen vorgebracht haben betreffend einer Angelegenheit, die man nur als –« John stellte seinen Anrufbeantworter ab. Er blieb im Bett, und der Text seines Lieblingsliedes ging ihm durch den Kopf, wenn auch mit einer Stimme, die einen ungarischen Akzent hatte und die er nicht erkannte. Er schlief ein, wachte wieder auf, schlief wieder ein, wie ein Kind, das sich zögernd in kaltes Meerwasser traut. Nádja kam durch seine Balkontür, sie brachte Mondlicht mit. »Es ist eine Sache der Willenskraft, John Price«, sagte sie mit ihrer gedehnten Filmstarstimme. »Denn starken Menschen passiert es nicht.« »Was?« fragte er. »Sie empfinden es nicht, oder reden Sie nicht darüber?« »Genau«, sagte sie und setzte sich auf seine Brust, woraufhin es leise, aber deutlich vernehmbar knackte. Langsam, zärtlich strich sie ihm mit ihrem jungen, durchsichtigen, mondbeschienenen Finger über die geschlossenen Lippen. Langsam, sacht, drang sie mit ihrem Finger in seinen Mund, benutzte ihren durchsichtigen mondbeschienenen Nagel, dann ihren uralten, mageren Knöchel – ein erstes, sanftes sexuelles Erkunden. John bekam es plötzlich mit der Angst zu tun, aber er wußte nicht, wie er die Muskeln in seinem Unterkiefer bewegen mußte, um ihr Eindringen zu verhindern. Mit einem reißenden Geräusch schnitt sie ihm mit dem Fingernagel in die Zunge und ließ dann mit hauchzarten, flüchtigen Berührungen seine Zähne zerbröckeln. Während seine durchbohrte, zuckende Zunge an Ort und Stelle blieb, kullerten ihm die Zähne den Hals hinunter und er würgte; sie aber zog ihm nur einen riesengroßen Backenzahn mit zwei gebogenen Walroßzahnwurzeln aus dem Mund und hielt ihn ihm mit Daumen und Zeigefinger vor die weit aufgerissenen, tränenden Augen. »Etwas, das auch in den Bericht muß«, flüsterte sie, fuhr ihm mit einer betagten Hand zwischen die Beine und ging durch die geschlossene Balkontür auf demselben Weg, den sie gekommen war, wieder hinaus. Das Mondlicht nahm sie mit.

Er schlief sehr viel, meist, aber nicht nur, nachts. Lee Reilly hinterließ mehrere Nachrichten, Karen Whitley auch. Er versuchte sich anhand von Lee Reillys rauhem Tonfall aus dem Tiefen Süden und seiner geschraubten G.I.-Ausdrucksweise den Mann selbst zurechtzubasteln. Er baute sich einen korpulenten, kahlen, schielenden Exmarine mit Schnauzbart zusammen (der einem Fernsehprivatdetektiv ähnelte, der nun auch in dem deutschen Sender in synchronisierter Fassung zu sehen war). Mehrere fleischgewordene Annäherungen der Collage, die er sich gemacht hatte, sah er auch auf den Straßen Budapests, versuchte aber immer zu spät, Blickkontakt zu vermeiden. Es würde bestimmt schwierig werden, sie zu finden, ohne auf Reilly oder seine Männer zu stoßen. Wie würde er sich in einer Prügelei halten? Würden seine Angreifer heiße Drohungen flüstern oder sich nur auf die schlagende Gewalt vorwurfsloser Wortlosigkeit verlassen? Würden sie sich zu erkennen geben oder als ungarische Halbstarke, zugedröhnte Partygänger oder Zigeuner ausgeben? Blaugeschlagene Augen. Gebrochene Nase. Tritte in die Rippen oder zwischen die Beine. Und dann ab in die Boris-Karloff-Gedenkstätte, wo ihm eine stinkende, rauchende Krankenschwester ein paar Stiche mit gebrauchten Fäden verpassen würde.

Sie kam nicht nach Hause. Als sich ihre Bungalowtür nach schmerzlich langem Geschlossensein endlich wieder öffnete und er von der Holzbank auf der anderen Straßenseite hochsprang, kam nur eine Julie heraus. »Hey du, wir haben dich ja seit Ewigkeiten nicht gesehen«, gurrte sie vollkommen normal. »Wie ist es dir ergangen? Nein, sie hat Urlaub. Also, zwei Wochen ist üblich, aber so recht weiß ich es nicht. Sie hat nichts gesagt. Aber hey, ich sag ihr, daß du hiergewesen bist. Du solltest lieber bald mal mit uns ausgehen, auch wenn sie nicht dabei ist, naaa? Oh, tut mir leid, Süßer, das war richtig gemein von mir. Unter uns gesagt, ich finde, ihr zwei wärt toll zusammen. Ja, natürlich reden wir darüber, Dummchen. Aber du weißt ja, Emmy läßt sich nichts sagen. Das weißt du ja ganz bestimmt. Sie ist wie, hm, na, auch egal. Aber einerlei, du solltest kommen. Julie und ich gehen heute abend aus, ins neue ...«

Er saß im Gerbeaud – wenn nicht am selben Tag, dann an einem Tag, der dem sehr ähnlich war. Er mußte Zeit totschlagen, und die Zeit stellte sich auch gehorsam zur Hinrichtung an. Träge weigerten sich die Tage, sich voneinander zu unterscheiden. Vielleicht hielt Emily ja an feinen alten Traditionen fest und kam mal wieder ins Gerbeaud.

Reilly hinterließ keine Nachrichten mehr, und so wagte sich John eines Tages mit hochgeschlagenem Kragen tapfer ins Foyer der Botschaft. Ein anderer Marine (oder derselbe mit einer anderen Maske) sagte: »MissOliversnUrlaubmeinHerrwollnSeeineNachrichthinterlassen?« John schaute den metallenen Lautsprecher an und schüttelte den Kopf. Als er aus dem Gebäude trat, setzte eine unauffällige Limousine einen Fahrgast auf dem Bürgersteig ab. John erkannte den Botschafter, es war Robin Hood von der Halloweenparty, und er erinnerte sich, wie ihre Hände die Bänder seines lincolngrünen Wamses festgezurrt hatten. »S-s-s-sie ist in Urlaub, mein Sohn«, stotterte er auf Johns plötzliche Frage, während maschinengewehrwedelnde ungarische Polizisten sie auf dem Gehweg umstellten. Die Gesichter wegen potentieller Angreifer nach außen gewandt, bildeten sie einen Kokon aus blauen Kunststoffrücken und sorgten bei dem spontanen Interview unvermittelt für verwirrende Abgeschirmtheit. »Wo ist sie hingefahren?« wollte John wissen. »S-S-Sie klingen wie die Frau des französischen Bo-Bo-Botschafters. ›Wo i-i-ist die scharmant Emilie, *hein*? Wier wollten ein Diner mit ihr machen.‹ Aber, mein Sohn, Urlaub ist Pri-Privatsache, habe ich auch sch-scho-schon Madame Le-Le-Le-Le gesagt.« Auf Zeichen hin, die für Johns Wahrnehmung zu fein waren, öffnete sich die Schutzmauer aus Polizisten an einer Stelle, und der Botschafter wurde in sein Haus gezogen. John sah, wie der Diplomat freundlich den steifen, aber formvollendeten Diener des alten Péter erwiderte und sich das schwarze schmiedeeiserne Gitter schloß. Die Polizisten verschwanden um Ecken und in schmale Kabuffs. Die Andenmusikcombo war in der Nähe, Gitarren und Flöten, Berge und Kondore, Liebe und Rache; Kassetten zu verkaufen.

Es klingelte an der Tür, es klingelte die ganze Zeit, hatte geklingelt, würde bald zu klingeln aufhören – ein Hagel von Zeitformen ergoß sich in seinen Schlaf, dann taumelte er benommen zur Tür. »Blödmann, hast du keinen Wecker?« Charles trug Turnschuhe, zerrissene Jeans und ein T-Shirt von einer längst nicht mehr gefragten Rockband. »Wach auf, Mann. Du kannst im Auto schlafen und es auf dem Nachhauseweg zu Schrott fahren. Dann ist es nicht mehr mein Problem.«

Der orangefarbene Lieferwagen, MEDIAN HUNGARIA stand schwarz auf den Türen, barg in seinem Inneren Charles' Besitztümer. Charles fuhr, übers Steuer gebeugt, das Kinn auf den Knöcheln, das Radio knackte, der Sender war mal klar, mal nicht. »Du scheinst ja in Siegerlaune zu sein«, sagte John, als sie auf eine mehrspurige Straße fuhren, die sich von den Highways in Ohio, Kalifornien, Ontario oder Nebraska in nichts unterschied.

»Das scheint nur so, weil ich der Sieger bin.«

Charles war der erste Mensch, dessen Aufstieg zu bescheidenerer Berühmtheit John miterlebt (und mit herbeigeführt) hatte. Der junge Kraftbolzen hatte sich im Wilden Osten einen Namen gemacht und kehrte nun heim, um einen Traumjob bei einer New Yorker Risikokapitalfirma, Investmentbank, einem Hedgefonds oder sonst einer Finanzgeschichte zu übernehmen, dessen Einzelheiten zu begreifen John keine Lust hatte. Charles wurde selbst in Artikeln, die John nicht geschrieben, plaziert oder inspiriert hatte, als einziger heldenhafter Überlebender des schnellen, selbstverschuldeten Niedergangs seiner alten Firma gefeiert. Und nun kehrte er wie ein Kreuzfahrer aus einem eroberten

Heiligen Land (weißes Kreuz auf Schwanzflosse, rot) über Zürich in seine Welt zurück, um seinem Volk zu verkünden, daß dessen Lehre wahr und mächtig sei und die roten Teufel mühelos konvertierten. »Bist du bei Imre gewesen, um dich zu verabschieden?«

»Ja, Mama, ich habe ihm auf Wiedersehen gesagt. Weißt du, seine hochgelobten ›Kommunikationsfähigkeiten‹«, um die Anführungszeichen auch visuell darzubieten, ließ Charles das Steuer los, und der Wagen scherte auf die Kriechspur aus, »werden stark übertrieben. Ich habe ihn gefragt: ›Imre, wenn der Wert des Forint nicht sehr fluktuiert – und unterbrechen Sie mich, wenn Sie das für mehr oder weniger wahrscheinlich halten als ich –, dann steigt der Wert der Wiener Anteile des Verlages im Verhältnis zu den ungarischen Anteilen mit der Zeit nur gleichmäßig, selbst wenn man davon ausgeht, daß Ungarn in den nächsten zehn Jahren in die Europäische Union aufgenommen wird. Stimmt das, oder stimmt das nicht?‹ Und John, er hat zweimal gezwinkert, was Ja bedeutet, wurde mir jedenfalls gesagt.«

Die letzten Häuser von Pest blieben hinter ihnen, wichen den ewig summenden Stromleitungen und Zäunen, die wiederum von mitteilungsfreudigen Schildern unterbrochen wurden, von denen jedes seinen Vorläufer hinsichtlich der Entfernung zum versteckten Flughafen korrigierte.

»Wirst du angesichts deines großen Triumphs hier in Budapest die Stadt nicht vermissen?«

»Nein.«

»Na, so was. Wirklich nicht?«

»Wirklich? Nein.«

»Charles, ich bitte dich. Bist du nicht traurig, weil du weggehst? Irgend etwas mußt du doch empfinden gegenüber, gegenüber...« John verstummte, Charles hupte und fluchte wortreich über die Verbrechen eines anderen Fahrers.

»Ich muß zugeben, ich bin ein wenig enttäuscht von dir, JP. Als ich dich kennengelernt habe, habe ich große Hoffnungen in dich gesetzt, aber hör dich jetzt mal an. Du hast zugelassen, daß du ein kleiner, langweiliger Bettler geworden bist, der alle Leute anfleht, ihre Gefühle mit ihnen teilen zu dürfen. Du bist ein greulicher kleiner Gefühlsbettler geworden, der mit seiner Sammelbüchse klappert. Die Welt braucht keine Diskussionen über unsere Gefühle mehr. So läuft das nicht, funktioniert nicht. Glaub mir. Ich habe mich damit beschäftigt. Ich habe einige sehr gründliche Gedanken darauf verschwendet. Leute, die über ihre Gefühle reden, sind erbärmlich. Ich bin nicht für Verdrängen, aber man kann doch Gefühle keinesfalls mehr ernst nehmen. Verlaß dich auf mich, das ist der beste Rat, den ich dir als dein Freund geben kann.« Im Takt mit der britischen Popmusik, die durch das Radiogeknister drang, klopfte er nachdenklich aufs Steuer. »Weißt du, daß du mir sehr ähnlich bist? So ähnlich wie sonst keiner, den ich im Ungarland getroffen habe. Nur ohne die Willenskraft und – und die Bereitschaft, einen gewissen Preis zu zahlen. Und ohne das Charisma, klar. Tatsache ist – und das ist wissenschaftlich bewiesen, John –, je weniger du über Gefühle redest, desto weniger bemerkst du sie, und am Ende bist du ein richtiges Menschenwesen und kein Gefühlsbällchen, das den ganzen Tag auf und ab hüpft und seinen eigenen Arsch betrachtet.« Er schaute John an, und der Wagen schwenkte wieder nach rechts. »Aber gut, mein kleiner Bettler, gut, hier sind sie, meine schönen Gefühle. Ich hasse es hier, ich hasse diese miese kleine Stadt. Ich hasse die Ungarn, Kumpel, und ihre unausgegorenen korrupten, beschissenen Seiten und ihre Faulheit und diese Haltung, die sie ihren Kindern von Geburt an beibringen, daß die Welt ihnen Rettung schuldet, weil die Geschichte sie so übel gebeutelt hat und sie immer verraten worden sind und so weiter und so fort. Das Selbstmitleid dieser Leute steht mir bis hierhin. Die Ungarn sind – bis zum letzten Mann – eine Bande von –«

»*Du bist* Ungar. Du. Bist. Ungar.«

»Das ist nicht sehr nett, John. Nachdem ich eben versucht habe, dir zu helfen.«

John blieb angeschnallt im Wagen, als sie zum Verladebereich der Swissair fuhren und Charles hinaussprang, um mit seinen speziellen Arbeitsverhandlungen zu beginnen. Er legte einen Zehndollarschein nach dem anderen in die offene Hand eines

Verladers und gab ihm strenge Anweisungen, während er ihn bezahlte. Als ein genügend hoher Geldbetrag in der Hand des Mannes zusammengekommen war (er bewegte sie sogar auf und ab, als wolle er das Gewicht schätzen), wurden alle anderen Tätigkeiten in dem Bereich vorübergehend eingestellt, und ein Team von vier bulligen Packern (mit knallroten Schürzen, auf deren Vorderteil ein weißes Kreuz prangte) riß die Tür des Transporters auf und trug Charles' Besitztümer vorsichtig zu einem vierrädrigen Gepäckkarren. Liebevoll wurden Etiketten angebracht, der Papierkram rasch erledigt. Allgemeines Händeschütteln, noch ein paar Dollarscheine.

»Weißt du, auf was ich tatsächlich liebevoll zurückblicken werde?« fragte Charles, als der nun viel leichtere orangefarbene Lieferwagen quietschend eine Kehrtwendung vollführte und über die Straße vor dem Flughafen zum Passagierterminal raste. »Denn du hast recht. Ich werde eine bleibende Erinnerung an meine Zeit hier behalten. Eine Erinnerung, in der, hm, für mich alles steckt – meine persönlichen Erfahrungen, aber symbolisch auch das, was dieses Land während meines Hierseins durchgemacht hat. Ja, mehr noch, in ihr verkörpert sich eine ganze Ära, die meine Generation durchlaufen hat. Der Moment, der alles zusammenfaßt«, er gestikulierte großartig, aber vage mit den Händen, »von dem ich meinen Kindern erzählen werde, wenn ich's dann noch draufhabe. Ich meine, ich weiß, ich bin kein sehr kommunikativer Mensch. Ich bin nur ein Geschäftsmann. Aber weißt du, John, was für mich der Moment war, welcher? Es war komisch, ihn mitzuerleben und zu wissen, daß das der Moment war, den man in seinem Herzen für immer in liebevoller Erinnerung behalten wird. Weißt du, welcher Moment das für mich war? Es war, als diese beiden unglaublich häßlichen Mädchen sich wegen dir in die Wolle kriegten. Ich hatte noch nie gesehen, wie zwei häßliche Frauen aufeinander losgingen. Herzerfrischend.«

John drehte in der vergeblichen Suche nach klarem Empfang am Radioknopf. Durch das Rauschen drang die Stimme eines österreichischen DJ, der gegen einen Song anredete. Charles klopfte im Takt aufs Steuer, fuhr langsamer und reihte sich mit laufendem Motor in die wartenden Fahrzeuge ein. »Ich habe überlegt, ob ich meinen Eltern gar nicht sagen sollte, daß ich nach New York zurückgehe. Ich habe überlegt, ob ich dir Geld dafür geben sollte, daß du ihnen von hier Briefe von mir schreibst und ihnen erzählst, wie gut es mir gefällt. Daß ich beschlossen hätte, die Staatsangehörigkeit zu beantragen. Ein nettes Ungarnmädel heiraten wollte. Mich in der Kinderwohnung meines Vaters oben im Ersten Bezirk niederlassen wollte. Du könntest ihnen getürkte Fotos schicken, die deine kahle Freundin von mir und meinen Hunnenkindern aufnehmen könnte. Zum Beispiel, wie wir auf der Margareteninsel picknicken. Und die ganze Zeit wäre ich in Wirklichkeit zu Hause und stünde in der Schlange vor Zabar's wie ein ganz normaler Mensch. Leider hast du mich berühmt gemacht, und nun werden sie bei mir auf der Couch hocken und darüber rumlabern, wie herrlich man im Budapest des Jahres 1938 lebte.« Er fuhr ein paar Meter, nahm den Parkschein, schob ihn hinter die Sonnenblende. Dann setzte er ein seltsames, trauriges Lachen auf. »Habe ich dir je erzählt, daß ich ihr zweites Kind war? Ich wurde geboren, nachdem ihnen ein Junge gestorben ist. Mátyás. Er ist mit vier an Leukämie gestorben, was eine lange, furchtbare Angelegenheit ist. Im ganzen Haus sind immer noch Bilder von ihm. Ich bin damit groß geworden. Ich hatte immer das Gefühl, ich weiß nicht... als ob man von mir erwartete...« Charles saugte an seiner Lippe und fuhr zwischen zwei Trabants auf den Kurzzeitparkplatz. Dann blieb er still sitzen und starrte durch die Windschutzscheibe.

»Du lügst«, sagte John.

»Ja, hm, stimmt. Aber trotzdem.« Sie gingen zum Terminal. »Ich war ein Zwilling, und der andere, auch ein Junge, wurde tot geboren – das stimmt aber.«

»Nein, es stimmt nicht.«

»Nein, wahrscheinlich nicht.«

Die Wände des Terminals waren mit Werbeplakaten beklebt, für Consultinggesellschaften, Steuerbüros, PR-Agenturen, Softwarefirmen, zweisprachige Zeitarbeitsfirmen, deutsche Kondome. Aus den Lautsprechern ergoß sich Ungarisch gleichermaßen auf verstehende wie nichtverstehende Köpfe. Die beiden Amerikaner saßen zurückgelehnt auf Plastikstühlen. Charles' Bordkarte flappte wie ein Federschwanz aus der hinteren Tasche eines sehr eleganten Lederaktenkoffers mit Monogramm (schlau gemacht, ein Zeichen, daß man den Fluggast in T-Shirt und Jeans nicht zu früh beurteilen sollte). Sie ließen ihren Espresso in Styroporbechern kreiseln, als Charles nachdenklich sagte: »Weißt du, man könnte auch behaupten, daß Imre bei dem Deal am besten gefahren ist.«

»Natürlich. Weil er so gut wie vollkommen gelähmt ist.«

»Witzig, aber nein. Manche würden vielleicht sagen, er hätte mehr bekommen, als er verdient.«

»Was soll denn das heißen?«

»Ach, nichts. Vergiß es. Ich finde diesen alten Satz sowieso nicht richtig – er ist verleumderisch –, deshalb sollte ich ihn auch nicht verbreiten. Er ist ein guter Mann, unser Imre. Wirklich. Und er hat mir eine großartige Möglichkeit geboten. Ich bin froh, daß ich etwas daraus machen konnte, für uns beide. Und für meine Investoren.«

»Und hat er das gewollt?« fragte John leise und schämte sich kaum.

»Den Schlaganfall? Ja, ich glaube, ja.«

»Den wollte er?«

»Dir ist doch klar, daß er der größte Anteilseigner war, oder nicht? Ich habe mehr Geld für ihn verdient, als er sich je hätte vorstellen können. Ich habe Imre Horváth zum Multimillionär gemacht, als er schon nicht mal mehr seine eigene Firma leiten konnte. Begreifst du das eigentlich?«

Charles sagte leise etwas zu der Swissair-Bodenstewardeß, die prompt lachen mußte und seine Bordkarte nahm. Er drehte sich um und winkte John komisch zu. Seine Geste besagte, daß er es albern fand, sich auf dem Flughafen zum Abschied zu winken. Dann trat er in den kleinen Holztunnel, der nach New York führte. Und war weg. Es gab keine Fenster, an denen man die Flugzeuge hätte losrollen und starten sehen können. Das Ganze sah aus wie eine hastig erbaute Bühne für ein Freiluftkonzert.

John schlenderte nach draußen, an den feindseligen Taxiständen vorbei, zahlte die Parkgebühren mit dem Geld, das Charles ihm vor dem Einsteigen in die Hand gedrückt hatte. *Das ist alles? So endet eine Ära?*

Er bog von der Straße vor dem Flughafen ab und sah noch einmal, wie Charles zu dem Einstiegstunnel ging und der hübschen Schweizer Stewardeß an der Absperrung seine Bordkarte zeigte. Nun aber stattet er die Szene mit Sinn und einem richtigen Ende aus. Ein Geräusch ertönt, donnernd reißt der Himmel auf, eine enttäuschte Gottheit kann nicht zulassen, daß die Ereignisse bedeutungslos verpuffen. Krisztina Toldy – ein glühender, bebender, geschlechtsloser Erzengel der Rache – schreit Charles' Namen, nur seinen Familiennamen, als beschwöre sie damit alle seine Vorfahren, seine Nation, seinen Donaustamm: *Gábor!* Er dreht sich mitten beim Einchecken für die Business Class um. In der linken Hand hält er seinen schwarzen Aktenkoffer mit dem Monogramm, in der rechten das eine Ende des Umschlags mit der Bordkarte. Aus dem anderen Ende zieht die Bodenstewardeß die Bordkarte heraus, doch plötzlich wird sie rückwärts gegen die schmutzige Holztür des Flugsteigs geschleudert, und auf ihrer weißen Rüschenbluse erblüht es rot, als male ein geschickter Comiczeichner die Umrisse einer Rose aus. Als die Frau mit dem Kopf gegen die Tür schlägt, rutscht ihr der Pillboxhut über die Augen und bleibt an ihrer Nase hängen, was komisch aussieht. Ihr Körper krümmt sich und sackt zu Boden, und die Brüste, die John eben noch bewundert hat, heben und senken sich eigenartig flach flatternd. Wieder der krachende, durchdringende Schrei einer zornigen Göttin, wieder brüllt eine blutgurgelnde Harpyie Charles' Namen mit einem Gellen, das Glas zum Zersplittern bringen könnte, und nun breitet sich etwas Rotes auf der Schulter seines T-Shirts aus und löscht die phallische Spitze einer Gitarre. Und endlich zeigt sich auf Charles Gábors Gesicht ganz kurz ein reines, unironisches Gefühl, Dutzende werden Zeugen. Menschen schreien und verstecken sich unter Plastikstühlen. Den Anblick der daran klebenden, vertrockneten, wie Eingeweide aussehenden, alten Kaugummis in einem Moment, als die Realität durch die Verlogenheit und Irrelevanz aller Tage und aller Dinge bricht, werden sie nie vergessen. Charles Gábors Überreste haben keine Zeit zu verhandeln, sich in die richtige Position zu manövrieren. Der nächste Schuß reißt ihm eine Wange vom Gesicht. Er fällt und sieht als letztes in diesem Leben Krisztina Toldy über sich stehen. Sie schießt ihm noch zweimal in den Hals und richtet dann schluchzend die Waffe gegen sich selbst.

John fuhr auf den Parkplatz hinter der Median-Lagerhalle, in der Imre Horváth am Abend des 23. Oktober 1956 den Boden gefegt hatte. Er wartete, bis sein Song im Radio, das er endlich auf UKW gestellt hatte, verklungen war. An der Rolltür fragte er nach Ferenc, einem Büroangestellten, und warf ihm die Schlüssel zu. Er nahm die U-Bahn nach Hause. Er war seltsam erschöpft. Der Schlaf konnte keine Minute länger warten. Sein Kopf fiel gegen den Plastikrückenlehne.

XI.

Er lag auf seiner Schlafcouch. Draußen tanzte eine Brise mit den Blättern im Laternenlicht, dann mit seiner dünnen Gardine. Automotoren ließen die Luft erzittern. Die Fernbedienung paßte ergonomisch perfekt in seine Hand, war eine Verlängerung seines Willens.

Wenn er ihr von Angesicht zu Angesicht erklären konnte, was ihm passiert war – jedes einzelne Gefühl, jede mißverstandene Handlung und verzerrte, grotesk falsch interpretierte Absicht –, dann würde sich in der Aufgewühltheit und den Tränen und den Entschuldigungen, die unweigerlich folgen mußten, endlich eine Verbindung zwischen ihnen herstellen, und sie wäre sein, und es gäbe ein Wir. *I walk all night long and think only of being us.* Danach würde sie in seinen Armen einschlafen, und er würde ihr die weiche Haut unterm Kinn und über den Knochenbogen streicheln, der ihren Unterkiefer zu einem solchen Prachtexemplar machte. Auf dem blendendweißen, erhabenen Kissen hinter ihr würde er ihr Haar ausbreiten und langsam ein kühles Betttuch auf ihren Leib und ihre entspannten, aber vollkommen geraden Arme und Beine hinabschweben lassen. Ihr Körper würde sich gegen das Tuch drücken, sich ganz zart andeuten. Dann würde sie sich auf die Seite drehen. Wie ein Lebewesen würde sich die Linie von unten von ihrem Brustkorb bis oben zu ihrer Hüfte durch drei Dimensionen winden: die Traumlinie, die Trickfilmzeichnern, Autokonstrukteuren, Küchengerätedesignern und hoffnungslos einsamen Cellisten den Schlaf stört und raubt.

Junge amerikanische Männer, in modischen Klamotten von vor fünf Jahren, sprachen mit komisch verrenkten Lippen Deutsch miteinander und wurden mit schallendem Gelächter belohnt. Er erkannte die amerikanische Sitcom, die zu seiner Highschool-Zeit beliebt gewesen war und nun synchronisiert im deutschen Sender lief. Er erinnerte sich mühelos an die Namen der Typen; Mitch, Chuck, Jake und Clam. Die vier Männer – ob sie nun Fritz, Klaus, Jakob und Klamm hießen? – machten auf hochdeutsch Witze in einem Loft in Tribeca, einer Bar in SoHo, in kafkaesken Amtsstuben im tiefen Manhattan, in Parks in Brooklyn, und John erkannte sogar die Folge wieder. Außerdem erinnerte er sich vage an eine Couch in seinem Erstsemesterstudentenheim, auf der er sich immer mit drei Freunden herumgelümmelt hatte (der Name des einen fiel ihm nun partout nicht ein). Sie hatten genau diese Folge gesehen. Die vier jungen Männer im Fernsehen hatten eine Wette abgeschlossen. Der erste von ihnen, der ein Mädchen kennenlernte und es so hindeichselte, daß sie ihn in ihre Wohnung einlud, um ihm ein »gutes Hausmachergericht« zu kochen, sollte hundert Dollar von jedem der drei anderen bekommen.

Fünf Jahre später und auf deutsch konnte John kaum glauben, wie altmodisch Kleidung und Frisuren waren. Neunzehnhundertsechsundachtzig war nicht so lange her, und doch wirkten sie – deren Lippen völlig andere Worte bildeten als die, die aus dem Fernseher kamen – so antiquiert wie Hippies, Rocker, G.I.s,

Bubikopffrauen, Landser, Eduardianer, Elisabethaner. An die letzte Szene der Folge erinnerte er sich mehrere Minuten bevor sie wirklich kam. Er hatte mit seinen drei Freunden auf der Couch gesessen und darüber geredet, wie idiotisch die Serie war, was für eine Beleidigung ihrer Intelligenz. Die vier erfolglosen Fernsehfiguren saßen auch auf einer durchhängenden Couch, sahen fern und machten sich mißmutig, aber geistreich über einen übertrieben romantischen Film aus den Dreißigern lustig, in dem eine Frau ihrem biederen, braven Verehrer ein gutes Hausmachergericht kocht.

John drückte mit dem Daumen auf den entsprechenden Gumminippel, und die Sender ließen, verzweifelt um Aufmerksamkeit heischend, ein, zwei Bilder vor ihm aufblitzen – ein Rennwagen wechselte die Sp, eine Billardkugel prallte von der vorderen Ban, eine Kaltfront stößt auf eine Warmfront vom Atlan, Hungar, ungari, Deu, eut, eutsch, Deut, Fran, bei unkonventioneller Kriegf –, bis eine Reihe geradezu elektrisierender Reize sich schneller als Gedanken bewegten und seinen Daumen von dem Gumminippel zogen. Vier dralle, schöne, blonde deutsche Frauen verwöhnten stöhnend einen sehr dicken, mittelalterlichen Mann, der sein fettiges graues Haar in einem zotteligen Haarkranz und sonst nur ein Monokel trug.

Die Fernbedienung glitt zu Boden, aber John war nun zu interessiert, um sie aufzuheben. Seine Pupillen wurden schmal, und er hörte auf zu denken, als das Blut aus seinem Gehirn wich. Draußen hielt ein Auto und hupte, offensichtlich, weil jemand zusteigen sollte, und als die Tür aufging, war die Stereoanlage so laut, daß der eine Song sogar drei Stockwerke hochwehte. Die vier Frauen wechselten sich höflich und effizient ab, und John stellte sich vor, er sei in ihrer Mitte. Er stellte sich ihre Gesichter unter dem blonden Haar vor, die Gesichter von Emily Oliver und Nicky M., von Karen Whitley und der Eisschnelläuferin und den beiden Mädchen, die ihn für einen Filmstar gehalten hatten, und – seine Gedanken entschlüpften jedweder Zensur – sogar der alten Nádja und Krisztina Toldy; und dann ging es ruckzuck, und sogar Charles Gábors Gesicht tauchte auf. Nach einem Moment schob sich aber eine andere Emily Oliver darüber und noch eine, insgesamt vier, aus jeder Richtung, mit zusätzlichen Armen und Händen, vier Köpfen und Gesichtern ausgestattet, eine Hydra von Emily, die ihn aus allen Richtungen anlächelte und zischte und ihm in Art und Weisen zu Diensten war, die allen Gesetzen der Gravitation spotteten.

Dann atmete er langsamer; die Fotografien seiner Frau und seines Kindes standen an ihrem üblichen Platz ... *darf nicht vergessen, die mitzunehmen.* Er schlief ein, als das Auto samt Radio die Andrássy hinunter verschwanden und (nach einer letzten schwachen Bewegung des Daumens) der Fernseher Wetterberichte aus der ganzen Welt murmelte. Denn neuerdings fiel es John schwer, ohne den Klang gedämpfter Radio- oder Fernsehstimmen im Zimmer zu schlafen. Er träumte, wachte auf, zappte durch die Sender und döste wieder ein, er erwachte und döste, und immer so hin und her. Charles Gábor war im Fernsehen, er ließ sich höflich befragen. Er und der Interviewer saßen in Lederdrehsesseln, und über ihnen baumelte ein illuminiertes Schild: GELDGESPRÄCHE. Der Interviewer stellte flotte, scheinaggressive Fragen. »Für einen Burschen, der mir immer noch so jung vorkommt, daß er vom Rasieren fasziniert ist – wie haben Sie das Ding gedreht, Charlie?«

XII.

Sein nicht sehr umfangreiches Gepäck läßt sich erfreulich symmetrisch, ohne überstehende Kanten, wie Spielzeuggepäck verstauen, das speziell für den formgerechten Behälter über dem Kopf in einer Spielzeugeisenbahn hergestellt worden ist. Er sitzt am offenen Fenster und betrachtet den Bahnsteig, schon das Wort birst vor Möglichkeiten und Chancen.

Der Bahnsteig, an dem Ankunft und Abfahrt alles verändern und ... Wer kommt wohl, um mich zu verabschieden? Oh ... Trotzdem, irgendwie ist es aufregend ... Der riesige Eisenschlüssel wird dort *das* Gesprächsthema sein, es sei denn, sie benutzen auch solche. Auf den Pflasterstraßen, mit meiner Gruppe, oder mein Kopf liegt auf dem Kissen und genau das richtige Gesicht mir gegenüber… Ist sie das, hat sie sich besonnen, hat sie es herausgefunden, nachgegeben, mich aufgespürt… Hm, das gleiche Haar, na ungefähr. *Schau dir das an, das war der Schlüssel zu meiner…* Bahnsteig. Wie der Beginn eines Films, der junge Mann am Bahnhof will gerade wer weiß wohin fahren, unbekannten Zielen entgegen, er fährt genau rechtzeitig…

Der Zug ruckelt los, und sein Herz auch. Sein Herz rast weit voraus, an den kilometerlangen Geleisen entlang, viel schneller als der Zug, über Grenzen, zu neuen Leben, erreicht fast sein Ziel, wird aber dann wie an einem Gummiband zurückgerissen. Gleich außerhalb des Bahnhofsdachs gleiten die Gebäude zu beiden Seiten der Schienen vorbei, als stünden sie an den Ufern eines Kanals, in immer schnellerem, ungleichmäßigem Tempo durch den Nebel der ersten Maitage. Er läßt die Stadt hinter sich, er wendet das Gesicht dem Weg vor sich zu – nicht dem, hinter sich –, bereit für alles, egal, was oder wen.

Eine grüne Landschaft, ab und zu eine Fabrik, ein Bauernhaus, eine Hütte, ein ausgeweideter Berghang (grüner Zuckerguß auf grauem Kuchen) mit reglosen Kränen und verlassenen Lastwagen, der verführerische, magische Tanz der auf und ab wogenden schwarzen Linien im Fenster.

Der arme alte Mann, ein Kunstwerk, ein Kunstwerk leben… Alles ist ein Spiel, vergiß das nicht, und die Gewinner sind diejenigen, die ernst von nichternst unterscheiden können. Schließlich geht es nicht um Krieg, Tyrannei, Armut, Folter, Nazis oder Sowjets. Und es ist auch nicht tödlich, nur eine Verdauungsstörung; bestimmte Nahrungsmittel sollte man meiden, schließlich und endlich ist er Multimillionär geworden. Das habe ich begriffen. Man muß nur immer klar unterscheiden können, was ernst ist und was… Das, was passiert ist, ist eigentlich nicht… es ist nur…

Die Außenbezirke sind am schlimmsten. Wenn man stundenlang in einer Haltung sitzt, fühlt man nichts. Herrlich! Man ist frei von Vergangenheit und Zukunft, man schwimmt wie im Mutterleib, alles ist möglich, aber dann dauern die Außenbezirke und die letzten zwanzig Minuten ewig, werden unendlich und zögern gnadenlos die immer sehnlicher erwartete Ankunft hinaus.

Dort wird das Leben beginnen, am Ende dieser Fahrt. Ich werde aus dem Zug auf den Bahnsteig treten. Dort wird das echte Europa sein, unberührt vom Krieg, keine wiederaufgebauten »Altstädte« für Touristen, die nicht genau hingucken. Ehrlichkeit bei allem. Und diese Ehrlichkeit zieht andersgeartete Menschen an. Dort werde ich Menschen finden, die ... Ich habe einen Geburtstag in Budapest verbracht. Ist das wirklich wahr? Habe ich es gar nicht gemerkt? Ich bin letztes Jahr im Mai angekommen, jetzt ist auch wieder Mai, was habe ich an dem Tag gemacht? Ist egal. Dieses Jahr wird anders, es wird von Ernsthaftigkeit bestimmt sein. Jetzt wartet das wirkliche Leben, Geburtstage, Erlös ...

Der Zug fährt immer im Kreis. Nachdem er in immer rascherer, gerader Linie von einer Welt zur anderen gefahren ist, fährt er plötzlich langsamer, fährt in unmerklich kleiner werdenden Kreisen spiralförmig immer um seinen Zielort herum, und John stellt sich vor, er sei dazu verurteilt, immer und ewig die unendlichen Außenbezirke zu durchqueren, eine graue Zwischenwelt des Beinahe-dort-Seins. Der Zug befindet sich in einer Art Gleitflug, fährt durch heruntergekommene Vororte, das Ziel ist immer noch nicht zu sehen, es versteckt sich irgendwo in der endlosen Spirale, der Moment zögert sich hinaus. John döst.

Die Temperatur des Fensters an seiner Wange ändert sich, wird auf einmal heiß. Er wacht auf, und da ist sie endlich, und die eine Hälfte seines eigenen transparenten, nassen Gesichts liegt zart wie ein Wasserzeichen auf ihr. Da ist sie, immer noch weit weg, eigenartig weit weg, obwohl lange quälende Minuten bei der Anfahrt verglüht sind. Es ist alles da, ein einziges Bild enthüllt sich dem kurzen Blick: ein Land mit Kirchtürmen und Spielzeugschlössern und goldbemalten Toren und Brücken, von denen Statuen mit traurigen Augen auf dunstiges schwarzes

Wasser blicken, ein Dorf mit Pflastersteinen und Bleiglasfenstern, ohne die Narben von Schußlöchern. Und darüber schwebt diese Märchenburg, völlig frei und ungebunden hängt sie dort, eine Stadt, in der alles möglich ist.